ANNE RIVERS SIDDONS

Und morgen ein neuer Tag

Buch

Atlanta 1966. Auch im tiefen Süden von Amerika ist Aufbruchstimmung spürbar. Hippies predigen Liebe und Frieden, die ersten Miniröcke sorgen in den Straßen von Atlanta für Aufsehen – und die junge Smokey O'Donnell verläßt ihr freudloses Elternhaus in der Provinz, um in der Hauptstadt endlich am pulsierenden Leben teilzunehmen. Sie fängt als Journalistin beim Stadtmagazin »*Downtown*« an, und gleich ihr erster Auftrag führt sie zu einer der populärsten Persönlichkeiten der Stadt: Sie soll einen Bericht über den begehrten Junggesellen Bradley Hunt III. schreiben. Das beschert Smokey einen durchschlagenden Erfolg als Reporterin – und obendrein verlobt sie sich mit Bradley. Die Welt könnte voller Geigen hängen, doch Smokey merkt schnell, daß der reiche, verwöhnte Bradley nicht der Richtige für sie ist. Als sie sich in ihren Kollegen Luke Geary verliebt, landet sie urplötzlich zwischen allen Stühlen. Privat wie beruflich scheint sie vor dem Aus zu stehen – oder ist das erst der Anfang?

Autorin

Vielgereist und lebensklug, blieb die Schriftstellerin Anne Rivers Siddons dennoch bis heute ihrer Heimatstadt Atlanta treu. Jeder ihrer Romane hat Millionen von Lesern begeistert und ihr einen Spitzenplatz auf den internationalen Bestsellerlisten beschert.

Von Anne Rivers Siddons ist lieferbar:
Insel im Licht. Roman (35092)
Pfaueninsel. Roman (35175)
Sommerbeben. Roman (35276)
Licht über den Hügeln. Roman (35705)

Anne Rivers
Siddons

Und morgen ein neuer Tag

Roman

Deutsch von Uta Rupprecht

PORTO
BELLO

Die Originalausgabe erschien unter dem Titel
»Downtown«
bei HarperCollins Publishers, Inc., New York

Umwelthinweis:
Alle bedruckten Materialien dieses Taschenbuches
sind chlorfrei und umweltschonend.

Portobello Taschenbücher erscheinen im
Wilhelm Goldmann Verlag, München, einem Unternehmen
der Verlagsgruppe Random House GmbH

Einmalige Sonderausgabe April 2002

Umschlaggestaltung: Design Team München
Umschlagfoto: Odilon Redon/Peyrlebade;
Paris, Musée d'Orsay
Druck: Elsnerdruck, Berlin
Verlagsnummer: 55272
KvD · Herstellung: sc
Made in Germany
ISBN 3-442-55272-9
www.portobello-verlag.de

1 3 5 7 9 10 8 6 4 2

Prolog

In ganz Atlanta kamen in diesem Herbst die Mädchen – im Minirock und mit hohen, klickenden Absätzen – in der blauen Dämmerung von der Arbeit nach Hause und öffneten die Fenster ihrer Apartments, um die nach Wein duftende Luft hereinzulassen. Sie holten sich Eiswürfel, legten Petula Clarks »Downtown« auf, setzten sich hin und warteten. Bald würden die jungen Männer kommen. In Bermudashorts und ärmellosen Hemden verließen sie ihre Junggesellenwohnungen, ein Bier oder einen Gin Tonic in der Hand, und hielten Ausschau nach weiteren Drinks, einer Verabredung und der Erfüllung jener Verheißungen, die wie Früchte am Vorabend ihrer Reife im bronzefarbenen Licht hingen.

Atlanta im Herbst 1966, das war eine Stadt in der Stunde ihrer Geburt, und die Energien und Hoffnungen des Kindbetts schickten wie Schockwellen unterirdische Vibrationen durch den gesamten, erwachenden Süden – Rufe an jene, die sie am lautesten vernehmen konnten: die jungen Menschen. Und sie kamen, sie kamen in Scharen; aus den kleinen, verschlafenen Städtchen und von den großen, dösenden Universitäten, von den Farmen, aus vorstädtischen Arbeitersiedlungen und aus Ortschaften, die so abgelegen waren, daß der immer stärker werdende Feuersturm der Bürgerrechtsbewegung dort noch nicht einmal ein Streichholz entzündet hatte.

Es war eine Zeit der Jugend. Auch von dem schlanken, jungen, neuen Präsidenten war ein Ruf ergangen, und die Jugend erhob sich für ihn, voller Freude, Entschlossenheit und in der ungebrochenen Sicherheit, daß er und auch sie selbst unbesiegbar wären. Seinen Tod in einer anderen trägen, mörderisch lächelnden Stadt der Südstaaten betrachtete man als wahren Märtyrertod, und er dämpfte die Begeisterung ihres stürmischen Erwachens in keiner Weise. Im Gegenteil, er verlieh der Bewegung einen Mittelpunkt, eine Empörung, die in der Unreife gärte; er gab der Jugend eine Ahnung von der kommenden Dunkelheit. Schließlich war es etwas sehr Berauschendes, einen eigenen, soeben hingeschlachteten Helden zu besitzen. Gestärkt und belebt von seinem vergossenen Blut, strebten die jungen Leute zur Sonne hin, und nirgendwo sammelten sie sich so zahlreich, drängten sie sich so sehr und bereiteten sich vor für die Ankunft – von was? –, wie in Atlanta.

Plötzlich war die Stadt voll von ihnen: hübsche Mädchen in neuen, tollen Carnaby-Street-Klamotten, die zu ihren Sekretärinnenstellen im Herzen der Stadt strömten; junge Männer in dunklen Anzügen, mit schmalen Krawatten und polierten Markenschuhen, die verlegen ihre neuen Koteletten zeigten und hineinmarschierten in Banken, Maklerbüros, Kanzleien und in knospende junge Firmen, mit denen sie wie auf dem Schwanz eines Kometen zur Sonne der Jugend auffahren wollten.

Natürlich trafen sie sich; sie trafen sich, fanden sich zu Paaren und Gruppen, trennten sich wieder und fanden sich neu wie Muster in einem Kaleidoskop. In den ersten Single-Apartmenthäusern der Stadt sagte man, ein Mädchen, das in Atlanta keinen Freund finde, könne gleich in ein Nonnenkloster gehen. Und auch, wenn ein Mann hier kein Mädchen auftreibe, sei er zu Hause in Birmingham besser aufgehoben. Und das war keineswegs falsch.

Ein Mädchen, ein Mann, eine Liebesromanze, ein Leben ... das alles war da draußen, befand sich gleich um die nächste Ecke. In meiner Erinnerung waren diese hoffnungsvollen, überschwenglichen Herbsttage erfüllt von hellgelbem Sonnenlicht und die kühleren Nächte voll mit scharlachroten Blättern, durch die die Lichter der Stadt leuchteten. Die Vorzeichen und Verheißungen waren so deutlich, daß ich oft glaubte, mein Herz müßte zerspringen.

Ach, warte nur, warte, tönte das Lied in meinem und vielen anderen Herzen.

Ja, bald – bald.

1. Kapitel

Das erste, was ich sah, war eine halbnackte Frau, die in einem Käfig über der Peachtree Street tanzte.

Er war aus Stahl und Plexiglas, von Scheinwerfern erleuchtet, und hing aus einem Fenster im ersten Stock. Die Tänzerin schloß die Augen und schnippte mit den Fingern, während sie, in einem glitzernden Minirock und mit weißen Go-go-Stiefeln, verzückt zu einer unhörbaren Musik tanzte. Es war in der Dämmerung am Samstag des Thanksgiving-Wochenendes 1966, als wir Five Points in der Innenstadt von Atlanta erreichten, und die Zeit- und Temperaturanzeige an der Bank gegenüber der Tänzerin zeigte achtzehn Uhr zwölf und zehn Grad Celsius. Die Neonschrift, die um den Boden des Käfigs lief, lautete: »Peach-a-Go-Go«.

»Heilige Mutter Gottes, schau dir das an«, sagte mein Vater und trat scharf auf die Bremse des Oldsmobile Vista Cruiser, den er kaum weniger liebte als meine Mutter. Zu dieser Zeit wohl bereits mehr.

In der Annahme, er meine die Go-go-Tänzerin, öffnete ich den Mund, um angemessene Töne des Abscheus von mir zu geben, aber er sah gar nicht hinauf zu ihr. Er betrachtete eine lange Reihe junger schwarzer Männer und Frauen, die vor einem Laden, offenbar einem Delikatessengeschäft, auf und ab marschierten. Über der Tür leuchtete in giftigem Neongrün eine riesige Essiggurke. Es regnete leicht, und die Neonlichter flossen mit den Scheinwerfern der Autos und mit den Straßenlaternen zu einem verschwommenen, magischen Unterwasserlicht zusammen. In der schweren Luft schienen die Marschierer zu schwimmen; sie trugen Pappkartonplakate, auf denen mit Tinte, die im Nieselregen zu verlaufen begann, »Freedom now« und »We Shall Overcome« stand. Mein Herz machte einen Sprung wie ein Fisch, der aus dem Wasser schnellt. Es waren Demonstranten. Echte Bürgerrechtsdemonstranten. Vielleicht wurde da drinnen gerade ein Sit-in abgehalten. Hier war es endlich, nach all den endlosen, stickigen Jahren, die ich weit weg im irischen Viertel von Savannah verbracht hatte, unter dem zweifachen Schatten des verschlafenen kreolischen Südens und der Mutter Kirche.

Hier war das Leben.

Inmitten des Staus – einer beachtlichen, hartnäckigen Verkehrsstauung, einem wahren Wunder – wandte mein Vater seinen Blick von den Streikposten ab, so peinlich berührt, als wären sie nackt, hob die Augen gegen den fremden Himmel über sich und sah die Tänzerin in ihrem Käfig. Ruckartig nahm er den Fuß von der Kupplung, und der Vista Cruiser starb ab.

»Jesus, Maria und Josef!« kreischte er. »Ich kehre augenblicklich um und nehme dich wieder mit nach Hause! Diese Stadt, das ist ja das reinste Sodom und Gomorrah. Du hast hier nichts verloren, meine Liebe. Schau dir dieses Flittchen an, ihr nackter Busen hängt heraus, daß alle Welt ihn sehen kann. Und diese Kaffer, die unbedingt dort essen müssen, wo man sie nicht haben will. Sind wir bisher auch nur einmal an einer Kirche vorbeigekommen? Nein, das sind wir nicht, und wahrscheinlich sind die Leute hier allesamt Protestanten. Ich hab's deiner Mutter ja gesagt, oder? Hab ich's ihr nicht gesagt? Du kommst jetzt mit mir nach Hause und wirst für diese Versicherungsleute arbeiten, die dich so unbedingt haben wollten. Haben sie nicht gesagt, daß du die Firmenzeitung machen darfst, wenn du dableibst?«

Hinter uns ertönte eine Hupe und dann noch eine.

«Pa, bitte«, sagte ich. »Das hat doch nichts mit mir zu tun. Ich glaube nicht, daß mein Büro hier in der Nähe liegt. Hank hat gesagt, es befindet sich gegenüber von einem Museum. In dieser Gegend sehe ich nirgendwo ein Museum; ganz bestimmt ist dieser Stadtteil nur für die Touristen. Und weißt du was, Pa? Ich werde auch zur Messe gehen, jeden Sonntag und Freitag, wenn ich Zeit habe. Und außerdem wohne ich doch im kirchlichen Mädchenwohnheim. Was soll mir denn, um Himmels willen, im Marienheim passieren?«

»Wir wissen doch gar nichts über die Katholiken hier in Atlanta«, sagte mein Vater düster, aber er startete den alten Wagen und ließ ihn vorwärts rollen bis zum nächsten Stau.

»Katholiken sind überall gleich. Wenn man einen kennt, kennt man alle«, antwortete ich erleichtert. Wir hatten die Gogo-Tänzerin und die marschierenden Schwarzen hinter uns gelassen.

»Ich habe gehört, daß einige sogar diese Pille nehmen ...«

»Das ist bestimmt nicht wahr!« Jetzt war ich ehrlich entsetzt. »Das sagst du nur so. Gar nichts hast du gehört.«

»Na ja, ich wäre aber nicht überrascht, wenn ich es hören würde«, meinte er, doch mein Entsetzen hatte ihn beruhigt. Er warf mir aus den Winkeln seiner blaßblauen Augen einen Blick zu und zwinkerte, und ich drückte seinen Arm. Mein Vater war damals bereits Ende Sechzig; ich war das jüngste von sechs Kindern, gezeugt, als er schon älter war und geglaubt hatte, mit den fünf breitschultrigen, rothaarigen Söhnen, die ihm so sehr glichen, habe er seine Pflicht erfüllt. Inzwischen war er nur noch eine verbitterte Karikatur des säbelbeinigen, rauflustigen kleinen Mannes, auf dessen breiten Schultern ich als kleines Kind geritten war. Aber sein Zwinkern brachte mich immer noch zum Lächeln und rief einen Hauch der früheren Bewunderung hervor, die sein ätzender Altersstarrsinn und die ständige Wut beinahe ausgelöscht hatten. Im Grunde liebte ich meinen Vater längst nicht mehr; aber hier, eingeschlossen in diesem warmen

Auto und umgeben von der juwelenglitzernden Dunkelheit meiner neuen Stadt, konnte ich mich an das erinnern, was ich einst für ihn empfunden hatte.

»Du mußt dir wirklich keine Sorgen machen«, sagte ich. »Schließlich bin ich doch Liam O'Donnells Tochter, oder?«

Die Klosterschule in Savannah, wo ich zwölf endlose Jahre verbracht hatte – sie hieß St. Zita, nach der Schutzheiligen der Bediensteten und derjenigen, die über Brücken gehen müssen, was sehr gut zu der streitsüchtigen Arbeitergegend paßte, in der ich wohnte –, war für Erscheinungen bekannt. Zu meiner Zeit war das bei den Nonnen die beliebteste Art der Erlösung, vielleicht deshalb, weil jemand, der niemals aus Corkie herausgekommen war, sich keine andere Form der Rettung vorstellen konnte. Ich konnte jede bedeutsame Erscheinung herunterbeten, die je ein Kind seit Adams Zeiten erlebt hatte. Aber ich selbst hatte nie eine gehabt. Uns kam so etwas immer irgendwie billig vor, dümmlich und provinziell; meine beste Freundin Meg Conlon und ich rümpften daher jedesmal die Nase, wenn Schwester Mary Gregory im Interesse unserer Bildung wieder eine hervorzog.

»Huch! Schon wieder ist eine Erscheinung erschienen!« flüsterten wir einander zu.

Nun hatte ich eine.

Ich saß in der Wärme und der Dunkelheit im Auto meines Vaters, hatte einen Moment lang überhaupt keinen Kontakt mit der Außenwelt, war herausgelöst aus jedem Zusammenhang und erkannte, daß ich tatsächlich Liam O'Donnells Tochter war, ganz und gar, und niemand sonst: Maureen Aesling O'Donnell, die, teilweise wegen der rußfarbenen Wimpern und Augenbrauen und dem aschbraunen Haar, Smoky genannt wurde; Rauch inmitten der klaren, roten Flammen auf den Köpfen meiner Brüder. Sechsundzwanzig Jahre war ich auf der Welt, und die gesamte Zeit hatte ich innerhalb der vierzehn

Wohnblocks in der Nähe der Kais von Savannah verbracht, die Corkie genannt wurden, nach dem County Cork in Irland, wo die meisten von uns, die dort lebten, ihren Ursprung hatten. Ich war die Tochter von Maureen, die Schwester von John, James, Patrick, Sean und Terry. Aber unzweifelhaft, mit jedem Teil, jeder Zelle, mit meinem Blut und meinem Glauben, war ich die Tochter von Liam O'Donnell.

Dieser Gedanke ließ mir den Atem stocken und mich vor Schreck erstarren. In die Stille hinein lachte mein Vater, tätschelte, erfreut und geschmeichelt, meinen Oberschenkel und sagte: »Das bist du, da gibt's nichts dran zu rütteln. Daß du dich nur immer daran erinnerst!«

Und so schoben wir uns Meter für Meter über die Peachtree Street auf die Innenstadt von Atlanta zu, wo das St.-Maria-Wohnheim für katholische Mädchen darauf wartete, mich in seine ziegelroten Medusenarme zu schließen.

Früher hatte mein Vater gut ausgesehen, das weiß ich. In alten Fotoalben und in Schubladen zu Hause gibt es vergilbte Bilder mit Sägezahnkanten, die das beweisen. Groß war er natürlich nie, aber seine Brust und die Arme waren kraftvoll von den vielen Jahren, in denen er Stapel und Ballen von Monarch-Papierprodukten auf die Frachter verladen hatte, die an den öffentlichen Docks von Savannah lagen. Durch die schädlichen Küsse der Küstensonne war er tiefbraun, auch wenn sein Haar so dick und rot war wie geschmolzenes Kupfer. Selbst auf den alten Fotografien wirkt es rot wie Lava. Seine Augen waren strahlend blau, obwohl sie auf den Bildern vor Lachen zusammengekniffen sind; offenbar hat er, als er jung war, ständig gelacht. Er lachte, sang, fluchte und flirtete; die Geschichten über seinen legendären Charme habe ich gehört, seit ich sie verstehen konnte, und an einige erinnere ich mich noch. Als ich ein Kind war, galt er noch immer als eine Macht, mit der man rechnen mußte und auf die man sich verlassen konnte.

Ich erinnere mich noch, wie ich an den Zaun der Docks rannte, um ihn bei Schichtende abzuholen. Es war mir verboten worden, diesen Ort des lasterhaften Fluchens, der Raufereien und Obszönitäten zu betreten, aber ich stand dort mit einem oder mehreren meiner Brüder, wartete auf ihn, und aus der kleinen Gruppe von Männern, die immer um ihn war, hörte ich das Gelächter und die bewundernden Bemerkungen über seine sexuelle Leistungsfähigkeit. Das Gerede hörte auf, sobald die Männer meine Brüder und mich erreicht hatten, und statt dessen ertönten die albernen, sentimentalen Koseworte, die irische Männer stets für kleine Mädchen parat haben, und die hintersinnigen, anzüglichen Neckereien, die für Jungen reserviert sind. Aber ich kannte die Bedeutung ihrer Sprüche. Alle Kinder in Corkie verstanden sie, von klein auf. Es war unmöglich, in dem engen Gewirr schmaler Reihenhäuser und Mietskasernen hinter der Gwinnett Street zu leben und nichts über Sex zu wissen. Dazu hätte man taub und blind sein müssen. Der große, umhüllende Mantel des heiligen Johannes des Täufers mag uns vielleicht an der tatsächlichen Ausführung gehindert haben, aber er konnte nichts tun gegen unsere Gedanken und das Gefühl in unseren Lenden. Nie kannte ich mehr Menschen zu einer Zeit und an einem Ort, die häufiger an Sex dachten und ihn seltener ausübten als die Jugendlichen von Corkie, in Savannah, Georgia, in den letzten zwei Jahrzehnten vor der Erfindung der Pille.

Daher war mir immer klar, daß mein Vater zwei unterschiedliche Menschen verkörperte: Zum einen war er Liam O'Donnell, mein Vater und der Vorstand unseres beengten, lärmenden Haushalts, dessen kraftvolle Hand schwer auf uns allen lastete und dessen sentimentale, konventionelle irische Zunge die Freuden und Werte des Familienlebens besang; und zum anderen war er Liam O'Donnell, ein lachender, geschickter, schlauer Mann, dem alles gefiel, was einen Rock trug und der seine Blicke überallhin schweifen ließ. Lange Zeit liebte ich den einen und hatte Ehrfurcht vor ihm, und war stolz auf den anderen, auch wenn ich so tat, als wüßte ich nichts von ihm. Nichts wissen, das können die Frauen von Corkie seit undenklichen Zeiten.

Das Gefühl für meine Mutter war schon immer sehr viel weniger deutlich. Mein Leben lang ist sie so geblieben wie in meinen ersten Erinnerungen: graue Haare, graues Gesicht, in der Küche so gewandt und beständig wie ein Roboter, schweigend, ernst, schwerfällig und mit roten Händen vom täglichen Waschen der Kleider und des Geschirrs für die ganze Familie. Als mein Vater ihr, als ich zehn war, eine Waschmaschine mit Trockner kaufte, weinte sie, aber nicht vor Freude. Sie weinte, weil, wie sie sagte, die heilige Jungfrau so etwas nie gehabt habe und es nirgendwo in der Bibel stehe, daß eine tugendhafte Frau das benutzen solle, und wenn sie auch nur die unscheinbare kleine Maureen Downy O'Donnell aus der Pritkin Street sei, so gebe es doch keine Frau im ganzen Kirchensprengel, die einen besseren Haushalt führe oder mehr für ihre Familie täte. Das sagte sogar Pater Terry. Sie behielt die Waschmaschine, aber sie sorgte dafür, daß wir alle wußten, was für ein Opfer das war.

Das, und ihr großer, grenzenloser, blinder und freudloser Glaube, ist mir von ihr am deutlichsten in Erinnerung geblieben. Sehr lange Zeit machte er mich wütend und war mir peinlich. Und als ich erkannte, daß sie nichts anderes hatte, um Liebe, Lachen, Freude oder auch nur Zufriedenheit zu ersetzen, lebte sie nicht mehr. So vieles habe ich nie getan, aber daß ich ihr nie gesagt habe, wie gut ich sie verstehen kann, ist das Bitterste für mich. Ich wünschte, ich hätte es früher erkannt, oder wenigstens soviel Verstand gehabt, zu lügen und zu sagen, ich verstünde sie. Aber zu jener Zeit hatte ich wenig Verständnis und noch weniger von jener Art Verstand, aus der sich Freundlichkeit speist. Wenn James und John, meine ältesten Brüder, von der schlanken jungen Frau mit den lockigen Haaren erzählten, die an warmen Abenden auf der Veranda lachte, während die Kinder von Corkie vor den steinernen Türschwellen spielten, oder morgens, wenn sie das Frühstück zubereitete, sang, dann konnte ich sie nur erstaunt anblicken. Sie hätten ebensogut über jemanden reden können, den sie am Samstag nachmittag im Bijou auf der Kinoleinwand gesehen hatten.

Dennoch sah ich so aus wie meine Mutter, oder zumindest so, wie sie einst ausgesehen hatte. Ich besitze die alten Fotografien, und die lügen nicht. Wie sie früher habe ich helle Haut, wasserklare, graue Augen mit rußschwarzen Wimpern und Brauen, und wilde, ungebärdige dunkle Locken; ich habe große Brüste, eine schmale Taille und runde Hüften, die ich früher voller Eitelkeit in schreckliche Jungmädchenkorsetts schnürte. Aber diese Mühe mache ich mir schon lange nicht mehr. Vielleicht werde ich eines Tages so wabblig sein wie ein Pudding, genau wie sie, aber bisher ist es noch nicht soweit. Ich habe ihr harmlos wirkendes, niedliches Gesicht, und ich werde immer jünger aussehen, als ich bin – eine Tatsache, die ich früher gehaßt und inzwischen schätzen gelernt habe. Manchmal zeige ich, so behauptet man, beinahe den Gesichtsausdruck einer Heiligen, den unangenehm starrenden, verzückten Blick eines Meßbuchengels, und zwar gewöhnlich dann, wenn ich gedankenverloren oder unendlich müde bin. Die Leute, die mir das sagten, meinten es nicht als Kompliment, und ich habe es auch nicht so verstanden. Ich bin weit davon entfernt, eine Heilige zu sein. Von meinem Vater habe ich, neben seiner kleinen Gestalt, die Sturheit, den Jähzorn und die sentimentale Vorliebe für hoffnungslose Fälle geerbt. Allerdings brachten mir die Nonnen und meine Mutter früh und gründlich bei, wie ich diese Charakterzüge im Zaum halten kann. Seit ich vier oder fünf Jahre alt war, konnte ich mich bei Prügeleien mit meinen Brüdern durchsetzen, und bald danach lernte ich, wie ich sie mit meiner spitzen Zunge niedermachen konnte. Aber von einem fast ebenso frühen Kindesalter an wurde ich von Schuld zerfressen, wenn ich das eine oder das andere getan hatte. Wäre ich nicht aus Corkie herausgekommen, dann wäre ich unter dem Druck all dieser widerstreitenden, heftig unterdrückten Gefühle, die sich in mir regten, wohl irgendwann explodiert. So geht es vielen Frauen in Corkie. Sie explodieren, oder sie werden, was einfacher und angenehmer ist, zu Stein wie meine Mutter.

Während des letzten, nie beigelegten Streits, den ich mit meinem Bruder John hatte, erzählte er mir, sie habe sich nach meiner Geburt verändert, aber ich weiß, daß er mich damit nur verletzen wollte. Seiner Meinung nach habe ich schreckliche Schande über die Familie gebracht, und er bekämpfte mich mit allen Waffen, die ihm zur Verfügung standen. Doch was er da sagte, stimmt nicht. Meine Mutter veränderte sich ganz allmählich, und wenn ich älter gewesen wäre, hätte ich bemerkt, wie es geschah. Ich glaube, ihre Veränderung begann, als mein Vater mit den Frauen und dem Trinken anfing, und die Wandlung war abgeschlossen, als das Lachen, das Küssen und das spontane Zupacken und Herumtanzen in der Küche aufhörten, und das war der Fall, als er und viele andere Männer aus Corkie von Monarch entlassen wurden, weil sie versucht hatten, eine Gewerkschaft zu gründen.

Vor diesem Ereignis war mein Vater ein eifriger Verfechter alles Amerikanischen gewesen und hatte all diejenigen lautstark verächtlich gemacht, die an den alten Sitten festhielten. Er war der Meinung, Monarch ermögliche ihm und seiner Familie ein gutes Leben; für ihn war »Made in America« mehr als ein Werbeslogan. Es war ein Dogma seines Lebens.

Aber Irland entläßt seine Söhne nie, und das dunkle Bedürfnis, angesichts von Ungerechtigkeit, sei sie nun real oder auch nur eingebildet, zu streiten, zu schreien und zu toben, kroch schließlich wie ein Bandwurm aus dem Innersten von Liam O'Donnell hervor. Als die ersten Schwarzen – die für meinen Vater und die Männer von Corkie immer Bimbos, Kaffer und

Nigger blieben, obwohl sie in den Docks schon seit langem Kolonnen schwarzer Arbeiter unter sich hatten, mit denen sie gemeinsam lachten und aßen – Ehrgeiz entwickelten und bei Monarch kleinere Vorarbeiterposten, bessere Bezahlung und gewisse Aufstiegschancen bekamen, begannen Liam O'Donnell und seine gleichaltrigen Kollegen sich zu organisieren und versuchten, eine Gewerkschaft zu gründen. In Georgia galt der »Full Employment Act«, und die großen Firmen wie Monarch hatten nicht vor, das zu ändern. Jeder, den die Vorurteile nicht blind und rasend gemacht hatten, erkannte, daß es ein sinnloser Kampf war. Aber trotzdem – oder vielleicht gerade deshalb, wenn man seinen Charakter in Betracht zog – trug mein Vater seine Wut in die Pubs und an die Straßenecken und versammelte eine beträchtliche Armee rotgesichtiger, wütender, schimpfender Iren um sich, ehe Monarch sich dazu aufraffte, alle Beteiligten zu feuern. Das war ein schrecklicher Schock für ihn. Ich glaube, daß er sich davon nie wieder ganz erholt hat.

Als das geschah, war ich etwa neun Jahre alt, im letzten, traumwandlerischen Jahr des ersten Lebensjahrzehnts, und ich kann mich noch fast genau an den Tag erinnern, an dem der Mann, den ich kannte, zum letzten Mal von der Arbeit nach Hause kam, sich vor den großen neuen Dumont-Fernseher setzte und sich in einen mir völlig unbekannten Mann verwandelte. Dieser Mann lachte nicht mehr, riß keine groben Witze mehr, lud uns nicht mehr auf ein Eis ein oder zum Bingospielen, besuchte die Messe nur noch an den Feiertagen und trug mich nie wieder an einem heißen, stillen Sommerabend auf den Schultern. Er starrte schweigend auf den flackernden Bildschirm des Schwarzweißfernsehers im Wohnzimmer, während um ihn herum das Alltagsleben im Haus sich qualvoll dahinschleppte. Er wartete nur darauf, daß es fünf Uhr wurde und er zu Perkins' Pub am Kai fliehen konnte, wo seine Kollegen und er sich unter dem dichten Schatten der Bäume am Fluß nach der Arbeit drei-

oder viermal in der Woche getroffen hatten. Sie saßen dort zusammen und tranken stetig, beobachteten den Schichtwechsel und die zunehmend mit schwarzen Gesichtern durchsetzten Menschenmengen, die sich wie Ebbe und Flut von den Docks weg und auf sie zubewegten, und murmelten melancholisch und traurig vor sich hin. Und ihr Gesprächsthema an diesen dämmrigen Abenden war Irland.

In dieser Zeit, wenn er, oft am Arm seiner Kameraden oder einer meiner Brüder, der ihn holen sollte, schwankend nach Hause kam, hörte ich die alten Geschichten über Irland. Geschichten über Helden, Schlachten, Ruhm und Blut. Geschichten und Lieder, von denen wir gar nicht gewußt haben, daß er sie kannte. Vielleicht hatte er es selbst nicht gewußt. In dieser Zeit und danach wurde aus meinem lachenden, schelmischen, gutaussehenden Vater einer dieser lächerlichen und herzzerreißenden Berufs-Iren, die in den Pubs entlang der Ostküste von Boston bis Savannah tranken und weinten. Sie waren wie ein verzweifelter, haltloser Rosenkranz aus Perlen, die sich danach sehnten, Gold zu werden, und sich doch nicht verwandeln konnten. Irland, intonierten sie endlos, Irland. Und was nicht irisch war, war das Pulver nicht wert, um es in die Luft zu jagen.

Damals begann er mich Smoky zu nennen. Vorher hatte er wie jeder andere Reenie zu mir gesagt, nach meiner Mutter, oder, wenn er ärgerlich war, auf förmliche Weise Maureen. An meinen gälischen Mittelnamen, auf dem die alte Großmutter, die Nonna meines Vaters, die starb, als ich noch keine zwei Jahre alt war, bestanden hatte, dachte ich kaum noch. Er lautet Aesling, und das bedeutet übersetzt »schöner Traum«. Man hat mir erzählt, daß die irischen Poeten während der Unterdrückung durch die Engländer, als Dichtungen über Irland verboten waren, das Wort »aesling« anstelle von Irland benutzt hatten. Eines Abends, als John und James ihn in sehr mitgenommenem Zustand nach Hause brachten, erinnerte sich mein Vater daran und tat so, als sei dieser Name der goldene Topf am Ende des Regenbogens.

»›Schöner Traum‹«, krähte er wieder und wieder mit einer Stimme, die heiser war vom Jameson-Whisky und von Tränen. »›Schöner Traum‹. Ja, und Aesling sollst du von nun an heißen, mein Liebling, und ich will nichts anderes mehr hören unter diesem Dach.«

Nach einem Besuch in Perkins' Pub redete er oft wie Barry Fitzgerald.

Richtig ausgesprochen klingt der Name wie »Äschling«, und so war es nur eine Frage der Zeit, bis ihn einer meiner Brüder, um mich zu ärgern, zu »Asche« verkürzte, und schließlich wurde Smoky daraus. Ich haßte diesen Spitznamen und rannte schluchzend zu meinem Vater, im Vertrauen darauf, daß er per Anweisung das mir nur wenig angenehmere »Aesling« wieder einsetzen würde. Aber irgend etwas an diesem frechen, gewöhnlichen kleinen Spitznamen gefiel ihm, oder vielleicht war es auch sein bösartiger Dämon, der an diesem Tag auf seiner Schulter saß, denn er lachte schallend und wiederholte den Namen mehrmals, und die Jungs lachten auch, und sogar meine Mutter lächelte, und so heiße ich bis heute Smoky. Als ich älter wurde, versuchte ich, unter meinen Schulkameraden Aesling, Maureen oder Reenie wieder einzuführen, aber vergeblich. Offenbar liegt in dieser Silbenkombination etwas ganz besonders Albernes, das eine große Anziehungskraft ausübt. Es ist ein Spitzname ohne jede Würde und Substanz; ein Mann, den ich einmal geliebt hatte, sagte zu mir, der Name passe zu einer Stripperin oder zu einer professionellen Rollschuhkunstläuferin. Smoky O'Donnell, die Königin der stählernen Räder. Ich war so machtlos dagegen, als wäre er auf meiner Stirn eingraviert. Falls ich jemals den Pulitzerpreis gewinnen sollte, dann wird er nicht Maureen Aesling, sondern Smoky O'Donnell verliehen werden. Denjenigen, der ihn aufbrachte, hat dieser Name schon längst überlebt, und er macht Anstalten, auch seine Besitzerin zu überleben. Und dieser Name ist unter den vielen Gründen nicht der unwichtigste, daß mich der Gedanke, »Liam O'Donnells Tochter« zu sein, an diesem ersten Abend in Atlanta zu Stein erstarren ließ.

Im Kriechtempo schlichen wir im Samstagabendverkehr die Peachtree Street entlang, vorbei an den großen Kaufhäusern, die bereits weihnachtlich erleuchtet waren, vorbei an den hoch aufragenden, neuen Hotels, die wie weiße Pilze in die Höhe schossen – ich hatte gehört, daß eines von ihnen auf dem Dach eine Cocktailbar hatte, die sich drehte und dabei das glitzernde Panorama der gesamten Stadt präsentierte –, vorbei an Bürogebäuden und Restaurants, Kinos und Läden. Überall eilten Leute, die Köpfe eingezogen wegen des Nieselregens, über die Straßen und die Gehsteige entlang. Viele von ihnen trugen Weihnachtspakete und Einkaufstüten von Geschäften, deren Namen für mich beinahe märchenhaft klangen: Rich, Davison-Paxon, J. P. Allen und Muse. Da waren viele Pärchen, die sich auf dem Weg ins Kino, ins Restaurant oder sonstwohin befanden. Die meisten gingen schnell, manche von ihnen Arm in Arm, und ich hatte den Eindruck, daß sie alle lächelten. Die ganze Welt schien aus Licht zu bestehen; die Straßenlaternen trugen durchscheinende Krägen, die Neonleuchtschriften liefen und blinkten, die Lichter der Autos strahlten und flackerten, und die Reifen hinterließen langgezogene Leuchtspuren auf den glitzernden schwarzen Straßen. Eingesperrt im überhitzten Innern des Vista Cruiser, konnte ich die Musik der Stadt vernehmen: lautes Hupen, nasses Zischen der Reifen, quietschende Bremsen, Sirenen, Bruchstücke von Gelächter und Geschrei an den Kreuzungen, und von irgendwoher den schweren Beat, wenn auch nicht die Melodie, von Rockmusik. Samstag nacht in der Innenstadt von Atlanta.

Ich drehte meinen Kopf nach links und nach rechts, während mir das Herz bis in den Hals klopfte, und versuchte dabei, meinen Atem zu beruhigen, damit mein Vater nicht merkte, wie sehr mich dieses Sodom, dieses Gomorrha, mitriß. Ich war den Tränen nah und erfüllt von einer Erregung, die der heiligen Verzückung, wie sie uns Schwester Dinitia einmal beschrieben hatte, so nahe kam, wie ich es mir nur vorstellen konnte. Schwester Mary Gregory, durch deren Rückzug ins Kloster der Welt eine große Gelehrte der klassischen Sprachen verlorengegangen war, hatte uns Latein eingetrichtert, und leise sagte ich, wie Cicero lange vor meiner Zeit: »›Die Großstadt, die Großstadt – sie stellt jeden anderen Wohnort in den Schatten.‹«

Wir glitten hinaus aus den Schluchten der hohen Gebäude und steckten plötzlich im dichten Verkehr eines Stadtteils, der Lichtjahre und Äonen entfernt schien von der romantischen, filmreifen Stadtkulisse, durch die wir gerade gekommen waren. Jetzt erhoben sich auf beiden Seiten der Peachtree Street bescheidene ein- und zweistöckige Gebäude, in denen sich anonyme und weitgehend unbeleuchtete Firmen und Geschäfte befanden. Überzogen waren sie mit einem trostlosen Durcheinander aus elektrischen Drähten, Aufschriften, verschlissenen Markisen und einem Gewirr aus Wasser- und Gasleitungen. Aber es hätte ebensogut Park Avenue, Worth Avenue oder die Rue de la Paix sein können. Denn worauf es ankam, war nicht die Straße, sondern die Leute, die sich dort befanden. Es waren Massen von Menschen, ein wahrer Strom von Menschen, die sich so dicht drängten, daß sie sich wie aus einem Stück vorwärtsbewegten. Sie waren wie eine Welle, die langsam über die Bürgersteige der Peachtree Street schwappte und die fast stehenden Autos voll mit Menschen, die sie aus den Wagenfenstern anstarrten, offenbar gar nicht bemerkte.

»Hippies!« stieß mein Vater hervor. »Jetzt schau dir bloß diese dreckigen Hippies an! Du lieber Herr Jesus, das müssen ja mindestens fünftausend sein!«

Er hatte recht, zumindest beinahe. Natürlich waren es keine fünftausend, aber doch ziemlich viele, und es waren tatsächlich

Hippies, und noch mehr: Ich sah auch Rocker, ich sah Rauschgiftsüchtige, die von dem, was sie gerade geraucht, geschluckt oder gespritzt hatten, so high waren, daß sie sich erkennbar in einem anderen Universum befanden als wir übrigen, sah zerlumpte und seltsam gekleidete Kinder, deren bizarre Kostümierung eher den ökonomischen Umständen als der gegenwärtigen Blumenkinder-Mode entsprungen schien, sah Körper von Menschen, die auf dem Rücken lagen und berauscht, krank oder sogar tot sein konnten, sah junge Mädchen, die selbst für meine ungeschulten Augen nichts anderes sein konnten als Prostituierte, und aufgetakelte und zurechtgemachte schwarze Jugendliche, die mit Sicherheit Zuhälter waren. Rauch hing in dichten Wolken in der Luft über den Bürgersteigen; selbst im Innern des Wagens verriet die beißende Schärfe den Eigenanbau. Von Gitarren und aus Radios jaulte und hämmerte Musik; verschlissene und ausgebeulte Ärmel, Westen, Perlenketten, bloße Füße und ein Meer dünner, ausgebleichter Jeans verdrängten den kühlen Abendnebel. Alle bewegten sich langsam und so hypnotisch, als gingen sie unter Wasser; keiner von ihnen wirkte kriegerisch oder gefährlich – die meisten sahen eigentlich auf verschrobene Weise begeistert aus –, und wirklich jeder einzelne von ihnen war jung. Die ganze Szenerie war keineswegs bedrohlich, abgesehen von der Menge der Menschen und vielleicht auch ihrer beabsichtigt grotesken Erscheinung. Aber ich sah, daß die Fenster der Autos neben uns hastig nach oben gekurbelt wurden, und mein Vater verschloß schnell die Türen des Vista Cruiser.

»Wir fahren jetzt augenblicklich nach Hause, und daß ich ja keinen Ton von dir höre«, sagte er streng.

»Pa...«

»Nein! Ich lasse dich nicht allein hier zurück, wo sich dreckige Hippies und Gott weiß wer mitten auf der Straße Rauschgift spritzen und in der Gosse herumhuren! Das ist nichts für ein anständiges katholisches Mädchen; meine Tochter wird nicht jeden Tag mitten durch diesen Haufen von Dirnen und Zuhältern zur Arbeit gehen …«

Ich sagte nichts. Jetzt waren wir dort angelangt, was im Innern von Liam O'Donnell lag und was meine Liebe zu ihm zunichte gemacht hatte, dem, was mich eigentlich von zu Hause weggetrieben hatte. Es ging nicht um den Shit, um die abgedrehten Typen, die Freaks und die verwöhnten Teenager, die sich als Hippies gaben; es war der Sex, den sie allein durch ihre Gegenwart ausstrahlten. Natürlich war es Pech, daß wir zufällig mitten in das berühmt-berüchtigte Tight-Squeeze-Viertel von Atlanta geraten waren, von dem wir sogar im hermetisch abgeriegelten Corkie gehört hatten, aber es überraschte mich nicht. Wäre es nicht Tight Squeeze gewesen, dann eben etwas anderes, irgend etwas. Ich drehte meinen Kopf weg von ihm und fühlte, wie mir der altvertraute Kloß aus Wut und Abwehr in die Kehle stieg. Dabei überlegte ich, ob ich wohl genug Mut hatte, meinen Koffer zu packen, aus dem Auto zu springen, die Tür hinter mir zuzuschlagen und davonzugehen, um mir den Weg zum kirchlichen Mädchenheim zu Fuß zu suchen.

Ich erinnerte mich …

Seit dem Augenblick, als wir die Pubertät erreichten, und auch schon davor, hatten uns unsere Mütter, die Nonnen und die Kirche ganz allgemein beigebracht, daß Keuschheit der einzig normale, wünschbare, erlaubte oder mögliche Zustand für ein unverheiratetes Mädchen sei und daß selbst der Gedanke daran, *es* zu tun, die sofortige Verderbnis und den Beginn eines langen Abrutschens in den Ruin zur Folge habe. *Es* tatsächlich zu tun, bedeutete Schwangerschaft, Schande, Tod und ewiges Höllenfeuer, ohne jedes Wenn und Aber. Ich weiß nicht genau, was den Jungen beigebracht wurde, aber es muß etwas Ähnliches gewesen sein, lediglich ergänzt durch die Warnung, den Tempel des eigenen Körpers nicht zu beflecken, um die Herzen ihrer Mütter vor Angst und Scham zu bewahren. Die natürliche Folge davon war, daß wir die ganze Zeit an *es* – die dunkle Tat, das Schmutzige – dachten, und nicht wenige von uns *es* auch taten. Wir weinten, hinterher, wir brannten innerlich vor Scham und Furcht, wir durchlitten Agonien der Schuld, aber wir taten *es*.

Ich tat *es* nie, aber ich war eine Spätentwicklerin und hatte, bis ich sechzehn war, noch nie eine ernsthafte Verabredung gehabt. Aber meine beste Freundin Meg Conlon tat *es*. Seit sie dreizehn war, ging sie fest mit Frank Callahan, und als Meg sechzehn wurde, taten sie *es*, verrückt vor Liebe und Hormonen, nach einem Demolay-Ball auf dem Rücksitz des Autos von Franks Vater, und danach taten sie *es* wieder und wieder, und im Februar – vor Megs siebzehntem Geburtstag – wurde sie schwanger. Ich habe nie erfahren, wie das ihrer Meinung nach passiert sein konnte; ich wußte, daß Frank Gummis benutzte, die ihm sein älterer Bruder aus Malone's Drugstore besorgte. Vielleicht hatten die Nonnen recht; jede Art von Verhütung war eine Sünde, und es war unausweichlich, daß die Sünder dafür bezahlen mußten.

Ich wußte nichts von Megs Schwangerschaft. Ich glaube auch nicht, daß jemand anderer davon erfuhr, vielleicht noch nicht einmal Frank. Eines Nachts versuchte Meg, das Kind mit einem Kleiderbügel abzutreiben, und landete im kirchlichen Krankenhaus mit einer bösartigen Infektion, die sie viele Tage lang am Rand des Grabes hielt und sie, wie wir hörten, jeder Chance beraubte, jemals Kinder zu bekommen. Ich wollte sie besuchen, aber mein Vater verbot es mir, und als es ihr so gutging, daß sie entlassen wurde, fuhr sie statt dessen zur Mutter ihrer Mutter nach Jacksonville, angeblich, um diesen schrecklichen alten Drachen während ihrer langen, letzten Krankheit zu pflegen. Sie kam niemals zurück. Frank verließ Corkie am Tag nach seinem High-School-Abschluß, und auch ihn sahen wir nie mehr wieder. Mein Vater verbot mir, die beiden auch nur zu erwähnen.

»Sie war nichts anderes als eine Hure«, sagte er, als er mich, kurz nachdem wir davon erfahren hatten, wegen Meg in Tränen aufgelöst fand. »Und was ihr passiert ist, hat sie voll und ganz verdient.«

Ich sah ihn ungläubig an. Wäre ich nicht so geschockt und empört gewesen, dann hätte ich vielleicht die Angst erkannt, die deutlich in seinen blauen Augen hinter den weißen Wimpern stand. Aber ich sah sie nicht. Ich sah nur sein strenges, verzerrtes, schreckliches Gesicht, das rot war vor Wut.

»Warum ist sie eine Hure, wenn sie es tut?« brüllte ich ihn an. »Wenn du es mit halb Corkie tust, bist du das nicht...«

Er gab mir eine Ohrfeige. Bevor er zuschlug, hatte ich meinen Vater noch auf irgendeine Weise geliebt. Danach liebte ich ihn nicht mehr.

Dennoch vollendeten seine Worte und der Schlag das Werk, das die Kirche begonnen hatte. Nach diesem Ereignis wurde ich zum klassischen braven Mädchen, zum Modell junger, katholischer Weiblichkeit, zur Zierde meiner Familie. Ich war ein wahres Kind von Johannes dem Täufer und Corkie. In aller Schicklichkeit ging ich mit vielen braven katholischen Jungen aus, verabredete mich aber nie mit mehreren gleichzeitig, und niemals wurde es ernst. Sobald sich etwas Ernsthaftes zu entwikkeln begann, floh ich. Ich weiß bis heute nicht, ob es Furcht oder Ärger war, was mich rein hielt, wie die Kirche es nannte.

Im Armstrong College, das sich in der schönen Altstadt von Savannah befand, hatte ich wenig Zeit für ernsthafte Beziehungen; ich lernte endlos viel, um mein Demolay-Stipendium nicht zu verlieren, und arbeitete nach der Schule in der College-Buchhandlung, um zu meinem Unterhalt beizutragen. Es gab einen jungen Mann, einen dunklen, schweigsamen, schrecklich begabten, jungen Polen namens Joe Menkiewicz aus Pittsburgh, den Herausgeber der Collegezeitung, für die ich eine Kolumne schrieb und als Redakteurin arbeitete. Mit ihm hätte ich vielleicht Corkie und alle Vorsicht vergessen, aber er wechselte zur Columbia J, bevor sich die Beziehung entwickeln konnte, und so jemand wie er lief mir nicht noch einmal über den Weg. Ich entdeckte mein Talent zum Schreiben und Redigieren, das ich pflegte, so gut es ging, schloß mein Studium mit Auszeichnung und als Herausgeberin des *Armstrong Argonaut* ab und begann im Büro einer großen Schiffsversicherung in der Bay Street zu arbeiten, oben am Steilufer über den Docks, wo mein Vater so lange gearbeitet hatte. Ich wohnte zu Hause, zahlte meiner Mutter und meinem Vater etwas für Unterkunft und Verpflegung, wurde im Büro bald befördert und verabredete mich ständig und stets mit braven jungen Katholiken aus meiner Wohngegend, die entweder – wie ich – eine Ausbildung in einer Versicherung oder einer Bank oder einer Immobilienfirma machten oder die Söhne wohlhabender irischer Kaufleute waren. Einige von ihnen waren ernsthaft an mir interessiert und wollten genau das von mir, was auch meine Familie wollte: Heirat, Kinder, ein kirchentreues Leben, ein hübsches Haus an einem hübschen Platz in der Altstadt, das ein bißchen – aber nicht zu sehr – besser aussah als diejenigen, in denen wir aufgewachsen waren; ein angenehmes Leben, ein würdiges Alter mit respektvollen Enkeln, einen ehrenvollen Tod und ein großes Begräbnis in der St.-John-Kirche.

Ich selbst wollte nichts davon, aber was ich eigentlich wollte, wußte ich nicht. Wie Scarlett O'Hara beschloß ich, daß ich es auch noch morgen herausfinden könnte. Statt dessen widmete ich mich meiner Arbeit. Und ehe ich mich's versah, war ich sechsundzwanzig, ein aufgehender Stern in meiner Firma, mehr als halbherzig befreundet mit einem gutaussehenden jungen Schadensregulator, dessen Karriere auf der Überholspur verlief, wie man das später nennen sollte, und immer noch Jungfrau.

Und ich wußte noch immer nicht, was ich wirklich wollte.

Und eines Tages wußte ich es dann. Es geschah an dem Abend,

als mich Hank Cantwell, mein bester Freund aus der Zeit am Armstrong, der für das Layot des *Argonaut* und des College-Jahrbuchs zuständig gewesen war, aus Atlanta anrief und sagte: »Du kannst dich doch an diese Fotoberichte über die Altstadt erinnern, die wir für den *Argonaut* gemacht haben? Diese Stadtlandschafts-Sache, für die ich die Fotos geschossen habe und du die Texte geschrieben hast? Na ja, ich habe sie jemandem gezeigt, und er will mal mit dir reden.«

Und eine honigsüße Stimme, so tief und füllig wie Wein im Glas, ertönte in der Leitung und sagte: »Hallo, meine Liebe. Mein Name ist Matt Comfort, und ich bin der Herausgeber des *Downtown Magazine,* und ich möchte, daß Sie hierherkommen und für mich arbeiten.«

Einen Augenblick lang sagte ich gar nichts, während um mich herum alles zu dröhnen schien. Und im selben Moment wußte ich, daß ich gehen würde. Noch bevor ich überhaupt wußte, wer dieser Mann war und um was für eine Zeitschrift es sich handelte, wußte ich, daß ich gehen würde, selbst wenn ich jeden Schritt bis Atlanta zu Fuß zurücklegen mußte, und daß von nun an nichts mehr auf der Welt so sein konnte, wie es vorher gewesen war. Das alles und noch mehr lag in dieser außergewöhnlichen Stimme.

Bevor ich antworten konnte, sagte Matt Comfort: »Hank hat mir von Ihrem Vater erzählt. Ist er da? Falls er da ist, geben Sie ihn mir.«

Ich sah erst das Telefon an und dann meinen Vater, der wie immer vor dem Fernseher saß und John-Jameson-Whisky trank. In diesem Jahr hatten wir einen RCA-Fernsehapparat. Als ich nichts sagte, blickte er zu mir auf, und ich ging einfach quer durchs Zimmer zu ihm und reichte ihm das Telefon, dessen Schnur sich straff spannte. Und dann setzte ich mich und wartete.

Es wurde kein langes Gespräch. Mein Vater sagte kaum mehr als: »Aha. Mmmh-hm. Ja. Aha. Ich verstehe.«

Schließlich sagte er: »Na gut, sie wird Sie zurückrufen, Mr.

Comfort ... ja, Matt ... morgen früh. Ihnen auch. Auf Wiedersehen.« Und damit legte er den Hörer auf und betrachtete mich schweigend. Meine Mutter war aus der Küche herübergekommen, und wir standen beide da und sahen meinen Vater an.

»Dieser Comfort hält sehr viel von deiner Arbeit, Smoky«, sagte mein Vater in einem Tonfall, als sei es ihm gerade erst aufgefallen, daß ich Fertigkeiten irgendwelcher Art besaß. »Er macht dort oben eine neue Zeitschrift für die Handelskammer oder so, und er sagt, das wird mal eine der besten ihrer Art auf der ganzen Welt. Er sagt, sie hätten es schon halb geschafft.«

Ich nickte. Mein Vater sah meine Mutter an.

«Er will, daß Smoky kommt und für ihn arbeitet. Dieser Cantwell, den Smoky mal mitgebracht hat, der mit der Brille und dem fetten Hintern ... der hat diesem Comfort etwas gezeigt, was unser Mädchen am College gemacht hat, und dieser Comfort hat ihm gesagt, er soll sie gleich mal anrufen. Was hältst du davon? Mama?«

Meine Mutter begann den Kopf zu schütteln, und mein Vater hob die Hand. Sie hielt inne.

»Der Mann sagt, er weiß, wie schwer es uns fallen wird, sie allein da hinauffahren zu lassen, aber er sagt, er ist auch Katholik, und er ist im ... Vorstand oder so etwas von so einem kirchlichen Heim für arbeitende Mädchen oder so, gleich in der Nähe, wo die Zeitschrift ihr Büro hat, und er wird sich drum kümmern, daß sie dort ein hübsches Zimmer bekommt und sich mit ein paar anderen katholischen Mädchen anfreundet – da sind noch zwei andere, die für ihn arbeiten –, und daß er sich selbst um sie kümmern und sie sogar mit in die Messe nehmen wird, bis sie sich auskennt. Er geht in eine große Kirche, die St. Matthews heißt. Er sagt, daß er Smoky nicht viel zahlen kann, aber er kann sich darum kümmern, daß ihr nichts passiert, und er sagt, daß sie ein Talent hat, dem man eine Chance geben muß ...«

»Ist er verheiratet? Hat er eine Familie?« wollte meine Mutter wissen.

»Na ja, natürlich. Ich meine, er hat es nicht gesagt, aber die Handelskammer wird eine große, neue Zeitschrift doch nicht einem jungen, unverheirateten Spund anvertrauen, oder?«

Meine Mutter sagte nichts.

»Na, Smoky, mein Mädchen?«

»Oh, Daddy, o mein Gott...« Ich schnaufte.

»Du sollst nicht fluchen«, sagte meine Mutter automatisch.

Und so hatte ich endlich meinen Weg gefunden.

Die Festung meines Vaters zu nehmen, ohne daß ein einziger Schuß gefallen wäre, war das erste von vielen Wundern, die Matt Comfort vor meinen Augen vollbrachte. Das verlieh mir die schwindelerregende Ahnung, daß in dieser Stadt im Norden, die noch im heißen Feuer des Schmelzofens glühte, tatsächlich eine Reihe kleinerer Wunder in erreichbare Nähe gerückt waren, und wenn es auch nur die Tatsache war, daß Matt Comfort existierte.

»Schick mir jetzt doch bitte eines«, dachte ich verzweifelt auf dem Beifahrersitz des Vista Cruiser, der in Tight Squeeze stekkengeblieben war. Ich sah aus den Augenwinkeln, wie sich die Entscheidung, mich wieder mit nach Corkie zu nehmen, als harter Zug im Gesicht meines Vaters abzeichnete. »Könnte mir bitte Gott, die Jungfrau Maria, Matt Comfort oder sonst jemand ein Wunder schicken, sonst endet die ganze Angelegenheit hier in diesem Auto.«

Und da heute eine geeignete Nacht war, sowohl für Wunder als auch für Erscheinungen, wurde mein Wunsch noch im selben Augenblick erfüllt. Das Wunder stand an einer Ecke, unter einer Straßenlaterne an der Kreuzung Tenth and Peachtree Street.

»Schau mal, Daddy«, sagte ich, und ungläubiges Lachen blubberte wie Ginger Ale in meiner Brust, prickelte fröhlich hinter meinen Augäpfeln. »Schau doch mal da hinüber.«

Er folgte der Richtung meines Fingers und sah sie ebenfalls. Drei junge Nonnen im vollen Habit und ein junger Priester in Jeans und einem Pullover mit rundem Ausschnitt über seinem steifen Kragen standen mitten in einer Gruppe zerlumpter, halbnackter Jugendlicher und schlugen ihre Gitarren, sangen und lachten, als handele es sich bei der ganzen Szenerie um einen Ausflug der Sonntagsschule. Über das Schweigen meines Vaters hinweg konnte ich leise den Klang der Akkorde und ihren Gesang hören: »Winchester Cathedral ... you're bringin' me down ...«

Mein Vater sagte nichts mehr, bis wir die Lichter von Tight Squeeze hinter uns gelassen und die Kreuzung der Fourteenth Street erreicht hatten, wo wir zum kirchlichen Mädchenheim links abbiegen mußten.

»Ich lasse dich hier zurück, Maureen Aesling, obwohl ich nicht glaube, daß es richtig ist«, sagte er. »Und ich werde diesen Matt Comfort mindestens einmal in der Woche anrufen, und wenn ihm auffällt, daß auch nur das Geringste mit dir nicht stimmt, die allerkleinste Kleinigkeit, dann bin ich wieder hier und hole dich, noch ehe er den Hörer aufgelegt hat. Daß du das ja nicht vergißt.«

»Ganz bestimmt nicht, Daddy«, erwiderte ich unterwürfig.

Als wir das wehrhafte, aus dunklen Ziegeln errichtete Gebäude des Marienheims erreicht hatten, beschloß mein Vater, mich nicht zu begleiten. Sobald er Corkie verließ, fühlte er sich fremd und unbehaglich, und ich wußte, dieses Gefühl hatte ihn jetzt wieder gepackt; ich kannte die Anzeichen noch von früher. Sein Plan war gewesen, mich sicher in die Arme der Kirche zu geleiten, sich in der Nähe ein billiges Motelzimmer zu suchen und früh am nächsten Morgen nach Hause zu fahren. Aber ich wußte, daß er, sobald er mich abgesetzt hatte, fluchtartig in den Vista Cruiser steigen und nach Hause aufbrechen würde, in dem Schutz des großen Wagens. Auf dem gesamten Heimweg würde er das Radio laufen lassen, mit seinen bevorzugten sentimentalen Sendern, die schwanden, sobald er die Stadt hinter sich ließ, und durch die härteren, nächtlichen Gospel-Sender des Prärielands und der Küste ersetzt wurden. Er würde zu den Liedern singen und, je mehr er sich Savannah und Corkie näherte, wieder ein kraftvoller und ganzer Mann werden, wie eine Fotografie, die im Entwicklerbad liegt.

Er trug meine Taschen bis auf die ausgetretene Vorderterrasse, stellte sie ab und läutete, und als er hörte, wie schwere Schritte näherkamen, umarmte er mich steif, strich mir über meine sorgfältig gekämmten, neugeschnittenen Haare und küßte mich auf die Wange.

Von der untersten Treppenstufe aus rief er mir zu: »Wessen Tochter bist du?«

»Ich bin Liam O'Donnells Tochter!« rief ich gehorsam zurück.

»Und daß du mir das ja nicht vergißt!«

»Nein, bestimmt nicht.«

Aber ich begann es noch im selben Augenblick zu vergessen.

»Paß auf, Atlanta«, flüsterte ich, während das Schloß in der wehrhaft wirkenden Eingangstür des Marienheims umgedreht wurde. »Paß auf, *Downtown Magazine*. Paß auf, Matt Comfort. Hier kommt Maureen Aesling O'Donnell, vergeßt das nicht!«

2. Kapitel

Ich war noch nie in New York gewesen, aber Carolyn Renfrow aus meiner Klasse am St. Zita hatte dort einmal ihre ältere Schwester Dierdre besucht. Dierdre hatte einen Jungen aus Corkie geheiratet, der, als er mit dem Truppentransporter aus Korea zurückkam, einfach nicht mehr nach Hause gefahren war. Stattdessen war er in New York geblieben, um für ein Taxiunternehmen zu arbeiten. Als er Dierdre dann nachkommen ließ, besaß er bereits ein eigenes Taxi, und sie heirateten und wohnten in Levittown, und Dierdre arbeitete im städtischen Steueramt, bis die Kinder kamen. Aber bevor sie Jerry Sullivan heiratete, lebte sie für kurze Zeit im Barbizon Hotel für Frauen, und dort hatte Carolyn sie besucht. Mir kam Carolyns Bericht über Dierdres Leben dort magischer vor als alles, was ich jemals gehört hatte.

Genau so stellte ich mir das Marienheim vor. Warum ich das glaubte, weiß ich nicht mehr, aber so war es.

Noch bevor mein Vater und ich nach Atlanta aufbrachen, konnte ich alles, jede Einzelheit, jede Facette, jede Nuance, genau vor mir sehen. Lachende, scherzende junge Frauen strömten jeden Morgen in die Arbeit und kehrten am Abend wieder zurück. Sie waren schlank, trugen modische Mary-Quant-Kleider, hatten glänzende, gerade geschnittene, schwingende Sassoon-Frisuren, und die langen Beine steckten in gemusterten, weißen Netzstrumpfhosen. Sie waren selbstsicher und bestens darüber informiert, wo man in Atlanta einkaufen, essen und sich sehen lassen mußte, aber natürlich stammten sie wie ich aus der Provinz, so daß ihnen noch ein winziger Rest attraktiver Unsicherheit geblieben war. Allzusehr stach ich als frischer Neuankömmling aus Corkie nicht heraus. Sie hießen mich als Schwester willkommen; am Abend saßen wir dann in unseren kurzen Schlafanzügen und mit Lockenwicklern auf den Betten, rauchten, tranken Coca Cola und tauschten unsere Herzensgeheimnisse aus; wir frisierten uns gegenseitig, liehen einander Kleider, und vielleicht veranstalteten wir sogar Experimente mit Körperbemalung. Wir stellten die Freundinnen den großstädtischen Freunden unseres festen Freundes vor und gingen in lachenden, scherzenden Cliquen ins Kino, in die Disco, ins Restaurant und in Konzerte. Natürlich gab es auch eine Hausmutter, ein weise, exzentrische ältere Frau, die in uns ihre eigenen Träume und Schwächen der Jugend wiedererkannte. Wenn wir zu spät nach Hause kamen oder irgendeine kleine Hausregel verletzt hatten, schüttelte sie lächelnd den Kopf, und wenn wir gerade – kurzfristig – keinen Freund hatten, tröstete sie uns. Wir nannten sie Muggsy oder Gertie oder so, und sie nannte uns »Kinder«. Zu Weihnachten warfen wir dann unsere Ersparnisse zusammen und kauften ihr ein Satinnachthemd, und sie riß böse Witze darüber, und in ihren Augen glitzerten Tränen.

Eines Abends dann, im warmen, unaufgeräumten, nach Miss Dior duftenden Aufenthaltsraum, würden unsere Augen denen eines gutaussehenden Fremden begegnen, der eigentlich eine andere besuchen wollte, und unsere Blicke würden sich nicht mehr lösen...

In Wahrheit entstammte meine Vision eher der jüngsten Wiederholung von *Bühneneingang* im Bijou-Kino in Corkie als Dierdre Renfrows Aufenthalt im Barbizon Hotel für Frauen an der Ecke Madison und Sixtyfourth in Manhattan. Und beides hatte absolut keine Ähnlichkeit mit dem Marienheim für katholische Mädchen an der Fourteenth Street in Atlanta. Das Marienheim steckte noch unerbittlich in den frühen, vom Vatikan gesegneten fünfziger Jahren, und das galt auch für mich. Rückblickend erscheint es mir unglaublich, daß die Frau, deren Phantasien sich an diesem Abend um *Bühneneingang* und Körperbemalung drehten, sechsundzwanzig Jahre alt war. Aber so stark waren Corkie und die Kirche. Der Abstand zwischen Atlanta und der Gegend um die Docks von Savannah war nicht nur in Meilen zu messen.

Obwohl es erst kurz nach neun Uhr war, als mich mein Vater absetzte, waren die Fenster des Marienheims bereits weitgehend dunkel. Während ich auf der Vorderterrasse wartete, bis mir auf mein Klingeln hin die Tür geöffnet wurde, sah ich lediglich das düstere, gräuliche Licht einer Flurlampe, das durch die schmutzfleckigen Scheiben links und rechts neben der Tür fiel, und ein oder zwei schmale Lichtstreifen im ersten Stock, die so aussahen, als kämen sie unter geschlossenen Fensterläden hervor. Ansonsten waren das plumpe alte Haus und die danebenliegenden Häuser so dunkel wie starker Tee. Ich wußte nicht so recht, in welcher Gegend ich mich befand, abgesehen davon, daß sie mir vage geschäftsmäßig vorkam. Ohne weiteres Nachdenken war mir klar, daß die verdunkelten Häuser nebenan früher Einfamilienhäuser gewesen waren, und zwar keine ärmlichen, und jetzt als Wohnheime oder Büroräume genutzt wurden: AAA Personalservice, Peach-City-Zeitarbeit, Dr. A. E. Moorvakian, Chiropraktiker; Madame Rhonda, Medium; T. Plasters, Zahnarzt. Wären da nicht der beißende, kalte Abendnebel auf meinem Gesicht und das ferne Rauschen des Verkehrs auf der Peachtree Street gewesen, ich hätte mich gefühlt wie zu Hause in Corkie. Hier herrschte der gleiche, leicht säuerliche Geruch nach Mißerfolg, schlechten Geschäften und Niedergang. Ich hätte ihn noch auf der anderen Seite des Universums wiedererkannt.

Die Tür ging auf. Das Gesicht der Frau, die da stand, konnte ich nicht erkennen, aber ich sah das Weiß ihres Schleiers und den dunklen, bodenlangen Rock, und mein Herz wurde schwer. Warum eigentlich hatte ich nicht mit einer Nonne gerechnet?

Wer war schließlich besser dazu geeignet, die Töchter der Kirche in einer fremden Stadt zu behüten? Aber daran hatte ich nicht gedacht. Meine Vision von Muggsy, die angesichts ihres Satinnachthemds sentimentale Tränen vergoß, verflüchtigte sich.

»Maureen O'Donnell?« fragte die Schwester mit einer harschen und gefühllosen Stimme, die sich aus der umgebenden Dunkelheit zu speisen schien. Ihr Ton war überlagert vom Singsang des irischen Akzents, von dem ich geglaubt hatte, ich hätte ihn hinter mir gelassen.

»Ja. Äh... das stimmt, ich bin Maureen Aesling, aber alle nennen mich Smoky...«, sagte ich in die Dunkelheit hinein. Ich wünschte, sie würde zurücktreten ins Licht, damit ich nicht das Gefühl hatte, mit einer Statue zu reden.

»Ich werde dich Maureen nennen. So steht es in Mr. Comforts Brief, und so bist du bei uns registriert. Ich bin Schwester Mary James.« Damit drehte sie sich um und ging zurück ins Haus. Ich nahm meine Taschen und folgte ihr. Im Inneren hatte das Licht die Farbe von blassem Urin und war nur wenig heller als von draußen. Ich konnte erkennen, daß die Schwester einen schweren Körper hatte, eine Brille mit einem Gestell aus fleischfarbenem Plastik trug, straffe, glänzende Haut besaß, und ein unbestimmtes Alter über dreißig haben mußte. Alle Türen in der Eingangshalle waren aus dunkel gebeizter Eiche und geschlossen, und die Wände waren in ganz genau demselben Grün gestrichen wie in St. Zita. Ich überlegte, ob es wohl eine Firma gab, die diese grüne Farbe speziell für katholische Einrichtungen herstellte.

Schwester Mary James stieg schweigend und mit schweren Schritten eine Wendeltreppe aus dunkler Eiche hinauf. Ein braungrauer Läufer dämpfte das Geräusch meiner Schritte, als ich ihr folgte. Am oberen Ende der Treppe hing ein Kruzifix über einem abgeschabten Eichentisch, auf dem etwa zwölf große

Schuhschachteln standen. Jede hatte im Deckel einen Schlitz, unter den mit Bleistift ein Name geschrieben war.

»Für eure Post«, sagte Schwester Mary James, ohne stehenzubleiben. »Wir sortieren sie und verteilen sie einmal täglich am Nachmittag.« Sie bog nach links ab und tappte einen Flur hinab. Die Türen auf beiden Seiten waren geschlossen. Auf viereckigen Pappschildern, die daraufgeklebt waren, standen Namen, aber in der Düsternis konnte ich keinen davon lesen. Das einzige Licht hier stammte von einem Nachtlicht, das sich etwa auf halber Länge des Flurs knapp über der Scheuerleiste befand, und von einer pinkfarben und grün leuchtenden Neonschrift, die über dem Posttisch durch das hohe Fenster blinkte: »Leben in Georgia«, rief sie, »Leben in Georgia«.

Ganz plötzlich kam mir ein Gedanke, der mich in erstickendes Gelächter ausbrechen zu lassen drohte. Ich stellte mir vor, das Nachtlicht erwiese sich, wenn ich daran vorüberkam, als kleiner Plastikjesus. Aber es war dann lediglich eine winzige Birne in einer Muschel. Diese allerdings war aus Plastik.

Am Ende des Flurs öffnete Schwester Mary James mit einem Schlüssel, der ihr an einer Kette um den Hals hing, eine Tür und betrat den Raum. Sie gab mir ein Zeichen, ihr zu folgen. Als ich über die Schwelle trat, sah ich, daß auf dem Schild an der Tür Callahan, A. und O'Donnell, M. stand. In plötzlicher Schüchternheit blieb ich stocksteif stehen. Meine Tagträume hatten immer eine Zimmergenossin enthalten, aber jetzt, nachdem ich hier war, kam ich mir grobschlächtig und gefühllos vor, und ich war ärgerlich auf Schwester Mary James, die einfach die Tür aufgeschlossen und bei der schlafenden Callahan, A. hereingeplatzt war.

Aber das Zimmer war leer. Eine nackte Deckenlampe beleuchtete zwei Einzelbetten, die mit straffgezogenen und militärisch gefalteten Baumwollaken und einer gefalteten grauen Decke bezogen waren. Diese Decken kannte ich: In St. Zita hatte es sie in den wenigen Zimmern für Internatsschülerinnen und auf der Krankenstation gegeben. Vielleicht existierte genau wie für die Farbe ein spezieller Vertrieb für solche Decken, oder, was wahrscheinlicher war, eine riesenhafte, zentrale katholische Ausgabestelle...

Auf einem der Betten lagen ein Stoffaffe und ein zerknittertes rosafabenes Kissen. Das andere war leer, abgesehen von einem einzigen dünnen Kopfkissen, das sich auf dem glatten Bettuch nur wenig wölbte. Zwischen den Betten stand ein Metallschreibtisch und darauf eine grüne Lampe mit gebogenem Ständer. Über beidem hing ein einfaches Kruzifix aus Metall. Links und rechts der Tür befanden sich zwei mächtige eichenfarbige Schränke, und in der Mitte des Linoleumbodens lag ein runder Häkelteppich, ausgebleicht und offenbar selbstgemacht, aber irgendwie warm und weich. In der Ecke zischte und ratterte ein Radiator.

Der Raum war so spartanisch eingerichtet wie die Zelle einer Nonne, und mein Herz, das schon drauf und dran war, mir bis in die Knie zu sinken, hätte diesen tiefen Fall auch ohne Zögern getan, wäre da nicht das Fenster gewesen. Es war viel größer als die anderen, die ich bisher im Marienheim gesehen hatte, befand sich ohne Vorhang zwischen den beiden Betten und strahlte wie das Tor zum Himmel.

Ich schnappte ganz leicht nach Luft. Durch irgendeine Laune der Geographie, die ich noch nicht ganz begriff, blickte das Fenster meines Zimmers direkt über die Baumspitzen der Fourteenth Street und der Straßen, die dahinter lagen, hinweg auf Tight Squeeze, diesen Fluß aus Licht. Ich konnte die Menge der dahinwandernden, wild gekleideten Hippies sehen, die meinen Vater so aufgeregt hatten, die Lichter des Verkehrs, der wie glühende Lava über die Peachtree Street kroch, und die Häusertürme der Innenstadt, die alles überragten und im Nebel leuchteten.

»Ach«, sagte ich leise. Mir war nicht klar, daß ich überhaupt etwas gesagt hatte, bis Schwester Mary James verärgert nickte, zum Fenster marschierte und mit festem Griff die Jalousie herunterzog.

»Ich weiß«, sagte sie. »Das ist äußerst unangenehm. Diese schamlosen jungen Heiden... Aber das war das einzige freie Bett, und Mr. Comfort hat uns nicht viel Zeit gelassen. Ich fürchte, du wirst es einfach übersehen müssen. Wir haben schon so oft Petitionen an die Diözese eingereicht, daß jemand kommt und etwas dagegen tut – Fensterläden von außen, die man schließen kann, oder so etwas –, aber natürlich geschieht nichts... Ansonia öffnet die Jalousie niemals, aber da sind noch immer die Lichter, und im Sommer dieser infernalische Lärm...«

»Das geht schon in Ordnung«, sagte ich, voller Ungeduld, daß sie endlich ging und ich die abgeschabte Jalousie wieder hochziehen konnte. Wer immer Ansonia war, sie würde sich beim Schlafen eben umstellen müssen. Vielleicht konnte ich ihr eine dieser schicken Schlafmasken aus schwarzem Satin besorgen, die man aus Filmen kannte. Audrey Hepburn trug so eine in *Frühstück bei Tiffany's*.

»Nun, das wär's«, sagte Schwester Mary James. »Ich hoffe, daß Mr. Comfort mit deinem Zimmer einverstanden ist. Ich muß schon sagen, normalerweise nehmen wir niemanden nach so kurzer Voranmeldung und ohne schriftliche Referenz ihres Gemeindepriesters, aber er hat gesagt, daß Vater Terrence Moore uns in ein oder zwei Tagen schreiben wird. Außerdem hat uns Mr. Comfort unseren Bus besorgt, und da haben wir natürlich getan, was wir konnten. Ich bin sicher, daß du es hier bequem haben wirst und daß du dir alle Mühe gibst, ihm keine Schande zu machen. Wir haben nicht viele Regeln; ihr alle seid arbeitende junge Frauen und zu alt, um noch wie Kinder behandelt zu werden; aber die Regeln, die wir haben, müssen strengstens eingehalten werden. Du findest sie in dem kleinen Faltblatt in deiner Postschachtel. Wenn du noch Fragen hast, dann kannst du sie mir oder Schwester Clementia morgen früh stellen. Frühstück gibt es um acht Uhr, also nach der Frühmesse oder vor der Neun-Uhr-Messe. St. Joseph ist gleich zwei Blocks weiter in der Parallelstraße. Fast alle sind zu Thanksgiving nach Hause gefahren, aber sie kommen morgen zurück. Ich glaube, Ansonia hat gesagt, sie wollte so um vier Uhr wieder dasein. Sie besucht ihre Eltern in South Carolina. Rachel Vaughn weiter unten am Gang ist hier, sie nimmt dich bestimmt gerne mit in die Messe. Sie geht in die Elf-Uhr-Messe, wenn sie geht. Und du kannst morgen von ein Uhr mittags bis neun Uhr abends im Aufenthaltsraum Besuch empfangen, falls du hier Freunde hast.«

Sie machte eine Pause und sah mich an. Die Augen hinter der fleischfarbenen Plastikbrille verrieten, daß sie nicht annahm, ich hätte Freunde in Atlanta.

»Nein, ich dachte, ich laufe einfach ... ein bißchen herum und lerne die Stadt etwas kennen«, sagte ich lahm.

»Du wirst feststellen, daß sie an einem Feiertagssonntag ziemlich ruhig ist«, sagte sie und wandte sich zum Gehen, drehte sich dann aber noch einmal um.

»Wir hatten erwartet, deinen Vater kennenzulernen«, sagte sie. »Schwester Clementia hat einen Kuchen gebacken und den Tisch gedeckt, glaube ich. Aber offenbar ist er gleich wieder ...«

»Er mußte nach Hause«, sagte ich, und ein kleiner Schwall Ärger spülte mir die Lüge leicht über die Lippen. »Meine Mutter ist krank.«

»Das tut mir leid. Ich werde sie in meine Gebete einschließen«, sagte Schwester Mary James, nickte mir zu und schloß die Tür. Ich konnte die sich entfernenden Schritte nicht hören und stellte mir vor, sie stünde noch vor der Tür und lauschte. Aber auf was? Es war eine absurde Phantasie.

Dennoch rührte ich mich lange Zeit nicht vom Bettrand weg,

und es dauerte noch länger, bis ich über den Schreibtisch griff und die strahlenden Lichter der Stadt wieder ins Zimmer strömen ließ. Sie wirkten befreiend, und während ich auf Strumpfsocken durch den Raum ging und meine Kleider in dem unverschlossenen Schrank verstaute, wanderte mein Blick immer wieder zum Glanz des Lichts und des Lebens draußen.

Ich zog mein Nachthemd, den Bademantel und die Pantoffeln an, schlich auf Zehenspitzen den Gang hinab und spähte auf die Schilder an den Türen, bis ich eine fand, auf der »Badezimmer« stand. Dort trat ich ein und wusch mir unter den kugelförmigen alten weißen Deckenlampen das Gesicht und putzte mir die Zähne. Dann betrachtete ich mich in dem welligen, verzerrenden Spiegel. Das düstere, harte Licht und das fleckige, grünliche Spiegelglas ließen mich aussehen, als läge ich auf dem Boden des Meeres, ausgebleicht und vollgesogen, vor langer Zeit ertrunken. Ich biß mir auf die Lippen und rieb meine Wangen, aber noch immer blickte mich das ertrunkene Mädchen an, und ich schüttelte heftig den Kopf und ging schweigend zurück in mein neues Zimmer. Nie im Leben werde ich schlafen können. Ich werde einfach nicht einschlafen.

Aber trotz des fremden, leeren Zimmers, des klappernden Radiators und des Nachtwinds, der draußen durch die Zweige strich, und obwohl die erleuchteten Straßen ihr kaltes Licht auf mein schmales Bett warfen, schlief ich. Ich kniete nieder und sprach mechanisch das kleine Gebet, das ich fast an jedem Abend meines bisherigen Lebens gesagt hatte, und schlüpfte ins Bett. Dann wandte ich das Gesicht dem hell erleuchteten Fenster zu und flüsterte: »Ich bin hier. Warte auf mich« und schloß die Augen. Und als ich sie wieder öffnete, war es Morgen.

Am folgenden Nachmittag machte ich mich auf die Suche nach Atlanta, aber ich fand es nicht. Als ich dann wieder im Bett lag, unter dem Fenster, das die Seele der Stadt zeigte, war ich beinahe soweit, meinen Vater anzurufen, er solle kommen und mich holen. Und auch die Versicherungsgesellschaft, um ihnen mitzuteilen, ich würde doch zurückkommen und die Redaktion der Firmenzeitschrift übernehmen. Ich habe mich später immer gefragt, was wohl aus mir geworden wäre, hätte nicht das Verbot bestanden, das öffentliche Telefon im Obergeschoß nach zehn Uhr abends zu benutzen.

Ich stand spät auf an diesem ersten Morgen. Der Nieselregen der vergangenen Nacht hatte sich in einen erbarmungslosen Dauerregen verwandelt, der es schwermachte, die Tageszeit abzuschätzen, und meine Armbanduhr war kurz nach Mitternacht stehengeblieben. Aber es schien schon spät zu sein. Das leere Zimmer machte den leicht schuldbewußten Eindruck eines Raums, in dem sich zu Unrecht jemand befand. In Bademantel und Pantoffeln machte ich mich auf den Weg nach unten, wo ich hoffte, ein Frühstück zu finden, aber auf der Treppe begegnete ich Schwester Mary James, die mir erklärte: »Wir kleiden uns zum Frühstück an.« Ich kehrte um und zog mein blaues Kostüm und die hohen Schuhe an, um für die Messe bereit zu sein, falls die Spätaufsteherin Rachel Vaughn, von der die Schwester gesprochen hatte, nichts gegen eine Begleitung einzuwenden hatte. Dann ging ich wieder hinunter. Als ich den Frühstücksraum gefunden hatte, einen großen Raum auf der Rückseite des Hauses neben der Küche, ausgestattet mit einem großen, runden Eichentisch, Stühlen, einem Büffet und einem abgegriffenen Klavier, befand sich niemand darin außer einer dünnen Rothaarigen, deren Pferdeschwanz so fest gebunden war, daß er ihre Augen zu Schlitzen zog wie die einer Chinesin. Sie saß lässig auf einem Stuhl, hatte die strumpfsockigen Füße auf einen weiteren Stuhl gelegt, trank Kaffee und las die Comics in der Sonntagszeitung. Seltsamerweise trug sie einen khakifarbenen englischen Regenmantel, der wie der Zwillingsbruder meines dunkelblauen Mantels aussah und den sie bis oben hin zugeknöpft hatte. Auf ihrem scharfgeschnittenen kleinen Fuchsgesicht befand sich reichlich Make-up. Ihre Augenlider waren mit dickem Lidschatten überzogen und mit glänzenden Wimpern gefedert, denen ich auf den ersten Blick ansah, daß es nicht ihre eigenen waren, weil sie sich an einem Auge vom Lid gelöst hatten und wie eine Raupe nach oben ragten. Ihr Mund war klein und rund und mit einer üppigen Schicht glitzerndem, hellrosa Lippenstift bedeckt. Die Schuhe, die unter dem Tisch lagen, hatten breite, mittelhohe Absätze, eckige Spitzen und waren fast ganz und gar aus dünnen Riemchen konstruiert. Vielleicht geht sie nach der Messe auf eine Party, dachte ich, obwohl ich mir nicht vorstellen konnte, daß es – selbst in Atlanta – am frühen Nachmittag eine Party gab, zu der man Sandalen und falsche Wimpern trug. Sie rauchte eine Zigarette aus dem Päckchen Salem, das neben ihrem Teller, auf dem sich lediglich eine halbleere Schale mit Getreidebrei befand, auf dem Tisch lag. Im ganzen Raum waren Aschenbecher verteilt – die Kirche verbietet zwar ziemlich viel, ist aber in dem, was sie erlaubt, recht pragmatisch und versucht nichts Sinnloses –, aber als ich das Zimmer betrat, lächelte sie und drückte ihre Zigarette in der Breischale aus.

»Guten Morgen und herzlich willkommen«, sagte sie über das Zischen der Zigarette hinweg. »Du mußt Maureen O'Donnell sein. Wer sollst du auch sonst sein? Ist das nicht ein scheußlicher Morgen? Ich bin Rachel Vaughn. Die Schwester hat mir gesagt, du würdest vielleicht in die Elf-Uhr-Messe mitgehen, darum habe ich auf dich gewartet.«

Sie verdrehte die Augen in Richtung der Tür, hinter der, wie ich vermutete, die Küche lag, und flüsterte: »Sag ja. Wir müssen nicht wirklich hingehen.«

Ich grinste.

»Danke«, sagte ich laut. »Das war nett von dir. Schön, dich kennenzulernen.«

Sie faltete die Hände über ihrem Kopf und schüttelte sie in der Siegesgeste eines Preisboxers. Während ich Kaffee und Getreidebrei frühstückte, plauderte sie ganz allgemein: über die anderen, die hier wohnten; ihre Arbeit in einem Schönheitssalon (»Ich habe meinen Kurs am Brower College für Schönheitspflege fast abgeschlossen, und wenn ich fertig bin, arbeite ich ganztags bei Antoine.«); meine Stelle beim *Downtown Magazine* (»Bist du Sekretärin? Nein? Redakteurin? Echt? Wie bei einer Zeitung? Sagenhaft!«); ihren festen Freund Carl, der gleich um die Ecke beim Automobilclub arbeitete; Lee, den Freund ihres Freundes, der, sobald er mich sehen würde, einfach durchdrehen würde, kein Witz; über die Beatles, die angeblich eine Amerika-Tour planten, auf der sie vielleicht sogar nach Atlanta kommen würden; Filme, die gerade in der Stadt gezeigt wurden; mein Alter (»Kein Witz? Sechsundzwanzig? Du siehst gar nicht so aus. Ich hätte dich auf etwa achtzehn geschätzt.«); meinen Status in Liebesdingen (»Na, da mach dir mal keine Sorgen. In dieser Stadt gibt es so viele alleinstehende Männer, daß du auf der Straße darüber stolperst. Du wirst überhaupt keine Probleme haben, so niedlich wie du bist. Warum läßt du dich von mir nicht ein bißchen aufpeppen?«); und, als Antwort auf meine Frage, wie viele Nonnen es im Marienheim gebe, ein knappes: »Zwei. Das heißt, zur gleichen Zeit. Verschiedene, aber immer zwei.«

Das wurde begleitet mit einem gemimten Selbstmord, für den sie ihre weißlackierten Nägel über die Kehle zog, den rothaarigen Kopf auf eine Seite neigte und die rosafarbene Zunge aus einem Mundwinkel hängen ließ und mit den raupenverzierten blauen Augen schielte. Ich konnte ein explodierendes Kichern nicht unterdrücken, das ich in einem Niesen versteckte.

»Laß uns gehen, bevor der Regen noch schlimmer wird«, sagte sie, die Stimme zur Küche hin gerichtet. »Ich habe einen Schirm. Bist du soweit? Wiedersehen, Schwestern! Bis zum Abendessen!«

Ein unverständliches Gemurmel erklang hinter der Tür, während wir den Küchentrakt verließen und hinaustraten auf einen kleinen Treppenabsatz. Dann spannte sie ihren Regenschirm auf, und wir stiegen mit klappernden Absätzen die drei regennassen und glitschigen Stufen hinab, durchquerten eine trostlose Gasse, in der rostige alte Mülltonnen lehnten, und gingen hinaus auf die Fourteenth Street. Unsere Schultern berührten sich, und wir hatten die Köpfe zusammengesteckt wie alte Freundinnen.

»Du willst doch nicht wirklich in die Messe gehen, oder?« erkundigte sie sich und blieb auf dem Bürgersteig vor dem Marienheim einen Augenblick stehen.

»Na ja ... wahrscheinlich nicht«, sagte ich und dachte, daß ich auch am späteren Nachmittag noch gehen konnte, oder in die Abendmesse, falls es nötig war. Bestimmt war es auch der Wunsch der Kirche, daß ich mich mit meinen Mitbewohnerinnen anfreundete. »Aber wohin sollen wir sonst gehen?«

»Ins IHOP. Dort trinken wir eine anständige Tasse Kaffee und essen einen Berg Kartoffelpuffer mit Sauerrahm«, sagte sie. »Ich lade dich ein, weil du neu bist. Gestern habe ich ein dickes Trinkgeld bekommen. Und danach ... wer weiß? Wir werden schon etwas auftreiben. Das heißt, wenn du willst. Und das hoffe ich doch. Du bist die erste Bewohnerin dieses Orts, die nicht wie Schwester Mary James junior aussieht. Bitte erzähl mir nicht, daß du deine ganzen weltlichen Besitztümer den Armen gegeben hast und hierhergekommen bist, um unter den Heiden und den Freaks zu missionieren. Das ist in der Kirche sehr üblich.«

»Bestimmt nicht«, sagte ich. »Ich habe gar keine weltlichen Besitztümer. Was ist das IHOP?«

»Das International House of Pancakes, Spezialität Pfannkuchen. Der erste Grund dafür, froh zu sein, daß du verlassen hast, was auch immer du verlassen hast.«

»Savannah.«

Wir marschierten durch den Regen, der auf der Haut prickelte, die Fourteenth Street hinunter bis zur Ecke und wandten uns dann auf der Peachtree Street nach Süden.

»Ich gehe die Peachtree Street hinunter«, sagte ich zu mir selbst. »Ich gehe den Weg, den Scarlett O'Hara gegangen ist, den Margaret Mitchell gegangen ist.« Wo sie sogar ihren tödlichen Unfall hatte. Aber das wußte ich damals noch nicht.

Ich wartete auf das Prickeln der Begeisterung aus der Tiefe meines Bauches, wo alle meine Verzückungen ihren Ursprung hatten, aber nichts geschah. Auf der regennassen Straße sah man fast keine Fußgänger, und auch die Autos, die vorüberzischten, sahen so langweilig und unauffällig aus, als schlichen sie heimlich durch die feuchte Luft. Wie am Abend zuvor versteckten sich die Spitzen der hohen Gebäude in der Innenstadt in Wolken und Nebel, und ich konnte nicht mehr als einen Block weit sehen. In den Gebäuden an diesem Abschnitt der Peachtree Street waren nur wenige Lichter zu erkennen; es waren breit und solide wirkende Bauten mit nicht mehr als vier oder fünf Stockwerken aus meist senfgelben oder dunkelroten Ziegeln, an denen der schwarze Ruß wie Tränen herablief. Auf dem schwachen Leuchtschild eines Kinos wurde Ingmar Bergmans *Die Stunde des Wolfs* angekündigt, aber es war keine Warteschlange zu sehen, und in dem erleuchteten Geschäft auf der anderen Straßenseite entdeckte ich zwischen den Weihnachtskarten, den Papierglöckchen und den kärglichen Ständern mit Glitzerschmuck keine Kunden. An der nächsten Ecke blinkte, im Nebel fast nicht zu erkennen, regelmäßig ein rot-schwarz-weißes Texaco-Zeichen auf. Alles wirkte so schäbig und nichtssagend, als hätte jemand einen schmutzigen Bühnenvorhang über die gesamte Innenstadt von Atlanta geworfen. Im Rinnstein lag eine erstaunliche Menge an Müll.

»Iiiih«, quietschte Rachel und machte einen Schritt hinweg über einen großen Haufen Hundeexkremente am Rand des Bürgersteigs. »Paß auf, wo du hintrittst. Komm, wir laufen. Das ist ja ekelhaft.«

Ich drängte mich näher zu ihr unter den Regenschirm, senkte

den Kopf, und wir hasteten den Gehsteig entlang. Unter dem Schirm konnte ich nicht viel mehr sehen als unsere Füße. Die Luft, die in den Kragen meines Regenmantels kroch, war kalt und feucht; in Savannah hatte ich selten so kalte Luft gespürt.

Savannah … einen Augenblick lang umhüllte mich die Erinnerung daran so vollständig, daß ich mich darin verlor, darin ertrank; ich nahm es in diesem Moment deutlicher und schärfer wahr als jemals zuvor in all den Jahren, die ich dort verbracht hatte. Durch die nasse, schwarze Kuppel von Rachel Vaughns Regenschirm sah ich die dichten Kronen der immergrünen Eichen auf den kleinen, schönen Plätzen, die wogenden Beete voll zerzauster Azaleen und Kamelien im langen, warmen Frühling; die geisterhaft grauen Vorhänge von Spanischem Moos; die hübschen, weiblichen Kurven der schmiedeeisernen Balkone und Treppengeländer; die düsteren, engen und einst so schönen Häuser, die die lärmenden Pflasterstraßen von Corkie säumten. Ich hörte das Tuten der großen Schiffe, die an den Docks unter dem steilen Felsabbruch im Wasser lagen, und den plätschernden Ruf der Nachtigallen in den Kräuselmyrtenbäumen; ich roch das unbeschreibliche Parfüm der nachtblühenden Gardenien am langsam fließenden Fluß und den schweren, dumpfigen, fischigen Geruch des Flusses selbst; ich roch den Schweiß, das Leinöl, die von der Sonne aufgeheizten Eisenbeschläge und die exotischen Gewürze aus aller Welt, die der Atem der Docks waren. Auf meinen Lippen schmeckte ich das Salz des Meeres, den süßen, stinkenden Nachgeschmack des schwefelhaltigen Wassers und den Saft der sonnengereiften Pfirsiche von den Straßenverkaufsständen Richtung Tybee Island. In meinem Blut spürte ich das dunkle, brütende Wasser des Ozeans bei Ebbe im August; ich spürte den weichen, blutwarmen Sommerregen unter den eisigen Nadelstichen des Regens, durch den ich gerade ging; ich spürte und sah das seltsame, seidige Frühlingslicht, das aus den grünenden Feuchtwiesen aufzusteigen schien.

Savannah...

»Paß auf!« schrie Rachel und machte einen kleinen Hüpfer. Ich blickte nach unten und sah, fast unter meinen blauen Pumps, ein benutztes Kondom auf dem Bürgersteig liegen. Wie ein erschrockenes Kaninchen sprang ich darüber hinweg und landete in einer Pfütze. Ich fühlte, wie das schmutzige Wasser meine neuen hellen Strümpfe befleckte.

»Da hat sich gestern abend aber jemand außerordentlich gut amüsiert«, meinte Rachel lachend. Ich konnte ihr darauf keine Antwort geben. Meine Wangen glühten, und die Stimme schien mir im Hals erstorben. Noch nie im Leben hatte ich ein Kondom gesehen, weder gebraucht noch sonstwie. Meine Brüder und mein Vater waren sich einig gewesen, mich auf ewig keusch und ahnungslos zu halten. Woher ich wußte, was es war, hätte ich nicht sagen können, aber irgendwie wußte ich es.

Schließlich standen wir vor einem kleinen, gemauerten Gebäude, in dem Licht glänzte und das voller Leute war. Die Fenster waren vom Atem der Menschen und der Wärme in den Räumen beschlagen.

»Das ist das IHOP«, sagte Rachel. »Ist es dir recht, oder gibt es etwas, wo du lieber hingehen würdest?«

»Ich würde eigentlich gerne nach Tight Squeeze gehen«, erklärte ich. »Wir sind gestern abend durchgefahren, und ich konnte es die ganze Zeit von meinem Fenster aus sehen. Es sah so... Es gefiel mir einfach. Ich würde es wirklich gerne sehen...«

»Du hast es gerade gesehen«, sagte sie. »Tight Squeeze war etwa da, wo dieser Typ seine Visitenkarten auf dem Bürgersteig hinterlassen hat. Wir waren die einzigen Menschen dort. Glaub mir, Tight Squeeze solltest du dir lieber an einem schönen, sonnigen Tag oder an einem warmen Frühlingsabend ansehen. Am Sonntag bei schlechtem Wetter ist es trostlos.«

Ich kam mir vor wie ein kleines Kind, das gerade die Wahrheit über den Nikolaus erfahren hat. Schweigend betrat ich hinter Rachel das International House of Pancakes. Noch heute gehe ich gelegentlich ins IHOP, wenn ich Lust auf einen Pfannkuchen habe. Abgesehen vom kirchlichen Mädchenheim war es das erste Gebäude, das ich in Atlanta betreten habe, auf meinem ersten Stadtbummel, und es gibt dort noch immer die besten Kartoffelpuffer mit Sauerrahm, die ich jemals gegessen habe. Und ich habe sie schon überall gegessen, vom Russian Tearoom bis zu verschiedenen Stadtviertelkneipen in einem halben Dutzend Länder.

Die zahlreichen Gäste waren vorzugsweise jung, saßen halb eingehüllt in Wolken von Rauch aus Zigaretten oder ähnlichem und dem Dampf vieler Kaffeetassen, und trugen Plastik, Perlen, Stiefel, Netzstrümpfe, Sonnenbrillen, Kurzhaarfrisuren und ziemlich viel Haut. Die Haare der Männer waren, in vielen Fällen, länger als die der Frauen und oft liebevoller geföntt, und auf jedem weiblichen Mund im Lokal lag eine dicke Schicht Max-Factor-Lippenstift. Der Raum war voller Augen, auf deren Lidern wie bei Rachel Raupen lasteten, und es gab genug klobige Stiefel, um eine ganze Invasionsarmee niederzustampfen. Rachel schälte sich aus ihrem Mantel und warf ihn über die Rükkenlehne unserer Sitzbank, wobei sie ein enganliegendes Kleid enthüllte, das aus strahlend weißem Vinyl bestand und so geschnitten war, daß es einen züchtigen Spalt in Nabelhöhe und mehr als nur ein bißchen von ihren sommersprossigen Brüsten zeigte. Als sie sich setzte, rutschte es an ihren weißen, kreuzweise mit Netz überzogenen Schenkeln so weit nach oben, daß ich instinktiv die Augen abwandte. Ich errötete und haßte gleichzeitig die verräterische, heiße Woge, die mir ins Gesicht stieg. Auch das war ein Erbe meiner Mutter: diese unwillkürliche, dunkelrote Verfärbung von der Brust bis zum Haaransatz. Noch heute passiert mir das, auch wenn es jetzt nicht mehr viel gibt, was mich verblüffen kann, und fast nichts mehr, was mir peinlich ist.

»Na, möchtest du mir kein Kompliment zu meinem neuen Kleid machen?« Rachel grinste, zündete sich eine Salem an und blickte sich im Raum nach Zuschauern um. Jeder sah sie an.

»Es ist überwältigend«, sagte ich wahrheitsgemäß. »Von Courrèges? Ich wollte mal etwas von ihm anprobieren, aber ich dachte, ich warte noch, bis ich hier bin. Die Auswahl hier ist bestimmt besser als bei uns daheim.«

»Du lieber Himmel, nein, aber es ist trotzdem nicht schlecht, oder?« sagte sie, saugte den Rauch ein und ließ ihn in zwei Federwölkchen durch die Nasenlöcher ausströmen. »Wenn du das ernst meinst, dann zeige ich dir, wo du nette Sachen wirklich billig bekommst, aber ich glaube, du sagst das nur so. Du wirst nämlich rot, weißt du.«

Ich gab es auf, so zu tun, als wartete ich nur auf eine größere Auswahl an Kleidern von Courrèges und Mary Quant, um mir ein paar Sachen zu kaufen. Hinter ihren Fensterladen-Lidern saßen scharfe Augen und vielleicht auch ein unerbittlicher, gewöhnlicher kleiner Verstand. Auch wenn ich sechs Jahre älter war als sie, war sie mir doch um Jahrzehnte, um ein ganzes Leben voraus. Ich kam mir viel jünger und unbeholfener vor, provinziell und ahnungslos. Und es ärgerte mich, daß ich mir deshalb Gedanken machte. Auch wenn sie und diese Gruppe schändlich geflügelter Schmetterlinge, die im IHOP herumschwirrten und sich spreizten, nach außen hin viel weltläufiger wirkten als ich, so war ich doch die neue Redakteurin des *Downtown Magazine*, und ich hätte gewettet, daß sich in diesem ganzen Haufen niemand mit einem Collegeabschluß oder auch nur dem Wunsch danach befand. Daran würde ich mich festhalten.

»Das stimmt, ich meine es nicht ernst«, antwortete ich. Mit Rachel Vaughn konnte ich keine Spielchen treiben. »Ich besitze nicht einmal einen Minirock; in meiner alten Schule ließen uns die Nonnen niederknien, und wenn der Rock nicht den Boden berührte, wurde man nach Hause geschickt, um sich umzuziehen. Miniröcke sind in Vatikanstadt eben nicht erlaubt. In Corkie sieht man so etwas auch nur im Fernsehen. Es ist auch kein großer Verlust. Dazu muß man groß und dünn sein wie Twiggy. Meine Brüder sagen immer, wenn ich so etwas trage, würde ich wie ein Fußball aussehen.«

»Deine Brüder sind dämliche Idioten«, sagte sie. »Du hast eine süße kleine Figur, auch wenn dir solche Sachen nicht stehen. Das Kostüm ist natürlich sehr unvorteilhaft. Herrgott, wie ich dieses Kostüm kenne. Ganz hinten in meinem Schrank und im Schrank eines jeden braven katholischen Mädchens im ganzen Land hängt so eines. Sie könnten die Dinger ebensogut gleich bei der Firmung verteilen. Als ich ins Marienheim kam, habe ich meines gleich in die Kleidersammlung gegeben. Von solchen Kleidern wie dem da habe ich einen ganzen Schrank voll, aber den sperre ich jeden Morgen, bevor ich gehe, gut zu, und ich trage immer meinen Regenmantel. Diese Mäntel sind papstgeprüft. Behalte deinen und sperre deinen Schrank zu. Sowohl Schwester Mary James als auch Schwester Clementia schnüffeln.«

»Was wollen sie denn machen, uns wegen der Kleidung rauswerfen?« fragte ich ärgerlich. »Das ist doch keine Schule. In diesem komischen kleinen Regel-Faltblatt steht nichts über Kleider. Wir sind doch erwachsene Frauen.«

»In ihren Augen nicht. Für sie sind wir Lämmchen, die es einfach nicht abwarten können, bis sie geschoren werden, oder noch Schlimmeres. Und natürlich können sie dich nicht rauswerfen wegen dem, was du trägst, aber wenn sie nicht einverstanden sind, können sie herumspionieren und schnüffeln, bis sie etwas Geeignetes gefunden haben. Das haben sie, seit ich dort bin, mit einigen Mädchen gemacht. Ich kann es gar nicht abwarten, endlich meine eigene Wohnung zu haben.«

»Warum bleibst du dann dort?«

»Machst du Witze? In der ganzen Stadt gibt es nichts Billigeres. Das ist der einzige Grund, weshalb überhaupt jemand dort wohnt. Sobald man Geld hat, zieht man ins Colonial Homes.«

»Wo ist denn das?«

»Drüben Richtung Buckhead. Das ist der Apartmentkomplex, in dem die Swinging Singles leben. Dort trifft man Jungs aus Buckhead... Rechtsanwälte, Börsenmakler und Banker. Meine Freundin Joyce ist hingezogen, und sie sagt, in jeder Garage steht ein Sportwagen, und jeden Abend findet irgendwo eine Party statt. Dort gibt es einen Swimmingpool, und abends nach der Arbeit und am Wochenende gehen die Jungs von Tür zu Tür, um etwas zu trinken und die neuen Mädchen kennenzulernen. Und viele von den Mädchen sind in Buckhead aufgewachsen, und daher haben sie einen Haufen Geld...«

»Was ist denn dieses Buckhead überhaupt?« wollte ich wissen.

»Du weißt gar nichts, oder?« stellte Rachel fest und sah sich aufmerksam im IHOP um. »Dort leben die reichen Leute. Du solltest einige von den Häusern sehen; sie sind einfach riesig. Und manche davon sind wirklich alt. Eines, das sie jetzt zu so einem tollen Country Club umgebaut haben, ist fast hundert Jahre alt. Joyce – sie arbeitet als Bardame und Tänzerin – hatte einen Job bei einer Party da draußen, die wie ein Go-go-Club aufgezogen war, du weißt schon, und sie hat gesagt, daß die Wasserhähne in den Badewannen aus Gold waren. Wenn ich mal im Colonial Homes wohne, gehe ich nur mit Männern aus, die zu diesem Club gehören. Du solltest dir Buckhead mal ansehen. Wenn du willst, fahren wir nächstes Wochenende hinaus. Der Oglethorpe-Bus, der 23er, fährt durch.«

Alt? Fast hundert Jahre? Ich dachte an die pastellfarben verputzten Häuserreihen in den Seitenstraßen Savannahs, veredelt von den stillen Jahrhunderten, die über sie hinweggezogen sind, und an die großen weißen Häuser draußen am Fluß, die noch um

Jahrzehnte älter sind. Im Gegensatz zu vielen Leuten aus Savannah jagten mir die vielen Jahre keinen ehrfürchtigen Schauer über den Rücken – niemand in Corkie empfand so –, und vor dieser Stadt war ich ja auch gerade auf der Flucht. Dennoch ertönte in mir einen Augenblick lang der dunkle Tonfall dieser wie Ziegel aufgehäuften Jahre, rief nach mir über so viele Meilen hinweg. Dort konnte man sich in die bodenlose Tiefe der Jahrhunderte stürzen; hier stieß man direkt unter der Oberfläche der Zeit auf harten, roten Lehm. Die Endlosigkeit vermißte ich nicht, aber des Lehms war ich mir deutlich bewußt.

»Ich glaube, mit dem 23er Bus fahre ich in die Arbeit«, sagte ich. »Irgendwo habe ich mir das aufgeschrieben... Hast du nicht erzählt, daß du schon einen festen Freund hast, der für diesen Autoverein arbeitet... Carl?«

»Carl ist in Ordnung für das Marienheim«, meinte Rachel grinsend. »Schließlich muß man ja ein bißchen Spaß haben. Aber sobald ich es ins Colonial Homes geschafft habe, heißt es: Tschüß Carl, hallo Buckhead. Und dann geht das Leben erst richtig los.«

»Ich hoffe, du hast Carl noch nichts davon gesagt.«

»Ich bin doch nicht blöd. Bis er den Laufpaß bekommt, soll Carl ruhig glauben, daß er der Größte auf Gottes Erdboden ist. Aber weißt du, das gehört zum Spiel. Er weiß genau Bescheid. Und wenn er selbst eine bessere findet, dann gibt er mir augenblicklich einen Fußtritt, daß mir der Kopf schwirrt. So läuft das eben hier oben. Man muß allzeit bereit sein und immer mit leichtem Gepäck reisen.«

Daraufhin sagte ich nichts, aber wenn das Spiel in Atlanta so lief, dann würde ich vermutlich nie sonderlich gut darin werden. Hier war nichts so, wie es zu Hause war. Ich trug die falschen Kleider, meine Erwartungen waren unbegründet, und die Erfahrungen meines bisherigen Lebens entstammten einer völlig anderen Welt.

Aber dann dachte ich mir: Na, und deshalb bin ich ja hier, oder? Um zu lernen, allzeit bereit zu sein und mit leichtem Gepäck zu reisen? Das kann ich lernen. Ich kann alles lernen, was dieses dumme Mädchen kann.

Und als Rachel sagte: »Laß uns doch ein bißchen herumlaufen und sehen, ob wir etwas auftun«, antwortete ich: »Ja, gut.« Ich schob mich hinter ihr aus der Nische, atmete tief durch, spannte meine Schultern unter der völlig unpassenden dunkelblauen Jacke und folgte ihr.

Ich kann mich in meinem Leben an wenige Spaziergänge erinnern, die unangenehmer waren. Rachel schien viele der herausgeputzten jungen Leute im IHOP zu kennen, sie streckte hier und da eine Hand aus und legte sie auf diese oder jene Schulter; dann warf sie das rote Haar zurück, das jetzt offen war und ihr elastisch wippend auf die Schultern fiel, lachte, blies Rauch aus und entzog sich den nach ihr greifenden Händen. Aber sie blieb nie stehen, und ich schob mich, ein steifes Lächeln auf den Mund geklebt, hinter ihr her. Bei jedem Schritt war ich mir der acht bis zehn unpassenden und überflüssigen Zentimeter Stoff um meine Knie bewußt, spürte die offenen, abschätzenden Blicke und hörte die kaum gedämpften Lacher, die sich ohne Zweifel auf mich bezogen. Als Rachel schließlich neben einer Nische stehenblieb, in der zwei teiggesichtige, zwielichtig wirkende junge Männer mit glatten Haaren bis zum Kragen und in abgeschabten, knöchelhohen Stiefeln zwischen übervollen Aschenbechern lümmelten, sagte ich beiläufig: »Toilette«, und als ich diese entdeckt hatte, verschwand ich erleichtert. Die Toilette war eng und schmutzig, aber Gott sei Dank leer, und ich atmete tief durch. Dann ließ ich kaltes Wasser in ein Waschbecken laufen und spritzte es mir in mein brennendes Gesicht.

Einige Minuten später kam Rachel. Ihr Gesicht war gerötet, und die Augen strahlten. Sie öffnete ihre Umhängetasche und wühlte darin nach Make-up. Dann begann sie, sich ziegelrotes

Rouge auf die Wangen und eine dicke Lage kalkweißen Lippenstift auf den Mund zu schmieren. Sie war aufgeregt; durch das süßlich-herbe Parfüm, das sie trug, konnte ich ihren Körpergeruch wahrnehmen.

»Geschafft«, sagte sie. »Wir sind zu einer Party eingeladen. Diese beiden Jungs haben gesagt, daß drüben an der Lindbergh groß etwas abgeht; da gibt es ein paar irre Apartments, und wir sollen mitkommen. Sie haben ein Auto, damit holen sie uns ab. Der dunklere, das ist Earl, der findet dich süß. Er will, daß du mit ihm hingehst.«

»Rachel, ich glaube wirklich nicht...«

»Na, komm schon. Er ist älter, als er aussieht, und er hat einen wirklich guten Job bei Lockheed. Sonst sitzt du doch bloß im Marienheim herum und wäscht deine Strumpfhosen. Am Sonntag ist absolut nichts los. Das ist deine Chance, ein paar nette Single-Männer und die hiesige Partyszene kennenzulernen. Komm, ich schmier dir ein bißchen etwas von diesem Zeug ins Gesicht und schmink dir die Augen ein bißchen...«

Sie grub noch tiefer in ihrer Tasche, und der Inhalt verteilte sich über die Ablagefläche. Eine kleine runde Scheibe aus Pappkarton fiel heraus, in die winzige Pillen eingeschweißt waren. Etwa die Hälfte davon fehlte. Ich starrte darauf, als wäre eine Viper aus ihrer Handtasche gekrochen. So sicher, wie nur irgend etwas, so sicher, wie ich das Kondom erkannte hatte, wußte ich, daß es sich um Verhütungspillen handelte. Ich spürte, wie meine Brust und meine Wangen glutrot wurden, und zwang den Blick auf mein eigenes Bild im Spiegel, wobei ich so tat, als toupierte ich mir die Haare. Gerne hätte ich jetzt etwas Lässiges, Lustiges gesagt, aber mir fiel nichts ein. Die Peinlichkeit erstickte mich beinahe.

Einen langen Augenblick sagte sie gar nichts. Dann schob sie die Pillen mit einer schnellen Bewegung wieder in die Tasche und ließ den Verschluß zuklicken. Ich erwartete eine witzige Bemerkung, aber sie sagte in trotzigem Tonfall: »Vermutlich glaubst du jetzt, daß ich auf direktem Weg in die Hölle komme, oder?«

»Nein, ich...«

»Weißt du, es ist mir scheißegal, was ihr denkt, du oder jemand anderes. Ich bin hier in dieser Stadt, um zur Abwechslung mal ein bißchen Spaß zu haben, mich zu vergnügen, bevor ich alt und häßlich werde und mit einer Horde plärrender Gören dasitze, und niemand, weder du noch die Kirche, noch sonstwer, hat mir zu sagen, wie ich mein Leben zu leben habe. Ob du mitkommst oder nicht, das ist mir egal. Aber steck deine Nase nicht in meine Angelegenheiten.«

Ich gab keine Antwort. Sie ging zur Tür, öffnete sie und drehte sich noch einmal um.

»Kommst du?«

Ich schüttelte den Kopf.

»Ich dachte wirklich, du wärst anders als die anderen«, sagte sie, ging hinaus und machte die Tür hinter sich zu. Durch die geschlossene Türe hörte ich noch: »Wenn du dich beeilst, schaffst du es noch zur letzten Messe in St. Joseph.«

Ich blieb noch eine Weile und betrachtete mich im Spiegel, während mein Herz allmählich wieder langsamer schlug. Und dann zog ich meinen Mantel an und ging langsam durch die Menge hinaus auf die Peachtree Street. Rachel und die beiden jungen Männer waren nirgendwo zu sehen. Der Regen hatte aufgehört, aber der Nebel der gestrigen Nacht hatte sich wieder herabgesenkt. Ich ging den Weg zurück, den wir gekommen waren, und während ich über die Pfützen und den Abfall stieg, spürte ich deutlicher als vorher die Kälte durch meinen dünnen Mantel dringen. Mein Schock über die Pillen und ihre Verachtung angesichts meiner zimperlichen Naivität gaben mir das Gefühl, beschämt, bestraft und gedemütigt worden zu sein; ich war verwirrt, den Tränen nahe und einsamer als jemals zuvor in meinem ganzen Leben. Einsamkeit war ein Gefühl, das man in

Corkie so gut wie gar nicht kannte; wir lebten einfach viel zu eng aufeinander, um uns einsam zu fühlen. Ich wußte kaum, was Leere war.

Eigentlich hatte ich vorgehabt, in die St.-Josephs-Kirche zu gehen, aber plötzlich sehnte ich mich statt der Düsternis, dem muffigen Weihrauch und der Feuchtigkeit einer schäbigen Kirche im Winter nach Lichtern, Geplauder und dem warmen Buttergeruch von Popcorn. Als ich an dem kleinen Kino vorbeikam, ging ich hinein. Zwei Stunden später trat ich wieder hinaus in die hereinbrechende Dunkelheit wie jemand, der sich aus dunklem Wasser erschöpft an die Oberfläche kämpft. Ich war beinahe ertrunken im Trübsinn, der Unklarheit und Bergmans geheimnisvoll flackernden, unheilverkündenden Bildern. An diesem düsteren Sonntag hätte ich keine schlechtere Wahl treffen können, um das Atlanta zu finden, nach dem ich auf der Suche war.

Während ich auf dem leeren Bürgersteig den letzten Block bis zur Fourteenth Street entlangging und die flachen Lichtpfützen betrachtete, die die bleichen Straßenlaternen in die neblige Leere warfen, waren meine Schultern schwer beladen, geradezu niedergedrückt von der schweren Last einer falschen Entscheidung. Warum hatte ich so große Erwartungen gehabt in diese aufstrebende junge Stadt, die so weit nördlich von allem lag, das ich kannte? Warum war ich mir so sicher gewesen, ins Gelobte Land, ins Schloß Camelot zu kommen? Ich wußte es nicht mehr. Vorher war ich nur zweimal in Atlanta gewesen: einmal, als ich in St. Zita in der elften Klasse war, zu einer Konferenz meines Studentenclubs, bei der ich und noch ein anderes Mädchen mit der begleitenden Nonne in einem Zimmer geschlafen und das anonyme Hotel in der Innenstadt nie verlassen hatten, und einmal mit etwa neun Jahren zu einem Besuch bei Gerald, einem jüngeren Bruder meines Vaters, in seinem kleinen Haus in Kirkwood. Wir waren gerade zwei Nächte dort, als mein Vater und mein Onkel über irgendeine eingebildete Beleidigung von Irland in Streit gerieten und wir das Haus verließen und nach Savannah zurückfuhren. Vor der damaligen Reise hatte ich mir Atlanta so ähnlich wie Corkie vorgestellt, nur daß es Gärten gab und nicht nach Schiffen, Krabben, Schwefel und Meer roch. Und tatsächlich hatte ich hier, abgesehen von einem Ausflug ins Ponce-de-Leon-Stadion, um die Atlanta Crackers spielen zu sehen, und einem Besuch im großen, dunklen Backsteingebäude von Sears Roebuck an der Ponce de Leon Street, ebenfalls nichts unternommen, was wir zu Hause in Corkie nicht auch machten.

Aber Atlanta war anders, und irgendwie war mir das auch klar gewesen. Es war Camelot, das Schloß Camelot aus dem wundervollen Theaterstück, aus dem Film. Glanz und Glamour, die gab es hier. Ich mußte nur den richtigen Schlüssel finden.

In diesem düsteren Licht der Dämmerung ahnte ich zum ersten Mal, daß ich ihn vielleicht nicht finden würde.

Als ich ins Marienheim zurückkam, ging ich sofort in den Speisesaal, denn ich fühlte in mir eine große, winddurchpfiffene Leere, und dachte, daß zumindest ein Teil davon Hunger sein könnte. Aber der Raum war verlassen und dunkel. Schwester Mary James streckte den Kopf aus ihrem Raum und erklärte mir, daß am Sonntag abend kein Abendessen serviert werde.

»Viele unserer Mädchen haben bei ihren Familien ein reichliches Mittagessen bekommen. Ich hatte angenommen, daß du das aus dem Faltblatt ersehen hast. Und dann dachte ich, daß du mit Rachel irgendwo essen gegangen wärst. Sie geht gewöhnlich am Sonntag abend aus.«

»Ich habe eigentlich gar keinen großen Hunger«, sagte ich.

»Hat dir die Messe gefallen?« fragte sie. »Ich glaube, die Elf-Uhr-Messe hält Pater Diehl.«

»Sie war sehr interessant«, sagte ich. »Na gut, dann gehe ich mal nach oben, schreibe ein paar Briefe und lerne einige von den anderen Mädchen kennen...«

»Ich glaube, die meisten schlafen schon«, sagte Schwester Mary James. »Vor ein paar Minuten war ich oben, da waren alle Türen geschlossen. Du wirst noch eine Nacht lang ohne Zimmergenossin sein; Ansonias Mutter hat angerufen, um zu sagen, daß Ansonia wieder eine ihrer Erkältungen hat und erst morgen oder übermorgen zurückkommen wird. Das arme Kind, sie leidet schrecklich bei so einem Wetter. Denk daran, Frühstück gibt es um sechs, falls du zur Frühmesse gehen willst. Du wirst die Glocke hören.«

»Danke, Schwester, gute Nacht«, sagte ich. Dann stieg ich die Treppe hinauf und ging durch den stillen Korridor zu meinem Zimmer. Schwester Mary James hatte recht: Keine der Türen stand offen.

Viel später, nachdem ich meine Kleidung für den nächsten Tag zurechtgelegt, eine kurze, betont fröhliche Postkarte nach Hause geschrieben und ein schnelles, ungemütliches Bad in dem kalten und viel zu großen Badezimmer genommen hatte, schaltete ich das Licht aus und kroch ins Bett. Diesmal öffnete ich die Jalousie vor dem Fenster, die Schwester Mary James wieder zugezogen hatte, nicht. Ich lag in der tiefen, stickigen Dunkelheit, horchte auf den klopfenden und sirrenden Radiator und dachte: »Na ja, ich kann ja auch morgen noch anrufen und sagen, daß alles ein Fehler war und ich wieder nach Hause komme. Das ist keine Schande. Dort kenne ich mich wenigstens aus, dort weiß ich, wie ich leben muß. Vielleicht kenne ich sonst nichts anderes, aber das kenne ich gut. Dort könnte ich etwas Besonderes werden, ein großes Tier, eine Art Königin …«

Nein, das könnte ich nicht, dachte ich dann. Was immer mir hier zustößt, aber das ist unmöglich. Vielleicht stellt sich heraus, daß die Entscheidung, hierzubleiben, der größte Fehler meines Lebens ist, aber eine andere Möglichkeit besteht nicht.

Zum ersten Mal, seit ich mich erinnern kann, hatte ich nicht gebetet, und wollte schon aus dem Bett steigen und mich auf den

Fußboden knien, aber dann ließ ich es sein. Mir kam der lächerliche, aber machtvolle Gedanke, daß ich dort unten einfach zu ungeschützt wäre. Ich schloß die Augen und sagte schnell: »Heilige Maria, Mutter Gottes...«

Es war, als krachten die Worte gegen die Zimmerdecke und rieselten auf mich herab. Ich versuchte es erneut: »Heilige Maria, Mutter Gottes...«

Es hatte keinen Sinn. Offenbar hatte sich die Heilige Jungfrau so unerbittlich von mir abgewandt wie ihre Dienerin, die im Erdgeschoß wohnte. Ich versuchte es nicht noch einmal.

Weiter unten am Korridor hörte ich, wie jemand weinte. Das Geräusch wurde durch die dicken alten Eichentüren und möglicherweise auch durch ein dünnes Baumwolleintuch gedämpft, aber es war unverwechselbar. In meinem Elternhaus in Corkie hatte ich durch die papierdünnen Wände dieses und alle anderen menschlichen Geräusche vernommen. Weinen erkannte ich, wenn ich es hörte. Ich lag still da und lauschte auf das Geräusch und überlegte, ob ich aufstehen, den Gang entlanggehen und an jeder Tür horchen sollte, bis ich die richtige gefunden hatte. Aber dann hörte ich schwere Tritte die Treppe heraufkommen und den Korridor entlanggehen. Sie hielten inne, und das Öffnen und Schließen einer Tür ertönte. Bald hörte das Weinen auf, und schließlich schlief ich ein.

3. Kapitel

Ich träumte von zu Hause, vom frühen Morgen und vom Frühstück, und als ich Kaffee und den Duft von heißen Pfannkuchen roch, versuchte ich beim Erwachen zunächst, diese Wahrnehmung in meinen Traum einzuarbeiten.

Dann spürte und sah ich Licht um mich und hörte eine Stimme, in der Lachen mitklang: »Guten Morgen, du Schlafmütze. Hast du heute nicht einen Termin in der Innenstadt?«

Noch ganz verschlafen hob ich den Kopf und erblickte eine junge Nonne, die ein abgedecktes Tablett auf den Schreibtisch stellte. In dem Licht, das vom Fenster her strahlte, schien ihr Gesicht fast durchscheinend zu leuchten. Sie setzte sich auf meinen Bettrand und reichte mir eine Tasse Kaffee.

»Trink das«, sagte sie, und ihre Stimme war so fest und hell wie der erste Biß in einen Apfel. Sie hatte weder einen südstaatlichen noch einen irischen Akzent. »Schwester Mary James hat mir erzählt, daß du gestern abend kein Abendessen bekommen hast, und ich weiß, heute ist dein erster Arbeitstag in der neuen Firma. Daher dachte ich, ein guter Anfang am Morgen wäre etwas Nettes. Aber glaub bloß nicht, hier gehört das Frühstück am Bett zum Service.«

»Danke, Schwester«, sagte ich automatisch. Der musikalische Klang ihrer Stimme und das helle, diamantstrahlende Licht vom Fenster her ließen mich blinzeln. Das Licht schien das ganze Zimmer, die ganze Welt zu verwandeln. Nach den vergangenen zwei düsteren Tagen war es mir beinahe zu hell.

»Sind Sie Schwester Clementia?« frage ich, aber eigentlich

glaubte ich es nicht. Man konnte sich einfach nicht vorstellen, daß sie mit der mißmutigen Schwester Mary James zusammenarbeitete.

Die junge Nonne lachte. »Für diese Bemerkung wäre dir die Schwester bestimmt nicht dankbar«, sagte sie. »Nein, ich bin Schwester Joan. Ich bin eine der beiden Werktagsschwestern. Schwester Clementia und Schwester Mary James übernehmen das Wochenende. Aber ich habe sie beim Schichtwechsel gesehen, und sie haben erzählt, du hättest deinen ersten Tag mit Rachel verbracht und seist zu spät nach Hause gekommen, um noch zu Mittag zu essen. Ich weiß genau, keine der beiden hat dir außer der Reihe etwas zu essen angeboten. Vermutlich sind sie beide davon überzeugt, daß Rachel das Kreuz ist, das sie auf Erden tragen müssen. Und ich weiß, daß du es eilig hast, an deine neue Arbeitsstelle zu kommen. Was für ein großartiger Job! Eine Redakteurin. Weißt du, daß das *Downtown Magazine* gerade irgendeinen tollen Preis für das beste Stadtmagazin oder so etwas gewonnen hat? Jeder redet davon, und Mr. Comfort natürlich auch. Ich glaube, dieses Magazin ist mindestens so gut wie irgendeine überregionale Zeitschrift.«

»Sie lesen das *Downtown?«* Ich konnte nicht aufhören, sie anzustarren. Sie lachte erneut. Ihre Augen waren warm und braun, und über ihren Nasenrücken zogen sich Sommersprossen. Vermutlich ist sie nicht viel älter als ich, dachte ich.

»Ich habe am Chicago Art Institute meinen Abschluß gemacht«, sagte sie. »Und ich weiß, was eine gute graphische Gestaltung ist. Du mußt sehr gut sein. Mr. Comfort hat erzählt, daß du als Vollredakteurin eingestellt wirst.«

»Sie kennen Mr. Comfort?« Bestimmt hörte ich mich an wie ein Papagei.

»Wir alle kennen ihn. Er ist im Vorstand. Und ich arbeite bei einer Art inoffizieller Kommission mit, die er und einige andere führende Bürger der Stadt angeregt haben, einem ökumenischen

Rat für Rassenfragen. Darin sitzen Vertreter aller Kirchen, Schwarze und Weiße. Rabbi Jacob Rothschild ist dabei und unser Erzbischof Hallinan. Der Rat wird bestimmt viel Gutes bewirken, davon bin ich überzeugt. Auf jeden Fall hat Mr. Comfort mir aufgetragen, mich um dich zu kümmern. Und ...« Um ihre Augen zogen sich Lachfältchen. »... darauf zu achten, daß dich die Wochenendschwestern nicht fertigmachen. Sie sind so ziemlich die Frömmsten, die wir haben, aber sie haben einige Schwierigkeiten, sich im zwanzigsten Jahrhundert zurechtzufinden, und das Zweite Vatikanische war ein ziemlicher Schock für sie. Atlanta ist keine gute Stadt für altmodische Ansichten.«

In meinem Hirn rastete etwas ein. »Schwester Joan, waren Sie ... kann es sein, daß Sie am Samstag abend in Tight Squeeze Gitarre gespielt und gesungen haben? Mein Vater und ich sind durchgefahren und ...«

»... und habt zwei abtrünnige Nonnen und einen Priester bei den Hippies singen sehen, und der Blutdruck deines Vaters stieg ins Unermeßliche? Ich gestehe. Das waren ich, Schwester Catherine und Pater Mark von St. Stephen. Wir nennen es Straßenmission, aber es macht uns genauso viel Spaß wie den Jugendlichen. Ich hoffe, dein Vater war nicht allzu wütend. Mir ist schon klar, daß viele ältere Gemeindemitglieder große Probleme haben mit dem, was wir da tun. Aber wir glauben ... der Erzbischof glaubt ..., daß für so etwas ein großer Bedarf herrscht. Atlanta ist eine Stadt der Jugend.«

»Er wollte mich schon wieder mit nach Hause nehmen, und als er Sie sah, war er beruhigt«, sagte ich und spürte eine Woge der Liebe für sie, ein fast geschwisterliches Gefühl, wie sie da auf meinem Bett saß und ihr sommersprossiges Gesicht zu einem Lachen verzog. Bisher hatte ich so etwas noch nie für eine Nonne gefühlt.

»Schön. Na ja, dann gehe ich mal wieder nach unten, damit du dich anziehen kannst. Ich wollte nur Hallo und Willkommen sagen. Ach, und ich wollte fragen, ob du weißt, wo Rachel sein könnte? Sie ist nicht zum Frühstück gekommen und hat nicht in ihrem Bett geschlafen. Wir machen uns alle ein bißchen Sorgen.«

Kalte Finger strichen mein Rückgrat entlang. »Sie wollte mit ein paar Jungs, die wir kennengelernt haben, auf eine Party gehen«, sagte ich. »Sie sollte in einem Apartmentgebäude stattfinden, das, wie Rachel sagte, sehr beliebt ist, aber ich kann mich nicht mehr an den Namen erinnern. Die Jungs schienen ganz in Ordnung ...«

»Das waren sie bestimmt auch«, sagte Schwester Joan. »Mach dir nur keine Gedanken um sie. Sie ist schon früher über Nacht nicht nach Hause gekommen. Ich wollte dich nur fragen. Die anderen Schwestern sind ärgerlich ...«

»Ich hoffe, sie wird nicht gleich ... ihr Zimmer verlieren oder so«, sagte ich und wünschte, ich hätte nichts über Rachel gesagt.

»Wir sind ja keine Gefängniswärterinnen«, sagte Schwester Joan. »Gekündigt werden kann ihr nur, wenn sie ihre Miete nicht zahlt oder etwas Schlimmeres tut, als nachts nicht nach Hause zu kommen. Aber ich denke oft an sie. Manchmal glaube ich, daß sie vielleicht – Gott helfe mir! – eine der Verlorenen sein könnte.«

Ich blinzelte sie überrascht an. Das war ein Gespräch von Frau zu Frau, nicht von Nonne zu Gemeindemitglied oder von Lehrerin zu Schülerin. Ich dachte an die kleine Pappscheibe in Rachels Tasche. In diesem Augenblick hätte ich alles gewettet, daß Schwester Joan davon wußte.

»Vielen Dank für das Frühstück und alles, Schwester«, sagte ich.

»Aber bitte. Ich bin sehr gespannt, wie es dir an deinem ersten Tag geht. Wirst du übrigens Maureen genannt?«

»Manche Leute nennen mich Aesling«, sagte ich und versuchte wieder einmal, den Namen Smoky zu vermeiden.

»Ashley.« Sie hatte mich falsch verstanden. »Ashley O'Donnell. Wie hübsch. Das paßt gut unter einen Artikel, nicht wahr? Sehr flott und modern. Na ja, alles Gute für den Anfang, Ashley O'Donnell.«

Und mit einem Rauschen ihrer Röcke war sie verschwunden.

Ich sah ihr nach. Ashley O'Donnell. Ashley O'Donnell ... das gefiel mir. Es klang weder irisch noch katholisch oder sonstwie, nur jung, flott und ziemlich glanzvoll. Das war es. Von nun an würde ich Ashley O'Donnell sein, Vollredakteurin beim *Downtown Magazine* in Atlanta, Georgia.

Als ich aus dem Marienheim in den kalten, strahlend schönen Morgen hinausrannte, hatte ich den Bund meines blauen Rocks eingerollt, bis der Saum die Oberkante meiner Knie berührte, und mein dichtes Haar gebürstet und geschüttelt, daß es mir, anstatt wie gewohnt nach hinten, lockig nach vorne in die Stirn und über ein Auge fiel. Um ein übriges zu tun, rieb ich mir noch die Wangen rot und biß mir auf die Lippen. Aesling O'Donnell aus Corkie trug vielleicht keinen Minirock und keine moderne Frisur, aber Ashley O'Donnell aus Atlanta tat das bestimmt.

Die Stadt pulsierte im Morgenlicht, das auf dem Bürgersteig tanzte. Die Straßen waren voll von Leuten, die sich auf dem Weg in die Innenstadt befanden, und alle sahen in meinen Augen wunderbar aus – energisch, intelligent, eifrig und zielstrebig. Der Bus Nr. 23 schaukelte im hellen Sonnenschein an Läden und Bürogebäuden vorbei, und jeder der Passagiere schien jung zu sein. Die Fahrer der glänzenden Autos, die sich neben dem Bus stauten, sahen ebenfalls jung aus und waren schlank und gut gekleidet. Ich spürte, wie Bläschen der Fröhlichkeit wie Kohlensäure in meiner Brust aufstiegen, und biß mir auf die Lippen, um vor freudiger Erwartung nicht laut zu lachen. Wo immer diese schicken jungen Männer und Frauen neben mir auch hingingen, nur ich war auf dem Weg ins Herz der Stadt, um dort meine Stelle als neue Redakteurin bei Matthew Comforts außergewöhnlichem *Downtown Magazine* anzutreten. Nur ich. In der strahlenden Sonne rollte die Stadt auf uns zu. Bronzefarbene, silberne und blaue Wolkenkratzer ragten um mich herum auf.

»O ja«, flüsterte ich. »Jetzt.«

Wenn ich zurückblicke, sehe ich – was ich damals, als ich mittendrin steckte, nicht erkennen konnte –, in was für einer seltsamen, aufregenden und widersprüchlichen Epoche sich das ganze Land damals befand. Es war ein Gipfelpunkt im Leben unserer Nation, das Jahr, bevor die Liebe sich in Wut verwandelte und der Frieden in Kampfbereitschaft. Das, was gerade vergangen war, hing noch schimmernd in der Luft, neben den vielen, noch unsichtbaren Ereignissen, die uns bevorstanden. Auf einem Treffen, einem »Human Be-in« in Kalifornien, hatten Intellektuelle und Freaks ergriffen festgestellt, daß die Anzahl der lebenden Menschen zum ersten Mal in der Geschichte die der Toten eingeholt habe. Von dieser fernen Küste wehten der Klang der Mantras, das Chanten der Yogis und die Songs von Janis Joplin und Jimi Hendrix nach Osten, überall regierten unangefochten die Beatles, und in ihrem Gefolge trafen sich die Hippies und Yippies. Twiggy, Go-go-Tänzerinnen, Timothy Leary, Ken Kesey und die Merry Pranksters kämpften um die Aufmerksamkeit der Nation, zusammen mit Hugh Hefner und dem Bunny Hutch. Die Sympathie für Stokely Carmichael und Eldridge Cleaver wuchs, während Martin Luther King jr. und seine Lehre vom gewaltlosen Widerstand an Popularität verloren. Den Vietnamkrieg nannte man noch nicht so, und die großen Protestdemonstrationen lagen noch vor uns, ebenso wie die militanten Black Panthers, die sexuelle Revolution und die Schwesterlichkeit der Frauenbewegung. Ende 1966 redeten die jungen Leute so oft wie möglich vom »Bumsen«, aber die Pille war noch immer etwas Neues, und bisher hatte noch niemand eine Bombe auf eine Chemiefabrik geworfen. In diesem Jahr nannte man Frauen selbst in den radikalsten Kreisen noch immer »Häschen«, und ein Bunny zu werden war ebenso erstrebenswert wie die Frauensolidarität. Die feministische Bewegung steckte noch in den Kinderschuhen, und sowohl Twiggy als auch Doris Day befanden sich auf dem Höhepunkt ihres Ruhms. Von der wilden, militanten Liebe der Woodstock-Generation – dem letzten Hurra der Hippies – waren wir noch zwei Jahre entfernt. Der erste schreckliche Tod, der von JFK in Dallas, war vor drei Jahren gewesen. In dem Jahr, in dem ich nach Atlanta kam, konnte man diesen Mord noch als die Verirrung eines einzelnen, als einen Unglücksfall betrachten. Ich fuhr in dem überfüllten Bus auf einer wirklichen Grenzlinie entlang, einer Linie, die Amerika bald spalten sollte, und ich dachte lediglich daran, daß die Sonne schien und ich mich schaukelnd auf dem Weg in mein neues Leben befand.

Als ich am Five-Points-Kreisverkehr aus dem Bus stieg, atmete ich die kalte, elektrisch geladene Luft der Stadt tief in meine Lungen, blickte nach oben und entdeckte den Käfig der Tänzerin. Er war jetzt leer, und über ihm, im dritten Stock des grauen Steinhauses, hing ein kleines Schild in einem Fenster, auf dem stand: »Museum des amerikanischen Südens. Ausstellungen und Kunsthandwerk. Öffnungszeiten nach Vereinbarung.« Darunter befand sich ein noch kleineres Schild: »Besichtigen Sie die Riesenschlange.«

Ich mußte lachen. Mein armer Vater. Der 23er Bus hatte sein braves katholisches Mädchen mitten im Rachen des Feindes abgeliefert. Als ich im vierzehnten Stockwerk des Commerce Building aus dem überfüllten Lift stieg, zusammen mit einer Menschentraube, die nach Jugend, kalter Wolle, Miss Dior und Zigarettenrauch roch, lächelte ich noch immer.

Ich blieb vor einer rotlackierten Tür, auf der in großen schwarzen Buchstaben DOWNTOWN stand, stehen, strich mein Haar glatt, biß mir auf die Lippen und atmete tief durch. Das Lächeln konnte ich noch auf meinen Lippen spüren, aber jetzt war es starr und eingefroren und ließ sich einfach nicht lösen. Dann machte ich die Augen zu, öffnete sie wieder, drehte den Türknauf und trat ein. Noch immer lächelnd, stand ich in der kleinen Eingangshalle und sah mich mit einem Herzklopfen, das ich in den Ohren und der Kehle spüren konnte, nach den Leuten um, die bald meine Welt bilden würden.

Es war niemand zu sehen. Etwas entfernt hinter einer von mehreren geschlossenen, rotlackierten Türen konnte ich Menschen lachen und sogar jemanden singen hören, aber hier befand sich niemand. Die Eingangshalle war so vollgestellt, daß ich das Inventar gar nicht mit einem Blick erfassen konnte. An einer Wand stand ein blaues Sofa, auf dem Mäntel und Kartons mit Hochglanzmagazinen, Büchern und Schallplatten so hoch aufgetürmt waren, daß sie sich auf den melierten Teppich ergossen. Daneben waren rote, ebenso überladene Sessel gruppiert. Auf einem Kleiderständer hingen noch mehr Mäntel, und vor dem Sofa befand sich ein Tischchen, auf dem ein echter, ausgestopfter Kojote oder ein amerikanischer Wolf stand – er war so räudig, daß man es nicht genau erkennen konnte. Auf dem Kopf des Kojoten hing ein mexikanischer Sombrero. Drei Stahlschreibtische, auf denen Schilder mit weiblichen Namen, Schreibmaschinen und übervolle Eingangskästen standen, waren im hinteren Teil der Eingangshalle plaziert. Durch zwei hohe Fenster blickte man über die unregelmäßigen Dächer der Stadt, die im Sonnenschein glänzten. Hinter den Fenstern lagen die einzelnen Büros. An diesen Türen standen Namen, die ich allerdings nicht lesen konnte. Von der Decke baumelte das Miniaturmodell eines Außenklos, mit einem Schild darauf, auf dem »Southern Comfort« stand. Ich stand einfach da und wußte nicht, was ich tun sollte.

Hinter einem der bodenlangen Vorhänge am ersten Fenster tauchte langsam ein Arm auf, dessen Hand sich zur Klaue formte. Schweigend starrte ich darauf. Die Finger öffneten und schlossen sich wie eine Spinne, die ihre Beine anzieht. Dann streckte sich der Arm noch weiter hinter dem Vorhang hervor, und schließlich folgte sein Besitzer. Es war ein großgewachsener, dunkler junger Mann, dem dichtes schwarzes Haar über die tiefliegenden, braunen Augen fiel. Er hatte ein Adlergesicht und den elegantesten Körper, den ich je gesehen hatte. Seine Schultern waren breit und eckig, und der lange Oberkörper ging in einer schmalen V-Form in schlanke Hüften und lange Beine über. Er trug ein weiches, schönes, graues Tweedjackett, Flanellhosen in einem helleren Grau und ein weißes Oxfordhemd mit Button-Down-Kragen. Seine Krawatte saß schief.

»Sagt an!« kommandierte er feierlich. Seine Stimme war klangvoll und tief.

»Zu Mr. Comfort, bitte«, sagte ich. Genauso deutlich, wie er ihn hören mußte, vernahm ich meinen irischen Akzent, der meine Worte vor Nervosität beinahe unverständlich machte.

Ein langsames, strahlendes Grinsen breitete sich über sein braunes Gesicht aus.

»Na, meine Liebe, und wer sind Sie denn?« sagte er in einer perfekten Nachahmung meines Corkie-Akzents. »Und was für ein irisches Kleeblatt bringen Sie uns an diesem schönen Morgen?«

Die Leute, die ich bisher gehört, aber nicht gesehen hatte, verließen alle das hinterste Büro und betrachteten mich schweigend. Meine Brust wurde heiß wie Feuer.

»Ich bin Ashley O'Donnell«, sagte ich leise, und sobald ich den Namen aussprach, fand ich, daß er komisch klang, wie aus einem heiteren Roman für junge Mädchen. Das Feuer breitete sich über meine Wangen und die Stirn aus.

»Ich arbeite hier«, flüsterte ich.

Aus der kleinen Menschenmenge stürzte sich Hank Cantwell auf mich, packte mich und schwang mich herum, so daß meine Füße gegen seine Schienbeine stießen.

»Da bist du ja, Smoky, meine Alte!« schrie er begeistert und stellte mich wieder ab. Jetzt gerieten auch die anderen in Bewegung und drängten sich um mich. Über ihr grüßendes Murmeln hinweg hörte ich zum zweiten Mal die klangvolle Musik von Matt Comforts Stimme in herrischem Tonfall: »Ist sie das? Die auf ewig einzigartige Smoky O'Donnell? Bring sie herein und laßt sie mich ansehen, bei Gott!«

»Das ist Smoky O'Donnell, unsere neue Redakteurin«, sagte Hank zu den Leuten, die um mich herumstanden, und sie lächelten und sagten: »Hallo, Smoky«, und »Willkommen, Smoky O'Donnell«, und »Schön, daß du da bist«, und ähnliches, und folgten mir, während mich Hank in das hintere Büro zog.

Und so begann meine Zeit mit Comforts Leuten.

Nachdem ich ihn eine Weile kannte, wurde mir klar, daß Matt Comforts Büro genauso aussehen mußte, wie es aussah; hätte man ihm ein anderes gegeben, dann hätte er auch diesem schnell und unauslöschlich seinen Stempel aufgedrückt, und bald hätte es genauso ausgesehen wie das jetzige. Es handelte sich um das Eckbüro, das doppelt so groß war wie alle anderen, und es war sowohl elegant als auch exzentrisch, zugleich Schutzhütte und Schmelzofen. Für den Mann, der hinter dem großen, schwarzen Rosenholzschreibtisch vor den Fenstern saß, war es eher ein Zuhause als ein Büro. Es war mit tiefem, samtgrauem Teppichboden ausgelegt und enthielt ein graues Tweedsofa und zwei der legendären, vollendet schönen Eames-Liegesessel. Neben den Fenstern stand ein Regal aus Glas und Chrom, und kleine Tischchen aus Glas und Chrom ergänzten das Sofa und die Sessel zu einer einladenden Sitzgruppe. Auf dem weichen grauen Teppich glänzte wie ein Edelstein ein Orientteppich. Aus Stereolautsprechern, die irgendwo in der Bücherwand verborgen waren, tönte laut »England Swings Like a Pendulum Do«. Und im ganzen Raum gab es nicht einen Quadratzentimeter unbedeckter Oberfläche.

Die Leute ließen sich in die Eames-Sessel fallen, drängten sich aufs Sofa, setzten sich auf den Boden um das Teetischchen oder streckten sich auf dem Orientteppich aus. Einige rauchten, einige tranken Kaffee, und einige taten beides gleichzeitig. Auf den Flächen, die nicht von Menschen in Beschlag genommen waren, lagen Sachen: Bücher, die sich stapelten und über den Boden verteilt waren, Zeitschriften, Schallplatten, Blätter mit Fotos oder Kontaktabzügen, große Layout-Entwürfe, geöffnete und ungeöffnete Post, Kameras, Diabetrachter, Vergrößerungsgläser, Töpfe mit Klebstoff, Kaffeebecher, in denen Bleistifte und Tuschezeichner standen, und andere, in denen sich noch Reste von Kaffee befanden, übervolle Aschenbecher, ein angelaufenes Silbertablett mit einer schönen, mattschwarzen Flasche mit Inhalt, um die kleine Kristallgläser standen. An den Wänden hingen, beginnend bei der ersten Nummer, die gerahmten Titelblätter des *Downtown Magazine*, Ehrungen und Erwähnungen, Porträtfotos von vielen Leuten, die ich nicht kannte, und unglaublicherweise auch von einigen, die ich kannte, alle mit Signatur, und ein großes weißes Kalenderblatt, auf dem Dezember 1966 stand und bei dem in den meisten für die Tage vorgesehenen Vierecken mit Bleistift hineingeschrieben, ausgestrichen und neu darübergeschrieben war. Verwirrt blickte ich mich um, weil ich den Mann, der das Epizentrum des Ganzen bildete, zunächst gar nicht sah.

Dann stand er auf, ging um den Schreibtisch herum, umarmte mich kurz, gab mir einen Kuß auf die Wange und sagte: »Willkommen. Ihnen stehen harte Zeiten bevor, meine Liebe. Ich bin Matt Comfort.«

»Natürlich«, sagte ich und begann zu lachen. Alle anderen lachten auch.

Denn wer sollte er sonst sein? Er sah genauso aus wie sein Büro. Er war elegant, exzentrisch, auf herrliche Weise selbstsicher und eigenartig, und es gab nicht einen Zentimeter an ihm, der nicht unordentlich war. Bis zum letzten Tag, an dem ich ihn sah, ähnelte er – wie es jemand einmal über die New Yorker Legende Harold Ross gesagt hatte – einem ungemachten Bett, auch wenn das Bett von allererster Qualität und mit den edelsten Bezügen versehen war.

Er war sehr klein. Das hatte ich nicht erwartet, und auch nachdem ich ihn viele Jahre lang gut kannte, paßte diese Tatsache noch immer nicht in meine Vorstellung von ihm. Aber er war nicht mehr als einen Meter dreiundsechzig oder fünfundsechzig und so dünn, daß er drahtig wirkte, allerdings so, als sei er aus bestem Kupferdraht gedreht. Er war so wenig gutaussehend, daß es beinahe lachhaft war, er hatte runde Schultern, hielt sich etwas vorgebeugt und besaß einen großen Kopf und scharfgeschnittene, grobe Gesichtszüge, die manchmal an Abraham Lincoln erinnerten und manchmal auch an einen Fuchs. Selbst wenn er saß, war er ständig in Bewegung. Die Luft um ihn schien zu schwirren wie von einer unhörbaren Trommel. Was zuallererst den Blick eines Betrachters auf sich zog, waren allerdings seine Haare, die ihn manchmal davor bewahrten, einfach lächerlich zu wirken: Sein Haar war ein dichter, kastanienroter Schopf, der ihm über die Stirn und in eines der schmalen, grünen Augen fiel, und es war herrlich. In dieser Zeit, in der man entweder mühsam gezüchtete Bärte und glatte Koteletten oder knappe John-Wayne-Bürstenschnitte trug, besaß er den strahlenden Kopf des jungen Kennedy. Das fiel jedem auf, und ganz bestimmt war es Matt Comfort selbst auch bewußt. Er trug eine runde Nickelbrille, die mit Klebeband repariert war, und zog sich elegant an, mit Maßanzügen aus Tweed, Flanell und mit Hemden aus Oxfordstoff, auch wenn seine Kleider verknittert waren, die Hälfte der Knöpfe fehlten und sein Gesicht und die Unterarme mit Druckerschwärze beschmiert waren. Aber selbst bei den wenigen Gelegenheiten, bei denen ich ihn in alten Kleidern oder einer Badehose sah, hatte er noch immer mehr Stil als jeder andere, den ich kannte. In dem nach Helden hungernden Süden dieser Zeit steckten in diesem kleinen Mann Merlin, Huck Finn und Casanova zugleich, und ich glaube nicht, daß es jemanden gab, der nach einer Begegnung mit ihm nicht davon überzeugt war, er sei großgewachsen.

Er warf finstere Blicke zum Sofa hinüber. »Verdammt noch mal, Gordon, stehen Sie auf und lassen Sie die Dame hinsetzen«, sagte er. »Sie auch, Stubbs. Alicia, Liebste, lauf und hol uns frischen Kaffee, ja? Und ihr übrigen macht euch gefälligst wieder an die Arbeit, wenn euch Patterson nicht inzwischen alle gefeuert hat. Ich bin doch nicht eure Mutter.«

Der große, adlergesichtige Mann grinste und löste seinen langen Körper vom Sofa, gefolgt von einem untersetzten, bärtigen Mann mit Sonnenbrille. Eine äußerst hübsche, junge Frau in einem karierten Minirock aus Wolle und mit roten Strumpfhosen an ihren langen Beinen stand aus einem der Eames-Sessel auf, warf Matt Comfort und mir einen unergründlichen Blick zu und schwebte aus dem Büro, wobei sie eine Wolke aus seidigem, aschblondem Haar und »Joy« hinter sich herzog. Ich hätte gewettet, daß es normalerweise nicht zu ihren wie auch immer gearteten Pflichten gehörte, dem neuen Mädchen Kaffee zu holen. Abgesehen von Hank und einem gedrungenen, stubsnasigen Mädchen, das einen weiten, dunkelblauen Rock und einen weißen Rollkragenpullover trug, stand der Rest der Leute, die sich außerdem noch im Büro befanden – es waren ausnahmslos junge Männer – auf und verzog sich unter gutmütigem Murmeln nach draußen. Hank klopfte mit der Handfläche aufs Sofa, und ich ließ mich auf dem Rand nieder. Es war niedrig, und ich konnte keine Position für meine Beine finden, bei der sich mein hochgerollter Rock nicht unzüchtig über meine Oberschenkel nach oben schob. Also stellte ich meine Tasche auf den Schoß und streckte die Beine so weit wie möglich vor, und Matt Comfort lachte und warf mir eine Decke von der Sofalehne zu.

»Ein Hoch auf die Miniröcke«, sagte er. »Als es klar war, daß sie nicht nur eine vorübergehende Modeerscheinung sind, habe ich die Sofabeine absägen lassen. Also, dann fangen wir mal an. Dieser faule Knabe links von Ihnen ist Tom Gordon, unser graphischer Leiter. Der da hinter diesem Foster Grants ist Charlie Stubbs, unser zweiter Vollredakteur. Er ist gerade aus den Flitterwochen zurückgekommen, und ehe er seine Sonnenbrille nicht abnimmt, wissen wir nicht, ob es schön oder vielleicht weniger schön war. Hank kennen Sie. Dieses süße Schäfchen hier ist Teddy Fairchild, die für die Produktion zuständig ist. Sie sollten sie mit tiefstem Entsetzen betrachten.«

Das dickliche Mädchen lächelte und murmelte »Hallo«. Sie trug nur wenig Make-up und hatte das braune Haar mit einem Band auf dem Hinterkopf zusammengefaßt. Bei ihrem freundlichen Lächeln bildeten sich Fältchen um die braunen Augen und die Nase. Die Blonde kam mit einem Kaffeetablett zurück, das sie auf dem kleinen Tischchen in der Mitte abstellte. Ohne ihre fließende Bewegung zu unterbrechen, ließ sie sich dann anmutig neben Matt Comforts Stuhl auf den Boden sinken. Mit dem Handrücken einer schlanken Hand schob sie den Vorhang aus langen, glänzenden Haaren vor den Augen zur Seite, und mit den Fingern der anderen Hand machte sie winkende Bewegungen zu Tom Gordon hinüber, der gerade eine Viceroy-Zigarette aus der Packung fischte. Er reichte ihr eine, und sie steckte sie zwischen ihre pinkfarbenen Lippen und wartete, bis er sein Feuerzeug hervorzog.

»Das ist Alicia Crowley, unser steiler Zahn«, sagte Matt Comfort. »Sie ist eine grauenvolle Sekretärin, aber oben in der Handelskammer will ihr jeder an die Wäsche, darum behalten wir sie als Pfand.«

»Ach, wie interessant«, sagte Alicia Crowley. Ihre Stimme war so zart und heiser wie die von Jackie Kennedy. Noch im gleichen Augenblick wußte ich zwei Dinge über sie mit absoluter

Sicherheit, auch wenn ich nicht wußte, woher: erstens, daß sie mir niemals freundlich gesinnt sein würde, und zweitens, daß Matt Comfort mit ihr schlief.

»Das ist die ganze Mannschaft, abgesehen von unserer Empfangsdame und der Redaktionssekretärin und den Anzeigenverkäufern und unserem Buchhalter, der sich gerade irgendwo herumtreibt und Bücher hält«, erklärte Matt Comfort. »Den größten Teil der Artikel und der Graphik geben wir an freie Mitarbeiter. Die Bande, die da gerade mein Büro verlassen hat, sind ein paar davon, und die meisten arbeiten für die *Atlanta Constitution.* Sie sind gute Reporter, und einige von ihnen schreiben im Prinzip auch gut. Sie hängen die ganze Zeit hier herum, weil ihnen Gene Patterson nie erlauben würde, da drüben herumzusitzen, Kaffee zu trinken und Zigaretten zu rauchen, und außerdem, weil sie Alicia an die Wäsche wollen. Bis jetzt hatten sie noch keinen Erfolg – glaube ich zumindest –, aber sie geben die Hoffnung nicht auf.«

Ich spürte, wie mir am Hals wieder die gehaßte Röte aufstieg. Noch nie hatte ich einen Mann in der Anwesenheit von Frauen so reden hören.

»Das klingt ja, als seien Sie die wertvollste Mitarbeiterin in dieser Mannschaft«, sagte ich und lächelte Alicia an. Dabei war ich mir schmerzlich bewußt, daß ich gouvernantenhaft klang und zudem angezogen war wie aus einer fünf Jahre alten Anzeige im *Villager.* Sie zeigte ein zurückhaltendes, kühles Lächeln, antwortete aber nicht.

Hank führte mich in mein Büro. Es war kleiner als die anderen, die nebeneinander an der Fensterseite lagen, war aber abgeschlossen und hatte ein eigenes Fenster, von dem aus man die südliche Stadt überblicken konnte. Auch wenn es nicht der atemberaubende Ausblick war, den man nach Norden hinaus gehabt hätte, wo John Portmans revolutionärer, weißer Gebäudekomplex gerade im Bau war, stand ich doch gebannt und mit jubelndem Herzen da. Die Kuppel des Kapitols, die mit Gold aus den niederen Blue Mountains von Georgia überzogen ist, blitzte in der Sonne auf, und in der Nähe lagen die weißen Zuckerstücke der neuen Regierungsgebäude, das wie eine Laubsägearbeit wirkende Autobahnsystem, das gerade fertiggestellt worden war, und die blaue Schüssel des neuen Erstliga-Stadions. Zu Hause in Corkie redete man begeistert über die erste Saison der Atlanta Braves.

Während ich aus meinem Fenster in den kalten Sonnenschein blickte, dachte ich, wie sehr dieses gläserne Viereck doch die Substanz von Atlanta in der Mitte dieses Jahrzehnts zeigte. Das Stadion und die Autobahn waren in nur sechs Jahren geplant und errichtet worden, und direkt am hellen Band der Interstate, im Südosten und daher gerade nicht mehr zu sehen, lag, summend wie ein Bienenstock, der neue Hartsfield International Airport, der in diesem Jahr eröffnet worden war. Es wurde behauptet, daß er zu bestimmten Tageszeiten in der Häufigkeit der An- und Abflüge an zweiter Stelle im ganzen Land stehe, hinter O'Hare in Chicago. Diese Tatsache machte mich, die ich nie geflogen war, enorm stolz. Auch wenn ich mein bisheriges Leben ruhig im provinziellen Corkie verbracht hatte, so hatten wir doch sogar dort gewußt, was in den energischen sechziger Jahren in Atlanta geschah, das von einer Handvoll Männer – den Abkömmlingen der alten Familien, den Söhnen aus den großen Häusern Buckheads und den Handelskönigen – praktisch neu erfunden wurde. Einer von ihnen, der überschwengliche Mills B. Lane von der Citizens and Southern Bank, war einer der Unseren. Die C & S war von dem Felsen über den Docks von Savannah und aus seinen verschlafenen Baumwoll- und Zuckerrohrfeldern aufgestiegen. Mr. Lane war für mich immer eine Art Heiliger gewesen, jemand, der Savannah verlassen und seinen Namen in Atlanta bekannt gemacht hatte. Es war möglich, und auch ich würde das schaffen.

»Es ist vielleicht ein bißchen klein, aber es gehört dir allein«, sagte Hank. »Na, was hältst du davon, Smoky? Das schlägt das Büro des *Argonaut* doch um Längen, oder?«

Ich drehte mich um und umarmte ihn kurz, aber fest.

»Kilometerweit«, sagte ich. »Ach, Hank, ich kann es noch gar nicht glauben, daß ich hier bin.«

»Ich auch nicht, aber hier bist du, in äußerst bemerkenswertem Fleisch und Blut«, sagte er und tätschelte mir mit Besitzerstolz das Hinterteil. Liebevoll dachte ich an die Jahre des nekkenden, halb erotischen Geplänkels zwischen uns am Armstrong zurück, wo wir gemeinsam im Büro des *Argonaut* gearbeitet hatten. Es war die erste absolut unproblematische Freundschaft gewesen, die ich mit einem Mann gehabt hatte, und ist fast die einzige geblieben. Mit Hank entdeckte ich die Arbeit, für die ich geboren war; mit Hank konnte ich über Herzensdinge reden, die ich sonst nur – und auch nicht alle – mit Meg Conlon besprach. Hank war es, der mir die tanzende, knisternde Welt außerhalb der Glasglocke, die Savannah und der kreolische Süden bildeten, nahebrachte, der mich ahnen ließ, welche Veränderungen sich dort vorbereiteten, und der mich den Wortführern dieser Veränderungen vorstellte. Nachdem John Kennedy erschossen worden war, hatte ich mit Hank bis spät in die Nacht in einem Café am Rand des Campus gesessen und wütend und ungläubig geweint. Hank war damals eigens den langen Weg von Atlanta heruntergefahren, um bei mir zu sein. Und aus ganz Corkie, das Tränen vergoß für seinen gefallenen Sohn, war Hank der einzige, bei dem ich sein wollte. Corkie weinte um den zerstörten, rothaarigen Kopf eines irischen Prinzen; Hank und ich um die Schönheit und Symmetrie des Traums, der damit ebenfalls untergegangen war. Ich liebte Hank Cantwell mit jener umfassenden, bequemen und selbstsüchtigen Liebe, die alles nimmt und nichts in Frage stellt. Ich kann mich nicht erinnern, daß ich mich jemals gefragt habe, warum er niemals richtig mit mir ausging oder ob er andere Gedanken in bezug auf mich hegte als ich über ihn. Aber wie gesagt, damals hatte ich noch nicht die Angewohnheit, etwas in Frage zu stellen.

Inzwischen waren die restlichen Mitarbeiter eingetroffen, und ich lernte SueAnne Hudspeth kennen, die Büroleiterin und Empfangsdame, eine freundliche, ältere Dame mit einer gesprayten Hochfrisur und einer ausdruckslosen scharfen Stimme, die mir einen flüchtigen Kuß auf die Wange gab und meinte, es wäre ja an der Zeit, daß noch eine weitere Frau komme, die die Männerwirtschaft hier ein bißchen zurechtrücke. Die Redaktionssekretärin Sister Clinkscales hatte goldblonde Haare und blaue Augen, trug ein hellblaues Haarband, das zu ihrem Angorapullover und dem Minirock paßte, und sah nicht älter als dreizehn aus.

»Hallo, Smoky«, sagte sie mit einer fröhlichen Kleinmädchenstimme. »Bestimmt kennen Sie eine meiner Studienfreundinnen aus Savannah, Kitty DuBignon? Ich glaube, sie hat jemanden geheiratet, der dort für die Zeitung arbeitet.«

Natürlich kannte ich Kitty DuBignon, oder genauer gesagt, ihre Familie; die DuBignons besaßen Anteile an der Fournier-Zuckerfabrik, und ich wußte, daß eine der Töchter Clay Gilchrist geheiratet hatte, dessen Vorfahren Ende des achtzehnten Jahrhunderts den *Savannah Morning Courier* gegründet hatten. Ganz Corkie hatte von Kitty DuBignons Eskapaden an der University of Georgia gehört, die darin gipfelten, daß sie wegen etwas, das so schlimm war, daß nicht einmal väterliche Zahlung es mildern konnte, relegiert wurde. Einige Wochen später hatte sie den jungen Clay Gilchrist geheiratet.

»Ja, natürlich habe ich von ihr gehört«, sagte ich und lächelte Sister an. Ich konnte mir nicht vorstellen, daß sie für das Team der *Downtown* eine große Bereicherung war, denn sie sah nicht so aus, als wüßte sie, wie man die Abdeckung von der Schreibmaschine nimmt. Andererseits wies nichts in ihrem niedlichen, stupsnasigen Gesicht auf Boshaftigkeit oder Arroganz hin, und ihr Lächeln war so ansteckend wie das Lachen eines Kindes.

»Ach ja«, sagte Hank und zupfte am losen Ende von Sisters Haarband. »Die tollen Zeiten in der Studentenverbindung. Sister, du bist ein Dussel; Smoky war längst aus der Schule und hat gearbeitet, ehe ihr beide, du und Miss Kitty, euren ersten BH aufgetragen hattet. Übrigens, wo sind eigentlich die anderen?«

»Mr. Carnes hat oben so eine Art Besprechung einberufen«, erklärte Sister. »Wir sollen auch alle kommen. Ich glaube, wir müssen uns wieder eine Predigt über die Kaffeetassenhalter anhören. Sie wissen doch, er glaubt, wir sind diejenigen, die dafür verantwortlich sind. Mr. Comfort hat mir gesagt, ich soll Smoky fragen, ob sie, während wir weg sind, Telefondienst machen kann. Sie ist noch zu neu, um schon unter Verdacht zu stehen, hat er gesagt. Es dauert nicht lange, Smoky. Ich zeige Ihnen, wie das Schaltbord funktioniert.«

»Da werde ich schon allein dahinterkommen«, sagte ich und lächelte über ihr Geplauder. Sie war ein liebenswürdiges Kind. Das blieb auch so. Jahre später hörte ich, daß sie, nachdem ihr zweites Kind im Kindergarten war, Jura studierte und sich vor Gericht als höchst fähige und gefürchtete Anwältin erwies. Als ich davon erfuhr, war ich – nach dem ersten Schock – gar nicht so sehr überrascht. Unter der Oberfläche dessen, was Matt Comfort Sisters albernes Gehabe nannte, befanden sich eine schnelle Auffassungsgabe und eine sichere Intelligenz, die ich bereits an diesem ersten Vormittag hinter ihren großen, blauen Augen ahnte.

Sie, SueAnne und Hank verließen das Büro, und ich setzte mich an Sisters Schreibtisch und studierte die Telefone, bis ich wußte, wie sie funktionierten. Eines davon klingelte, und ich nahm den Hörer ab, machte eine kleine Pause und sagte dann mit einem leisen Anflug von Stolz in der Stimme: »*Downtown Magazine*. Was kann ich für Sie tun?«

»Hallo«, sagte eine ärgerliche männliche Stimme. »Hier ist Carithers von der Firma Dynatech. Wann, zum Teufel, bringt ihr eigentlich endlich die Dezember-Ausgabe heraus? Auf meinem Vertrag steht der Tag vor Thanksgiving, und jetzt ist es schon sechs Tage später. Sagen Sie Comfort, daß ich auch für diese Anzeige eine Erstattung verlange. Ist er da?«

»Er kommt in ein paar Minuten zurück«, sagte ich. »Er ist in einer Besprechung. Soll ich ihm mitteilen, daß Sie angerufen haben?«

»Sister?«

»Nein, hier ist Ashley O'Donnell. Ich bin die neue Redakteurin«, sagte ich.

»Herrgott«, schnauzte Carithers von der Firma Dynatech. »Er schafft es nicht einmal, eine Ausgabe rechtzeitig herauszubringen, aber ständig stellt er neue Redakteure ein. Sagen Sie ihm, daß ich angerufen habe.« Und damit legte er auf, noch ehe ich antworten konnte.

»Schönen Tag noch, du Arschloch«, schimpfte ich wütend.

Ich hätte gerne einen Blick in die neue Ausgabe des *Downtown,* die auf Sisters Schreibtisch lag, und vielleicht noch in einige ältere Nummern geworfen, aber das Telefon hielt mich ständig auf Trab. Die meisten Anrufe waren für Matt oder die Anzeigenverkäufer oder unseren Buchhalter Don Cavanaugh, und die meisten der Anrufer waren ziemlich ärgerlich. Es ging immer wieder um die Verspätung der Dezember-Ausgabe. Na ja, es ist ja noch gar nicht Dezember, verteidigte ich das *Downtown Magazine* in Gedanken.

Dann wurde es ruhiger, und ich griff nach der Dezember-Ausgabe. Ich bewunderte gerade das Titelblatt mit einer wundervoll gemalten Karikatur des durch Coca-Cola legendär gewordenen und jetzt zurückgezogen lebenden Robert Woodruff, der im Nikolauskostüm Flugzeuge austeilte, als mir ein höchst ungewöhnliches Aroma in die Nase stieg. Es war eine unbeschreibliche Mischung aus Düften: feuchte Erde, Holzfeuer, nasse Zeitungen, in der Sonne faulender Abfall, essigsaurer Wein, irgendein Maschinenöl, und das alles auf dem Hintergrund von Körperschweiß und lange nicht gewaschenen Kleidern. Der Geruch riß mir geradezu den Kopf hoch vom Titelblatt des *Downtown,* und als ich mich umsah, fuhr gerade ein Mann auf einem Fahrrad wackelig und vorsichtig in die Eingangshalle, die Lippen in tiefer Konzentration geschürzt. Ich starrte ihn an.

Er war ein winziger, knorriger Gnom und schon ziemlich alt. Auf seinem faltigen Affengesicht standen weiße Bartstoppeln, und das Haar unter der abgetragenen, schmutzigen Baseballkappe der New York Yankees hing ihm strähnig, fettig und gelblich-weiß bis auf die Schultern. Er trug schmutzig-weiße Flanellhosen und irgendeine Weste über vielen Lagen löchriger Pullover, und alte, schwarze, hohe Converse-Basketballschuhe, in denen er offenbar drei oder vier Paar Socken anhatte. An seinen Händen hatte er fingerlose Handschuhe, die mich auf verrückte Weise an die Spitzenhandschuhe erinnerten, die wir am St. Zita zu Tanzbällen getragen hatten, und in seinem Fahrradkorb lag ein Stapel Zeitschriften und Zeitungen, die so vergilbt und brüchig waren, daß sie Papierfetzen auf dem Teppich hinterließen. Um seinen Hals hing an einem dreckigen Band ein großer, runder Globus.

Er lehnte das Fahrrad liebevoll gegen das Sofa und begann, die Zeitschriften aus seinem Korb zu heben, wobei er geschäftig, aber leise vor sich hinmurmelte. Ich atmete tief durch, was ich sofort bedauerte, und sagte dann mit einer albernen, gepreßten Stimme: »Kann ich Ihnen behilflich sein?«

Erst jetzt schien er mich zu bemerken. Wie ein verwirrter alter Vogel neigte er seinen Kopf erst auf die eine und dann auf die andere Seite und murmelte in barschem Ton: »Die sind Sie nicht. Diese schnippische Kleine, die sind Sie nicht.«

»Nein, ich bin ... ich bin neu hier. Ich bin Ashley O'Donnell«, sagte ich und überlegte, ob ich telefonisch um Hilfe rufen sollte. Aber bei wem? Oder war es besser, an ihm vorbei in die Büros weiter unten am Korridor zu rennen? Gab es da überhaupt welche? Ich wußte es nicht mehr...

Er lächelte. Es war ein überraschend freundliches Lächeln, und dann streckte er mir die Hand hin, die ich wie betäubt ergriff.

»Francis Brewton«, sagte er mit großartiger Geste und verbeugte sich tief. »Ich bin in der Reise- und Zeitschriftenbranche. Die hier sind alle meine Kunden. Ich habe etwas für Matt, etwas, das er schon sehr lange sucht. Das gibt es wahrscheinlich im ganzen Land nur einmal. Er wird ganz schön viel dafür zahlen müssen, das können Sie glauben.«

»Nun, äh... er ist oben in einer Besprechung«, sagte ich. »Vielleicht kann ich es ihm geben?«

»Nein, auf keinen Fall. Ich will sein Gesicht sehen, wenn er es sieht«, sagte Francis Brewton. »Ich gehe rauf und gebe es ihm selbst. Aber vielleicht möchten Sie ein paar Zeitschriften kaufen? Ich habe einige Nummern des *Ladies Home Journal*, die noch niemand gelesen hat. Sie sind in ausgezeichnetem Zustand.«

Er zog vier Hefte des *Ladies Home Journal* heraus, die, wie ich zugeben mußte, tatsächlich noch niemand gelesen hatte, denn sie stammten aus den Jahren 1911, 1912 und 1914, und sie waren tatsächlich in gutem Zustand. Ich betrachtete sie hilflos und sah dann Francis Brewton an. Er strahlte und zeigte braune Lücken, wo einst mehrere Zähne gewesen waren.

»Hm – wieviel verlangen Sie dafür?« wollte ich wissen.

»Zehn Dollar«, sagte er mit fester Stimme. »Normalerweise bekomme ich fünfzehn, aber Comforts Leute gebe ich immer einen Rabatt. Sie gehören zu meinen besten Kunden.«

Er lächelte mich glücklich und erwartungsvoll an, und ich

griff nach meiner Tasche, zog eine Fünf-Dollar-Note heraus und gab sie ihm. Aus irgendeinem Grund konnte ich es nicht ertragen, mich mit ihm zu streiten. Es war keine Furcht, sondern eine Art Hypnose, die sein außergewöhnliches Selbstbewußtsein hervorrief. Mir kam der Gedanke, daß er vielleicht gar nicht schlecht lebte.

»Danke schön«, sagte er, steckte das Geld ein und griff wieder nach seinem Fahrrad und rollte aus dem Büro. Dann blieb er stehen, stellte einen Fuß auf den Boden und sah über seine Schulter zurück.

»Ach, und übrigens, falls ich Matt verpasse«, sagte er, »dann sagen Sie ihm, ich glaube, wir haben die Lutheraner endgültig fertiggemacht.«

»Das werde ich ausrichten«, sagte ich, und er fuhr davon. Es dauerte mehrere Minuten, bis sich der Geruch aus der Eingangshalle verzogen hatte.

Ich saß noch immer da, betrachtete die vergilbten *Ladies Home Journals* und versuchte, nicht daran zu denken, daß fünf Dollar die Busfahrkarten für eine Woche waren, als die Glocke des Aufzugs um die Ecke »ping« machte und die Mitarbeiter wieder einmarschierten. Die Nachhut bildete Matt Comfort mit einem großen, dickbäuchigen und glatzköpfigen Mann in einem dreiteiligen blauen Anzug. Er hatte ein verkniffenes rotes Gesicht und einen kleinen runden Mund, den er wie eine Frau zu einem Kußmündchen gespitzt hatte. Als er mich sah, verzog er ihn zu einem Lächeln.

»Smoky, das ist Culver Carnes, der Direktor der Handelskammer und mein oberster Chef«, sagte Matt Comfort. »Zu ihm sollten Sie noch viel netter sein, als Sie es sich überhaupt vorstellen können.«

»Hallo, Smoky, schön, daß Sie da sind. Ich habe schon von Ihnen gehört«, begrüßte mich Culver Carnes. Seine Stimme ähnelte der eines bestimmten Rundfunksprechers, an den ich mich vage aus meiner Kindheit erinnern konnte. War es Harry von Sell?

»Vielen Dank, Mr. Carnes«, sagte ich. »Ich freue mich, daß ich hier bin.«

»Sie ist genauso hübsch, wie Sie gesagt haben, Matt«, meinte Culver Carnes und gab mir einen Klaps auf die Schulter. »Ihr redaktionelles Auge ist wirklich in Ordnung, mein Junge.«

Er zwinkerte mir und Matt Comfort zu, und hinter ihm verdrehte Tom Gordon die Augen und streckte die Zunge heraus. Ich biß mir auf die Lippen.

»Das schärfste Auge im ganzen Süden«, erwiderte Matt ernsthaft.

»Da waren viele Anrufe für Sie, Mr. Comfort«, sagte ich mit einer Stimme, die so geschäftsmäßig klang, wie ich es nur fertigbrachte angesichts der Tatsache, daß jetzt Hank Cantwell und Charlie Stubbs hinter Culver Carnes' Rücken mit deutlichen, aber lautlosen Gesten auf sein blaugekleidetes Hinterteil deuteten. »Ich lege sie auf Ihren Schreibtisch. Ach, und ein Mr. Francis Brewton war da. Er sagte, er hätte etwas für Sie und daß er Sie oben erwischen würde. Er ist gerade gegangen.«

»Ach du liebe Güte«, sagte Matt Comfort lachend, »Sie hatten wirklich Ihre Feuertaufe, nicht wahr? Ich dachte mir doch, daß ich Francis gerochen habe, als wir aus dem Aufzug kamen. Was hat er Ihnen verkauft, den *Farmer's Almanac* von 1929?«

»*Ladies Home Journals* von 1911, 12 und 14«, antwortete ich verlegen.

Matt Comfort seufzte. »Für wieviel?«

»Fünf Dollar...«

»Verdammt, wir müssen mal etwas gegen Francis' Preiserhöhungen tun«, murmelte Matt. »Lassen Sie sich die fünf Dollar von Sister aus der Kaffeekasse zurückzahlen und merken Sie sich, daß wir Francis nie mehr als zwei Dollar geben. Es ärgert mich, daß er Sie übervorteilt hat, nur weil Sie neu sind.«

»Wenn das alles ist, was Sie an diesem Irren ärgert, dann sollten Sie sich mal untersuchen lassen«, bemerkte Culver Carnes säuerlich. »Ich habe Ihnen immer wieder gesagt, Sie sollen ihn nicht ermutigen. Wir können es uns nicht leisten, daß er sich hier herumtreibt... was hat er gesagt, wohin er gegangen ist?«

Er wandte sich an mich.

»Ich glaube, er sagte: nach oben«, antwortete ich zaghaft.

»Herrgott noch mal«, brüllte Culver Carnes und machte einen Schritt auf die Tür zu. »Wissen Sie, wer in meinem Büro sitzt und auf mich wartet? Kein anderer als Todd Ingram, der mehr Geld an seinem kleinen Finger hat, als Sie Ihr ganzes Leben lang gesehen haben, Comfort. Er überlegt gerade, ob er hier in einen Bürokomplex oder in ein neues Stadion in Birmingham investieren soll! Mehr nicht! Und wen ich jetzt am dringendsten brauchen kann, das ist dieser gottverfluchte Francis Brewton, der auf seinem Fahrrad hereinfährt und nach Ihnen Ausschau hält...«

»Tut mit leid, Culver«, sagte Matt, und um seinen Mund herum zuckte es. »Schicken Sie ihn wieder runter, wenn er auftaucht. Er weiß, daß er nicht nach oben soll, aber das vergißt er gelegentlich...«

»Wie ist er überhaupt reingekommen? Ich dachte, ich hätte Ihnen gesagt, Sie sollten dem Portier Anweisung geben, ihn nicht in das Gebäude zu lassen.«

»Na ja, ich habe ihm gesagt, er soll ihn reinlassen, wenn es weniger als fünf Grad hat. Herrgott, Culver, seit St. John's die Tür verschlossen hat, schläft er unter dem Spring Street Viadukt. Ich werde doch einen über achtzigjährigen Obdachlosen nicht erfrieren lassen! Und was schadet es schon? Er kommt ohnehin nicht mehr oft in Ihr Büro.«

»Es schadet allerdings, wenn ich den Vorstandsvorsitzenden von All South in meinem Büro sitzen habe, der überlegt, ob er zwanzig Millionen lockermachen soll, und Francis Brewton radelt auf der Suche nach dem *Dowtown*-Herausgeber vorbei! Was würden Sie vorschlagen, daß ich zu Todd Ingram sage?« Culver Carnes war nähergekommen, so daß er Matt Comfort direkt ins Gesicht schrie. Sein eigenes Gesicht und der Hals waren rot angelaufen.

»Sie könnten ihn fragen, ob er radfahren kann«, antwortete Matt. Seine Stimme war gelassen, aber seine Augen blickten kalt und ausdruckslos. Tom Gordon und Charlie Stubbs unterdrückten hinter Culver Carnes ihr Gelächter und zogen sich in ihre Büros zurück.

»Eines Tages werden Sie es noch zu weit treiben, Matt«, erklärte Culver Carnes wütend. »Denken Sie immer daran, Sie stehen jeden Monat, wenn die neue Nummer dieses billigen Lokalblättchens erscheint, auf dem Prüfstand.«

»Man kennt uns in New York, Culver«, antwortete Matt Comfort mit gleichmütiger Stimme. »Denken Sie daran.« Aber ich hatte nicht den Eindruck, daß ihn das, was sein Chef gesagt hatte, gleichmütig ließ. Sein Gesicht war weiß. Er schob die Hände in die Taschen seines zerknitterten Tweedjacketts und spazierte in sein Büro.

»Der Tag, an dem das nicht mehr der Fall ist, Comfort, wird der Tag sein, an dem Sie Ihren Arsch in einen Zug zurück nach Humble, Texas, verladen können«, schrie Culver Carnes hinter ihm her, drehte sich um und verließ die Büroräume. Er schlug die Tür hinter sich zu. Tom und Charlie kamen wieder aus ihren Büros und sahen ihm nach, genau wie ich. Dieser lautstarke Streit hatte mich gründlich beunruhigt. Plötzlich fürchtete ich ernsthaft, Matt Comfort könnte gefeuert werden, ehe ich meine Stelle beim *Downtown* richtig angetreten hatte.

In das allgemeine Schweigen hinein sagte ich: »Er hat gesagt, ich soll Mr. Comfort ausrichten, er glaube, sie hätten die Lutheraner endgültig fertiggemacht«, was Tom und Charlie vor Lachen beinahe explodieren ließ. Matt Comfort kam heraus, um sich zu erkundigen, was so lustig wäre, und begann ebenfalls zu lachen. Er legte mir kurz den Arm um die Schultern und drückte mich, und ich stimmte vorsichtig in das Lachen ein, wobei ich so tat, als hätte ich schon gewußt, wie lustig diese Bemerkung war. Ich spürte, daß es ihnen gefiel, wenn ich ironisch und geistreich war. Das würde ich mir merken.

Den Rest des Vormittags verbrachte ich im Obergeschoß, um die Mitarbeiter der Handelskammer kennenzulernen – mit wenigen Ausnahmen ein mürrischer Haufen, der mich kühl zur Kenntnis nahm –, und dann führte mich Hank zum Essen aus. Wir gingen in ein kleines, düsteres, französisches Lokal namens Emile's, das einige Querstraßen weit vom Gebäude der Handelskammer entfernt lag und voller Männer war, die Cocktails tranken, lachten und Hank zu kennen schienen. An einem Ecktisch im zweiten, höher gelegenen Teil des Restaurants saß eine Bulldogge von einem Mann mit buschigen Augenbrauen und dicken Brillengläsern, die uns zunickte und lächelte, und als wir vorbeigegangen waren, flüsterte ich atemlos: »War das ...?«

Hank grinste. »Ralph McGill. Ja, Pappy kommt oft hierher, besonders an den Hühnerleber-Tagen. Das ist der inoffizielle Tisch der Constitution-Leute.«

»Du kennst ihn tatsächlich?«

»Na ja, Matt kennt ihn, und McGill weiß, wer wir sind. Du wirst ihn doch nicht um ein Autogramm bitten, oder? Er ist schrecklich schüchtern.«

»Sei kein Idiot. Aber ich wünschte, ich könnte es tun. Er ist ein richtiger Held, Hank. Herrgott, mein Vater würde einen Anfall bekommen, wenn er wüßte, daß ich mich mit Ralph McGill auch nur unter demselben Dach befinde. Wenn er mich jetzt sehen könnte!«

»Sei lieber froh, daß er dich nicht sehen kann«, meinte Hank, und wir setzten uns. Ich befand mich zum ersten Mal in meinem Leben in einem französischen Restaurant und aß zum ersten

Mal gebratene Hühnerleber mit Sherry und Pilzen auf Toast. Ich fand, daß man sich an den Geschmack erst gewöhnen mußte.

Hank erkundigte sich, ob ich gerne Wein hätte, und lachte, als ich ihn einfach nur ansah.

»Ich habe ganz vergessen, daß man dich nicht umsonst Smoky, die Heilige, nennt«, stellte er fest. »Ich bin so sehr daran gewöhnt, mit Matt und der restlichen Bande essen zu gehen, daß ich ganz vergessen habe, daß nicht jeder mittags zwei Martini und Wein zum Essen trinkt. Es ist irgendwie nett, mal ein Pause zu machen.«

»Trinkt ihr alle soviel?« wollte ich wissen. Natürlich hatte ich von zwei Martini zum Mittagessen gehört, aber bis jetzt hatte ich geglaubt, so etwas mache man nur in schlechten Romanen über die Madison Avenue.

Er wirkte überrascht und meinte dann: »Vermutlich schon. Ich denke gar nicht soviel darüber nach. Normalerweise gehen wir alle zusammen und reden und lachen, oder es ist irgendein wichtiger Mensch aus einer anderen Stadt zu Besuch, den wir einladen müssen, und da kommt es einem ganz selbstverständlich vor. Fast jeder trinkt mit, zumindest wenn Matt uns einlädt, und das tut er fast immer. Er kann mehr trinken als jeder, den ich kenne, und man merkt es ihm nicht an. Nach einem solchen Mittagessen geht er zurück ins Büro und bastelt eine neue Nummer zusammen, die wieder einen Preis gewinnt, oder er hängt sich ans Telefon und arrangiert ein Interview mit jemandem, der sonst niemals Interviews gibt, oder er verkauft zwölf vierfarbige, ganzseitige Anzeigen direkt unter Jack Greenburgs Nase. Es ist unglaublich. Wenn einer von uns soviel trinken würde, läge er längst unter dem Tisch.«

»Er muß ganz schön reich sein«, sagte ich und dachte daran, wieviel ein solches Mittagessen fünfmal die Woche für die ganze Mannschaft kostete.

»O nein. Man erzählt sich, daß er mit genau vierzehn Dollar

in der Tasche nach Atlanta kam. Sechs Monate lang hat er im YMCA gewohnt. Tom Gordon lebt noch immer dort; er steckt gerade mitten in einer scheußlichen Scheidung und besitzt kaum mehr als die Kleider, die er am Leib trägt. Niemand von den Mitarbeitern hat Geld, abgesehen von Teddy, deren Daddy die größte Immobilienfirma in der Stadt besitzt, und Sister, deren Daddy ganz South Georgia gehört. Alicia hat ein Wahnsinnsapartment, aber ich bin mir ziemlich sicher, daß sie es nicht selbst zahlt. Matt lebt in einer Zweizimmerwohnung im Howell House, die von der Handelskammer bezahlt wird, genau wie sein Auto. Wir anderen teilen uns mit jemandem eine Wohnung oder leben in einem Einzimmerapartment. Matt sagt immer, daß er uns die Hälfte dessen bezahlt, was wir bei unserer letzten Stelle verdient haben, aber uns dafür doppelt so lange arbeiten läßt. Hat er das zu dir nicht gesagt? Ich glaube, daß er sich das Mittagessen und alles andere von der Handelskammer bezahlen läßt.«

Matt Comfort hatte die Bemerkung über die Bezahlung und die Arbeitsstunden tatsächlich auch mir gegenüber gemacht. Ich hatte sie nett gefunden und daraufhin beschlossen, doppelt so hart für ihn zu arbeiten.

»Junge, er muß in der Handelskammer wirklich etwas gelten«, sagte ich. »Ich meine, um soviel Spesen machen zu dürfen und mit Mr. Carnes so zu reden, wie er es heute morgen getan hat. Ich habe fast Angst bekommen, Hank. Ich dachte, Mr. Carnes sei sein Chef.«

»Na ja, das ist er auch, aber es ist eine komische Beziehung«, sagte Hank mit gerunzelter Stirn. »Die Beleidigungen und das Geschrei, das ist eine Art Spiel zwischen ihnen. Culver findet es wirklich unmöglich, daß Matt die Zeitschrift auf eine so lässige und arrogante Art führt und daß wir uns dort einfach alles erlauben können und trotzdem noch als Lokalhelden dastehen. Sämtliche Mitarbeiter der Handelskammer hassen und beneiden uns deswegen. Glaub bloß nicht, daß du dort oben Freunde finden wirst. Aber er weiß auch, daß Matt ein echtes Genie ist, und immer, wenn wir wieder einen Preis gewinnen, kann er ihn sich selbst ans Revers heften. Schließlich war er derjenige, der Matt ausgesucht und angestellt hat. Und auf irgendeine komische Art liebt er Matt auch. Culver ist kein Dummkopf; er kann Qualität beurteilen. Früher hat er selbst mal eine Public Relations Agentur geführt. Was er heute vormittag gesagt hat, stimmt; wir behalten unsere Jobs, solange man uns in New York kennt. Und dort kennt man uns. In dieser Hinsicht hat Matt nicht angegeben.«

»Na, und was Matt angeht«, fuhr er fort, »er kann es einfach nicht lassen, Culver zu reizen. Er weiß auch genau, wie er das machen muß. Eigentlich führt er eine Art Ein-Mann-Krieg gegen die Selbstgefälligkeit und Charakterlosigkeit im Obergeschoß. Er ist dem Haufen dort stets einen Schritt voraus und steht immer gerade einen Schritt vor dem Abgrund. Natürlich würden die meisten in der Handelskammer nichts lieber sehen, als daß er auf die Nase fällt, das weiß er genau. Er ist ihnen einfach zu ehrgeizig. Und das gilt für uns alle. Aber die übrige Stadt hat ihn eben zum Fressen gern. Und außerdem glaube ich wirklich, daß er Culver mag. Es ist ziemlich kompliziert.«

»Also muß ich vor dem lieben alten Culver gar keine Angst haben«, stellte ich fest. »Mein Gott, Hank, er sieht doch wie ein Königspinguin aus, stimmt's?«

Hank legte seine Gabel ab und sah mir ernst ins Gesicht. »Hör mal, Smoky. Unterschätze ihn bloß nicht. Du solltest niemanden aus dem Obergeschoß unterschätzen. Das *Downtown Magazine* ist von ihnen abhängig; sie subventionieren uns fast vollständig. Ohne sie würden wir bis zum Hals in den roten Zahlen stecken, so wie Matt den Redaktionsetat verschleudert. Sie bezahlen unsere Löhne. Wir können zwar über Culver Carnes lachen, aber er kann uns rauswerfen. Er könnte auch Matt feuern, wenn es hart auf hart kommt. Wir bringen Artikel, die die Handelskammer haben will, im Austausch gegen Geschichten, die wir selbst machen wollen, und sie haben bei allem das letzte Wort. Bis jetzt kann Culver, Gott sei Dank, einen guten Artikel noch erkennen, aber er kann eine Story, die ihm nicht gefällt, verhindern, und wir könnten gar nichts dagegen tun. Sei so nett wie möglich zu ihm, und gib dir bei den Scheißartikeln genau dieselbe Mühe wie bei den guten Sachen, und komm ihnen ansonsten nicht in die Quere. Uns geht es gut, solange es Matt gutgeht.«

Ich dachte nach über das, was er gesagt hatte. Das Gefühl, stets am Abgrund zu tanzen, fand ich berauschend. Das gefiel mir. So etwas hat den Iren immer schon gefallen.

»Ist er verheiratet?« fragte ich. »Ich meine, Matt?«

»Er war es mal, glaube ich. Jetzt ist er es nicht mehr. Ich habe gehört, daß es da in Texas noch eine Ehefrau gibt – er stammt tatsächlich aus Humble, Texas; das liegt an der Grenze zu Arkansas an der Küste und ist ein Nest mit vielleicht dreitausend Einwohnern. Aber soweit wir hier wissen, haben sie sich scheiden lassen, bevor er hierherkam. Meines Wissens hat er keine Kinder. Mehr weiß niemand über ihn, außer vielleicht Alicia, und die hält den Mund.«

»Er schläft mit ihr, stimmt's?«

»Herrgott, woher weißt du das? Keiner von uns spricht das jemals aus oder gibt auch nur zu, daß er davon weiß.«

»Ich weiß nicht, woher ich es weiß, ich weiß es eben«, sagte ich. »Man sieht es an der Art, wie er über sie und mit ihr redet, und daran, wie sie mit ihm umgeht.«

»Na ja, es ist auch gar nicht so wichtig«, meinte Hank. »In dieser Stadt wird viel herumgevögelt. Ich weiß nicht weshalb, aber es ist eben so. Vielleicht ist es das hohe Energieniveau hier, oder die Tatsache, daß alle so jung sind, oder irgend so etwas. Praktisch jeder, den ich kenne, hat jemanden.«

»Und was ist mir dir?« erkundigte ich mich scherzhaft.

»Mein Gott, ich hätte gar nicht die Zeit dazu, selbst wenn ich das Geld hätte«, stöhnte er und schnitt eine Grimasse. »Ich arbeite sechs oder sieben Tage in der Woche und manchmal achtzehn Stunden am Tag. Gelegentlich schlafe ich auf dem Sofa in Matts Büro, wenn wir eine Ausgabe noch fertigbekommen müssen. Das machen wir alle. Außerdem habe ich jetzt ja dich, Süße.«

Diese Bemerkung überhörte ich. »Du meinst, jeder arbeitet sieben Tage die Woche und achtzehn Stunden am Tag?« sagte ich. »Ich glaube nicht, daß ich das schaffe, Hank. Wie soll ich denn da noch Leute kennenlernen und etwas von Atlanta sehen?«

»Du wirst es tun, und es wird dir Spaß machen, Smoky, warte nur ab«, gab er zurück. »*Downtown* – ich weiß nicht. Es wird zu deinem ganzen Leben. Die Leute werden deine Familie. Du verbringst deine ganze Freizeit mit ihnen und dazu auch noch die Arbeitszeit; du fängst wirklich an, sie zu lieben. Es ist schon komisch, wie das passiert, aber ich habe es immer und immer wieder erlebt. Nach und nach vergißt du alles andere, und dann bleibt nur noch ... die Zeitschrift und wir alle. Und das genügt auch. Ich hätte nie gedacht, daß es soviel Aufregung und Überschwang, mehr Gelächter und mehr Intensität, wie sie in diesem Büro herrschen, überhaupt geben kann. In gewisser Weise verlangt es Matt von dir. Er sagt es nicht direkt, und ich glaube nicht einmal, daß es ihm bewußt ist, aber du wirst bald merken, daß er von dir erwartet, die Zeitschrift, ihn und uns allen anderen Dingen vorzuziehen. Und dann wirst du es auch wollen.«

»Was passiert, wenn ich es nicht will?« fragte ich, obwohl ich natürlich wußte, daß ich es tun würde. Ich wollte es bereits jetzt. Ich hatte es schon an dem Abend, an dem Hank angerufen hatte, gewollt.

»Ich kenne dich. Du wirst es tun. Aber wenn du es nicht tust oder nicht kannst, dann ... na ja, dann bleibst du eben nicht. Er würde dich nicht hinauswerfen, aber du würdest gehen. Auch das habe ich schon erlebt. Nicht unbedingt bei den Leuten aus der Anzeigenabteilung, die sind eine eigene Mannschaft. Und SueAnne ist eine Ausnahme, weil sie verheiratet ist und eine Familie hat. Aber in der Redaktion hat es kaum jemanden gegeben, der sich Comfort nicht mit Leib und Seele verschrieben hätte, und die anderen sind früher oder später gegangen.«

»Charlie ist verheiratet«, sagte ich.

»Und Charlie ist dabei zu gehen«, sagte Hank. »Das merkt man bereits. Immer, wenn er zu Caroline nach Hause fährt, anstatt mit uns nach der Arbeit noch etwas trinken zu gehen, oder die Wochenenden mit ihr statt hier bei uns verbringt, wird Matt irgendwie still. Charlie war einmal derjenige von uns, der Matt am nächsten stand; es war eine enge Männerfreundschaft. Sie haben viel Zeit zusammen verbracht, aber jetzt ist das auch nicht mehr so. Und ich wette einen Wochenlohn mit dir, daß Charlie in ein paar Monaten jemanden findet, der besser zahlt und weniger Arbeit verlangt, und dann schmeißen wir für ihn eine große Party im Top of Peachtree und kaufen ein Abschiedsgeschenk, das mehr kostet als ein Jahresgehalt, und dann wird Charlie Vergangenheit sein.«

Dazu fiel mir nicht viel ein. Oberflächlich betrachtet schien es außerordentlich unvernünftig, von den Mitarbeitern, die allesamt jung und attraktiv waren, zu verlangen, alles und jeden hintanzustellen, um ihre Zeit nur noch mit Matt Comfort und seiner Zeitschrift zu verbringen. Andererseits konnte ich mir nicht vorstellen, daß ich etwas anderes wollte.

»Ach, Hank«, sagte ich, »was ist, wenn ich nicht gut genug bin oder nicht zu euch passe?«

»Du schaffst das schon«, sagte er. »Er hätte dich nicht angestellt, wenn er sich dessen nicht sicher gewesen wäre. Und wenn alle Stricke reißen, dann wird er dich einfach dazu zwingen.«

Auf dem Weg nach draußen sah ich, daß Mr. McGill noch immer an seinem Ecktisch saß. Bei ihm befanden sich jetzt ein grobgesichtiger Mann mit breitem Kinn und ein großer, dünner, dunkler Mann, die ins Gespräch vertieft waren.

»Das waren Gene Patterson, der Chefredakteur der *Constitution,* und Reese Cleghorne vom Southern Regional Council, die da bei Pappy saßen«, sagte Hank. »Man sieht sie nicht oft zusammen. Ich würde gerne wissen, was da besprochen wird.«

»Ich fühle mich, als hätte ich gerade gesehen, wie Geschichte gemacht wird«, erklärte ich.

»Das ist gut möglich«, sagte Hank. »Smoky, da ist etwas an Atlanta, das mich immer wieder umhaut. Fast überall, wo man hier hinschaut, wird beinahe ständig Geschichte gemacht.«

Ich arbeitete den Rest des Nachmittags in Tom Gordons Büro und lernte das Verfassen von Bildunterschriften mit einer bestimmten Anzahl Buchstaben. Es war eine frustrierende Arbeit, die sehr exakt gemacht werden mußte, denn Tom war ein Pedant, der darauf bestand, daß Bildunterschriften genau in den verfügbaren Raum paßten. Er wollte weder Lücken noch Zeilen, in denen sich lediglich ein Wort befand. Solche Zeilen nenne man Hurenkinder, sagte er, und kein anständiger Art Director würde sie durchgehen lassen. Als der Nachmittag zu Ende ging, hatte ich mehrere Setzschiffe voll mit perfekten Bildunterschriften ohne ein einziges Hurenkind. Ich war schmutzig und mit Druckerschwärze verschmiert, und sowohl die Augen als auch der Kopf taten mir weh, aber ich strahlte, weil Tom mich feierlich gelobt hatte. Er war freundlich und gelassen, und auf eine spitzbübische, stille Art außerordentlich lustig. Am Ende dieses Tages fühlte ich mich ihm so nah, als hätten wir eine Naturkatastrophe gemeinsam durchgestanden.

»Sie lernen schnell, Smoky«, sagte er. »Charlie ist ein hoffnungsloser Fall, was Bildunterschriften angeht.«

Ich streckte mich und sah mich um. Draußen endete dieser Tag; ein glühendes, traubenfarbiges Zwielicht senkte sich über die Stadt, und in den Fenstern um uns erblühten die Lichter. Es war halb sieben, das übliche Arbeitsende um fünf Uhr nachmittags war längst vorüber. Hank hatte recht, was die Arbeitszeit bei *Downtown* anging. Ich fragte mich, ob ich das Abendessen im Marienheim verpassen würde und wann der letzte 23er Bus fuhr und ob jemand es unpassend finden würde, wenn ich nun einfach meinen Regenmantel nahm und ging. Der Gedanke daran machte mich seltsam traurig. Das Marienheim schien sich auf der anderen Seite des Mondes zu befinden.

Ein lautes, blökendes Geschmetter zerriß die Stille der Büros, gefolgt von Matt Comforts voller, dröhnender Stimme.

»Schluß für heute! Im Top in fünf Minuten!« befahl er streng.

»Was war das für ein Lärm, um Himmels willen?« erkundigte ich mich bei Tom Gordon. Er schnitt eine Grimasse.

»Irgend jemand hat ihm von den Bahamas eine Taxihupe mitgebracht«, sagte er. »Wir haben schon versucht, sie zu stehlen, aber sie taucht immer wieder auf. Frank Greenburg droht ständig damit, ihm ein Widderhorn zu schenken, damit wir einmal ein bißchen Abwechslung haben. Kommen Sie, nehmen Sie Ihren Mantel. An den meisten Nachmittagen gehen wir ins Top of Peachtree, um dort noch etwas zu trinken. Von dort aus hat man einen sagenhaften Blick auf die Stadt, und Matt bezahlt.«

»Ich weiß nicht ...«, setzte ich gerade an, als Matt den Kopf in Toms Büro steckte. Er trug Mantel und Krawatte, sah aber immer noch aus, als hätte er gerade mit Alligatoren gekämpft. Die glänzende Haarsträhne verdeckte ein Auge vollständig.

»Heute abend gibt es zu Ihren Ehren Champagner, Smoky«, sagte er. »Ich glaube, das wird der Beginn einer wunderbaren Freundschaft.«

»Na ja, es ist nur so«, sagte ich und fühlte mich dabei auf

dumme Weise jung und zimperlich, »ich habe das Abendessen schon einmal verpaßt, und ich weiß nicht genau, wann der letzte Bus fährt, und ich glaube, während der Woche wird die Tür ziemlich früh abgeschlossen...«

Matt starrte mich an und sagte dann: »Ach, verdammt, das dämliche kirchliche Wohnheim. Das habe ich ganz vergessen. Ich rufe Schwester Joan an und sage ihr, daß Sie heute abend spät kommen, und Hank oder Tom gibt Ihnen etwas zu essen und fährt Sie nach Hause, aber wir müssen Sie da herausholen. Sie müssen zur Verfügung stehen, wenn ich Sie brauche. Dieses Zusperren der Haustür ist sowieso lächerlich...«

»Sie waren derjenige, der sie dort untergebracht hat, Matt«, sagte Hank und trat hinter Matt durch die Tür. Er grinste breit. »Sie sitzen doch im Vorstand.«

»Verdammt noch mal, Sie wissen genau, daß ich in diesem Vorstand sitze, weil ich dem Erzbischof einen Gefallen schuldig war und er mich aufgestellt hat«, knurrte Matt. »Und ich habe sie dort hingeschickt, Sie Klugscheißer, weil Sie mir erzählt haben, daß ihr Daddy sie sonst nicht herkommen läßt. Aber das heißt nicht, daß sie dort bleiben muß. Teddy, Liebes...« Er verstärkte seine Stimme zu einem Brüllen. »Wann heiratet Ihre Mitbewohnerin?«

»Weihnachten«, tönte es aus dem Büro, in das sich Teddy Fairchild den ganzen Nachmittag bei verschlossener Tür zurückgezogen hatte.

»Na, dann kommen Sie mal herausgeschossen, da steht Ihre neue Mitbewohnerin«, schrie Matt zurück, und ich zuckte zusammen.

»O bitte, Matt, zwingen Sie sie nicht dazu; sie kennt mich doch gar nicht. Sie hat bestimmt selbst schon jemanden ausgesucht...«

Aber Teddy Fairchild betrat Toms Büro, legte ihre kleine, schmutzige Hand auf meinen Arm, lächelte ihr warmes Lächeln und sagte: »Nein, ich würde mich sehr freuen. Bestimmt ist es wunderbar, mit jemandem zusammenzuwohnen, der weiß, was es bedeutet, hier zu arbeiten. Meine beiden vorherigen Mitbewohnerinnen waren ständig verärgert, weil ich nie da bin, um zu kochen, wenn ich an der Reihe bin, oder meinen Teil der Hausarbeit zu machen. Auf diese Weise bin ich nicht mehr in der Minderzahl. Aber vielleicht wollen Sie noch einmal darüber nachdenken. Colonial Homes liegt für Leute, die in der Innenstadt arbeiten, ziemlich weit draußen. Es gibt günstigere Wohnungen.«

Ich begann zu lachen.

»Colonial Homes ist ganz wunderbar«, sagte ich. »Und wenn Sie einverstanden sind, dann nehme ich dankend an. Ich passe jetzt schon nicht ins Marienheim, und ich bin erst zwei Tage dort.«

»Polly zieht am ersten Dezember aus und bleibt bei ihrer Familie, bis sie heiratet«, sagte Teddy. »Es gibt keinen Grund, weshalb Sie nicht Ende der Woche einziehen könnten, wenn Sie wollen.«

»O Mann, das ist ja großartig.«

Matt kam zurück ins Zimmer. »Ich habe Schwester Joan angerufen und Ihnen Ausgang bis Mitternacht verschafft«, sagte er. »Sie ist wirklich ein feines Mädchen. Na dann, ab mit uns. Ich habe rasenden Durst.«

In lockerer Formation spazierten wir die Straße hinab und um die Ecke bis zum Gelände der National Bank of Georgia, das alle anderen Häuser der Innenstadt überragte. Die Luft war kalt und klar, und plaudernde und lachende Gruppen von Leuten kamen uns entgegen. Mehrmals nickte jemand und sagte im Vorübergehen: »Hi, Matt – Hallo, Matt.«

Matt Comfort sprach jeden von ihnen mit dem Namen an. Gewärmt von dem Mantel aus Licht, der uns alle einzuhüllen schien, lächelte ich ebenfalls. Zum ersten Mal fiel mir auf, daß sich im Pflaster des Bürgersteigs winzige, glitzernde Teilchen befanden, die wie Diamantenstaub aussahen.

Zusammen mit anderen Pilgern, die den abendlichen Verkehrsstau, der sich wie ein Gletscher aus Licht über die Innenstadt legte, abwarten wollten, fuhren wir im Aufzug nach oben und betraten einen weitläufigen Käfig aus Glas, weichem grauen Samt und Plüsch, der am Nachthimmel hing. An der großen Bar aus schwarzem Leder in der Mitte standen die Barstühle und die trinkenden Gäste in Zweier- und Dreierreihen, und an der durchgehenden Fensterwand waren kleine Tische aufgereiht. Draußen in der blauen Dämmerung pulsierte die Stadt, sie strahlte wie ein einziger prächtiger Edelstein. Unwillkürlich atmete ich heftig ein und stieß einen leisen, kurzen Ton aus, und Matt Comfort grinste.

Heute nacht liegt Ihnen die Stadt zu Füßen, meine Liebe«, sagte er.

Auf der anderen Seite des Raumes spielte eine kleine Combo leise populäre Schlager. Als der Pianist aufblickte und uns sah, grinste er und stimmte Petula Clarks »Downtown« an:

»When you're alone and life is making you lonely,
You can always go... Downtown.
When you've got worries, all the noise and the hurry,
Seems to help, I know... Downtown...«

In diesem Augenblick war mir, als müßte mir vor Freude das Herz zerspringen.

Wir setzten uns an einen Ecktisch am Fenster, und Matt bestellte Champagner. Als dieser gebracht wurde und die Kellnerin allen eingeschenkt hatte, hob er sein Glas in meine Richtung und sagte: »Auf unsere kleine Neue. Prost, Smoky O'Donnell.«

Ich versuchte es ein letztes Mal.

»Ashley. Ich glaube, ich möchte meine Artikel mit Ashley unterzeichnen«, sagte ich.

»Keine Chance«, erwiderte Matt Comfort. »Es muß Smoky sein. Das ist der eigentliche Grund, warum ich Sie engagiert habe, meine Liebe. Smoky O'Donnell – einen besseren Namen für eine Journalistin habe ich noch nie gehört. Mit einem solchen Namen werden Sie in fünf Jahren *Holiday* herausgeben. Ashley taugt bloß für eine Debütantin. Nichts für ungut, Teddy.«

Er griff in seine Aktentasche, holte ein flaches, längliches Päckchen heraus, das in Silberpapier eingewickelt und mit blauen Bändern verschnürt war, und reichte es mir. Ich machte es auf. Darin befand sich eine schmale Bronzeplatte, auf der in der bekannten Antiqua-Schrift des *Downtown Magazine* stand: »Smoky O'Donnell, Redakteurin.«

Ich spürte, wie mir heiße Tränen in die Augen stiegen, und nahm einen kräftigen Schluck von dem ersten Champagner meines Lebens. Dabei erinnerte ich mich daran, irgendwo gelesen zu habe, der Mönch, der ihn erfunden hat, habe beim ersten Probieren festgestellt: »Es ist, als trinke man Sterne.«

Und mit den letzten Sternen, die sich in meinem Mund auflösten, verschwand auch Maureen Aesling O'Donnell, und zwar, wie mir klar war, für immer.

Smoky blieb.

4. Kapitel

Die Stadt, in die ich in diesem Herbst kam, war eine Metapher für die damalige Epoche. Sie veränderte sich mit Lichtgeschwindigkeit, und sie war jung. Was immer Atlanta vorher gewesen war oder was sie danach sein würde, in der Mitte ihrer eine Dekade lang währenden Flugbahn war es großartig, in dieser Stadt jung zu sein. Ich hatte den Eindruck, daß jeder in meiner Umgebung jung war, und überall, wo ich hinsah, glänzte und glitzerte lebendige, sprühende Jugend. Jugend blühte in den sanften Nächten in der Stadt; Jugend brannte vom Himmel über der Innenstadt herab; Jugend lag warm auf den Gesichtern und Oberarmen wie die Sonne im Oktober. Es war, als wäre Atlanta aus einem hundertjährigen Schlaf erwacht und hätte entdeckt, daß es nicht wie Rip van Winkle alt geworden war, sondern auf dynamische, muntere und übersprudelnde Weise jung geblieben ist.

Für uns junge, aufstrebende Neuankömmlinge war es einfach eine großartige Zeit. Es gab nichts Negatives. Obwohl, da war vielleicht eine schattenhafte Gegenseite; ein tief unten an den Wurzeln fließender Strom schwarzen Wassers. Diese Seite muß es gegeben haben, denn schließlich befanden wir uns in der Mitte des zwanzigsten Jahrhunderts im Süden Amerikas, und Atlanta war eine Stadt in den Südstaaten, die sich gerade aus ihrer Erstarrung befreite. Natürlich lagen da Schatten auf dem weichen Gras des Paradieses.

Aber ich glaube, ich spreche für die meisten von uns, wenn ich sage, daß wir diese Schatten lange Zeit einfach nicht sahen. Ich glaube, damals waren wir im allgemeinen etwa so schlau, so weltklug und politisch bewußt wie die schrecklichen, zurückgebliebenen und unendlich netten Bewohner von *Brigadoon.** Und tief in ihrem Herzen barg die Stadt auch ein winziges Stück von Brigadoon. Trotz des Großstadtlärms und -gewirrs wirkte sie in vielerlei Hinsicht naiv und wie eine Insel, die eifrig darauf bedacht war, den großen Tieren und Geldhaien von außerhalb zu zeigen, daß sie mithalten konnte. Außerdem war sie noch immer klein genug, um auf einen Blick erfaßt, als Ganzes gesehen, gefühlt und geschmeckt zu werden. Für die Horden von unseresgleichen, die über die Autobahnen und mit den Greyhound-Bussen hereinströmten, war sie ein verzaubertes Dorf der Zukunft.

Diejenigen von uns, die in der Innenstadt arbeiteten, gehörten zu einer Art Bruderschaft. Die meisten kannten sich, hatten voneinander gehört oder würden bald voneinander hören, und wir teilten dort, in der Innenstadt, unser Leben, unsere Liebesgeschichten und unser Schicksal. Petula Clarks ergreifende und elektrisierende Ballade aus dem vergangenen Jahr war unsere Hymne. Wir wußten, daß alles, was sie sang, zutraf: Dort schienen die Lichter heller, und wir konnten unsere Probleme und Sorgen vergessen – *downtown,* in der Innenstadt. Jeder im Umkreis von zehn Querstraßen rund um Five Points war, so schien es mir in diesem zu Ende gehenden Jahr, jung, talentiert und in Eile, und unser aller Anführer war Matt Comfort. Unser Handbuch war seine kluge, unberechenbare und jugendliche Zeitschrift, die zu der Stadt und für die Stadt sprach: das *Downtown Magazine.*

Bei ihm im Mastkorb zu stehen, hieß, ein Stück der Stadt zu besitzen. Das lernte ich bereits in der ersten Woche, die ich dort verbrachte. Obwohl wir ungeheuer viel – enorm viel – arbei-

* (Musical-Film von Vincente Minnelli, gedreht 1954 mit Gene Kelly)

teten, zwischen zwölf und achtzehn Stunden am Tag, gingen wir stets in einer festen Formation hinaus in die Stadt, mit Matt an der Spitze. Ich lernte in diesen ersten Tagen tatsächlich niemanden kennen, der nicht, wenn er erfuhr, daß ich für *Downtown* arbeitete, sagte: »Ach, das muß ja ein Traumjob sein. Ich bin auf Ihre Artikel gespannt.«

Oder so etwas Ähnliches.

Und ich sagte wieder und wieder: »Ja, das stimmt. Ich habe wahnsinniges Glück gehabt.« Und ich meinte mit jeder einzelnen Silbe, was ich sagte. In diesen Tagen konnte ich noch immer kaum glauben, wo ich gelandet war, nachdem ich Corkie im Vista Cruiser meines Vaters verlassen hatte.

Mein erstes Weihnachtsfest in der Stadt überstrahlte während dieser Monate alles. Das *Downtown* wurde von seinem Abglanz überflutet. Im Obergeschoß der Brücke, die beide Gebäude von Rich's Kaufhaus verband, stand ein großer Christbaum, der in den kalten blauen Nächten leuchtete, und am Tag drehte das große rosafarbene Schwein auf dem Dach seine Runden, beladen mit Mengen begeisterter Kinder. Auch ich war begeistert. Ich verbrachte ziemlich viel Zeit an meinem Fenster, die Ellbogen auf das kalte Marmorfensterbrett gestützt, trank Kaffee und starrte tagsüber auf das rosafarbene Schwein und nach Einbruch der Dunkelheit auf den hell strahlenden Baum. In der Mittagspause ging ich gelegentlich mit Teddy oder Sister hinunter ins Einkaufszentrum, um durch die lamettabehängten Gänge zu spazieren, die Düfte von Geld, Privilegien und »Joy« einzusaugen und auf die Theken und Regale zu starren, die so reichlich mit schönen Dingen gefüllt waren, daß ich gar nicht alles erfassen konnte. Eines Abends verlor ich dort den Kopf und einen guten Teil meines ersten Gehalts, als ich mir im Schönheitssalon einen neuen Haarschnitt leistete, bei Wood Valley ein neues elegantes rotes Wollkostüm mit schwarzer Bordüre erstand und für alle in Corkie Geschenke kaufte, die ich in das extravagante

Geschenkpapier von Rich's verpacken ließ. In meinem Überschwang, hervorgerufen durch silberne Glocken und den Zauber der Stadt, gab ich das Kleingeld vor der Tür dem Mädchen von der Heilsarmee. Daraufhin mußte ich mir von Teddy das Essensgeld für eine Woche borgen, und ich tat so etwas auch nie wieder, aber bis heute erinnere ich mich mit nostalgischem Entzücken an diesen ungebremsten Kaufrausch. Kein anderer Einkaufsbummel, ob in New York, London oder Rom, konnte dieses Gefühl jemals übertreffen.

Wie vermutlich noch heute waren diese golddurchwirkten Wochen vor Weihnachten zugleich der Höhepunkt der Saison der Gesellschaft von Atlanta, und ich bekam den Eindruck, daß jeder in der Stadt eine Party gab oder zu einer eingeladen war. Restaurants, Clubs und Theater wurden aufgemacht wie Regenschirme bei Platzregen. Unsere exklusive Gemeinschaft wurde zu Mittagessen oder abendlichen Diners in neue Restaurants eingeladen, zu Drinks nach der Arbeit oder am späten Abend in neue Clubs oder Discos, bekam bei Theaterpremieren oder Erstaufführungen von Filmen Karten in den vorderen Reihen und tanzte bis ein oder zwei Uhr nachts in Discos und Go-go-Clubs. Überall nickten und lächelten die Leute Matt und in seinem Gefolge auch uns, zu, und überall erzählte man uns, wie beliebt das *Downtown Magazine* und wie glücklich die Stadt sei, uns zu haben. Nachdem ich im Verlauf von vierzehn Tagen gelernt hatte, Wein oder Champagner zu trinken, ohne daß mir übel wurde, ohne daß ich dumme Bemerkungen machte oder den Drang zu einer unnötigen Beichte verspürte, und nach vier oder fünf Stunden Schlaf wie eine unermüdliche kleine Dampflok zu arbeiten, war ich zu der durch wenig Bescheidenheit getrübten Überzeugung gekommen, daß sie vollkommen recht hatten. Jeder für sich waren wir, glaube ich, recht gewöhnliche, nette junge Leute, aber zusammen waren wir Comforts Leute und oft nahe daran, unausstehlich zu sein. Was man in Städten wie Charlotte und Birmingham über Atlanta sagte: »Wenn sie saugen könnten, wie sie blasen, wären sie eine Hafenstadt«, hätte man durchaus auch über uns äußern können. Ich glaube, wenn das *Downtown Magazine* unter Matt Comfort nicht so gut gewesen wäre, zumindest gemessen an der Zeit und dem Ort seines Erscheinens, hätte uns niemand ertragen können. Es war ein Glück für uns und das *Downtown Magazine,* daß Matts Arbeitseifer und sein beharrlicher Vorwärtsdrang, zwei Eigenschaften, die wir teilten, uns davor bewahrten, in Selbstüberschätzung zu ertrinken. Seine unglaubliche Fähigkeit, zu spüren, was nötig war, um aus jedem von uns das Beste herauszuholen, war seine größte Gabe, und fast während der ganzen Zeit, in der ich ihn kannte, wurde dieser Sinn weder durch späte Tageszeit noch durch Alkohol oder Schmeichelei getrübt. Teilweise rührte die Unbesonnenheit jener Zeit auch davon her, daß wir alle viel zuviel und zu weit über unsere Kräfte arbeiteten. Ich erinnere mich noch heute an das magische Gefühl purer Kreativität, die in mir kochte und wie ein Champagnerbrunnen oder ein Geysir sprudelte. Jeder von uns hatte damals Geistesblitze und Einfälle wie danach nie mehr wieder. In späteren Zeiten erreichten wir solche Höhen eher durch handwerkliches Können und Beharrlichkeit als durch die schnellen Fallschirme der Eingebung. Und obwohl ich inzwischen erkannt habe, daß es sich dabei lediglich um kurze Strohfeuer handelte, ist es das, was mir heute aus meiner Zeit bei Comforts Leuten am meisten fehlt.

Es war eine Zeit, in der Helden gediehen, und es dauerte nicht lange, bis ich ein ganzes Pantheon voll von ihnen besaß. Manche, wie Dr. Martin Luther King, die Gemini-Astronauten und die noch lebenden Kennedy-Brüder, teilte ich mit der ganzen Nation, aber die meisten gehörten ausschließlich zu Atlanta. Solche Helden habe ich seitdem nie wieder gefunden. Irgendwann hatte man sie den Club genannt, und sie waren es, die die Stadt erneuerten.

Sie vertraten das alte Atlanta, oder was man darunter verstand. Es waren Männer wie Ivan Allen jr., Robert Woodruff, Ben Cameron, Richard Rich und Mills B. Lane, die gemeinsam ihr ganzes Leben in Buckhead in einem Radius von vier Meilen verbracht hatten. Sie waren zusammen aufgewachsen, waren gemeinsam an die University of Georgia oder die Technische Hochschule gegangen, hatten geflirtet und getanzt und schließlich die Schwestern oder Kusinen ihrer Freunde geheiratet. Sie standen Pate bei den jeweiligen Kindern, sie lachten, weinten und feierten miteinander, sie liebten und haßten sich, und oft begruben und betrauerten sie ihre Freunde auch. Reich waren, zumindest in den Augen der übrigen Welt, sehr viele von ihnen. Es waren Männer, die mit Coca Cola direkt oder indirekt Millionen verdient hatten, Männer, die Familienbetriebe zu internationalen Konzernen ausgebaut hatten, Männer, die das Antlitz des Südens und gelegentlich auch das des gesamten Landes durch ihre monolithischen inner- und außerstädtischen Bauten dramatisch veränderten. Diese Männer hatten, entweder fast in Eigenregie oder zusammen mit etwa einem Dutzend Gleichgesinnter, der Stadt im rauschenden Jahrzehnt ihres Aufstiegs ein Erstliga-Baseball- und Footballstadion gegeben und dazu fünf professionelle Mannschaften, ein großes Kunstzentrum und einen weltberühmten Dirigenten, der dort die Symphonien dirigierte, einen internationalen Flughafen von Weltrang, ein zeitgemäßes Schnellbahnsystem, ein atemberaubendes Autobahnnetz, ein einzigartiges Kongreßzentrum und die entsprechenden Kongresse, und das auf harmonische Weise integrierte Schulsystem, das die Industrie anzog, die all das beleben sollte.

Diese Männer standen mit beiden Beinen fest in ihrer Zeit und an ihrem Ort, und in einem anderen Zeitalter hätte man sie vielleicht nicht als Heroen betrachtet, denn ihre Motive waren keineswegs altruistisch. Sie taten es aus geschäftlichen Gründen und um weiterhin ihr schönes Leben in Buckhead führen zu können, und daß dabei auch humanitäre Bedürfnisse befriedigt wurden, war eine angenehme, aber nebensächliche Folgeerscheinung. Von Haus aus besaßen ihre Familien genug Geld, um alles Nötige zu finanzieren und das zu erreichen, was ihnen vorschwebte: eine Rakete zu zünden, die Atlanta an den Rand des bekannten Universums schießen sollte. Danach würden andere die Finanzierung übernehmen, und das wußten sie auch. Von Beginn an und noch während des Planungsstadiums war ihnen klar, daß ihrem Engagement natürliche Grenzen gesetzt waren, daß sie, als politische Macht, von ihrem eigenen Erfolg eingeholt werden würden.

Ich kann mich an das erste Mal erinnern, als mich Matt zusammen mit den anderen Mitarbeitern hinaufnahm in die Räume des Clubs der Handelskammer, um nach der Arbeit noch etwas zu trinken. Um uns herum saßen mehrere Mitglieder des »Clubs«, obwohl ich zu diesem Zeitpunkt noch nicht wußte, daß sie dazugehörten. Sie saßen da und lieferten sich mit Matt ein Geplänkel, an dem sich jeder beteiligte, der hereinkam, und ich saß da und hörte zu. Die Ehrfurcht, mich nun tatsächlich in Gesellschaft dieser durchweg männlichen Heiligen und von soviel rauhbeiniger Vitalität und Kraft zu befinden, verschlug mir die Sprache. Meiner Erinnerung nach war es Ben Cameron, der diesen Ausspruch tat, aber es kann auch gut ein anderer gewesen sein. Ben Cameron überstrahlte damals alle wie die Sonne, er war ein Jahrzehnt lang der Sprecher dieser Generation, und daher gehören das Gesicht und die Stimme des Sprechers ihm, aber auf jeden Fall sagte jemand: »Wir können das selbst schaffen. Wir haben hier genug Geld. Wir haben einfach genug. Danach wird das Geld von außerhalb kommen müssen, und Gott weiß wer und was es hereinbringen wird. Aber im Augenblick haben wir genug, und wir können es machen.«

In diesem Moment verliebte ich mich in die Machtstrukturen der Stadt, und diese Liebesaffäre sollte sehr lange dauern. Es war das erste Mal, daß ich einen Blick auf die reine Kraft von Persönlichkeit werfen konnte, und obwohl ich inzwischen erkannt habe, daß auch sie für Korruption und Verfall so anfällig ist wie alles Sterbliche, zieht Macht mich noch immer an. Ohne die Existenz von Macht hätte ich keine Karriere gemacht. Ich habe ein Leben damit verbracht, über sie zu berichten.

Der »Club« war eine eindrucksvolle Versammlung, wenn er auf einer seiner Aufsichtsratssitzungen oder bei offiziellen Essen zusammentraf. Seine Mitglieder waren attraktiv, lässig und leutselig und unterhielten sich in ihrem eigenen, ritualisierten Jargon, der auf die Männer aus der wohlhabenden Gesellschaft Atlantas beschränkt war. »Hallo, wie geht's denn so?« fragte ein Mann im Seersucker-Anzug den anderen, lächelte träge und legte seinem Gegenüber locker einen Arm um die Schultern. »Na, man sieht sich, du.« Das ging an einen Mann, mit dem man vielleicht gerade vom Golfplatz oder einem familiären Abendessen kam. Das nachklappende Du zeigte die Vertraulichkeit innerhalb der Gruppe an. Es wurde für Außenstehende nicht benutzt.

Aber die Lässigkeit und Trägheit waren in Wirklichkeit lediglich ein Schutz. Wenn man im Capital City Club oder dem Klub der Handelskammer beim Mittagessen saß, konnte man sehen, wie sich die reine Macht erholte, während sie vor dem Essen einen Bourbon mit Wasser trank und Hühnchen englisch aß. Diese Macht war so stark, daß man sie beinahe auf der Zunge schmeckte; es konnte einem schwindlig werden davon.

»Lassen Sie mich über sie schreiben«, bat ich Matt wieder und wieder. »Lassen Sie mich einen Artikel über Ben Cameron verfassen. Wir hatten seit zwei Jahren nichts mehr über ihn. Lassen Sie mich ein Interview mit Gouverneur Wylie machen. Oder mit Mills Lane. Das könnte ein guter Artikel werden, Sie wissen schon, eine junge Frau aus Savannah, die neu ist in Atlanta, unterhält sich mit dem bekanntesten ausgewanderten Sohn ihrer Heimatstadt hier über Atlanta. Ich weiß, daß es ...«

Und es hätte auch ein guter Artikel werden können, aber Matt wollte nichts davon hören. All meine Bitten, Artikel über die Männer, die in der Stadt die Macht in Händen hatten, schreiben zu dürfen, stießen auf taube Ohren.

»Die nächsten drei Nummern stehen schon«, sagte er stets, oder: »Ich brauche Sie wirklich vor allem für die Bildunterschriften und den Veranstaltungskalender.«

Während meiner ersten drei Arbeitswochen schrieb ich endlos Bildunterschriften für die Layouts, die Tom machte, und verbrachte endlos viele Stunden am Telefon, um Anfangszeiten von Veranstaltungen und Adressenangaben von Galerien, Theatern, Clubs, Restaurants und Musikgruppen herauszufinden und sie auf meiner gebrauchten IBM-Selectric abzutippen. Um sieben oder acht Uhr abends brannten mir manchmal die Augen, meine Finger waren steif vom Tippen der Zahlenreihen und Listen. Ich erledigte mein Pensum zuverlässig und machte das, was er mir gab, gut. Aber nie wurde ich damit belohnt, daß ich meinen Namen unter einen Artikel setzen durfte. Und je häufiger ich um zusätzliche Arbeit bat, um richtige Artikel, desto kürzer angebunden und ärgerlicher wurde Matt. Ich verstand das nicht; er hatte mich, so dachte ich, auf Grund der Fotoreportagen, die ich mit Hank zusammen gemacht hatte, angestellt, aber die Fotoberichte, die hereinkamen, gingen an Charlie oder an einen freien Mitarbeiter.

»Du darfst Matt nicht allzusehr drängen«, sagte Hank einmal zu mir nach einer Redaktionsbesprechung, auf der ich mich wieder einmal erfolglos angeboten hatte, einen Artikel zu schreiben. »Wenn er sauer auf dich wird, gibt er dir nie etwas. Mach erst einmal deine Pflichtübungen.«

»Ich dachte, daß es jetzt allmählich reicht«, sagte ich trotzig.

»Er muß erst wissen, ob du etwas aushalten kannst, bevor er dir etwas gibt.«

»Wie will er das herausfinden, wenn ich lediglich den Veranstaltungskalender, die Bildunterschriften und die Zwischenüberschriften verfassen darf?« fragte ich verärgert.

»Na ja, er mag es einfach nicht, wenn ihn jemand drängt, schon gar nicht, wenn es eine Frau ist«, erklärte Hank. Ich sah, daß ihm diese Feststellung unangenehm war. »Ich weiß schon, du mußt bei diesen vielen Männern deine Stellung behaupten, aber für ihn wirkt das eben wie Drängen.«

Und so hörte ich eine Weile lang auf, mich um Artikel zu bemühen, denn ich war ja noch immer ein Kind von Corkie und Liam O'Donnell, und deren Töchter drängten sich nicht in den Vordergrund. Aber ich war ungeduldig und verwirrt. Tom Gordon, mit dem ich in den zahlreichen Stunden, die wir uns mit Layouts und dem Zählen von Anschlägen abgemüht hatten, eine schöne und immer enger werdende Freundschaft geschlossen hatte, setzte sich auf einer Redaktionsbesprechung für mich ein. Er erklärte, er habe von einem neuen Fotografen eine Serie von Fotos über die Stadt im Frühling und sie seien das Beste, was er seit langem gesehen habe. Er fände, ich sei genau die Richtige, um den Text für ein Fotoessay zu schreiben, für das die Bilder verwendet werden konnten.

Matt sah ihn durch seine Nickelbrille hindurch gleichmütig an und sagte: »Das nächste Fotoessay will ich Bill Towery von der *Constitution* geben. Das habe ich ihm versprochen, als wir im Januarheft diese Sache über die Gesetzgebung rausgeworfen haben.«

»Na ja, aber wir sollten Smoky bald mal eine Fotoreportage machen lassen«, meinte Tom unbeirrt. »Sie kann so etwas besser als alle anderen, die wir haben.«

Die grünen Augen hinter den Brillengläsern verengten sich. Alicia lächelte süß und zündete sich eine Zigarette an.

»Wenn wir den richtigen Fotografen finden«, sagte Matt, und dabei blieb es. Tom bohrte nicht nach, und ich fragte nicht noch einmal. Aber meine Freude an der Stadt und der Zeitschrift hatte einen kleinen Dämpfer bekommen. Was machte ich falsch, daß mich Matt Comfort nicht mochte?

Teddy erzählte es mir endlich, ganz offen, während wir zu Hause saßen, Milch tranken und Kekse aßen, an einem der seltenen Abende, die wir nicht zusammen mit der gesamten Redaktion verbrachten. Ohne wirklich eine Antwort zu erwarten, hatte ich gesagt: »Ich frage mich, weshalb er mich angestellt hat, wenn er mich nicht schreiben läßt?«

Sie nahm die altmodische Brille, die sie beim Lesen oder Fernsehen trug, ab und sah mich mit ernstem Blick an.

»Matt mag keine Frauen«, sagte sie. »Das hätte dir schon längst jemand sagen sollen. Ich habe eigentlich erwartet, daß Hank es tut. Man hört zwar immer von Matts legendären Affären und daß Frauen ihn unwiderstehlich finden und er sie auch, aber er würde nie einer Frau eine wichtige Position in der Redaktion geben. Das ist keine offizielle Politik, aber wir wissen es inzwischen alle.«

»Er hat dich angestellt«, sagte ich. »Und er hat Alicia angestellt.«

Sie grinste. »Na ja, Alicia. Und was mich angeht, ich habe die Stelle als leitende Redakteurin bekommen, weil ich bei der *Constitution* ein paar gute Sachen geschrieben habe. Und es war von Anfang an klar, daß ich die Funktion des Chefs vom Dienst übernehme, während Hank weiterhin die Reisen macht und die tollen Stories bekommt. Organisation und Technik, mehr werde ich nie machen dürfen. Und ich glaube, ohne meinen Vater wäre ich nicht einmal so weit gekommen, weißt du. Ich würde ja kündigen und wieder zur Zeitung gehen, wenn ich nicht inzwischen Blut geleckt hätte. Ich kann das *Downtown*-Team einfach nicht verlassen. Wer könnte das schon? Wir geben alle etwas auf, um an seinem Zauber teilzuhaben.«

Ich betrachtete sie, während sie so dasaß, in dem Oma-Nachthemd aus Flanell und ohne Make-up auf ihrem runden Gesicht.

Sie hatte ihr braunes Haar auf dicke Wickler aufgedreht, damit es morgen früh wieder in dem gewohnten, glatten Bob fiel, aber das war alles, was sie für ihre Schönheit tat. Teddy sah so aus, wie sie eben aussah, und ihre Kleider waren zwar teuer und maßgeschneidert, aber konservativ, und sie besaß nicht viele davon. Die meiste Zeit konnte man völlig vergessen, daß sie eine Tochter der Fairchild-Familie war, deren achteckige Immobilienverkaufsschilder so sehr zu Atlanta gehörten wie der Hartriegel und die Coca-Cola-Aufschriften. Erst aus einem Artikel in einer alten Nummer unserer Zeitschrift erfuhr ich, daß Oliver Fairchilds Vermögen fast die Milliardengrenze erreichte. Teddy und ihr Bruder, der junge Ollie, waren in einem der größten Häuser Buckheads aufgewachsen, hatten die Sommer in einem anderen großen Haus auf Sea Island verbracht, hatten Princeton und Wellesley besucht, waren in Aspen skigefahren und vor Northeast Harbor gesegelt und hatten fast jedes Wochenende im Piedmont Driving Club Tennis gespielt. Aber Teddy merkte man davon nur selten etwas an. Sie verschwieg diese Tatsache nicht, aber sie stellte sie auch nicht groß heraus. Ihr Geld war nur selten ein Thema, und meist spürte man es gar nicht. Dieser Hinweis auf ihren Vater heute abend war die erste derartige Bemerkung, die ich jemals von ihr gehört hatte. Ich wußte, daß sie ein Maßstab für den Grad der Freundschaft war, die zwischen uns wuchs, und ich lächelte sie an, obwohl ich den Mund voller Schokoladenkekse hatte. Dabei dachte ich, daß selbst meine Mutter und mein Vater, die die reichen Leute und alles, was mit ihnen zusammenhing, lauthals ablehnten, nichts gegen Teddy einzuwenden gehabt hätten. Es wäre nicht einmal schwierig gewesen, ihnen weiszumachen, daß sie ein züchtiges und gläubiges katholisches Mädchen sei, obwohl ich wußte, daß ihre Familie eine Säule der Kirchengemeinde in der großen gelben St. Phillips-Kathedrale war, die an der Grenze zu Buckhead auf einem Hügel über der Peachtree Road stand. Teddy strahlte eine unsichtbare Aura von knielangen Uniformröcken und glänzend geputzten, festen Schuhen aus.

»Na, das könnten wir doch ändern, du und ich, oder?« sagte ich. »Wir könnten diejenigen sein, die gleiches Recht für Frauen beim *Downtown Magazine* erkämpfen und das ganze Blah-Blah. Das dynamische Duo.«

»Das ist unmöglich, O'Donnell«, antwortete sie. »Ich würde ja gerne behaupten, die einzige Möglichkeit wäre, ihn zu verführen, denn Frauen sind seine Achillesferse, aber nicht einmal das funktioniert. Alicia hat es probiert, das weiß ich. Sie hat mit der Stelle angefangen, die sie jetzt immer noch hat – als seine Sekretärin –, aber sie war entschlossen, selbst Artikel zu schreiben, und daher hat sie ihn so auffällig angemacht, daß es sogar ein Blinder gesehen hätte. Aber alles, was sie davon hat, ist das vielleicht größte Apartment in ganz Atlanta und wahrscheinlich mehr Geld, als Tom oder Hank verdienen. Aber keine Artikel.«

»Die Ärmste«, bemerkte ich sarkastisch. »Was für ein Fehlschlag. Zahlt er ihr die Wohnung? Ich habe noch nie eine Frau kennengelernt, die sich tatsächlich aushalten läßt.«

»Nicht direkt. Ich vermute, er verrechnet es mit der Immobilienfirma gegen Anzeigen. So etwas macht er oft. Gott verhüte, daß Mr. Carnes jemals dahinterkommt. Nein, wenn er dafür zahlen müßte, könnte er sich vermutlich nicht mehr als Colonial Homes leisten. Er verdient wirklich nicht viel. Seine Position bringt lediglich eine Menge zusätzlicher Vorteile.«

»Ich bin froh, daß sie nicht im Colonial Homes wohnt«, sagte ich und sah mich in dem gemütlichen Wohnzimmer um, das ich jetzt wunderbarerweise mit Teddy teilte. Es war klein und eigentlich ziemlich spartanisch, aber verglichen mit dem Marienheim war es purer Luxus. »Wäre es nicht schrecklich, wenn man immer damit rechnen müßte, Matt Comfort frühmorgens auf dem Parkplatz oder sonstwo in die Arme zu laufen?«

»Er bleibt niemals über Nacht«, erklärte Teddy. »Das ist seine einzige feste Regel. Er bleibt nie über Nacht.« Sie schwieg plötzlich, wurde dunkelrot und blickte zur Seite. »Das hat man mir jedenfalls erzählt.«

Mir verschlug es vor Überraschung die Sprache. Teddy und Matt Comfort? Hier, in diesem fröhlichen Aquarium der vielen Single-Apartments? Vielleicht sogar in diesem Wohnzimmer mit dem abgeschabten Tweedsofa, den Designerstühlen aus Teddys Zimmer im College, dem ausgebleichten Orientteppich und dem guten, wenn auch etwas angeschlagenen, ovalen Eßtisch aus Kirschholz von Teddys Familie, mit den dazu passenden Stühlen? Oder in dem kleinen Schlafzimmer im Obergeschoß mit dem Fenster, das auf den jetzt braunen, winterlichen Bobby-Jones-Golfplatz hinausging, auf dem schmalen Himmelbett, das sie ebenfalls von zu Hause mitgebracht hatte? Das konnte ich mir nicht vorstellen. Es kam mir so unwahrscheinlich vor wie die Kopulation zweier unterschiedlicher Tierarten. In ihrem Verhalten zueinander war, zumindest soweit ich es beobachten konnte, lediglich eine zwanglose Zuneigung zu spüren. Ich dachte plötzlich, daß es für Teddy, falls etwas zwischen ihnen passiert war, bestimmt eine schmerzhafte Erfahrung gewesen war. Inzwischen kannte ich sie gut genug, um zu wissen, daß sie weder ihren Körper noch ihr Herz leichtfertig verschenkte. Ich verspürte eine kurze Woge heftiger Ablehnung gegen Matt Comfort, gefolgt von dem alten heißen Gefühl der Peinlichkeit.

»Na ja, ich werde jedenfalls den Gedanken an eigene Artikel nicht aufgeben«, sagte ich. »Aber es ist gut zu wissen, daß ich nicht mit ihm schlafen muß, um sie schreiben zu dürfen. Das wäre, als treibe man es mit einem Kaninchen.«

Sie brach in Gelächter aus, streckte die Arme aus und umarmte mich.

»Ich bin froh, daß du dich entschlossen hast, zu mir zu ziehen«, sagte sie. »Polly ist eine alte und liebe Freundin, aber sie hat soviel Sinn für Humor wie eine Elchkuh, und ›es treiben‹ hätte sie nie im Leben gesagt. Ich hoffe, daß sie inzwischen weiß, was es bedeutet, aber ich bezweifle es.«

Ich lächelte zurück und dachte, daß ich dieses Wort vielleicht zum zweiten Mal in meinem Leben verwendet hatte und genausowenig wie die unselige Elchkuh Polly ahnte, was es eigentlich bedeutete.

»Ich bin auch froh darüber«, sagte ich.

In der Woche vor Weihnachten lud mich Teddy zu einer Party ins Haus ihrer Eltern ein. Dieses Hausfest werde jedes Jahr abgehalten, sagte sie, es sei eine Tradition in der Familie Fairchild, und nur die ältesten und engsten Freunde würden dazu eingeladen.

»Das heißt allerdings, daß etwa vierhundert Leute kommen,« erklärte Teddy und schnitt eine Grimasse. »Du wirst dich vielleicht zu Tode langweilen, denn es sind nicht viele Leute unter fünfzig da, und fast gar keine alleinstehenden jungen Männer. Aber ich bringe immer jemanden mit, der mir besonders nahesteht, und ich hoffe, du kannst kommen. Sonst muß ich nämlich den Abend mit irgendeiner Hausfrau aus Buckhead verbringen, die mir über ihr Dienstpersonal vorjammert, mit dem sie Probleme hat, seit Dr. King alle aufgehetzt hat.«

Ich wußte, daß Teddy, wie alle Mitarbeiter bei *Downtown,* in sozialen und politischen Fragen liberal dachte, und fragte mich zum ersten Mal, wie sie sich wohl in ihrer eigenen Welt fühlen mußte. Ich konnte mir nicht vorstellen, daß viele von den Leuten in den großen Häusern Buckheads liberal dachten. In Corkie war man davon überzeugt, daß es unter den Wohlhabenden Savannahs keine Liberalen gab.

»Bist du dir auch sicher?« fragte ich. »Irgendwie glaube ich nicht, daß deine Familie erfreut ist, wenn du eine irisch-katholische Arbeitertochter als deine spezielle Freundin einlädst. Und wenn sie so ist wie meine, dann erwarten sie außerdem, daß du einen Mann mitbringst. Sitzen sie dir nicht auch ständig auf der Pelle, du sollst endlich heiraten?«

Teddy verdrehte die braunen Augen. »So ziemlich jede einzelne Sekunde ihres Lebens. Man sollte glauben, ich ziehe unsere ganze Gesellschaftskaste in den Schmutz, nur weil ich alleinstehend bin. Aber ich glaube, daß sie es inzwischen aufgegeben haben. Ich bringe viel lieber dich mit als einen dieser Jungs, mit denen ich aufgewachsen bin. Die meisten bekommen allmählich eine Glatze und wählen Barry Goldwater.«

»Hast du denn jemanden?« fragte ich vorsichtig. Seit ich eingezogen war, hatte sie sich nicht verabredet, aber das waren jetzt erst drei Wochen. Es mußte nicht heißen, daß es in ihrem Leben niemanden gab.

»Eigentlich nicht«, antwortete Teddy. »Ich hatte schon einige ziemlich feste Freunde, aber ... ich weiß nicht. Nach der Arbeit ist so wenig Zeit. Im Augenblick reicht mir die Zeitschrift ...«

»Das Gefühl kenn ich«, sagte ich. »Es geht mir genauso.«

Sie lächelte wieder. »Ich glaube nicht, daß du lange ohne Freund bleiben wirst«, bemerkte sie. »Ich wette mit dir um ein Mittagessen bei Emile's, bis ... Ostern hast du jemanden.«

Ich war geschmeichelt. »Wie kommst du darauf?« wollte ich wissen.

»Du hast so etwas an dir. Eine Art Verletzlichkeit, glaube ich. Ich kenne die Jungs in Atlanta. Da gibt es bestimmt eine Menge, die sich gerne um dich kümmern würden.«

»Ich will aber nicht, daß man sich um mich kümmert«, sagte ich fest und voller Überzeugung. »Um dem zu entkommen, habe ich meine Familie verlassen.«

»Ja, ich weiß«, sagte sie. »Aber trotzdem wird es ein ganzer Haufen von ihnen versuchen.«

Und so stieg ich an einem perlweißen Samstag abend, an dem wie so oft im Frühwinter in Atlanta der kalte Nebel über der Stadt hing, zusammen mit Teddy in ihr hübsches, kleines grünes

Mustang Cabriolet. In meinem roten Kostüm, dem Haarschnitt von Rich's und mit schweißnassen Handflächen war ich auf dem Weg nach Buckhead zu einem riesigen verputzten Steinhaus am West Andrews Drive, um an der jährlichen Party der Fairchilds teilzunehmen.

Noch nie hatte ich so ein riesiges Haus gesehen wie das, in dem Teddys Eltern lebten, geschweige denn betreten. Natürlich war ich, seit ich mich erinnern konnte, oft an den großen alten Plantagenhäusern am Fluß außerhalb von Savannah vorübergefahren, und manche von ihnen kamen mir damals enorm groß vor. Aber die Häuser im Stadtgebiet von Savannah waren in der Regel hohe, schmale, elegant gestaltete Stadthäuser, was selbst für diejenigen galt, die sehr reichen Bürgern gehörten. Dieses Haus hingegen stand ein ganzes Stück abseits der Straße auf dem Kamm eines bewaldeten Hügels im Schatten riesiger alter Eichen und Hickorybäumen. Man erreichte es über eine lange, kurvige Auffahrt, die zwischen Torpfosten aus Stein hindurchführte und vor dem säulenbestandenen Eingang einen Kreis beschrieb. In der Mitte dieses Kreises leuchteten Außenlampen in einem großen, immergrünen Busch, und weiteres Licht fiel aus den scheinbar zahllosen Fenstern im Erdgeschoß und im ersten Stock. Schon von der Straße aus konnte ich sehen, daß in jedem Fenster ein kerzenbesteckter Kranz hing.

Ein steter Strom von Autos schob sich vor uns um die Kurven der von Büschen gesäumten Auffahrt. Ein uniformierter städtischer Polizist, der sich fröstelnd in eine Lederjacke duckte, wies sie ein. Ich konnte sehen, daß drei oder vier junge Männer in weißen Jacketts den Leuten vor dem Vordach aus den Autos halfen und die Autos dann außer Sichtweite fuhren. Schon die Fahrt durch Buckhead, wo ich vor dem heutigen Abend noch nie gewesen war, mit seinen alten, matronenhaften Häusern, die mit Weihnachtslichtern reich geschmückt waren und wo beleuchtete, grüne Kränze an den Türen hingen, hatte mich eingeschüchtert. Und während wir nun zwischen Teddys Torpfosten hindurchfuhren, spürte ich, wie es mir die Kehle zusammenschnürte. In Häusern wie diesem hatte ich nichts verloren, ich wußte nicht, wie ich mit solchen Leuten reden sollte, ich würde etwas Geschmackloses, etwas nicht wieder Gutzumachendes sagen, ich würde über einen der märchenhaften Orientteppiche stolpern, mein Getränk über einen unbezahlbaren Gobelin verschütten, eine wertvolle Familienbibel kaputtmachen...

Der Polizist grüßte Teddy, indem er die Hand an die Mütze legte, und sie winkte und sagte durch das angelaufene Fenster des Autos: »Hallo, Wayne.« Dann bremste sie den Wagen genau vor den Stufen, und einer der jungen Männer öffnete ihr die Tür. Ein weiterer eilte um das Auto herum auf meine Seite.

»Fröhliche Weihnachten, Miss Fairchild«, sagte Teddys junger Mann. »Bleiben Sie über Nacht? Wenn Sie wollen, stelle ich ihn in die Garage.«

»Fröhliche Weihnachten, Leon«, antwortete sie und schlüpfte aus dem Mustang, wobei ihr das schickliche dunkelblaue Satinkleid an den Oberschenkeln nach oben rutschte. Der Junge versuchte so dreinzublicken, als habe er es nicht bemerkt. »Nein, ich fahre wieder nach Hause. Aber vielleicht könnten Sie ihn so unterbringen, daß wir schnell verschwinden können, falls es nötig ist? Ich glaube, unseren geschätzten stellvertretenden Gouverneur kann ich heute abend nicht sehr lange ertragen.«

Der Junge kicherte. »O ja, er ist ein affektiertes Ekel. Als er kam, konnte man sein Weihnachtslächeln noch in drei Meter Entfernung riechen. Ich stelle Ihren Wagen hinter das Gerätehaus des Schwimmbeckens, mit der Vorderseite zur hinteren Auffahrt.«

»Hat er Boy Slattery gemeint?« wollte ich wissen und vergaß vor Interesse völlig, wie nervös ich war. Thomas John Slattery, der Lieutenant Governor von Georgia, war weit über die Grenzen des Staates hinaus für seine kindischen Auftritte bei Sauftouren bekannt – daher stammte der Spitzname –, aber auch für seine südstaatlich übertriebene Höflichkeit, hinter der sich die Bösartigkeit einer Schlange verbarg, und für seinen Rassismus. Die liberalen und gemäßigten Kräfte im Süden feindeten ihn an und fürchteten ihn, die unerbittlichen Reaktionäre im Staat, unter ihnen mein Vater und die Leute aus Corkie, bewunderten und verehrten ihn, und fast alle anderen lachten über ihn. Wie ich wußte, stammte er aus einem der Häuser hier, aber seine politische Karriere gründete auf den Stimmen der armen Weißen vom Lande. Seine lautstarken und großspurigen Auftritte im Staatsparlament hatten ihm die unbegrenzte Aufmerksamkeit der lokalen und nationalen Presse gesichert, ehe der gegenwärtige liberale junge Gouverneur Linton Wylie den schlimmsten Fehler seines Lebens beging und ihn bei der letzten Wahl zu seinem Stellvertreter machte. Linton Wylie hoffte, von Boy Slatterys enormer Beliebtheit bei der Landbevölkerung profitieren zu können und ihn dann kaltzustellen, aber das war ihm nicht gelungen. Bis jetzt hatte er Boy noch davon abhalten können, Dr. King und seinen jungen Helfern offen den Krieg zu erklären, aber viel fehlte nicht mehr. Es gab keinen denkenden Menschen im Süden, der sich auf die nächste Gouverneurswahl in Georgia freute. Boy war doppelt so beliebt wie Linton Wylie und wurde nicht von so lästigen Dingen wie einem Gewissen oder gar moderatem Denken behindert. Das Tor seines Grundstücks in Buckhead ließ er von einem kleinen Schwarzen bewachen, und jeden Tag hißte er auf dem Rasen die Fahne der Konföderierten. Die Leute, die ihn lediglich für einen komischen Clown aus dem Süden hielten, irrten sich gewaltig.

»Boy Slattery in eigener, äußerst abstoßender Person«, sagte Teddy verächtlich. »Er hat an der Virginia University mit meinem Vater in einem Zimmer gewohnt, und Mutter und Daddy fühlen sich immer noch verpflichtet, ihn und Mrs. Slattery einzuladen, obwohl sie es grauenvoll finden, was aus ihm geworden ist. Sie kennen die beiden schon, seit sie alle zusammen in der Tanzschule waren oder so ähnlich. Vermutlich war er nicht immer so, wie er jetzt ist. Jedes Jahr sagt mein Vater: ›O mein Gott, Lucy, das ist einfach zuviel, ich kann ihn nicht mehr ertragen. Die Hälfte der Leute geht nach dem ersten Cocktail, sobald sie ihn sehen. Ich will nicht, daß mir dieser verdammte Idiot jedes Jahr das Fest ruiniert.‹ Und jedes Jahr antwortet Mutter: ›Wir müssen ihn aber einladen. Ich weiß, daß er ein widerlicher Kerl ist, aber du mußt auch mit Becky Mitleid haben. Schließlich geht es um Weihnachten und nicht um die Politik.‹ Und so kommt er jedes Jahr, kneift Mutter und mich in den Hintern, trinkt Daddy den Schnaps weg und beleidigt die Hälfte der Gäste, und wenn er endlich gegangen ist, sind sich Mutter und Daddy einig, daß er nie wieder eingeladen wird, und natürlich kommt er im nächsten Jahr wieder...«

»Boy Slattery«, sagte ich mehr zu mir selbst, ohne ihr wirklich zuzuhören. »Das würde ein tolles Porträt.«

Sie warf mir einen scharfen Blick zu. »Vergiß das augenblicklich. Matt würde noch eher ein Porträt über den Satan bringen als eines über Boy.«

»Ja, schon, aber damit könnte man ihn auf subtile Weise an den Pranger stellen. Wir sollten auch mal ein paar härtere Sachen bringen, nicht bloß Artikel über Leute, die jeder mag...«

»Hast du vergessen, daß wir unter anderem das offizielle Organ der Handelskammer sind? Die halbe Kammer liebt Boy vermutlich insgeheim, selbst wenn ihn das restliche Land nicht ausstehen kann. Bring einen Artikel über ihn, und du kannst die meisten der fünfhundert erfolgreichsten Firmen vergessen.«

»Ich fürchte, diese Verbindung zur Handelskammer wird ohnehin bald recht problematisch werden«, sagte ich und stieg hinter Teddy die flachen Stufen des Säulenvorbaus hinauf.

»Na, das kannst du gleich Culver Carnes erzählen«, meinte

sie. »Er kommt auch immer. Er war mit Daddy auf der North Fulton High School.«

Ein schwarzer Mann in einem weißen Mantel öffnete die Tür, und ich starrte ihn an. Du meine Güte, ein richtiger Butler oder Hausdiener, oder wie immer man ihn in Buckhead nannte. Er sagte: »Guten Abend, Miss Teddy«, und lächelte, und sie erwiderte das Lächeln und sagte: »Hallo, Frost. Fröhliche Weihnachten. Das ist meine neue Mitbewohnerin, Smoky O'Donnell.«

Frost lächelte, nickte und streckte die Hand aus. Ich ergriff sie. Er blickte darauf, als hätte ich ihm ein tickendes Päckchen in die Hand gedrückt, und sah dann Teddy an. Erst dann wurde mir klar, daß er die Hand ausgestreckt hatte, um die Mäntel zu nehmen. Ich wurde knallrot im Gesicht und am Hals und ließ seine Hand los. Teddy reichte ihm ihren hübschen schwarzen Mantel mit den Silberknöpfen, und ich gab ihm meinen englischen Regenmantel, und während wir auf die Festgesellschaft zugingen, flüsterte sie mir zu: »Mach dir um Himmels willen keine Gedanken.«

Als ich zurückflüsterte: »Das tue ich nicht«, war meine Stimme in den schönsten Dialekt gehüllt, den Irland zu bieten hatte. O mein Gott, betete ich innerlich, bitte nimm diese scheußliche Sprachfärbung von mir und laß mich wenigstens diesen einen Abend so sprechen, als gehörte ich zu diesen Leuten.

Aber Gott kümmerte sich an diesem Abend offenbar nicht um Dialekte. Als Teddy mich ihren Eltern vorstellte, die in einem Raum, der wie die Halle eines mittelalterlichen Schlosses wirkte, vor dem laut knisternden Feuer standen, hörte ich mich immer noch an wie eine irische Torfstecherin. Teddy grinste, und ihr Vater, ein großgewachsener, erstaunlich gutaussehender Mann mit silbernen Haaren, lächelte und reichte mir die Hand, und ihre Mutter, eine dickliche Ausgabe von Teddy in einem bodenlangen roten Samtkleid, gab mir einen kleinen Kuß auf die

Wange und sagte freundlich, aber etwas unklar: »Hallo, meine Liebe. Teddy hat schon erzählt, daß man Sie Smoky nennt, aber sie hat nicht gesagt, daß Sie aus Irland stammen. Ist das nicht interessant? Das mit Irland, meine ich. Na ja, das mit Smoky auch...«

»Teddys Mutter redet in Rätseln«, stellte Oliver Fairchild fest und tätschelte meine Hand, bevor er sie wieder losließ. »Willkommen, Smoky. Teddy hat uns berichtet, Sie sind das neue Mädchen bei dieser Zeitschrift, wo sie arbeitet, und außerdem sehr talentiert. Ihr tut viel für die Stadt; wir sind stolz auf junge Leute wie euch. Comfort kann wirklich Wunder bewirken. Und es ist hübsch, diesen Dialekt einmal wieder zu hören. Nach der Virginia University habe ich eine Weile in Oxford verbracht, und gelegentlich wurde ich übers Wochenende nach Irland eingeladen. Sie wecken angenehme Erinnerungen in mir, wirklich.«

Ich murmelte etwas, das ich für passend hielt, und folgte Teddy ins Eßzimmer, wo sich auf einem Tisch, der mit weißem Damast gedeckt war und im Licht der Kerzen schimmerte, mehr Silberbesteck, mehr edle Gläser und mehr Essen befanden, als ich je im Leben für möglich gehalten hätte. An einer großen Bartheke aus Magahoni, die vor einer Wand aus hohen Terrassentüren aufgestellt war, standen Männer im Smoking und Frauen in Seide, Satin und Samt in Vierer- und Fünferreihen. Mein geliebtes rotes Wollkostüm kam mir auf einmal um Längen zu schäbig und um mindestens sechs Zentimer zu kurz vor, und mein Dekolleté und mein Gesicht waren noch immer feuerrot. Falls Oliver Fairchild bei Einladungen auf irischen Landsitzen tatsächlich einen Dialekt wie den meinen gehört hatte, mußte er sich ziemlich oft in der Küche herumgetrieben haben. Ich fragte mich, ob es mir gelingen würde, eine Stunde lang, oder noch besser zwei, lediglich zu lächeln und zu nicken.

Die folgenden zwei Stunden waren, meiner Erinnerung nach, mit Sicherheit die beiden längsten meines Lebens. Wie ein kleines Beiboot, das fest an Teddy vertäut war, bewegte ich mich durch die Menge der gutaussehenden, lässigen Freunde von Teddys Eltern. Ich nickte und lächelte strahlend, wenn ich jemandem vorgestellt wurde, nickte und lächelte strahlend, während ich diesem und jenem Gespräch lauschte, und bemühte mich, so auszusehen, als faszinierte mich das fremdartige, banale Gerede über Kinder, Dienstpersonal, frühere Partys und abwesende Freunde, als verbrächte ich jeden Abend meines Lebens mit so fröhlichen und privilegierten Menschen und täte nichts lieber, als eine Woche vor Weihnachten mit den Reichen aus Buckhead in einem Raum zu stehen und sie freundlich anzustrahlen. Ich sprach kein einziges Wort. Das wagte ich nicht. Dabei kam ich mir so linkisch und unbeholfen vor wie ein Dorftrottel, der auf einem Ball der Romanoffs gelandet ist, und ich war äußerst überrascht und sogar bestürzt, als Teddy mir hinterher erzählte, ihre Eltern und deren Freunde hätten gesagt, ich sei »so ein nettes, hübsches Mädchen und außerdem so interessant.« Und »was für ein Glück Teddy doch hat, so jemand netten wie Smoky als Mitbewohnerin zu finden.«

Nett war in der guten Gesellschaft von Atlanta offenbar ein wesentliches Wort.

Teddy achtete peinlich darauf, sich immer neben mir zu halten und mich niemals hilflos und verlegen in einer Gruppe von Fremden stehenzulassen. Sie kümmerte sich auch darum, daß mein Champagnerglas immer wieder nachgefüllt und mein Häppchenteller nie leer wurde. Ohne sie hätte ich vermutlich einfach den Griff meiner Hände gelöst, hätte Glas und Teller fallenlassen und wäre durch die große Eingangstür in die Nacht hinausgerannt, während die gute Gesellschaft von Atlanta hinter mir herstarrte. Aber dank ihrer Anwesenheit und mit Hilfe des seidigen, perlenden Champagners behielt ich soweit den Verstand, daß ich weiterhin nicken und lächeln konnte, und als sie mir endlich zuflüsterte: »Laß uns von hier abhauen«, war ich in der Lage, mit nur einer winzigen Spur von Corkie-Dialekt zu antworten: »Einverstanden.« Aber natürlich war das nur ein einziges Wort...

»Komm, wir gehen schnell noch nach unten und sagen kurz Ollie hallo«, schlug sie vor. »Ich habe ihn über einen Monat nicht gesehen. Er war in Richmond und hat dort für Daddy ein Büro eröffnet.«

Ich nickte, und sie führte mich eine breite, geschwungene Wendeltreppe hinunter in einen riesigen, höhlenartigen Raum, der mit Holzpanelen ausgekleidet war und mit dämpfendem Teppich im Tartanmuster ausgelegt war. Große Messinglampen erleucheten ihn. Um eine weitere Bar aus Mahagoni drängte sich eine Menschenmenge, die hier unten hauptsächlich aus Männern bestand. Noch mehr Leute umstanden den größten und schönsten Billardtisch, den ich je gesehen hatte. Wie eine Insel aus poliertem Mahagoni glänzte er in der Mitte des Raums. Unter den Männern erkannte ich viele Gesichter, die ich bereits auf den Seiten des *Downton Magazine* gesehen hatte. Offenbar befand sich der halbe »Club« heute abend in diesem Raum.

Ein kleiner, dicker Mann mit rotem Gesicht und ein großer, schlanker, jüngerer Mann waren unter den Blicken der anderen über den Tisch gebeugt. Offensichtlich war es ihre Partie. Das weiche Licht der Messinghängelampe fiel auf die Köpfe der beiden. Der jüngere hielt seinen Kopf gesenkt und die Augen auf den Tisch gerichtet, wobei er den älteren Mann ein- oder zweimal ansah. Sein Haar war sehr lockig und kurzgeschnitten, so daß es sich wie eine wollige Mütze um seinen schmalen Kopf legte. In diesem Licht wirkte es beinahe silberfarben. Seine Haut zeigte jenen matten, metalligen Goldton, den manche blondhaarige Menschen bekommen, wenn sie sich lange in der Sonne aufhalten, und seine Augen waren so blau, daß sie beinahe zu sprühen schienen. Zu seinem Smoking trug er einen buntkarierten Kummerbund mit passender Krawatte, und er war so gutaussehend, daß ich beinahe laut aufgelacht hätte. Er sah aus, als hätte man ihn extra für diesen und ähnliche Räume entworfen.

Als wir die Treppe herunterkamen, hob der ältere Mann seinen kahlen Kopf und blickte Teddy und mich an. Es war Boy Slattery.

»Teddy, mein süßes Herzchen«, sagte er mit lauter, nasaler Stimme, und ich bemerkte, daß er ziemlich betrunken war. »Komm her und gibt Onkel Boy einen Kuß.« Er stellte seinen Billardstock ab und umrundete, leicht schwankend, den Tisch. Der große blonde Mann beoachtete ihn mit ausdruckslosem Blick. Einige der anderen Männer lächelten in nachsichtiger Erwartung.

»Fröhliche Weihnachten, Mr. Slattery«, sagte Teddy und trat einen kleinen Schritt zur Seite. »Hallo, Brad. Wir haben uns lange nicht gesehen. Das ist Smoky O'Donnell, meine Mitbewohnerin und die neue Redakteurin beim *Downtown Magazine*. Smoky, das sind Brad Hunt und der stellvertretende Gouverneur Slattery. Wir wollten gerade gehen, aber ich möchte noch ganz kurz Ollie treffen. Ist er hier irgendwo?«

»Er ist in der Küche«, antwortete Brad Hunt. »Hallo, Smoky O'Donnell. Ihre Augen haben die Farbe des Regens.«

Ich lächelte ihn zaghaft an. Boy Slattery schob sich zwischen Teddy und mich und streckte beide Arme aus.

»Wir wäre es mit einem kleinen Weihnachtskuß, Mädels?« Er grinste den anwesenden Männern vielsagend und anzüglich zu. »Ein Weihnachtskuß für Teddy und ein Begrüßungskuß für die kleine Neue hier. Was haben Sie gesagt, wie Sie heißen, Schnukkelchen?«

»Ich habe gar nichts gesagt«, gab ich zurück und zuckte zusammen, als ich meinen Dialekt hörte. Gleich nächste Woche würde ich mir einen Sprechlehrer besorgen, das schwor ich im stillen.

Teddy verdrückte sich in die Küche und ließ mich stehen. Sie schloß die Tür leise hinter sich, noch ehe ich ihr folgen konnte. Der Teufel soll dich holen, Teddy, dachte ich.

Als er meinen Dialekt hörte, war Boy Slattery nicht mehr zu halten.

»Da brat mir einer einen Storch!« dröhnte er. »Die Kleine ist ja ein irisches Mädel! Wissen Sie, meine Süße, was man dort, wo ich herstamme, über die Iren sagt?«

Ich schwieg.

»Erzähl's uns, Boy«, schrie jemand, und Boy grinste, legte mit großer Geste seinen Arm auf meinen Nacken und wandte sich seinem Publikum zu. Seine Finger fühlten sich wie Nachtschnekken an, die unter den Kragen meines Kostüms krochen.

»Kommen Sie schon, Boy«, mahnte Brad Hunt. »Spielen Sie weiter. Sie wollen doch bloß die Partie aufhalten. Ich habe Sie nämlich ganz schön in die Klemme gebracht.«

Seine Stimme war freundlich, aber ein harter und kühler Ton schwang darin mit.

Das lenkte Boy Slattery ab. Er löste seinen Arm von meinen Schultern und trat wieder neben den Billardtisch. Sein Schwanken war stärker als zuvor.

»Na gut, Brad«, grölte er. »Komm wieder hier rüber. Ich werde es dir schon zeigen!«

Eingehend betrachtete er die Tischoberfläche und behauptete dann: »Sie haben Ihre Kugel verschoben.«

»Natürlich nicht, verdammt noch mal«, sagte Brad Hunt in ruhigem Tonfall, aber seine Stimme klang jetzt noch kühler.

»Aber natürlich schon. Diese Acht war vorhin ein ganzes Stück weiter innen auf dem Tisch. Ich hatte meine Kugel ganz klar in der Schußlinie...«

»Ich weiß genau, daß Sie mir nicht unterstellen, ich würde betrügen, Boy.« Brad Hunts Stimme war jetzt leise und geradezu leutselig. »Möglicherweise haben Sie einfach einen kleinen Fehler gemacht. Aber egal. Kommen Sie, machen Sie Ihren Stoß, und dann gehen wir etwas trinken. Da warten andere Leute, die auch spielen möchten.«

Boy Slattery warf Brad Hunt einen wütenden Blick zu und studierte dann erneut den Tisch. Er schaukelte auf seinen kleinen, dicken Füßen vor und zurück und zog die Schultern hoch, bis sein Hals beinahe in den zahlreichen Fettröllchen am Nacken versank. Bestimmt würde er im nächsten Moment eine üble Beleidigung ausstoßen oder etwas nicht wieder Gutzumachendes tun. Abscheu und Verachtung stiegen in mir auf.

Ich trat an den Billardtisch und betrachtete ihn einen Augenblick lang eingehend. Boy Slatterys rote Sieben lag zehn oder fünfzehn Zentimeter vom Loch entfernt. Die schwarze Acht lag genau dahinter. Und der weiße Stoßball befand sich genau hinter ihr. Es gab beinahe keine Möglichkeit, die Sieben zu treffen, ohne auch die Acht zu versenken.

Beinahe.

»Darf ich?« sagte ich und nahm Boy Slattery den Billardstock aus der Hand, ohne auf eine Antwort zu warten. Er starrte mich regungslos an. Ich bestrich das Queue sorgfältig mit Kreide, ging um den Tisch, sah die Kugeln einen Augenblick lang an und beugte mich vor. Ich spürte, wie mir der Rock weit über die Oberschenkel hinaufglitt, achtete aber nicht darauf, sondern versetzte der weißen Kugel mit dem Queue einen gekonnten Stoß mit ganz leichtem Effet. Die Kugel rollte gleichmäßig auf die andere Seite, prallte in spitzem Winkel von der Bande zurück und klickte sanft gegen die Sieben. Sauber und weich fiel die Sieben ins Loch.

Im Raum herrschte völlige Stille, und dann brachen die Männer in Gelächter und Applaus aus. Ich richtete mich auf und reichte Brad Hunt das Queue. Auf seinem Gesicht lag pures Entzücken.

»Woher können Sie das?« fragte er.

»Ich habe fünf Brüder, die jeden Tag ihres Lebens in Perkin's

Pub in Corkie herumhängen«, sagte ich und übertrieb meinen Dialekt, bis er wie eine Karikatur des typischen Iren auf einer Theaterbühne klang. »Das sagt man nämlich dort, wo ich herstamme, über die Iren, Mr. Slattery. Sie spielen besser Pool-Billard als irgend jemand auf der Welt.«

Ich drehte mich um und verließ, ohne noch einen Blick zurückzuwerfen, den Partykeller von Teddy Fairchilds Familie. Ich würde unter dem Säulenvorbau auf Teddy warten; sollte sie doch nach mir suchen, verdammt noch mal. Das geschah ihr recht, da sie davongerannt war und mich alleingelassen hatte.

Ich hörte Brad Hunter hinter mir herrufen: »Heißen Sie wirklich Smoky?«

»Na klar« rief ich zurück, ohne mich umzudrehen. »Alter gälischer Name. Seit Generationen in meiner Familie.«

Am nächsten Morgen hielt Matt die letzte Redaktionssitzung ab, bevor wir alle in die Weihnachtsferien verschwanden. Fast alle fuhren über die Weihnachtstage nach Hause oder reisten zumindest irgendwohin. Matt fuhr heim nach Texas, nach Falveston, wo seine Mutter inzwischen in einem Pflegeheim lebte, Tom Gordon in die winzige Stadt außerhalb von Macon, auf die Farm seiner großen Familie, und Hank nach Athens zur Familie seines Bruders. Alicia reiste zum Skifahren nach Aspen mit jemandem, dessen Namen sie sich, mit einem kleinen Lächeln, zu nennen weigerte, und Sister nach South Georgia, um dort, wie Tom grinsend behauptete, die Weihnachtskönigin der Prärie abzugeben. Charlie mußte, wenn auch ungern, die Familie seiner frischangetrauten Frau in Charlotte besuchen, und Sue Anne und Teddy blieben in Atlanta. Ich würde in drei Tagen um sechs Uhr abends in den Greyhound-Bus nach Savannah steigen, und wenn ich daran dachte, spürte ich ein dumpfes, bedrohliches Gefühl im Bauch.

Überall im Büro waren die Reste von buntem Einwickelpapier, Locken aus Geschenkbändern und heruntergefallene Nadeln von dem schiefen, bereits austrocknenden Tannenbaum auf dem Tisch in der Eingangshalle über den Boden verteilt. Geschenkschachteln von Kaufhäusern wie Rich, Davison, Muse und J. P. Allen warteten auf die begabte SueAnne, die sich hatte breitschlagen lassen, für alle die Geschenke einzupacken. Aus den Lautsprechern des Kaufhauses hörte man das scheußliche Geblöke von Alvin and the Chipmunks, und es lagen noch ungeöffnete Geschenke herum, die Matt von Anzeigenkunden erhalten hatte. Am kommenden Abend fand oben in der Handelskammer eine Weihnachtsfeier für die Mitarbeiter statt, aber wir veranstalteten danach noch eine eigene im Top of Peachtree.

Keiner war mit den Gedanken bei der März-Ausgabe, deren Planung wir bei dieser Sitzung abschließen sollten. Matt mußte unsere Aufmerksamkeit so oft wieder aufs Thema zurückführen, daß er gereizt und kurzangebunden wurde. Das kastanienbraune Haar, das ihm ins Gesicht hing, verdeckte den Ärger in seinen zusammengekniffenen grünen Augen nur teilweise. Im wassergrauen Licht des Nachmittags, das durch die Fenster fiel, sah er aus, als hätte er die letzten drei Nächte in der Bahnhofsmission geschlafen. Obwohl wir wußten, daß wir einen Wutausbruch riskierten, wurden wir immer alberner.

»Also gut«, sagte er schließlich. »Im Moment ist keiner von euch auch nur einen Pfifferling wert, und das wird wohl bis nach dem Neujahrsfest so bleiben. Aber ich schwöre euch, wir werden diese Nummer fertigbekommen, bevor ihr dieses Büro verlaßt, und wenn es Mitternacht wird. Was steht als nächstes an, Teddy?«

Teddy blickte auf ihre Tafeln mit dem Seitenlayout.

»YMOG«, seufzte sie.

Alle stöhnten.

»Ist das Ding fertig?« fragte Matt und sah uns alle an.

»Nein. Ich glaube nicht einmal, daß es schon angefangen ist.

Frank Finley drüben von der Zeitung sollte es machen, und ich dachte, er hätte es inzwischen fertig. Aber heute nachmittag hat er von Dobbins aus angerufen und gesagt, er sei auf dem Weg nach Vietnam, und jemand anders müsse das übernehmen. In seinem Büro seien einige Notizen, falls wir noch etwas bräuchten. Er hat gesagt, jemand könnte sie uns heraussuchen.«

»Herrgott, hoffentlich schießt einer diesem Mistkerl in den Hintern«, schnaubte Matt. »Ist er wenigstens eingezogen worden?«

»Ich fürchte, nein«, antwortete Teddy, und ich glaubte, ihre Mundwinkel ganz leicht zucken zu sehen. »Patterson hat ihn und einen Fotografen rübergeschickt, um über die FirstCav zu berichten.«

»Es gibt Leute, die tun alles, nur um den YMOG nicht machen zu müssen«, bemerkte Tom grinsend.

»Wenn Sie – verdammter Kerl – lesen oder schreiben könnten, würde ich das Ding ja Ihnen geben«, erklärte Matt. »Gut, Charlie, ich will, daß Sie es machen. Sie müssen sich beeilen. Wenn Sie den Artikel bis zum Sechsundzwanzigsten haben wollen, sollten Sie ihn heute abend oder morgen interviewen.«

»Verflucht, Matt, ich habe es das letzte Mal gemacht!« Charlie Stubbs jaulte beinahe. »Das ist nicht fair! Sie wissen, daß wir am Mittwoch früh fahren, und dann muß ich das ganze Weihnachtsfest über schreiben ...«

Matt grinste bösartig.

»Sie Ärmster«, sagte er.

»Was ist denn eigentlich YMOG?« wollte ich wissen. Ich hatte keine Vorstellung, was für ein Artikel einen solchen Widerwillen hervorrufen konnte.

»Young Man on the Go. Ein aufstrebender junger Mann«, sagte Tom Gordon, der sicher sein konnte, daß er als Art Director keine Artikel schreiben mußte. »Das bringen wir jeden Monat. Es ist das Lieblingskind der Handelskammer. Ein Porträt über einen jungen Aufsteiger aus der lokalen Geschäftswelt und den Firmenkreisen, wie man das hier so gerne nennt. Eine Art Galerie der vielversprechenden jungen Erben in der Stadt. Über einen YMOG darf man nie, nie ein unschmeichelhaftes oder abschätziges Wort verlieren. Alle ihre Daddys sind hohe Tiere in der Handelskammer. Die Artikel sind elend lang und so langweilig, daß einem die Füße einschlafen. Charlie und Hank wechseln sich normalerweise ab, aber manchmal läßt sich Matt breitschlagen und gibt das Ding raus. YMOG hat mehr als einen Reporter in den Alkoholismus getrieben ... oder, wie in diesem Fall, nach Vietnam.«

»Na, Charlie ist auf jeden Fall aus dem Schneider«, sagte Hank mit verschlagenem Grinsen. »Denn dieser YMOG hat mich vorhin angerufen und seinen Autor genannt. Er hat gesagt, wenn er diesen ... diese Person nicht haben kann, spielt er nicht mit.«

»Das haben wir gerne«, bemerkte Matt zähneknirschend. »Ein YMOG, der sich wie eine beschissene Primadonna aufführt. Und wer ist der Autor?«

»Smoky«, sagte Hank, und sein Grinsen wurde breiter. »Smoky oder keiner.«

Ich starrte Hank an. Alle anderen sahen mich an. Teddy begann zu lachen, und ich richtete meinen Blick auf sie.

»Es ist Brad Hunt, Smoky«, sagte sie. »Bradley Hunt III, Sproß und designierter Erbe der Baufirma Hunt. O Mann, ich muß euch erzählen, was Smoky gemacht hat ...«

Alle lauschten, während sie ihnen von meiner Begegnung mit Boy Slattery im Billardzimmer ihres Vaters berichtete. Als sie geendet hatte, hielten sich fast alle vor Lachen die Seiten, und ein oder zwei standen auf, um mich zu umarmen. Nur Alicia und Matt verzogen keine Miene. Alicia saß da, rauchte schweigend und betrachtete erst ihre Fingernägel und dann mich. Matt starrte mich so lange an, bis ich unruhig wurde. Dann verzog sich sein Mund zu jenem breiten Grinsen, bei dem er seine langen, weißen Zähne zeigte und das sein rötliches Fuchsgesicht so vollständig veränderte. Er streckte den Arm aus und drückte den Gummiball der Taxihupe von den Bahamas zusammen. »Großartig, Smoky. Herrgott, ich hätte zu gern gesehen, wie Sie Boy Slattery in den fetten Arsch getreten haben. Sie haben ja Talente, von denen ich nicht zu träumen gewagt hätte.«

»Offensichtlich«, schnaubte Alicia.

»Na gut«, sagte er und beruhigte sich wieder. »Brad Hunt gehört Ihnen. Rufen Sie ihn sofort an und machen Sie heute oder morgen das Interview. Ich möchte den Artikel am Morgen des Sechsundzwanzigsten auf meinem Schreibtisch haben, Entschuldigungen gibt es nicht. Und wenn Sie das Ding auf der Busfahrt nach Hause schreiben müssen. Und, Smoky... wir nehmen die YMOG-Artikel nicht auf die leichte Schulter, nur weil sie Scheiße sind. Wir behandeln sie, als wären sie das Wichtigste, das wir jemals gemacht haben.«

»Bis jetzt ist es das einzige, was ich jemals gemacht habe«, gab ich zurück.

»Klugscheißerei ist ein Privileg, das man sich hier verdienen muß«, meinte er knapp, und ich wurde rot. Alicias Lachen war glockenhell. Ich stand vom Sofa auf und ging in mein Büro, um Brad Hunt anzurufen.

»Na, wenn das nicht das Mädchen aus Savannah ist«, sagte er. »Meine wilde irische Stute. Ich habe schon auf Ihren Anruf gewartet.«

Für unser Interview lud er mich am nächsten Abend in den Piedmont Driving Club zum Essen ein. Er holte mich nach der Arbeit in einem unglaublichen kleinen Auto ab, das einem fliegenden Vogel ähnlich sah. Hank und Matt, die neben mir am Bordstein standen, erklärten mir später, es habe sich um einen Mercedes 300 SL Gullwing mit Flügeltüren gehandelt.

»Das gibt's doch nicht«, hörte ich Matt Comfort mit einem

Schnaufen sagen, als Brad Hunt den Arm ausstreckte und die Tür nach oben schob, bis sie tatsächlich wie der Flügel einer fliegenden Möwe aussah.

»Nicht schlecht für ein Mädchen aus Corkie, Smoky«, stellte Hank fest und half mir in den kleinen Wagen. Das Innere roch nach Leder, Zigarettenrauch und einem wundervollen, schweren Aftershave. Das Auto war auf so demonstrative Art protzig, daß ich nur hilflos lachen konnte und völlig vergaß, daß ich vor einer Minute noch ein Nervenbündel gewesen war.

»Vermutlich wird es sich wie im Zeichentrickfilm eine Sekunde nach Mitternacht in einen Kürbis verwandeln und Sie sich in eine Ratte«, bemerkte ich.

»Um diese Zeit muß es bereits wieder in der Garage meines Bruders Chris stehen, aus der es auch stammt«, sagte er lächelnd. »Er rast damit im ganzen Süden herum, und heute ist erst das zweite Mal, daß ich damit fahren darf. Wenn ich auch nur einen Kratzer hineinmache, dann verwandle ich mich tatsächlich in eine Ratte, und zwar eine tote. Ich habe es ausgeliehen, weil das Mädchen, das Boy Slattery im Billard geschlagen hat, etwas Tolleres verdient hat als meinen vier Jahre alten Pontiac. Seien Sie gegrüßt, Smoky O'Donnell. Sie sehen heute abend sehr hübsch aus.«

»Vielen Dank«, sagte ich. »Das tut mir gut. Mir haben heute schon den ganzen Tag die Knie gezittert. Das ist mein erster Artikel für das *Downtown Magazine*. Ich habe noch nie zuvor einen YMOG interviewt.«

»Gott sei Dank«, erwiderte er. »Ich war auch noch nie einer. Wissen Sie, wir betrachten das Ganze einfach nicht als Interview. Nehmen Sie es als erste Verabredung. Ich werde Sie in den Driving Club zum Abendessen ausführen und mit Ihnen angeben, und dann könnten wir noch irgendwohin zum Tanzen gehen. Können Sie so gut tanzen wie Sie Poolbillard spielen?«

»Nein«, sagte ich. »Abendessen ist wunderbar, aber dann

sollte ich nach Hause gehen und mit dem Schreiben anfangen. Sie müssen am Morgen des zweiten Weihnachtsfeiertages auf Matts Schreibtisch liegen. Ich werde die ganzen Feiertage hindurch arbeiten müssen. Was ist der Driving Club?«

Er sah mich einen Augenblick lang an und lachte dann.

»O mein Gott, ich glaube, wir lassen das Abendessen ausfallen, fahren nach North Georgia und heiraten«, sagte er. »Das ist so ein traditioneller Club, zu dem wir ... zu dem eine Menge der ... Anführungszeichen auf ... alteingesessenen Familien von Atlanta ... Anführungszeichen zu ... gehören. Angeblich kommt man schwerer hinein als in den Himmel, denn es muß erst jemand sterben, ehe ein Platz frei wird. Schrecklich öde dort. Unmögliches Essen. Wenn Sie es entsetzlich finden, heirate ich Sie.«

Ich fand den Piedmont Driving Club nicht entsetzlich, aber er gefiel mir auch nicht besonders. Sooft ich dort später auch hinging, ob mit Brad oder jemand anderem, ich fühlte mich nicht wohl. Man bekam kaum Luft in dieser statischen, selbstgefälligen, steifen und exklusiven Atmosphäre der in Stein und Eiche gehaltenen Räume. Das Clubgebäude stand wie eine Festung auf dem niedrigen, bewaldeten Hügel nördlich der Stadt, umgeben von Mauern aus Stein, Mörtel und Geld, und die gutgekleideten älteren Herrschaften, die an jenem Abend dort ein und aus gingen, waren für mich absolut nicht zu unterscheiden. In den Privaträumen fanden viele kleine Weihnachtspartys statt, und die Gäste in dem niedrigen, an eine Taverne erinnernden Raum mit der Balkendecke, wo wir vor einem riesigen Kaminfeuer saßen, trugen alle gedeckte, aber glitzernde Kleider und sprachen Brad mit freundlichem Lächeln an. Sie erkundigten sich nach seiner Mutter und seinem Vater und lächelten mir zu, wenn er mich vorstellte. Ich hatte den Eindruck, als kämen immer derselbe untersetzte, grauhaarige Mann im dunkelblauen Anzug vorbei und immer dieselbe kleine, silberglitzernde Frau in dunkler Wolle, die nur einen Hauch von Perlen oder einen einzigen Diamanten trug.

»Was für ein niedlicher Spitzname«, meinten die Damen, zwinkerten mir zu und beschnüffelten mein Kostüm und meinen Dialekt wie Jack-Russell-Terrier. »Bestimmt hat Ihr Vater Sie auch so genannt. Aus Savannah, haben Sie gesagt? Wir haben viele Freunde in Savannah...«

»Beim *Downtown?*« sagten die Männer. »Ein guter Junge, dieser Matt Comfort. Ich habe ihn mal im Rotary Club gehört. Der weiß, was er will. Gar nicht schlecht für Atlanta. Sie werden für ihn Artikel schreiben?«

»Das ist die Frau, die es kürzlich bei den Fairchilds Boy Slattery gezeigt hat«, sagte Brad immer und immer wieder, und alle Männer lachten. Sie hatten davon gehört.

»Das werden sie nie vergessen«, sagte Brad, nachdem man uns an den Tisch geführt hatte und wir etwas zu trinken bestellt hatten. »Auch wenn keiner von ihnen je ein Wort von Ihnen lesen wird, aber daran werden sie sich erinnern. Boy ist nicht gerade sonderlich beliebt in dieser Stadt. Mein Vater ist vielleicht einer der wenigen, die ihn wirklich mögen.«

»Sind die beiden alte Freunde?« fragte ich und dachte an Teddys Vater.

»In gewisser Weise...«, antwortete er. »Eigentlich sind sie Seelenverwandte. Mein Vater findet Boys politische Ansichten absolut richtig. Er ist davon überzeugt, daß Boy der nächste Gouverneur werden muß und daß seine Wahl keine Minute zu früh kommen kann. Die Baufirma meines Vaters baut, unter anderem, für die Schwarzen im Südosten der Stadt so billige Substandard-Wohnungen, daß sie eigentlich gefährlich sind. Und wenn Boy Gouverneur ist, spart das den Besitzern eine Menge Umstände.«

Im Kerzenschein betrachtete ich ihn genauer. Er trug einen ausgezeichnet geschnittenen, mattgrünen Anzug mit einem blauen Oxfordhemd und einer gestreiften Krawatte. Sein schmaler Kopf, die hübschen Gesichtszüge und die Kappe aus silberblonden Locken ließen ihn wie eine Modezeichnung im *Esquire* wirken. Plötzlich erinnerte er mich an ein Porträt eines jungen Medici-Fürsten, was er ja, zumindest nach den Maßstäben dieser Stadt, auch war. Und doch saß er da und redete, wenn auch in humorvollem Ton, von den Ansichten seines Vaters, die man nur rassistisch nennen konnte. In seinen blauen Augen zeigten sich Unzufriedenheit und ein Hauch von Ärger.

»Vergessen Sie nicht, daß Sie mit einer Reporterin sprechen«, warnte ich ihn.

Er lachte. »Ich kenne Culver Carnes und seine geliebten YMOGs«, sagte er. »Sie könnten schreiben, daß mein Vater ein Nazi-Kriegsverbrecher war, und er würde es einfach herausstreichen. Ich bin in Sicherheit, ob es Ihnen und mir gefällt oder nicht.«

»Aber die Handlungsweise Ihres Vaters gefällt Ihnen nicht. Und vermutlich wollen Sie auch nicht, daß Boy Slattery Gouverneur oder etwas anderes wird.«

»Beides stimmt. Unter den Leuten, die mich kennen, insbesondere den jüngeren von uns, ist das auch kein Geheimnis. Boy Slattery wäre die größte Katastrophe, die diesem Staat passieren könnte, und Atlanta würde es nicht überleben, wenn die altmodischen Konservativen wie Dad die Oberhand bekommen. Die Rassenfrage ist mit Sicherheit das größte Problem, das wir jemals hatten. Viele von uns wissen das. Und auf lange Sicht müssen wir einiges ändern.«

»Das würde ich gerne zitieren«, sagte ich. »Es wird Matt gefallen. Er denkt genauso. Er ist in einem Komitee, einem Rat oder so etwas, einer Art Spezialtruppe, die der Bürgermeister aufgestellt hat, um bei der Lösung der Rassenfrage zu helfen.«

Brad lächelte. »Ich weiß«, sagte er. »FOCUS. Ich bin auch dabei. Dad hat beinahe der Schlag getroffen.«

»Ich kenne noch jemanden, der dabei ist«, erzählte ich. »Schwester Joan vom Marienheim. Matt hat mir dort, als ich hier ankam, für die erste Woche oder so ein Zimmer besorgt, bis ich dann zu Teddy gezogen bin.«

»Ja, ja, Schwester Joan. Eine nette Dame. Spielt grauenvoll Gitarre. Ach, sieh einer an. Sie sind also eines der Mädchen aus dem Marienheim. Ich muß Sie unbedingt meinem Vater vorstellen. Er ist der Meinung, daß die Katholiken die Schwarzen aufhetzen.«

»Ich kann es kaum erwarten, ihn kennenzulernen«, erwiderte ich trocken. »Möchten Sie mir nicht auch noch etwas Nettes über Ihren Vater erzählen, nur so aus familiärer Loyalität, wie es dem Erben und zukünftigen Präsidenten der Baufirma Hunt gut anstehen würde? Falls Sie es nicht tun, verlangt Mr. Carnes nämlich, daß ich etwas erfinde.«

»Mein Vater ist möglicherweise der beste Geschäftsmann in Atlanta, und das will einiges heißen«, sagte Brad. »Es ist kein Geheimnis, daß ich gelegentlich nicht besonders gut mit ihm auskomme. Chris geht es genauso und Sally auch. Deshalb fährt Chris Sportwagenrennen, und deswegen hat Sally einen Juden geheiratet und ist nach Upper Montclair gezogen. Ich werd's dir schon zeigen, Daddy. Deswegen bin ich aber trotzdem davon überzeugt, daß wir der solideste Familienbetrieb des ganzen Staates sind, und ich habe auch vor, ihn später einmal so gut wie möglich zu führen. Für das Interview erzähle ich Ihnen einiges nach dem Abendessen. Wir sollten uns das hier – was immer das auch für ein ungewöhnliches Fleisch sein mag – nicht verderben. Sagen Sie, warum haben Sie am letzten Samstag einen so deutlichen irischen Dialekt gesprochen, und jetzt ist er fast verschwunden?«

»Das tue ich nur, wenn ich sehr nervös bin.« Ich lächelte. »Jetzt bin ich nicht nervös.«

»Nicht? Na, das hoffe ich doch. Das wäre mir auch gar nicht

recht. Aber trotzdem hat mir der Dialekt gefallen. Sie sollten ihn nicht vollständig verlieren.«

Wir aßen ein mittelschlechtes Essen und tranken viel Wein und danach vor dem Kaminfeuer starke, wundervolle Cocktails, die Black Russians hießen. Wir lachten viel, und er gab mir tatsächlich mehr als genug Material für ein Interview, in prägnanten Formulierungen, als lese er sie irgendwo ab. Ich wußte, daß ich etwas Gutes daraus machen konnte. Was ich nicht wußte, war, ob es mir gelingen würde, seine Widersprüchlichkeit darzustellen, die mich faszinierte, den – zumindest in meinen Augen – geradezu exotischen Mantel des gutbürgerlichen Liberalen aus den amerikanischen Südstaaten, den er trug, und die dunklen Tiefen, die ich in ihm ahnte. So jemanden wie ihn hatte ich noch nie kennengelernt. Er brachte mich zum Lachen und regte mich zum Nachdenken an, und als wir schließlich in der kühlen Luft unter dem Säulenportico standen und auf den Mercedes warteten, wurde mir plötzlich klar, daß ich seit dem Moment, in dem ich in das lächerliche Auto seines Bruders gestiegen war, nicht mehr die geringste Verlegenheit gespürt hatte.

Als wir vor meiner Wohnung anhielten, stieg er nicht gleich aus. Er zündete sich eine Zigarette an und blickte über den dunklen Golfplatz hinweg auf die Lichter der Häuser am Northside Drive, die durch die unbelaubten Äste der Bäume leuchteten. Dann drehte er sich um, nahm mein Kinn in die Hand, hob mein Gesicht an und küßte mich sanft. Er küßte mich noch einmal, nicht ganz so sanft, und dann ließ er seine Hand sinken und sah mich an. Im grünen Licht des Armaturenbretts wirkte sein schmales, von unten beleuchtetes Gesicht seltsam orientalisch; es erinnerte an das Gesicht einer chinesischen Statue.

»Sind Sie am Silvesterabend wieder hier?« fragte er. »Da würde ich Sie nämlich gerne zu einer Party mitnehmen, die jemand aus meiner Studentenverbindung von der Universität gibt. Vorher könnten wir auf dem Hausfest meiner Eltern vorbeischauen. Ich möchte, daß sie Sie kennenlernen. Das heißt, wenn Sie in Savannah keine familiären Verpflichtungen haben.«

»Wissen Sie, Brad, wie in meiner Familie in Corkie der Sylvesterabend aussieht?« sagte ich. »Meine Mutter geht in die Mitternachtsmesse, meine Brüder in Perkin's Pub, und mein Vater läßt sich vor dem Fernseher vollaufen und wartet, bis am Times Square die Kugel fällt. Ich möchte, daß Ihnen das von Anfang an klar ist. Wir sind Lichtjahre entfernt vom... Hausfest Ihrer Eltern und dem Driving Club. Wir sind sogar vielleicht richtig arm, auch wenn mir das vermutlich nie klar war. Arm, irisch und katholisch. Ich würde sehr gerne mit zu Ihrer Party gehen und Ihre Eltern kennenlernen, aber ich werde danach noch immer arm, irisch und katholisch sein. Daran wird sich nichts ändern. Und nach dem, was Sie mir erzählt haben, bin ich mir nicht sicher, was Ihre Eltern davon halten werden.«

Er sagte nichts, sondern lächelte nur.

»Oder geht es genau darum?« wollte ich wissen.

»Teilweise«, antwortete Bradley Hunt III., »teilweise geht es darum. Aber nur teilweise.«

Und er küßte mich noch einmal.

5. Kapitel

Mein YMOG-Artikel wurde gut. Nachdem Brad gegangen war, blieb ich die ganze Nacht wach und schrieb. Ich hätte ohnehin nicht schlafen können. In meinem Kopf ging zu vieles durcheinander. Mein erster Artikel für das *Downtown Magazine*, mein erster richtiger Ausflug in die insuläre, komplexe Welt des traditionellen Atlanta, und mein erster Kuß, seit ich in dieser Stadt war. Ich dachte noch einmal daran und lachte leise in mich hinein: Es war auch der erste nichtkatholische Kuß meines Lebens. Nicht schlecht für ein Mädchen aus Corkie, die kaum einen Monat hier ist, sagte ich zu mir selbst.

Ich war sehr zufrieden. Ich wußte, daß ich etwas Gutes geschrieben hatte. Der Artikel hatte sich wie von selbst formuliert, schnell und sicher, wie es immer war, wenn ich mich in Topform befand. Vom ersten Satz an hatte ich meinen Ton gefunden; der Text war genau, überzeugend, informativ und mit kleinen ironischen Spitzen durchsetzt. Bestimmt würde er Brad gefallen und Matt auch. Ich schreibe oft genug schlecht, um zu wissen, wann ich gut bin, und diese kleine Woge der Selbstzufriedenheit genoß ich, weil ich in der nächsten Zeit bestimmt noch oft genug in Selbstzweifeln schwimmen würde. Ich hatte bereits erlebt, daß Matt diesen Effekt mit dem Hochziehen einer Augenbraue oder einem beiläufigen Wort erreichen konnte.

Ich sammelte gerade meine Blätter zusammen, als Teddy im offenen Bademantel im Erdgeschoß erschien und sich die Augen rieb.

»Du meine Güte, wie lange warst du denn auf?« fragte sie.

»Ich war noch gar nicht im Bett«, antwortete ich. »Ich dachte, ich bleibe einfach auf und schreibe den Artikel, damit Matt ihn heute noch haben kann, und nicht erst nach Weihnachten. Dann habe ich mehr Zeit, wenn er will, daß ich ihn noch einmal überarbeite.«

Sie setzte Kaffee auf und ließ sich auf die andere Seite des Sofas plumpsen. Der Morgen ist nicht Teddys beste Zeit.

»Na, und was hältst du vom Driving-Club?« wollte sie wissen.

»Die Räume sind groß und hübsch, und das Essen ist grauenvoll.«

Sie lachte. »Und Brad?«

»Groß und hübsch.«

»Aber nicht grauenvoll.« Das war keine Frage.

»Nein, nicht im geringsten. Aber seltsam. Er ist so schrecklich widersprüchlich. Aus Prinzip hätte ich mir gewünscht, daß ich ihn abstoßend finde, aber ich mag ihn.«

»Jeder mag ihn«, sagte Teddy. »Warum auch nicht? Er ist reich, gutaussehend, nett, lustig und hat das Herz am richtigen Fleck. Er vertritt die richtigen Meinungen ...«

»Und warum ist er dann nicht verheiratet oder zumindest vergeben? Ich nehme an, er ist noch frei.«

»Soweit ich weiß, ja. Er hat die gute Gesellschaft und vor allem unsere Mütter schon immer zur Verzweiflung getrieben. Natürlich geht er ständig mit Frauen aus, aber wenn es ernsthafter wird, dann ... nun, er zieht sich einfach zurück. Auf nette Weise, Brad würde nie etwas Bösartiges oder Gemeines tun, niemals. Aber er muß wohl schon jedes Mädchen zwischen zwanzig und dreißig in ganz Buckhead durchprobiert haben, und mit keiner hat er sich verlobt. Ich glaube, es liegt an seiner Mutter.«

»Was ist mit seiner Mutter?«

»Mein Gott, sie ist entsetzlich. Sie ist streng und überempfindlich, du weißt schon, eine dieser Frauen, die in allem einen Grund finden, beleidigt zu sein. Und sie ist die schlimmste Rassistin, die ich jemals kennengelernt habe. Man muß ja leider zugeben, daß es in Buckhead ziemlich viele davon gibt, aber die meisten halten sich doch einigermaßen zurück. Marylou Hunt hingegen benimmt sich ihren Bediensteten gegenüber ekelhaft, sie redet in deren Anwesenheit davon, daß die Nigger dieses und jenes sind. Kein Wunder, daß Brad, Sally und Chris das genaue Gegenteil von ihr geworden sind. Sobald eines ihrer Kinder eine ernsthafte Beziehung hatte, hat sie versucht dazwischenzufunken, und wer weiß, vielleicht ist es ihr bei Brad immer gelungen, weil er Angst hat, seine Ehe könnte wie die seiner Eltern werden. Brad Hunt senior trinkt und verbringt die meiste Zeit auf dem Golfplatz oder bei der Jagd auf seiner Plantage in Thomasville, wo keine Frauen erlaubt sind.«

»Warum hat er sich dann mit ihr eingelassen?« fragte ich.

»Sie ist sehr schön«, erklärte Teddy. »Als junge Frau war sie einfach atemberaubend. Brad sieht ihr ähnlich. Und das Geld stammt von ihr, zumindest das meiste. Jeder weiß, daß Daddy ihr Brad senior schlicht und einfach gekauft hat.«

»Ich bin sehr gespannt, sie kennenzulernen«, sagte ich. »Brad hat mich eingeladen, mit ihm an Silvester zu einem Hausfest zu gehen und danach zu einer anderen Party. Vielleicht sollte ich mir ein traditionelles Buckhead-Kostüm ausleihen.«

Teddy lachte, tapste in die Küche und kam mit zwei großen Tassen Kaffee zurück.

»Du wirst von einem Hausfest zum anderen geschleppt. Na ja, vielleicht wird es interessant. Alle eingeborenen Buckheader, die du bei meinen Eltern nicht kennengelernt hast, triffst du dort. Auf diese Weise knüpfst du innerhalb eines Monats mehr Bekanntschaften als einige von uns, die dort aufgewachsen sind. Wir werden noch eine richtige Buckhead-Matrone aus dir machen, vielleicht besorgen wir dir einen Tennisdreß und schmuggeln dich in die Junior League. Willst du, daß ich mir für dich einen passenden Lebenslauf ausdenke? Selbst wenn es niemanden stört, daß du aus Corkie kommst, Marylou Hunt wird daran Anstoß nehmen.«

»Kommt nicht in Frage. Ich werde die irische Fahne offen vor mir hertragen und dazu einen richtig hübschen Dialekt sprechen. Sie soll nur gleich wissen, mit wem sie es zu tun hat. Brad gegenüber habe ich die Karten auch gleich auf den Tisch gelegt.«

»Ihn stört das nicht«, sagte Teddy.

»Das stimmt. Ihm macht das nichts aus. Ich glaube sogar, er will mich seiner Mutter unter die Nase halten.«

»Ist dir das unangenehm?«

»Nein.«

»Hat er dich geküßt?«

Ich sah zu ihr hinüber. Sie trank einen Schluck Kaffee und betrachtete mich dabei interessiert über den Rand ihrer Kaffeetasse hinweg.

»Ja.«

»Ach du Scheiße. Dann bist du fällig«, stöhnte sie.

»Woher hast du das gewußt? Hast du ihn jemals geküßt?«

Teddy grinste. »Ich habe dir doch gesagt, daß er mit jedem weiblichen Wesen in Buckhead ausgegangen ist, soweit es nicht deformiert oder geistig behindert war.«

»Na, dann bin ich ja froh, daß er gewisse Standards einhält«, meinte ich spitz. »Warst du irgendwie verliebt in ihn?«

»Nein. Ich glaube, dazu haben wir uns zu gut gekannt. Ich war mit Brad im Tanzkurs, und er hat mir das Rauchen beigebracht, hinter der Turnhalle der North Fulton High-School. Wir mußten beide kotzen. Vielleicht ist das der Grund, daß er bei keiner von uns hängengeblieben ist. Er hat zuviel mit uns erlebt, um noch Respekt haben zu können.«

»Du bist wirklich eine wandelnde Enzyklopädie der Sitten

und Gebräuche von Atlanta«, bemerkte ich, während ich die Treppe hinaufstieg, um mich zu duschen.

»Betrachte mich als deinen Führer durch sämtliche Stufen der Hölle«, sagte Teddy.

Ich legte Matt das Porträt von Brad Hunt auf den Schreibtisch. Kurz vor zwölf Uhr mittags kam er herein, setzte sich auf die Kante meines Schreibtisches und sah mich durch seine Nikkelbrille an. Seine flachen, dunkelroten Lederslippers waren staubig und verdreckt, und der Tintenstift in der mit seinem Monogramm bestickten Tasche seines eleganten Hemdes war ausgelaufen und hatte eine unauslöschliche Blüte aus Tinte hinterlassen. Spuren davon fanden sich auch auf seinen Händen und dem Kinn.

»Das ist ein guter Artikel«, stellte er in kühlem Tonfall fest. »Normalerweise hätte ich noch einige Änderungsvorschläge, aber das lassen wir, weil der Termin zu knapp wird. Vielleicht übergebe ich Ihnen die YMOG-Artikel ganz. Glauben Sie, daß Sie das schaffen?«

»Ja, bestimmt! O Matt, danke...«

»Keine Ursache«, sagte er und verließ mein Büro so schnell, wie er gekommen war. Ich wartete ab, bis ich seine Schritte leiser werden und die Glocke des Aufzugs hörte, und dann sprang ich auf und rannte in Hanks Büro. Ich warf meine Arme um ihn und schwenkte ihn in einem stolpernden Tanz durchs Zimmer. Tom Gordon, der in Hanks Besuchersessel lag und seine langen Beine ausgestreckt hatte, summte ein Stück aus »The Rain in Spain«.

»Du hast im Lotto gewonnen«, sagte Hank.

»Mein YMOG hat Matt gefallen! Vielleicht läßt er mich in Zukunft diese Artikel allein machen!« jubelte ich.

»Also, dieser schlaue Mistkerl«, meinte Tom grinsend. »Laß dich bloß nicht auf die YMOGs festnageln, Smoky. Sonst darfst du nie mehr etwas anderes machen.«

»Ja, aber es ist ein Anfang, und ich mußte es annehmen«,

erklärte ich. »Von den YMOGs bis zu den wirklich guten Sachen ist es dann nicht mehr weit. Und es sind wenigstens eigene Artikel.«

Hank gab mir einen schnellen Kuß auf die Wange, umarmte mich kurz und setzte sich wieder.

»So ist es recht, Smoky«, sagte er. »Pack den YMOG am ... na, das hast du hoffentlich nicht getan. Wie hat dir Hunt gefallen?«

»Ich mag ihn«, sagte ich. »Am Silvesterabend gehe ich mit ihm aus. Wie findet ihr das?«

»Ah, ja«, bemerkte Tom.

»Wenn ich gewußt hätte, daß du dann schon wieder hier bist, hätte ich dich eingeladen«, antwortete Hank ärgerlich. »Du willst dich wohl mit den reichen Jungs aus Buckhead einlassen. Dann dauert es nicht lang, und du schaust auf dem Heimweg noch schnell bei Cloudt's rein und planst deinen Herbst danach, wann die Modemesse stattfindet.«

Hanks Gefühl für soziale Nuancen versetzte mich immer wieder in Erstaunen.

»Hört doch auf«, sagte Tom Gordon. »Ich habe einen Essensgutschein für dieses neue chinesische Lokal an der Luckie Street. Ich schmuggle euch hinein, und wir feiern Smokys ersten YMOG-Artikel.«

Arm in Arm mit den beiden tänzelte ich die kalte, zugige Straße hinunter. Wir schoben uns durch die Menge der mit Geschenken beladenen Menschen, und während ich an den weihnachtlich glänzenden Schaufenstern vorbeihüpfte, dachte ich, daß das Leben in Atlanta niemandem mehr schenken konnte als mir.

Savannah allerdings hatte nicht mehr viel zu bieten. Als ich am Heiligabend im Morgengrauen ankam, nachdem ich den ganzen Weg in meinem Sitz im Greyhound-Bus aufrecht gesessen und den dicken Rosenstrauß, den Brad mir ins Büro geschickt hatte, im Arm gehalten hatte, holte mich mein Vater mit dem Vista Cruiser ab, und wir gerieten augenblicklich in Streit, und die Feiertage ging es dann stetig bergab.

Mein Vater war noch leicht betrunken und ziemlich ärgerlich, weil er so früh aufstehen mußte, um mich abzuholen. Er sah zuallererst die Rosen in meinen Armen, und sein Gesicht wurde rot. Dann bemerkte er den neuen Haarschnitt, das rote Kostüm und das Stück weißer Oberschenkel, das unter dem Saum hervorsah.

»Du hast wohl Angst, daß die Nachbarn deinen Hintern noch nicht kennen, weil du extra heimkommen und ihn zeigen mußt«, bemerkte er mißmutig.

Ich spürte, wie ich zum ersten Mal, seit ich Corkie verlassen hatte, von tiefer Müdigkeit überwältigt wurde.

»Fröhliche Weihnachten, Pa«, sagte ich.

Er schnaubte und griff nach meiner Einkaufstasche von Rich's, in der sich elegant eingewickelte Päckchen befanden.

»Ich frage dich lieber nicht, woher du das Geld hast, so etwas zu kaufen«, sagte er.

Jetzt wurde ich wütend. Das war etwas anderes als sein Ärger über meinen Haarschnitt und den kurzen Rock, das war unfair.

»Ja, vielleicht fragst du besser nicht«, sagte ich. »Was ist los mit dir, Pa? Was habe ich denn getan?«

»Ich wüßte gerne, wieso du eine Sekunde, nachdem ich dir den Rücken zugedreht habe, aus dem Marienheim ausgezogen bist, das ist los«, sagte er. »Und du hast es uns nicht einmal erzählt. Wir mußten erst anrufen, um zu erfahren, daß du schon seit zwei Wochen nicht mehr dort wohnst. Wer ist dieser Teddy Fairchild, mit dem du da zusammenlebst? Ist es ein Mann oder eine Frau?«

»Es ist eine Frau«, sagte ich und verfluchte mich selbst, daß ich ihnen nicht sofort Bescheid gesagt hatte. Aber ich war so glücklich gewesen, und ich hatte genau gewußt, was sie sagen würden.

»Sie ist ein sehr nettes Mädchen; sie arbeitet für die Zeitschrift und ist eine gute Freundin von Matt... Mr. Comfort, und sie stammt aus einer der alteingesessenen Familien von Atlanta. Sie ist genau die Freundin, die ihr euch für mich gewünscht hättet. Ihre Eltern habe ich auch schon kennengelernt. Und ich bezahle nur wenig mehr als im Marienheim, und es ist ein hübsches, sicheres Apartmenthaus, in dem viele junge Leute leben...«

»Und sie ist eine ordentliche Katholikin wie die im Marienheim?« Mein Vater lächelte mich durchtrieben an. Plötzlich war ich des Ganzen so müde, ich hatte all den Ärger, die seltsamen Rituale, die Andeutungen, die Isolation und diesen ständig gegenwärtigen Katholizismus so satt, daß ich am liebsten schnurstracks zurück zur Busstation gegangen wäre. Dort hätte ich mich hingesetzt und einfach nur an die Wand gestarrt, bis der nächste Bus nach Atlanta ging.

»Nein. Was das angeht, so ist sie ein nicht besonders ordentliches Mitglied der Episkopalkirche, ganz und gar nicht wie im Marienheim, und darüber solltest du froh sein«, fuhr ich ihn an. »Bei einigen der Mädchen im Marienheim hätte es dir die Haare aufgestellt. Die erste, die ich dort kennenlernte, hat die Pille genommen.«

»Daß du mich ja nicht anlügst!« brüllte mein Vater.

»Ich lüge dich nicht an!« Ich weinte. »Hör auf, mich anzuschreien.«

»Du hast dich so verändert, daß ich dich gar nicht wiedererkenne«, stellte mein Vater bitter fest, und dieser Wortwechsel bestimmte die Atmosphäre für den restlichen und den folgenden Tag. Meine Mutter redete kaum mit mir, und meine Brüder starrten mich an, verschwanden dann zu Perkin's Pub und kamen erst am frühen Morgen des Weihnachtstages wieder nach Hause. Als erst Brad und dann Hank und Tom, die zusammen irgendwo waren, anriefen, um mir fröhliche Weihnachten zu wünschen, weinte meine Mutter heimlich in der Küche, bis es Zeit war, in die Messe zu gehen, und mein Vater, der zu diesem Zeitpunkt bereits sehr betrunken war, brüllte etwas Unverständliches über die Leute, mit denen ich mich dort oben herumtrieb, und sank dann auf der durchgesessenen Couch vor dem Fernseher in tiefen Schlaf. Ich ordnete meine Weihnachtsgeschenke von Rich's in einer Reihe auf dem Küchentisch an und zog mich in die winzige Kammer zurück, wo ich sechsundzwanzig Jahre lang die Nächte verbracht hatte. Dort saß ich in meinem roten Kostüm und hing verzweifelten Gedanken nach. Mein Vater hatte vermutlich recht. Ich hatte mich tatsächlich so sehr verändert, daß sie mich nicht wiedererkannten. Dazu war allerdings auch nicht viel nötig gewesen.

Als ich am Tag nach Weihnachten frühmorgens mein armseliges, bitteres Elternhaus verließ, war mir tief in meinem Inneren klar, daß ich nicht mehr zurückkehren würde. Ich war unwiderruflich aus Corkie fortgegangen.

Das Hausfest von Brads Eltern ähnelte dem, das Teddys Eltern veranstaltet hatten, wie ein Ei dem anderen. Der einzige Unterschied war, daß sich mehr Gäste früher betranken und daß mir Mrs. Hunt praktisch mit dem ersten Satz, den sie zu mir sagte, offen den Krieg erklärte. Sie stand in ihrem extravaganten, sorgfältig von einem Innenarchitekten gestalteten Wohnzimmer, trug ein eisblaues, sehr knapp geschnittenes Satinkleid, und ihr silberblondes Haar war um ihr schön geschnittenes Gesicht – Brads Gesicht – glatt nach hinten gesteckt. Als Brad mich vorstellte, betrachtete sie mich prüfend und mit kalten, ausdruckslosen Augen. Sie lächelte nicht, wie es Brads Vater tat. Sie starrte mich nur an. Widerwillig fühlte ich, wie mir die Röte ins Gesicht stieg.

»Ihr Haus ist wunderschön, Mrs. Hunt«, sagte ich. Diesmal

achtete ich nicht darauf, daß der Corkie-Dialekt in jedem Wort überdeutlich zu hören war.

»Ja, es ist ganz nett«, antwortete sie uninteressiert. Ihre Stimme klang eigentümlich tief und rauh, und ihr langsamer Südstaatenakzent war sehr markant. Vermutlich galt er unter ihresgleichen als höchster Ausdruck von Eleganz und Stil, aber in meinen Ohren, die den Tonfall von Corkie gewöhnt waren, klang er lediglich hart und unangenehm.

»Was für ein sagenhaftes Kleid, meine Liebe«, fügte sie hinzu und betrachtete mich von oben bis unten, bevor sich ihr Mund zu einem langsamen Lächeln verzog, das so unangenehm war wie ihre Stimme.

Unwillkürlich sah ich an mir hinab. Am Tag zuvor war Teddy mit mir bei JP Allen einkaufen gewesen und hatte mich zu diesem Kleid überredet. Es war ein knapp und gerade geschnittenes Futteralkleid mit Spaghettiträgern und einem kurzen Jäckchen, dessen Knöpfe mit Kieselsteinen besetzt waren. Ich war der Meinung gewesen, das Kleid sei sowohl zu kurz als auch zu eng und vor allem natürlich zu knapp geschnitten, aber Teddy erklärte, daß ich klein genug sei und genau die richtigen Kurven dafür hätte (petite, so nannte sie meine Figur). Außerdem wisse sie aus erster Hand, daß Brad es liebe, wenn Frauen Schwarz trugen. Und da der Preis heruntergesetzt war, hatte ich es gekauft. Als einzigen Schmuck trug ich Perlohrringe, die ich mir von Teddy geliehen hatte, und meine Schultern und der Brustansatz leuchteten weiß. Als ich am Abend das Haus verlassen hatte, war ich mir so elegant wie noch nie vorgekommen.

Marylou Hunt gelang es, mir mit einem Satz das Gefühl zu geben, daß ich besser an eine Straßenecke in Tight Squeeze gepaßt hätte.

»Bradley, Liebster«, sagte sie zu dem breitschultrigen, rotgesichtigen Mann, der neben ihr stand. »Das ist Brads neue kleine Freundin. Bridget, nicht wahr?«

»Nein«, korrigierte ich. »Mein Name ist noch viel besser. Smoky. Smoky O'Donnell. Ich komme aus Savannah. Dort gibt es viele Iren, wie Sie vielleicht wissen, oder vielleicht auch nicht. Man nennt unser Viertel Corkie, weil so viele von uns aus dem County Cork herübergekommen sind.«

»Ach ja«, sagte sie. »Die Docks. Ich weiß. Nun, Brad, mein Liebling, kommt doch herein und trinkt einen Eierpunsch mit uns. Ich bin sicher, jeder möchte deine ... Smoky ... kennenlernen.«

Ihre Stimme war noch immer tief und ausdruckslos, aber sie dröhnte dennoch durch den vollen Raum, und die Leute wandten sich zu Brad und mir um.

»Weißt du, Mutter, ich glaube, wir gehen lieber wieder«, sagte Brad mit einem Lächeln, das aus glitzerndem Eis geschnitten schien. Plötzlich fiel mir auf, daß er genau wie seine Mutter aussah, wenn kalte Wut in seinen Augen stand.

»Wir gehen zu T.J. hinüber«, fuhr er fort. »Hier ist es ein bißchen zu kalt und außerdem zu stickig. Seltsame Kombination, nicht wahr? Nicht sonderlich anziehend. Dad, wir sehen uns morgen. Vielleicht können wir zum Golfspielen gehen.«

Und bevor sein Vater etwas sagen konnte, hatte mich Brad bei den Schultern gefaßt, herumgedreht, und wir gingen durch den Hintereingang hinaus und verließen über die Veranda das große, weiße Backsteinhaus seiner Eltern. Hinter uns sagte Mrs. Hunt etwas in lockerem, amüsiertem Tonfall, aber ich hatte ihr Gesicht gesehen, als ihr Sohn zu ihr sprach. Es war in eisiger Wut erstarrt.

Ich sah zu Brad auf in der Erwartung, in seinem Gesicht einen ähnlichen Ausdruck zu entdecken, aber er lachte leise.

»Ein Punkt für mich«, sagte er. »So etwas vor ihren Freunden zu sagen, das verzeiht sie mir nicht. Es wird eine Woche dauern, ehe sie wieder mit mir spricht.«

»Ist das ein Spiel zwischen euch?« wollte ich wissen. »Denn

falls das so ist, halte ich nicht viel davon. Du mußtest doch wissen, daß sie so auf mich reagieren wird. Das war peinlich für mich, Brad.«

»Das tut mir leid«, sagte er und wirkte reumütig. »Irgendwie habe ich nicht damit gerechnet, daß es dich verlegen macht, weil sie auf eine so offene Weise biestig ist. Jeder der Anwesenden war auf deiner Seite. Aber ich werde nächstes Mal daran denken, bevor ich sie wieder in deine Nähe lasse. Ich werde sie sogar ganz von dir fernhalten. Ich wollte dich nicht verletzen, Smoky.«

Und er beugte sich zu mir und küßte mich sehr sanft auf den Scheitel.

»Du hast mich nicht verletzt«, sagte ich.

Brads Freund T. J. wohnte mit zwei anderen jungen Männern in einem gemieteten Nebengebäude hinter einem riesigen grauen Steinhaus im Tudorstil, das sich irgendwo in Buckhead befand. Ich wußte nur vage, wo genau in diesem nördlichen Straßengewirr ich mich befand. Als wir ankamen, war die Silvesterparty bereits in vollem Gang. Nach den zwei oder drei eisigen Minuten im Wohnzimmer von Brads Mutter wirkte der niedrige Raum mit der Balkendecke, dem lodernden Kaminfeuer und der glitzernden Weihnachtsdekoration unendlich warm und einladend, und ich ließ mich hinter Brad hineinfallen wie in eine heiße Badewanne nach einem unfreiwilligen Bad in einem winterlichen See.

Bis heute erinnere ich mich an dieses Fest als an die beste Party, auf der ich jemals war. Der Raum war voller junger Leute, die nicht viel älter waren als ich und bestimmt nicht älter als Brad und T. J., sein früherer Zimmergenosse von der Universität, die etwa Anfang Dreißig waren. Alle lachten, tranken, aßen vom Büffet und tanzten zu Musik von Frank Sinatra, den Beach Boys und Petula Clark. Die Männer trugen dunkle Anzüge, polierte Schuhe und kurzes, sorgfältig gekämmtes Haar und die Frauen hübsche, kurze Futteralkleider wie meines oder auch Samthosen und Hängeblusen und dazu glänzende, schwingende

Bobs und große Hängeohrringe. Jeder schien jeden zu kennen. Anfangs fühlte ich mich nicht ganz zugehörig, aber innerhalb einer halben Stunde war ich eingetaucht in die sorglose Einheitlichkeit, die hier herrschte, und ließ mich von der Party davontragen.

Es stellte sich heraus, daß nur wenige der Anwesenden sich vor diesem Abend gekannt hatten. Zum ersten Mal spürte ich die Subkultur, die sich in der Stadt zu entwickeln begann: die neuangekommenen, ehrgeizigen, attraktiven jungen Leute, die nicht aus der Stadt stammten. Außer Brad, T. J. und ein oder zwei anderen war niemand, den ich an diesem Abend kennenlernte, in Atlanta geboren. Sie kamen aus Klein- und Großstädten des gesamten Südens, und alle waren aufgeregt, weil sie jetzt in Atlanta lebten, und alle waren gekommen, weil »hier etwas abgeht. Hier ist das Leben«.

Jeder kannte Matt. Jeder kannte das *Downtown Magazine*. Jeder sagte ehrlich und voller Überzeugung: »Sie sind Redakteurin beim *Downtown?* Mann, Sie müssen aber gut sein.«

Und innerhalb einer Stunde fühlte ich mich auch so... gut. Als der Abend zu Ende war, nachdem wir alle etwas zuviel gegessen, getrunken und getanzt hatten, und einige von uns in einem der beiden winzigen Schlafräume des Häuschens verschwunden waren, also wohl auch etwas zu weit gegangen waren, fühlte ich mich wie die neugekrönte Königin der Stadt.

»Es war toll, es war so toll«, sang ich, als ich neben Brad kurz vor dem Morgengrauen durch die tiefe, samtschwarze, winterliche Dunkelheit zu seinem Auto ging. Ich war mehr als nur ein bißchen aufgedreht durch den ungewohnten Scotch. Meine Schuhe trug ich in der Hand, ohne den eisigen Tau an meinen nur mit Strumpfhosen bekleideten Füßen zu spüren, und ich drehte auf der kiesbedeckten Auffahrt, die zu dem Nebengebäude führte, eine Pirouette nach der anderen.

»Ich fand es auch toll«, sagte er und nahm mich in die Arme.

Und dann standen wir in der Auffahrt zu T. J.s Häuschen und küßten uns, heftige, langsame, unkontrollierte Küsse, bei denen mir die Knie weich wurden und die Beine wegsackten. Als er den Kopf hob und mich von oben her ansah, machte ich ein tiefes, kehliges Geräusch und zog seinen Kopf wieder zu meinem herunter. Wir küßten uns noch weiter, und dann löste er sich plötzlich von mir, schüttelte den Kopf und sagte: »Entweder hören wir jetzt augenblicklich auf damit, oder wir fahren irgendwohin und bringen es zu Ende. Du hast die Wahl.«

Ich blickte ihn verwirrt an. Bisher hatte ich lediglich seinen Mund auf meinem gespürt, seine Arme und Hände auf meinem Körper, aber jetzt dachte ich weiter, und mir wurde klar, daß ich wirklich nicht wußte, was ich wollte. Jeder Quadratzentimeter meines Körpers sehnte sich danach, wieder von seinem Körper berührt zu werden, aber mein Hirn überdachte die Situation. Es blickte von oben auf uns beide herab und konnte nicht weiter sehen als bis zu diesem Moment.

Er schüttelte noch einmal heftig den Kopf und sagte: »Es ist nicht fair, von dir eine Entscheidung zu verlangen. Es ist zu früh, und wir haben zuviel getrunken. Ich werde dich nie bedrängen, Smoky. Aber ich will dir nur sagen, daß ich heute nacht gerne sehr viel weiter gegangen wäre. Und das wird sich nicht ändern. Also mach dich darauf gefaßt, daß ich dich in Zukunft immer wieder fragen werde.«

»Ja... na gut«, sagte ich mit heiserer Stimme.

»Nur daß du Bescheid weißt. Gut. Willst du frühstücken gehen?«

»Na klar.« Ich wollte die Nacht, die intensiven Gefühle und seine Nähe noch nicht verlieren.

Wir fuhren die Peachtree Street entlang Richtung Innenstadt auf der Suche nach einem offenen Lokal und landeten schließlich ausgerechnet vor dem International House of Pancakes, wo ich an meinem ersten Tag im Marienheim mit Rachel Vaughn gewesen war. Drinnen befand sich dieselbe Mischung aus Hippies und Freaks mit ungekämmten Haaren, und dazu noch ein paar offensichtlich betrunkene Obdachlose und ein oder zwei gutgekleidete Paare wie Brad und ich, die einen Kaffee trinken wollten. In dem weißen, fluoreszierenden Licht sah jeder zerknittert, verbraucht, ausgebleicht und abgehärmt aus. Ich erhaschte einen Blick auf mein Spiegelbild in der dunklen Fensterwand und zuckte zusammen. Mein Haar war ein wildes Durcheinander, und mein Mund war wund, geschwollen und eingerahmt von verschmiertem Lippenstift und roten Flecken, die Brads Bartstoppeln hervorgerufen hatten. Irgendwie war es Brad gelungen, abgesehen von einigen Schmierflecken meines Make-up am Kragen, auszusehen, als ginge er zum Frühstück in das beste Restaurant der Stadt.

»Ich muß mich frischmachen«, sagte ich. »Bestellst du mir bitte Kartoffelpuffer mit Sauerrahm und einen Kaffee? Habe ich dir schon erzählt, daß ich an meinem ersten Tag in der Stadt mit einem Mädchen aus dem Marienheim hier war und daß sie mit ein paar Jungs einfach abgezogen ist und mich zurückgelassen hat?«

»Nein. Das muß ja schlimm gewesen sein für dich, allein und verlassen im IHOP zurückzubleiben.« Brad lächelte.

»Viel schlimmer als das war die Entdeckung, daß sie Verhütungspillen in ihrer Handtasche hatte. Das sah ich in der Damentoilette, bevor sie wütend auf mich wurde und ging«, sagte ich.

Er sah mich interessiert an und wartete offenbar, daß ich weitersprach und die erstaunliche Sache erzählte, die für mich so schlimm gewesen war. Ich machte eine kleine, hilflose Geste mit den Händen.

»Ich bin nur ... in Corkie, da nimmt sie niemand«, sagte ich. »Bis dahin hatte ich nie von jemandem gehört, der sie nahm. Der Papst ... ich hatte noch nie welche gesehen.«

Ich ließ die Hände sinken.

»Vermutlich gibt es viele Mädchen in Atlanta, die die Pille nehmen«, erwiderte er in mildem Ton. »Es ist nicht so, daß sie deswegen viel ... herumschlafen, aber nur für den Fall der Fälle, weißt du. Es ist besser, selbst vorsichtig zu sein, als sich auf irgendeinen dummen Kerl zu verlassen.«

So hatte ich das noch nie betrachtet.

»Da hast du vermutlich recht«, sagte ich, stand auf und ging zur Damentoilette. Sie war genauso düster und schäbig, wie ich sie in Erinnerung hatte, und einen Augenblick lang spürte ich Rachels starke Gegenwart so überwältigend lebhaft, daß ich herumfuhr. Doch da war niemand außer mir und meinem bleichen Gegenüber in dem fleckigen Spiegel. Ich fragte mich, wo Rachel sich wohl jetzt befand, was sie am ersten Morgen des neuen Jahres tat. Bis zu dem Tag, an dem ich auszog, hatte sie niemand im Marienheim wiedergesehen.

Als ich mich frisch gekämmt und mit neuem Puder und Lippenstift im Gesicht wieder in unsere Nische setzte, stand das Essen bereits dampfend auf dem Tisch, und Brad goß sich gerade Sahne in den Kaffee. Er lächelte mich an, hob seine Tasse und ich hob meine ebenfalls.

»Ein glückliches neues Jahr, Smoky O'Donnell«, sagte er. »Ich hoffe, daß alles so wird, wie du es dir erträumst, und noch viel besser.«

Und so wurde es auch beinahe. Zumindest in den ersten Wochen des Jahres 1967 hätte ich in keiner anderen Zeit, an keinem anderen Ort und auf keine andere Weise leben mögen. Das *Downtown Magazine* wurde für mich zu einer vollständig abgeschlossenen Biosphäre, es gab mir alles, was ich zum Überleben und Blühen benötigte. In dieser Zeit gab es für mich eigentlich keine wirkliche Realität außerhalb des *Downtown*. Es schenkte mir Zuflucht, Wärme, Lachen, Kameradschaft, intensivere Freundschaften, als ich mir je erträumt hatte, Heiterkeit, das großartige Gefühl, mich unbeschwert in einer Umgebung zu bewegen, für die ich geboren schien, und das berauschende Bewußtsein, etwas Besonderes zu sein, was natürlich das ist, wonach junge Leute am eifrigsten streben. Das war ja der Grund, weshalb wir in jenen Jahren in hellen Scharen nach Atlanta kamen; Atlanta war eine Stadt, in der man etwas Besonderes werden konnte. Sie war neu und jung genug, um auch die kleinsten Geschenke, die ihr dargebracht wurden, zu feiern, und groß genug, um sie auch wirklich zu brauchen.

Vor einem großen Wohnblock, an dem Teddy und ich auf dem Weg in die Innenstadt und wieder zurück täglich vorüberkamen, befand sich eine elektronische Anzeigetafel, die Tag und Nacht blinkte und die präzise Zahl der Menschen, die im Stadtgebiet von Atlanta lebten, angab. Als wir irgendwann Anfang 1967 daran vorüberfuhren, sprang die Zahl gerade über eine Million, und ich begann, ganz plötzlich und ohne Vorwarnung, zu weinen. Eine Million. Eine Million Menschen, exzentrische, besondere und lebhafte Menschen, wohnten in dieser Stadt, die nun auch meine Stadt war. Und sie war wirklich eine Stadt, wie diese Zahlen bewiesen. Schaut her, New York, Chicago und Los Angeles. Schaut her, Birmingham, Charlotte und Jacksonville. Schau her, Corkie.

Nach diesem Tag wurde die Anzeigetafel vor den Darlington Apartments für mich so etwas, wie es das grüne Licht am Ende von Daisys Anlegestelle für Gatsby war: Talisman, Totem und eine Art Allheilmittel. Wenn ich heute, wo immer ich gerade auch bin, an die Stadt denke, dann fallen mir als erstes zwei Dinge ein: die Anzeigetafel und die Tänzerin im Glaskäfig über der Peachtree Street. Als Erinnerung besitzen diese Bilder, glaube ich, einen einzigartigen Zauber.

Außerdem gab es Brad. Zu diesem Zeitpunkt hatten wir bereits eine richtige Beziehung, die für mich, und ich glaube auch für ihn, fast bindend war, auch wenn ich sie aus irgendeinem

Grund nicht als Liebesaffäre betrachten wollte. Aber es war nicht nur eine bloße Folge von Verabredungen, das war mir auch klar. Wir sahen einander vielleicht zwei- oder dreimal in der Woche, und regelmäßig einmal am Wochenende, um etwas Festes, Geplantes und Organisiertes zu unternehmen, wie etwa ein Abendessen und den Besuch eines Theaters danach oder einen Kinobesuch mit Freunden von ihm und dann ein spätes Essen. Sonst kam er gelegentlich mit Matt und den anderen Mitarbeitern mit auf einen Drink nach der Arbeit ins Top of Peachtree und ein- oder zweimal in den Klub der Handelskammer, oder er ging mit uns zum Mittagessen, wenn er zufällig in der Innenstadt war. Er war oft hier. Sein Büro befand sich zwar im Hauptsitz der Firma draußen im Industriegelände nahe der Technischen Hochschule, aber er kam mehrmals in der Woche in die Stadt, um Kunden oder potentielle Kunden zum Essen auszuführen oder zu Besprechungen zu treffen. Brad vertrat die Firma nach außen, er war derjenige, der seinem Vater für Auftritte in der Öffentlichkeit am besten geeignet schien. Als ich ihn kennenlernte, gehörte er einem Dutzend Vorstände, Komitees und Organisationen an, und falls ihm das nicht gefiel, so sagte er es zumindest nicht. Er war ganz und gar ein Mann seiner Zeit und fühlte sich in Atlanta so wohl wie ein Frosch im Tümpel. Niemand bezweifelte, daß er eines Tages einer der führenden Geschäftsleute werden würde. Matt neckte ihn und mich damit, daß er ein geborener YMOG sei.

Wir besuchten das Haus seiner Eltern nicht noch einmal. Wir sprachen das Thema nicht einmal mehr an. Da er im Gästehaus hinter dem Swimmingpool der Familie lebte, gingen wir auch nie dorthin, sondern verbrachten die Zeit, die wir miteinander allein waren, in Teddys und meiner Wohnung im Colonial Homes. Aus diesem Grund und auch wegen meiner Arbeitszeit entwickelte sich unsere körperliche Beziehung nicht über den Anfangspunkt hinaus. Sie wurde vielleicht intensiver, aber im

Grunde befanden wir uns noch immer auf der Stufe der langen Gute-Nacht-Küsse. Ich weiß nicht, ob das Brad etwas ausmachte, aber mich störte es nie. Wenn ich an Brad Hunt dachte, konnte ich mein Gefühl für ihn oft nicht von dem amorphen Nebel freudiger Erregung, der in meinem Inneren das *Downtown Magazine* umgab, unterscheiden. In dieser ersten Zeit waren Brad und die Zeitschrift zwei Seiten einer Medaille.

Der einzige kühle Wind in meinem Paradies war Matts Weigerung, mich einen weiteren Artikel für die Zeitschrift schreiben zu lassen. Mein YMOG-Artikel über Brad erschien erst im März, und in dem grauen Zeitraum zwischen den Weihnachtsferien und diesem Termin hielt er mich mit Bildunterschriften, Zwischenüberschriften und den nicht endenwollenden Listen für den Veranstaltungskalender mehr als beschäftigt. Er nannte mir keinen anderen Grund als den, daß er mich dafür am meisten benötigte.

»Aber das könnte jeder machen«, protestierte ich. »Man muß bloß stundenlang am Telefon sitzen und tippen. Sister könnte es tun. Alicia könnte es tun.«

»Sister ist keine Redakteurin und Alicia auch nicht«, sagte er, ohne von den Abzügen, die er gerade las, aufzublicken. »Die Leute, die ihre Veranstaltungen bei uns ankündigen, sind wichtig und mögliche Anzeigenkunden. Sie möchten nicht von einer Sekretärin angerufen werden. Fallen Sie mir damit nicht auf den Wecker, Smoky. Gehen Sie erst einmal durch die Mühle, und dann reden wir weiter.«

»Wie lange wird das noch dauern?« Ich konnte es nicht auf sich beruhen lassen.

»Das kommt darauf an, wie schnell Sie gehen«, sagte er.

Und so vergingen die Tage, und ich verbrachte sie am Telefon und an der Schreibmaschine. Und obwohl es mir an wirklichen Herausforderungen fehlte, spürte ich eine wachsende Liebe zu den Leuten beim *Downtown,* die jetzt meine Familie waren.

Ich erinnere mich an einen Abend, als Matt uns nach der Arbeit mitnahm, um im Klub der Handelskammer noch etwas zu trinken. Er machte das vielleicht einmal im Monat, wenn wir gerade eine weitere Nummer fertiggestellt hatten und er wie immer sehr zufrieden mit uns war. Vermutlich hätte er es öfter tun können, denn die Handelskammer, die seine Rechnung zahlte, ließ ihm freie Hand. Es war eines seiner Vorrechte, um ihn mit seinem dürftigen Gehalt zu versöhnen. Aber er tat es nur zu besonderen Gelegenheiten, weil er, wie er einmal sagte, keinen Sinn darin sah, Culver Carnes Waffen in die Hand zu geben. Außerdem waren die Getränke und der Ausblick im Top of Peachtree besser.

Aber an diesem Abend war er mit uns zufrieden, besonders nachdem es so aussah, als würde die Februarnummer tatsächlich nur fünf oder sechs Tage nach dem Fälligkeitsdatum erscheinen. Wir verfehlten diesen Termin damals oft um mehrere Wochen, und in einem legendären Monat, noch vor meiner Zeit, hatten wir uns sogar um dreiundzwanzig Tage verspätet. Man erzählt sich, daß Matt, als Culver Carnes brüllend in Matts Büro stürmte und mit einer Massenentlassung drohte, in seiner Anwesenheit ans Telefon ging und einem völlig überwältigten Menschen eine vierfarbige Anzeigenkampagne für zwölf Monate auf der Titelinnenseite verkaufte. Aus diesem Vorfall, ob so geschehen oder nicht, leitete sich eine beliebte, stehende Redewendung in der Redaktion ab: »Auf der Linie gerettet!«

Auf jeden Fall saßen wir dort, im vorderen Raum dieses mit Mahagoni und Orientteppichen ausgekleideten und nach Leder und Zitronenöl duftenden Heiligtums, weil Frauen das innerste Sanktum nur an den Donnerstagabenden betreten durften, tranken Old Fashioneds und sonnten uns in Matts albernen Witzen und unserer eigenen Großartigkeit. Männer, die ich von der Zeitung und dem lokalen Fernsehsender kannte, kamen herein und sprachen mit Matt, Tom oder Hank – Charlie ging damals schon nicht mehr oft mit – und nickten mir, Teddy und besonders Alicia höflich zu. Wir hatten alle gerade unseren zweiten Drink serviert bekommen und Matt seinen dritten. Matt hatte seine Uhr abgenommen und sie zusammen mit dem Kleingeld aus seinen Taschen auf den Tisch gelegt, und während er redete, spielte er damit. In seiner vollen Stimme tönten Humor und Überschwenglichkeit, und wie Meereswogen strahlte er eine Art elektrischer Spannung aus.

»Ich werde jetzt nacheinander jeden am Tisch fragen, was das Peinlichste ist, an das ihr euch erinnern könnt«, sagte er. »Derjenige, der die größte Dummheit gemacht hat, darf mal bei Alicia ran.«

Alicia warf ihr glattes, honigfarbenes Haar zurück, sah ihn an und schnitt eine Grimasse.

»Sie fangen an, Gordon«, sagte er zu Tom, und Tom dachte nach: »Das war entweder damals, als ich ein Stück von meinem Geburtstagskuchen in der Hand hielt und mich vorbeugte, um aus dem Wasserhahn im Garten zu trinken, und ein kleines Huhn kam und sich den Kuchen schnappte«, begann Tom Gordon, »oder damals, als ich draußen am Land mit einem Mädchen vor ihrem Haus schmuste, und ihr Vater mit einem Gewehr in der Hand herausgerannt kam. So schnell ich konnte, schaltete ich in den Rückwärtsgang, und dabei riß ich den Ganghebel ab. Und so mußte ich vierzehn Meilen weit rückwärts nach Hause fahren, mit dem Kopf aus dem Fenster. Ich konnte meinen Hals drei Tage lang nicht mehr bewegen.«

Wir brachen in Gelächter aus. Man konnte sich kaum vorstellen, daß der höfliche, elegante Tom, mit seinem dunklen Adlergesicht und seinen abgetragenen, aber hervorragend geschnittenen Anzügen, von Hühnern beraubt wurde und slapstickreife Lachnummern produzierte. Aber ich wußte, daß seine Familie an der Armutsgrenze lebte und daß ihn die Gläubiger und Rechtsanwälte seiner Exfrau auf ewige Zeiten jagen würden.

Wäre er nicht so oft auf Kosten der Zeitschrift zum Mittagessen gegangen, dann hätte er sich nicht einmal regelmäßige Mahlzeiten leisten können. Ich dachte an seine Freundlichkeit und seinen Humor und spürte, wie mich ein Pfeil der Liebe zu ihm durchzuckte.

»Teddy«, forderte Matt auf.

»Als mir einmal mitten in einem Jubelchor vor dem gesamten Stadion die Strumpfhose heruntergerutscht ist«, sagte Teddy, die an der renommierten Westminster School Cheerleader gewesen war.

»Das ist die Teddy-typischste Geschichte, die ich je gehört habe«, stellte Matt fest, und Teddy wurde rot und lachte.

»Hank?«

»Als ich vor meiner gesamten siebten Klasse erklärte, im Heizungsraum der Schule würden wissenschaftliche Experimente durchgeführt, weil ich von einigen Jungs gehört hatte, Isobel Carsuncki verkaufe dort unten ihren Körper«, erzählte Hank Cantwell, und ich streckte die Arme aus und umarmte ihn. Im Herzen war Hank noch immer der unschuldige Junge, der sich so etwas vorstellen konnte, und in diesem vom Bourbon erwärmten Augenblick liebte ich auch ihn. Ich liebte sie alle, uns alle.

»Sister?«

»Ach, Mr. Comfort, das war schrecklich! Als ich einmal bei den Wahlen zur Miss Junior von Lowndes County mitgemacht habe, hatte ich vorne diese Einlagen, Sie wissen schon. Mama hatte gesagt, ich bräuchte sie, damit würde mein Kostüm besser passen, und meine Haltung und alles wäre besser, und da stand ich da und wirbelte mit dem Stöckchen vor den Preisrichtern, und die Einlagen sprangen heraus, fielen auf die Bühne und hüpften herum, und eine landete bei einem Richter im Schoß.«

Es dauerte einen langen Augenblick, bevor jemand von uns wieder sprechen konnte, so sehr jaulten wir vor schadenfrohem Gelächter.

»Und hast du gewonnen?« wollte ich wissen und fuhr Sister durchs Haar, das sich aus dem Band, das sie stets trug, gelöst hatte. Sie war nicht viel jünger als ich, aber aus irgendeinem Grund fuhren ihr die Leute oft durch das helle Haar.

»Ja, schon, aber es war noch immer schrecklich peinlich«, sagte sie.

»Alicia.« Matt sah zu Alicia hinüber, die sich gerade den Saft von Maraschinokirschen von den Fingern leckte. Sie bat immer um die Kirschen aus unseren Cocktails. Träge erwiderte sie seinen Blick, und die Luft zwischen ihnen schien zu kochen. Wie, zum Teufel, ist es möglich, daß nicht jeder sofort sieht, was sie einander bedeuten? überlegte ich.

»Ich kann mich nicht erinnern, daß mir jemals etwas besonders peinlich war«, murmelte sie, und wir lachten wieder, und die Männer machten anzügliche Bemerkungen und pfiffen. In diesem Augenblick wirkte sie ganz und gar weiblich, auf so exotische Weise schön, so sehr aus einem Stück, wie ich nur jemals eine Frau gesehen habe, ob auf der Filmleinwand oder im wirklichen Leben. Wie war es nur möglich, daß das schäbige, staubige Städtchen in den Bergen, aus dem sie stammte, ein solches Wesen hervorbringen konnte? Was für ein Leben mußte sie geführt haben, um so zu werden? Es war, als wäre sie soeben erst aus dem Nichts heraus entstanden.

»Und was ist mit dir, Matt?« fragte Hank, und Matt grinste. »Das war erst vor zwei oder drei Jahren, beim Nationalen Kongreß der Handelskammern in New York«, sagte er. »Ich saß in dieser Art Gartenrestaurant vor dem Museum of Modern Art und wartete auf Culver, und dabei trank ich eine Cola und aß Kartoffelchips. Und mir gegenüber sitzt so ein Schwarzer, so ein ganz würdevoller Knabe im dreiteiligen Anzug, er sah aus wie aus einer UN-Delegation oder wie der Diktator eines Entwicklungslandes. Und er ißt ebenfalls Kartoffelchips und trinkt eine Cola. Also nicken wir uns zu, und ich lese weiter in meiner

Zeitung, und er zieht seine heraus, und dann will ich mir einen Kartoffelchip aus meiner Tüte nehmen, und er hat seine Hand drin. Ich starre ihn an, und er ißt den Chip, und ich nehme auch einen und lese weiter. Und wie ich wieder meine Hand in die Tüte stecke, hat er seine auch drin. Ich dachte mir, also so etwas, auch wenn ich Dr. King mehr liebe als meinen eigenen Papa, aber du wirst mir nicht die Chips wegfuttern, mein Junge, also schaue ich ihn an und sage: ›Entschuldigen Sie‹ und ziehe die Chipstüte zu mir herüber. Er schaut mich auch einen Moment lang an, und dann steht er auf und geht. Er hat kein Wort gesagt. Und als ich aufstand, sah ich meine volle Kartoffelchipstüte unter meinem Stuhl liegen.«

Als wir zu lachen aufhörten, sah er mich an.

»Smoky«, sagte er.

»Jedesmal, wenn eine Nummer herauskommt und kein Artikel von mir drin ist«, sagte ich.

Ich dachte schon, jetzt hätte ich es zu weit getrieben, denn er hörte auf, mit seinem Kleingeld und der Uhr herumzuspielen und zu klimpern, und starrte mich an, mit dem kalten, grünen Blick, den ich fürchten gelernt hatte. Aber dann lächelte er. Es war ein seltsames Lächeln.

»Na, das können wir ja nicht zulassen, nicht wahr?« sagte er. Der Augenblick ging vorüber, und der Abend lief weiter. Dann verließen wir den Klub der Handelskammer, und alle gingen nach Hause oder wo immer sie an diesem Abend auch hingingen.

»Dieses Lächeln hat mir gar nicht gefallen«, sagte Teddy, während wir darauf warteten, daß ihr Auto aus dem mehrstökkigen Parkhaus heruntergefahren wurde.

»Na ja, wenigstens war es ein Lächeln«, sagte ich. Aber mir hatte es auch nicht gefallen.

Am folgenden Nachmittag, gerade als ich vom Mittagessen bei Emile's mit Hank und Teddy zurückkam, rief Matt mich in sein Büro. Als ich eintrat, konnte ich ihn erst gar nicht entdekken. Es herrschte ein so unglaubliches Durcheinander, daß man nicht wußte, wo man hinsehen sollte, was allerdings der übliche Zustand dieses Zimmers war, wenn eine Nummer abgeschlossen wurde und die nächste bereits angefangen war. Matt war stolz auf sein Büro und geradezu pingelig, was er in bezug auf seine Kleidung niemals war, aber wenn es auf den Endtermin zuging, vergaß er alle Ordnung und erlaubte es, daß jeder seine Sachen und Unterlagen dort liegenließ, bis das Stadium, in dem es sich jetzt befand, erreicht war. Ein anschauliches Beispiel für das Prinzip der Entropie, nannte Hank das. Ich wußte, daß Matt in ein oder zwei Tagen mit der Taxihupe tuten und uns anbrüllen würde, wir sollten unseren verfluchten Müll aus seinem Büro räumen. Dann verwandelte der Raum sich wieder in das Musterzimmer einer Zeitschrift für Innenarchitektur. Aber im Augenblick ähnelte es eher der Hütte eines verrückten Müllmannes kurz nach einer Explosion.

»Kommen Sie herein, meine Liebe«, sagte er, und ich folgte seiner Stimme und fand ihn neben Tom Gordon auf dem Boden sitzend, wo sie gerade dort ausgebreitete Fotos betrachteten. Ich suchte mir einen Weg zwischen Stapeln von Andrucken, Reihen von Setzschiffen, verschiedenen Mänteln und Parkas und einer alten Decke hindurch, die jemand auf dem Boden liegengelassen hatte, und stellte mich neben ihn und Tom, um die Fotos ebenfalls anzusehen.

»Oh, sind die schön«, sagte ich. »Machen Sie etwas damit?«

Sie waren wirklich schön. Es waren Farbaufnahmen altertümlicher Flugzeuge von allen Seiten, in Nahaufnahmen und in der Luft, erstarrt in graziöser Flugakrobatik. Sie zeigten zerbrechlich wirkende, offene Doppeldecker und Flugzeuge mit einfachen Tragflächen, deren zartes Knochengerüst sich durch den Stoff ihrer Körper und Flügel abzeichnete und deren Flügel selbst so dünn und zart wie die einer Libelle waren. Auf einigen

Bildern machten Männer in Lederhelmen und Schals eine optimistische Geste mit Daumen und Zeigefinger und zeigten dem Wind die Zähne; auf anderen saßen sie in den Flugzeugen und waren mitten in einer wild verwischten Bewegung im Raum eingefangen. Aus dem Licht schloß ich, daß die Fotos kurz nach Morgengrauen aufgenommen worden waren.

»Wir dachten, wir sollten sie verwenden«, sagte Matt. »Hier gibt es eine große Unterabteilung der Amerikanischen Gesellschaft für antike Flugzeuge. Im ganzen Land bauen und fliegen diese Jungs solche Dinger. Im April findet eine große Flugschau statt. Ich würde gerne eine Fotoreportage dazu machen.«

»O ja«, sagte ich. »Das wäre toll. Wer hat die Fotos gemacht?«

Matt grinste und schnippte mit einem Finger zu einem der Haufen von Mänteln hinüber, über die ich gerade gestiegen war. Daraus tauchte ein Kopf auf. Er stand voller feuerroter, drahtiger Locken, die um ein sommersprossiges Gesicht herum in einen wilden, kupferfarbenen Bart übergingen. Der Bart teilte sich, und ein fröhliches, animalisches Grinsen wurde sichtbar, und parallel dazu verzogen sich die schmalen, blauen Augen. Über dem langen, roten Schnurrbart saß eine kindliche Himmelfahrtsnase. Der ganze Mann sah aus wie ein nettes Springteufelchen, das mir aufgelauert hatte. Ich stieß einen leisen Schrei aus und trat einen Schritt zurück, aber das Springteufelchen hatte bereits eine Kamera gezückt, geradewegs unter meinen Minirock gehalten und abgedrückt.

»Darf ich Ihnen Lucas Geary vorstellen«, sagte Matt, und Lucas Geary schälte sich aus dem Mantelhaufen und stand Stück für Stück auf. Er war sehr groß und wirkte wie von Kupferdraht zusammengehalten. Die Hand, in der er keine Kamera hielt, streckte er mir entgegen.

»Ich freue mich, Ihre Bekanntschaft zu machen, wer immer Sie auch sein mögen«, sagte er. In seiner Stimme klang die weiche Melodie, die man in Corkie an jeder Straßenecke und in jedem Pub hören konnte. O mein Gott, dachte ich. Noch ein Ire.

»Ich bin Smoky O'Donnell«, sagte ich, »und wenn Sie es für lustig halten, Ihre Kamera unter meinen Rock zu halten, dann sollten Sie lieber noch einmal darüber nachdenken.«

Und ich streckte die Hand aus, nahm ihm die Kamera weg, holte den Film heraus und ließ ihn in einer langen, lockigen Spirale über den Boden flattern. Die Kamera war zwar abgegriffen und staubig, aber teuer; es handelte sich um eine neue Leica. Ein hervorragendes Gerät, inzwischen weiß ich das.

Matt, Tom und Lucas Geary sahen mich alle drei einen Augenblick an und begannen dann zu lachen.

»Sie gefällt mir«, sagte Lucas Geary zu Matt und ließ sich wieder in sein Nest aus Mänteln sinken. »Ich nehme sie.«

»Sie können sie haben«, antwortete Matt.

»Von wegen«, erklärte ich. Das war es, was ich an ihnen am meisten haßte, an sämtlichen Männern beim *Downtown Magazine*. Wenn sie zusammensaßen, konnten sie Frauen, selbst wenn ihnen diese an Rang und Fähigkeiten beinahe gleichkamen, behandeln wie Hühnchen, wie Matts Ausdruck lautete. War man mit ihnen allein, dann taten sie das fast nie. Ich war jetzt schon wütend auf diesen schlaksigen, rothaarigen Iren. Mit Sicherheit würde ich mich nicht wie eine Tüte Bonbons herumreichen lassen. Ich hatte gesehen, wie Matt das mit Sister oder Teddy und ein- oder zweimal sogar mit Alicia gemacht hatte: Ein Journalist war auf Besuch oder ein halbwegs berühmter Mann kam ins Büro, und Matt rief eine der Frauen und verkündete dem Besucher, sie werde mit ihm zum Essen gehen und ihm die Stadt zeigen, auf Kosten der Zeitschrift natürlich, und die Frau lächelte mit zusammengebissenen Zähnen und tat es. Bis jetzt hatte er das noch nie mit mir gemacht, und ich würde es mir auch jetzt nicht bieten lassen.

»Sehr schade«, meinte Matt und wandte sich wieder den

Fotografien zu. Ich sah, daß neben ihnen ein Seitenlayout von Tom lag, eine Doppelseite mit großen Fotos und Bildunterschriften. Der Titel lautete: »Auf der Jagd nach der Sonne«.

»Matt will diesen Entwurf mit neuen Fotos machen«, erklärte Tom Gordon. »Wir dachten, du würdest vielleicht gerne den Text dazu schreiben. Luke hat das letzte Wort, und er hat gerade zugestimmt. Ich hoffe, du überlegst es dir noch einmal. Ich fände es auch schön, wenn du es machst.«

»Sie haben mich schon«, sagte ich, und mein Herz jubelte laut in meiner Brust. Mit gekreuzten Beinen ließ ich mich neben sie auf den Boden fallen. »Das würde ich sogar mit Josef Mengele machen. Dieser Clown hier ist noch ein Pluspunkt.«

Luke verzog das Gesicht zu einem bestimmten Lächeln, das wir bald alle sein »Leck-mich-am-Arsch«-Lächeln nennen sollten, rollte sich auf den Bauch und richtete die Leica auf mein Gesicht. Während ich mich über die Fotos beugte, schoß er ein Bild nach dem anderen. Ich betrachtete die Fotos und hörte Matt und Tom zu, die über die Fotoreportage sprachen. Wir unterhielten uns vielleicht eine halbe Stunde, und während all dieser Zeit sagte Lucas Geary kein Wort. Auch ich redete nicht mit ihm. Ich sah ihn noch nicht einmal an. Aber ich war mir mit jedem Zentimeter meiner Hautoberfläche seiner Anwesenheit bewußt. Er verfolgte mich mit seinem dritten Auge, der Kamera, trat zurück und kam dann wieder so nahe, daß ich den kalten Kuß der Leica beinahe auf der Wange oder im Nacken spüren konnte. Die Kamera schien an ihm festgewachsen; es war, als glitte er mit seinen Händen über mein Gesicht, ohne es zu berühren. Ich fühlte, wie meine Brust und der Hals heiß und rot anliefen.

Schließlich stand Matt auf, und Tom und ich erhoben uns ebenfalls. Lucas Geary lag noch immer auf dem Rücken und war mit seiner Kamera beschäftigt. Ich sah ihn nicht an.

»Danke, Matt«, sagte ich. »Sie werden es nicht bedauern, daß Sie mir den Artikel gegeben haben.«

»Bedanken Sie sich bei Luke«, sagte er. »Und es kann sein, daß Sie es bedauern.«

»Nein. Nicht in einer Million Jahre. Genau so einen Artikel wollte ich immer schon schreiben.«

Er lachte. »Sie wissen nicht, wovon Sie reden. Hier sind die Bedingungen, Smoky. Sie schreiben die Geschichte unter Ihrem Namen, nachdem Sie mit diesen Jungs geflogen sind. Und ich rede von Flugakrobatik. Immelmann-Kehren und Faßrollen oder wie immer man die Dinger nennt. Rauf in die Luft, Überschlag, wieder rauf in die Luft und dann auf dem Kopf. Im offenen Cockpit. Ohne Fallschirm. Ich habe jemanden, der Sie morgen bei Sonnenaufgang in einer Stearman mit hinaufnimmt, wenn das Wetter hält. Tom trifft sich hier mit Ihnen und bringt Sie raus zum Flugplatz; der Start ist am Stone Mountain. Luke wird auch dort sein. Nehmen Sie sich noch etwas zum Anziehen mit. Luke hat mir erzählt, daß er dreimal kotzen mußte, als er mitgeflogen ist.«

Alle drei lächelten mich an.

»Ich habe in meinem ganzen Leben noch nicht gekotzt«, sagte ich und verließ Matts chaotisches Büro. Dann begann ich zu zittern, aber ich glaube nicht, daß sie es sehen konnten.

Ich habe Höhenangst. Das hatte ich schon immer. Ich weiß nicht, woher diese demütigende, schwächende Panik stammt, denn in Corkie gibt es kein Gebäude, das mehr als zwei Stockwerke hat. Ehe ich nach Atlanta kam, hatte ich noch nie ein mehr als vierstöckiges Gebäude betreten. Ich wußte, daß ich diese Angst habe, aber bis zu dem Augenblick, als ich in John Portmans futuristischem Regency Hotel im gerade entstehenden Peachtree Center in den Glaskasten eines Außenaufzugs stieg, wußte ich nicht, welche Ausmaße sie annehmen konnte. Während der Fahrt brach mir der kalte Schweiß aus, und ich kniff die Augen fest zu und klammerte mich an Hank Cantwell, damit meine Beine nicht unter mir zusammensackten und ich heulend wie ein Tier auf dem Boden des Aufzugs lag. Ich fuhr nie wieder mit diesem Aufzug. Wann immer ich die Gelegenheit hatte, in das Drehrestaurant an der Spitze des Gebäudes zu gehen, benutzte ich den Lastenaufzug. Bisher hatte ich angenommen, daß außer Hank niemand etwas von meiner Höhenangst wußte, aber vielleicht hatte Matt sie irgendwie gespürt. Er besaß einen geradezu unheimlichen inneren Radar, das wußte ich.

Er weiß es, und jetzt bestraft er mich, weil ich ihn wegen eines Artikels gedrängt habe, dachte ich klar und wie in kalten Stein gehauen. Er glaubt, ich traue mich nicht. Und damit würde ich ihm zeigen, daß ich nicht stark genug bin. Das ist der Preis, den er von einer Frau verlangt, damit sie für ihn Reportagen schreiben darf. Dieser Mistkerl, dem werde ich's zeigen. Was glaubt er eigentlich, mit wem er es zu tun hat?

Ich kann mich nicht erinnern, daß ich jemals so wütend gewesen war. Die Wut war so stark, daß sie das feine, silbrige Zittern, das meinen ganzen Körper erfaßt hatte, beinahe zum Verschwinden brachte. Fast, aber nicht ganz. Als ich die Tür meines Büros erreicht hatte, lehnte ich mich einen Augenblick lang dagegen und wischte mir mit der Handfläche den Schweiß ab.

»He, Smoky«, rief eine sanfte Stimme hinter mir, und als ich mich erschrocken umdrehte, drückte Lucas Geary auf den Verschluß der Leica.

Ich ging in mein Büro und knallte die Tür hinter mir zu. Aber ich konnte ihn noch lachen hören.

6. Kapitel

Irgendwann in den schwarzen Stunden des frühen Morgens schüttelte mich Teddy, und ich wachte auf. Ich hatte schlecht geschlafen und genau die Art von Träumen gehabt, die ich erwartet hatte, von Dunkelheit, vom Alleinsein und vom Fallen. Als sie mich weckte, setzte ich mich mit klopfendem Herzen auf.

»Was ist los?« fragte ich mit belegter Stimme.

»Telefon.«

»Wer ist es denn?« Ich hatte keine Ahnung, wer mich um diese Zeit anrufen sollte, es sei denn, zu Hause war etwas passiert.

»Irgendein Deutscher«, murmelte Teddy rätselhaft und stolperte wieder ins Bett.

Als ich den Hörer aufnahm, war ich noch immer nicht ganz wach. Das Telefon stand in der Diele im Obergeschoß auf einem schmiedeeisernen Tischchen, neben der Tür zu Teddys Zimmer. Meine nackten Füße auf dem blanken, schwarzen Linoleumboden waren eiskalt.

»Hallo?«

»Guten Morgen, Fräulein«, sagte eine klangvolle Stimme mit deutschem Akzent. »Hier spricht von Richthofen. Wir fliegen bei Morgengrauen.«

Trotz des übertriebenen Akzents wußte ich sofort, wer das war.

»Lucas Geary, verdammt noch mal«, rief ich. »Ich hätte noch eine Stunde schlafen können.«

»Wenn von Richthofen aufwacht, wachen alle auf. Wir treffen uns am Flugfeld um Punkt sechs Uhr.«

Er legte auf, und ich ging in die Küche, um Kaffeewasser aufzusetzen. Es war kein Kaffee mehr im Schrank. Teddy und ich kochten sehr selten; wir witzelten oft, daß wir, wenn wir nicht so oft zum Essen eingeladen wären, bestimmt verhungerten. In unserem Kühlschrank lagen zwar keine Vorräte, aber dafür fast immer kleine Schwäne aus zusammengedrehter Alufolie, in denen sich Reste von diesen – zumindest in unseren Augen – eleganten Empfängen befanden. An diesem Morgen fand ich ein halbes ausgetrocknetes Sandwich und drei schlappe Shrimps mit Orangenglasur aus einem neuen polynesischen Restaurant, aber keinen Saft und nichts, woraus man ein Frühstück basteln konnte. Der letzte Rest unseres Brots war pelzig und grau. Das Haustier alleinstehender Mädchen, wie Teddy das nannte. Ich machte mir einen Tee aus einem Beutel mit grünem Tee, der von einem Mittagessen beim Chinesen stammte, und aß den Glückskeks.

»Sie werden weit kommen«, lautete der Spruch. Ich knüllte ihn zusammen und warf ihn in den Abfalleimer. Mit hochgezogenen Füßen saß ich auf dem Sofa, nippte am Tee und starrte in die undurchsichtige Dunkelheit, bis er abgekühlt war. Dann ging ich ins Obergeschoß und duschte lange und sehr heiß. Aber selbst danach fror ich noch, und mein Herz begann laut und langsam zu pochen. Ich hatte große Angst.

Matt hatte gesagt, ich sollte mich warm anziehen, daher trug ich unter meiner neuen weiten, gestreiften Hose zwei Strumpfhosen und mehrere Paar Socken und zog mir einen gerippten Rollkragenpullover über den Kopf. Darüber trug ich noch eine dicke Strickjacke von Teddy und meinen englischen Regenmantel. Ich war so dick angezogen, daß meine Arme abstanden wie die eines Kindes im Schneeanzug. Mit einem unbehaglichen Gefühl schob ich mich zur Tür hinaus, um auf Hank zu warten, der mich um halb sechs Uhr abholen sollte. Als ich auf den Bürgersteig trat, über dem dicker, feuchter Nebel hing, hob sich meine Laune. Ich konnte meine Hand nicht vor den Augen sehen. Bestimmt würde niemand von einem Piloten erwarten, daß er bei Nebel mit einem kleinen, zerbrechlichen Doppeldekker startete. Während ich auf Hank wartete, wurde ich fast fröhlich und fühlte mich jetzt, nachdem ich nicht fliegen würde, wie eine mutige Abenteuerin, eine Amelia Earhart der heutigen Zeit. Es herrschte ein Anflug von lauem Aprilwetter, wie das in Atlanta Ende Februar häufiger vorkommt, und der kühle, nasse Kuß des Nebels auf meinem heißen Gesicht war angenehm.

Dann tauchte Hanks gutbürgerlicher Chamber Chevrolet aus dem Nebel auf, und ich stieg ein.

»Hattest du eine unruhige Nacht?« fragte er, und ich schüttelte den Kopf. Er lächelte nicht. Hank war mit dieser ganzen Angelegenheit nicht einverstanden. Er wußte von meiner schrecklichen Höhenangst und hatte sich, das wußte ich, mit Matt wegen meines Fluges gestritten. Sister hatte die Auseinandersetzung mitangehört und mir davon erzählt.

»Er sagte, du könntest den Bericht genausogut nach den Fotos schreiben, dazu müßtest du nicht selbst hinauf«, berichtete sie, »und Mr. Comfort meinte, er verlange von dir nicht mehr als von jedem anderen Reporter, und Hank sagte, im Gegenteil, er habe den Eindruck, da stecke ein Stück Bestrafung dahinter, und Mr. Comfort sagte, Blödsinn, er würde von jedem Mann verlangen, daß er fliegt, und wenn du fest entschlossen bist, wie einer von ihnen behandelt zu werden, dann müßtest du dich an die Regeln halten. Und dann sagte Hank, das einzige, was daran nicht stimme, sei die Tatsache, daß Mr. Comfort sich die Regeln selbst ausdenke, und Mr. Comfort sagte: ›Lecken Sie mich am Arsch‹, du weißt schon, wie immer, wenn er sehr wütend ist, und Hank stürmte aus dem Büro und knallte die Tür hinter sich zu. Ich habe ihn noch nie so mit Mr. Comfort reden hören. Warum mußt du diesen dämlichen Artikel überhaupt schreiben, Smoky? Jetzt ist jeder auf jeden sauer, und niemand redet mehr mit dem anderen...«

»Ich muß es eben tun«, sagte ich.

Und so fuhren Hank und ich, ohne viel miteinander zu sprechen, durch die Nebelschwaden hinaus zum Flugplatz, der am Fuß des Stone Mountain lag. Als wir das dunkle Flugfeld erreichten, war die Sonne noch nicht aufgegangen, und der Nebel war noch immer so dicht wie zuvor.

Lucas Geary war nicht da, aber fast alle anderen aus der Redaktion waren gekommen. Ich sah Matts Auto und das von Tom. Selbst Charlie Stubbs, der inzwischen nur noch zu den Bürozeiten erschien, die er streng einhielt, war da. Ich erkannte den neuen Mustang Convertible, den ihm sein Schwiegervater zur Hochzeit geschenkt hatte. Aus der Gruppe der Gestalten, die direkt am Eingang im Innern des offenen, erleuchteten Hangars standen, hörte ich Alicias silbriges Lachen, und mein Gesicht rötete sich vor Wut. Dann waren wohl alle gekommen, um bei meiner Feuerprobe dabeizusein. Matt wußte von meiner Höhenangst, und vermutlich wußten sie inzwischen alle davon. Und sie wollten zuschauen, wie der Neuling seine Lektion bekam und sich vielleicht sogar blamierte. In diesem Augenblick tat es mir richtig leid, daß Nebel herrsehte. Ich hätte es ihnen schon gezeigt...

»Ach, wie nett«, sagte ich und trat in den beleuchteten Hangar. »Meine Bodentruppe. Was für eine Überraschung. Wie lieb von euch, daß ihr so früh aufgestanden seid.«

»Hallo, Smoky«, sagte Matt liebenswürdig. Er grinste mich an. Er sah so zerknittert aus, als hätte er in seinen Kleidern geschlafen. Es waren die gleichen, die er bereits gestern getragen hatte, und bösartig dachte ich, daß er genauso früh, wie ich aufgestanden war, aus Alicias warmem Bett hatte kriechen müssen. Aber andererseits sah er morgens oft so aus. Alicia wirkte frisch und appetitlich in ihrem langen Strickmantel aus meergrüner Mohairwolle, dessen Farbe von ihren hellen Augen reflektiert wurde. Ihr Make-up war tadellos. Vielleicht sprüht sie einfach Fixierer darüber und geht damit ins Bett, dachte ich.

»Na, bist du bereit zum Start, Tiger?« fragte Tom Gordon mit seiner tiefen, freundlichen Stimme.

»Aber dieser Nebel...«

»Bloß Bodennebel«, erklärte Matt, als fliege er jeden einzelnen Morgen seines Lebens bei Sonnenaufgang Patrouille. »Er hat sich verzogen, noch bevor Sie sich angeschnallt haben. Ihr Pilot hier sagt, daß Sie jederzeit starten können.«

Er nickte zu einem Mann hinüber, der aus dem Schatten auf uns zukam, und ich sagte: »Gut.«

Es klang wie ein hohes, gepreßtes Blöken. Jetzt sah ich, daß sich der Nebel rasch auflöste, und im Osten zeigte sich ein klares, perlfarbenes Licht.

Mein Pilot war ein sonnenverbrannter Mann, dessen Haar von unbestimmter Farbe und so kurzgeschnitten war, daß die braune Kopfhaut durchschimmerte. Er hatte ein dunkles, breites Gesicht. Seine Sonnenbräune reichte lediglich bis zum Hals und den Handgelenken, und unter den Manschetten seines Hemds konnte ich rosafarbene Haut erkennen. Zwar wirkte er wie ein lakonischer Farmer aus South Georgia, erwies sich aber als der Direktor einer nahegelegenen kleinen Flugzeugfabrik. Er nickte mir kurz zu und schüttelte Matt die Hand, blickte in den sich auflösenden Nebel hinaus und sagte mit ausdruckslosem Südstaatenakzent: »Sollte eigentlich aufgeklart haben, bis ich sie ausgerüstet habe. Sind Sie soweit?«

Er sah mich an, und ich nickte. Ich hätte kein Wort herausgebracht. Eigentlich erwartete ich, daß er im nächsten Moment auf den Boden spuckte.

Aus den Tiefen des Hangar holte er eine große, schwere Lederjacke, die er mir anzog, und eine lederne Kappe mit Schutzbrille, die mit einem Riemen unter meinem Kinn festgeschnallt wurde. Er zog den Riemen zu fest an, aber das störte mich nicht. Sollte mich das Ding doch erwürgen; wenigstens würde es mich daran hindern, allzuviel zu reden. Er brachte noch einen langen, weißen Seidenschal und wies mich an, ihn fest in die Jacke zu stecken, und dicke Lederhandschuhe, die mir zu groß waren.

»Sie sollte noch Stiefel tragen«, sagte er zu Matt über meinen Kopf hinweg, als wäre ich ein Affe, der für eine Reise zum Mond ausgestattet wird, »aber ich konnte keine passenden finden. Macht nichts. Wenn ihr alle soweit seid, dann geht's jetzt los. Um zehn Uhr habe ich einen Termin in der Stadt.«

Er drehte sich um und ging um den Hangar herum, wobei er mir bedeutete, ihm zu folgen, und Hank legte mir eine Hand auf die Schulter und schob mich hinter ihm her. Der Rest des Redaktionsteams folgte uns. Wie gehässige Entchen watscheln sie hinter ihm her, dachte ich voller Verzweiflung. Den Namen des Piloten sollte ich nie erfahren. Aber wenn er plante, in drei Stunden in der Innenstadt zu sein, rechnete er offensichtlich nicht mit der Möglichkeit eines plötzlichen Todes. Wieder und wieder sprach ich mir das kleine Mantra vor, das mir schon durch so manche unangenehme Situation geholfen hatte: »In dreieinhalb Stunden wird alles vorbei sein. Dreieinhalb Stunden lang kann ich alles ertragen.«

Wir hatten den Hangar umrundet, und ich sah das Stearman-Flugzeug, das in der sich aufhellenden Morgendämmerung allein auf der leeren Rollbahn stand. Hätte Hank seine Hand nicht fest auf meiner Schulter gehabt, dann hätte ich jetzt einfach kehrtgemacht und wäre in meinem schnellen Watschelgang davongelaufen. Der kleine Doppeldecker sah nicht groß genug aus, um zwei Erwachsene gen Himmel und wieder zurück zu tragen. Er schien nicht einmal groß genug, um darin zu sitzen. Aber es gab zwei Sitze, einen hinter dem anderen, in einer kleinen Öffnung über und ein Stück hinter den doppelten Tragflügeln, und beide waren offen. Das Morgenlicht strömte durch die Tragflächen, als bestünden sie aus Gaze. Soweit ich wußte, stimmte das sogar. Das Flugzeug war leuchtend blau und gelb. Ich wußte, daß die Stearman früher ein Trainingsflugzeug der Luftwaffe gewesen war, aber diese hier sah brandneu aus. Das tröstete mich etwas, und ich krächzte Hank meinen Eindruck zu.

»Das stimmt«, sagte der Pilot, ohne von dem Propeller aufzublicken, mit dem er gerade beschäftigt war. »Oder so gut wie neu. Ich habe sie selbst restauriert, in meinem Keller. Im letzten Jahr bei der Flugschau in Ottumna habe ich damit den Preis für die am besten restaurierte Stearman bekommen.«

»Toll«, sagte Hank beeindruckt.

»Heilige Maria, Mutter Gottes, bitt für uns, jetzt und in der Stunde unseres Todes«, flüsterte ich ganz leise und schloß einen Moment lang die Augen.

»Na, dann los«, sagte der Pilot, faßte mich einfach unter den Achselhöhlen und hob mich wie ein Kind schwungvoll in den hinteren Sitz. Während er mich festschnallte und eine kalte metallene Sprechverbindung befestigte, starrte ich vor mich hin. Ich würde mich, so beschloß ich, einfach auf die Metallverstrebungen, die Nieten und die Rückansicht des Sitzes vor mir konzentrieren, bis wir wieder gelandet waren.

Der Pilot schwang sich hinauf auf den Flügel und von dort in seinen Sitz und schnallte sich selbst an. Über die Sprechverbindung sagte er zu mir mit blechern klingender Stimme: »Wenn wir in der Luft sind, werde ich um den Stone Mountain und vielleicht auch darüber hinweg fliegen. Wir machen ein bißchen einfache Akrobatik; für die wirklich verrückten Sachen habe ich nicht genug Zeit, und außerdem hat Ihr Fotograf beim letzten Mal genug davon bekommen. Es müßte eigentlich ein ganz glatter Flug werden. Wir haben fast gar keinen Wind. Falls Sie sich erbrechen müssen, tun Sie es bitte auf der windabgewandten Seite. Und sagen Sie mir, wenn möglich, vorher Bescheid.«

»Ich werde nicht erbrechen«, antwortete ich in dem gepreßten zarten Wimmern, das alles war, was ich hervorbrachte. »Aber hören Sie, wo ist eigentlich Lucas Geary, der Fotograf? Ich dachte, es geht darum, daß er noch ein paar Fotos machen kann.«

»Nein«, sagte die blecherne Stimme. »Soweit ich weiß, geht es hier lediglich darum, Ihnen eine Scheißangst einzujagen. Wissen Sie, eigentlich macht es mir nicht viel Spaß, kleine Mädchen herumzufliegen, aber was mir noch weniger gefällt, ist ein Mann, der es genießt, ein Mädchen zu Tode zu ängstigen. Ich werde auf die andere Seite des Berges fliegen und dort einige Runden drehen, und dann kommen wir zurück und erzählen Ihrem Herausgeber, wir hätten das ganze Programm durchgezogen. Einige Übungen werden Sie wohl durchstehen müssen, damit er es sehen kann, aber das wird nur etwas Harmloses sein. Und ich erzähle es nicht weiter, wenn Sie es nicht schaffen. In Ordnung?«

»In Ordnung«, antwortete ich. Wenn er mich in diesem Moment fragte, würde ich ihn wohl auch heiraten, dachte ich. Für ein paar harmlose akrobatische Übungen würde ich die Zähne zusammenbeißen können, und dann war alles vorbei. Ich blickte auf die Kollegen aus der Redaktion hinab, die im klaren Morgenlicht sicher auf der kühlen, feuchten Erde standen und zu mir heraufgrinsten, und hob meinen Daumen, wie ich es bei Erroll Flynn in *Start in der Dämmerung* gesehen hatte.

Matts Lächeln wurde breiter, und er hob ebenfalls den Daumen. Alicia verdrehte die Augen und wandte den Blick ab. »Braves Mädchen, Smoky«, konnte ich von Hanks Lippen ablesen, auch wenn ich ihn nicht hörte.

Tom Gordon trat vor das Flugzeug, streckte die Arme nach oben und faßte das oberste Blatt des Propellers. Der Pilot nickte, und Tom zog das Blatt so kräftig nach unten, daß es ihn einen Moment lang vom Boden hochhob. Der Motor des Flugzeugs sprang hustend an. Ich schob mir die Schutzbrille von der Stirn herunter. Der Pilot gab Tom mit Daumen und Zeigefinger ein Okayzeichen, und das Flugzeug begann langsam über die holprige Sandpiste zu hoppeln. Ich vergrub mich tief in meinem Sitz, hielt mich an der Sitzfläche fest und schloß die Augen. Die Schutzbrille schnitt mir ins Gesicht.

»Eine halbe Stunde. Nur noch eine halbe Stunde...«

Das Flugzeug wurde immer schneller und raste über die Startbahn, wobei es ab und zu einen Satz machte wie ein Hase. Einen langen Augenblick waren da nur das Dröhnen des Motors, das Rütteln und die, wie es mir vorkam, hohe Geschwindigkeit, und dann, ganz plötzlich, waren wir in der Luft.

Einen Moment lang fühlte sich alles viel besser an, und ich öffnete die Augen und dachte: »Na, wenn das alles ist...«, aber da stieg das kleine Flugzeug zunächst gerade und seitlich nach oben und fiel dann wie ein Stein nach unten. Mein Magen schoß mir in die Kehle.

Unwillkürlich schrie ich: »Was war das?«

»Ein kleiner Aufwind«, tönte die Stimme in meine Ohren. »Um diese Jahreszeit gibt es das am frühen Morgen oft, weil die Sonne den kalten Boden wärmt. Entspannen Sie sich. Es ist ein ganz ruhiger Morgen.«

Wir trafen auf keine weiteren Aufwinde, obwohl das Flugzeug wackelte wie ein Fahrrad, das zu langsam fährt. Der Wind blies mir kräftig ins Gesicht, und trotz der Schutzbrille liefen mir Tränen über die Wangen, wo sie beinahe sofort trockneten. In meinen Ohren dröhnte es. Mir war kalt, aber das nahm ich kaum wahr.

»Schauen Sie hinaus! Es gibt einiges zu sehen«, sagte der Pilot durch die Sprechverbindung, und ich machte die Augen wieder auf und sah den mächtigen, zinnfarbenen Granitblock des Stone Mountain neben und über uns. Wir kreisten etwa auf zwei Drittel der Höhe und flogen so nahe, daß ich die Narben und

Furchen in seinem Antlitz erkennen konnte, und die Mulden, in denen Gebüsch wuchs, und dann tauchten die von Gustav Borglund aus dem Stein gehauenen Standbilder von Präsident Jefferson Davis, General Robert E. Lee und General Stonewall Jackson auf. Als General Lees graues Titanenprofil an mir vorüberschwebte, betrachtete ich ihn, ohne noch an meine Angst zu denken. Erst als mir die eisige Luft in der Kehle und der Brust brannte, wurde mir klar, daß mein Mund offenstand.

»Sagenhaft«, sagte ich.

»Stimmt. Na, dann halten Sie sich fest. Jetzt geht's los«, sagte er. Und noch ehe ich innerlich von Ehrfurcht auf Schrecken umschalten konnte, zog er die Stearman gleichmäßig und unerbittlich nach oben, bis wir beinahe senkrecht standen. Der Motor wurde immer lauter, bis er geradezu schrie, und das kleine Flugzeug wurde heftig durchgeschüttelt, und mein eigener Schrei verlor sich im Brüllen des Windes. Ich machte die Augen fest zu.

Plötzlich endete das schreckliche Gefühl, nach oben ins Nichts zu fallen, und ich machte die Augen wieder auf und sah, wie sich der Horizont langsam und majestätisch über meinen Kopf hinwegdrehte. Ich wußte, daß ich jetzt kopfüber in einem offenen Cockpit hing, und hatte keine Ahnung, was mich, abgesehen von den Gurten, im Flugzeug hielt. Ich sah den Berg, den Hangar und kleine Punkte, die, wie ich wußte, meine treulosen Kollegen waren, und alles stand auf dem Kopf, und dann rauschten wir wieder hinunter, so schnell, daß sich mir der Magen umdrehte, und ich machte die Augen wieder fest zu und machte sie erst wieder auf, als das Flugzeug endlich wieder geradeaus flog.

»Alles in Ordnung?« kam die Stimme des Piloten.

»O ja«, sagte ich. Mein Kopf schwamm, als würde ich im nächsten Augenblick ohnmächtig.

»Dann machen wir noch einen«, sagte er.

Wir waren jetzt viel höher; die Erde und der Hangar sahen sehr klein aus, und die Redaktionsmitglieder waren kaum noch zu erkennen. Diesmal tauchte er mit der Stearman geradewegs nach unten, was viel schlimmer war als alles, was wir bisher gemacht hatten; als er sie wieder nach oben zog, schrie ich vor Panik. Wir machten erneut einen Looping nach oben, aber nun erwartete ich die Atempause am Höhepunkt, wenn die Schwerkraft ihre Wirkung verliert, bereits, und wußte, als wir wieder nach unten rauschten, daß es nun bald zu Ende sein würde. Und so war es auch. Auf niedriger Höhe flog der Pilot an der Stelle vorbei, wo Matt und seine Mitarbeiter standen, bewegte die Tragflächen und deutete auf den Berg, bevor wir mit aufheulendem Motor davonflogen, um ihn zu umrunden. Hinter mir konnte ich für einen kurzen Augenblick fernes Jubeln vernehmen. Es war das schönste Geräusch meines Lebens.

Der Pilot hielt sein Versprechen. Auf der anderen Seite des Stone Mountain flog er noch ein paar sanfte Kurven und Achter, und dann vertrödelten wir etwa zwanzig Minuten, ehe er uns nach Hause brachte. Matt Comfort persönlich stand unter dem Flügel, um mich, als ich aus dem Sitz krabbelte, aufzufangen, und ich freue mich bis heute darüber, daß ihn mein Gewicht mit all den dicken Kleidern aus dem Gleichgewicht brachte, weil er so klein war. Er stolperte und wäre mit mir in den Armen beinahe hingefallen, denn bei meinen ersten Schritten zurück auf der Erde konnte ich nicht stehen. Ich schaffte es, auf den allgemeinen Applaus hin strahlend zu lächeln und so passende Sätze zu sagen wie: »Es war wundervoll, als wäre ich ein Vogel«, aber es gelang mir nicht, mich auf den Beinen zu halten. Wahrscheinlich war Hank von allen der einzige, der das ahnte. Er rannte herbei, nahm mich wie ein Kind in die Arme und trug mich zurück zum Hangar. Dabei summte er laut den Triumphmarsch aus *Aida*.

»Du hast heute mehr für dich vollbracht, als du ahnst«,

flüsterte er mir ins Ohr, und ich sagte: »Das hoffe ich, denn wenn ich so etwas noch einmal machen muß, erschieße ich mich.«

Hinter mir hörte ich, wie der Pilot Matt Comfort erzählte, auf der anderen Seite des Berges habe er mit mir jede nur mögliche Figur geflogen, »gerade daß sie nicht herausgefallen ist«.

»Eines Tages werde ich diesem Mann ein Buch widmen«, sagte ich noch immer im Flüsterton zu Hank.

Dann setzte Hank mich ab, und es gelang mir, auf meinen eigenen Beinen zu stehen. Neben ihm und Tom Gordon ging ich zum Hangar, um mich von den verschiedenen Lagen an Kleidung zu befreien. Matt war mit Alicia bereits ins Büro gefahren, und Charlie war im Mustang davongebraust, dessen Verdeck bei dem warmen Spätwintertag offenstand. Als ich am Hangar ankam, stand Lucas Geary am Eingang und trank eine Cola. Neben ihm befand sich ein großgewachsener Schwarzer, den ich noch nie gesehen hatte. Wie Luke trug er ausgebleichte und abgetragene Blue Jeans und ein Arbeitshemd, das ohne Zweifel bereits viele Tage harter Arbeit hinter sich hatte.

Sobald Luke mich erblickte, grüßte er mit der Colaflasche und lächelte das träge, animalische Lächeln, das ich bereits am Tag zuvor gesehen hatte.

»Sie haben es also gemacht«, sagte er.

»Ich habe es gemacht«, gab ich zurück. »Aber nicht wegen Ihnen. Ich dachte, Sie sollten Fotos schießen. Oder haben Sie wie die anderen geglaubt, daß ich mich nicht traue?«

»Na ja, mit dieser Möglichkeit habe ich gerechnet«, antwortete er. »Aber für den Fall, daß Sie sich doch trauen, sind wir noch rechtzeitig hergekommen, um im nachhinein ein paar Schnappschüsse zu machen. Nur für die Akten, falls Comfort Ihre Leistung wieder vergessen sollte.«

Ich betrachtete ihn mit plötzlichem Interesse. Ob er wohl spürte, was ich bereits wußte: Daß Matt mich mit diesem Flug hatte testen wollen und mit dem Ergebnis wohl nicht ganz zufrieden war? Um Lucas Gearys schmale blauen Augen bildeten sich Fältchen, bis sie in der sommersprossigen Haut wie in Nestern lagen, und in seinem Blick las ich lediglich eine allgemeine Aufmerksamkeit. Seine Augen hätten ebensogut Kameralinsen sein können.

Während ich diesen Gedanken innerlich formulierte, hob er die Leica, die um seinen Hals hing, schüttelte etwas ab, das wie Toastbrösel aussah, und richtete sie auf mein Gesicht. Dieses Foto wurde in der Reportage veröffentlicht: Ich trage noch die Lederkappe mit der hochgeschobenen Schutzbrille und sehe den Fotografen mit leicht geöffnetem Mund an. Es ist eine extreme Nahaufnahme, und durch einen eigenartigen Lichteffekt im Hangar spiegeln sich in meinen Pupillen die winzigkleinen Reflexionen eines kleinen Flugzeugs, das im Hangar abgestellt ist. Das Foto ist raffiniert und wirkungsvoll. Mich störte es nicht, daß sich einige bei der Veröffentlichung an die junge Amelia Earhart erinnert fühlten.

Damals sagte ich lediglich: »Wenn Sie dieses Ding noch einmal auf mich richten, werde ich es anspucken«, und er lachte und ließ die Kamera fallen. Sie wurde vom Riemen aufgefangen und prallte gegen seine Brust.

»Das ist John Howard«, sagte er, und der Schwarze trat vor und streckte die Hand aus. Ohne etwas zu sagen, betrachtete er mich.

»Smoky O'Donnell«, sagte Luke.

John Howard schüttelte mir kurz die Hand und nickte, sagte aber noch immer nichts. Seine Hand war fest, trocken und warm. Ich überlegte, wer er wohl sein konnte.

»Freut mich, Sie kennenzulernen«, sagte ich.

»Vielen Dank«, antwortete John Howard. Er besaß die tiefe, klangvolle, tragende Stimme eines Schauspielers. Vermutlich konnte er sich auch über weite Entfernungen verständlich machen, ohne deshalb lauter sprechen zu müssen. Er hatte einen langen, schmalen Kopf mit einem dichten Bewuchs aus nur leicht wolligem Haar und ein bemerkenswertes Gesicht. Es war knochig und wie aus einer rauhen Bronzeplatte geformt, ähnlich einer Statue von Frederick Remington, und der einzige negroide Zug darin waren die etwas breiten Nasenflügel. Seine Augen waren nicht dunkelbraun, sondern von einem durchscheinenden Haselnußbraun, wie die Augen eines Wolfs. Eine lange, graue Narbe verlief durch eine Augenbraue, teilte sie in der Mitte und endete in der Augenhöhle direkt über seinem linken Auge. Dadurch wurde eine Hälfte seiner Augenbraue nach oben gezogen, was ihm einen dauerhaft fragenden Blick gab und verhinderte, daß er wirklich außerordentlich hübsch war. Aber er sah gut aus. John Howard war ein Mann, den man gerne ansah ... bis zu einem gewissen Punkt. Nur selten reagierte sein gemeißeltes Gesicht auf andere Menschen. Wenn er gerade nichts tat, stand er so unbeweglich da wie eine Bronzestatue, mit der er ja auch tatsächlich die Farbe und Temperatur der Haut gemein hatte. Erst hielt ich ihn für einen Arbeiter, mit dem Lucas Geary ins Gespräch gekommen war, aber als er etwas sagte, wußte ich, daß das nicht stimmte.

Doch Luke erzählte mir nicht, wer er war, und John Howard sagte nichts mehr. Nach einem kurzen Geplänkel mit Tom Gordon und Hank wandten sich Luke und John Howard um und verließen den Hangar. Ich sah ihnen nach, bis sie in einen kleinen, viereckigen Sportwagen stiegen, dessen Marke ich noch nie gesehen hatte und der bis zur Unkenntlichkeit mit angetrocknetem Schlamm beschmutzt war. Mit dröhnendem Motor fuhren sie davon. Hank erzählte mir später, daß das Auto Lucas Geary gehörte; es war ein Morgan.

»Wer ist John Howard?« fragte ich, während wir auf den Chevrolet zugingen.

»Ein echter Held aus den frühen Tagen der Bewegung«, erklärte Hank. »Einer von Dr. Kings engsten Mitarbeitern. Seit kurz nach Montgomery ist er bei ihm. Ich bin überrascht, daß du ihn nicht erkannt hast; das Bild, das Luke auf dem Selma-Marsch von ihm gemacht hat, war überall zu sehen. *Life* hat es abgedruckt. Es ist berühmt. Dort hat er sich die Narbe geholt.«

»Hat ihn jemand... geschlagen?« wollte ich wissen und zuckte bei der Vorstellung, wie der Hieb eines Polizeiknüppels auf diesem schönen Bronzegesicht landete, zusammen.

»Auf der Brücke hat ihm ein berittener Polizist seine Lampe übergezogen«, sagte Hank. »Eine Weile war nicht klar, ob er blind bleibt. Ich glaube auch nicht, daß er auf dem Auge viel sieht. Luke hat genau in dem Augenblick, als es geschah, abgedrückt, und der Polizist zog das Pferd hoch und ließ es einfach über Luke trampeln. Das Pferd hat Luke den Knöchel zerschmettert. Hast du gestern nicht bemerkt, daß er hinkt? Diese Szene hat er auch fotografiert... das weltbeste Foto von einem Pferdearsch, nennt er es. Er ist mit dem kaputten Knöchel noch weggegangen, und den Film hatte er im Schuh. Seitdem sind er und Howard Freunde. Sie verbringen viel Zeit miteinander.«

»Ich glaube, ich kann mich an das Foto von Howard erinnern«, sagte ich wahrheitsgemäß. »Aber die Sache mit Luke wußte ich nicht.«

»Er ist einer der besten jungen Fotografen im ganzen Land«, sagte Hank. »Er verkauft an *Life,* an *Magnum* und *Black Star*. Jeder von ihnen würde ihn gern ganz für sich haben, aber er will den Süden nicht verlassen. Seine Sache ist die Bürgerrechtsbewegung; er ist fast besessen davon. Ich bin ziemlich überrascht, daß er für Matt so etwas wie diese antiken Flugzeuge macht, aber Matt hat seinen alten Zauber spielen lassen. Und ich glaube, er hat ihm freie Hand gegeben. Wie er das mit Culver regeln will, ist mir völlig unklar. Ich weiß, daß Luke der einzige Fotograf ist, dem Matt erlaubt, sich seine Autoren selbst auszusuchen. Wir können froh sein, daß wir ihn haben.«

»Ich fürchte, ich weiß nicht viel über Selma«, sagte ich. »In Corkie hat man sich nie sehr um die Bürgerrechtsbewegung gekümmert. Wir haben uns selbst zur Minderheit ernannt, weißt du. Ist er Schauspieler? John Howard, meine ich.«

»Nein, er ist Prediger«, sagte Hank. »Ein ordinierter Baptistenprediger. Überrascht dich das?«

»Ja«, antwortete ich. »Auch wenn ich nicht weiß, weshalb.«

Als ich Brad von dem Flug in der Stearman erzählte und von Lucas Geary und John Howard, reagierte er nicht so, wie ich es erwartet hatte.

»Diese Fliegergeschichte gefällt mir überhaupt nicht«, sagte er. »Du hättest abstürzen können, weißt du. Man sollte Comfort in den Arsch treten. Wenn ich das gewußt hätte, hätte ich es nicht erlaubt.«

»Das ist die beste restaurierte Stearman-Maschine im ganzen Land, und der Pilot ist der beste Stearman-Pilot. Und Matt sollte man wirklich in den Arsch treten, aber aus einem ganz anderen Grund«, sagte ich überrascht und etwas verletzt. Ich hatte erwartet, er wäre amüsiert und stolz auf mich.

»Nun, jedenfalls möchte ich von nun an vorher wissen, was für Aufträge du bekommst«, bemerkte er knapp.

»Warum? Damit du mir diejenigen, die dir nicht passen, verbieten kannst?« fuhr ich ihn an. »Hör zu, Brad, es ist schwierig genug, von Matt überhaupt irgendwelche Artikel zu bekommen. Du weißt einfach nicht, was ich alles anstellen muß, um etwas zu kriegen. Das ist erst der zweite Artikel seit deinem YMOG. Wenn ich jetzt anfange, Artikel abzulehnen, nur weil du sie für gefährlich oder unziemlich oder was auch immer hältst, dann hat er genau die Entschuldigung, die er braucht, um mir nichts mehr zu geben. Und dann mache ich für den Rest meines Lebens den Veranstaltungskalender.«

»Ich glaube nicht, daß du irgend etwas beim *Downtown* für

den Rest deines Lebens machen wirst«, sagte er und lächelte so schön wie immer. »Und was ist gegen den Veranstaltungskalender einzuwenden? Er hat eine große Leserschaft. Du kommst in jedes neue Theaterstück, jeden neuen Film, jedes neueröffnete Restaurant, jede Bar. Es ist wie eine ganzjährige Dauerparty.«

»Genau das ist der Grund«, sagte ich schmollend, aber ich ließ das Thema fallen. Mit Brad wollte ich mich ebensowenig streiten wie mit Matt Comfort. Statt dessen erzählte ich ihm von Luke und von der Begegnung mit John Howard.

»Geary ist offenbar ein Verrückter«, meinte er. »Genau das, was du brauchst, noch ein irischer Irrer. Howard kenne ich, oder ich habe zumindest von ihm gehört. Er ist ein guter Mann. Wenn es ihn und einige andere nicht gäbe, wäre Atlanta in der Rassenfrage längst nicht so weit gekommen.«

»Er fasziniert mich«, sagte ich. »Er hat ein wunderschönes Gesicht. Ich würde so gerne etwas über ihn schreiben, einen Artikel, der mit Lukes Fotografien illustriert ist. Er hat etwas Tragisches an sich, eine gewisse Traurigkeit. Ich würde gerne mehr über ihn wissen.«

Brad sagte: »Na ja, er hat vermutlich einiges durchgemacht. Und dann erinnere ich mich vage an eine Frau, die ihn verlassen hat, und an ein Kind. Offenbar predigt er nicht mehr; ich glaube, er arbeitet irgendwo an der Atlanta University. Außerdem hat er einen hohen Posten beim SNCC oder CORE, einer dieser Abkürzungsorganisationen jedenfalls, wo die meisten von den jungen Leuten sind. Ich weiß, daß Dr. King sehr auf ihn angewiesen ist. Bestimmt steckt hinter all dem eine Art Tragödie.«

»Ich möchte wirklich einen Artikel über ihn schreiben.« Mein Wunsch wurde immer klarer. »Das hört sich an, als stünde er für vieles in dieser Stadt. Ein Symbol für die Besten und Klügsten unter uns.«

»Na, dann viel Glück«, wünschte mir Brad trocken. »Matt würde bestimmt gerne etwas über ihn bringen, aber wenn es sich nicht um einen YMOG handelt, würde Culver Carnes noch eher einen Artikel über Lee Harvey Oswald veröffentlichen als eine große Geschichte über einen Nigger.«

Ich sah ihn an. Obwohl ich wußte, daß er recht hatte, gefiel mir weder die Selbstsicherheit in seiner Stimme noch der häßliche Ausdruck.

Er wurde rot.

»Keine gute Wortwahl. Aber so nennen Culver und einige seiner Freunde die Schwarzen. Ich habe es gehört. Aus diesem Artikel wird nichts, Smoky. Häng dein Herz nicht daran. Selbst wenn Matt es durch irgendein Wunder schaffen sollte, so etwas zu veröffentlichen, er würde nie erlauben, daß du ihn schreibst. Nicht als Frau. Du weißt doch, daß ich recht habe, oder?«

»Ich werde diesen Artikel schreiben«, sagte ich.

Stürmisch kam der März, und er war so voller Sonnenschein, daß die jungen grünen Blätter wie Kristalle schimmerten und blitzten. Die Märzausgabe erschien, mit meinem YMOG-Artikel über Brad, unter dem in fettem Schwarz auf Weiß mein Name stand. Der Artikel erhielt, soweit das bei einem YMOG überhaupt möglich war, eine Menge Aufmerksamkeit und Komplimente. Brad war in weiten Kreisen der Leserschaft des *Downtown* bekannt und beliebt, und wie es Matt bereits an meinem ersten Abend in der Redaktion vorausgesagt hatte, erregte mein Name Aufsehen. Einige Tage nach dem Erscheinen des Heftes verkündete Sister, viele Anrufer wollten wissen, wer der neue Autor sei, und Matt behauptete, er erzähle allen, ich sei ein Sportreporter aus New York, den er der *Herald Tribune* abgeluchst habe. Aber weder diese Mißverständnisse noch Matts Neckereien störten mich. Ich blätterte so oft zu der Seite mit meinem Namen, daß ich ständig Druckfarbe an den Fingern und Unterarmen hatte. Als mich Tom Gordon dabei erwischte, lachte er und sagte, er würde bei dem Fliegerartikel ein Foto von mir bringen, damit jeder sehen könne, wer Smoky O'Donnell sei. Ich nahm mehrere Hefte und schickte sie nach Corkie, aber von dort kam keine Antwort. Nicht einmal das konnte meine Freude dämpfen. Ich wußte bereits, daß ich nicht mehr nach Hause fahren würde.

John Howard sah ich nicht wieder, aber Lucas Geary wurde bald zu einem festen Bestandteil der *Downtown*-Redaktionsräume. Einen Großteil seiner Zeit verbrachte er in dem einen oder anderen Büro auf dem Boden liegend, und seine Berge von Kameraausrüstung und Kleidern fanden ihren Platz in Matts Büro. Immer wenn einer der Mitarbeiter hineinging, um sich während Matts Abwesenheit einen Moment lang auf dem Sofa auszustrecken, mußte er über Lucas' Ausrüstung und oft über Lucas selbst steigen. Da wir wußten, daß ihm sein zerschmetterter Knöchel oft Schmerzen bereitete, lächelten wir und plauderten mit ihm und stiegen ungerührt über ihn hinweg. Bald gewöhnten wir uns auch an die ständig lauernde Leica, deren kaltes Auge uns überallhin folgte. Ich kann mich erinnern, wie ich mir in diesem goldenen Frühling einmal dachte, daß in der gegenwärtigen Zeit wohl keine Gruppe von Leuten so rücksichtslos dokumentiert worden ist wie die Mitarbeiter des *Downtown Magazine* von Lucas Geary.

Für die meisten von uns reihte sich Lucas Geary beinahe unter Comforts andere, noch exzentrischere Besucher ein, wie Francis Brewton, oder den winzigen, verschrumpelten Schwarzen Randolph, der jeden Morgen durch die Büroräume eilte und ein kleines Vermögen damit machte, Schuhe zu putzen, die es gar nicht nötig hatten. Oder auch Mr. Tommy T. Bliss, einen älteren Herrn, der so ein begeisterter Fan der Atlanta Braves war, daß er darauf bestand, immer wenn einer aus der Mannschaft einen Home Run schlug, auf dem Mannschaftshäuschen einen Kopfstand zu machen, trotz der Tatsache, daß ihn die geduldige Polizei jedesmal wegen öffentlicher Ruhestörung ins Fulton-

County-Gefängnis brachte. In der Regel war es Matt, der seine Strafe bezahlte, und jedesmal kam Mr. Bliss in unser Büro und bedankte sich, indem er in der Eingangshalle einen Kopfstand machte. Wir kauften Francis' alte Zeitungen, ließen uns von Randolph die Schuhe putzen, klatschten bei Mr. Tommy T. Bliss' Kopfständen Beifall und stiegen über Lucas Geary hinweg. Sie alle gehörten offenbar zu Matts Welt.

Aber Culver Carnes fand ihn weder amüsant noch faszinierend. Abgesandte aus der Handelskammer im Obergeschoß, oft in Begleitung von Würdenträgern, die Matts Bekanntschaft machen wollten, mußten jedesmal über Lucas steigen, und die spröden, schmallippigen Sekretärinnen der Handelskammer mit ihren steifen Hochfrisuren haßten ihn. Es gab keinen Rock, unter den er nicht seine Leica für einen Schnappschuß gehalten hätte, und kein erschrockenes Gesicht, dem er nicht sein Leckmich-am-Arsch-Grinsen gezeigt und »Danke, Süße« gemurmelt hätte. Bald existierte über ihn ein Memo von Culver Carnes, das Matt voller Freude las und in der immer dicker werdenden Akte zum Kaffeetassenhalter-Krieg abzulegen versprach.

»Was, zum Teufel, ist denn der Kaffeetassenhalter-Krieg?« wollte Lucas Geary wissen, als ihm Matt von dem Memo berichtete, und ich unterbrach das, was ich gerade tat, um zuzuhören. Seit Monaten hatte ich Andeutungen darüber vernommen, aber mich aus irgendeinem Grund nie genauer danach erkundigt. Jetzt wollte ich es plötzlich wissen.

»Vor ungefähr einem Jahr hat Culver die Büros der Handelskammer neu ausstatten lassen«, erzählte Matt. »Er hat sich immer krummgeärgert, weil unsere Büros schöner sind. Also hat er so einen kleinen, schwulen Innenarchitekten angeheuert und einen Haufen Geld ausgegeben, und alles wurde neuer und schöner, und alles war aufeinander abgestimmt. Es gab sogar farblich passende Halter für diese Kaffeetassen aus Papier, ihr wißt schon ... Die im Obergeschoß sind gelb, damit sie zu dem niedlichen, hübschen Sonnenblumenmuster passen. Und wir hier unten haben rote. Immer wenn jetzt einer von uns nach oben ging, oder wenn wir alle hinaufgingen zu der Sitzung am Mittwoch vormittag, dann wanderten unsere roten Halter eben mit nach oben, und einige von den gelben tauchten hier unten auf. Das war keine Absicht; niemand hier unten interessiert sich im mindesten dafür, welche Farbe sein Kaffeetassen-Halter hat, aber der alte Culver ist geradezu durchgedreht, wenn er diese scheußlichen roten Halter in seinem gelben Himmelreich entdeckt hat. Und wenn er hier unten gelbe fand, jaulte er wie ein angestochenes Schwein. Er hat uns ein strenges Memo geschickt, und wir haben uns alle Mühe gegeben, aber irgendwie schien uns das Ganze nicht sonderlich wichtig zu sein. Dann feuerte er eine regelrechte Salve an Memos ab, die erst an unseren Stolz appellierten und zum Schluß mit Strafen wie für Hochverrat und Schlimmeres drohten. Und dann dauerte es nicht lange, und diese gelben Tassenhalter tauchten an den komischsten Orten auf... im Schaufenster von Ham Stocktons Kaufhaus oder auf dem Dach des Gebäudes, das man von Culvers Fenster aus sehen kann, oder an Weihnachten auf dem blöden rosafarbenen Schwein auf dem Dach von Rich's. Einmal hatte das Hühnchen, das jeden Abend in diesem Käfig auf der anderen Straßenseite tanzt, einige davon an seinem Baströckchen hängen. Die Sache wurde immer kreativer. Natürlich denkt Culver, wir wären die Schuldigen, aber er hat noch niemanden erwischt, und außerdem: können Sie sich vorstellen, daß erwachsene Männer und Frauen...?«

Und er grinste Lucas Geary mit gefletschten Zähnen an. Lucas grinste zurück, eine weiße Sichel in seinem roten Piratenbart, hielt die Hände hoch, als wollte er Matts Gesicht in einen imaginären Bilderrahmen setzen, und sagte: »Schockierend.«

»Was halten Sie davon, wenn wir etwas trinken gehen?« fragte Matt, und die beiden spazierten hinaus in den frühlingshaften Mittag, um sich an Cutty Sark und der Hühnerleber bei Emile's gütlich zu tun.

Ich glaube, das war der Beginn einer wunderbaren Freundschaft. Danach sah man Lucas Geary selten ohne Matt. Lucas verbrachte lange Stunden auf dem Boden von Matts Büro, wobei er über seinen Kontaktabzügen brütete und dabei auf Matts Tonband Ramsey Lewis und das Modern Jazz Quartett anhörte, und wenn er und Matt nicht allein zum Mittag- oder Abendessen gingen, kam er mit uns zu den Essenseinladungen, als gehöre er zu uns. Hank erzählte mir, die beiden gingen an vielen Abenden miteinander aus und kämen oft erst in den frühen Morgenstunden nach Hause, und Matt übernachte oft bei Lucas am Ansley Park, in dem luftigen, versteckt liegenden Gästehäuschen hinter dem großen und auf elegante Weise schäbigen Haus der Witwe eines ehemaligen Dirigenten des Atlanta Symphony Orchestra. Lucas' Wohnung war, wie Hank berichtete, überraschend gut eingerichtet und luxuriös für jemanden, der offenbar so gut wie kein Einkommen hatte, und Matt vermutete, einige von den Möbeln und viele Gemälde, Bücher und Schallplatten seien wohl aus der Wohnung der alten Dame dorthin gewandert. Lucas verbrachte ziemlich viel Zeit bei ihr und unterhielt sich mit ihr über Musik, und sie war geradezu vernarrt in ihn. Hank hielt zwar einen Großteil von Lucas' Gerede über Musik für Blödsinn, aber Lucas schien ziemlich viel über alle möglichen Arten von Musik zu wissen. Er erledigte offenbar auch Aufträge und einfache Reparaturen für die Witwe, brachte sie manchmal mit dem Morgan zum Lebensmittelladen oder zum Arzt, oder er führte ihren räudigen alten Pudel aus. Sowohl die alte Dame als auch Lucas Geary hatten ihre Vorteile von diesem Arrangement, und Matt gefiel die kultivierte Atmosphäre und die Bequemlichlichkeit in Lucas' Gästehäuschen.

»Vermutlich bekommt wenigstens Alicia zur Zeit genügend Schlaf«, feixte Hank.

Alicia war in diesen ersten zarten Frühlingstagen nicht gerade glücklich. Natürlich sagte sie kein Wort, aber wir sahen sie nach unseren Ausflügen ins Top of Peachtree nicht mehr zu Matt ins Auto steigen; statt dessen fuhren Matt und Lucas gemeinsam fort, und Alicia mußte mit verkniffenem Mund gemeinsam mit uns warten, bis ihr kleiner gelber VW über die Rampe des Parkplatzes heruntergefahren wurde. Tom Gordon behauptete, bis zu diesem Frühling habe niemand gewußt, was für ein Auto sie fuhr.

Nachdem Matt und Lucas unzertrennlich geworden waren, erschien Alicia mehrere Wochen lang fast täglich in einem neuen Outfit, mit frisch lackierten Fingernägeln und zwei- oder dreimal auch mit einem neuen Haarschnitt. Aber obwohl sie noch immer viel Zeit mit Matt in seinem Büro verbrachte, war jetzt Lucas ebenfalls dort, auf dem Rücken oder auf dem Bauch liegend, wie es ihm gerade paßte. Alicia fotografiere er niemals, behauptete Hank.

Über Matts Frauen war immer schon geredet worden, und jetzt blühte der Klatsch über Lucas Gearys beinahe mystische Wirkung auf jedes weibliche Wesen unter Sechzig. Man erzählte sich von Frauen in anderen Städten, die ihn auf seinen Reportagereisen fieberhaft verfolgten, und davon, daß ihm überall im ganzen Süden Frauen Schlüssel und flehentliche Botschaften unter der Hotelzimmertür durchschoben, und von schönen Frauen aller Rassen, die bei ihm, wenn er zu Hause war, an die Tür klopften, und von sanften Stimmen in seinem Telefon rund um die Uhr. Jede Beziehung beende er nach ein oder zwei Monaten, so wurde behauptet, und er habe immer zwei oder drei parallel laufen. Es wurden sogar Andeutungen laut über eine verlassene Ehefrau in dieser Stadt im Norden oder einen kleinen rothaarigen Bastard in jener.

Ich konnte das ganze Gerede kaum glauben. Erstens, was hatte dieser schlaksige, schäbige, ungekämmte und schlagfertige

Ire schon an sich, daß er eine derartig gefährliche Anziehungskraft ausstrahlte? Mein Eindruck von Lucas Geary war eher, daß er meistens faul, oft sarkastisch bis zur Beleidigung und an den Frauen in unserem Büro auf gutmütige Weise uninteressiert war. Er konzentrierte sich in erster Linie auf seine Arbeit und auf die Gespräche mit Matt. Und zweitens, wann sollten diese legendären Affären eigentlich stattfinden? Wenn er sich nicht mit Matt zusammengetan hätte, könnte ich mir vorstellen, wann er für eine Liebesgeschichte Zeit hatte. Aber Verführungen im Doppel schienen mir eigentlich nicht gerade Matts Stil. Ich schrieb diese Geschichten eher seinem überragenden Ruhm als Fotograf der frühen Bürgerrechtsbewegung und der Feindseligkeit von Culver Carnes und seinem Gefolge zu.

Letztere pflegte Lucas sorgsam. Außer der Tatsache, daß er Fotos von der Unterwäsche sämtlicher Sekretärinnen der Handelskammer, inklusive Culvers Privatsekretärin, gemacht hatte, lud er Francis Brewton und Mr. Tommy T. Bliss zum Mittagessen in den Capital City Club ein und ließ das Essen auf Culver Carnes' Konto schreiben. Er ging allein und manchmal tagelang mit seiner Kamera in die ärmsten, heruntergekommensten und brodelndsten Sozialwohnungsbauten und Slumgegenden der Stadt und erzählte den mißtrauischen Bewohnern, er mache Aufnahmen für Culver Carnes von der Handelskammer.

»Matt sagt, einen Menschen, der so wenig Angst hat, habe er noch nie gesehen«, erzählte mir Hank eines Tages. »Dabei ist Lucas eigentlich kein brutaler Macho oder ähnliches. Matt sagt, ihm fehle lediglich die menschliche Eigenschaft der Furcht. Alle Gefühle fließen in seine Fotos. Matt sagt, eines Tages wird er dabei noch umgebracht werden.«

»Ich habe mir immer vorgestellt, daß er mal im Bett sterben wird«, erwiderte ich. »Natürlich nicht in seinem eigenen.«

»Hat er dich angemacht?« wollte Hank wissen und runzelte die Stirn.

»Nein, natürlich nicht. Sei nicht albern«, antwortete ich. Es gab, wie ich wußte, ein ungeschriebenes Gesetz, das freien Mitarbeitern verbot, den Frauen im Redaktionsstab Avancen zu machen, daher wäre ich ernsthaft überrascht gewesen, wenn Lucas Geary das bei mir oder einer anderen Frau beim *Downtown* versucht hätte. Aber die Geschichten, die wie Rauch um seine Person hingen, waren faszinierend...

Es war ein herrlicher Frühling, selbst für eine Stadt, die sich in der nationalen Presse ihres Frühlingswetters brüstete. Ich weiß noch immer keinen Ort, wo der April schöner ist. Die Vormittage und die Abende sind frisch und kühl, und die Sonne läuft vom Himmel wie flüssiger Honig, warm, ohne das lastende, feuchte Gewicht des bevorstehenden Sommers. Die Erde ist so rot wie Fleisch oder Blut und so fruchtbar, daß man beinahe das Knacksen und Rascheln hören kann, mit dem sich die Pflanzen aus dem Boden schieben. Die neuen Blätter schimmern in tausend Schattierungen von Rosa, Rot, Goldfarben und Grün. In diesem ersten Frühling konnte ich es im Haus kaum aushalten; verzückt betrachtete ich den erstaunlich und gespenstisch weißen Schneefall des Hartriegels in den staubgrünen Baumgruppen und die Straßenlaternen, die durch das junge Blattwerk strahlten. Azaleen wogten durch die bewaldeten Hügel des Nordwestens, wo die großen Häuser von Buckhead standen. Brad und ich verbrachten mehr als nur ein paar Abende damit, im Flügeltüren-Mercedes seines Bruders durch die Straßen zu fahren und die Düfte und Panoramen, die der April bot, zu genießen. Mit Teddy spazierte ich oft über die dunkle Fläche des Bobby-Jones-Golfplatzes. Dabei sprachen wir wenig und atmeten lediglich den süßen Nachtwind ein. Selbst in der Innenstadt, wenn wir nach einem Abend im Restaurant auf dem Weg zur Garage waren, blieben die Mitarbeiter der Redaktion immer wieder stehen, hoben die Köpfe in den Abendhimmel, der milchweiß von Sternen war, und streckten die Arme aus, als wollten sie warmen Regen spüren. In diesem Jahr verliebte ich mich in den Frühling.

Eines Abends, Mitte April, holte mich Brad von der Arbeit ab und erklärte, er wolle mir in seiner kleinen Wohnung im Gästehaus ein Abendessen kochen.

»Ich bin wirklich ein Künstler, wenn auch nur mit einer kleinen Auswahl«, sagte er. »Ich kann hervorragend Steaks, Hamburger und Spaghetti zubereiten. Wir essen auf meiner Terrasse und trinken am Swimmingpool Champagner. Wir könnten auch schwimmen, aber der Pool ist noch nicht saubergemacht, und ich schwimme nicht gerne in etwas, das wie Götterspeise aussieht. Vielleicht betrinken wir uns auch.«

Ich sah ihn von der Seite her an. Er lächelte und blinzelte mir zu. Im weichen Dämmerlicht sah er entspannt, sorglos und jung aus; er hatte seinen Seersuckermantel auf den Rücksitz geworfen, die Krawatte gelockert und seine Ärmel aufgerollt. Die letzten Sonnenstrahlen glitzerten golden auf den Haaren an seinen Unterarmen. Diese waren wie seine Hände gebräunt, mit Adern überzogen und sehr muskulös. Ich vergaß oft für lange Zeit, daß Brad Baufacharbeiter war und seine Karriere in den Bautrupps seines Vaters begonnen hatte.

»Deine Eltern sind wohl nicht zu Hause«, sagte ich.

»Doch, aber sie sind beschäftigt. Sie haben Besuch. Und außerdem war Mutter so begeistert von dem YMOG-Artikel, den du geschrieben hast, daß sie fünfzig Exemplare des Heftes bestellt hat. Du bist jetzt ganz oben auf ihrer Liste.«

»Da bin ich ja außerordentlich froh«, sagte ich säuerlich, und er lachte.

»Entspann dich. Wir werden sie nicht zu Gesicht bekommen. Wir fahren direkt nach hinten zu meiner Wohnung. Wenn die Bäume belaubt sind, kann man sie, abgesehen von den Lichtern, vom Haupthaus aus nicht sehen. Sie wird nicht erfahren, daß du da bist, wenn du es nicht willst.«

»Ich werde mich nicht an deiner Mutter vorbeischleichen, nur um bei dir zu Abend zu essen«, sagte ich. »Lieber esse ich Hamburger bei Harry's.«

»Ich würde nie von dir verlangen, daß du dich hineinschleichst, Smoky«, erklärte er.

Als wir zwischen den großen, weißgestrichenen Pfosten aus Ziegelsteinen hindurchfuhren, erinnerte ich mich an etwas, das ich einmal im Englischunterricht gehört hatte: »Gestern nacht träumte mir, ich sei wieder in Manderley. Ich konnte zuerst nicht hineingelangen, denn der Weg war mir versperrt...«

»O ja, ich konnte mir Mutter immer gut als Rebecca vorstellen«, sagte Brad. »Oder meine ich Mrs. Danvers?«

»Sie sind ein Mann mit vielen Talenten, Mr. Hunt«, bemerkte ich. »Wann findest du Zeit zum Lesen?«

»Ich habe den Film gesehen«, sagte er, »und er gefiel mir außergewöhnlich gut. Willst du einiges davon erleben?«

»Halte die Klappe und fahre!« antwortete ich, und er jagte das Auto die lange Auffahrt hinauf.

Der Weg beschrieb vor dem großen weißen Haus einen Halbkreis und bog dann um die Ecke zum hinteren Teil des Grundstücks. Ich hatte erwartet, daß wir ihm bis in das Dickicht aus hohen Hartriegelbüschen folgten, das hinter dem Haus lag, aber Brad bremste plötzlich und hielt an. Unter dem überdachten Abstellplatz standen zwei oder drei fremde Autos, dunkle und elegante Cadillacs und Lincolns.

»Gehen wir hinein?« fragte ich und warf einen Blick auf meine pinkfarbenen, geblümten Schlaghosen und das knappsitzende pinkfarbene T-Shirt. »Für einen Besuch bin ich eigentlich nicht gerade passend gekleidet.«

»Nur für eine Minute. Ich möchte, daß du jemanden kennenlernst«, sagte er. »Du siehst hübsch aus. Es ist keine Party, nur einige von Dads Freunden sind zu Besuch, die sich bei einem Drink ein bißchen Klatsch erzählen.«

»Was für Klatsch?«

»Ich fürchte, dein alter Freund Boy Slattery hat sich etwas danebenbenommen, und einige Leute haben sich zusammengesetzt und überlegen jetzt, wie sie ihn abschießen können. Er hat der Presse gegenüber wieder einmal das Maul ziemlich aufgerissen. *Newsweek* hat einen wirklich hübschen Satz von ihm zitiert, wie er sich kürzlich über die Finanzierung von Kindergärten für kleine Affen aus dem Dschungel geäußert hat. Das bezog sich auf Gelder der Regierung, mit denen Ben Cameron schon fest für ein Kindergarten- und Vorschulprogramm in der Projektsiedlung gerechnet hatte. Ben Cameron ist zur Regierung gegangen, weil man ihn dort liebt, seit er vor ein paar Jahren drunten in Vine City von diesem Auto gefallen ist, und weil er wußte, daß er vom Staat Georgia keinen müden Dollar bekommt. Lint Wylie hätte ihm das Geld ja bewilligt, aber Boy und seine Kläffer, wie Ben sie nennt, wollen jeden Penny für die Schwarzen von Atlanta bis zum Sankt Nimmerleinstag blockieren. Wie ich gehört habe, waren LBJs Leute schon bereit, auszuhelfen, und dann besäuft sich Boy auf einer Barbecueparty des Parlaments im Januar und spuckt der Presse gegenüber große Töne. Und jetzt ist das Weiße Haus pikiert und will Georgia in aller Öffentlichkeit bestrafen. Man kann es ihnen wirklich nicht verdenken. Ben macht jetzt bei Boys sämtlichen Freunden die Runde und bittet sie, ihn zur Vernunft zu bringen. Bei Dad beißt er sich da vermutlich die Zähne aus, aber ich kenne Ben. Er probiert es trotzdem. Eigentlich sollte einmal jemand den alten Boy auf die Jagd mitnehmen und dafür sorgen, daß er einen kleinen Unfall hat. Vielleicht hofft Ben auch darauf. Boy und Dad gehen ziemlich oft miteinander auf die Jagd in der Gegend von Thomasville.«

»Bei so einem Treffen habe ich wirklich nichts zu suchen«, entgegnete ich voller Überzeugung, aber ich war auch interessiert. Ben Cameron. Seit mehreren Jahren sah ich das gebräunte

Gesicht und die gleichmütigen grauen Augen des legendären Ben Cameron, des Bürgermeisters von Atlanta, immer wieder in den Zeitungen von Georgia und in der nationalen Presse. Sein rostroter Haarschopf und das breite Grinsen waren mit den lächelnden Gesichtern vieler meiner Helden abgebildet gewesen: John F. Kennedy, Robert Kennedy, Dr. Martin Luther King jr. Er war ein reicher Mann, ein Patriarch, und dennoch ein unermüdlicher und pragmatischer Kämpfer für die Bürgerrechte, wie sie in der Verfassung standen. Und er hatte nicht nur für die Durchsetzung der Rechte gesorgt; er hatte sich auch mehr als einmal selbst in Gefahr begeben, wie damals, als er an einem glühend heißen Sommertag in einem der schlimmsten Ghettos der Stadt mitten in einer Menge wütender Neger, in der er weit und breit der einzige Weiße war, auf einem Auto stand. Schreiend bat er um Ruhe und bemühte sich um Verständigung, bis sich die Menschenmenge teilte, er niedergeschlagen wurde und, wie er später sagte, auf seinem Arsch landete. Ich hätte viel darum gegeben, Ben Cameron kennenzulernen. Dafür würde ich es selbst mit Marylou Hunt aufnehmen.

Sie stand auf der langen, vergitterten Veranda, die sich über die hintere Länge des Hauses erstreckte, und servierte den drei oder vier Männern, die bequem auf den gemütlichen alten Korbstühlen saßen, Cocktails in hohen Gläsern auf einem Tablett. Keiner der Männer trug sein Jackett, und die meisten hatten, wie Brad, die Krawatte abgelegt und die Ärmel aufgerollt. Marylou Hunt trug einen langen geblümten Kaftan, in dem ich ein Modell von Lilly Pulitzer erkannte. Genau wie am Silvesterabend, als ich sie zuletzt gesehen hatte, war ihr silbriges Haar streng aus dem wunderschönen Gesicht gekämmt, und in ihrem Nackenknoten steeckte eine große, feuerrote Azaleenblüte. Die Farbe der Blüte paßte zu den roten und lachsfarbenen Flecken im Muster des Kimonos und betonte die samtige, frische Bräune ihrer Haut, die ihre blauen Augen leuchten ließ. Beim Anblick ihres Sohnes lächelte sie, und das Lächeln wurde breiter und änderte seinen Charakter, als sie mich sah. Brad hatte die gleichen kleinen, sehr weißen Zähne wie sie, und manchmal ähnelten beide schönen, knurrenden Tieren. So sah sie jetzt aus.

»Die Kinder«, sagte sie. »Wie nett. Kommt herein und trinkt etwas mit uns. Diese Jungs hier sind mit ihrer albernen Geschäftsbesprechung schon fast fertig. Bradley, ich bin sicher, daß du dich noch an Brads kleine Freundin Sooty erinnerst. Sooty, das sind Evan Tarpley und George Carmichael, und natürlich kennen Sie unseren Bürgermeister und Bradleys und meinen guten Freund Ben Cameron. Meine Herren, das ist Sooty... O'Leary, nicht wahr, meine Liebe?«

»Mein Name ist Smoky«, sagte ich und fühlte, wie meine Brust heiß wurde. Warum hatte ich mir das nur angetan? »Smoky O'Donnell. Ich freue mich, Sie alle kennenzulernen.«

Alle lächelten, und Marylou stieß einen kleinen Schrei offenkundig unechten Bedauerns aus und sagte: »Natürlich, Smoky«, und einer der Männer – ich glaube, Evan Tarpley – sagte: »Ach, sieh an, Miss Smoky O'Donnell. Ich freue mich außerordentlich, Ihre Bekanntschaft zu machen. Habe ich Ihren Namen nicht vor ein paar Tagen unter einem Artikel über diesen Knaben hier gelesen? Und habe ich da nicht so eine Geschichte gehört, wie Sie es vor einiger Zeit Boy Slattery beim Billard gezeigt haben?«

»Ich fürchte, beides ist richtig«, sagte ich und lächelte dankbar.

»Das war ein guter Artikel, Smoky«, sagte Ben Cameron mit einer Stimme, die mir zugleich vertraut und unbekannt war. »Und der Arschtritt war noch besser, wenn Sie mir meine Ausdrucksweise verzeihen.«

»Das ist das Mädel?« fragte George Carmichael, und Brad lachte und bestätigte es. Sie lachten alle, sogar Brads Vater, allerdings unwillig, wie ich annahm. Sein fülliges Gesicht war, als wir kamen, gerötet gewesen und hatte einen stumpfen Ausdruck gezeigt.

Marylou Hunt lachte ebenfalls, ein hohes Klirren.

»Gegen kämpfende Iren hat Boy keine Chance«, sagte sie.

»Offenbar nicht«, erwiderte der Bürgermeister. »Vielleicht könnten wir Smoky in unserer Mannschaft brauchen.«

»Das ist übrigens genau der Grund, weshalb ich sie hergebracht habe«, sagte Brad. »Wenn Sie mir die Einmischung verzeihen, Ben, aber ich habe eine wundervolle Idee, wie man Boy den Mund stopfen und zugleich unsere Seite gut darstellen könnte. Ich dachte, Sie würden sie vielleicht gerne hören.«

Ben Cameron nahm sich ein Glas von Marylou Hunts Tablett, lehnte sich in seinem Stuhl zurück und legte die langen Beine hoch. Er lächelte Marylou an und hob das Glas in Brads und meine Richtung.

»So etwas höre ich immer gerne, Brad, das wissen Sie doch«, sagte er.

»Nun, es ist folgendermaßen«, sagte Brad, zog sich einen Stuhl neben Ben Cameron und setzte sich rittlings darauf, die Arme über der Stuhllehne gekreuzt. Er bewegte sich mit der Selbstverständlichkeit eines Mannes, der seit seiner Geburt mit einflußreichen Menschen zu tun hat. Seine Mutter lächelte ihn liebevoll an; sein Vater warf ihm einen vorsichtigen, undefinierbaren Blick zu.

»Sie wissen doch, FOCUS, die Kommission, die Sie vor einiger Zeit eingesetzt haben, mit Vertretern aus Firmenkreisen, der Politik und dem ... äh, geistlichen ... Bereich, um Möglichkeiten zu suchen, wie die Privatwirtschaft der Stadt helfen könnte? Ich sitze darin, und Smokys Chef Matt Comfort, Sie kennen ja Matt ... na ja, Sie kennen jeden, der in dieser Kommission ist. Ihr Büro hat sie zusammengestellt.«

Ben Cameron nickte und ließ Brad nicht aus den Augen.

»Ja, ich weiß schon, man kann so etwas nicht auf der offiziellen Schiene laufen lassen, sonst machen Ihnen die Stadt und der Staat die Hölle heiß, aber wie wäre es, wenn wir dieser Kommission ein bißchen Einfluß verschaffen? Man könnte eine ständige Einrichtung daraus machen, so eine richtig gute fortlaufende PR-Kampagne, nur mit mehr ... Redlichkeit, mehr Kraft. Wenn man, sagen wir einmal im Monat, jedesmal ein anderes Thema ins Rampenlicht stellt, in Zusammenarbeit mit einem Team aus der Privatwirtschaft, und einem Plan, wie man es angehen könnte? Sie haben in FOCUS eine Menge talentierte Leute, und Sie könnten die Kommission noch erweitern, mit ein paar Leuten, die uns sagen können, wo die wirklichen Probleme liegen, und die sich passende Lösungen ausdenken. Dazu bräuchten Sie lediglich Geld. Ich glaube, wenn man der Öffentlichkeit die Probleme erklärt und dazu Lösungsvorschläge präsentiert und Möglichkeiten, wie man diese verwirklichen kann, dann wären die Leute auch bereit, Geld zu investieren. Bestimmt würden sich die führenden Geschäftsleute beteiligen, und ich könnte mir auch vorstellen, wenn das eine regelmäßige Medienkampagne würde, dann würde man in Washington sehen, daß wir es hier im Süden ernst meinen und wissen, wie man die Probleme angehen muß, und das auch tun, ganz egal, was solche Sturköpfe wie Boy Slattery erzählen. Vielleicht wäre man dann dort auch bereit, mehr Geld springen zu lassen.«

Alle Anwesenden sahen Brad an. Sein Vater runzelte die Stirn, und seine Mutter starrte auf ihn.

»Interessant«, meinte Ben Cameron. »Nur, daß eine PR-Kampagne solchen Ausmaßes eine Menge kosten würde, und PR klingt immer wie PR, ganz egal, wie hübsch man sie aufbereitet.«

»Na ja, wissen Sie, das kommt ganz darauf an, wie man die Sache präsentiert«, antwortete Brad gelassen. »Sie kennen doch John Howard, oder? Von Selma, und jetzt ist er drüben am Morehouse, glaube ich.«

»O ja, John kenne ich. Ein guter Mann«, sagte Ben Cameron. »Nur wenige wissen, wie oft er mir schon geholfen hat. Was ist mit ihm?«

»Ich stelle mir eine fortlaufende Reportageserie im *Downtown Magazine* vor, in Farbe, mehrseitig, bei der FOCUS im Mittelpunkt steht, und dazu eine Einsatzgruppe, die sich jeden Monat mit einem neuen Problembereich beschäftigt. John Howard sehe ich dabei als Vertreter der Schwarzen – denn machen wir uns nichts vor, dort werden die Hauptprobleme liegen – und als eine Art Moderator der Serie. Smoky hier würde das Ganze schreiben, denn sie kennt Howard und sie ist gut, und ein Fotograf namens Lucas Geary würde jeden Monat die Fotos dazu machen. Sie wissen schon, FOCUS über Kindergärten, FOCUS über Wohnungsprobleme, FOCUS über die Arbeitsbedingungen der städtischen Beschäftigten, FOCUS über Gesundheitsfürsorge für alte Leute, FOCUS über das Grady-Krankenhaus, FOCUS über Straßenbanden...«

»Ich weiß schon.« Ben Cameron nickte.

»... und das Ganze fotografiert vom bekanntesten jungen Fotografen des Landes, demjenigen, der das Bild von Howard gemacht hat, als er auf der Edmund-Pettus-Brücke diesen Schlag auf den Kopf bekam. Es war ein sagenhaftes Foto, jede Zeitung hat es gedruckt. Geary veröffentlicht jetzt in allen großen Zeitschriften, und Matt Comfort hat ihn fest zum *Downtown* bekommen, fragen Sie mich nicht, wie er das gemacht hat.«

Ben Cameron lachte. »Ich frage nie, wie Matt irgend ewas macht.«

»Damit könnten wir zeigen, daß wir im Süden tolle Autoren und tolle Fotografen haben, die besten im ganzen Land«, sagte Brad. »Das geht weit über eine PR-Kampagne hinaus. Die Tatsache, daß es offiziell gesponsert wird, sozusagen, würde mich dabei überhaupt nicht stören.«

»Nein, denken Sie nur an Agee, Walker Evans und Dorothy

Stead für die *WPA*«, sagte ich und vergaß völlig meine Schüchternheit und in wessen Haus ich mich befand.

»Gutes Argument«, sagte der Bürgermeister. »Aber woher wollen Sie wissen, daß einer von diesen Leuten damit einverstanden wäre?«

»Na ja, Matt würde es machen, wenn Culver es von ihm verlangen würde«, sagte Brad mit einem Lächeln. »Und Geary wäre begeistert, und Smoky auch, und ich glaube, John Howard würde es Geary zuliebe tun. Und ich glaube, ich könnte Ihnen versprechen, daß der größte Teil der Geschäftswelt es sehr begrüßen würde, sich an der Lösung zu beteiligen und nicht nur das Problem zu sehen. Für die Baufirmen kann ich das hier und heute schon zusagen. Und ich wette, Evan und George wären bereit, auch aus ihren Branchen entsprechende Ressourcen anzubieten. Das könnte eine große Wirkung haben, und selbst Boy würde sich seine Worte zweimal überlegen, wenn die Jungs, mit denen er pokert und auf die Jagd geht, mit der schwarzen Bevölkerung zusammenarbeiten.«

Es herrschte Stille. Ben Cameron starrte Brad an und nickte langsam, aber der Blick in seinen grauen Augen verriet, daß er in Gedanken weit weg war. Die beiden anderen Männer sahen erst einander und dann Ben an und nickten ebenfalls. Brads Vater sagte nichts, aber sein Gesicht wurde langsam purpurrot, und die Adern auf seinen Händen traten hervor. Marylou Hunt stand so regungslos da, als wäre sie zu Stein erstarrt. Sie blinzelte nicht einmal. Aber weiße Linien verliefen wie gezackte Blitze von ihren Mundwinkeln bis zum Hals, und auf ihren Wangen und um die Augen standen weiße Flecke.

»Es wäre vielleicht nicht schlecht, wenn ich mich morgen früh mal mit Culver unterhalte«, sagte Ben. »Was halten Sie davon, Smoky? Glauben Sie, daß es funktionieren könnte? Meinen Sie, wir könnten das unterbringen?«

»Ich glaube, Mr. Carnes würde es sehr gerne machen, wenn

Sie es vorschlagen«, sagte ich. »Und ich glaube, Mr. Comfort wäre begeistert, selbst wenn die Idee von Mr. Carnes kommt. Was John Howard angeht, das weiß ich nicht, aber ich denke, Lucas würde die Sache gefallen, und ich würde es rasend gerne tun. Auf jeden Fall.«

»Dann werden wir mal sehen, was sich machen läßt«, sagte Ben Cameron und stand auf. »Sehr gut gedacht, Brad. Vielen Dank für die Idee und das Angebot, sich im Namen der Baufirmen zu beteiligen. Ich gehe davon aus, daß es keine ... familiären Probleme gibt, wenn Sie dabei mitmachen.«

Er lächelte Brads Vater und Mutter an. Es war ein gelassenes Lächeln, aber ein vielsagendes.

»Wir werden natürlich tun, was wir können, wenn sich alle anderen beteiligen«, sagte Mr. Hunt steif. Ich sah, daß eine Ader an seiner Schläfe pulsierte.

»Was für eine seltsame kleine Idee, Brad«, bemerkte Marylou Hunt mit Eis in der Stimme. »Wie bist du nur darauf gekommen?«

Sie warf mir einen Blick zu. Ich hielt ihm stand.

»Ich hatte Hilfe«, sagte Brad, und seine Mutter zeigte ihr zähnefletschendes Lächeln. Er lächelte genauso zurück.

»Das kann ich mir vorstellen«, zischte sie.

»Na ja, dann gehen wir mal«, sagte Brad. »Ich werde heute abend für Smoky kochen. Sie kann sich nicht vorstellen, daß ich irgendwelche hausmännischen Qualitäten habe.«

»Das würde ich gerne sehen«, meinte Ben Cameron lächelnd und gab ihm einen Klaps auf die Schulter. »Passen Sie auf, daß er eine Schürze anzieht, Smoky, und lassen Sie sich nicht überreden, das Geschirr abzuwaschen.«

»Ach, ich kann mir nicht vorstellen, daß Smoky vorhat, das Geschirr zu spülen.« Marylou Hunt gelang es nicht, die Gehässigkeit in ihrer Stimme zu verbergen.

»Nein, das mache ich auch nicht«, sagte ich. »Fenster putzen, das tue ich, aber Geschirrspülen niemals. Guten Abend, Mr. Cameron, Mr. Tarpley, Mr. Carmichael. Mr. Hunt. Mrs. Hunt. Ich hoffe, wir sehen uns bald wieder.«

»Oh, ganz bestimmt«, sagte Brad, winkte kurz über seine Schulter hinweg und begleitete mich von der Veranda.

Hinter mir hörte ich Marylou Hunt leise, aber in scharfem Ton rufen: »Bradley, warte einen Moment.«

»Später, Ma«, sagte er, ohne sich umzudrehen.

Erst als wir durchs Wohnzimmer auf die Vorderveranda gegangen waren, sagte er: »Sie haßt es, wenn ich sie Ma nenne.«

Es wurde sehr spät in dem Häuschen hinter dem großen Haus von Brads Eltern. In der winzigen Küche kochte er für mich tatsächlich Spaghetti, die besser waren als üblich, und wir tranken tatsächlich Champagner und aßen an den kleinen Tischchen auf seiner Miniveranda, von der aus man über den stillen, unbeweglichen Swimmingpool blickte. Die Zikaden zirpten, und aus der Nähe wehte der schwere, herzzerreißende Duft von Mimosen. Er zündete Kerzen an, und wir tranken auf uns, auf den Frühling und die mögliche neue FOCUS-Serie. Ein- oder zweimal beugte er sich herüber und küßte mich sanft. Es wurde ein zauberhafter Abend, obwohl er so unangenehm begonnen hatte. Aber es gelang mir nicht, mich wirklich zu entspannen und ihn völlig zu genießen. Marylou Hunt war einfach zu nah. Natürlich konnte ich sie nicht sehen, aber am späten Abend bemerkte ich das Licht aus dem Zimmer, das, wie ich wußte, ihr Schlafzimmer sein mußte, und ich spürte, wie sie um uns herumschlich, mit ihren ungewöhnlichen Augen – Brads Augen.

»Sie kann uns nicht sehen«, sagte er einmal, als ich mich ihm nach einem langen Kuß entzog. Wir lagen ausgestreckt in einem Liegestuhl neben dem Becken, und ich wußte, daß jeder im Haus uns hätte sehen können, wären da nicht die schützenden Bäume gewesen.

»Weißt du das genau?«

»Ich bin mir sicher. Als ich ein Kind war, hatte ich das Schlafzimmer neben ihrem und habe versucht, die Erwachsenen am Swimmingpool zu beobachten. Es geht nicht.«

»Aber sie sieht das Licht...«

»Na und?«

»Dann weiß sie, wie lange ich hier bin.«

Er streckte die Hand aus und löschte die Kerze mit Daumen und Zeigefinger.

»Nein, das weiß sie nicht. Außerdem würde mir das nichts ausmachen.«

Ich hatte nicht angenommen, daß es ihn stören würde. Er stand unter Spannung und war sehr angeregt; in ihm pochte eine Art innere Energie, als laufe tief in seinem Innern ein leiser Motor. Das war etwas ganz anderes als seine sonstige lässige Ruhe und auf eine direkte, körperliche Art erregend. Andererseits spürte ich ganz schwach etwas – was für ein Wort konnte das beschreiben? »Gefährlich« war es doch wohl nicht? – an dem Zusammensein mit Brad an diesem Abend. Aus dem sonst gewöhnlich langsamen, weichen, langen Küssen und Streicheln wurde sehr schnell etwas anderes, etwas Schnelles, Hartes und so Dringliches, daß ich, als ich mich endlich mit gerötetem Gesicht und heftig atmend von ihm löste, halb ausgezogen war und wir kurz davor standen, uns zu lieben. Ich setzte mich auf. Mein Herz hämmerte, und ich spürte etwas, das von Furcht nicht weit entfernt war.

»Hör auf. Nein. Ich kann nicht. Bitte, Brad...«

»Ich möchte, daß es heute abend passiert, Smoky.«

»Nein. Nicht hier. Verstehst du das nicht? Nicht direkt vor den Augen deiner Mutter, und nicht, um eine Art Sieg über sie zu feiern...«

Er setzte sich ebenfalls auf.

»Glaubst du das wirklich?«

Ich wußte, daß ich ihn verärgerte. Aber so war es nicht richtig, nicht für unser erstes Mal.

»Es tut mir leid, aber das ist nicht der richtige Ort.«

Er schwieg eine Weile und blickte hinaus in die Dunkelheit. Durch die Bäume sah man noch immer das einsame Licht.

»Herrgott, vielleicht hast du recht«, sagte er schließlich. »Daran ist etwas Wahres. Sie hat es zerstört, mit jedem anderen...«

»Jedem anderen Mädchen, an dem du interessiert warst?«

»Das wollte ich nicht sagen.«

Aber ich war überzeugt, daß er genau das hatte sagen wollen. Nach einem kurzen Moment stand ich auf, strich meine Kleider glatt und ging hinein, um mir das Gesicht zu waschen. Als ich wieder hinaustrat, stand er neben dem Becken, blickte stirnrunzelnd auf das Licht im großen Haus und warf mehrmals seine Autoschlüssel mit einer Hand hoch und fing sie wieder auf.

»Das war schlecht geplant von mir«, sagte er. »Sollen wir es noch einmal versuchen, außerhalb der feindlichen Linien, sozusagen? Eines nicht allzufernen Tages?«

Ich war erleichtert, daß er nicht wütend war, und empfand eine plötzliche Woge reinen Glücks und Wohlgefühls.

»Auf jeden Fall«, sagte ich, stellte mich auf die Zehenspitzen und küßte ihn auf die Wange.

Als wir schließlich von dem kleinen Haus am Pool wegfuhren, zeigte die grünleuchtende Uhr am Armaturenbrett halb drei Uhr morgens. Über uns leuchtete Marylou Hunts Licht noch immer wie ein Auge durch die durchscheinenden Blätter.

7. Kapitel

An einem ruhigen, grünen Wochenende im Mai luden Teddys Eltern die Redaktionsmitglieder für einen Nachmittag zum Schwimmen ein, mit anschließendem Picknick im Garten. Dieses kleine Ritual hatten die Fairchilds im ersten Jahr von Teddys Anstellung beim *Downtown* eingeführt, und obwohl Matt mißmutig knurrte, warum er einen Sonntagnachmittag damit verbringen sollte, bürgerliche Egos im Norden Atlantas zu streicheln, traf er doch als erster ein. Teddy war schon früher hingefahren, um ihren Eltern zu helfen, und Brad holte mich im Colonial Homes ab. Als wir ankamen, lag Matt ausgestreckt in einem Stuhl neben dem ovalen Pool, hielt einen Gin-Tonic in der Hand und gestikulierte, während er mit Oliver Fairchild und Teddys Bruder Ollie redete. Oder genauer gesagt, er dozierte. Ich kannte den Tonfall, den seine klangvolle Stimme immer annahm, wenn er den Visionär spielte, wie Hank das nannte.

»... in nicht mehr als zehn Jahren, ob euch in Buckhead das paßt oder nicht«, hörte ich ihn sagen und wußte, daß Hank recht hatte. In regelmäßigen Abständen belehrte Matt den »Club« über die Kurzsichtigkeit seiner Mitglieder in dieser Sache oder ihre Unfähigkeit zur Anpassung in jener. Oliver Fairchild nickte nachdenklich und hielt den Blick fest auf Matts konzentriertes Gesicht gerichtet. Ich fragte mich oft, warum der »Club« das duldete. Aber alle Mitglieder schienen Matts Worten gebannt zu lauschen. Bei einem armen Jungen aus dem Westen von Texas erzeugte das vermutlich eine Art Machtrausch.

Matt trug eine weite Badehose und darüber ein Oxfordhemd,

dessen Saum heraushing. Beide Kleidungsstücke waren so zerknittert, als hätte er sie gerade erst aus dem Wäschetrockner gezogen. Seine Augen wurden von einer Sonnenbrille mit Nikkelgestell geschützt, und sein Haarschopf glühte in der Sonne wie brennende Kohlen. Die dünnen Arme und Beine waren bleich, und in dem weich gepolsterten Stuhl sah er ganz wie ein altkluges, sommersprossiges Kind aus. Seine Füße waren schmal und so weiß, daß sie fast bläulich wirkten. Plötzlich erinnerte er mich an ein kleines Amphibiengeschöpf, das ins ungewohnte Sonnenlicht blinzelt – wenn man von seinem Haar absah. Das Haar veränderte diesen Eindruck völlig.

»Hallo, Matt«, sagte ich, nachdem ich Mr. Fairchild und Ollie begrüßt hatte. »Ich habe Sie noch nie zuvor ohne Kleider gesehen.«

Er grinste.

»Hallo, Smoky. Ich kann gar nicht abwarten, bis ich dasselbe über Sie sagen kann.«

Es war ein schöner Tag. Gegen den ständigen Marschschritt in der täglichen Routine des *Downtown Magazine* wirkte ein Tag in der Sonne und in diesem friedlichen, abgeschlossenen Stück Wohlstand hypnotisierend. Wir schwammen und lagen faul in der Sonne, lauschten auf den leisen Jazz, der aus Ollie Fairchilds tragbarem Radiogerät kam, und nippten an den Cocktails, die uns Teddys Vater aus der kleinen Bar unter dem Pavillon neben dem Pool holte. Um fünf Uhr, als die hochstehende Sonne nicht mehr so stechend war, waren die meisten von uns schläfrig und ein bißchen betrunken, nur Matt nicht. Seine Wangen glühten, und er sprach noch abgehackter und überschwenglicher als bei unserer Ankunft. Ich hatte schon bemerkt, daß Matt nie betrunken wurde. Die einzige Wirkung, die Alkohol auf Matt zu haben schien, war, daß er ihn konzentrierter, produktiver und kraftvoller machte.

Ich betrachtete die kleine Gruppe auf der mit Ziegelsteinen

ausgelegten Poolterrasse. Die Fairchilds hatten Verlobte und Freunde ausdrücklich auch eingeladen, aber mit Ausnahme von Brad, der mich begleitete, und Charlies Frau hatte keiner jemanden mitgebracht. Charlie und seine Frau, die kaum jemanden kannten, hatten eine andere Verabredung vorgeschützt und waren schon früh gegangen, und ich dachte plötzlich an das, was Teddy zu mir gesagt hatte, eines Abends, kurz nachdem ich in ihre Wohnung gezogen war: »Für den Zauber geben wir alle etwas auf.« Es schien so, als hätten wir ziemlich viel dafür aufgegeben. Abgesehen von Charlie, hatten wir alle kaum Kontakt zu anderen Menschen. Hank hatte mir gesagt, daß es so kommen würde.

Aber für mich gilt das nicht, dachte ich, sah zu Brad hinüber und lächelte. Er hob sein Glas in meine Richtung und erwiderte das Lächeln. Sein schmales Gesicht unter dem hellen, lockigen Haar war frisch gebräunt und bronzefarben.

In diesem Augenblick habe ich alles, dachte ich, und schloß glücklich die Augen in dem Wohlgefühl aus Sonne und Gin.

Zwei von uns waren an diesem Tag nicht dabei. Alicia Crowley war nicht mit Matt zusammen gekommen, und Tom Gordon fehlte. Tom, das wußte ich, fuhr mit Lucas Geary durchs Land wegen eines doppelseitigen Fotoessays, das Matt sehr wichtig war. Nur unter Schwierigkeiten und mit offener Bestechung hatte Matt Culver Carnes dazu überreden können. Und niemand wußte, wo Alicia war, außer Matt, und der verriet es nicht.

»Sie hat andere Pläne«, sagte er und grinste so, daß man sich genau vorstellen konnte, welche Pläne Alicia haben könnte. »Alicia hat an diesem Wochenende etwas Geheimes und Privates vor. Möchtet ihr da nicht auch Mäuslein spielen?«

Wie aus heiterem Himmel, mit dieser verblüffenden Hellsichtigkeit, die ich in seiner Anwesenheit gelegentlich hatte, war mir plötzlich klar, daß er gar nicht wußte, wo Alicia war. Er war eifersüchtig und voreingenommen gegen alle Pläne, die ihn nicht einschlossen, obwohl er sie in letzter Zeit selten nach der Arbeit besuchte, außer Lucas Geary war ausgeflogen. Ich mochte Alicia nicht, aber mir gefiel auch nicht, wie Matt Comfort in ihrer Abwesenheit über sie sprach. Sie hatte jedes Privatleben für ihn aufgegeben, und er beachtete sie nur dann, wenn es ihm paßte.

»Na ja, ich könnte mir vorstellen, daß sie über ihre Pläne selbst entscheiden kann«, sagte ich und fühlte die letzten Sonnenstrahlen auf meinen geschlossenen Augen.

»Natürlich kann sie das«, antwortete Matt. »Meinetwegen soll sie doch alle gleichzeitig verwirklichen.«

Seine Stimme klang jetzt kalt und streitsüchtig, und Hank sagte: »Matt, erzählen Sie doch Mr. Fairchild von der Sache, die Sie Tom Gordon und Luke gerade machen lassen.«

Matt schwieg einen Moment, und fast glaubte ich, er würde mit Hank zu streiten anfangen oder ihn scharf zurechtweisen, aber dann lachte er und sagte: »Guter Themenwechsel, Cantwell. Also, Oliver, das ist folgendermaßen...«, und ich setzte mich auf, um mir seine Erklärung noch einmal anzuhören, denn ich war mir sicher, daß diese Fotoreportage eine der aufregendsten und großartigsten werden würde, die wir je im *Downtown Magazine* hatten.

Im Januar war Lucas Geary in San Francisco gewesen, wegen des vielbesprochenen »Human Be-in«, das im Haight-Ashbury-Viertel stattfand. Da ich fast einen Kontinent weit entfernt in einer Stadt lebte, die so sehr mit ihrem eigenen Vorwärtskommen beschäftigt war, daß uns Neuigkeiten von außerhalb oft erst Monate später wie herangewehter Rauch erreichten, kam mir das Be-in nur wie ein weiteres der wilden und irgendwie exotischen Treffen vor, veranstaltet von den legendären Hippies von San Francisco, die unsere Bewohner von Tight Squeeze an purer Theatralik in den Schatten stellten. Aber Lucas war betroffen und in gewisser Weise verändert zurückgekommen und hatte Fotos mitgebracht, deren Einzelheiten uns staunen machten und die uns prophetisch vorkamen.

»Das ist neu; es ist der Beginn von etwas völlig anderem«, berichtete er auf einer Redaktionskonferenz. Lucas drückte sich nie sehr genau aus. Aber die Fotos regten in Matt etwas an; er schien in ihnen das zu erkennen, was Lucas zu beschreiben versuchte. Diese Fähigkeit, Schlußfolgerungen zu ziehen und Verbindungen herzustellen, war eine seiner besten Gaben. Wir alle spürten die Kraft dieser Schwarzweißbilder, aber Matt war in der Lage, sie einzuschätzen.

Ein oder zwei Tage später verkündete er die Idee zu einer Fotoreportage, und wir konnten sehen, daß er deswegen sehr aufgeregt war. Er vibrierte geradezu vor Energie und spielte mit dem Kleingeld aus seinen Hosentaschen und seiner Armbanduhr, bis Teddy schließlich eingriff und ihm die Sachen wegnahm.

Er wollte Lucas und Tom Gordon durchs Land in die großen urbanen Zentren schicken, um, wie er sagte, zu sehen, was bei den jungen Leuten vor sich ging. Sie sollten die Brandherde der Aktivitäten und der Unruhen aufsuchen, die Enklaven in den großen Städten wie Haight in San Francisco und Tight Squeeze in Atlanta, und einen Fotobericht darüber machen. Matt wollte den Artikel »Der Kinderkreuzzug« nennen, weil so viele dieser jungen Leute noch sehr jung waren, und die Aussage sollte lediglich durch die Bilder und durch Toms Layout vermittelt werden. Dazu kämen vielleicht einige Bildunterschriften, aber sonst nichts. Die Geschichte stünde in den jungen Gesichtern zu lesen. Matt war der Ansicht, so eine Veröffentlichung sei wichtig und wertvoll für die Leser des *Downtown*; sie vermittle der Stadt eine Botschaft. Culver hatte diese Ansicht nicht geteilt, aber als Matt mit der Möglichkeit großer nationaler Anzeigenkunden winkte, gab er nach.

»Aber ich mußte ihm versprechen, daß er die nächsten drei

YMOGs auswählen darf«, sagte Matt. »Ich warne dich vor, Smoky.«

Oliver Fairchild senior und junior sahen erst einander und dann Matt mit ernstem Blick an.

»Interessant«, bemerkte Teddys Vater. »Und was für eine Botschaft könnten Ihrer Meinung nach diese ... äh, Hippies ... dort drüben in Kalifornien und in Boston und Washington und so weiter für uns hier unten haben? Abgesehen von diesem kleinen Nest um die Zehnte Straße, bekommen wir ja nicht viel von ihnen mit. Soweit ich das sehe, gehen unsere Kinder alle in die Schule, jobben im Sommer oder fahren ins Sommercamp und so weiter.«

Teddy schloß die Augen, und Hank Cantwell und ich warfen uns einen Blick zu. Offenbar hatte Teddys Vater keine Ahnung und ihr Bruder wohl auch nicht. In ihrer Welt, in Buckhead, im Nordwesten von Atlanta, taten die Jugendlichen aus den großen Villen genau das, was er aufgezählt hatte. Und die Welt außerhalb der Grenzen von Buckhead existierte für sie nicht.

Matt sah Oliver Fairchild einen Augenblick lang an, zuckte dann die Schultern und griff nach seinem frisch gefüllten Glas. Dann goß er sich die Hälfte seines Drinks in die Kehle.

»Diese jungen Leute sind das, was auf uns zukommt, Oliver«, sagte er. »Sie sind die Zukunft. Ich finde, wir sollten ihnen ein bißchen Zeit widmen.«

»Hier ganz bestimmt nicht«, murmelte Oliver Fairchild mit einem Lächeln. »Das hier ist, wenn man genau hinsieht, eine ziemlich einfache, kleine alte Welt.«

»Sie wird sich verändern. Ganz und gar«, entgegnete Matt in geduldigem Tonfall, aber in seinen Augen stand ein Glitzern. Ich dachte an Rachel Vaughn und ihre trotzige, klägliche, kleine Pappkartonscheibe mit Verhütungspillen in der Toilette des IHOP. Ich dachte an John Howards beschädigtes Gesicht. Ich blickte von Matt Comfort zu den Fairchilds, Vater und Sohn, und dann zu Brad. Alle drei betrachteten Matt mit ernstem, höflichem Interesse und aufmerksamem, interessiertem Gesichtsausdruck. Und dennoch hatte nichts von dem, was er gesagt hatte, etwas in ihnen bewirkt.

Das ist der Unterschied, dachte ich. Sie werden ihn verändern. Wenn er mit den Reichen und Mächtigen von Buckhead zusammen ist, mit den Leuten, die in solchen großen Häusern leben und den verschiedenen Clubs angehören, die die Politik und die gesellschaftlichen Regeln bestimmen, wird er von ihnen verändert. Er wird, ganz geringfügig und langsam, ein anderer. Aber sie selbst verändern sich nicht. Er kann bei ihnen nichts bewirken.

Und dann dachte ich, wenn er es nicht kann, kann es niemand. Nichts wird sie verändern. Und das war ein beunruhigender Gedanke.

Eine kurze Stille trat ein, als werde tief durchgeatmet, und dann ging der sonnendurchflutete Spätnachmittag weiter. Aus der Ferne hörte ich das Klirren von Porzellan und Besteck, weil Teddys Mutter, die Köchin und der Butler in der Küche Picknicktabletts zusammenstellten, um sie auf die Terrasse zu bringen.

»Es wird Zeit für eine weitere Runde«, sagte Oliver Fairchild und stand auf, um neue Getränke zu holen.

Ich streckte mich und sagte: »Ich glaube, ich muß diesen nassen Badeanzug ausziehen. Teddy, kommst du mit?«

»Ja«, sagte Teddy, und in diesem Augenblick hörten wir von der Vorderseite des großen Hauses den hellen Klang einer Autohupe. Wie Vogelgezwitscher klang es über die Rhododendren und Jasminbüsche bis zur Terrasse und schwebte über den flachen, glitzernden Wellen des Schwimmbeckens.

»Eng-a-land swings like a pendulum do«, sang die kleine Hupe die erste Zeile des Nonsensliedes, das in diesem Frühjahr jeder vor sich hinsummte.

»Scheiße«, sagte Matt Comfort. »Das ist Buzzy, dieses Arschloch«, und die meisten der Redaktionsmitglieder stöhnten auf.

Leo DiCiccio (»Sag Buzzy zu mir«) war der geliebte einzige Nachfahre einer italienischen Familie aus Boston, die in den Süden ausgewandert war und deren siebter Sohn Enzo, Buzzys Vater, mit Gebrauchtwagen ein Vermögen verdient hatte. Enzos mit Wimpeln behängte Verkaufshäuser wucherten in den ausufernden Vororten Atlantas wie Kudzu, und sein dunkles, fleischiges Gesicht beherrschte im Fernsehen zur besten Sendezeit die Werbung und verkündete köstliche Angebote und Sonderpreise, wie man sie nur von Mama erwarten konnte. Jeder war Enzo DiCiccio schon einmal irgendwo begegnet. Fast niemand kannte Buzzy. Und Buzzy kämpfte jede wache Stunde darum, aus dem riesenhaften Schatten des Vaters zu treten, indem er versuchte, seinen Namen bekannt zu machen.

Buzzy war klein, untersetzt und so behaart, daß es schien, als versuchten die schwarzen Haare auf Brust und Armen krabbelnd aus den Hemdöffnungen zu entkommen. Er hatte eine niedrige Stirn und die Nase eines sizilianischen Piraten, und er war in Atlanta einer der ersten Junggesellen, wie er sich selbst bezeichnete, der von den Blumenkindern die kragenlangen Haare und den Schnurrbart übernahm. Matt, den er verehrte und dem er nacheiferte und der Buzzy abstoßend fand und ihn ständig beleidigte, behauptete, er sehe aus wie eine haarige Telefonzelle. Offiziell arbeitete Buzzy für seinen Vater, der ihn ebenfalls beleidigte, ihm dafür aber einen enormen und nach oben unbegrenzten Unterhalt zahlte und mehr Spielsachen kaufte, als Howard Hughes besaß. Aber eigentlich verbrachte er seine Zeit mit Bemühungen, jede Debütantin aus besserer Familie, die er in Atlanta finden konnte, in sein Bett zu bekommen und wie Matt Comfort zu werden. Er war so gründlich eingebildet, wie es nur der verhätschelte Sohn einer italienischen Mama sein kann, auf himmelschreiende Weise pingelig, was Benehmen, Kleidung, Konsumgüter und Dienstleistungen anging, und trieb sich so oft beim *Downtown Magazine* herum, daß Culver Carnes eine Weile glaubte, Matt hätte ihn angestellt. Das war Buzzys größte Stunde.

Er betrat die Restaurants ganz zufällig immer dann, wenn wir gerade beim Mittagessen saßen, besuchte ganz zufällig die Eröffnungsparty für neue Clubs und Bars, zu denen wir eingeladen waren, und überredete seinen Vater, ihm eine Penthouse-Wohnung im Howell House zu überlassen, wo ganz zufällig Matt in einem tieferen Stockwerk und weit weniger großartig wohnte. Er besaß, so wurde behauptet, ein rundes, mit Satin bezogenes Bett, über dem ein Spiegel hing, einen jährlich erneuerten Jaguar XKE, ein PS-starkes Kabinenmotorboot auf dem Lake Lanier, das er Downtown II genannt hatte, und sowohl in der Wohnung als auch im Boot einen endlosen Vorrat an Alkohol und Aufputschmitteln. Viele der hübschesten Mädchen von Atlanta verabredeten sich mit ihm – aber nur einmal. Keine, ob Debütantin oder Sekretärin, tat es ein zweites Mal. Gerüchte gingen um über Buzzy DiCiccio, vage und so grau wie Rauch: Er kenne keine Grenzen, gehe immer zu weit, treibe sich mit fragwürdigen Freunden herum, die dunkle Hemden und weiße Anzüge trugen und von denen man nicht wußte, wovon sie eigentlich lebten, und habe eine unberechenbare, seltsam grausame Ader, eine dunkle Seite. Wer ihn nur oberflächlich kannte, hielt ihn lediglich für einen reichen Spinner, der sich pubertär und kindisch benahm und sich weder durch Beleidigungen noch durch Beschimpfungen vertreiben ließ. Wer ihn besser kannte, wußte, daß dieser Eindruck völlig falsch war. Jeder aus meinem Bekanntenkreis, der Buzzy kannte, verspürte neben Ablehnung einen Hauch Furcht. Jeder, außer Matt.

Grinsend und selbstsicher kam Buzzy ums Hauseck. Er trug Badehosen im Schottenmuster und lose darüber ein blaues Hemd aus Oxfordstoff, beides unglaublich zerknittert. Er trug eine getönte Nickelrand-Sonnenbrille und, wie Matt das oft tat, flache Schuhe ohne Socken. Der einzige Unterschied zu Matt, den ich feststellen konnte, waren ein kleines goldenes Kreuz oder ein ähnlicher Anhänger, der im dichten, schwarzen Haar auf Buzzys Brust glitzerte, und die goldenen Diamantringe auf seinen kurzen, behaarten Fingern.

Neben ihm schlenderte, mit träge schwingenden Hüften, Alicia. Das honigfarbene Haar fiel ihr in weichem Schwung übers Gesicht, und ein kurzer, mit Haken verschlossener Bademantel verdeckte nur knapp einen winzigen schwarzen Badeanzug.

»Na, offenbar hat er es endlich geschafft, wie du zu werden, Matt«, meinte Hank grinsend. »Bis hin zu den Accessoires.«

»Leck mich am Arsch!« sagte Matt. Er rührte sich nicht auf seinem Stuhl, aber ich bemerkte, daß sein schmaler Körper sich anspannte wie ein wütender Terrier.

»Entschuldigt die Verspätung«, rief Buzzy, »aber ich habe dieses Mädel nicht aus der Dusche bekommen.«

»Buzzy, du bist ein Dummkopf«, sagte Alicia mit ihrer dünnen Stimme, und er grinste anzüglich.

»Ich hoffe, Sie haben genug Schnaps da, Oliver«, sagte er zu Oliver Fairchild, der höflich den Kopf neigte. »Dieses hübsche Ding da hat mich völlig fertiggemacht.«

Neben seinen anderen, wenig einnehmenden Eigenschaften kultivierte Buzzy etwas, das er für einen Südstaatenakzent hielt. Dieser Tonfall verlieh seinen anstößigen Worten über Alicia einen zusätzlichen Anstrich von unangenehmer Schäbigkeit. Ich sah, wie Teddys Vater leicht, aber deutlich zusammenzuckte.

»Wir haben reichlich«, sagte Oliver Fairchild. »Ich bringe Ihnen etwas. Warten Sie, ich habe Gin Tonic, und ...«

»Für mich einen doppelten«, sagte Buzzy und warf einen Blick auf das, was Matt trank. »Und noch einen für das kleine Mädchen hier.«

»Ich glaube nicht, daß ich etwas möchte«, sagte Alicia und

ließ sich geschmeidig wie eine Katze in der Sonne neben Matts Stuhl auf den Rasen sinken.

»Hallo, Chef«, sagte sie.

»Alicia«, antwortete Matt und nickte. Er trank sein Glas leer.

»Ich nehme an, Sie kennen Buzzy«, sagte er zu Oliver Fairchild. »Sein Daddy verkauft eine Menge Autos.«

»Nun ja, seinen Vater kenne ich jedenfalls«, antwortete Oliver Fairchild und lächelte Buzzy zu. »Ich sehe ihn gelegentlich im Club der Handelskammer. Er redet ständig über seinen Sohn, er ist wirklich stolz auf Sie. Schön, Sie kennenzulernen, Buzzy.«

»Oliver«, sagte Buzzy und nickte gleichgültig. Aber sein dunkles Gesicht rötete sich.

In dem Schweigen, das Buzzy üblicherweise für eine kurze Zeitspanne hervorrief, tranken wir, und dann sagte Buzzy: »Ich hatte gerade eine Unterhaltung mit Ben Cameron, Matt, und er hat mir von dieser neuen Serie erzählt, die Sie machen wollen, die FOCUS-Sache. Tolle Idee; das habe ich ihm auch gesagt. Und ich habe ihm gesagt, was ich jetzt Ihnen sage: Das ist genau meine Kragenweite. Ich möchte mich daran beteiligen. Ich habe ein paar sagenhafte Ideen; wir sollten uns nächste Woche einmal zum Mittag- oder Abendessen treffen und darüber reden. Ich könnte eines von den Komitees übernehmen...«

»Wir sind noch nicht sehr weit mit den Planungen, Buzzy«, sagte Matt.

Ich sah ihn an, und mein Herz schlug schneller.

»Dann machen wir es also?« wollte ich wissen. »Ich meine, Sie denken darüber nach?«

Er betrachtete mich schweigend.

»Ich kümmere mich doch um dich, Smoky, nicht wahr?« mischte sich Brad ein.

Ich sah zu ihm hinüber. Er lächelte beiläufig und lehnte sich in seinem Stuhl zurück, aber da war ein stahlharter Zug in seinem Gesicht. Matt richtete seine Augen auf Brad, sagte aber noch immer nichts.

»Ja, wir werden es machen«, sagte er schließlich. »Wie Sie vermutlich bereits wissen. Ben Cameron ist noch am gleichen Tag zu Culver und Dr. King gegangen, und noch bevor ich davon erfahren habe, war die Sache beschlossen. Ben bestand auf Ihnen und Geary, und King bestand auf John Howard, und Culver hat sich fast in die Hose gemacht, so eifrig hat er zugestimmt. Es wird eine monatliche Serie, der FOCUS-Report. Im ersten Bericht geht es um Kindergärten. Sie werden sich nächste Woche oder so darum kümmern, sobald Lucas wieder zurück ist. Ich werde Sie nicht fragen, wie Sie das eingefädelt haben, Smoky, obwohl ich den Eindruck habe, daß Ihr Freund etwas damit zu tun hat.«

Er lächelte Brad zu. Es war kein Lächeln, das man gerne noch einmal gesehen hätte. Ich errötete, und es wurde mir heiß. Ich wußte genau, was er jetzt denken mußte: Die beiden großen Artikel, die ich bisher geschrieben hatte, hatte ich bekommen, weil jemand anderer es verlangt hatte. Bestimmt würde ich für FOCUS Federn lassen müssen.

»Das war nur ein Vorschlag, den ich Ben kürzlich gemacht habe, als Smoky und ich bei meinen Eltern waren.« Brad lächelte träge. »Er wollte meinen alten Herrn überreden, etwas gegen Boy zu unternehmen. Sie und ich haben doch schon oft darüber geredet, Matt, daß wir versuchen wollen, FOCUS für etwas Konkretes einzusetzen, ihm wirklich Biß zu geben. Ich habe Smoky Ben nicht aufgedrängt. Die beiden haben sich sofort glänzend verstanden.«

»Das kann ich mir vorstellen«, murmelte Alicia.

»Es ist ja wirklich eine gute Idee, und Ben hat Culver davon überzeugt, wozu ich ein Jahr gebraucht hätte«, sagte Matt, und ich seufzte erleichtert. Er konnte fair sein; das vergaß ich gelegentlich. Fair und großzügig. Ich war nur deshalb überrascht, weil ich wußte, daß er Brad nicht mochte. Er duldete ihn, wenn er mit uns etwas trinken oder zum Essen ging, aber er bezog ihn nicht in die liebevollen, lässigen Neckereien mit ein, mit denen er seine Mitarbeiter bedachte. Brad wußte das, und ich wußte es auch. Brad gestand, daß er es nicht nachvollziehen konnte, aber ich kannte den Grund: Ich war eine von seinen Leuten, selbst wenn er, wie sooft, ärgerlich auf mich war. Matt hatte etwas dagegen, wenn jemand Ansprüche auf jemanden von seinen Leuten anmeldete.

»Werde ich es wirklich machen?« fragte ich.

»Sie werden es wirklich machen. Nachdem Sie den Veranstaltungskalender und den monatlichen YMOG fertig haben, natürlich.«

»Na gut, hören Sie, dann sagen Sie mir doch, was ich dafür tun kann«, sagte Buzzy. »Cameron hat darauf bestanden. Wie wäre es damit? Wir könnten jeden Monat einen anderen von Dads Vorführwagen nehmen, um... um Freßkörbe in die Sozialsiedlungen zu liefern oder so. Ja, Dad fände das toll, und für uns wäre das eine Menge kostenloser Werbung...«

Hank ließ ein empörtes Schnauben hören und nahm hastig einen Schluck aus seinem Glas, und Teddy stand eilig auf und murmelte, sie müsse ihrer Mutter helfen. Alicia schenkte erst Buzzy und dann Matt ein zuckersüßes Lächeln. Matt starrte Buzzy an und sagte dann: »Das ist die beschissenste Idee, die ich in meinem ganzen Leben gehört habe, Buzzy. Aber...« Er streckte eine Hand aus und deutete auf Buzzys errötendes Gesicht. »Ich danke Ihnen für Ihre Bemühung. Hören Sie: Möchten Sie der nächste YMOG werden? Smoky könnte Sie in dieser Woche abends mal interviewen oder vielleicht auch öfter, falls nötig. Führen Sie sie zum Abendessen aus; wir übernehmen die Kosten. Wir bringen Sie in der Julinummer mit dem Firmenzeichen auf der Titelseite...«

»Na ja, das könnte ich möglicherweise einschieben«, erwiderte Buzzy lässig, während sich sein Gesicht vor Stolz noch mehr rötete. »Ich rufe Sie an, Smoky.«

»Tun Sie das«, sagte ich. Ich wußte, daß meine Bestrafung wegen der FOCUS-Serie begonnen hatte.

In der Mitte der nächsten Woche fuhren Hank und ich nach der Arbeit zum Flughafen hinaus, um Tom Gordon abzuholen, der aus Washington kam. Lucas Geary wollte noch über das verlängerte Wochenende bei seiner Familie in Baltimore bleiben. Ich weiß nicht, warum mich diese Tatsache überraschte, aber ich war erstaunt. Irgendwie hatte ich mir nie vorgestellt, daß Lucas Eltern eine Heimatstadt und eine ganz normale Lebensgeschichte haben könnte. Für mich schien er nur insoweit zu existieren, als ich ihn verstehen konnte. So etwas Ähnliches sagte ich zu Hank, und er lachte.

»Wenn Lucas Geary in einem leeren Wald hinfällt, macht er dann ein Geräusch?«

»Wenn Lucas Geary nicht existieren würde, müßte man ihn erfinden«, fügte ich lachend hinzu.

An diesem Abend herrschte starker Berufsverkehr, und wir kamen eine halbe Stunde zu spät zum Flughafen. Hank hatte mit Tom vereinbart, er solle vor der Gepäckausgabe der Delta Airlines auf uns warten, und als wir vorfuhren, stand er dort. Er lehnte an einer Betonsäule, hatte den Mantel über die Schulter geworfen und die Ärmel an seinen dunklen Armen hochgekrempelt und starrte auf den Boden. Sein schwarzes Haar fiel ihm über die Augen, und obwohl jeder Zentimeter seines großgewachsenen, schlaksigen Körpers Müdigkeit verriet, sah er noch immer so elegant aus wie eine Modezeichnung im *Esquire*. Wie immer, wenn ich ihn eine Weile lang nicht gesehen hatte, fiel mir auf, was für ein außerordentlich gutaussehender Mann er war. Ich spürte den vertrauten Anflug von Schüchternheit und Befangenheit, die Toms körperliche Ausstrahlung bei mir hervorrief. Er war mir jetzt so lieb, wie das für einen Freund nur möglich war, aber ich konnte ihn nicht ansehen, ohne mir gelegentlich vorzustellen, wie sich diese Arme wohl an meinem Körper anfühlen würden, wie sich sein Mund anfühlen würde...

Etwas ärgerlich schüttelte ich den Kopf. Hank berührte kurz die Hupe, und Tom blickte auf, lächelte sein schnelles, weißblitzendes Lächeln und war wieder ganz einfach Tom, lustig, exzentrisch und nett. Ich spürte eine Woge der Zuneigung zu ihm, die mit den Armen und dem Mund nichts zu tun hatte.

»Haben wir zufällig den gleichen Weg, Seemann?« Ich grinste anzüglich aus dem Fenster, und er streckte die Hände herein, gab mir einen Kuß auf die Stirn, warf seine Tasche auf den Rücksitz und stieg ein.

»Darauf kannst du wetten«, sagte er. »Ihr beide seid das Angenehmste, was mir in den letzten zwei Wochen über den Weg gelaufen ist.«

»War die Reise schlimm?« fragte Hank, während er den Wagen in den nach Atlanta fließenden Verkehrsstrom einfädelte.

»Nicht so gut«, erklärte Tom, und ich drehte mich erstaunt zu ihm um. Tom war ein unverbesserlicher und begeisterter Reisender; sein Büro war voller Landkarten, Reiseführer und Fahrpläne, und er ließ oft so geheimnisvolle Sätze fallen wie: »Wißt ihr, wo man als erstes landet, wenn man von Saint Simon's Island immer nur geradeaus segelt?«

»Wie bitte?« fragte dann einer von uns. »In England? Oder Irland?«

»In Madagaskar.«

Jetzt wirkte sein Gesicht erschöpft, und er hatte die Augen müde geschlossen. Mir kam plötzlich der Gedanke, daß er wohl so aussehen würde, wenn er einmal alt oder krank war: gutaussehend, vornehm, aber erschöpft und leer.

»Erzähl«, sagte ich.

»Jetzt nicht. Erst möchte ich zu Harry's und ungefähr acht Bier und ein Steaksandwich zu mir nehmen. Mit Lucas muß man von Sachen wie Bagels oder Gefillte Fisch leben. Ich habe sogar schon von Harry's geträumt. Habt ihr Zeit?«

»Klar«, sagte Hank. Ich nickte.

»Ich dachte, Lucas wäre katholisch, wenn überhaupt etwas«, meinte Hank.

»Ist er auch. Versteh das einer«, sagte Tom.

Im sanften Dämmerlicht fuhren wir zu Harry's in die Spring Street, betraten das dunkle, niedere Gebäude und suchten uns eine Nische. Draußen konnte man aus der Ferne das Dröhnen der in die Vorstädte fahrenden Autos und gelegentlich ein Hupen hören, aber im Innern des Lokals, in den hohen, mit Holz umzäunten Nischen, gab es – außer den flackernden Kerzen und der rosafarbenen und grünen Musikbox – kein Licht, und man vernahm lediglich das Geräusch leiser Stimmen aus der nächsten Nische und Country-Musik. Die Tischoberfläche und die Rükken- und Seitenlehnen der Bänke waren mit eingeritzten Inschriften – Initialen, Namen, Daten, Aussprüche – überzogen, die wie eine Art Moos wirkten, ein Überzug aus Leben, für immer erstarrt in der Tundra von Harry's Tischplatten. Ich bestellte ein Steaksandwich und eine Cola, und Hank und Tom tranken Bier, und wir lehnten uns aufseufzend zurück. Diese Düsternis wirkte so warm und ursprünglich wie ein Mutterschoß. Ich mochte Harry's. Es war eine Abwechslung zu den Lokalen, die wir sonst immer besuchten.

Bei Harry's bekam man ein ordentliches Steaksandwich, mit dunkel gegrillten Filets, einem Haufen Zwiebeln und reichlich Steakstoße. Das hörte sich gräßlich an und schmeckte wundervoll. Als wir fertiggegessen hatten und Kaffee bestellten, sah Hank Tom an und fragte: »Also?«

Tom blies seine Wangen auf, atmete langsam aus und sagte:

»Also, ich weiß nicht. Es war ... ganz anders, als ich dachte. Da draußen, meine ich. Die Jugendkultur, diejenigen, die die Be-ins abhalten, diejenigen, die so tolle Fotos abgeben sollten ... die scheinen an nichts anderem interessiert als an Klamotten und Haschrauchen. Drogen, Hank, ich wußte gar nicht, daß es da draußen so viele Drogen gibt. Keiner ist mehr ... normal. Praktisch jeder ist stoned oder auf LSD oder Acid oder Mellow Yellow oder was immer in dieser Woche gerade neu und billig ist. Es ist eine Art Mischmasch aus Drogen, Musik und Sex. Mein Gott, der Sex. Sie tun es wirklich überall, mit jedem, die ganze Zeit. Und Astrologie, das I-Ging, Räucherstäbchen, die Slogans: Make love, not war. Turn on, tune in, drop out. Power to the people. Und die Reden. Sie nennen es Freiheit, Gedankenfreiheit, oder Liebe, oder Gemeinschaft ... aber es ist nichts. Sie tun überhaupt nichts. Es ist gar nichts.«

»Was ist mit den Radikalen?« wollte Hank wissen. »Was ist mit den Aktivisten?«

»Radikale? Aktivisten? Nicht bei denen, diesen Freaks und Typen, bei denen wir waren. Die sind alle viel zu stoned. Alles, was wir von Radikalismus oder Aktivismus gespürt haben, hat sich um den Krieg gedreht. Das wird wirklich böse, Kinder. Man kann richtig spüren, wie sich da etwas zusammenbraut, man ahnt den Ärger und die Gewalt, die sich aufbauen. Märsche, Aufstände, sogar Dr. King hat in New York etwas gegen den Krieg gesagt. Das ist die Spur, der wir möglicherweise folgen sollten, wenn wir überhaupt etwas über die nationale Jugendbewegung machen wollen. Ich glaube nicht, daß wir hier unten wirklich mitbekommen, wie groß und schlimm dieser Krieg werden wird, und wie schnell alles geht ...«

Er machte eine Pause und trank einen Schluck Kaffee. Dann rieb er sich mit der Faust kräftig die Augen.

»Da kommt etwas auf uns zu«, sagte er. »Alles verändert sich. Die Explosion steht kurz bevor. Ich kann den Finger nicht darauflegen, aber es ist da draußen. Es gibt so ein Lied: ›For What It's Worth‹, Buffalo Springfield. Es fängt an: ›There's something happening here / what it is ain't exactly clear . . .‹; ›Hier passiert etwas, aber es ist nicht ganz klar, was es ist . . .‹ Das singt da oben jeder. Als ob alle es fühlen könnten . . .«

In meinem Nacken spürte ich plötzlich einen kühlen Hauch, als hätte mich ein Luftzug gestreift.

»Was meinst du damit, Tom?« fragte ich.

»Es ist so vage, nur ein Gefühl, aber, Herrgott, es ist ganz schön deutlich«, sagte er. »Wißt ihr, da gibt es diese Jugendbewegung; das kennen wir alle, die komischen Kleider, die Musik und all das; Matt wollte, daß wir danach Ausschau halten. Aber jetzt gibt es da plötzlich so eine völlig neue Gegenkultur, die sagt, daß jeder, der nicht für sie ist, der Feind ist, das Böse. Ich meine, wirklich jeder. Das sind wir, zum Teufel. Du und ich und Hank. Und dabei haben wir die ganze Zeit geglaubt, wir stünden auf der Seite der Engel. Diese Wut dort . . . Und dann die Schwarzen. Das ist keine Gewaltlosigkeit mehr, zumindest nicht in den großen Städten, wo wir waren. Das ist militante schwarze Gewalt, Black Panthers. Gewehre. Wenn man dort mittendrin ist, fühlt sich das gar nicht mehr gut an. Sie wollen uns nicht, keinen von uns. Nicht einmal die ›guten‹ Weißen, diejenigen, die an die Sache glauben, die mitmarschiert, mitgekämpft haben . . . ich weiß nicht, ob die meisten von uns noch dazu stehen können. Verdammt, ich dachte, wir haben uns einfach an diese Sache mit der Gewaltlosigkeit gewöhnt, sie war so bequem. Und dieses andere ist es nicht. Es ist, als wäre die Bewegung gestorben, bevor sie richtig in Gang kam, und eine Art Revolution wäre geboren.«

»O Gott, das klingt ja bedrohlich«, sagte Hank nach einer kurzen Pause. Ich erschauerte unwillkürlich und rieb meine nackten Oberarme mit den Händen. Tom sah mich an, und ich zwang mich zu einem Lächeln und sagte: »Harry hat die Klimaanlage immer zu hoch eingestellt.«

»Ich wollte keine apokalyptische Vision malen«, fuhr Tom fort. »Vielleicht bin ich einfach müde, und ich weiß, daß ich verwirrt bin. Ich meine, Scheiße, da gibt es Yippies und Hippies und Leute, die von Liebe reden, und böse Buben und Wehrdienstverweigerer und BH-Verbrennerinnen und Hasch und LSD und Black Panthers und Freaks und Schwule und Acid Rock ... Ich weiß nicht, was das alles bedeutet. Ich kapier das alles irgendwie nicht. Ich denke, vielleicht bin ich einfach ... darüber hinaus. Zu alt.«

»Sei nicht albern«, sagte ich voller Überzeugung. Ich wußte, daß er erst einunddreißig war. Aber, wer weiß, vielleicht war das jetzt auch schon zu alt. Ich könnte selbst schon zu alt sein. Zu alt, mit siebenundzwanzig ...

»Machst du die Reportage trotzdem?« wollte Hank wissen. »Um diese ... diese Widersprüchlichkeit darzustellen? Es könnte gut werden, aber du brauchst dafür doch einiges an Text.«

»Ich weiß nicht, ob daraus eine Reportage werden kann, absolut nicht«, sagte Tom. »Wenn es eine wird, dann ganz bestimmt nicht die, die wir uns vorgestellt haben. Das ist kein Kinderkreuzzug, das ist überhaupt kein Kreuzzug. Ich muß immer an dieses Gedicht von Yeats denken, ihr wißt schon, wo es heißt: › ... die Mitte kann nicht bestehen, dort herrscht bloße Anarchie ... ‹ Es ist fast wie ein Krieg. Als befände sich das ganze Land plötzlich mit sich selbst im Krieg.«

Eine Pause trat ein, und dann sagte er: »Ich werde Matt bitten, die Layouts für diesen Artikel an einen freien Mitarbeiter zu geben. Er soll noch einmal darüber nachdenken und eine Textgeschichte daraus machen. Die Fotos werden bestimmt gut. Lucas war begeistert. Ich weiß nur, daß ich es nicht machen kann.«

Dazu fiel uns nichts mehr ein. Wir tranken unseren Kaffee aus und fuhren Tom in die Innenstadt zum YMCA. Es war jetzt dunkel, und über die ganze Länge der Spring Street wehte der üppige, melancholische Duft der Mimosen durch die offenen Fenster.

»Irgendwie können sich Mimosen in der Stadt unsichtbar machen«, sagte ich. »Man riecht sie im Frühling immer, aber man sieht sie nie. Es ist, als gäbe es eine spezielle städtische Sorte.«

»Auf diese Art überleben sie«, sagte Tom. »Wären sie sichtbar, dann würde irgendein Arschloch sie rausreißen und Parkplätze anlegen.«

Wir sahen ihm nach, wie er über den Bürgersteig und durch die Tür des breiten Gebäudes aus gelbbraunen Ziegeln ging. Die Lampe über der Tür wirkte düster und abstoßend, und ich dachte an das kirchliche Wohnheim. Ganz plötzlich schien mir Tom Gordon der einsamste Mensch auf der Welt zu sein.

»Ich wünsche ihm so sehr, daß er glücklich ist«, sagte ich zu Hank. »Warum muß er nur in diesem Rattenloch wohnen. Ich wollte, es liefe alles besser für ihn. Was immer er auch auf dieser Reise gesehen hat, es scheint ihn geradezu aufzufressen.«

Hank schwieg, während er sich durch die engen Straßen um den Busbahnhof schlängelte und auf die nordöstliche Schnellstraße Richtung Buckhead einbog. Wir waren bereits auf dem halben Weg zu den Colonial Homes, als er sagte: »Es ist nicht nur das, was er da oben gesehen hat, nicht nur der Artikel. Er ... hatte jemanden in Washington. Sie haben sich getrennt. Er hat es mir gestern nacht am Telefon erzählt.«

»Ach du lieber Gott«, sagte ich. »Das tut mir leid. Sie muß die größte Idiotin der Welt sein, wenn sie ihn gehen läßt ...«

Hank schwieg wieder eine Weile, und dann sagte er: »Es war keine Frau, Smoky, es war ein Mann.«

Die Luft um meinen Kopf schien plötzlich zu summen, wie nach einer Explosion. Ich kam mir wie betäubt und völlig dumm vor und war nicht in der Lage, meine Gedanken zu ordnen.

»Ach«, sagte ich.

Und dann: »Aber er war verheiratet ... ich meine, er war doch verheiratet, oder?«

»Ja. Nach Recht und Gesetz. Und er hat mit aller Kraft versucht, die Ehe zu retten. Er hat es kurz nach der Hochzeit herausgefunden.«

»Aber ... weiß man so etwas denn nicht? Würdest du das nicht wissen?«

»Machst du Witze? In den frühen fünfziger Jahren, auf einer Farm inmitten der Prärie von South Georgia? Zum Teufel, nein, das weiß man nicht. Er wußte es nicht. Er ist ein guter Mann, Smoky. Vielleicht der beste, den ich kenne. Er hätte sie nicht geheiratet, wenn er eine Ahnung gehabt hätte. Sie wußte es vor ihm, und das war der Grund für die Scheidung. Sie wird ihm das niemals verzeihen, sie wird ihm keinen Augenblick mehr Frieden gönnen. Und er wehrt sich nicht, weil er glaubt, er habe es verdient ...«

Die Tränen stiegen mir in die Augen und liefen über meine Wangen. Ich konnte nicht sprechen, weil in meiner Kehle ein kalter, salziger Klumpen steckte.

»Kommst du damit klar?« fragte Hank. »Ich hoffe es. Ich hätte es dir nicht erzählt, wenn ich angenommen hätte, daß es für dich einen Unterschied macht. Gerade jetzt braucht Tom ein paar Freunde. Sag mir, wie du dich fühlst.«

»Ich fühle mich ...«, sagte ich und schniefte ein wenig. »Ich fühle mich, als ob ich ihn sehr liebe, und das wird sich auch nie ändern. Und ... ich werde mich jetzt jedesmal, wenn ich ihn ansehe, erleichtert fühlen, weil ich mich jetzt nicht mehr fragen muß, ob er mich vielleicht nicht attraktiv genug findet, um sich um mich zu bemühen.«

Hank begann zu lachen und umarmte mich fest mit einem Arm.

»Da hast du so etwas Nettes gesagt, daß ich dich, glaube ich, im IHOP auf ein Stück Apfelkuchen einladen muß«, sagte er. Und das tat er auch.

»Du mußt dir nur eines merken, nämlich, daß du schweigen mußt«, sagte Lucas Geary einige Tage später. »Heute geht es nur darum, zu beobachten, zu sehen, wie es ist. Überlaß das Reden John und mir. Wenn alles gut läuft, kannst du später noch einmal hingehen und Interviews machen. Aber wenn du heute zuviel redest, könntest du uns das Ganze ein für allemal verderben.«

»Herzlichen Dank, Matt Comfort«, sagte ich. »Warum redest nicht du und läßt mich die Fotos machen?«

Wir saßen in seinem Morgan und schoben uns zentimeterweise durch den morgendlichen Verkehr auf das State Capitol zu. Schwüler Wind schlug uns ins Gesicht. Ich war ärgerlich auf ihn. Eigentlich hatte ich erwartet, er wäre begeistert über den FOCUS-Auftrag, aber er schien die ganze Sache für Humbug zu halten, eine alberne Idee aus der Handelskammer. Seit er von seiner Tour durchs Land zurückgekommen war, wirkte er stiller, angespannter und eher nach innen gekehrt. Allerdings nicht wirklich jämmerlich, wie Matt das ausgedrückt hätte.

Er drehte den Kopf und betrachtete mich durch seine getönte Fliegerbrille. Sein karottenrotes Haar und der Bart flatterten im Wind, und auf der Stirn und der Nase schälte sich die sonnenverbrannte Haut. Ich konnte sehen, daß er nicht braun wurde.

»Hör zu, Smoky, niemand bezweifelt, daß du den Artikel schreiben kannst«, sagte er. »Aber du weißt noch nichts. Du hast keine Ahnung von den Leuten, die wir besuchen, oder dem Ort und wie es dort zugeht. Du bist ein weißes Mädchen in einem hübschen Kleid; mehr sieht keiner von diesen Leuten. Sie sehen weder dein Talent noch deine liberale Empfindsamkeit. Sie mögen weiße Leute nicht, und sie trauen ihnen nicht, und sie reden nicht offen mit ihnen. Mit mir reden sie nur, weil ich schon einmal mit John dort war, und ihn lieben sie. Wenn sie sehen, daß er mit dir zusammenarbeitet, und wenn sie sich an dich gewöhnt haben, dann reden sie ein bißchen. Und du weißt, Matt hat gesagt, der erste Artikel soll lediglich die Bedingungen zeigen, die dort herrschen, und erst im nächsten Bericht soll gezeigt werden, was FOCUS dagegen tun konnte. Heute brauchst du lediglich deine Augen.«

»Und nicht meinen Mund, mit anderen Worten.«

»Das hast du gesagt, nicht ich.«

Ich trommelte mit den Fingern auf die Tür des Morgan, aber ich wußte, daß er recht hatte, schließlich sagte ich mit einem leisen Lächeln: »›Ich bin eine Kamera.‹«

»Danke, Sally Bowles.«

»Du kannst tatsächlich lesen?«

»Nein, eigentlich nicht«, sagte er und streckte seinen langen, schlaksigen Körper so, daß die Wirbel knackten. »Ich habe es mir vorlesen lassen. Im Bett.«

Und er warf mir einen anzüglichen Blick zu.

»Luke, was bist du nur für ein Idiot«, sagte ich und wurde rot bis an die Haarwurzeln. Ich hörte ihn leise lachen, aber ich sah ihn nicht an.

An der Mitchell Street steuerte er den kleinen Wagen nach Osten, vorbei am Gericht, dem schönen Art-déco-Turm des Rathauses und dem schmutzigen Marmor-Granit-Turm des Regierungsgebäudes. Er bog noch einmal ab, fuhr am Capitol vorbei auf die Capitol Avenue, und plötzlich befanden wir uns in jener weiten, gesichtslosen Wüste, in der der größte Teil von Atlantas schwarzer Bevölkerung lebte. Von der Existenz dieses Stadtteils hatte ich bisher nichts gewußt, obwohl es mir jetzt, als ich mich mittendrin befand, äußerst naiv und dumm vorkam, daß ich von diesem anderen Atlanta nicht wenigstens etwas geahnt hatte.

Schweigend durchquerten wir diesen Stadtteil in Richtung Süden, zum Zentrum hin, fuhren durch die gespenstisch wirkenden schwarzen Wohngebiete: Summerhill, Peoplestown, Joyland. Mir fehlten die Worte. Die Trostlosigkeit und die Armut in einigen dieser kleinen Siedlungen erschienen mir so ungeheuerlich wie ihre Einheitlichkeit. Ich hätte nicht sagen können, wo eine Siedlung endete und die nächste begann. Aber Lucas Geary kannte sich aus. Er nannte mir die Namen, während wir hindurchfuhren, und erzählte mir etwas über jede einzelne Siedlung. Wann hatte er die Zeit gefunden, sich diese geographischen und ethnologischen Kenntnisse über die düsteren Wohngebiete der Schwarzen in den Gedärmen meines Gelobten Landes anzueignen? Ich kam mir dumm, schüchtern und jung vor. Und genau betrachtet, war ich das auch.

Viele Straßen in den kleinen Siedlungen waren nicht asphaltiert. In dem engen, kurvigen Straßengewirr standen die aus Holz oder Schlackenstein erbauten Häuser so eng nebeneinander, daß sie oft nicht einmal durch einen Autostellplatz getrennt waren. Das war vielleicht auch nicht nötig, denn ich sah nur wenig Autos. Die meisten Häuser befanden sich direkt an der Straße oder dem Gehsteig und hatten nur einen schmalen Vorplatz, der aus unkrautüberwuchertem Beton oder gestampfter Erde bestand und mit zerbrochenem Spielzeug, Flaschen und Müll übersät war. Nur wenige der Häuser waren gestrichen, und bei einigen waren die Fensterhöhlen mit Karton oder Zeitungspapier verschlossen. Ich wußte, daß es Wasseranschluß gab, denn ich sah Hydranten. Aber in vielen Hinterhöfen lehnten windschiefe Außenklos. Kudzu wuchs scheinbar überall, Kudzu und kleine, verkrüppelte, giftgrüne Bäume und Sträucher. Es erinnerte an das hektische Grün eines Dschungels, das eine vergessene Stadt überwucherte. Und vergessen waren sie, diese winzigen Städte, sehr lange schon. Ich sah nur wenige Menschen.

Gelegentlich kamen wir an einer größeren Straßenkreuzung vorbei, wo sich ein schäbiger Lebensmittelladen, Läden für alkoholische Getränke, ein oder zwei Pfandhäuser und ein Café befanden. Hier lungerten einige Leute herum, hauptsächlich Männer und halbwüchsige Jungen, deren Blicke dem Morgan folgten, während er vorüberfuhr. Ein- oder zweimal hob Lucas beiläufig die Hand, und ich sah, wie eine schwarze Hand antwortete. Aber meistens. blickte er geradeaus, und ich tat das gleiche.

»Wo sind denn die Leute?« fragte ich schließlich mit leiser Stimme. »Wo sind die Frauen? Wo arbeiten die Bewohner?«

»Die meisten Frauen sind droben in Buckhead, wo sie in der Küche arbeiten«, sagte Lucas. »Die Männer sind in der Regel arbeitslos. Ich weiß noch immer nicht, was sie tagsüber machen. Normalerweise sieht man sie nicht.«

Auf der Fahrt durch Summerhill deutete er nach rechts. Ich erhaschte einen Blick auf die blaue Schüssel des neuen Stadions und hörte gedämpft das Rauschen des Verkehrs auf der Autobahn.

»Da war früher auch eine Siedlung«, sagte er.

»Und wo wohnen die Leute jetzt?«

»Gute Frage, du lieber Himmel. Die Stadt hat achtzehn Millionen Dollar aufgebracht, um ein Erstligastadion zu bauen, und die Wohnungsbehörde hat schon vor langer Zeit fünfzig Millionen Dollar gefordert, um die Slums innerhalb eines Jahrzehnts zu sanieren, aber es ist ihnen offenbar nicht einmal gelungen, einer einzigen schwarzen Familie, deren Haus sie abgerissen haben, eine neue Wohnung zu verschaffen, oder auch nur einen Penny für Wohngebiete wie Vine City oder Buttermilk Bottom auszugeben. Ben Cameron hat jetzt die Initiative ergriffen, aber das dauert alles zu lange. Kein Wunder, daß Stokely Carmichael mit erhobener Faust herumläuft!«

»Gibt es denn keine Sozialwohnungsbauten?« fragte ich.

»Doch, ja. Natürlich. Bis zu Bens Amtsübernahme gab es genau vier, die ungefähr seit den dreißiger Jahren stehen, und es wird noch eine Weile dauern, bis die neuen gebaut werden. Atlanta hat wirklich Glück, wenn sie in diesem Sommer niemand anzündet.«

Ich schwieg, während er den Morgan durch die heißen und fast leeren Straßen bis zur DeKalb Avenue steuerte, vorbei an der seltsamen weißen Enklave von Cabbagetown, um die wuchernden Viertel Fulton Bag und Cotton Mill herum und hinein in ein weiteres enges Straßengewirr, das direkt dahinter lag. Die Straße, auf der wir uns jetzt befanden, war schmal, hatte tiefe Schlaglöcher und war am Rand mit Unkraut überwuchert. Steil führte sie hinauf zu einer kleinen Anhöhe, wo sich lediglich ein kleines Wäldchen aus kräftigen Stadtbäumen und noch mehr Kudzu befand. Unterhalb davon standen auf beiden Seiten windschiefe Häuser mit Asbestfassaden, die genauso aussahen wie diejenigen, die ich in anderen Siedlungen gesehen hatte. Lucas fuhr langsamer und hielt den Morgan schließlich vor einem der Häuser an, wo im Vorgarten üppige altmodische Strauchrosen wuchsen und dessen vergitterte Veranda dicht mit purpurroten Glyzinien überschattet war. Wieder duftete es nach der unsichtbaren städtischen Mimose. Ich lächelte unwillkürlich. Das kleine Haus war schäbig, aber seine Fensterrahmen waren frisch gestrichen und der gestampfte Hof gekehrt, und von irgendwo dahinter konnte ich das Lachen von Kindern hören.

»Ist es das?«

»Jawohl«, sagte er. »Der öffentliche Kindergarten von Pumphouse Hill, Besitzerin Mrs. Mamie Lou Roberts. John hat sie ausgesucht. Sie ist eine alte Freundin von ihm. In allen Siedlungen gibt es alte Frauen wie sie, die hier wohnen und einfach die Kinder aufnehmen, die nicht wissen, wo sie hinsollen, während ihre Mütter arbeiten. Sie geben ihnen etwas zu essen und passen auf sie auf, bis die Frauen am Abend nach Hause kommen. Gott weiß, wo Mrs. Roberts das Geld herbekommt. Die Mütter zahlen wohl, soviel sie können, aber das kann kaum genug sein, um alle Kinder zu füttern, Matratzen und Decken für den Mittagsschlaf zu kaufen und im Winter zu heizen. Und einige dieser Mütter arbeiten nicht. Sie sind selbst noch Kinder; junge Teenager. Keine Ehemänner, und die Familien haben sie hinausgeworfen. Ich weiß nicht, wo sie sich tagsüber herumtreiben.«

»Wo, zum Teufel, sind denn die Väter?« fragte ich heftig.

»Das würden die Mamas wohl auch gerne wissen«, meinte er. »Schwarze Männer halten sich nicht oft hier in den Siedlungen auf. Wenn es überhaupt Jobs gibt, dann bestimmt nicht hier.«

»Gibt es denn keine Regierungsprogramme? Tut die Regierung gar nichts für solche Kinder? Oder die Stadt, der Staat oder Johnsons neue Mannschaft?« wollte ich wissen. Verzweiflung befiel mich. Hätte ich die Siedlungen in Atlantas Südosten nicht gesehen, dann hätte ich kaum geglaubt, daß es so etwas gab.

»Doch, vermutlich schon«, erklärte Luke und machte mit einer abschätzigen Handbewegung deutlich, was er davon hielt. »Ben hat von Präsident Johnson eine ganze Menge versprochen bekommen. Aber hier unten weiß niemand etwas davon, oder wie man sich dafür bewerben kann, oder welche Bedingungen erfüllt sein müssen, bevor man an die Kohle kommt. Herrgott, viele von den alten Frauen, die für diese Kinder am meisten tun, können weder lesen noch schreiben, und die Jüngeren, die es können, sind so verdammt erschöpft, daß sie nicht das richtige Büro für einen Antrag herausfinden können. Und welches Regierungsbüro hat schon andere als die üblichen Öffnungszeiten? Das ist ein Ziel, das Ben Cameron mit dieser Artikelserie erreichen möchte, die richtigen Behörden mit den richtigen Leuten zusammenzubringen und diese ganze Bürokratie und den Formularkram zu vereinfachen. Dem Problem ein menschliches Antlitz verleihen, wie es der süße alte Culver so richtig gesagt hat. Den Leuten zeigen, worum es geht.«

»Gehen wir hinein?« fragte ich widerstrebend.

»Wir müssen noch auf John warten. Sonst verderben wir von Anfang an alles.«

Schweigend saßen wir im Morgan. Am weißlichen Himmel stieg die Sonne allmählich höher. Ein verkrüppelter Zedrachbaum spendete uns Schatten, und auf der anderen Straßenseite schlief in einer Kuhle voll rosafarbenem Staub ein magerer schwarzer Hund. Es war sehr still, die heiße Brise verwehte die Kinderstimmen, und ich hörte weder Verkehrslärm noch Vogelgezwitscher.

Schließlich sagte ich: »Das ist der schlimmste Ort, an dem ich jemals gewesen bin. Man kommt sich vor, als wäre man gar nicht in den Vereinigten Staaten. Wie kann das ein Teil von Atlanta sein?«

Luke seufzte und drehte sich zu mir her. Die träge Lässigkeit war aus seinem Blick verschwunden, und auf einmal kam er mir müder vor, als ich ihn jemals gesehen hatte.

»Du hast heute morgen das Schlimmste gesehen, Smoky«, sagte er. »Ich habe dich bewußt durch die häßlichsten Gegenden gefahren, die wirklichen Ghettos. Es gibt auch bessere Schwarzen-Wohnsiedlungen in Atlanta, manche von ihnen sind in Ordnung und einige sogar fast luxuriös, drüben im Südwesten. Atlanta hat eine der reichsten Schwarzen-Gemeinden im ganzen Land, obwohl das niemand weiß – sie wollen kein öffentliches Aufsehen –, und es hat ziemlich einflußreiche Machtstrukturen... Geschäftsleute, Angestellte, die Leute an der Atlanta University. Sie haben mit Dr. King zusammengearbeitet und fangen jetzt an, mit Ben Cameron zu kooperieren; sie respektieren ihn. Wenn er lange genug im Amt bleibt, wird er durch diese Leute eine Menge erreichen. Er hat Bundesgelder aus allen möglichen Quellen beschafft, von Head Start, Model Cities, EOA, Job Corps, der Stadterneuerung und wie sie alle heißen. Das wird früher oder später greifen, und in einigen der älteren, stabileren Wohngegenden, wo die Leute seit zwei oder drei

Generationen leben, weiß man das und kann sich darauf verlassen.

Aber es gibt Gegenden, vor allem im Südosten«, fuhr er fort, »durch die ich dich heute gefahren habe, wo man davon noch nichts gehört hat. Das sind Ghettos, so schlimm wie die von Detroit oder Newark. Hier wohnen völlig verarmte, hoffnungslose Schwarze aus den ländlichen Gebieten des ganzen Südens, die voller Verzweiflung hierhergekommen sind, weil sie nach besseren Lebensbedingungen gesucht haben, die sie hier nicht fanden. Sie leben noch nicht lange in der Gegend, wissen nichts von Regierungsprogrammen oder kümmern sich nicht darum und haben den Namen Ben Cameron noch nicht einmal gehört. Das einzige, was sie interessiert, ist die Frage, wo sie ihre nächste Mahlzeit herbekommen oder den nächsten Schnaps, Punkt. Sie blicken nicht über ihren Horizont hinaus. Hier wird das Geld der Regierung zuallerletzt ankommen, und hier würde es am nötigsten gebraucht. Und wenn es zu Auseinandersetzungen kommt, dann wird das in diesen Gegenden sein. Hier.«

»Warum hast du mir keine von den anderen gezeigt?« fragte ich. »Warum wolltest du mir weismachen, daß es überall so aussieht?«

»Weil du keine Ahnung hast von Atlanta, auch wenn du glaubst, du kennst die Stadt«, sagte er. »Weil dein Atlanta darin besteht, in den Swimmingpools von Buckhead herumzuplantschen und daß der Oberkellner deinen Namen kennt. Du hast Talent und du hast Mut, und ich hasse den Gedanken, daß du beides auf die Sachen verschwendest, die Comfort dir anbieten wird.«

»Du bist aber jederzeit bereit, das zu nehmen, was er dir anbietet«, sagte ich betroffen. »Du verbringst mehr Zeit mit ihm als wir alle.«

»Ja, aber ich habe auch schon anderes gesehen und getan«, erwiderte er. »Ich habe meine Zeit in der Gosse verbracht, dort im Süden, wo die entscheidenden Dinge passieren. Dort mußt du hin, und das wird er nicht erlauben. Aber ich sorge dafür, daß du das machen kannst.«

Ich schwieg. Seine Worte ärgerten mich, aber ich erkannte die solide Struktur dieser Gedanken, die verriet, daß er recht hatte. Ich sah mich in Pumphouse Hill um. Im Westen konnte ich durch den Hitzeschleier und den Smog aus vielen schäbigen, kleinen Fabriken die Skyline von Atlanta erkennen. Sie wirkte so ätherisch und unerreichbar wie eine Fata Morgana. Diesen Eindruck hatten die Bewohner von Pumphouse Hill vermutlich ständig.

»Erzähl mir etwas von Mrs. Roberts«, sagte ich. »Warum gerade sie? Was hat sie für eine Lebensgeschichte?«

»Na ja, wie ich schon gesagt habe, John kennt sie«, antwortete Luke. »Er hat bei ihr gewohnt, als er zum ersten Mal nach Atlanta kam. Ich glaube, er hat gelegentlich in der Kirche ihrer Gemeinde gepredigt. Das war eine Art Praktikum, und sie hat ihn bei sich wohnen lassen. Sie hat drei oder vier Kinder, die die Kurve gekratzt haben, nach Norden gegangen sind und ihr die Enkelkinder überlassen haben – es passiert hier häufig, daß die Großmütter mehrere Generationen von Kindern aufziehen –, und nach und nach haben die jungen Frauen aus der Gegend, die sich in einer anderen Gegend Arbeit gesucht haben, sie gebeten, auch auf ihre Kinder aufzupassen. So wurde sie die örtliche Kindergartentante. Ihr Ehemann ist schon vor Jahren gestorben, ihren Sohn hat sie seit Ewigkeiten nicht gesehen, und sie braucht jeden Penny, den sie durch die Kinderbetreuung verdienen kann. John sagt, daß sie viele davon kostenlos betreut, obwohl sie das nicht zugeben würde. Sie liebt Kinder. Aber sie braucht wirklich alles; einige der Kinder kommen schon in der Morgendämmerung und bleiben bis nach Einbruch der Dunkelheit, und sie muß genug Nahrung für sie zusammenkratzen, um ihnen dreimal am Tag etwas zu essen zu geben. Außerdem braucht sie Decken für den Mittagsschlaf und muß das Haus im Winter warmhalten. Sie hat lediglich elektrische Strahler und einen alten Gasherd. Ihre Kirchengemeinde hilft ihr, soweit möglich, und ich weiß, daß John ihr regelmäßig Geld gibt. Aber sie hat ständig fünfzehn oder sechzehn Kinder, und dafür reicht es nie. Lernen können die Kinder nichts bei ihr. Außer ihrem Namen kann sie weder lesen noch schreiben.«

»Was will FOCUS für sie erreichen?« fragte ich. Meine Augen brannten.

»FOCUS möchte eine Menge von reichen Leuten zeigen, daß es sie gibt«, erklärte Luke. »Es möchte ihr Gesicht und die Gesichter der Kinder in Buckhead und Ansley Park bekannt machen, wo Leute leben, die einen Scheck ausschreiben und den Kindern einen Monat lang etwas zu essen geben können. John sagt, daß sie manchmal dreimal täglich Getreidebrei mit Wasser essen. Man muß Atlanta zeigen, daß es im Südosten noch etwas anderes gibt als die Baseballmannschaft der Braves und die Autobahn. Man muß den alten, müden Frauen, die auf den 23er Bus warten, einen Namen geben. Vielleicht kann man auch die Leute im Capitol aufschrecken, damit sie ein bißchen mehr herausrücken, oder wenigstens die zuständigen städtischen Behörden dazu bewegen, einmal hierherzukommen und zu sehen, was sie für diese Frau tun können. Und für andere alte Frauen, die sich um Kinder kümmern. Es ist leicht, die Leute hier unten lediglich als statistische Größe zu betrachten, die sich in einem Stadtviertel befinden, wo man nie hinkommt und an das man nie denkt. Aber wenn dir kleine Kinder, die Otis, Ivan oder Patricia heißen, geradewegs ins Gesicht sehen, ist es schon schwieriger, sie zu ignorieren.«

»Und diese Gesichter wirst du fotografieren«, sagte ich.

»Und du wirst die Namen schreiben«, sagte er.

In meiner Brust schwoll etwas an, das platzte und mich bis in die Fingerspitzen und bis unter den Scheitel erfüllte.

»Ja«, sagte ich. »Das werde ich tun. Ich werde die Namen schreiben.«

»Gut. Hier kommt John«, stellte er fest.

Ich blickte auf und erwartete, die Staubwolke eines Wagens zu sehen, aber statt dessen erkannte ich die schlanke Gesalt von John Howard, der den Hügel herauflief. Er spazierte locker mitten auf der Straße. Erstaunlicherweise steckte er in einem Overall, wie ihn die Farmer auf den flachen Feldern rund um Savannah trugen, aus ausgebleichtem blauen Jeansstoff und mit Schnallenträgern über den Schultern. Er hatte kein Hemd an, und die Sonne ergoß sich bronzerot über seine nackten Arme und Schultern. Seine Muskeln waren nicht kräftig, aber er hatte breite, eckige Schultern, und seine Taille, die ich zwischen den schwingenden Armen durch den offen geschnittenen Overall sehen konnte, war schmal. Ich fand, daß er eine Figur hatte wie Tom Gordon. Er hatte keinen Hut auf, in der Brusttasche des Overalls steckte ein rotes Halstuch, und an den Füßen trug er feste Arbeitsschuhe. Einen Augenblick lang wirkte er so absurd, als hätte er sich kostümiert, aber dann schien die Kleidung doch zu ihm zu passen. In diesen Arbeitskleidern bewegte er sich wie jemand, dessen Loyalität immer zuerst dem Land gehört hatte.

»War er Farmer, bevor er Prediger wurde?« fragte ich Luke. »Ist er auf einer Farm aufgewachsen?«

Luke lachte. »Ach du Scheiße, nein. Er ist in einem Vorort von St. Louis aufgewachsen. Sein Vater ist Gynäkologe, und die Mutter war bei ihm Krankenschwester. Bevor John Prediger wurde, war er nichts weiter als ein Schüler und, soweit ich gehört habe, ein hochbegabter Student.«

»Was ist mit ihm passiert?«

Luke warf mir von oben herab einen Blick zu.

»Vermutlich war es nichts weiter als die Bürgerrechtsbewegung«, sagte er.

Ich spürte plötzlich eine tiefe Müdigkeit angesichts der unterschwelligen Spannungen, die ich allein nicht fühlen konnte, der Anspielungen, die ich nicht verstand, der Täler und Kontinente schmerzvoller Erfahrungen, die ich allein offenbar nicht hatte.

»Aber warum kostümiert er sich dann so und spielt den Farmer, oder will er uns mit seinem Körperbau beeindrucken?« stieß ich wütend hervor.

»Alle Männer, denen er hier begegnen könnte, stammen von Farmen«, erklärte Luke geduldig. »Er tut es aus Höflichkeit ihnen gegenüber. Du weißt schon, wenn man in Rom ist... Außerdem kennen die Kinder, denen wir heute morgen begegnen werden, keine anderen Männer außer Farmer, zumindest die meisten von ihnen. Sie treffen selten Männer, abgesehen von ihren Großvätern, und die tragen alle solche Overalls. Ein Mann im Anzug würde sie zu Tode ängstigen. Ein Mann im Anzug ist ein Böser.«

»Das tut mir leid«, flüsterte ich. »Ich komme mir wie eine Idiotin vor. Daran hätte ich denken und selbst Jeans anziehen sollen...«

»Nein, du bist schon ganz richtig gekleidet«, tröstete er mich. »Eine weiße Frau in Jeans würde sie vermutlich bloß verwirren. So halten sie dich für eine Sozialarbeiterin und beachten dich gar nicht. Und das wollen wir heute auch.«

John Howard trat neben den Morgan und klatschte mit der flachen Hand auf die viereckige Karosserie.

»Seid ihr bereit?« fragte er. »Hallo, Smoky.«

»Hallo, John.«

»Ich habe Mrs. Roberts gestern abend noch einen Besuch abgestattet«, erzählte John Howard. »Sie soll nicht extra aufräumen oder die Kinder zu guten Manieren ermahnen, habe ich ihr gesagt. Das würde sie auch nicht tun, meinte sie. Sie versteht genau, was wir wollen: Hilfe für die Kinder, und der einzige Weg dafür ist, zu zeigen, was sie brauchen. Es ist ein guter Zeitpunkt für uns. So kurz vor Monatsende hat sie nur noch Hafergrütze, und die ist auch noch kalt. Ihr Herd funktioniert seit zwei oder drei Tagen nicht mehr. Das Wasser zum Putzen der Böden und zum Waschen der Kinder erhitzt sie über dem Feuer im Garten.«

Lucas nickte, stieg aus und nahm seine Kamerataschen. Ich folgte ihm. Wir gingen hinter John Howard auf die Veranda des kleinen Hauses und warteten, während er an die Fliegengittertür klopfte. Das Gitter war zerrissen und mit einer Art Klebeband repariert worden. Das Innere des Hauses war eine dunkle Höhle.

»Kommt nach hinten«, rief eine tiefe, schöne Stimme, und wir stiegen die Treppe wieder hinunter und gingen ums Haus. Es war mit Ziegelsteinen direkt auf die Erde gebaut, und die allgegenwärtigen Kudzu- und Glyzinienranken ließen es beinahe so exotisch wirken wie eine kleine Dschungelhütte. Vor einem hohen Drahtzaun an einem Tor blieben wir stehen, und ich konnte Blumen, frisch gewässerte Erde und etwas anderes, etwas Reichhaltiges, Dunkles, Köstliches wie Kaffee und gebratenen Schinken, riechen. Das Lachen und Kreischen der Kinder war jetzt lauter.

Eine Schwarze kam ans Tor und sperrte es auf. Dann ging sie einen Schritt zurück, und wir traten ein. Sie war ein Berg von einer Frau, sehr dunkel und formlos in einer sauberen, ausgebleichten Kittelschürze. Die Schürze war ärmellos, und ihre monströsen Oberarme sahen aus wie die glänzende, geräucherte Oberseite von Schinken. Wenn sie sich bewegte, wackelten sie. An den Füßen trug sie Männerschuhe, an denen die Zehen ausgeschnitten waren, und um ihren kleinen, wohlgeformten Kopf hatte sie einen bunten Turban gewickelt. Über ihr faltiges Gesicht lief der Schweiß, und ein breites Lächeln zerteilte das aschfarbene Netz aus feinen Runzeln. In der Mitte ihres Mundes hatte sie einen Goldzahn, der in der Morgensonne wie eine kleine Flamme aufleuchtete.

»Komm rein, mein Liebling«, sagte sie zu John Howard und umarmte ihn, als er durch das Tor trat. »Hm, hm. Du brauchst ein bißchen Fleisch auf den Knochen. Wer füttert dich denn jetzt?«

»Niemand so gut wie Sie«, sagte er und nickte uns zu.

»Mama Roberts, das sind Lucas Geary und Smoky O'Donnell, von denen ich Ihnen gestern abend erzählt habe. Sie werden mir helfen, den Leuten von dem, was Sie hier tun, zu erzählen, um Hilfe zu bekommen. Wie ich schon sagte, heute werden wir nicht viel reden. Smoky schaut und horcht nur zu, und Lucas macht ein paar Bilder. Das ist alles. Die Kinder sollen das tun, was sie immer tun. Wir bleiben auch nicht lang.«

Die alte Frau nickte uns ernst und höflich zu.

»Schön, daß Sie gekommen sind«, sagte sie. »Wir haben nicht viel, aber es ist mehr, als ich erwartet habe, und Sie sind gerne eingeladen, es mit uns zu teilen.«

»Danke«, sagte ich und lächelte, und sie tätschelte meinen Arm wie bei einem Kind und drehte sich und watschelte zurück in den Garten. Ich folgte John und Luke, obwohl ich das, was mich jetzt erwartete, gar nicht sehen mochte.

Aber es war nicht das, was ich erwartet hatte, und auch nicht das, worauf mich Luke vorbereitet und was John Howard angedeutet hatte. Der kleine Garten stand voll mit kleinen Tischchen, auf denen bunte Papierdecken lagen. Davor standen Klappstühlchen mit schwatzenden Kindern. Sie beendeten gerade eine Mahlzeit, die, soweit ich das aus der Entfernung sehen konnte, ein Frühstück mit Schinken, Eiern und Keksen war, und neben den Papiertellern mit dem Essen standen Papierbecher mit Milch und Orangensaft. In einer Ecke des Gartens, unter einem herabhängenden Maulbeerbaum, lag ein Stapel Schlafsäcke. Sie sahen bunt und neu aus. Am hinteren Ende des Gartens, fast schon am Zaun, war ein großer Campingofen aufgebaut, und eine junge Frau wendete Schinken und stapelte mit leichter Hand Kekse auf einen Teller. Sie trug einen langen, bunten, weiten Dashoki, hatte eine Afromähne, die in der Sonne kupferfarben glänzte, und ihr kleines Katzengesicht wurde von einer großen, schwarzen Sonnenbrille beherrscht. Als sie unsere Stimmen hörte, unterbrach sie ihre Arbeit nicht und drehte sich auch nicht um.

Es war John Howard, der schließlich das Wort ergriff.

»Ich sehe, Sie haben schon jemanden, der Ihnen hilft, Mama Roberts«, sagte er. Seine Stimme war ausdruckslos und verriet keine Emotionen.

»Das kam heute morgen vor Tagesanbruch«, sagte die alte Frau glücklich. »Ich habe ein Klopfen gehört und bin an die Tür, und da war dieses Mädchen und hatte den schweren Ofen auf dem Rücken und drumherum haufenweise Essen, und es kamen noch andere wie sie mit Decken und Schlafsäcken und solchen Sachen. Ganz wie die Engel des Herrn haben sie ausgesehen, wirklich. Süße«, rief sie der jungen Frau zu, »komm doch mal rüber und begrüß diesen Jungen und seine Freunde. Sie wollen Mama Roberts auch helfen.«

Die junge Frau stellte den Keksteller ab, drehte sich um und kam über die blanke Erde, auf der sich eine bleiche Matte aus hellen, toten Grashalmen ausbreitete, auf uns zu. Sie war schlank und schmal, und ich sah trotz der Brille, daß sie sehr hübsch war. Sie hatte hohe Wangenknochen und eine glatte, goldfarbene Haut.

»Hallo, John«, sagte sie. Ihre Stimme war hell und weich und hatte einen Südstaatenakzent. Aber sie strahlte keine Wärme aus.

»Hallo, Juanita«, sagte John Howard.

»Ihr kennt euch?« fragte Mrs. Roberts. »Ich dachte, dieses kleine Mädchen hier sagte, sie sei aus... wo hast du gesagt, Süße? New York? Irgendwo da oben...«

»Wir sind jetzt in Philadelphia«, unterbrach sie die junge Frau. »Ich bin nur zu Besuch in Atlanta.«

»Und bist ganz zufällig mit Essen und Schlafsäcken vorbeigekommen«, sagte John Howard mit freundlicher Stimme. »Ja, Mama Roberts, wir kennen uns. Auch wenn Juanita jetzt ein Yankee ist, im Herzen bleibt sie doch ein Mädchen aus dem Süden. Sie ist in ... Tupelo, glaube ich, geboren, nicht wahr?«

»Stimmt«, antwortete die junge Frau und sah ihn immer noch an. Abgesehen von einem Blick und einem Nicken in Lukes und meine Richtung, ignorierte sie unsere Anwesenheit völlig.

»Ich habe schon gehört, daß ihr in der Gegend seid«, meinte John Howard. Er wandte sich an die alte Frau.

»Mama Roberts, so etwas hat keinen Sinn«, sagte er.

Die alte Frau blickte zu den Kindern hinüber, die uns scheinbar gar nicht beachteten, während sie aßen, tranken und lachten, dann wieder zu John Howard und dann auf den Boden.

»Ich nehme alles, was ich bekommen kann, John«, sagte sie. »Sie sind gekommen. Sie hatten Decken und Essen. Sie haben das Essen gekocht. Sie haben es serviert. Sie haben gelächelt. Sie haben nichts von mir dafür verlangt. Sie haben mir nicht alle möglichen Fragen gestellt, ob ich dafür überhaupt eine Berechtigung habe. Sie haben nicht gesagt, sie machen erst eine Studie, und dann kommen sie wieder. Sie haben gesagt, daß sie es gerne machen und daß sie versuchen, es jeden Tag zuverlässig zu machen, daß sie sich darum kümmern, bis sie wieder in den Norden gehen. Wenn du so etwas für mich tust, John, dann kannst du wiederkommen und mir sagen, daß so etwas keinen Sinn hat.«

»So etwas hat keinen Sinn«, sagte er leise, wobei er die Worte an niemand zu richten schien. Dann sah er uns an, forderte uns mit einer Geste auf, ihm zu folgen, und drehte sich um, um den Garten zu verlassen.

Hinter ihm sagte die junge Frau: »John, hast du Jonathan vergessen?«

Er blieb stehen, drehte sich um und sah sie an. Ich bemerkte, daß sein Gesicht dunkler wurde, so daß die Narbenmulde auf seiner Stirn bis zur Augenbraue deutlich hervortrat. Aber sein Gesichtsausdruck änderte sich nicht.

»Nein«, antwortete er. »Ich habe Jonathan nicht vergessen. Hast du die Brücke vergessen?«

»Ja«, sagte sie, und in ihrer Stimme schwang eine Art Trotz mit. »Ich hatte überhaupt keine Probleme, das zu vergessen.«

»Nun, ich werde es nie vergessen«, sagte er und ging ums Haus herum auf die Straße. Wir folgten ihm, obwohl wir nichts verstanden hatten. Aber wir wollten auch nichts dazu sagen.

Wir hatten noch immer kein Wort gesprochen, als Luke seine Kameratasche im Kofferraum des Morgan verstaut und ich mich neben ihn auf den vorderen Beifahrersitz gesetzt und die Tür geschlossen hatte.

»Sollen wir dich irgendwo absetzen?« sagte Luke schließlich zu John Howard.

»Nein«, antwortete John. »Ich will jetzt ein Stück laufen. Tut mir leid, das Ganze. Aber es ändert eigentlich nichts. Ich finde jemand anderen für uns und organisiere das. Wir schaffen es bis zum Abgabetermin.«

»Sag mir Bescheid«, meinte Lucas. John Howard nickte und wanderte davon, die Straße hinauf auf die Anhöhe zu. Luke startete den Morgan und ließ ihn langsam die Sandstraße hinunterrollen, auf demselben Weg, den wir gekommen waren.

»Was hatte das zu bedeuten?« fragte ich schließlich.

»Ich bin mir nicht sicher«, antwortete Luke. »Ich glaube, ich weiß es, aber ich bin mir nicht ganz sicher. Jonathan ist vermutlich Jonathan Daniels. Er war ein Weißer, der beim Marsch wegen der Wahlregister im Lowndes County angeschossen und getötet wurde. Ich weiß, daß er und John gute Freunde waren. Ich glaube, bei der Brücke handelt es sich um die Edmund-Pettus-Brücke, offenbar war sie dabei, als John verletzt wurde. Und ich glaube, sie ist von den Black Panthers. Ich weiß, daß sie kostenlose Frühstücksprogramme für die Kinder in den Ghettos haben und andere kostenlose Hilfen. Und ich habe gehört, daß sie in der Stadt sind. Ich weiß nicht, wie sie von dem FOCUS-Artikel erfahren haben, aber es überrascht mich nicht.«

»Sie hat ihm etwas bedeutet, nicht wahr?« fragte ich.

»Kann schon sein«, erwiderte er nichtssagend.

»Es stimmt«, sagte ich. Ich wußte, daß es stimmte. »Selbst wenn sie ihm jetzt nichts mehr bedeutet, früher war es so.«

»Spielt das eine Rolle?«

»Na ja, natürlich nicht. Ich wüßte nur gerne mehr über ihn.«

»Und was würdest du gerne über ihn wissen, Smoky?« Luke grinste, und ich wußte, was der träge Ton in seiner Stimme bedeutete. Schon wieder war ich wütend auf ihn.

»Ich wüßte gerne mehr über seine Frauen und um einiges weniger über deine, verdammt noch mal«, sagte ich bissig.

»Na, dein Wunsch sei mir Befehl, wie man so sagt«, gab Lucas Geary zurück. Noch immer grinsend, ließ er den Morgan über die Sandstraße schießen. Kurz bevor wir die befestigte Straße erreicht hatten, sah ich an dem unkrautbewachsenen Weg, der zurück nach Pumphouse Hill führte, ein Auto stehen. Es war ein dunkelgrüner, glänzender, neuer Mustang mit dunklen Ledersitzen. Auf dem Rücksitz befand sich ein kleiner Haufen Kleider: ordentlich gebügelte Khakihosen, ein zusammengefaltetes blaues Oxfordhemd und polierte braune Herrenschuhe. Ich wußte, daß es sich um John Howards Wagen handelte, und begann zu lachen, und Luke begann auch zu lachen, und wir lachten noch immer, als wir am Capitol vorbeikamen und Richtung Innenstadt in die langen morgendlichen Schatten von Five Points hineinfuhren.

8. Kapitel

John Howard stand zu seinem Wort. Er fand einen anderen Kindergarten, den wir für FOCUS fotografieren konnten, und Luke und ich fuhren am nächsten Tag hin, um darüber zu berichten. Er befand sich in Summerhill, einer Gegend, die etwas, aber nicht sehr viel besser war als Pumphouse Hill. Luke erzählte mir, daß dies das Wohngebiet war, in dem Ben Cameron während der Aufstände im letzten Sommer auf einem Auto gestanden und versucht hatte, eine Eskalation durch Reden zu verhindern, ehe er umgestoßen wurde. Früher einmal war Summerhill eine wohlhabende, weiße Gegend gewesen, mit großen, einstöckigen Holzhäusern, die von alten Bäumen geschützt wurden, aber jetzt waren die alten Häuser in winzige Mietwohnungen und Apartments aufgeteilt, in denen etwa zehntausend Schwarze auf engstem Raum lebten. Wie in Pumphouse Hill stammten auch sie fast alle vom Land. Summerhill war ein Ghetto im wahrsten Sinne des Wortes, auch wenn es aus Mietwohnungen in einstöckigen Häusern und nicht aus Hütten mit nur einem Raum bestand.

Mrs. Carrie Holmes lebte in einer Erdgeschoßwohnung in der Nähe der Love Street. Sie war eine großgewachsene, dünne, ältere Frau mit gelblicher Haut, die sich uns gegenüber kühl und formell verhielt. Bestimmt würde sie nicht die Wirkung erzielen, die die mütterliche Mama Roberts gehabt hätte, das gestand John ein, aber sie kümmerte sich ebenso liebevoll um ihre Kinder, obwohl sie eigentlich noch schlechtere Bedingungen hatte, da sie praktisch über keinen Garten verfügte und die Kinder auf den beiden windschiefen Veranden auf der Vorder- und Rückseite des alten viktorianischen Hauses oder auf der Straße spielen mußten.

»Es kann sein, daß sie nicht viel mit dir spricht«, sagte John. »Ihr Junge wurde während des Freedom-Sommers in Mississippi angeschossen und muß bis heute mit einem Stock laufen. Sie war schon immer ziemlich zurückhaltend, außer den Kindern gegenüber, und dieser Vorfall hat ihre Meinung über die Weißen nicht gerade verbessert. Aber sie wird höflich sein, und ihre Kinder sind großartig. Da ist ein kleiner Junge, André... schau mal, ob du André siehst. Ich glaube, er könnte dein Aufhänger für den Artikel werden.«

»Was ist mit André?« fragte ich.

»Wenn André da ist, wird er es dir schon zeigen«, antwortete John Howard.

Diesmal begleitete er uns nicht. Er müsse, so sagte er, einige Leute treffen, die am Nachmittag aus der Stadt abreisten. Bei Mrs. Holmes habe er uns angekündigt, also sollte es keinerlei Probleme geben.

»Wird es etwas nützen, daß auch ich ein verkrüppelter Held der Bürgerrechtsbewegung bin?« wollte Luke mit einem Grinsen wissen. Er hatte an diesem Tag einen Gehstock dabei, und ich bemerkte über seinem festen Halbschuh das Oberteil einer Bandage. Außerdem hinkte er deutlich. Das Hinken war mal stärker und mal schwächer, aber den Stock und die Bandage hatte ich noch nie gesehen. Fragend hob ich die Augenbrauen.

»Bei feuchtem Wetter wird es gelegentlich schlimmer«, sagte er. »Und dazu das Gehen gestern. Außerdem erregt es Mitleid.«

»Bei Mrs. Holmes nützt dir das nichts«, sagte John Howard, aber er lächelte ein wenig. »Aber den Kindern wird es gefallen. Ist es sehr unangenehm?«

»Nur beim Tanzen«, sagte Luke. »Wie ist das mit deinem Auge? Spürst du das gelegentlich?«

Sein Tonfall war vor allem interessiert, wie das bei Luke oft der Fall war. Ihn interessierte fast alles.

»Nur beim Lachen«, sagte John Howard, und ich dachte daran, daß sie diese Narben von dem Tag an der Edmund-Pettus-Brücke ihr ganzes Leben verbinden würden. Ich stellte mir vor, daß Lucas Geary in vielen Jahren, wenn an einem regnerischen und schwülen Tag sein Knöchel schmerzte, vielleicht an John Howard denken würde, und umgekehrt. Diese Vorstellung rief ein seltsames Gefühl der Schüchternheit in mir wach, als befände ich mich mit Fremden in einer intimen Situation. Aber so ist es ja auch, dachte ich.

Mrs. Holmes sprach fast gar nicht mit uns, aber sie führte uns auf die hintere Veranda der Wohnung, wo die Kinder gerade ihr Frühstück einnahmen, das aus Keksen und dünnem Kaffee bestand.

»Kaffee?« fragte ich und wünschte sofort, ich hätte geschwiegen. Was wußte ich von der Ernährung armer Kinder?

»Die Kirche stiftet ihn«, sagte Mrs. Holmes mit schwacher, monotoner Stimme. »Es ist immer das letzte, was uns ausgeht. Und die meisten von ihnen sind von Geburt an daran gewöhnt. Viele von den kleinen Niggern mögen keine Milch, aber Kaffee trinken sie.«

Abrupt hob ich den Kopf und starrte sie an. Wollte sie mich verspotten? Sie zeigte ein unerwartetes Lächeln, mit fast widerwillig verzogenem Mund. »Es ist in Ordnung, wenn wir das Wort untereinander verwenden«, sagte sie. »Nur Sie sollten es nicht tun.«

»Das habe ich noch nie getan«, sagte ich. Ich mochte Mrs. Carrie Holmes nicht besonders, selbst wenn sie vielleicht eine urbane Heilige war.

Lucas hob seine Kamera und machte von den Kindern mit ihren Kaffeebechern eine Aufnahme nach der anderen. Er hätte hier, unter diesen winzigen, abgerissenen schwarzen Kindern, kaum unpassender wirken können, mit seinem flammendroten Haar, dem Bart und seinem großen, schlaksigen Körper, aber irgendwie verschmolz er mit seiner Umgebung, wurde ein Teil der Möblierung auf dieser trostlosen Veranda, so daß die Kinder um ihn herumschwirrten und plauderten, als sei er einer von ihnen. Ich dachte an seine Worte vom Vortag und hielt mich im Hintergrund. Schweigend lehnte ich an der Hauswand und beobachtete. Heute trug ich einen alten Jeansrock, eine ärmellose Bluse und abgeschabte Halbschuhe, damit ich wenigstens nicht, wie Luke es gestern über meine Aufmachung gesagt hatte, wie eine höhere Tochter bei der Erfüllung ihrer ehrenamtlichen Pflichten aussah.

Dann ließ sich Luke auf einem Knie nieder und begann, sich mit den Kindern zu unterhalten. Leise erzählte er Albernheiten, Unsinn, und die Kinder reagierten, indem sie vor Lachen krähten und um ihn herumkrabbelten, nach der Kamera und den blitzenden Gegenständen in der Kameratasche griffen und versuchten, seine Haare, den Bart und den hellen Aluminiumstock zu berühren. Luke verbrauchte eine Filmrolle nach der anderen. Er erhob nie seine Stimme.

Mrs. Holmes ging ins Haus, und als sie zurückkam, schob sie einen ganz kleinen Jungen vor sich her. Er sah jünger aus als die anderen, konnte kaum laufen und war deutlich verängstigt. Sein übergroßer Kopf paßte nicht zu seinem winzigen Körper, und sein Gesicht war ein flacher Mond in der Farbe von glänzendem Karamel. Auf seinen Wangen sah man die silbrigen Schneckenspuren von Tränen, und mit seinen riesigen braunen Augen blickte er Luke und mich an.

André hat sich auf diesen Besuch gefreut, aber die junge Dame macht ihm angst«, sagte Mrs. Holmes. »Es war eine weiße Dame, die ihn von seiner Mama weggeholt hat, eine kleine Dame wie diese hier.«

Sie sah mich nicht an. Mein Gesicht wurde heiß.

»Warum denn?« wollte Luke in ruhigem Tonfall wissen.

»Na ja, seine Mutter hat ihn geschlagen«, erklärte Mrs. Holmes. »Er hat nicht aufgehört, in die Hosen zu scheißen. Sie hat ihn geschlagen, bis wir das Schreien nicht mehr ertragen konnten, und dann habe ich die Sozialarbeiterin angerufen. Sie kam, hat ihn geholt und zu Pflegeeltern gebracht. Ich bin hingegangen und habe ihn wiederbekommen, weil ich gesagt habe, ich bin seine Großmutter. Seitdem hat er Angst vor weißen Damen. Ich wußte nicht, daß sie kommt, sonst hätte ich nein gesagt.«

»Sie schreibt diesen Artikel«, sagte Luke. »Sie ist eine gute Frau und eine gute Autorin, und sie wird diesen Kindern sehr helfen. Wo ist Andrés Mutter jetzt?«

»Sie ist tot. Sie hat in diesem Frühjahr in Pittsburgh eine Überdosis genommen. Er weiß es nicht. Er glaubt, sie kommt wieder. Sie war erst sechzehn Jahre alt.«

Vor Schmerz und Wut schloß ich die Augen. Dieses Baby, dessen Mutter, noch selbst ein Kind, tot war, und das jetzt und für immer Angst hatte vor einem Viertel der Menschheit auf der Welt.

»Warum, in Gottes Namen, hat sie ein Baby geschlagen, weil es in die Hosen macht?« flüsterte ich.

Mrs. Holmes sah mich mit kaum verhohlener Abscheu an.

»Er ist kein Baby. Er ist fünf«, sagte sie. »Er ist nicht gewachsen. Seine Verdauung kann er nicht kontrollieren. Er kann auch nicht reden, nur seinen Namen kann er sagen. Weiß der Himmel, den sagt er aber oft genug.«

»Was wird mit ihm geschehen?« fragte Luke.

»Ich werde ihn wohl eine Weile behalten«, sagte sie. »Dann nimmt ihn wahrscheinlich jemand anders. Ich möchte nicht, daß Sie berichten, daß seine Mutter tot ist. Dieses Kind soll nicht in Pflege kommen.«

Luke nickte. Er ging auf das Kind zu, kauerte sich vor ihm hin und berührte vorsichtig Andrés Gesicht.

»Wenn du mir deinen Namen sagst, zeige ich dir mein Auto«, sagte er mit leiser Stimme.

Das Kind starrte ihn an, und dann verzog sich sein großes Gesicht zu einem bezaubernden Lächeln. Seine Augen tanzten dabei, und die Kraft dieses Lächelns schien den ganzen Körper zu erfassen.

»André!« schrie es. »André! André, André!«

»Na, dann komm, André«, sagte Luke und hob ihn auf seine Schultern. Das Gewicht ließ ihn stark hinken, aber er schwankte nicht. Er trug André durch die dunkle, stickige Wohnung und hinaus auf die Straße, wo der kleine Morgan stand, umgeben von einer Ehrengarde kleiner Kinder. Bei unserer Ankunft hatte Luke jedem von ihnen ein Fünfcentstück gegeben, damit sie auf den Wagen aufpaßten.

Der kleine Junge ließ ein tiefes Schnaufen hören, und als Luke ihn absetzte, watschelte er, so schnell ihn seine verkrüppelten Füße trugen, auf das Auto zu und umarmte es. Er umarmte es tatsächlich, umarmte die vordere Stoßstange und den Kotflügel und die Motorhaube, umarmte jedes Teil, das er mit seinen kurzen Armen umfassen konnte, und küßte es. Luke fotografierte eilig, während André mit verzücktem Gesicht den Morgan umarmte und küßte.

»André«, krähte er. »André, André.«

Luke hob ihn auf den Vordersitz des Morgan und nahm ihn mit zu einer Fahrt um den Block, und während sie davonfuhren, hörten wir seine ekstatische Hymne: »André, André!«

Ich sah Mrs. Holmes an.

»Das ruft er immer, wenn er glücklich ist, wenn er jemandem ein Geschenk geben will oder sich bedanken möchte«, sagte sie. »Ich habe ihm vom ersten Tag an gesagt, daß André das schönste Wort ist, das ich kenne, und davon ist er überzeugt. Für das, was er durchgemacht hat, ist er ein richtig glücklicher kleiner Junge.«

Ich wandte mich ab. Ich war fest entschlossen, vor dieser harten, kalten, liebevollen Frau nicht zu weinen.

Luke nahm die Filme sofort mit in seine Wohnung und entwickelte sie, und an diesem Abend blieben wir bis spät in die Nacht im *Downtown*-Büro, und Tom, Luke und ich stellten das erste Layout für FOCUS zusammen. Die Fotos waren wunderschön, stark kontrastierte Schwarzweißfotos, auf denen die Gesichter der Kinder die einzigen weichen, diffusen Stellen waren. Das Aufmacherbild, eine volle Doppelseite, zeigte den Kopf von André, während er den Morgan küßte, mit vor Verzückung zusammengekniffenen Augen. Ich nahm das Layout mit in mein Büro, um die Bildunterschriften und den Text zu schreiben.

»Sein Name ist André«, begann ich. »Er ist fünf Jahre alt, und er kann nicht sprechen, aber seinen Namen kann er sagen, und voller Freude und Begeisterung schreit er ihn laut hinaus. André. Sein Name ist André. Denken Sie daran ...«

Ich dachte an unsere Worte, Lukes und meine, am gestrigen Tag: »Und diese Gesichter wirst du fotografieren.«

»Und du wirst die Namen schreiben.«

Ich legte den Kopf auf meine Schreibmaschine und weinte lange.

Layout und Text des FOCUS-Artikels gefielen Matt außerordentlich. Nachdem er ihn gründlich durchgesehen hatte, tutete er mit der Taxihupe, rief alle Mitarbeiter zusammen und zeigte ihnen den Artikel. Er krähte, hüpfte herum und grinste. Er klopfte Lucas und Tom Gordon auf den Rücken und küßte mich laut schmatzend auf den Mund und sagte, das sei ein Artikel, der wenigstens den Peabody, wenn nicht gar den Pulitzerpreis verdiene. Dann sauste er aus dem Büro ins Obergeschoß, um ihn Culver Carnes zu zeigen.

»Wenn er das sieht, läßt er mich ein ganzes Jahr lang in Ruhe«, schrie er noch, bevor die Glocke des Aufzugs ertönte.

In einer weißleuchtenden Wolke des Glücks ging ich zurück in mein Büro und versuchte mit wenig Erfolg, an den Bildunterschriften und Kurzzeilen des Veranstaltungskalenders zu arbeiten. Der Pulsschlag richtiger, wirklicher Arbeit tönte zu laut in meinem Blut.

Culver Carnes war völlig hingerissen. Am nächsten Tag stand er in Matts Büro und plante ein Pressefest für diese Serie.

»Ich wollte eigentlich warten, bis wir gedruckte Exemplare haben, aber bis dahin ist es Herbst, und diese Gelegenheit ist einfach zu gut, als daß wir sie verpassen sollten«, sagte er. »Die Aufstände in Watts und Newark und den anderen Städten haben mir Sorgen gemacht; so etwas könnte auch in Atlanta passieren. Wir wären dumm, wenn wir glaubten, so etwas kann nicht sein. Und die Panthers waren in der Stadt, und das ist kein gutes Zeichen. Ich habe gestern, nachdem Sie gegangen waren, Matt, Ben Cameron die Layout-Seiten gegeben, und er hat darum gebeten, sie über Nacht behalten zu dürfen. Er hat mit Dr. King geredet, und sie sind beide der Meinung, daß wir jetzt sofort etwas unternehmen sollten. Ein Pressefest oder so etwas. Der Welt zeigen, was Atlanta tut, und zwar die Schwarzen und die Weißen gemeinsam. King hat zugestimmt, daß John Howard den SCLC gegenüber der Presse repräsentiert, und gesagt, er kümmert sich darum, daß sie einige ihrer Leute schicken... vielleicht Bond und Andy Young und einige andere von denen, die man ständig sieht. Er selbst kommt nicht, weil er sagt, daß sich die Medien sonst überschlagen würden, und er will die Aufmerksamkeit nicht von dem FOCUS-Projekt abziehen. Ich kann seine Argumentation verstehen. Ich dachte außerdem an den Gouverneur und an einige unserer führenden Persönlichkeiten, und natürlich an Sie und Ihre Mitarbeiter, Smoky und dieser junge Fotograf...«

Matt betrachtete ihn mit ausdruckslosem Blick, und ich wußte, daß er vor Wut kochte, weil Culver Carnes sich die Sache zu eigen gemacht hatte und eilig versuchte, daraus Kapital zu schlagen. Aber Matt war ebenfalls stolz darauf, und auf dem Pressefest würde man sowohl das *Downtown Magazine* als auch die Handelskammer feiern.

»Das hört sich gut an«, sagte er. »Wo wollen Sie es veranstalten?«

»Na ja, ich dachte an den Klub der Handelskammer. Wir bauen ein großes Büffet auf und eine offene Bar, die Ausführung...«

»Darüber sollten Sie vielleicht noch einmal nachdenken, Culver«, empfahl Matt. »Der Klub ist nicht gerade eine Bastion der Harmonie zwischen den Rassen.«

»Schwarze können seit 1965 Mitglied werden«, sagte Culver Carnes.

»Ja, aber haben sie das getan?« fragte Matt spöttisch. »Mir ist nicht aufgefallen, daß es eine Mitgliederkampagne in den Sozialsiedlungen gibt. Ich habe eine bessere Idee. Lassen Sie uns das Ganze im Top of Peachtree veranstalten. Dort ist den ganzen Sommer über umgebaut worden, und es wird nächste Woche wieder eröffnet. Wir machen es zu einer ganz großen Angelegenheit, sagenhaft symbolisch ... die ganze Stadt liegt uns zu Füßen et cetera et cetera. Die Pressefritzen lieben das Top, sie verbringen die Hälfte ihrer Zeit dort an der Bar. Und Doug war einer der ersten Besitzer in der Stadt, der seinen Laden für Schwarze aufgemacht hat, sogar als er es noch nicht mußte, und darum gehen sogar einige der Schwarzenführer gelegentlich dorthin. Was halten Sie davon? Vielleicht läßt man dort auch über den Preis mit sich handeln.«

Das gefiel Culver, und so kam es, daß Luke, Tom Gordon und ich an einem Donnerstagabend im Juli, nachdem ein Gewitter von Westen her über die Stadt gezogen war und sie nach der drückenden Hitze, die seit Wochen herrschte, saubergewaschen hatte, in der sommerlich leuchtenden Dämmerung über die

Straße und um die Ecke zu dem Fest für unseren FOCUS-Artikel gingen.

Matt hatte verlangt, daß wir alle früh ins Top of Peachtree kamen, und er, Teddy, Sister und die Leute von der Anzeigenabteilung waren bereits da, als wir aus dem Aufzug stiegen. Sie saßen an unserem langen Lieblingstisch vor dem Eckfenster, wo sich die regenglänzende Stadt unter ihnen erstreckte. Als ich sie sah, spürte ich ein schnelles, heftiges Gefühl von Zusammengehörigkeit und Liebe: meine Leute, die in unserem Lokal auf mich warteten. So etwas hatte ich noch nie zuvor gefühlt. Bisher war ich immer eine Außenseiterin gewesen, dachte ich, auch wenn mir das nicht bewußt war. Aber jetzt war ich keine Außenseiterin mehr. Ich gehörte zum *Downtown Magazine*. Ich war, unzweifelhaft und für immer, eine von Comforts Leuten.

»Ihr seht alle absolut fabelhaft aus«, sagte ich mit vor Freude belegter Stimme.

Und das stimmte. Wir sahen alle fabelhaft aus. Matt trug einen neuen grauen Sommeranzug, der seinen kastanienbraunen Haarschopf betonte und seinen Augen die Farbe des winterlichen Meeres gab. Der Anzug war etwas weniger zerknittert als seine anderen Anzüge, und Matt grinste vor purer Zufriedenheit und nippte an einem Wodka Tonic. Hank in seinem dunkelblauen Anzug wirkte wie ein gesetzter Bankdirektor, und Tom Gordon sah in graugestreiftem Seersucker so kühl, elegant und wunderbar aus, daß ich wieder einmal den kleinen Schock spürte, den sein Adlergesicht gelegentlich in mir hervorrief, und ich dachte erneut, wie entsetzlich dumm der oder die Geliebte, egal, ob männlich oder weiblich, sein mußte, der ihn verlassen hatte. Teddy trug gelbes Leinen und strahlte wie die Morgensonne, und Sister sah in ihrem gerüschten blauen Crêpekleid prächtig aus, dessen Saum in der Mitte der Oberschenkel endete, genau wie die Homecoming-Queen der University of Georgia, die sie vor kurzem noch gewesen war. SueAnne Hudspeth trug ein Kleid in dunklem Purpurrot mit schmaler Taille und einem kurzen Schößchen und dazu Pfennigabsätze und sah, wie Matt meinte, teuflisch gefährlich aus. Ich hatte ein neues rotes Futteralkleid aus Leinen und fühlte mich so glanzvoll und strahlend wie Lady Brett Ashley, die ich immer außerordentlich bewundert hatte. Nur Hank wußte von Lady Brett, und er erklärte mir, daß ich keinerlei Chancen hätte, ihr jemals nur im geringsten ähnlich zu sehen, dazu sei ich viel zu klein und hätte zu üppige Brüste und Hüften. Aber ich genoß das Gefühl trotzdem.

Nur Charlie Stubbs und Alicia fehlten. Charlie kam inzwischen nach der Arbeit fast nie mehr mit, und Alicia machte mit Buzzy Ferien in Nassau. Buzzy spiele dort gerne, erzählte Matt grinsend. »Vermutlich will er wenigstens eine Sache dabeihaben, die er nicht verlieren kann«, sagte er. Mir gefiel die Bemerkung nicht, aber ich war dennoch froh, daß Alicia nicht hier war. Sie hätte meinen glanzvollen Lady-Brett-Auftritt bestimmt völlig verdorben.

»Du siehst zum Anbeißen aus«, sagte Lucas Geary und grinste, so daß ich die Anzüglichkeit nicht überhören konnte. Er selbst war erstaunlich elegant in einem altmodischen Mantel und schmalgeschnittenen Hosen, die an seinen langen Beinen eng anlagen. Er trug sogar ein zerknittertes Hemd, und sein Bart und Schnurrbart waren hübsch geschnitten, so daß sein bösartiges, blitzendes Grinsen und das spitze Kinn deutlich zu sehen waren. Mit seiner dunklen, bürgerlichen Kleidung erinnerte er an ein Gemälde von Vermeer oder Rembrandt, und ich war sicher, daß er es wußte.

»Das gilt für uns alle«, sagte ich und tat so, als wüßte ich nicht, was er andeuten wollte. »Sogar für dich. Du solltest irgendwo einen Cavalier-King-Charles-Spaniel festmachen. Ich weiß auch schon, wo.«

»Denkst du oft daran?« fragte er.

»Fast nie«, sagte ich, und Matt prostete mir mit seinem Glas zu und sagte: »Tolles Kleid, Smoky«, und der Nachmittag ging in einen lavendelfarbenen Abend über.

Culver Carnes hatte das Layout für den FOCUS-Artikel vergrößern lassen und an einem Ende der Bar auf Staffeleien gestellt, die mit blauem Stoff verhängt waren. Hinter der Bar, wo sich das ausgebleichte Wandbild mit den eingetopften Pfirsichbäumen vor Davison's Kaufhaus, die früher die Peachtree Street gesäumt hatten, befand, hatte Doug Maloof, der Besitzer und Geschäftsführer des Top, ein weiteres blaues Tuch aufgehängt. Die Bar und das Restaurant waren neu in Dunkelgrün, Pfirsichfarben und Weiß gestrichen und möbliert worden und sahen jetzt sehr viel frischer und schicker aus als früher in grauem Plüsch und schwarzem Leder. Aber ich vermißte die alte Atmosphäre; es war wie in einer Höhle mitten im Himmel gewesen. Doug selbst rannte geschäftig hinter der Bar hin und her, wo uniformierte Kellner auf Befehle warteten. Ein langer Büffettisch mit Cocktailhäppchen stand vor dem hinteren Fenster, und Tony, der Klavierspieler, klimperte lässig auf dem Steinway. Er spielte leisen Jazz und eine Auswahl früher Beatles-Songs, seine einzige Konzession an die Gegenwart. Wenn man die neuen Songs hören wolle, so sagte Tony immer, dann könne man gleich um die Ecke ins A' Go Go gehen.

Die Presseleute kamen früh und aßen und tranken wie Wanderheuschrecken. Matt kannte sie alle, und sie kannten ihn. Er war beliebt, aber bei den meisten spürte man ihm gegenüber einen Hauch von Nervosität, was auch Neid verriet, entweder beruflichen oder persönlichen. Vermutlich war es meist beides. An diesem Abend war Matt besonders überschwenglich. Er erzählte fürchterlich übertriebene Geschichten, neckte sämtliche Männer bis zur Grenze der Beleidigung, baggerte die Frauen schamlos an, rauchte unablässig und trank ständig, ohne daß man ihm die zahlreichen Cocktails anmerkte. In dem düsteren Raum hatte man fast den Eindruck, als strahle er, leuchte von innen heraus. Ich stellte mir vor, wie schwer zu ertragen es für die gelackten Nachrichtensprecher und Wetterberichtansagerinnen sein mußte, daß sich das Scheinwerferlicht auf einen kleinen, häßlichen Mann richtete, mit Nickelbrille, roten Haaren, die ihm in die Augen fielen, und einem Anzug, der aussah wie von der Heilsarmee. Aber heute abend ertrugen sie es.

Ein guter Teil des vorhandenen Alkohols war getrunken worden, der Tisch mit den Häppchen war beinahe leergeräumt, und der Raum füllte sich mit Rauch, als die Aufzugsglocke in der Vorhalle läutete und die Männer des »Clubs« in einer lockeren, aber fast militärischen Formation einmarschierten. Sie strahlten ihre Macht auf so gelassene Weise und so ungebrochen aus, als stammten sie alle aus demselben Stall, was ja in gewisser Weise auch stimmte. Im Raum entstand um sie herum eine gewisse Anspannung. Die Männer nahmen Haltung an und zogen ihre Krawatten zurecht, die Frauen ordneten ihr Haar mit den Händen, und alle verstummten. An ihrer Spitze marschierte Ben Cameron, und Culver Carnes bildete das Schlußlicht und sah aus, als treibe er die Gruppe wie ein Schäfer vor sich her. Ich sah zu Matt hinüber, der grinste.

»Wenn er jemanden in den Arsch zwickt, dann platze ich«, sagte er leise, und ich kicherte.

Hinter ihnen kam eine Handvoll ernster, schwarzer Männer, junge und nicht mehr so junge, die allesamt dunkle Anzüge und weiße Hemden trugen, und die genauso solide und einflußreich wirkten wie die Männer, die vor ihnen gingen, was in gewisser Weise auch zutraf. Viele der Gesichter kannte ich aus der Zeitung und dem Fernsehen, und ihre Namen waren mir von einem halben Hundert Seiten jüngster und schrecklicher Geschichte bekannt. Ich spürte einen kühlen Luftzug im Nacken. Sie sahen freundlich, normal und kaum bemerkenswert aus, aber ich wußte, daß das nicht stimmte. Sie waren absolut entschlossen, man hätte sie sogar gefährlich nennen können. Hinter dem leichten, formalen Lächeln und Kopfnicken, hinter den kühlen, abschätzenden Augen standen Protestmärsche, Prügel in dunklen, heißen Nächten auf dem Land und in der erbarmungslosen Mittagssonne in der Stadt, Terror, Gefangenschaft und Bomben, Wasserwerfer und Polizeihunde und Gewehre, die in der Dunkelheit blitzten. In diesen Augen standen auf ewig die in einen Hinterhalt gelockten Schwarzen, die sich auf ihren Türschwellen krümmten, wurden Kinder in einer Kirche in Stücke gerissen.

Als ich John Howard begrüßte, der auf Luke und mich zukam, blieb mir die Stimme in der Kehle stecken und klang so hoch und dümmlich wie das Blöken eines Lamms.

Die Männer des »Clubs« waren Matt gegenüber herzlich und freundlich zu uns. Alle sprachen mir für den FOCUS-Artikel Komplimente aus, mit einer Andeutung von nachsichtiger Galanterie in der Stimme, die sie, wie ich wußte, ausschließlich für Frauen reserviert hatten. Aber alle schienen zu wissen, wer ich war, und fast alle hatten von meinem Sieg über Boy Slattery beim Billard gehört und erwähnten ihn voller Freude. Ich wußte, daß sie sich von allen Dingen, die ich vielleicht noch tat, später einmal vor allem daran erinnern würden.

Cocktails waren herumgereicht und Freundlichkeiten ausgetauscht worden, und Culver Carnes ging gerade auf die verhüllten Staffeleien zu, um seine Präsentation zu beginnen, als die Aufzugglocke erneut erklang und Boy Slattery den Raum betrat.

»Ach du Scheiße«, sagte Ben Cameron mit leiser Stimme zu Matt. Sie standen direkt hinter mir, und ich hörte ungeniert zu.

»Lint kommt nicht?« fragte Matt.

»Bitte, sagen Sie es nicht weiter«, bat Ben Cameron, »aber Lint befindet sich gerade, in dieser Minute, im Johns-Hopkins-Krankenhaus und unterzieht sich einer umfassenden Reihe von Tests. Er hat den ganzen Sommer über nicht gut ausgesehen, und wir haben ihn ständig gedrängt, sich untersuchen zu lassen, aber jetzt ist offensichtlich ein recht plötzliches Symptom aufgetreten, und Hill Fraser hat ihn direkt aus dem Büro zum Hopkins geschickt. Ich habe Boy nicht ausdrücklich eingeladen, aber natürlich ist er derjenige, wenn Lint verhindert ist...«

»Wie schlimm ist es?« wollte Matt wissen. Seine Stimme klang nervös.

»Ich weiß es nicht«, antwortete Ben Cameron. »Sie sollten besser in unser aller Interesse darum beten, daß es nichts Ernsthaftes ist. Herrgott, wieso passiert Boy nie etwas?«

Bevor Matt antworten konnte, blieb Boy stehen, blickte über seine Schulter hinweg hinter sich und streckte die Hand aus. Aus dem Dämmerlicht der Vorhalle betrat Alicia Crowley den Raum und ergriff beim Gehen seine Hand.

Das leise Murmeln der Konversation erstarb, alle Anwesenden holten wie ein Mann tief Luft, und dann begann ein leises Gewisper. Ich hörte scharfe, gebetsartige Ausrufe wie: »Ach du liebe Scheiße!« oder »Jesus, Maria und Josef!« Neben mir flüsterte Luke: »Da brat mir einer einen Storch!« Matt hinter mir sagte nichts.

»Schaut mal, was mit mir im Aufzug heraufgefahren ist«, sagte Boy Slattery, mit einem unglaublich gerissenen und angriffslustigen Lächeln auf seinem breiten, roten Gesicht. »Ich glaube, ich behalte sie. Darf ich, Matt?«

»Da müssen Sie schon die Dame fragen, Boy«, antwortete Matt. Seine Stimme klang ruhig, amüsiert und außerordentlich gefährlich.

»Die Dame fühlt sich geehrt«, sagte Alicia mit ihrer Kleinmädchenstimme, und der Raum brach in Gelächter und Applaus aus. Boy verbeugte sich, ohne Alicias Hand loszulassen. Alicia verzog den Mund zu einem leichten, selbstgefälligen Lächeln und sah Matt ungerührt an.

Noch nie habe ich eine Frau mit einer solchen Wirkung einen Raum betreten sehen, wie sie Alicia an diesem Abend mit ihrem

Auftritt erzielte. Ich weiß bis heute nicht genau, was eigentlich war. Sie war wunderschön; die Sonne in Nassau hatte ihrer Haut einen hellen, glänzenden Goldschimmer verliehen, und in ihrem langen, glatten, honigfarbenen Haar strahlten Strähnchen aus purem Platin, so daß es wie ein sonnenbeschienener Wasserfall über ihre Wangen auf die nackten Schultern fiel. Sie trug ein kurzes, schwarzes Futteralkleid, das sehr knapp geschnitten war und nur von einem dünnen Träger über der rechten Schulter gehalten wurde. Es zeigte ihren makellos glänzenden Körper ohne eine einzige weiße Stelle, so daß ich mich fragte, wo und ob überhaupt die Sonnenbräune endete. Ihre Augen wirkten in dem gebräunten Gesicht erstaunlich blau, und ihre unendlich langen Beine waren nackt.

Aber es war nicht nur ihr Aussehen. Es war, als ob Alicia in ihrem Inneren etwas Kleines, Mächtiges und kraftvoll elementar Weibliches besaß, das sie an diesem Abend entfesselt und vor sich hergeschickt hatte. Man konnte es beinahe körperlich fühlen und den Moschusduft in ihrer Nähe riechen. Sobald sie den Raum betreten hatte, stockten die Gespräche und erstarben, und die Leute standen einfach nur da und sahen sie und Boy Slattery an, der seine fetten Finger an diesem Abend ständig irgendwo an ihrem Körper hatte. Er nickte Matt und den *Downtown*-Mitarbeitern zu, sagte mit einem leichten, bösartigen Lächeln, daß er jederzeit bereit sei, noch einmal gegen mich beim Billard anzutreten, begrüßte den »Club« leutselig und nickte den schwarzen Besuchern ebenfalls zu, aber die Presse nahm er weder durch einen Blick noch durch ein Kopfnicken wahr. Ich hörte, wie die Journalisten unruhig wurden, hörte höhnisches Gelächter und ein oder zwei gemurmelte Bemerkungen, aber keiner der Reporter trat auf ihn zu und verwickelte ihn in ein Gespräch. Boy war bei der Presse von Atlanta nicht beliebt. Er hatte sie gegenüber seiner Wählerschaft in ganz Georgia zu oft verleumdet.

Culver Carnes erfaßte die Stimmung im Saal mit dem geübten Blick eines Showmasters und trat nach vorne. Er hielt eine kurze Begrüßungsrede, würdigte die Leistung von Luke, John Howard und mir und enthüllte die Staffeleien mit den Layouts. Auch wenn ich die Fotografien inzwischen gut kannte, spürte ich doch augenblicklich ihre kraftvolle, unmittelbare Wirkung. Ein kleiner Junge umarmte, in vier- bis fünffacher Lebensgröße, die Front eines Autos in verzückter Ekstase und mit fest geschlossenen Augen, und meine Worte liefen in deutlich abgesetzter weißer Schrift über den dunklen Hintergrund: »Sein Name ist André...«

Die Präsentation war ein großer Erfolg. Als die Layouts enthüllt wurden, gab es spontanen Applaus und Bravorufe, und dann folgte eine Flut von genau jenen Fragen, die Culver Carnes und Ben Cameron hören wollten. Mikrofone schoben sich vor John Howard, der für das Projekt zum Sprecher bestimmt worden war, Fernsehscheinwerfer flammten auf, Glühbirnen platzten und Kameras surrten. Jeder von uns sagte ein paar Worte für die Presse, und Ben führte die Fragen geschickt wieder aufs Thema zurück, wenn sie allgemein politisch zu werden drohten. Die Pressekonferenz endete in gegenseitigen Gratulationen und Lobpreisungen. Nur die schwarzen Festgäste beteiligten sich nicht an den allseitigen Freundlichkeiten; sie hielten sich etwas abseits und betrachteten schweigend und mit ausdruckslosen Blicken die weißen Gesichter. Nachdem er seine Pflicht erfüllt hatte, gesellte sich auch John Howard zu ihnen. Einmal fing ich seinen Blick auf, lächelte und formte aus Daumen und Zeigefinger einen Kreis zum Zeichen des Sieges, aber er antwortete mir nicht. Ich fühlte mich verletzt wie ein öffentlich getadeltes Kind.

Dann trat Doug Maloof vor und sagte: »Heute abend gibt es noch etwas anderes zu enthüllen.« Damit zog er an dem seidenen Band, das an der blauen Drapierung über der Bar hing, und als das Tuch fiel, holte ich vor Entzücken tief Luft, und Tränen traten mir in die Augen.

An der Wand über der Bar befand sich ein großes, buntes Wandgemälde, auf dem genau diese Bar zu sehen war, umstanden von den Berühmtheiten der Stadt, die gekonnt karikiert waren. Ben Cameron war zu sehen, und die meisten aus dem »Club«, und nicht wenige der Journalisten und die lokalen Exzentriker. Genau in der Mitte, in einem engen Kreis, standen ... wir. Die Mitarbeiter des *Downtown Magazine*. Unseren Mittelpunkt bildete Matt, dem das flammendrote Haar in die Augen fiel und der ein Glas hob; um ihn standen Tom, Hank und Lucas Geary. Und vor den Männern saßen Sister, Alicia, Teddy und ich. Man konnte uns alle sofort erkennen, trotz der eher primitiven Porträts, und alle lachten wir.

Tony am Klavier stimmte »Downtown« an:

»When you're alone and life is making you lonely,
You can always go ...Downtown.
When you've got worries, all the noise and the hurry
Seems to help, I know ... Downtown.«

Ein lautes Jubeln ertönte, und wir alle umarmten Doug. Ich weiß, daß ich nicht die einzige war, in deren Augen Tränen standen. Tom Gordon wischte sich ungeniert über die Augen, und Matt nutzte die Gelegenheit, seine dunkle Brille aufzusetzen. Hank Cantwell flüsterte mir ins Ohr: »Besser kann es nicht mehr werden, Smoky! Wünschst du dir nicht auch, deine Mama könnte dich jetzt sehen?«

»Nein«, antwortete ich, und dumpfe Traurigkeit und Wut bohrten sich durch die übermütige, schwindelerregende Stimmung, »aber ich wünschte, mein Vater sähe das!«

Schließlich erstarb der Tumult, die Vertreter der Medien packten ihre Scheinwerfer und Kameras zusammen und tranken noch schnell ein letztes Glas. Doch da hob Boy Slattery die Hand, mit der er Alicia gerade nicht berührte, und sagte laut: »Wartet noch einen Moment, Leute, ich muß Mr. Howard hier noch etwas fragen.«

John Howard nickte Boy Slattery würdevoll zu, und die Kameras und Mikrofone schoben sich heran.

»Ein kleines Vögelchen hat mir berichtet, daß einige Ihrer Kameraden, die bei den Vorfällen im Lowndes County dabeiwaren, in der Stadt sind, John«, sagte Boy liebenswürdig. »Offenbar organisieren sie hier so einiges, und ich würde gerne wissen, ob Sie ihnen dabei wohl helfen. Falls das so ist, könnten Sie Ihre Pläne vielleicht uns einfachen Leuten aus der Stadt mitteilen? Ach, und ich wüßte auch gerne, ob Ihre Frau und Ihr kleiner Sohn auch dabei sind? Ich weiß, daß der Rest Ihrer alten Gang geschlossen hier ist, inklusive Ihrer lieben Freundin Miss – oder sollte man Schwester sagen – Juanita Hollings, oder vielleicht sogar Mr. – oder vielleicht auch Bruder – Carmichael...«

Eine lang andauernde, erstickende Stille trat ein, in der ich nur mein eigenes Herz in meinen Ohren klopfen hörte, obwohl ich die Andeutungen in Boy Slatterys Bemerkung nicht ganz verstanden hatte. Dann sagte John Howard sehr leise, aber deutlich: »Ich weiß kaum etwas, das Sie weniger angeht«, und Ben Cameron sagte ebenso deutlich: »Also dann, Leute, die Pressekonferenz ist vorbei.« Leiser fügte er hinzu: »Tut mir leid, John. Boy, dich soll der Teufel holen.«

Boy Slattery hob seine rosafarbene Hand und sagte mit fröhlichem Lächeln: »Es war ja bloß eine Frage, Ben.«

Die Gruppe Schwarzer drehte sich um und verließ entschlossen den Raum. John Howard ging mit ihnen, und Boy Slattery folgte in einiger Entfernung, Alicia noch immer im Schlepptau. Diesmal sah sie ihn nicht an und wandte sich auch nicht zu Matt um. Sie ging einfach hinter Boy hinaus. Dann formierte sich der »Club« mit etwas mehr zur Schau getragener Bedeutsamkeit und ging, und wir gingen ebenfalls. Als ich zusammen mit Hank, Luke und Teddy den stillgewordenen Raum verließ, blickte ich noch einmal zurück. An der Bar unter seinem lachenden Porträt saß Matt und starrte hinaus auf die glitzernde Stadtlandschaft unter den Fenstern. Nur Doug Maloof leistete ihm bei seinem Wodka Tonic Gesellschaft, und er lächelte nicht.

Auf der Straße vor dem Parkhaus stand John Howard und wartete darauf, daß sein Wagen vorgefahren wurde.

»Ich hole das Auto, Smoky«, sagte Teddy und verschwand in dem Gebäude. Luke, Hank und ich blieben etwas unbehaglich stehen und redeten nicht mit John Howard, weil wir nicht wußten, was wir sagen sollten.

Da lächelte er.

Es war ein halbherziges Lächeln, das nicht bis zu den Augen reichte, aber es war immerhin ein Lächeln.

»Ich wünschte mir so sehr, ich wäre dabeigewesen, als du ihn in den Hintern getreten hast, Smoky«, sagte er, und wir lachten alle lauter, als es die Bemerkung verdiente, vor purer Erleichterung.

»Können wir dich mitnehmen?« fragte ich und wurde dann rot in der Dunkelheit. Natürlich mußte John Howard nicht hinaus nach Buckhead.

Das griff er auf. »Was soll so ein armer Nigger wie ich denn in Buckhead?« spöttelte er in starkem Südstaatendialekt.

Hank neben mir sog überrascht die Luft ein. Keiner von uns hatte John Howard jemals dieses Wort benutzen oder im Dialekt reden hören.

»Herrgott, ich bin viel mehr ein Nigger, als du dir das jemals vorstellen kannst, John Howard«, sagte ich. »Geh erst mal in die Docks von Corkie, bevor du dich als Nigger bezeichnest.«

Alle lachten wieder, und er lachte so laut wie die anderen.

»Nein danke, Smoky«, sagte er. »Ich bin mit dem Auto da. Ich fahr noch bei Paschal's vorbei.«

»Hast du deinen Freiheitskämpferanzug im Auto?« fragte Luke, und ich erinnerte mich an den ordentlichen kleinen Haufen teuerer Kleidung, die am Tag unserer ersten FOCUS-Recherche am Pumphouse Hill auf dem Rücksitz von Johns edlem Mustang gelegen war.

John Howard lachte erneut. Es war ein jugendliches Lachen.

»Nein, den trage ich unter der Kleidung«, erwiderte er. »Wenn es nötig ist, springe ich zum Umziehen in eine Telefonzelle.«

Sein Mustang kam schnell die Rampe heruntergefahren. Er warf dem Angestellten einen Dollar zu und schoß mit dem Wagen aus der Einfahrt. Er bog nach links ab in Richtung Südwesten, zur Atlanta University und zu Paschal's-La-Carrousel-Bar.

Ich sah ihm nach, bis seine Rücklichter um die Ecke verschwanden, und wandte mich dann an Luke: »Also gut, dann erzähl mir mal, was es eben mit Boy Slattery auf sich hatte.«

Luke wartete einen Moment, seufzte dann und sagte: »Offenbar ist es ja kein Geheimnis mehr. Er, Stokely Carmichael und Juanita Hollings – die Frau, die du in Pumphouse Hill kennengelernt hast – und eine Menge anderer Leute vom SCLC und vom SNCC und einige andere waren alle zusammen beim Wahlregistrierungsprojekt in Lowndes County, wo damals Jonathan Daniels getötet wurde. Es war ... na ja, eine sehr intensive Zeit. Ich war auch eine Weile dabei, daher weiß ich es. Man kommt sich sehr nahe, das ist wie im Krieg. Und dann, als John getötet wurde, beschlossen viele von ihnen eben, daß die Gewaltlosigkeit nicht mehr der richtige Weg ist, daß es Zeit sei für etwas anderes. Ich glaube, in dieser Nacht wurde die Panthers-Bewegung wirklich geboren. Ich bin mir sicher, daß Stokely sich damals anschloß, und auch Juanita. Aber davor – na ja, da wurde ziemlich viel herumgemacht. Niemand wußte sicher, ob er am nächsten Tag noch am Leben sein würde; du kannst dir das nicht vorstellen, wenn du nicht dabei warst – egal. John und Juanita kamen sich jedenfalls sehr nahe. Wirklich nahe. Wir wußten alle davon. Jeder wußte es. Es war ernst genug, um Johns Ehe zu zerstören. Seine Frau nahm das Kind und ging wieder zurück in den Norden zu ihrer Familie. Nicht lange danach hat sie sich scheiden lassen. Wir haben alle geglaubt, daß er sich nach all dem den Panthers anschließt, aber das hat er nie getan. Er war mit King länger und tiefer verbunden als fast alle anderen. Vermutlich hat er es einfach nicht über sich gebracht, die Bürgerrechtsbewegung zu verlassen. Aber ich weiß, daß er immer zwei Seelen in seiner Brust hatte, daß er wirklich in Versuchung war, seit dieser Zeit mit Juanita.«

Seine Stimme verklang, und er sah auf mich herab. Ich schwieg.

»Verdammt, Smoky, auch wenn er vielleicht ein Held der Bürgerrechtsbewegung ist, so ist er doch noch lange kein Heiliger«, erklärte er in scharfem Ton. Vermutlich spiegelten sich meine Gedanken in meinem Gesicht wider. »Du kannst dir wirklich nicht vorstellen, wie es damals war. Wenn du Heilige suchst, mußt du woanders hinschauen.«

»Ja, zum Beispiel auf Luke hier«, sagte Hank in dem Versuch, die Spannung des Augenblicks zu durchbrechen.

Luke schnaubte und trat ungeduldig beiseite, und ich sagte sarkastisch: »Mein Held.« Pflichtbewußt lachten wir alle.

Aber mir wurde klar, daß ich tatsächlich Helden sehen wollte und daß ich mir wünschte, John Howard wäre einer. Wie sehr wünschte ich mir, daß ich das, was Luke mir gerade erzählt hatte, nicht erfahren hätte. Während Teddys Wagen mit quietschenden Reifen die Rampe herunterfuhr, dachte ich, daß neben diesem zerstörten Kupfergesicht alles andere einfach trivial wirkte.

9. Kapitel

Ende Juli lud Brad mich ein, ihn zur Feier von Großmutter Hunts zweiundneunzigstem Geburtstag nach Sea Island zu begleiten, und ich bat Matt, mir den Freitag freizugeben. Da ich die beiden vorigen Wochenenden durchgearbeitet hatte, nahm ich nicht an, daß er sich dieser Bitte widersetzen würde, aber er weigerte sich.

»An diesem Wochenende brauche ich Sie«, sagte er knapp. »Ich habe Seth Parks von Delta eine ganzseitige Anzeige auf der Umschlaginnenseite verkauft und ihm versprochen, daß Sie den Text schreiben. Er ist noch immer beeindruckt von Ihrem Sieg über Boy beim Billard.«

»Ich bin keine Texterin, das wissen Sie«, sagte ich, und mein Ärger zeigte sich knallrot auf meinen Wangen. »Und ich wünsche mir, ich wäre Boy Slattery nie begegnet. Sie können mich nicht wie Pralinen jedem anbieten, der sich darüber freut, weil Boy einen Arschtritt bekommen hat.«

»Ich kann Sie jeden Text schreiben lassen, den ich für geeignet halte«, erklärte er, ging zurück in sein Büro und schlug die Tür zu.

»Mach dir keine Gedanken, Smoky, ich verspreche dir, daß du den Freitag freibekommst«, sagte Hank und folgte Matt in sein Büro. Auch er schlug die Tür hinter sich zu. Mit rotem Gesicht kam er wieder heraus und sagte: »Alles klar für Freitag. Aber ich fürchte, du mußt die Anzeige noch schreiben, bevor du fährst. Er weiß, daß er unrecht hat, aber er will keinen weiteren Rückzieher machen. Es geht nicht um die Anzeige, es ist nur ...

du weißt ja, daß er es nicht leiden kann, wenn sich einer aus der Mannschaft zurückzieht. Er hat Angst, daß du Brad heiratest, und dann hat er eine Autorin weniger, und noch dazu fehlt ihm eine seiner Leute. Du weißt so gut wie ich, daß er Brad nicht mag.«

»Das ist schade«, sagte ich, noch immer nicht wirklich besänftigt. »Aber was ich in meiner Freizeit mache, ist meine Sache. Außerdem bin ich keine Anzeigentexterin. Ich kann es nicht leiden, wenn er mich den Leuten wie ein Würstchen vor die Nase hält, nur damit er Anzeigen oder weiß der Teufel was bekommt.«

»Das weiß ich. Das habe ich ihm auch gesagt. Wenn du eine miserable Anzeige schreibst, wird er so etwas nie wieder von dir verlangen.«

Wir verließen das Büro und gingen hinüber in seines, wo Lucas Geary auf dem Boden lag, den Kopf auf die Kameratasche gestützt. Seinen verletzten Knöchel hatte er auf Hanks Besucherstuhl hochgelegt, und ich schob ihn schweigend und nicht besonders sanft beiseite und setzte mich. Luke hob die Kamera und richtete sie gelassen auf mich.

»Laß das«, sagte ich ärgerlich.

Er ließ den Verschluß klicken und schenkte mir sein bösartiges, breites Grinsen.

»Wie ich höre, fährst du mit dem alten Brad runter auf die Insel«, bemerkte er in breitestem Südstaatendialekt.

»Horchst du inzwischen schon am Schlüsselloch?«

»Ich habe meine Informationsquellen«, antwortete er. »Wirst du den Knaben heiraten?«

»Du bist wirklich ein blöder Idiot«, erwiderte ich und wurde rot. »Natürlich nicht.«

»Jede Wette, daß du es tust. Sobald er dich drunten auf der Insel hat, wirst du so überwältigt sein von dem Reichtum und dem Glanz und der ganzen Scheiße, daß du ja sagst, noch ehe du weißt, was du tust. Gestatte, daß ich das erste Brautfoto mache.«

Ich sprang auf, um aus Hanks Büro zu stürmen, und er hielt mir die Kamera unter den Rock. »Lucas Geary, wenn du diesen Verschluß berührst, trete ich dir ins Gesicht.«

»Mir wäre es viel lieber, wenn du dich daraufsetzt«, witzelte er anzüglich, und ich zog meinen Schuh aus und stellte meinen bestrumpften Fuß auf sein Gesicht. Ich balancierte auf dem anderen Bein, hielt mich am Rand von Hanks Schreibtisch fest und rieb mit dem Fuß über Lukes Gesicht, als ich aus dem Augenwinkel eine Gestalt auf der Schwelle wahrnahm. Als ich aufblickte, erkannte ich Culver Carnes' Gesicht, in dem Schock und Mißbilligung standen. Eilig verschwand er hinter der Tür.

Hank schlug die Tür zu, und wir brachen alle drei in haltloses Gelächter aus.

»Dafür werden wir allesamt büßen«, sagte ich, als wir endlich aufhörten.

»Darauf kannst du deinen Arsch verwetten«, meinte Hank. »Aber das war es wert.«

»Ich hoffe, dir ist klar, was das bedeutet«, sprudelte Teddy begeistert heraus, als ich ihr von dem Wochenende auf Sea Island erzählte.

»Was denn?« fragte ich in kämpferischem Tonfall.

»Das bedeutet, du bist so gut wie verlobt«, stellte sie fest. »In Atlanta ist das geradezu eine Tradition, daß man sich auf Sea Island verlobt und dort auch die Flitterwochen verbringt. Ich kenne bestimmt allein aus Westminster zehn Mädchen, bei denen das so war. Und dann ist es auch noch das Geburtstagsfest für die alte Mrs. Hunt. Du bist so gut wie verloren.«

»Wenn du so redest, fahre ich nicht«, sagte ich. Wir saßen auf ihrem Bett, tranken Milch und aßen Kekse, wie wir das manchmal am späten Abend taten. Außer bei solchen Gelegenheiten kamen wir selten dazu, intime Gespräche zu führen. Ich mochte das sehr. Es war wie die schwesterliche Freundschaft à la Hollywood, von der ich mein ganzes Leben lang geträumt hatte.

»Ich höre schon auf. Aber mal ehrlich, das ist schon etwas Besonderes, dieses Geburtstagsfest. Alle Leute fahren extra von hier hinunter. Und sie selbst ist auch etwas Besonderes. Weißt du etwas über sie?«

»Brad hat nur erzählt, daß sie das ganze Jahr dort unten lebt, mit einer Gesellschafterin und einigen Dienstboten, und daß sie inzwischen schon ein bißchen... unklar ist.«

»Unklar! Sie ist vollkommen verrückt«, krähte Teddy. »Ich habe sie getroffen, als wir im letzten Sommer unten waren – jeder fährt hin und erweist ihr seinen Respekt, als wäre sie die Königinmutter, und das stimmt ja in gewisser Weise auch –, und da war sie davon überzeugt, daß Pearl Harbour gerade vorbei ist und wir sie abholen und zum Roten Kreuz bringen wollen, damit sie Verbände aufrollt. Sie ist völlig durchgedreht, als Mutter ihr gesagt hat, es seien schon zwanzig Jahre vergangen und wir hätten den Krieg gewonnen. Sie hat uns praktisch hinausgeschmissen. Sie ist eine bösartige alte Schachtel. Und sie haßt Brads Mutter bis aufs Blut.«

»Was für eine nette Familie«, bemerkte ich. »Gibt es überhaupt jemanden, der den anderen mag?«

»Brad und sein Bruder und seine Schwester mögen sich. Und natürlich mag Brads Mutter ihren Sohn sehr, wie du sicher schon bemerkt hast. Das ist es dann auch schon, aber wenn du ein Familienmitglied wirst, dann mögen sie dich alle. Obwohl du natürlich kleinere Probleme mit Marylou bekommen wirst.«

Das ignorierte ich.

»Warum haßt die Großmutter seine Mutter?« wollte ich wissen. »Auch wenn ich es natürlich verstehen kann.«

»Das weiß niemand genau. Sie konnte sie noch nie ausstehen, von dem Moment an, als Mr. Hunt sie geheiratet hat. Ich habe immer vermutet, daß Marylous Schönheit der Grund ist, denn sie... na ja, sie sieht genauso aus wie Brads Vater, wenn er eine Perücke aufsetzt. Es ist bestimmt nicht leicht, wenn du deinen Lieblingssohn an eine Frau verlierst, die einfach sagenhaft aussieht, während du selbst, um es vorsichtig zu sagen, etwas unscheinbar bist, und Mr. Hunt ist eben ihr Augapfel. Oder war es zumindest, bis sie alt und starrköpfig genug wurde, um alles auszusprechen, was ihr in den Sinn kam, und Marylou zu beleidigen begann. Mr. Hunt hat sich deshalb mit ihr gestritten, und daher wurde sie auch auf ihn wütend und hat ihre Zuneigung Brad zugewandt. Jetzt ist er es, der in ihren Augen nichts falsch machen kann, und Marylou darf nicht einmal die Nacht unter ihrem Dach verbringen. Wenn die Familie hinfährt, übernachten sie im Hotel Cloister. Marylou juckt es schon seit Jahren in den Fingern, endlich an dieses Haus heranzukommen; es ist nämlich wirklich ein großartiges altes Ding. Riesig und rosa gestrichen und irgendwie spanisch, mit schmiedeeisernen Balkonen, Loggien und Veranden, und mit diesem wundervollen Pool, der mit spanischen Kacheln ausgelegt ist, und einem Umkleidehäuschen, und ungefähr einer Million Zimmer, und direkt am Meer. Inzwischen ist es ziemlich heruntergekommen, die alte Dame gibt fast kein Geld dafür aus, und es ist ihr auch völlig egal. Sie und ihre Gesellschafterin, die fast genauso alt ist wie sie, leben in ein oder zwei Zimmern im Obergeschoß. Der Strand ist so erodiert, daß der Ozean bei Flut fast bis an die Türschwelle reicht, aber sie will einfach keine Flutmauer bauen, und Marylou läßt nicht zu, daß Brads Vater auch nur einen Penny dafür verwendet, denn – das wird dich interessieren – die alte Dame wird es Brad vererben. Sie hat gesagt, ihre Schwiegertochter wird es niemals in ihre Klauen bekommen, und hat ein neues Testament verfaßt, in dem sie Brad als Alleinerben eingesetzt und sichergestellt hat, daß es auch dabei bleibt. Grayson Venable war der Notar. Marylou tut so, als könnte sie das Haus nicht ausstehen, aber jeder weiß, daß sie für Sea Island schwärmt und für das Haus einen Mord begehen würde. Von ihren Freundinnen muß keine im Cloister wohnen, wenn sie dort unten sind, nur sie. Es ist allerdings so, daß die meisten ihrer Freundinnen eigene Häuser haben. Das ist hart für Marylou, denn Sea Island ist wie für sie gemacht. Sie kann das Gebirge nicht leiden, und sie würde sich eher umbringen, als an einen so einfachen und rustikalen Badeort wie Tate zu fahren. Du wirst es schon sehen, wenn du dort bist. Sea Island paßt zu ihr.«

»Teddy, woher weißt du diese ganzen Geschichten?« fragte ich erstaunt.

Sie sah mich überrascht an.

»Das weiß doch jeder«, sagte sie und wandte ihre Aufmerksamkeit meiner Garderobe zu.

»Dein rotes Leinenkleid ist gut für Freitag abend, aber du brauchst etwas Langes für Mama Hunts Fest und das Dinner danach ... das Fest findet immer in der spanischen Lounge im Cloister statt, und die Hunts führen sie danach ins Restaurant zum Essen aus. Also muß es für Samstag abend etwas Formelles sein. Und dann brauchst du Bermudashorts und einen Badeanzug mit angeschnittenen Beinen und Sandalen und vielleicht noch etwas Weißes fürs Tennisspielen, und ein Morgenrock wäre auch nicht schlecht...«

»Hör auf«, sagte ich und hob die Hand. »Hör sofort auf. Ich habe kein langes Kleid und hatte auch noch nie eines, abgesehen von meinem Erstkommunionkleid, und in Bermudas sehe ich aus wie ein Zwerg beim Golfspielen, und in einem Badeanzug mit angeschnittenen Beinen wie ein kleiner Junge mit Busen, und ich kann nicht Tennis spielen und habe auch nicht vor, es zu lernen, und außerdem habe ich gar kein Geld, und was den Morgenrock angeht...«

»Das ist nicht der Zeitpunkt für Prinzipienreiterei«, stellte Teddy fest. »Wir sprechen hier über den Rest deines Lebens. Ich erlasse dir den Tennisdreß und den Morgenrock, aber die anderen Sachen sind einfach unverzichtbar. Du begibst dich mitten hinein ins typisch ländliche Amerika, das heißt, soweit es wohlhabend ist. Laß mich mal sehen, was ich machen kann.«

Wir ließen das Thema fallen, und ich ging zu Bett mit dem festen Vorsatz, mit den wenigen städtischen, billigen Kleidungsstücken, die ich besaß, und mit nichts anderem nach Sea Island zu fahren. Aber am nächsten Abend kam Teddy später nach Hause, da sie noch einen »Abstecher« zu ihren Eltern gemacht hatte, und warf einen Arm voller Kleider auf mein Bett, die sich noch im Plastiküberzug der Reinigung befanden.

»Zum Glück wirft meine Mutter nie etwas weg«, sagte sie. »Sie hofft seit Jahren darauf, daß ich fünfzehn Pfund abnehme, damit ich da wieder hineinpasse, aber das wird nicht geschehen, und sie war absolut begeistert, daß du die Sachen vielleicht tragen kannst. Sie findet das mit dem Wochenende wundervoll. Übrigens kommen Vater und sie auch zu dem Geburtstagsfest. Sie läßt dir ausrichten, du sollst das anziehen und dich für Brad hübsch machen, und sie drückt dir die Daumen.«

Ich warf Teddy einen ärgerlichen Blick zu, aber ihr rundes Gesicht strahlte so sehr voller echtem, ungekünsteltem Interesse und voller Freude über mein Glück, den begehrtesten und unzugänglichsten Junggesellen von ganz Buckhead eingefangen zu haben, daß ich nur den Kopf schüttelte und mich den Kleidern zuwandte. Ich konnte sie ja auch einfach im Schrank hängen lassen. Oder genauer gesagt, im Schrank des Gästezimmers von Brads Großmutter. Er hatte gesagt, dort würden wir übernachten.

Die meisten der Kleider trugen Etiketten der besten Läden von Atlanta, und einige waren aus New York, und sie stammten alle aus den fünfziger Jahren. Aber das waren die fünfziger Jahre, die mir verschlossen gewesen waren, und ich betrachtete jedes Kleidungsstück mit einer gewissen Gier. Auch wenn ich sie selbst nie ausgesucht hätte, die Kleider waren alle hübsch und wunderbar gearbeitet. Da war ein gerade geschnittenes, bodenlanges weißes Piquékleid mit Spaghettiträgern, über das sich kleine gestickte Blumen verteilten und das mit einer langen, pinkfarbenen Schärpe aus Satin besetzt war. Es war nur eine Nummer größer als die, die ich normalerweise trug, und ich wußte, daß es, wenn ich die Schärpe enger machte, genau das Richtige für das offizielle Fest und das nachfolgende Abendessen war. Dann gab es noch einen weißen Seidenschal mit Fransen, den ich dazu und auch zu meinem roten ärmellosen Leinenkleid tragen konnte, und dann waren da weiße Satinsandalen mit dünnen, hohen Absätzen, die aussahen, als ob sie mir ebenfalls passen würden.

»Die Sandalen habe ich auf meinem Debütantinnenfest getragen«, sagte Teddy.

»Wenn du lieber nicht möchtest, daß ich...«, setzte ich an.

Hastig sagte sie: »O nein, sie haben mich den ganzen Abend fast umgebracht. Ich habe sie gehaßt und das Fest auch. Was diese Zeit meines Lebens angeht, da habe ich keinerlei Sentimentalitäten.«

Ich hätte sie gerne nach dieser Zeit ihres Lebens gefragt, aber etwas in ihrem Verhalten hielt mich davon ab. Teddy hatte die Fähigkeit, ohne auch nur einen Muskel ihres freundlichen, runden Gesichts zu verziehen, eine Art »Betreten verboten«-Schild aufzuhängen, und das befand sich jetzt dort.

»Ja, dann vielen Dank«, sagte ich und hielt das nächste Stück hoch, einen zweiteiligen Badeanzug aus graugestreiftem und weißpaspeliertem Seersucker mit angeschnittenen Beinen.

»Die Taille ist elastisch«, sagte Teddy, »und wenn du nicht allzutief Luft holst, fällt dir auch der Busen nicht aus dem Oberteil. Er macht dir ein sagenhaftes Dekolleté. Ich habe mir dafür immer Strümpfe hineingestopft. Brad wird das Wasser im Mund zusammenlaufen, und Marylou trifft der Schlag. Er ist wundervoll.«

Ich lachte und hob die Bermudas in Madraskaro mit den gestochenen scharfen Bügelfalten hoch, das dazu passende pinkfarbene T-Shirt und den kleinen karierten Wickelrock, der ihr Angebot vervollständigte.

»Deine Schuld wird es nicht sein, wenn mich alle für einen von den sieben Zwergen halten«, bemerkte ich trocken. »Danke, Partner. Ich werde versuchen, mich ihrer würdig zu erweisen.«

Und ich streckte die Arme aus und umarmte sie.

Sie umarmte mich ebenfalls fest.

»Ich freue mich wirklich für dich«, flüsterte sie. »Es ist wirklich ein besonderer Ort, und... er bedeutet mehr, als du glaubst.«

Ich löste mich von ihr und begann zu protestieren, aber sie schlug mir leicht mit der Hand auf den Mund.

»Laß es doch wenigstens darauf ankommen«, sagte sie. »Also dann. Brauchst du Strumpfhosen?«

Brad und ich fuhren am Freitag morgen um sechs Uhr los und hatten gegen acht Uhr Macon hinter uns gelassen und näherten uns Perry. Er sagte, es sei eine Familientradition, im Café des New Perry Hotels eine Frühstückspause zu machen. Wir waren mit dem nüchternen Sedan unterwegs, und diesmal war ich froh, nicht im Flügeltüren-Mercedes zu sitzen. Sein Bruder würde damit am nächsten Tag nachkommen. Der Sedan hatte eine Klimaanlage, die wir jetzt bereits einschalteten. Die Luft draußen war so schwül, heiß und feucht geworden, als befänden wir uns in den Tropen.

»Ich sehe, du hast deine Tarnkleidung angelegt«, sagte er und wies mit einem Kopfnicken auf den Wickelrock und die ärmellose Bluse, die ich schließlich doch angezogen hatte. »Du siehst aus wie eine ordentliche High-School-Absolventin aus Buckhead. Haben wir uns nicht im Tanzkurs kennengelernt?«

»Beinahe hätte ich eine bauchfreie Bluse und weite Hosen

angezogen, also sei vorsichtig«, antwortete ich. »Ohne Teddy wäre ich schon verloren gewesen, noch ehe ich nach Sea Island aufgebrochen bin.«

»Warst du schon einmal dort?«

Das war nett ausgedrückt. Er wußte, daß ich noch nie dort gewesen war, zumindest nicht über Nacht.

»Na ja, das Cloister habe ich einmal gesehen«, sagte ich entschlossen. »Als ich ungefähr sechs Jahre alt war, sind wir von Corkie aus hingefahren, im alten La Salle meines Vaters, den er vor dem Krieg vom Vorarbeiter seiner Schicht gebraucht gekauft hat. Es war kurz nach dem Sieg; ich glaube, wir haben gefeiert, daß es wieder Benzin gab. Jedenfalls war das Auto voll mit uns Kindern, und wir waren über Sandstraßen gefahren, und mein Vater hatte nur ein Unterhemd an, und als wir an diesem Tor vorbeikamen, kann ich mich noch erinnern, daß sie uns angehalten und meinen Vater gefragt haben, was wir da drüben zu suchen hätten. Daddy sagte, er wolle uns nur das Cloister zeigen, und der Wachmann wies uns an, einmal daran vorbeizufahren und dann sofort wieder zurückzukommen. Das werde ich nie vergessen. Wir fuhren so schnell am Cloister vorbei, daß alles, woran ich mich erinnern kann, eine verschwommene helle Stuckfassade mit roten Ziegeln und das Fluchen meines Vaters ist. Es hat mich sehr beeindruckt.«

»Diese arroganten Schweine«, sagte Brad, und seine Stimme war so hart und energisch, daß ich ihm einen Blick zuwarf. Sein Gesicht war blaß unter der Sonnenbräune, und der Mund war ein schmaler Strich. Ich spürte eine Woge der Zuneigung zu ihm und ein warmes Gefühl der Sicherheit.

»Schau nicht so«, sagte ich und legte meine Hand auf sein Knie. Er legte seine darüber.

»Das wird dir nie wieder passieren, Smoky«, sagte er. »Hier nicht und auch nirgendwo sonst. Nicht, solange ich dabei bin.«

»Na ja, es würde vermutlich ohnehin nicht noch einmal passieren«, bemerkte ich gelassen. »Inzwischen habe ich mich ein bißchen herausgeputzt und ein paar Umgangsformen gelernt. Aber trotzdem vielen Dank.«

»Ich habe es nicht so gemeint«, sagte er. »Ich meinte nur...«

»Ich weiß. Ich habe das ›danke‹ auch ernst gemeint«, sagte ich, und eine Weile lang fuhren wir schweigend weiter und hielten uns an den Händen.

Ich erzählte ihm von dem Pressefest für den FOCUS-Artikel, und er war interessiert, gratulierte mir und fand Boy Slatterys Benehmen ebenfalls abstoßend. Er lachte lauthals bei meiner Schilderung, wie Alicia an Boys Arm den Saal verließ, nachdem sie die Reporter unter Strom gesetzt hatte, und dann sagte er ernüchtert: »Ich frage mich nur, ob Buzzy weiß, daß sie auf der Party war.«

»Ich glaube schon«, erwiderte ich. »Ich habe gehört, wie sie jemandem erzählt hat, er sei noch immer in Nassau, weil einige Freunde von ihm aus Las Vegas zum Spielen runtergekommen sind und er seine Glückssträhne nicht unterbrechen wollte. Er habe ihr gesagt, sie solle fahren. Allerdings bezweifle ich, daß er weiß, daß sie sich mit Boy eingelassen hat.«

Bei der Erinnerung daran lächelte ich, aber Brad runzelte sorgenvoll die Stirn.

»Hoffentlich nicht«, sagte er. »Buzzy kann außerordentlich unangenehm werden, wenn seine Frauen eine Vorliebe für jemand anderen zeigen.«

»Herrgott, Brad, was soll er schon machen, sie schlagen?« Ich fand die Vorstellung amüsant, der dumme, wabbelpuddingartige Buzzy könnte ein so leidenschaftliches Gefühl wie Eifersucht entwickeln.

»Nein, das läßt er von anderen erledigen, das ist sein Stil«, stellte Brad sachlich fest, und ich starrte ihn an.

»Du machst Witze«, sagte ich schließlich.

»Ich wünschte, es wäre so. Über einige von Buzzys früheren

Freundinnen und diese Neandertaler mit den weißen Krawatten, mit denen er ständig herumläuft, habe ich ein paar ziemlich beängstigende Dinge gehört. Natürlich ist sich niemand ganz sicher, du verstehst schon, und die Mädchen selbst würden nie darüber reden, aber ich habe gehört, daß es an der Westküste einen zweifelhaften plastischen Chirurgen gibt, der schon einige von Buzzys Damen kosmetisch versorgt hat. Offenbar kümmert Buzzy sich dann darum.«

Mir wurde eiskalt, und daran war nicht nur die Klimaanlage schuld.

»Das ist ja entsetzlich«, sagte ich. »Es... macht einem richtig angst.«

»Na ja, vielleicht ist es auch nur eine Art moderne Legende«, meinte Brad. »Die Gerüchte um Buzzy wuchern wie Unkraut. Aber Alicia sollte trotzdem aufpassen. Buzzy ist in jedem Fall jemand, den man ernst nehmen sollte.«

»Soll ich es ihr sagen? Oder solltest du mit ihr reden?«

»Um Himmels willen, nein, geh bloß nicht hin und erzähl ihr etwas, das sie dann Buzzy weitersagt. Ich werde mit Matt reden. Vergiß die Sache.«

Aber ich konnte mir nicht vorstellen, daß ich es vergessen würde.

Beim Frühstück erzählte ich ihm von Pumphouse Hill und von der schönen jungen Frau, von der Luke sagte, sie sei bei den Black Panthers, und von den Fotoaufnahmen in Mrs. Holmes' Wohnung in Summerhill und von André. Es fiel mir noch immer schwer, über André zu sprechen, ohne daß ich vor Weinen nicht mehr weiterreden konnte, und auch dieses Mal war es so. Brad sah mich voller Mitgefühl an.

»Indem du um ihn weinst, hilfst du ihm nicht«, sagte er. »Was du für ihn getan hast, bedeutet viel mehr Hilfe als die Tränen. Für ihn und eine Menge anderer kleiner Kinder, die ihren Nachnamen nicht kennen. Das war gute Arbeit, Smoky.«

»Du weißt gar nicht, was für ein gutes Gefühl das ist, ernsthaft für eine Sache zu arbeiten, die etwas bedeutet, etwas, das größer ist als du selbst, etwas außerhalb von dir«, sagte ich. »Oder vielleicht weißt du es auch, aber ich habe es bisher noch nie erlebt. Es verändert alles. Ich sehe mich selbst jetzt mit ganz anderen Augen.«

»Wie denn?« Seine Stimme verriet sein intensives Interesse.

»Na ja, es bringt mich auf den Gedanken, daß ich in der Welt vielleicht eines Tages etwas verändern könnte. Daß es sein könnte, daß ich als Autorin... eine gewisse Bedeutung bekomme, es schaffe, daß die Menschen die Dinge mit anderen Augen sehen...«

»Du hast das Talent dafür, daran habe ich keine Zweifel«, sagte Brad. »Vielleicht gibt es dir auch ein gutes Gefühl, wenn du weißt, daß du für mich im Moment eine sehr große Bedeutung hast.«

Ich berührte leicht seine Hand. »Das gibt mir ein sagenhaftes Gefühl. Wenn Matt mich nur auch so sehen würde...«

»Deine Arbeit ist dir sehr wichtig, nicht wahr?«

Ich sah ihn an. Er lächelte nicht. Ganz plötzlich wurde ich vorsichtig und unsicher, als spazierte ich durch ein Minenfeld. Was sollte das alles? Er wußte, was das *Downtown Magazine* mir bedeutete, das hatte er immer gewußt. Ich sprach oft genug darüber.

»Du weißt doch, wie wichtig sie mir ist«, antwortete ich.

»Ist sie das Wichtigste überhaupt?«

»Diese Frage kann ich nicht beantworten. Warum soll sie das Wichtigste überhaupt sein? Ich meine, du redest, als ob ich mich entscheiden müßte, zwischen meiner Arbeit... und allem anderen...«

»Nein, keine Entscheidung«, sagte er. »Das würde ich nicht von dir verlangen. Es gibt keinen Grund, weshalb du nicht deine Arbeit haben solltest und... alles andere.«

Als wir wieder im Auto saßen, wollte er wissen: »Was kommt als nächstes in FOCUS? Du schreibst doch auch den nächsten Artikel?«

»Im Moment ist das Ganze mein Kind, meines und das von Luke und John Howard«, sagte ich. »Dafür hat Ben Cameron gesorgt, Gott segne ihn, denn sonst wäre ich immer noch Atlantas Königin der Bildunterschriften. Das nächste Thema ist – ausgerechnet – ein Kongreß der schwarzen Discjockeys. Es ist ein großer Kongreß, und er findet schon seit mehreren Jahren statt, aber ganz plötzlich hat keines der großen Hotels in Atlanta Zimmer für sie. Sie sind auf mysteriöse Weise alle ausgebucht, und die DJs müssen in dieses schäbige kleine Motel draußen an der Stewart Avenue gehen. Genauer gesagt, in eine ganze Reihe drittklassiger Motels. Seit die Hotels durch die Public Accommodations Act gezwungen werden, alle Rassen aufzunehmen, sagt natürlich niemand mehr offen, daß ihre Hautfarbe der Grund dafür ist, aber Ben Cameron meint, es ist das erste Mal, seit er sich erinnern kann, daß im Spätsommer die Hotels derart ausgebucht sind. Ich meine, es ist ja nicht gerade der Höhepunkt der Touristensaison. Ben sagt, wenn das wahr wäre, dann müßte Atlanta die reichste Stadt des ganzen Landes sein, zumindest in dieser Woche. Er hat vor Wut geschäumt. Die Public Accommodations Act war sein Lieblingskind; er hat sogar vor dem Senat für das Gesetz gesprochen. Kennedy hatte ihn darum gebeten. Und bei uns hier unten ist es eigentlich auch eingehalten worden, bis zu diesem Sommer, als diese großen, vornehmen Hotels für die schwarzen DJs plötzlich voll sind. Er ist sich sicher, daß Boy und seine Clique dahinterstecken, aber er kann nichts beweisen. Wir werden eine Fotoreportage über sie machen, in der wir zeigen, wer sie sind, was sie machen und wie schwer es für sie ist, da draußen in einer Reihe mieser Motels an der Stewart Avenue ihre Konferenz abzuhalten...«

»Wollt ihr Boy offen angreifen?«

»Nicht direkt. Nicht ausgesprochen. Wir hoffen, daß schon die Aufdeckung des Falls, wenn man zeigt, daß es ganz normale Leute sind, die versuchen, hier eine Geschäftskonferenz abzuhalten, und nicht wirklich die Möglichkeit dazu haben, mitten in der Hauptstadt des Südens, ein paar Leuten die Augen öffnet und einige zum Erröten bringt.«

»Auf allzu viele rote Gesichter würde ich nicht zählen«, sagte Brad. »Es ist ein ziemlicher Sprung von kleinen schwarzen Kindern, die Autos küssen, zu großen schwarzen DJs mit Ohrringen und hohen Absätzen und all dem. Ich meine, diese Typen, das sind ja keine durchschnittlichen, normal arbeitenden Leute, Smoky. Diese Typen sind seltsam. Für die wirst du bestimmt nicht viel Mitgefühl bekommen.«

»Na ja, es geht ja auch nicht darum, Mitgefühl zu erzeugen«, sagte ich. »Man sollte sie lediglich gleich behandeln nach den Gesetzen des Landes. Die Probleme, mit denen sich FOCUS auseinandersetzt, können sich nicht immer nur um süße kleine Kinder drehen. Ben glaubt, daß der Unterschied, der Kontrast, gut sein könnte, und Matt findet die Idee toll. Es wird ein großartiger ›Human-Interest‹-Artikel werden. Ich freue mich darauf.«

»Nun, dann mach es. Aber wenn ich dir einen kleinen Ratschlag geben darf: Rede an diesem Wochenende nicht darüber. Es wird schlimm genug, wenn der André-Artikel herauskommt, mit deinem Namen darunter. Die Leute, die nach Sea Island fahren, insbesondere diejenigen, die auf Mama Hunts Fest kommen, sind nicht gerade die typischen Leser des *Downtown Magazine*. Wenn du über die Probleme der Schwarzen von Atlanta redest, wirst du dir wenig Freunde machen. Mit André und jetzt mit den schwarzen DJs, da werden dich viele von ihnen als jemanden abstempeln, der für die Schwarzen schreibt.«

»Und was wäre so schlimm daran?« fuhr ich ihn an.

Besänftigend hob er die Hand.

»Halt! Erschieß nicht gleich den Überbringer der Nachricht«, sagte er. »Dir sollte nur klar sein, daß die einzigen Schwarzen, die sie kennen, in ihrer eigenen Küche arbeiten. Sie haben das Herz auf dem richtigen Fleck – die meisten von ihnen jedenfalls –, aber es wird noch eine Weile dauern.«

»Na ja, aber man sollte einmal damit anfangen«, fauchte ich.

Er zuckte die Schultern. »Mach, was du für richtig hältst«, sagte er, und dann schwiegen wir eine ganze Weile. Ich war entschlossen, mich nicht zu entschuldigen, oder auch nur den Eindruck zu erwecken, ich täte es, und offensichtlich dachte er genauso. Ich löste das Problem, indem ich meinen Kopf zurücklegte und einschlief. Als ich mit trockenem Mund und steifem Hals aufwachte, lag mein Kopf auf seiner Schulter, und er hatte den Arm locker um mich gelegt. Durch die geschlossenen Fenster drang der metallische Gestank der Papiermühle von Brunswick.

»Wir sind fast da«, sagte er, und es war, als wäre die kurze Verstimmung zwischen uns nie gewesen. Ich streckte mich und sah mich um. Als wir über den Damm nach Saint Simons Island fuhren, erstreckte sich um uns die weite, flache, grüne Marschlandschaft von Glynn County. Mein Mund wurde plötzlich noch trockener, und mein Herz begann schnell zu klopfen. Das Land ähnelte dem, das man auf der Fahrt nach Savannah und Corkie durchquert, auf geradezu unheimliche Weise, aber was vor mir lag, war keineswegs Savannah und Corkie. Es war eine der üppigsten, bequemsten Bastionen alten Reichtums in den Vereinigten Staaten von Amerika, und ich war auf dem Weg zum Geburtstagsfest seiner ungekrönten Gesellschaftskönigin, zusammen mit ihrem Enkel, der eines Tages ihr Königreich am Meer erben würde.

»Ich glaube, ich habe Angst«, stellte ich fest.

»Ich kann es kaum abwarten, dir zu zeigen, daß es dazu praktisch keinen Grund gibt«, erklärte Brad und lächelte, und ich erwiderte das Lächeln. Sicherheit... Ja, genau das war es, oder zumindest zu einem großen Teil. Das war die Wärme, die er ausstrahlte, die mich einhüllte, wenn ich mit ihm zusammen war. Bei ihm fühlte ich mich, unter anderem, einfach sicher.

Dieses Gefühl war so neu für mich, daß es mir bisher nicht gelungen war, es zu benennen.

Wir fuhren am Wachhaus, an das ich mich erinnern konnte, vorbei, zum Sea-Island-Damm, und ein Wachmann hob die Hand und begrüßte Brad. Brad winkte zurück.

»Daran kann ich mich genau erinnern«, sagte ich. »Wo sind die Schießscharten? Wo sind die Geschützstellungen?«

»Da drüben.« Brad grinste, und zu unserer Linken lag das niedrige, von Büschen gesäumte Gebäude des Sea-Island-Schützenverbands. Trotz der stechenden Hitze, die jetzt herrschte, standen ein Mann und eine Frau aufrecht davor in ihren khakifarbenen Leinenjacken, mit erhobenen Gewehren, und zielten hinaus in die schimmernde Marschlandschaft.

»Drück ab«, hörte ich einen von ihnen aus der Ferne rufen, und ein Gewehr knallte.

»Ist die Jagdsaison auf Iren schon eröffnet?« fragte ich.

»Nach meiner Uhr nicht«, sagte Brad, und dann hatten wir den Black-Banks-Fluß überquert und waren auf Sea Island angekommen. Wir tauchten ein in das tiefe, kühle, ewige Halbdunkel riesiger alter Virginischer Eichen, die mit silbrigem Spanischen Moos bewachsen waren, und wir sahen Mengen von leuchtenden subtropischen Blumen und weite, samtgrüne Rasenflächen. Nach dem blendenden, weißen Licht und der Hitze der Küstenstraße und der Marschen hatte man das Gefühl, aus dem Fegefeuer direkt ins Paradies zu stolpern oder einzutauchen in die juwelenartigen Gewässer des Great Barrier Reef. Ich fühlte, wie meine Temperatur sofort um fünf Grad sank.

Zu unserer Linken schlief, unter einem Dach aus alten Eichen, die elegante alte Matrone des Cloister in ihrem mit Blumen bestandenen Garten. In der Mittagshitze waren nur wenige Leute zu sehen. Sie schoben ihre Fahrräder über die Wege, die die tiefgrünen Rasenflächen des Hotels teilten, oder spazierten in fleckenlosem Weiß auf die Tennisplätze zu oder zum Meer und dem Strandclub, der sich rechts von uns befand. Ich sah zwei oder drei schwarze Kellner in weißen Jacken auf Fahrrädern, die, mit einer Hand Tabletts mit Essen balancierend, auf die Reihe von Strandhütten zufuhren, die den blauen Atlantik säumten. Auf der langen, geraden Hauptstraße, die an den Strandhütten und am Meer entlangführte, spazierten oder radelten ebenfalls einige Leute. Es waren ausnahmslos sehr alte Paare oder junge Frauen mit Kindern.

»Wo sind denn die Männer?« fragte ich.

»Die meisten von ihnen kommen nur am Wochenende«, antwortete Brad und hob mit einer langsamen Geste die Hand, um eine junge Mutter mit flachshaarigem Nachwuchs zu grüßen. Die junge Frau winkte und lächelte und starrte mich an.

»Die Leute, die du während der Woche hier siehst, sind hauptsächlich Pensionäre, Feriengäste aus anderen Staaten oder Frauen mit Kindern, die hier ein Haus haben. Manche Leute leben das ganze Jahr über hier; was man hier unten als ›Strandhaus‹ bezeichnet, das ist nicht gerade eine verfallene Hütte wie bei Hänsel und Gretel. Aber im Sommer, wenn Schulferien sind, ist es am vollsten. Jetzt sind die Leute beim Mittagessen im Strandclub oder halten ihren Mittagsschlaf. In der Früh spielen sie Golf und Tennis, und am Nachmittag liegen sie am Swimmingpool oder gehen an den Strand. Cocktails gibt es etwa ab fünf und Abendessen um acht Uhr. Während der Saison findet praktisch jeden Abend in irgendeinem Strandhaus auf der Insel eine Cocktailparty statt.«

»Das klingt nach ziemlich viel Alkohol«, sagte ich. Etwas anderes fiel mir nicht ein. Wir kamen jetzt an den ersten privaten Strandhäusern vorbei, und ich hatte nicht erwartet, daß sie so groß und prächtig wären und von so riesigen Grundstücken umgeben sein würden. Und ich wußte, daß die Häuser direkt am Meer, die man über die kurzen Stichstraßen erreichte, noch großartiger waren. Das hatte mir Teddy erzählt. Ich konnte mir kaum vorstellen, daß jemand, der in einem solchen Haus wohnte, ein normales Leben führte.

»Wahrscheinlich nicht mehr, als ihr an einem durchschnittlichen Tag bei der Zeitschrift trinkt«, erwiderte Brad. »Ich glaube nicht, daß ich hier schon viele Betrunkene gesehen habe.«

»Hast du jeden Sommer hier verbracht?« wollte ich wissen. Ich wußte bereits, daß er jeden Sommer hier gewesen war, aber erst jetzt ahnte ich, was das bedeutete.

»Solange ich zurückdenken kann«, sagte er. »Abgesehen von den ein oder zwei Jahren, die ich bei der Marine war. Bis ich mit der Schule fertig war und angefangen habe zu arbeiten, habe ich den größten Teil des Sommers hier unten bei Mama Hunt verbracht. Das klingt schrecklich, und es wird dir noch schrecklicher vorkommen, wenn du sie kennenlernst, aber ich war sowieso kaum im Haus. Fast jeder, den ich damals in Atlanta kannte, war den Sommer über hier. Wir hatten von morgens bis abends draußen zu tun.«

»Was zum Beispiel?«

»Ach, du weißt schon. Was man auf einer Insel eben so macht.«

Das wußte ich nicht, aber ich schwieg, denn jetzt bogen wir von der Hauptstraße in eine kurze Privatstraße ein und fuhren dann zwischen den Torpfosten eines hohen, aus hellrosa Ziegeln gemauerten Walls hindurch, der mit hängenden Bougainvilleas überwachsen war. Wir hielten in einem kiesbestreuten Hof vor einem rosafarbenen Haus mit Stuckfassade, das so schön und graziös wirkte wie ein großes Segelschiff unter vollen Segeln. »Wir sind da«, sagte Brad.

Eine würdevoll wirkende, schwarze Frau in grauer Uniform mit weißer Schürze empfing uns an der großen Eingangstür. Sie trug eine Hornbrille, hatte ihr drahtiges graues Haar im Nacken zu einem Knoten gesteckt und sah ganz und gar wie eine Collegeprofessorin aus.

»Grüß dich, Sarelle«, sagte Brad und umarmte sie, und sie gab ihm einen Klaps auf den Po und sagte: »Seien Sie gegrüßt, Mr. Brad. Wir haben schon auf Sie gewartet.«

Brad stellte mich vor, und Sarelle lächelte und sagte: »Wir werden Miss Smoky oben im gelben Zimmer unterbringen, am Ende vom Gang. Sie bekommen Ihr altes Zimmer. Bringen Sie die Sachen hinauf, und dann kommen Sie gleich herunter auf die Sonnenveranda. Dort sind Ihre Großmama und Miss Isobel. Beeilen Sie sich; sie hat heute nacht nicht gut geschlafen, und die übliche Zeit für ihren Mittagsschlaf ist schon längst vorbei. Sie ist schrecklich aufgeregt wegen diesem Fest, vielleicht wird sie Ihnen ein bißchen mißmutig vorkommen.«

»O Gott, das heißt, sie ist absolut unausstehlich«, sagte Brad. Ich ging hinter ihm her durch eine riesige, über zwei Stockwerke reichende Eingangshalle, die mit schwarzem und weißem Marmor ausgelegt war, und über eine kreisförmige Treppe, auf der ein ausgebleichter, säuerlich riechender, grüner Wollteppich lag und die ein herrliches schmiedeeisernes Geländer hatte. Das Eisen war verrostet und stumpf, und mir war aufgefallen, daß auch der Marmorboden glanzlos und abgetreten war. Das Erdgeschoß des Hauses wurde mit düsteren, bodenlangen Vorhängen gegen die blendende weiße Mittagssonne geschützt, aber ich sah, daß die Vorhänge ausgebleicht waren, genau wie die Polster und Kissen auf den Rattansofas und den Sesseln in den unteren Räumen. Die Einrichtung des Hauses war so, wie ich sie mir in traditionellen Häusern in Palm Beach vorstellte, eine Phantasie, die ganz und gar alten Filmen entstammte: Korb- und Rattanmöbel, grüne und rosafarben geblümte Chintzbezüge, weißes

Holz und Gipsornamente. Bestimmt war das Haus früher einmal sehr elegant und großbürgerlich gewesen, aber jetzt hing die Atmosphäre von hoffnungslosem Verfall wie dichter Nebel in den hohen Räumen, und Alter, Krankheit und Abnutzung klebten in den Ecken und an den schartigen Zimmerdecken. Überall lag Staub. Was immer Sarelle tat, das Saubermachen des Hauses gehörte offenbar nicht dazu. Melancholie legte sich schwer auf meine Schultern, und es wäre mir lieber gewesen, nicht zwei Nächte in diesem schönen, verfallenden Haus verbringen zu müssen.

Im oberen Stockwerk trottete ich hinter Brad her einen langen, düsteren Gang entlang und sah noch mehr ausgebleichten Teppichboden und geschlossene, holzgeschnitzte Türen, deren Reihe lediglich ab und zu von einem massiven spanischen Tisch unterbrochen wurde, auf dem eine alte Eisenlampe stand, und einmal auch von einer Bodenvase, die mit staubigem Pampasgras gefüllt war. Hier war der Geruch nach Moder und Staub noch stärker. Ich zählte sechs Türen, ehe Brad die letzte Tür auf der linken Seite aufstieß. Ich folgte ihm ins Zimmer und holte dann vor Entzücken tief Luft.

Es war ein großes, luftiges Zimmer mit weißen Deckenbalken und weißverputzten Wänden, auf dessen dunkelglänzendem Parkett aus Hartholz buttergelbe Rupfenteppiche lagen. An der Wand stand ein schmales, langes Himmelbett mit einem Dach aus gelbem Chintz, das mit gelben, grünen und korallenroten Kissen überhäuft war. Außerdem gab es noch einen riesigen Mahagonischrank, einen Frisiertisch und eine hohe Kommode mit Schubladen. Das alte Holz glänzte, und der Geruch nach Zitronenpolitur mischte sich mit der Seeluft. An der Wand, dem Bett gegenüber, befand sich eine Reihe von Balkontüren und Fenstern, die bis zum Boden reichten, und dahinter lag ein Balkon, von dem aus man auf eine weite, vertrocknete Wiese und den märchenhaften spanischen Swimmingpool mit dem

Umkleidehäuschen blickte. Dahinter lag der graublaue Atlantik und glitzerte in der hochstehenden, hellen Sonne, als hätte jemand eine Handvoll Diamantenstaub darüber ausgeschüttet. Der braune Sandstrand war leer, und die hohen, halbvertrockneten Palmen an der Wiese rauschten und klapperten im Wind. Der Duft vom Meer her war großartig, und ich rannte hinaus auf den Balkon und streckte meine Arme aus, als wollte ich alles, was ich sah, umarmen.

»Sarelle hat für dich alles hübsch hergerichtet«, stellte Brad hinter mir fest. »Politur, frische Blumen und gut gelüftet. Dieses Zimmer habe ich immer geliebt. Als ich zum ersten Mal herkam, hat es Mama Hunt gehört, Papa Hunt hatte genau das gleiche am anderen Ende des Flurs. Als er starb, hat sie beide Zimmer verschlossen und ist in ihr jetziges Zimmer in den anderen Flügel des Hauses gezogen. Von dort aus sieht man in den Innenhof. Ich fand immer, dieses Zimmer hier wäre das schönste im Haus, aber sie hat mir gestanden, daß das Meer sie nervös mache, darum sei sie umgezogen. Dafür solltest du dem Schicksal danken. Sie ist einen ganzen Flügel weit von dir entfernt, während ich direkt gegenüber von ihr und der schönen und begabten Miss Davison wohne. Vermutlich ist sie der Meinung, sie müßte ein Auge auf uns haben und sehen, wo wir schlafen, und mich kann sie leichter überwachen als dich.«

»Es ist großartig«, sagte ich. »Ich kann es gar nicht erwarten, im Bett zu liegen und die Sterne über dem Meer zu betrachten. Was meinst du damit, daß sie ein Auge auf uns haben will? Glaubt sie vielleicht, daß wir ... du weißt schon ... in ihrem eigenen Haus?«

»Es sind schon seltsamere Dinge passiert«, bemerkte Brad mit rauher Stimme, und ich zuckte innerlich zusammen. Es war wohl anzunehmen, daß er auch schon andere Frauen hierher mitgebracht hatte, in dieses Haus, in dem er immer den Sommer verbrachte; schließlich war er einunddreißig Jahre alt. Ich fragte mich, wer vor mir bereits in diesem Himmelbett gelegen und gewartet hatte, bis die alte, holzgeschnitzte Tür sich öffnete und er hereinkam.

»Ich käme nie auf die Idee, ihre Gastfreundschaft so zu mißbrauchen«, sagte ich züchtig.

»Ich würde nie von dir verlangen, ihre Gastfreundschaft zu mißbrauchen«, sagte er, und ich hörte das Lachen in seiner Stimme und mußte unwillkürlich grinsen.

Er ließ mich allein, um seine Tasche in sein Zimmer im anderen Flügel zu bringen, und ich ging über den Flur ins Badezimmer, um mich frisch zu machen. Das Bad war so düster und muffig wie eine Höhle. Es hatte einen mit winzigen schwarzen und weißen Kacheln ausgelegten Boden, eine riesige, voluminöse Wanne mit Klauenfüßen, ein übergroßes Waschbecken und eine ebensolche Toilette. Nichts war jemals modernisiert worden, und der bodenlange Spiegel an der Rückseite der Tür war wellig und voller Flecken. Mein Spiegelbild schimmerte darin mit weißlicher Haut, so daß ich aussah wie eine Ertrunkene am Boden eines Swimmingpools. Die Luft im Raum war stickig und heiß, und das Licht der Deckenlampe schien düster, aber auf der Ablage befand sich ein Berg dicker, frischgewaschener weißer Handtücher, und Sarelle oder sonst jemand hatte einen kleinen Strauß Zinnien auf den Frisiertisch gestellt. Ich beugte mich vor und betrachtete mich im Spiegel und dachte an den Abend vor kaum acht Monaten, als ich genauso dagestanden und in einen anderen Spiegel gesehen hatte, im kirchlichen Mädchenwohnheim, und mich so ähnlich wie jetzt gefühlt hatte: erwartungsvoll, etwas ängstlich und ziemlich verloren.

»Wie weit bist du gekommen«, flüsterte ich dem Mädchen im Spiegel zu, und es schwamm an die Oberfläche und schnitt mir eine Grimasse. Ich wusch mein Gesicht und die Hände, bürstete mir das Haar, zog Teddys karierten Wickelrock und die Bluse zurecht und rannte leichtfüßig und voller Vorahnungen die

Treppe hinunter, wo Brad bereits wartete, um mich zu seiner Großmutter zu führen.

Die beiden alten Frauen erwarteten uns auf einer schmalen, verglasten Veranda, die ums ganze Haus herumführte und von der aus man auf der einen Seite zum Innenhof und auf der anderen zur Wiese und zum Meer sehen konnte. Sie saßen auf den gegenüberliegenden Seiten eines geblümten Rattansofas und waren beide so gebeugt und klein, daß ihre Füße kaum den Boden berührten. Ich mußte an Kinder denken, die auf den Möbeln von Erwachsenen sitzen. Auf einem Rattanglastisch vor ihnen stand ein Krug, in dem sich offenbar Orangensaft befand, und ein Tablett mit Gläsern, und Sarelle zog gerade die Abdekkung von einem Teller mit winzigen Sandwiches, die mit rüschenbesetzten Zahnstochern besteckt waren. An den Zahnstochern, die bereits auf dem Tisch lagen, sah ich, daß die beiden alten Damen offensichtlich nicht in der Lage gewesen waren, auf uns zu warten. Auch zwei leere Gläser standen da.

Ohne Schwierigkeiten konnte ich erkennen, welche der Damen Brads Großmutter war. Teddy hatte recht gehabt: Die kleinere der beiden sah genauso aus, wie sein Vater in vielleicht dreißig Jahren aussehen würde, wenn er eine dieser gräßlichen, fransigen Beatles-Perücken aufsetzte, die sich in Krimskramsläden so gut verkauften. Brads Großmutter saß tief gebeugt da und war mit Kissen und Polstern gestützt. Ihr Kinn war auf die leberfleckige Brust gesunken, die Augen waren geschlossen und ihr Mund stand offen.

Mir kam der idiotische Gedanke, sie könnte tot sein, aber Sarelle lächelte und imitierte Schnarchgeräusche, und die andere alte Dame kicherte und flüsterte: »Sie ist wieder eingeschlafen. Seit wir heute morgen aufgestanden sind, ist sie schon dreimal eingenickt.«

Die andere Dame war außerordentlich dick, hatte dünnes weißes Haar, das kurzgeschnitten war und unter dem man die rosafarbene Kopfhaut erkennen konnte, und ein großes, gepudertes Gesicht, dessen einzelne Teile sich alle in der Mitte befanden. Ich mußte an Humpty Dumpty denken oder an einen Ballon auf der Thanksgiving-Parade von dem Kaufhaus Macy's in New York. Aber sie war so alt, so gebrechlich ... wie konnte dieser ausgetrocknete Knödel von einer Frau der anderen eine nützliche Gesellschafterin sein? Und nun wurde mir klar, warum sich Haus und Grundstück in einem so heruntergekommenen Zustand befanden: Sarelle, die eigentlich als Haushälterin angestellt war, mußte inzwischen nicht nur eine, sondern zwei alte Damen pflegen. Ich lächelte Sarelle an und hoffte, Mitleid und Verständnis zu signalisieren. Das Lächeln, das sie erwiderte, war höflich und ausdruckslos.

»Ich schlafe überhaupt nicht. Du bist eine hoffnungslose Närrin, Isobel«, sagte die andere alte Dame mit dünner Stimme. Sie schlug die Augen auf, und ich mußte an einen bösartigen alten Raubvogel denken. Ihre Augen waren weißlich vom grauen Star und saßen tief in der faltigen, knittrigen Haut, aber in ihrer Tiefe glühten sie wie zwei gefährliche Kohlen.

»Das stimmt vielleicht«, bestätigte die unselige Isobel mit einem albernen Lachen und spießte sich noch einen Sandwichhappen auf. »Hallo, Braddy. Stell uns doch dieses hübsche Mädchen vor.«

Brad küßte seine Großmutter und flüsterte ihr etwas ins Ohr. Sie kicherte wie eine alte Hexe und betrachtete mich. Ich lächelte so nett, wie ich nur konnte, und spürte dabei jeden Zentimeter meines üppigen Busens und der ausladenden Hüften, als wären sie völlig nackt. Dieses heruntergekommene, elegante Haus verlangte nach einer großen, leicht vorgebeugten, schlanken Gestalt mit souveräner Haltung. Marylou Hunt besaß diese Eigenschaften im Überfluß, aber sie war hier nicht willkommen.

Sarelle verschwand in der Dunkelheit des Hauses, und Brad setzte sich auf einen Schemel, der neben seiner Großmutter stand. Ich ließ mich auf einem Sofa gegenüber nieder, das so vollgepackt war, daß auch meine Füße kaum den Boden berührten, und lächelte und lächelte. Miss Isobel Davison verschanzte sich hinter zwitscherndem Gelächter und aß und trank stetig, und das Glitzern in ihren Augen verriet mir, daß sich in dem Krug nicht nur Orangensaft befand. Aber Mama Hunt sagte kein weiteres Wort. Sie saß einfach auf ihrem Sofa auf der erstickend heißen Sonnenveranda, hatte ihre vogeldünnen Beine so weit gespreizt, daß man nicht wagte, auf ihren Schoß zu blicken, trank ein Glas nach dem anderen und starrte mich an. Vielleicht eine halbe Stunde lang, und während Brad locker über zu Hause und das bevorstehende Fest plauderte und Miss Isobel kicherte und lächelte, sagte sie überhaupt nichts.

Schließlich stellte sie ihr Glas ab und sagte zu mir: »Was für ein Name ist eigentlich Smoky?«

»Es ist ein Spitzname«, antwortete ich. »Ich habe ihn, seit ich ein kleines Mädchen bin. Mein richtiger Name ist Maureen.«

»O'Malley oder so ähnlich«, sagte sie.

»O'Donnell.«

»Woher?«

»Aus Savannah«, antwortete ich und wartete, aber ich mußte nicht lange warten.

»Aha«, meinte sie. »Dann arbeiten Ihre Leute auf den Docks.« Es war keine Frage.

»Ja.«

»Und Sie haben vor, meinen Enkel zu heiraten, habe ich recht?«

Brad wollte etwas sagen, aber ich kam ihm zuvor.

»Nein«, sagte ich. »Ich habe keineswegs vor, Ihren Enkel zu heiraten.«

»Erzählen Sie mir nicht solche Sachen. Alle wollen das. Jede von denen, die er hierherbringt, wirft einen Blick auf das Haus und beschließt, es haben zu wollen. Er wird es einmal erben, wissen Sie. Das wissen sie alle. Tun Sie doch nicht so, als ob Sie anders wären. Außer daß Sie eine Irin wie aus dem Bilderbuch sind. Die anderen stammen aus etwas besserer Familie.«

»Das genügt jetzt, Mama Hunt«, sagte Brad und machte Anstalten, aufzustehen.

»Ich will Ihnen absolut nichts erzählen, Mrs. Hunt«, sagte ich, und meine Stimme zitterte vor Wut. »Außer daß ich Atlanta liebe, daß ich meine Arbeit liebe, und daß ich beides nicht für eine Million gegen ein Haus wie Ihres eintauschen würde.«

»Und was ist Ihre Arbeit, junge Dame?« fragte sie.

»Ich schreibe Artikel über Schwarze für eine Zeitschrift in Atlanta.«

Sie starrte mich eine ganze Weile an und begann dann am ganzen Körper zu zittern. Ein schrecklicher, pfeifender Ton kam aus ihrem Mund. Erst glaubte ich, sie habe eine Art Anfall, aber dann wurde mir klar, daß sie lachte.

»Ich wette, daß Marylou Sie abscheulich findet, oder?« meinte sie pfeifend.

»Absolut abscheulich.«

»Na, ich mag Sie«, sagte sie und piekste Brad in die Rippe. »Ich mag sie«, wiederholte sie. »Ich finde sie völlig in Ordnung. Schläfst du mit ihr, Brad?«

Ich hatte den Eindruck, daß er unter seiner Sonnenbräune errötete, aber seine blauen Augen blickten sanft und amüsiert.

»Nein, Ma'am«, sagte er. »Sie läßt mich nicht.«

»Na, das solltest du deiner Mutter lieber nicht erzählen. Ich bin sicher, sie glaubt, daß du es tust, und weiter denkt sie nicht. Und inzwischen, Smoky, oder wie immer du heißt, sei nicht so zimperlich mit diesem Jungen. Ich kenne ungefähr ein Dutzend Mädchen, die hübscher sind als du und die glücklich wären ...«

»Okay, Mama Hunt«, sagte Brad und stand auf. »Du hast einen Schwips, und du gehst viel zu weit. Wir gehen jetzt mit Mutter und Dad im Strandclub zum Mittagessen, aber vor dem

Abendessen kommen wir noch einmal, um uns umzuziehen. Wenn du dann noch wach bist, schauen wir bei dir vorbei. Aber du solltest dich lieber gründlich ausschlafen. Der morgige Tag wird anstrengend.«

»Ich hasse diese idiotischen Feste«, sagte die alte Dame. »Marylou veranstaltet sie nur, damit sie angeben kann. Du bringst dieses Mädchen wieder her, damit wir vor dem Abendessen noch etwas zusammen trinken können, hörst du?«

»Mache ich«, sagte Brad, und ich ergriff die verwitterten, trockenen alten Hände und sagte: »Ich habe mich sehr gefreut, Sie kennenzulernen, Mrs. Hunt.«

»Ich weiß genau, daß du lügst«, sagte sie. »Ich bin eine bösartige alte Schachtel, und ich kann noch viel bösartiger sein. Frag mal diese hergelaufene Schwiegertochter von mir, wie bösartig ich sein kann.«

Sie warf Brad einen scharfen Blick zu, und er verdrehte die Augen. Dann hielt er mir die Hand hin, und ich nahm sie und stand auf, und wir machten uns auf den Weg ins Obergeschoß, um unsere Badekleidung anzuziehen.

Ich war gerade bis zur Tür der Sonnenveranda gekommen, als sie mir in schrillem Ton nachrief: »Mädchen, du hast einen schönen Busen und ein schönes, breites Becken. Ihr Irinnen seid fruchtbar. Ich wette, bei dir zu Hause gibt es mindestens fünf von deiner Sorte. Du könntest Brads Haus mit einer Menge kleiner Iren füllen. Marylou wäre bestimmt begeistert.«

»Tatsächlich sind wir zu Hause sechs«, erwiderte ich mit glühenden Wangen. Giftspritzende alte Damen hatte ich noch nie süß gefunden. »Aber mit der Fruchtbarkeit haben Sie recht. Wir Irinnen lassen die Babys herausploppen wie Champagnerkorken.«

Hinter uns hörte ich ihr schreckliches altes Lachen wie einen teuflischen Segen.

»Vermutlich ist es überflüssig zu fragen, was du von alldem gehalten hast«, sagte Brad bitter. »Es tut mir leid. Es war schrecklich.«

Hand in Hand gingen wir an der Flutlinie entlang über den Strand. Anfangs hatten sich Luft und Wasser beinahe gleich angefüllt, so unbewegt, dick und warm, daß man den Eindruck hatte, in warmem Blut zu waten, aber wir waren noch nicht lange über den heißen Sand gegangen, als ein scharfer Wind aufkam und alles änderte. Die Luft wurde kühler, und die leichten Wellen, die unsere Knöchel umspielten, waren mit prickelnden Luftblasen durchsetzt, und die Kraft der Sonne, die auf unsere bloßen Köpfe und Schultern herunterbrannte, ließ nach. Das Haar auf Brads Kopf glänzte wie ein goldener Helm, und Schweißtropfen glitzerten auf seinen Schultern. Seine Augen konnte ich nicht sehen, weil sie von einer Sonnenbrille geschützt wurden. Aber in seiner Stimme hörte ich Heiterkeit und Verwirrung.

»Ich fand, Tennessee Williams konnte es besser«, sagte ich, und er lachte.

»Sie ist genau wie eine dieser grotesken Gestalten bei Tennessee Williams, nicht wahr? Ich habe vergessen, wie ekelhaft sie manchmal sein kann.«

Aber ich spürte genau, daß er sie eigentlich gar nicht so ekelhaft fand. Leuten, die ein Monster in der Verwandtschaft haben, gelingt es oft, sich einzureden, dieses Familienmitglied sei lediglich merkwürdig und exzentrisch.

»Die ganze Szenerie könnte von Tennessee Williams stammen«, sagte ich. »Dieses wunderschöne, alte Gemäuer von einem Haus, die Hitze, der Alkohol, die seltsame alte Gesellschafterin und die schweigsame Bedienstete ... was ist eigentlich mit Sarelle? Wer hilft ihr? Was für ein Leben führt sie hier unten?«

»Ich weiß nicht«, sagte er ein bißchen überrascht. »Sie ist

schon lange bei Mama Hunt. Sie hat ein Haus in Atlanta, in Vine City, aber wenn Mama Hunt herunterfährt, kommt sie mit und lebt bei ihr, also den größten Teil des Jahres. Ich vermute nach dem, wie das Haus aussieht, daß sie jetzt keine Hilfe mehr hat. Früher gab es ein Ehepaar, das gekocht und Mama Hunt gefahren hat, und einen Gärtner, der von der Insel stammte, aber das Ehepaar hat gekündigt, und Mama Hunt wurde wütend und hat den Gärtner entlassen, und sie erlaubt Mutter und Daddy nicht, jemanden für sie anzustellen. Sie behauptet, die beiden würden nur versuchen, ihr das Geld aus der Tasche zu ziehen. Natürlich hat sie genug, um noch hundert Jahre davon zu leben, aber versuch mal, ihr das klarzumachen...«

»Ich kann mir das Leben einer älteren Schwarzen aus Atlanta hier auf Sea Island nicht ganz vorstellen«, sagte ich, »vor allem, wenn sie ihre eigene Familie zurückgelassen hat. Mit wem kann sie sich hier schon anfreunden? Wohin geht sie an ihrem freien Tag? Ganz bestimmt nicht in den Strandclub oder auf den Tennisplatz.«

»Darüber habe ich noch nie nachgedacht«, sagte Brad.

»Ja, das kann ich mir denken«, erwiderte ich streitsüchtig und kam mir edel vor. Die Dekadenz und die Verschwendung in dem großen, langsam verfallenden Haus mit den beiden verwöhnten alten Frauen; die vor Öl glänzenden, mit Schmuck behängten Körper, die uns, so stellte ich mir vor, am Strandclub erwarteten, wo sie in der Sonne lagen; diese ganze genußsüchtige Insel, das alles zusammen machte mich wütend. Es war zu kurz nach Pumphouse Hill, zu kurz nach André.

»Ich werde einmal mit Großmama zu reden versuchen, daß sie noch eine Hilfe einstellt, und Sarelle fragen, was sie braucht«, sagte Brad. »Du hast recht, das kann kein besonders angenehmes Leben sein. Aber dennoch solltest du jetzt versuchen, es hier so gut wie möglich zu genießen. Ich würde mich freuen, wenn es dir gefällt. Wollen wir ins Wasser gehen?«

»Ja, komm«, sagte ich und fühlte mich, als hätte ich mich wie ein verwöhntes Kind benommen. Ich lief hinter ihm her in die Wellen.

Unter Wasser war das Meer herrlich kühl und dunkelgrün und an der Oberfläche sonnenwarm und glitzernd. Wir tauchten unter den kleinen Wellen hindurch und ließen uns von ihnen an den Strand tragen, tauchten einander unter, schrien, lachten und tobten wie junge Hunde im flachen Wasser. Als wir endlich herauskamen und das Salzwasser abschüttelten, war ich völlig atemlos und hatte klatschnasse Haare und gerötete Augen. Mir fiel ein, daß ich weder Kamm noch Bademantel dabeihatte. Weiter unten am Strand konnte ich auf dem Sand vor dem Strandclub Leute in Liegestühlen sehen und andere, die unter den Sonnenschirmen auf der Terrasse und am Pool saßen oder sich um eine Reihe von Segelbooten, die ans Ufer gezogen waren, drängten. Die roten Segel der Boote flatterten leicht im auffrischenden Wind. Aus dieser Entfernung wirkten alle Leute gebräunt, schön und ordentlich gekleidet mit kleinen Sonnenhüten und halblangen Badejacken.

»Ich muß noch einmal zurück«, sagte ich. »Ich sehe aus wie eine nasse Ratte, und ich habe nicht einmal eine Jacke dabei.«

»Du brauchst auch keine«, sagte er. »Wir werden außen auf der Terrasse essen. Ich finde, so tropfnaß siehst du sagenhaft sexy aus. Paß auf.«

Und er lief über die Wiese eines großen Hauses und riß eine Hibiskusblüte von einem Busch ab. Er brachte sie mir und steckte sie mir hinters Ohr.

»Jetzt siehst du aus wie eine feurige Spanierin«, sagte er und umarmte mich. Sein nasser Körper fühlte sich warm an. Und so ging ich mit salzverklebtem Haar, in Teddys Badeanzug, der naß an meinem Körper klebte, einer sonnengeröteten Nase und mit einer roten Hibiskusblüte hinter dem Ohr, um Marylou Hunt in der ihr eigenen Umgebung zu treffen.

An diesem Abend saßen wir lange beim Essen. Im eleganten alten Speisesaal des Cloister gibt es nur eine lange Reihe von Tischen, und die Gäste essen während ihres Aufenthalts stets am selben Tisch. Den Platz, an dem wir saßen, hatte die Familie Hunt, wie Marylou Hunt berichtete, schon seit vielen Jahren inne. Man konnte hinaussehen in einen dramatisch erleuchteten, kleinen Garten, der von einer Mauer umgeben war, überblickte aber zugleich den gesamten Raum. Von hier aus konnte Marylou sowohl sehen, als auch gesehen werden.

Wenn ich daran zurückdenke, erinnere ich mich an einen schönen und sogar heiteren Abend, auch wenn ich in den ersten Stunden nicht hätte sagen können, warum das so war. Eigentlich hatte ich erwartet, er würde höchst unangenehm. Schließlich befand ich mich im Allerheiligsten des Hotels, in das meine Familie nicht einmal hineingekommen war, und Marylou hatte ihre sämtlichen kleinen scharfen Messer gezückt. Seit dem Augenblick, als wir uns beim Mittagessen im Strandclub zu ihr an den Terrassentisch setzten, waren die Waffen ausgefahren. Ich war den ganzen Tag in jeder Beziehung eine Außenseiterin, und ich wußte es, und sie wußte es, und Brad vermutlich auch, obwohl er das, abgesehen von einem gelegentlichen Stirnrunzeln, nicht zeigte.

Aber irgendwie gelang es Brads Mutter an diesem seltsamen, goldenen Tag in keiner Weise, mir meine Laune zu verderben. Ich aß zu Mittag, lag in der Sonne, machte höfliche Konversation, badete, ging nach Hause und zog mich um und kam dann zurück, um die Eltern Hunt in der Bar des Cloister zu treffen, ging den eleganten, mit Geschäften gesäumten Korridor zum Speisesaal entlang, nickte vielen Leuten zu und sprach auch mit einigen, genoß das gute Essen und trank eine ziemliche Menge Wein, und das alles in einer hermetisch abgeschlossenen, undurchdringlichen Hülle aus Kraft und Wohlbefinden.

Erst als wir den Speisesaal verließen und durch einen anderen

Korridor in die Bar gingen, um noch ein Glas zu trinken, wurde mir der Grund dafür klar, als ich in einem verzierten Spiegel über einem kleinen Mahagonibeistelltisch unsere Spiegelbilder, Marylous und meines, erhaschte.

Ich blickte nicht bewußt in den Spiegel, sondern sah mich nur beiläufig um, während Marylou und ich auf Brad und seinen Vater warteten, die uns folgten. Aber ich hob den Kopf und entdeckte in den Tiefen dieses Spiegels eine so schöne, auf so starke und machtvolle Weise beeindruckende Frau, daß mir einen Moment der Atem stockte. Erst als ich das Bildnis einen Augenblick lang angestarrt hatte, wurde mir klar, daß ich das Spiegelbild von Marylou Hunt betrachtete, die hinter mir stand, und daß sie ebenfalls starrte, aber nicht auf sich selbst, sondern auf mein Spiegelbild. Ihr unkontrollierter Gesichtsausdruck zeigte nicht die kaum verhohlene Abscheu, die ich den ganzen Nachmittag zu sehen geglaubt hatte, sondern nackten, hungrigen Neid. Es war der Ausdruck eines primitiven, machtvollen und in gewisser Weise reinen Gefühls. Das war mehr als die Abneigung einer Mutter gegen eine jüngere Rivalin. Das war etwas Mörderisches, Endgültiges und doch so offen Verletzliches, daß ich unwillkürlich die Augen schloß.

Als ich sie wieder aufmachte, hatte sie ihren Blick abgewendet, und ihr Gesicht zeigte wieder die ungerührte elfenbeinfarbene Maske, überzogen mit einem Hauch von purem Gold, nachdem sie ihren Teint heute vormittag einer genau bemessenen Menge an Sonnenstrahlen ausgesetzt hatte. Ihre Lider waren mit zartem Zinngrau schattiert, und ihre wunderschönen dunkelblauen Augen wurden von langen, seidigen Wimpern umrahmt. Der dunkelrote Lippenstift enthielt einen Goldton, der sich in dem klaren Gold ihrer Haare wiederfand. Sie war von so vollkommener, unvergleichlicher Schönheit wie ein Fabergé-Ei oder chinesisches Porzellan. Bekleidet war sie mit einer weiten weißen Seidenhose, die mit einem Gürtel aus Goldgeflecht gehalten wurde, und die Wirkung, die sie in diesem Moment ausstrahlte, war einfach atemberaubend.

Aber ich hatte auch jenes andere Gesicht gesehen, und das veränderte auf einmal alles. Ich sah mich selbst, wie ich vor ihr stand, mit vom Wein, von Sonne und Wind geröteter Haut mit rotbraunen Locken, die sich in der feuchten Nachtluft wild kräuselten, einem leicht verknitterten roten Leinenkleid, heißer, sonnenverbrannter Haut an Schultern, Nacken und Dekolleté, und mit Augen, die vom Alkohol und in einer Art rücksichtslosem Triumph glänzten. Neben ihr wirkte ich grobschlächtig und unfertig, aber absolut und unbesiegbar jung.

Das war meine Macht, sonst nichts; aber für den Augenblick genügte das. Ich konnte beinahe nackt über einen heißen, windigen Sandstrand laufen und mich ohne jede Vorsicht in das anrollende, diamantenglitzernde Meer stürzen; ich konnte mich im Sand wälzen und meine Arme weit der Sonne entgegenstrekken und war doch noch immer das, was ich war, das, was sie niemals wieder sein würde: jung. Ihre Schönheit verdankte sie ihren wundervollen Formen, großer Sorgfalt und sehr viel Geld, aber das war ein brüchiger Triumph, der stets gehegt, lackiert, schattiert und behütet werden mußte. Meine Schönheit war nicht mit ihrer zu vergleichen, aber ich besaß die Lebendigkeit, die Spontaneität, das feste Fleisch und den Glanz der Jugend, und das alles war ihr gegenüber eine schreckliche Waffe.

Unbeweglich stand ich da und starrte in den Spiegel, während diese Erkenntnis in meinem Kopf widerhallte. Und dann wurde ich von wogender, aufschäumender Freude ergriffen. Ich wollte diese Waffe einsetzen; diese Frau konnte mir nichts mehr anhaben. Ich hatte, das erkannte ich in diesem Augenblick, alles gewonnen, was sie sich wünschte: ihren Sohn, das große alte Haus unten am Strand, das Recht, ein Leben zu führen, wie sie es in dem riesigen Haus in Buckhead tat. Ich wußte, daß ich all das besaß. Ich machte mir gar nicht erst die Mühe, darüber nachzudenken, ob ich es überhaupt wollte. Ich stand einfach da in dem düsteren Korridor dieses eleganten, alten Hotels und freute mich an der Macht, die ich heute abend hatte. Daß sie vergänglich war, daß ich sie ebenso verlieren würde, wie sie sie verloren hatte, daß es eine geringfügige und grausame Macht war, all das kam mir nicht in den Sinn. Ich fühlte nur, daß ich das feindliche Gebiet hilflos und verwundbar betreten und dann doch noch eine Waffe entdeckt hatte.

Als Brad und sein Vater zu uns traten, nahm ich Brads Arm und sagte: »Ich glaube, ich möchte doch nichts mehr trinken. Ich würde lieber gleich nach Hause und ins Bett gehen. Wir sind heute schrecklich früh aufgestanden, und morgen ist ein langer Tag.«

Als ich »Bett« sagte, lehnte ich meinen Kopf leicht an Brads Schulter und lächelte Marylou und seinen Vater an.

Sie wurde rot.

»Ich habe den Thorntons gesagt, daß wir uns nach dem Abendessen in der Bar mit ihnen treffen, Brad«, sagte sie und warf ihrem Sohn einen scharfen Blick zu. »Lucy ist auch da. Ihre Scheidung ist letzte Woche rechtsgültig geworden, und sie dachten, ein bißchen Erholung könnte ihr guttun. Sie wollte dich unbedingt treffen.«

»Heute abend nicht, Ma«, sagte er und fuhr mir durchs Haar. »Smoky hat recht. Sie hatte einen langen, harten Tag.«

»Na gut, dann sage ich ihr, daß du morgen früh mit ihr Tennis spielst«, sagte seine Mutter. Ihre blauen Augen blitzten. »Sie hat gesagt, sie hofft, daß du Zeit findest für ein Spiel. Weißt du noch, wie ihr beiden früher den ganzen Tag lang gespielt habt?«

Brad lächelte. »Ma, morgen früh werde ich mindestens bis mittags schlafen, und dann nehme ich Smoky mit zum Segeln. Sag Lucy, wir sehen uns auf Mama Hunts Fest. Und falls es dort nicht klappt, rufe ich sie zu Hause einmal an.«

Marylou hob ihr feingeformtes Kinn.

»Eigentlich hatte ich erwartet, daß du mir morgen früh bei den Festvorbereitungen hilfst«, sagte sie. »Ich muß die ganze Bar dekorieren, und die Blumen müssen noch abgeholt werden...«

»Wann habe ich dir jemals bei diesem Fest geholfen?« wollte er grinsend wissen. »Wofür hat das Cloister eigentlich einen Floristen und Dienstpersonal? Hör doch auf, Ma. Smoky hält dich sonst noch für eine Nervensäge, und sie hat heute schon von Mama Hunt eine Breitseite bekommen.«

Marylou lächelte seidenweich.

»Ach, Smoky, ich hoffe, sie war nicht gar zu schrecklich«, sagte sie. »Sie hat ein entsetzliches Mundwerk. Ich habe Brad ja gesagt, er soll dich in einem von den Cottages unterbringen, aber nein, es mußte ja diese alte Hütte sein...«

»Diese alte Hütte schaut ziemlich gut aus«, unterbrach Brad. »Und Großmama war recht angetan von Smoky. Die beiden haben sich sofort aufeinander gestürzt, nicht wahr, Smoky?«

»Sie ist sagenhaft«, meinte ich.

»Ja, ihre letzten Worte, bevor wir zum Mittagessen gegangen sind, bezogen sich auf... äh... Smokys bemerkenswerte potentielle Fruchtbarkeit.« Brad lächelte. Er beobachtete seine Mutter.

Zwei hektische rote Flecken erschienen auf ihren Wangen.

»Die ist ja auch kaum zu übersehen, nicht wahr?« sagte sie, drehte sich um und ging den Korridor hinab. Brads Vater sah uns an, zuckte hilflos die Achseln, drehte seine Handflächen nach oben und trottete ihr nach.

Brad kicherte leise.

»Das war gemein«, sagte ich und lehnte mich an ihn. Der weiche, langsame, stetige Trommelschlag der Macht pochte wie ein winziger Motor in mir. Vielleicht empfand Brad unter seinem blauen Blazer genau das gleiche.

»Noch längst nicht gemein genug«, sagte er, und ich spürte,

wie er leise lachte. »Sie fordert es heraus. Sie fordert es immer und immer wieder heraus.«

»Na ja, sie bekommt es ja auch. Bist du soweit?«

Wir beschlossen, am Strand entlang nach Hause zu spazieren. Ich ging in die Damentoilette, zog meine Strumpfhose aus und steckte sie in meine Handtasche, und Brad schob dem Parkwächter eine gefaltete Banknote zu und bat ihn, das Auto in die Garage zu fahren. Dann wanderten wir durch den stillen, mit Fackeln erleuchteten Park hinaus zum Strandclub, über die Terrasse und die Treppe hinunter auf den Sand bis an den Rand des Wassers. Hinter uns auf der erhöht liegenden Poolterrasse wurden die Eichenbäume von farbigen Lichtern angestrahlt, und sanfte Rockmusik ertönte aus der Ferne, aber der Wind wehte heftig und kühl vom Meer her, und wir konnten die Musik nicht deutlich hören. Wir zogen unsere Schuhe aus und spazierten am Rand des Wassers entlang. Es war so warm wie ein Mutterschoß. Nach einigen Minuten versanken die Lichter hinter uns, und außer einigen einsamen, gelb erleuchteten Fenstern in den großen, entfernt liegenden Häusern war die Nacht beinahe vollständig dunkel. Kein Mond stand am Himmel, und die blassen Sterne waren durch das Gewebe der hohen Wolken kaum zu erkennen. Das Meer selbst schien zu strahlen, ein geisterhaftes, farbloses Licht, das mir vorkam wie der Atem des Meeres. Ich hörte das Platschen von Brads Füßen neben mir, fühlte die Wärme seiner Hand in der meinen und seine Körperwärme, aber ich konnte ihn fast nicht erkennen. Die Nacht war so weich, dicht, schwarz und warm wie Samt und fühlte sich seidig an auf meiner Haut. Sie roch nach Jod, Salz, Wachsmyrthe und diesen unbeschreiblichen, prickelnden Gerüchen des Salzwassers, die mich an das Meer denken lassen, auch wenn ich sie Hunderte von Kilometern weit im Landesinneren rieche. Dieser Geruch rührt mich immer wieder fast zu Tränen, denn er ruft ein ganz ursprüngliches, tiefes, mit den Gezeiten schwingendes Gefühl in mir wach. Ich habe mir oft vorgestellt, daß es sich dabei um unseren frühesten Geruch handeln muß, den Geruch nach dem Fruchtwasser unseres ersten, geheimen Meeres.

Nach einer Weile sagte Brad: »Du gehst mit den Hunt-Frauen wirklich großartig um. Ich würde sagen, am heutigen Tag und Abend hast du K.-o.-Siege gelandet.«

»Na ja, ich denke mir nur, daß man nach einer Weile des Kämpfens überdrüssig wird«, sagte ich.

»Du würdest nicht lange kämpfen müssen. Großmama ist bereits auf deiner Seite. Und Mutter wird es auch sein, wenn du ... du weißt schon, zu ihrer Welt gehörst. Wenn sie weiß, daß du etwas Langfristiges bist. Und das bist du, wie du wohl weißt, wenn du es willst.«

»Ich denke, daß deine Mutter ungefähr so lange braucht, um auf meiner Seite zu sein, wie deine Großmutter es bei ihr gebraucht hat«, sagte ich. »Allerdings macht das keinen großen Unterschied, nicht für mich zumindest. Ich kann auch ohne deine Mutter ein erstaunlich erfülltes Leben führen. Aber ich glaube, für dich würde es schließlich einen enormen Unterschied machen.«

»Da hast du unrecht«, meinte er. »Ich liebe meine Mutter vermutlich, aber ich mag sie nicht. Was sie über meine ... Frau denkt, das hat einfach keine Bedeutung.«

Ich befand mich noch immer in dem trägen, träumerischen Zustand, in dem ich das Hotel verlassen hatte. »Brad«, fragte ich, »wie wichtig ist das alles überhaupt, was glaubst du?«

Er antwortete nicht. Er zog mich näher an sich heran, und einer die Arme um die Taille des anderen gelegt, gingen wir langsam weiter und stießen den glitzernden Schaum vor uns her. Eine schläfrige Trägheit umhüllte mich wie warmes Wasser. Marylou Hunt war überhaupt nicht wichtig. Kaum etwas war wichtig, nur die Empfindungen dieser Nacht.

»Kannst du mit diesen ganzen Familiengeschichten leben?«

wollte Brad wissen. »Ich werde versuchen, es von uns fernzuhalten, aber gelegentlich werden wir doch damit in Berührung kommen. Wir sind keine einfache Familie, aber ich gebe mir alle Mühe, einige Schwierigkeiten beizulegen.«

»Du hast noch keine kaputte Familie gesehen, wenn du meine nicht kennst«, sagte ich. »Ich habe gelernt, mich in mich selbst zurückzuziehen. Familien haben für mein Leben keine große Bedeutung. Ich habe mir immer vorgestellt, daß ich meine eigene Familie haben werde, und alle anderen sollen machen, was sie wollen.«

»Also, wann werde ich deine Familie kennenlernen?«

»Es ist ziemlich wahrscheinlich, daß du sie nie kennenlernen wirst«, erklärte ich, blieb stehen und drehte mich zu ihm um. »Ich habe dir, als wir uns kennenlernten, erzählt, wie sie sind. Und das wird sich nicht ändern. Wenn wir... wenn wir ein Paar werden sollten, dann hat es keinen großen Sinn, hinzufahren. Im Gegenteil, die Bitterkeit und die Ablehnung würden nur noch stärker. Die Anfänge davon habe ich ja schon gespürt. Ich habe nicht vor, noch einmal nach Hause zu fahren, Brad, außer jemand stirbt, und dann fahre ich allein und nur so lange, wie es die Höflichkeit erfordert. Eine Sache, mit der deine Mutter nicht fertigwerden muß, ist ein Haufen wilder, verrückter Iren.«

»Das ist deine Entscheidung«, meinte er. »Obwohl ich etwas dafür geben würde, meine Mutter und deinen Vater zusammen zu sehen. Zumindest nach dem, was du mir von ihm erzählt hast. Aber wenn du willst, können wir uns auch zu Waisenkindern erklären.«

Ich wußte, daß er von Heirat sprach, offener, als er es jemals getan hatte, und daß ich sehr bald diese köstliche Trägheit würde abschütteln müssen, dieses zarte, brausende, champagnerartige Prickeln in meinem Blut, um ihm eine Antwort zu geben. Bald, sagte ich zu mir selbst, während ich in seiner

Armbeuge den nächtlichen Strand entlangspazierte, bald, aber nicht jetzt in diesem Augenblick.

Dann standen wir vor dem großen, rosagestrichenen Haus und schlenderten über den Strand hinauf zur Treppe und zu der Wiese. Es war Ebbe, so daß wir ziemlich weit gehen mußten. Am Beginn der Düne, kurz vor den flüsternden Halmen des Strandhafers und des Dünengrases, war der Sand unter meinen Füßen so naß und kalt wie die Haut einer Schlange. Vorsichtig stiegen wir über die Stranddisteln und die zerbrochenen Muschelschalen hinüber zu dem Weg, der durch die Dünen führte, und dann über die sandigen Marmorstufen hinauf auf das steife, von kaltem Tau benetzte Bermudagras der Wiese. Als wir auf der Höhe der Badekabine waren, die sich neben dem Swimmingpool befand, sagte Brad: »Komm, laß uns noch eine Weile draußen sitzen. Ich glaube, im Badehaus ist vom letzten Jahr noch etwas Scotch, und ich lege Musik auf. Du willst doch noch nicht hineingehen, oder?«

Seine Stimme war so tief und rauh, als spreche er mit zugeschnürter Kehle.

»Nein«, hauchte ich beinahe, denn in meinem eigenen Hals steckte ein dicker Kloß, »das will ich nicht.«

»Ich komme gleich wieder.«

Er verschwand in dem kleinen, mit Bougainvilleas bewachsenen Badehaus, und ich ließ mich auf eine schmiedeeiserne Bank fallen und streckte mich aus. Die Bank war feucht, und die kühle Nässe verursachte mir Gänsehaut auf den nackten Beinen und Füßen. Ich setzte mich wieder auf, schlang meine Arme um meine nackten Beine und blickte zum Haus hinauf. Kein Licht unterbrach die riesige Fläche seiner Fassade. Es war so dunkel, daß ich kaum erkennen konnte, wo das flache Ziegeldach endete und der Himmel begann. Selbst wenn Brads Großmutter, ihre Gesellschafterin oder Sarelle wach waren und zum Fenster hinaussahen, konnten sie uns bestimmt nicht erkennen. Es war, als wären wir die einzigen Menschen auf dem langen, schönen Strand. Allein unter dem Himmel, im Wind, am Meer. Ich erschauderte und begann zu zittern. Es war ein leiser, silbriger Schauder, der mich an das surrende Flügelschlagen winziger Vögel denken ließ, an Nachtfalter, die durch die warme Dunkelheit flatterten. Der Duft der Bougainvillea war schwer und süß.

Brad kam von der Badehütte zurück. Er trug eine Flasche in der Hand, und aus dem Innern der Hütte hörte ich, wie sich der ungeölte Tonarm eines Plattenspielers hob und senkte, und dann begann Frank Sinatra leise zu singen, über den April in Paris.

»I never knew the joys of spring, never knew what love could do...«, sang er mit seiner vollen Stimme. Ich kannte nie die Freuden des Frühlings, wußte nichts von der Macht der Liebe...

Brad reichte mir ein Glas und sagte: »Ich schau dir in die Augen, Kleines.« Ich trank einen langen, brennenden Schluck Scotch und spürte, wie er in mein Inneres floß.

Brad ließ sich neben mich auf die Bank fallen und zog mich an sich. Die Hand, die auf meiner Schulter lag, strich über meine Haut, die vom frischen Sonnenbrand glühte, schob sich unter mein rotes Leinenkleid.

»Woran denkst du?« wollte er wissen.

»Ich denke... daß ich André ganz vergessen habe«, sagte ich zu meiner eigenen Überraschung. »Das stimmt. Ich habe ihn ganz und gar verloren...«

Er küßte meinen Scheitel.

»Smoky, du kannst André haben und das hier auch. Verstehst du das denn nicht? Du mußt André nicht verlieren. Behalte ihn, behalte alle deine Andrés und deine... deine YMOGs, oder was du sonst noch behalten willst. Das hier bekommst du trotzdem. Dieses Haus, diese Insel, alles. Ich verlange von dir nicht, etwas aufzugeben, wenn du das hier nimmst.«

Ich holte tief Luft und drehte mich, so daß ich ihn ansehen konnte. Alles, was ich sehen konnte, waren seine blitzenden Zähne und das Weiß in seinen Augen.

»Brad, worüber reden wir eigentlich?« sagte ich.

»Du weißt doch bestimmt, daß wir übers Heiraten sprechen. Willst du, daß ich auf die Knie gehe und dir einen formellen Antrag mache? Gerne. Ich dachte, du wüßtest, wovon ich den ganzen Tag gesprochen habe.«

»Und... wann möchtest du, daß die Hochzeit stattfindet?« fragte ich. Meine Stimme klang wie die einer Fremden.

Er schwieg einen Augenblick, und dann sagte er: »Ich möchte dir an Weihnachten den Verlobungsring geben und im Juni heiraten. Und ich würde gerne ein paar Wochen hier verbringen. Ich hätte nie gedacht, daß für mich das Wann oder Wie jemals eine Rolle spielen würde, aber plötzlich scheint es mir wichtig. So hat man es in meiner Familie immer schon gemacht, und so möchte ich es auch haben. Das heißt, wenn du keine anderen Wünsche hast...«

»Nein, nein... das ist mir egal. Ich meine, ich habe noch nie bestimmte Pläne gehabt, wie ich heiraten möchte. Ich wußte noch nicht einmal, ob überhaupt... meinst du, wir sollen hier im Haus mit deiner Großmutter wohnen?«

»Du lieber Himmel, nein.« Er lachte. »In einem dieser eleganten Strandcottages des Hotels direkt am Wasser, mit Frühstück im Bett, Mittagessen im Bett, Abendessen im Bett, frische Austern und Champagner um Mitternacht...«

Meine Ohren klangen. Ich sagte: »Na ja, das klingt nicht schlecht. Weihnachten wäre nicht schlecht.«

Wir sahen uns an, oder zumindest dorthin, wo wir den anderen in der Dunkelheit vermuteten.

»Das hört sich an, als verhandelten wir über einen Firmenzusammenschluß«, sagte ich, lachte kurz auf, und dann versagte meine Stimme.

Er stand von der Bank auf und zog mich ebenfalls hoch. Hinter uns in der Badehütte hörte ich eine Schallplatte fallen, und dann ertönten die rauchigen Stimmen der Four Freshmen:

»Angel eyes, that old devil-sent, They glow unbearably bright... Need I say, that my love's misspent, misspent with angel eyes tonight...«

»Tanz mit mir, Smoky«, flüsterte Brad, und ich schmiegte mich wortlos in seine Arme. Wir bewegten uns im Wiegeschritt über die dunkle Plattform um den stillen Swimmingpool, in dessen Oberfläche sich die Mondsichel und die Sterne spiegelten, während diese so sinnliche und weiche Ballade erklang. Als sie geendet hatte, standen wir unbeweglich da und preßten unsere Körper so fest aneinander, als wären sie ein einziger, und die Küsse, die auf einer Seite meines Gesichts und auf meinen geschlossenen Lidern begonnen hatten, waren jetzt so intensiv, suchend und blind, daß ich völlig atemlos war und nichts mehr spürte, außer der Wärme und dem Druck seines Körpers, seinen Händen auf meinem Körper, und dem einfachen, dringlichen Wunsch, ihn nie wieder loslassen zu müssen.

Er warf den Kopf zurück und schnappte heftig nach Luft.

»Ich weiß nicht, ob ich es bis Weihnachten aushalten kann«, sagte er halb japsend und halb lachend. »Beantwortet das deine Frage nach den geschäftlichen Verhandlungen?«

Völlig regungslos und blind stand ich da. Mein ganzer Körper prickelte, als hätte die Sonne jeden Zentimeter meiner Hautoberfläche verbrannt.

»Komm, wir gehen schwimmen«, sagte ich und hörte meine eigenen Worte kaum.

»Smoky...«

»Komm schon, wir machen es«, sagte ich, trat hastig einen Schritt zurück, griff hinter mich und zog den Reißverschluß meines Kleids auf. Ich ließ es auf den Betonboden fallen, öffnete meinen BH und ließ ihn ebenfalls fallen, genau wie die kleine Bikiniunterhose aus Nylon mit einem modernen Muster aus Spiralen und Sternen, die ich bei J. P. Allen gekauft hatte. Nackt und zitternd stand ich in der Dunkelheit und sah Brad an, und dann trat ich an den Rand des Swimmingpools und ließ mich in das dunkle Wasser gleiten. Es war, als falle man in von der Sonne erhitzte Seide. Das schwarze Wasser umfing mich, schlug in weichen, warmen Wellen an meine Brust und die Hüften und bedeckte mich. Es war so warm wie das Blut in mir, so dunkel wie die Nacht über mir.

Ich streckte meine Arme aus.

»Komm herein.«

Er stieß einen leisen, gepreßten Ton aus, und ich hörte das Rascheln seiner fallenden Kleider. Dann war er neben mir und vor mir, drückte mich an sich, und ich spürte an meinem Körper, ohne etwas zwischen uns, ohne Hindernisse, festes, elastisches Fleisch, während uns das Wasser in seinen Armen hielt. In der Dunkelheit schlang ich meine Arme und Beine um ihn, umarmte ihn fest und schloß die Augen.

Er manövierte uns an die Seite, so daß er auf dem Boden des Beckens stehen konnte und mich an der Oberfläche hielt. Hätte er mich losgelassen, so wäre ich untergegangen wie ein Stein; er war ein ganzes Stück größer als ich. Aber er ließ mich nicht los. Er drückte sich im dunklen, warmen Wasser an mich, murmelte Worte, die ich lediglich mit der Haut und in meinem Mund, aber nicht mit den Ohren hörte, und schaukelte mich zärtlich.

»Das sollte ich nicht tun«, sagte er in mein nasses Haar hinein. »Ich wollte es noch nicht tun...«

»Doch«, sagte ich heftig. »Ich will es jetzt. Ich will es tun, Brad...«

»Wie lange ist es schon her, seit... dem letzten Mal,

Smoky?« flüsterte er, ohne sein Schaukeln zu unterbrechen. Es machte mich ganz benommen.

»Noch nie... ich dachte, du wüßtest das...«

»Nein, ich meine... seit deiner letzten Periode. Ich habe nichts dabei...«

»Das ist schon in Ordnung«, sagte ich und spürte, wie sich meine Fingernägel in seinen Rücken gruben. »Das ist in Ordnung. Sie war erst vor ein paar Tagen...«

»Ah, o Gott!« rief er leise und schob sich in mich.

Zunächst bekam ich kaum Luft, und als ich endlich wieder zu Atem kam, glaubte ich, der Schmerz hätte mir die Stimme geraubt. Mit dem Schmerz explodierte etwas in mir, und eine stille Woge der Furcht und Verzweiflung überschwemmte mich, so düster und tief, daß sie geradezu apokalyptisch schien. Als es mir gelang, einen Schrei auszustoßen, klang er wie das Wimmern eines Kätzchens.

»Hör auf! Oh, Brad, bitte hör auf...«

Der Schmerz endete augenblicklich, und er hing neben mir an der Wand des Beckens und schnappte nach Luft.

»O Gott, das tut mir leid, Smoky! Verdammt, ich hätte vorsichtiger sein sollen, ich hätte langsamer vorgehen sollen... bist du verletzt? Habe ich dir sehr weh getan?«

»Nein, nein, es geht schon«, flüsterte ich, aber selbst im Wasser spürte ich den Schweiß auf meinem Gesicht und das Kribbeln um den Mund, das bedeutete, daß mir das Blut aus dem Gesicht gewichen war. So etwas hatte ich noch nie gespürt, weder so einen Schmerz noch so ein tiefes, düsteres Gefühl. Ich schlug die Hände vors Gesicht und begann zu weinen.

Er zog mich vorsichtig aus dem Schwimmbecken, holte ein großes Handtuch und wickelte mich hinein. Zärtlich trocknete er mich ab, während er tröstende Worte flüsterte. Er war so zerknirscht und besorgt, daß ich ihn gerne beruhigt hätte, aber ich konnte diese lächerlichen Tränen nicht stoppen.

Er hielt mich fest und wiegte mich sanft, bis das Weinen halbwegs aufhörte.

»So wird es nie wieder sein«, sagte er. »Es gibt Möglichkeiten, Dinge, die ich tun kann ... ich war zu schnell. Ich hätte nachdenken sollen ... das nächste Mal wird es ganz anders. Wir haben alle Zeit der Welt, Smoky. Ich besorge dir ein paar Pillen, und dann müssen wir uns keine Sorgen mehr machen.«

»Du warst nicht schuld«, sagte ich schniefend und versuchte, ihn zu umarmen. »Du warst nicht schuld. Ich bin nicht verletzt, es tut jetzt gar nicht weh. Aber Brad ... ich kann es nicht noch einmal machen. Ich kann einfach nicht. Nicht bis ... nicht gleich ... «

»Ich weiß. Ich habe schon gesagt, wir machen es nicht mehr, bis du die Pille hast, und dann mit genügend Zeit und am richtigen Ort. Es war mein Fehler ...«

»Nein, es war nicht dein Fehler. Es ist ... es tut mir leid. Das klingt so verdammt katholisch. Aber ... ich glaube, es ist die Kirche. Genau in dem Moment, als wir ... genau, als es passierte ... es war, als würde jeder Muskel in meinem Körper plötzlich hart wie Eisen, und etwas in meinem Kopf schrie: Nein! Nein! Wenn du das tust, dann bist du ... ich weiß nicht ... verloren. Einfach ... verloren ...«

Ich begann wieder zu weinen. Das hörte sich beschränkt an, selbst in meinen Ohren.

Er holte tief Luft und atmete langsam wieder aus.

»Ich wußte nicht, daß dir die Kirche so wichtig ist, Smoky«, sagte er.

»Ich auch nicht«, antwortete ich. »Wirklich nicht. Seit ich von zu Hause fort bin, habe ich nicht mehr an die Kirche gedacht. Ich bin nicht einmal mehr in den Gottesdienst gegangen. Ich weiß auch nicht, was mit mir los ist. Ich wollte, daß du es tust ...«

»Das war alles zuviel für dich«, sagte er und drückte mein Gesicht gegen seine nackte, nasse Schulter. »Meine Mutter war von Anfang an gegen dich, und dann Großmama, und dieser Nachmittag, und das Gerede beim Abendessen, und das verdammte Fest, das uns beiden bevorsteht... du hast einfach Panik bekommen. Du bist müde, und ich war viel zu schnell. Wir lassen es jetzt einfach eine Weile, Liebling. Bis Weihnachten. Wir werden eben... kalt duschen und die Hände voneinander lassen und reine Gedanken denken, und dann sehen wir mal, wie es geht, wenn du den Ring hast und alles festgelegt ist. Ist das besser für dich? Würde dir das helfen?«

»Ja«, sagte ich, küßte seine Schulter und schmeckte Salz und Chlor. »Ja, das würde helfen. Es tut mir leid. Ich komme mir nur... du weißt schon... so vor, als hätte ich dich erst verführt und dann nicht rangelassen.«

»Das ist absolut nicht wahr«, entgegnete er. »Aber ich möchte, daß du trotzdem anfängst, die Pille zu nehmen. Ich glaube, es dauert eine Weile, bis sie wirkt. Komm jetzt. Ich bringe dich ins Bett. Morgen fangen wir noch einmal von vorne an. Ich werde sogar auf die Knie gehen und dir einen offiziellen Antrag machen.«

Wir zogen uns an und stiegen leise hinauf, über die dunkle Treppe und durch den Korridor bis zu meinem Zimmer. Er machte mir die Tür auf und schaltete das Licht neben meinem Bett an, kam aber nicht herein.

»Wenn ich mitkomme, kann ich für mein Verhalten nicht verantwortlich gemacht werden«, sagte er, gab mir einen kleinen Kuß auf die Stirn und schloß die Tür hinter sich.

Eigentlich hatte ich ein langes, heißes Bad nehmen wollen, aber ich verzichtete darauf. Ich schlüpfte nur in mein Nachthemd, kroch ins Bett und machte das Licht aus. Dann erinnerte ich mich daran, daß ich im Bett liegen und auf die Sterne über dem Meer hatte sehen wollen, und drehte mich zur Fensterwand, aber der Himmel war leer und dunkel. Der Wind hatte sich gelegt, und die Chintzvorhänge hingen schlaff vor dem

Fliegengitter. Nur das leise Klacken der nächtlichen Insekten, die gegen das Gitter prallten, unterbrach die tiefe Stille. Ich schlief beinahe augenblicklich ein.

In der Nacht erwachte ich mit einem scharfen, brennenden Schmerz zwischen den Beinen und dumpfen Kopfschmerzen. Ich stand auf und ging ins Badezimmer, um mir ein Aspirin zu holen. Als ich wieder ins Bett gehen wollte, sah ich einen kleinen, feuchten Blutfleck auf dem seidigen, alten gelblichen Laken. Schon wollte ich zurück ins Badezimmer, um einen kalten Waschlappen zu holen und den Fleck zu entfernen, aber dann entschied ich mich anders. Zum Teufel damit. Bestimmt hatten diese Laken schon fünfzig Jahre lang keine Flecken des Lebens und der Liebe mehr gesehen, vielleicht nichts außer dünnen, sauren Tropfen von Medizin und schwachem Tee. Sollte Mama Hunt doch denken, was sie wollte.

Ich stieg wieder ins Bett, zog die Bettdecke über mich und schlief bereits, noch ehe mein Kopf aufs Kissen gesunken war.

Als ich die letzten Treppen zu unserer Wohnung hinaufgestiegen war – vorsichtig, denn zwischen meinen Beinen brannte es immer noch schmerzhaft – und mich aufs Sofa fallen ließ, wartete Teddy bereits auf mich.

»Na?« wollte sie eifrig wissen. »Hast du es getan?«

Ich sah sie einen Augenblick lang an, zuckte dann mit den Schultern und sagte: »Ja. Ich glaube schon. Irgendwie.«

»Ach, phantastisch! Erzähl! Wie war es?«

»Teddy... tut es immer so weh?«

Sie starrte mich erst an, begann dann zu lachen und ließ gleichzeitig ein leises, mißbilligendes Schnauben hören.

»Ach, Süße! Ich wollte wissen, ob du verlobt bist! Aber vermutlich bist du es, wenn du das getan hast... o nein! Nach einer Weile tut es nicht mehr weh. Es wird ganz wundervoll, wirklich. Aber beim ersten Mal tut es fast immer weh... Brad ist ein Idiot.

Er hätte langsamer vorgehen sollen ... aber, ach, Smoky! Wann bekommst du deinen Verlobungsring? Wann wird die Hochzeit sein?«

»An Weihnachten, vermutlich, der Verlobungsring«, sagte ich. Hier in der Stadt kam es mir plötzlich völlig unpassend vor, daß sie und ich so ein Gespräch führten, über Ringe und Hochzeiten. Ich schüttelte den Kopf.

»Und die Hochzeit? Darf ich dabeisein? Ich verlange einfach, daß ich deine Brautjungfer werde, sonst bringe ich mich um ... ach, verdammt noch mal, Marylou wird bestimmt ausflippen, ist das nicht herrlich?«

»Brad hat etwas vom nächsten Juni gesagt«, antwortete ich. »Aber es ist noch gar nichts festgelegt. Bitte erzähl niemandem davon, Teddy. Ich ... ich muß mich erst an den Gedanken gewöhnen. Es kommt mir alles so komisch vor. Du lieber Himmel! Und dann müssen wir ja alles erst planen ...«

Erschöpfung überfiel mich wie warmes Schmutzwasser. Die Pläne verdüsterten meinen Horizont wie eine Kette hoher Berge, von der ich keine Ahnung hatte, wie ich sie überqueren sollte.

»Na gut«, versprach sie. »Aber ich bin schon so gespannt, was Matt für ein Gesicht machen wird. Bist du sicher, daß ich es nicht einmal ein paar Leuten erzählen darf?«

»Ja, ich bin sicher. Wirklich. Bitte nicht. Ich sage dir, wann du es erzählen darfst.«

»Du bist die Braut«, sagte sie und kam zu mir, um mich zu umarmen. »Setz dich. Ich koche Kaffee. Und wie war das Fest, sag?«

»Genau wie das Fest an Weihnachten bei deinen Eltern, nur mit Palmen«, antwortete ich.

10. Kapitel

Danach wurde alles anders und doch wieder nicht. Ich ging noch immer jeden Morgen zur Arbeit und kam jeden Abend nach Hause, oft sehr spät; ich kämpfte noch immer mit Matt um lohnenswerte Artikel und verlor oft genug; ich lachte noch immer über Tom Gordons komisches Herumalbern und bemerkte dahinter oft die neue Einsamkeit in seinen Augen; ich plänkelte noch immer liebevoll mit Hank und Teddy herum und wurde oft von Freude über meine Zuneigung zu ihnen gepackt. Noch immer stieg ich über Lucas Geary, und mehr als einmal trat ich auch auf ihn. Noch immer überschwemmte mich in unerwarteten Momenten eine Woge aus Entzücken und Ungläubigkeit über mein Glück, weil ich es von Corkie ins Gelobte Land geschafft hatte.

Aber all das tat ich jetzt mit dem Wissen, daß ich ein halboffizieller Teil von Brad Hunts Leben war und in nur vier Monaten zu einem offiziellen Teil werden würde. Und nach weiteren sechs Monaten würde ich dann ein Mitglied der Familie Hunt werden. Merkwürdigerweise hatte ich das Gefühl, als habe eine Uhr zu ticken begonnen.

Die Gefühle, die mich überfielen, sobald ich an Brad dachte, konnte ich nicht in Worte fassen. Natürlich war da Stolz, den ich jedesmal empfand, sobald ich ihn ansah oder an all das dachte, womit sich der Name Hunt verband. Allein schon der Gedanke an das schöne alte Haus auf Sea Island machte mich ganz schwindelig vor Freude; es kam mir völlig unglaublich vor, daß es bald mir gehören sollte. Ich dachte daran viel häufiger als an das

Haus, in dem Brad und ich wohnen würden, denn bisher hatte ich noch keine Ahnung, was für eines das sein könnte und wo es stehen würde. Brad hatte gesagt, er würde sich einmal in Buckhead umsehen, und als ich meinte, in Ansley Park gäbe es einige wunderschöne alte Häuser, die mir gefielen, lächelte er.

»Das ist nicht meine Welt, aber ich sehe sie mir einmal an«, sagte er.

Ich wußte, daß ich ihn körperlich begehrte, trotz des abrupten Endes unseres ersten Versuchs auf Sea Island. Er war so männlich, so selbstsicher, so gutaussehend, daß nicht nur ich, sondern auch jede andere Frau auf ihn reagierte. Irgendwann würde es wundervoll sein, mit ihm zu schlafen, überirdisch. Das hatte Teddy gesagt, und ich zweifelte nicht an ihren Worten.

Und er war, dessen war ich mir sicher, ein guter Mensch, mit festen und richtigen Überzeugungen. Seine Sympathien lagen auf derselben Seite wie meine. Ich würde immer auf ihn stolz sein können. Im Leben der Stadt würde er einmal einen wichtigen Platz einnehmen. In dieser tastenden Anfangszeit hatte ich keinen Zweifel daran, daß ich ihn liebte.

Aber da war noch etwas anderes, etwas ... Irgendwie konnte ich mir mein Leben nach der Hochzeitszeremonie in der St.-Phillip's-Kathedrale nicht vorstellen. Selbst beim besten Willen hatte ich kein Bild davon, wie die Tage und Nächte in all den Jahren, die vor mir lagen, aussehen würden. Eine Zukunft, deren Zentrum das *Downtown Magazine* war, konnte ich mir jederzeit denken; sie lag so lebhaft und bildlich vor mir, als hätte ich sie bereits erlebt. Aber Brad paßte da nicht hinein. Es war mir unmöglich, mich zu sehen, wie ich in unserem Haus in den Collier oder Brookwood Hills – passende Gegenden für junge Ehepaare der Gesellschaftsschicht, in der sich Brad bewegte – aufstand und zur Arbeit bei Matt Comforts Zeitschrift fuhr. Die beiden Welten schienen mir einfach nicht flexibel genug, um sie zusammenzufügen.

Und dennoch wollte Brad, daß ich weiterhin bei der Zeitschrift arbeitete, das wußte ich. Das hatte er immer und immer wieder gesagt. Es gebe keinen Grund, daß ich nicht sowohl Smoky O'Donnell als auch Mrs. Bradley Hunt III. sein könne. Aber am liebsten hätte ich ihn immer und immer wieder gefragt, ob er das wirklich ernst meinte. Ich wußte nicht, wieso.

Ich fragte ihn nicht. Ich sprach nicht oft mit Brad über die Verlobung oder über die Hochzeit im nächsten Juni. Schüchtern und aus irgendeinem Grund fast peinlich berührt, vermied ich das Thema. Und er erwähnte es ebenfalls nicht. Wir führten unser Leben einfach so weiter wie vor der Reise, gingen zwei- oder dreimal in der Woche abends aus und telefonierten täglich. Auch Teddy erwähnte es nicht. Sie mußte sich andauernd auf die Zunge beißen, das wußte ich, aber sie erzählte niemandem davon. Nachdem wir aus Sea Island zurückgekehrt waren, benahmen Brad und ich uns eine Weile lang so, als wären wir nie dort gewesen. Im großen und ganzen war es eine seltsame, ungewisse Zeit, obwohl ich mich nicht erinnern kann, daß ich mich unwohl fühlte. Nur ... ungewiß, in der Schwebe.

In der zweiten Augusthälfte lud er mich ins Coach and Six, das an der Peachtree Road Richtung Buckhead lag, zum Abendessen ein. Wir saßen in einer Nische, die mit schwarzem Leder ausgeschlagen war, tranken Daiquiris und aßen köstliche, lockere Spinat-Käse-Puffer und ausgezeichnete Lammkoteletts mit kleinen Rüschen aus weißem, gefranstem Papier, und danach gab er mir eine kleine, in Goldpapier gewickelte Schachtel.

Aus irgendeinem Grund begann mein Herz zu pochen. Noch nicht, sagte klar und deutlich mein Verstand.

»Was ist das?« Ich lächelte ihn an.

»Das ist eine Art Abschiedsgeschenk, weil ich verreisen muß«, sagte er. »Dad will, daß ich nach Huntsville hinüberfahre und dort für einen Bauauftrag mitbiete. Es ist eine große Sache, der Bau von so einem neuen, raketenförmigen Gebäude am Redstone Arsenal. Bisher habe ich das Bieten noch nie völlig allein übernommen, und es sind noch eine Reihe größerer Firmen im Rennen. Die ganze Sache könnte einige Wochen dauern. Ich brauche die Erfahrung, wenn ich die Firma eines Tages übernehmen soll, aber es ist ein fürchterlich ungünstiger Zeitpunkt, dich zu verlassen ...«

»Aber das ist eine große Sache für dich«, erwiderte ich und meinte es auch so. Brads Vater gab die Zügel der Firma, die er aufgebaut hatte, nur ungern aus der Hand, und ich wußte, daß Brad sich oft darüber ärgerte.

»Ich bin stolz«, fuhr ich fort. »Bist du denn gar nicht aufgeregt?«

»Doch, natürlich bin ich das«, antwortete er, und das Licht der kleinen, abgeschatteten Tischlampe tanzte in seinen blauen Augen. »Und wie. Dieser Arbeitsbereich unseres Geschäfts macht mir viel Spaß, und das wird ein ziemlicher Kampf werden. Aber ich werde dich wie verrückt vermissen. An ein oder zwei Wochenenden komme ich nach Hause, aber das wird nicht so lustig werden.«

»Na ja, es ist ja nicht für ewig, und auch nicht so weit weg«, sagte ich. »Vielleicht könnte ich dich am Wochenende mal besuchen.«

»O Gott, das fändest du bestimmt entsetzlich.« Er lachte. »Dort geht es zu wie in einem Schmugglercamp, jeder macht sich wichtig, und das Testosteron kocht. Du könntest auf dem Weg zum Cola-Automaten vergewaltigt werden. Bleib hier, arbeite fleißig, und ich werde inzwischen feuchte Tränen von dir haben.«

Ich wurde rot, und er lachte und drückte meine Hand.

»Mach dein Geschenk auf«, sagte er, und das tat ich auch.

Es war eine kleine, mit schwarzem Samt bezogene Schmuckschatulle. Sie war nicht neu; der Samt war stellenweise völlig abgeschabt, und sie roch ein wenig nach Staub und Zedernholz.

Ich öffnete sie. Auf einem Bett aus vergilbtem weißen Satin lag ein dünnes Goldarmband, ein einfaches Kettchen aus altem, rötlichem Gold, das im Lampenschein matt glänzte. Eine Reihe von Rubinen, so dunkel, daß sie nur tief im Inneren rot aufblitzten, waren in das Gold eingearbeitet. Es war altmodisch und sehr schön.

»Oh, Brad«, sagte ich und sah zu ihm auf. Das Armband war offensichtlich ein Familienerbstück. Einen Augenblick lang hatte ich das Gefühl, dieses Geschenk wäre so intim und persönlich, daß es verboten sei, es anzunehmen, wie bei etwas Gestohlenem oder einer Kriegsbeute.

Vielleicht traf das ja zu.

Er legte es mir ums Handgelenk. Ich hielt es hoch und beobachtete, wie das Licht der Lampe auf dem blanken alten Gold tanzte.

»Es ist unglaublich schön«, sagte ich.

»Es hat meiner Urgroßmutter Hunt gehört«, sagte er. »In meiner Familie ist es Tradition, daß es immer die neueste Braut bekommt, bis es an der Zeit ist, es weiterzugeben. Mutter hat es nie besonders gefallen; es lag ziemlich lange im Safe. Das kommt vor der Verlobung und ist noch nicht so fest wie der Verlobungsring, aber doch zumindest eine Absichtserklärung. Auch der Ring hat meiner Urgroßmutter gehört, mit Rubinen und Smaragden. Du bekommst ihn an Weihnachten. Dann gibt es noch ein paar sagenhafte Diamanten, eine Halskette, ein Armband und Ohrringe, die bekommst du aber erst zur Hochzeit. Und die Familienperlen gibt es, wenn das erste Kind geboren ist.«

Ich saß da und drehte mein Handgelenk in sämtlichen Richtungen. So etwas wie die Dinge, über die er sprach, Familienschmuck, der zu bestimmten Gelegenheiten weitergegeben wurde, um die wesentlichen Stationen des Lebens zu markieren, war mir völlig neu. In Corkie wurde Schmuck nur auf Ratenzahlungen gekauft und war auf sentimentale Weise religiös besetzt:

Kreuze mit bescheidenen Diamanten und Rosenkränze mit Perlen. Aber in Brads Familie gab es Rubine, wenn der Heiratsantrag angenommen war, regnete es zur Hochzeit Diamanten, und wenn die Babys kamen, wurde man mit Perlen überschüttet.

Babys...

»Babys?« sagte ich begriffsstutzig zu Brad.

»Du weißt schon. Rabäh... rabäh, Windeln, Puder. Du willst doch Kinder, Smoky, oder?«

Nicht ein einziges Mal, seit ich Brad Hunt kennengelernt hatte, seit er mir im Partyraum von Teddys Eltern gesagt hatte, meine Augen hätten die Farbe des Regens, bis jetzt, wo er von Rubinen, Diamanten und Perlen redete, hatte ich an Kinder gedacht. Es war, als verstünde ich nicht, was er sagte.

»Was wird dann aus meiner Arbeit?« wollte ich wissen. Selbst in meinen eigenen summenden Ohren klang diese Frage albern.

»Na ja, ich meinte ja nicht sofort«, sagte er. »Erst nach vielleicht zwei oder drei Jahren. Ich möchte, daß wir uns erst im Haus eingelebt und aneinander gewöhnt haben. Wir sollten uns noch ein bißchen Zeit lassen, ehe wir die Schlafzimmertür zusperren müssen. Bis dahin arbeitest du natürlich weiter. Aber dann willst du doch bei den Kindern zu Hause bleiben, oder? Zumindest für eine Weile. Später können wir ja eine Amme oder eine Kinderpflegerin oder so besorgen, aber für die ersten paar Jahre, ich meine, das willst du doch auch, nicht wahr? Du kannst ja immer noch freiberuflich arbeiten. Viele Mädchen... Frauen, die ich kenne, tun das. Snake Cartwrights Frau schreibt eine Kolumne für das *Marietta Daily Journal*, und sie hat drei Kinder. Dotty Findley hat zusammen mit ihrer Zimmergenossin aus dem College einen Partyservice, und sie hat zwei Kinder. Du mußt nicht ganz mit der Arbeit aufhören, wirklich nicht.«

Ich saß bewegungslos da, und die Phantasiebilder umschwirrten mich und pickten an mir wie Vögel. Kleine flachsköpfige Kinder, die auf Sea Island über den Strand tobten. Kleine schwarze Kinder an wackligen Tischen auf einer kleinen, schäbigen Veranda in Summerhill. Ein kleines schwarzes Kind, das mit freudestrahlendem Gesicht die Stoßstange eines englischen Autos umarmte...

Ich selbst kam in diesen Phantasiebildern nicht vor.

»Smoky?«

Ich schüttelte den Kopf und lächelte ihn an.

»Natürlich will ich Kinder«, sagte ich. »Jede Frau will das.«

»Aber du könntest weiterarbeiten. Du könntest weiterschreiben. Wenn es dann noch immer so wichtig ist für dich«, sagte er und lächelte ebenfalls. »Das ändert sich manchmal, wenn Kinder kommen.«

»Das werde ich immer wollen, Brad«, erklärte ich.

»Dann sollst du es auch tun. Aber jetzt schau mal unter den Satin.«

Ich tat es und zog ein kleines Röhrchen mit Pillen und ein zusammengefaltetes Rezept heraus.

»Das ist dafür, damit wir keine bekommen, ehe wir welche wollen«, bemerkte er grinsend. »Damit das zwischen uns besser funktioniert. Ich habe sie von Pom Fowler. Er arbeitet dieses Jahr als Assistenzarzt in der Gynäkologie am Piedmont-Krankenhaus. Du sollst sie einen Monat lang nach Anweisung nehmen. Ich dachte, wir könnten das ebensogut machen, während ich fort bin, damit ich, sobald ich wieder hier bin, nicht mehr jedes Mal kalt duschen muß, wenn ich an dich denke. Wenn ich aus Huntsville wieder da bin, sollten wir... damit anfangen.«

Ich betrachtete die Pillen und das Rezept. Dann schaute ich Brad an. Im Schein der Lampe sah er so unglaublich gut aus, daß es mir vorkam, als sehe ich ihn zum ersten Mal.

»Ich möchte nicht mehr warten, Smoky«, sagte er mit einer tiefen Stimme. »Ich muß dauernd an dich in diesem Swimmingpool denken. Wie du ausgesehen hast, wie du dich angefühlt hast...«

Aus dem Nichts heraus schlug die Dunkelheit wieder zu. Eine plötzliche Woge so tiefer Lichtlosigkeit und Verzweiflung überschwemmte mich, daß ich nur noch die Augen schließen und den Atem anhalten konnte.

O lieber Gott, nein, kam mir der spontane und schreckliche Gedanke. Nein. Ich will das nicht noch einmal erleben. Ich werde es nicht tun, nicht in absehbarer Zeit...

Das schwarze Gefühl verebbte, und ich schlug die Augen auf. Als ich ihn ansah, wußte ich, daß er nichts bemerkt hatte.

»Wir haben doch gesagt, daß wir noch warten...«, flüsterte ich.

»Das tun wir auch, wenn es sein muß. Aber das ist ja nur für den Fall... daß wir es nicht aushalten. Ich möchte dir zeigen, wie schön es sein kann, Smoky. Ich will, daß du dieses andere Erlebnis vergißt.«

Ich bemühte mich um ein Lächeln, aber die Erinnerung an das dunkle Gefühl umgab mich noch immer wie schwarzes Wasser.

»Aber wenn ich lieber warten würde, bis wir verheiratet sind? Wäre das so schrecklich?« fragte ich schließlich.

»Wahrscheinlich nicht. Wenn du es unbedingt willst, nicht. Ich dachte, in dieser Nacht, dort unten... ich dachte, da hast du es auch gewollt.«

»Wollte ich auch. Wirklich. Ich will es auch. Es ist nur... du mußt katholisch erzogen sein, um das zu verstehen, Brad. Ich weiß, ich gehe jetzt nicht mehr in die Kirche, und ich halte Religion jetzt auch nicht mehr für wichtig, aber nachdem man mir all die Jahre erzählt hat: Nein, warte, tu's nicht, es ist eine Sünde, du wirst bestraft... das ist schwierig. Ich wußte nicht, wie schwierig es sein würde.«

Er hob die Hand. »Wenn es für dich wichtig ist, Smoky, dann warten wir so lange. Herrgott, und ich dachte, wir lebten im Zeitalter der sexuellen Revolution. Aber nimmst du die Pille trotzdem? Nur damit du daran gewöhnt bist, wenn der Moment kommt? Pom sagt, daß man manchmal die Dosierung oder die Marke ändern muß, bevor es richtig funktioniert. Er sagt, wenn du diese Packung aufgebraucht hast, sollst du zu ihm kommen, ehe du das Rezept einlöst. Du mußt ohnehin zu einem Frauenarzt, und er wird bestimmt mal einer der besten.«

»Ja, in Ordnung«, sagte ich. Aber dabei dachte ich, daß ich eher sterben würde, als einen von Brads Freunden aus dem Tanzkurs in dieser geheimen Dunkelheit, in der, wie es schien, Gott wie eine zusammengerollte Schlange wartete, herumstöbern und -tasten zu lassen.

»Braves Mädchen. Magst du Schokoladenmousse?« fragte er.

»Warum nicht?« Ich lächelte, betrachtete mein Armband und fühlte in meiner Hand das Pillenröhrchen wie ein Amulett.

Wie einen Stein.

In dieser Nacht lag ich noch lange wach. Der Mond war riesig und von einem düsteren Weiß, und ich glaubte fast, sein heißes Gewicht auf meinem Körper zu spüren. Die Klimaanlage mühte sich ab, und das grüne Glühen der Digitaluhr erleuchtete den Nachttisch. In diesem Licht konnte ich das kleine Röhrchen mit den Verhütungspillen sehen, das jetzt eine Tablette weniger enthielt. Ich lag da und wartete auf das Hereinbrechen des Ungeheuerlichen, weil ich sie geschluckt hatte, wartete auf die schwarze Leere, die auf obskure Weise die Stimme der Kirche, vielleicht sogar die strenge Stimme Gottes zu sein schien, aber sie kam nicht. Das änderte allerdings nichts. Ich hatte dieses Gefühl jetzt zweimal gespürt, jedesmal, wenn es darum ging, mit Brad Hunt zu schlafen, und es hatte seine Wirkung erzielt.

In all den Jahren, die ich im Einflußbereich der Kirche verbracht hatte, in den endlosen Jahren meiner kirchlichen Erziehung, hatte ich die Behauptung der Nonnen, daß Sünder für ihre Sünden schnell und sofort bestraft würden, nie ernst genommen. Wenn ich überhaupt darüber nachdachte, dann glaubte ich, daß man die Konsequenzen der sündigen Handlung früher oder später zu spüren bekam und sie dann bereute. Bisher hatte ich mir nie vorgestellt, daß die Kirche in dem Augenblick, in dem man die Sünde beging, im eigenen Innern laut und schrecklich ihre Stimme erhob und nicht darauf wartete, daß man die Sünde in der Kontemplation bereute.

Eigentlich glaubte ich es auch jetzt noch nicht, zumindest nicht mit dem Verstand. Es wäre zu einfach, zu praktisch gewesen. Davon hätte ich bestimmt schon einmal gehört, meine Freundinnen hätten davon erzählt. Sicherlich befanden sich unter ihnen noch größere Sünderinnen als ich. Aber ich wußte nicht, was diese schreckliche, leere Verzweiflung sonst bedeuten sollte, und ganz tief in mir, wo der Verstand keinen Zugang hatte und wo der Katholizismus saß, machte sie mir angst. Ich lag noch lange wach und dachte darüber nach.

Gerne hätte ich jemanden gefragt, was das Gefühl bedeuten sollte, aber mir fiel niemand ein, nicht in Atlanta, dieser so ganz und gar neuen und pragmatischen Stadt. Nicht unter den Menschen, die jetzt meine Familie bildeten. Und dann fiel mir Schwester Joan ein. Ich kann Schwester Joan fragen. Wenn es noch einmal vorkommt, werde ich das tun.

An dem Vormittag, nachdem Brad nach Huntsville abgefahren war, rief mich Matt in sein Büro.

»Brad hat mich gestern abend angerufen«, sagte er ohne lange Vorrede. »Er macht sich Sorgen, weil Sie diesen Artikel über die schwarzen DJs schreiben. Er hält die Sache nicht für besonders schicklich und glaubt, daß es sogar gefährlich werden könne. Er macht sich Sorgen wegen dem ganzen Aufruhr. Wahrscheinlich glaubt er, die DJs könnten wütend werden.«

Er lehnte sich in seinem Schreibtischstuhl zurück und spähte mich über seine Nickelbrille hinweg an. An diesem Vormittag sah er besonders zerknittert aus, so als hätte er in der letzten

Nacht in seinen Kleidern nicht nur geschlafen, sondern noch anderes getan. Seine langen Finger spielten nervös mit einem Häufchen Münzen und der Uhr.

Ich war wie vor den Kopf geschlagen. In meinem Gesicht spürte ich, wie die Hitze aufstieg, und wußte, daß die Röte folgen würde.

»Ich kann gar nicht glauben, daß er so etwas tut«, sagte ich schließlich.

»Ja. Er war geradezu entschlossen«, sagte Matt. »Kleine schwarze Kinder im Kindergarten seien eine Sache, hat er gesagt, aber schwarze Musiker und ihre Flittchen in einem Motel an der Stewart Avenue eine andere. Flittchen. Es ist schon eine ganze Weile her, seit ich den Ausdruck zum letzten Mal gehört habe. Offenbar glaubt er auch, daß es unter den Konferenzteilnehmern zu ziemlich viel... äh, kontrollierter Verwendung von Drogen käme. Ich weiß gar nicht, wie er darauf kommt.«

»Dazu hatte er kein Recht.« Mein Mund fühlte sich taub an.

»Er schien davon überzeugt, daß er dazu jedes Recht hat. Gibt es da etwas, was Sie uns nicht erzählen, Smoky? Darf man Ihnen gratulieren?«

Er grinste.

Ich schüttelte schweigend den Kopf.

Matts Lächeln verschwand, und er lehnte sich in seinem Stuhl zurück, stützte die kleinen Füße an den Schreibtischrand und verschränkte seine Finger hinter dem Kopf.

»Die Sache ist nur, er könnte recht haben. Das Land ist im Moment in einer beschissenen Stimmung. Alle sind wütend, und die jungen Schwarzen sind die wütendsten von allen. Ich habe das Gerücht gehört, daß die Panthers wieder in die Stadt kommen, und wenn das stimmt, dann können Sie Gift darauf nehmen, daß sie bei dem Kongreß auftauchen. Die Gelegenheit ist einfach zu günstig. Und sie sind bewaffnet, meine Liebe. Ich habe keine Lust, Sie vor irgendwelche idiotischen Gewehre zu schicken. Und dann ist da noch die Sache mit dem Krieg. Seit Dr. King sich im April an dieser Demonstration beteiligt hat, ist der Krieg eine wesentliche Angelegenheit für die Schwarzen. Und dieser Scheiß in Newark und Detroit... hier unten vergessen wir gelegentlich, daß es so etwas wie Aufruhr und Gewalt gibt, weil wir uns auf Dr. King und den gewaltlosen Widerstand konzentrieren und weil sich Atlanta ohnehin nicht darum kümmert, was anderswo vor sich geht. Aber Sie können darauf wetten, daß die DJs das Thema hierherbringen werden. Und Drogen, natürlich wird es Drogen geben. Alle Sorten, von denen Sie jemals gehört haben. Diese Typen haben die Drogen geradezu erfunden. Als ich den Kongreß für den FOCUS-Artikel eingeplant habe, war mir das alles nicht klar.«

»Und es war wirklich Brad, der die Freundlichkeit hatte, Ihnen diesen ganzen Sachverhalt zu erklären?« fragte ich ungläubig. Ich hatte es noch nie erlebt, daß Brad sich Gedanken machte über Ereignisse, die außerhalb der Stadt stattfanden.

»Nein. Tatsächlich war es Luke. Er hat Bedenken, Sie mitzunehmen. Er kann wohl am besten von allen einschätzen, was sich da zusammenbraut. Eigentlich macht er sich nur wegen der Black Panthers Sorgen. Niemand weiß so recht, was den Müttern noch so alles einfällt, nachdem sie im letzten Frühjahr mit Gewehren das Parlament von Kalifornien gestürmt haben. Mit diesen Kätzchen möchte ich mich nicht anlegen.«

»Matt, Sie haben mir FOCUS versprochen«, sagte ich, und alberne Tränen stiegen mir in die Augen. Warum bestand ich eigentlich so sehr darauf? Seine Worte hätten eher Befürchtungen in mir wachrufen sollen, und ein Teil von mir war tatsächlich alarmiert. Aber ein größerer Teil fühlte sich betrogen und schnaubte vor Wut. Wie konnte Brad es wagen, mir so etwas anzutun?

»Ich habe nicht nachgedacht, bevor ich es Ihnen versprochen habe, Smoky«, sagte er. »Ich bin doch nicht dumm; ich werde meine Leute bestimmt nicht offenen Auges in die Gefahr schikken. Ich sollte das Ganze abblasen. Die Sache ist nur, die PR-Leute des Kongresses haben schon angekündigt, daß wir eine ausführliche Fotoreportage darüber machen werden. Wenn wir uns jetzt zurückziehen, sind wir die Arschlöcher, als wären wir feige. Ich habe deshalb mit John Howard telefoniert, und er meinte, er sehe keine Gefahr. Dazu wären zu viele Medienvertreter dabei, und die meisten von diesen Jungs ... das wären Musiker, die sich nur für Frauen interessieren; sie seien gar nicht politisch. Den Panthers geht es natürlich um Politik, falls es zutrifft, daß sie wieder in der Stadt sind. Aber er glaubt nicht, daß sie Schwierigkeiten machen werden. Soweit ich verstanden habe, kennt er diejenigen, die vermutlich dort sein werden, und er sagt, daß es ihnen jetzt lediglich darum gehe, den Leuten klarzumachen, wieviel besser ihre politische Linie ist im Vergleich mit der Gewaltlosigkeit. Er glaubt, daß sie die letzten wären, die einen Aufruhr veranstalten. Das wäre ganz schlechte PR.«

»Also, was meinen Sie?«

»Ich meine, daß Sie es machen können, auch wenn ich vielleicht ein Idiot bin, wenn ich es erlaube. Aber Sie arbeiten mit Luke gut zusammen, und Howard gefällt Ihr Stil. Die Kindergarten-Geschichte war sehr anständige Arbeit.«

Ich sah ihn an und grinste.

»Danke, Matt.«

»Keine Ursache, Smoky. Jetzt verschwinden Sie. Und sagen Sie Hank, daß ich ihn hier sehen will.«

Auf der Schwelle blieb ich noch einmal stehen und warf einen Blick zurück, aber er hatte sich bereits über seinen Schreibtisch gebeugt. Dann hob er den Kopf, fletschte die Zähne wie ein alter Wolf und ließ dreimal lautstark die Taxihupe ertönen.

»Sie sollten sich aber noch nicht auf Ihren Lorbeeren ausruhen«, meinte er.

»Das mache ich bestimmt nicht.« Mit Freude im Herzen verließ ich sein Büro.

Von Anfang an war klar, daß das Treffen der schwarzen DJs kein üblicher Kongreß sein würde und daß es vielleicht gar nichts zu berichten gab. Als wir in der Dämmerung an einem heißen, windstillen Freitag abend vor dem Santa Fe Plaza Motel vorfuhren, mußten wir an ein Touristenhotel der frühen fünfziger Jahre mitten in der Provinz von Florida denken. Auf dem mit Grasbüscheln bewachsenen Parkplatz hinter dem Motel, den traurig sich abmühende Stadtpflanzen zu überwuchern drohten, standen nicht viele Autos. Auch vor den benachbarten Motels sah ich nur wenige. Wie auf einer fleckigen, schlecht aufgefädelten Halskette lagen die Gebäude reihenweise links und rechts der Stewart Avenue. Die Straße selbst hatte ihre besten Zeiten längst hinter sich, sie hatte Schlaglöcher und wirkte im stillen Zwielicht etwas bedrohlich. Pfandhäuser, erotische Tanzclubs, Supermärkte, Spirituosenläden, Buswartehäuschen aus Aluminium, Telefonzellen, aus denen das Telefon gerissen war, kleine Lebensmittelläden ... Stewart Avenue war eine gewöhnliche und ziemlich heruntergekommene Straße. Es fehlte ihr die schwindelerregende Dramatik der schrecklichen Ghettos im Nordosten, aber auch der Glanz des Wohlstands, den die Gegenden im Nordwesten besaßen. Ein ständiger Verkehrsstrom bewegte sich auf ihr vorbei an den brüchigen Gehsteigen, aber er wirkte ziellos und unsystematisch. Keines der Gesichter, die ich sah, war weiß.

»Wo sind die ganzen Leute?« fragte ich und sah mich auf dem Parkplatz des Motels um. »Ich dachte, bei der Veranstaltung wären mindestens ein paar tausend DJs da.«

»DJs mögen das Tageslicht nicht«, erklärte Luke, der gerade seine Kameras aus dem Kofferraum lud. »Sie sind wie Vampire. Sie heulen erst, wenn die Sonne untergegangen ist.«

»Ja«, sagte John Howard und schloß den Mustang ab, »wenn wir hineinkommen, sind sie bestimmt alle in ihren Zimmern, die Lichter sind ausgeschaltet und die Jalousien heruntergelassen, und sie liegen in ihren Särgen.«

Ich kicherte. »Nein, sie hängen wie Fledermäuse kopfüber von den Duschstangen.«

»An den Duschstangen hängen sie erst morgen früh«, meinte John. »Erhängt oder verkatert.«

Ich lachte laut.

Heute abend war er anders als sonst. Zum einen war er anders gekleidet. Er trug nicht die dunklen, eleganten Collegehemden, die er sonst tagsüber anhatte, und auch nicht den lächerlichen Overall, mit dem er in Pumphouse Hill gewesen war. Heute abend trug er eine weite Blue Jeans und ein Hemd aus einem schwarzen, seidigen Stoff, das fast bis zur Taille geöffnet war. Auf seiner glatten Brust baumelten an einer langen Lederschnur ein Friedensabzeichen und etwas, das wie ein afrikanischer Fetisch aus Federn und Knochen aussah. Mit seinen auffälligen Wolfsaugen und der schrägen Nase durch seine Augenbraue sah er auf verführerische Weise großartig, exotisch und gefährlich aus. Er ähnelte einem Jaguar oder einer anderen Raubkatze.

»Herrgott, John, mit dir würde ich nicht in einen Aufzug steigen«, hatte ich gesagt, als er Luke und mich mit dem Mustang an der Auffahrt des Gebäudes der Handelskammer abholte.

»Aber Miss Smoky, ich bin doch bloß 'n armer Schwarzer, der sich irgendwie durchschlagen muß«, hatte er in deutlichem Dialekt und mit einem Stirnrunzeln geantwortet, aber ich sah die Heiterkeit in seinen Augen. Seit ich ihm im Parkhaus am Abend nach dem Pressefest auf sein Geplänkel entsprechend geantwortet hatte, hatte ich keine Ehrfurcht mehr vor ihm. Aber ich war mir stets bewußt, daß er mich nur bis zu einem gewissen Grad an sich herangelassen hatte. Es war unwahrscheinlich, daß ich ihm noch näherkommen würde.

Außerdem war er im Unterschied zu sonst ein bißchen nervös, eine Spur unruhig. Man bemerkte es nur, weil er, wenn auch kaum wahrnehmbar, sich schneller bewegte und sprach und eine leichte Erregung spüren ließ. Außerdem lachte er öfter, als ich das bisher bei ihm erlebt hatte. Natürlich hatte ich ihn außer bei den Treffen für die FOCUS-Reihe kaum gesehen, aber da war er stets ernst, freundlich, selbstsicher und sehr distanziert gewesen. Jede andere Haltung wirkte daher wie Ausgelassenheit. Bei John Howard waren Gelächter und Scherze über Vampire und Katzenjammer fast gleichbedeutend mit Hysterie.

»Du siehst gut aus heute«, sagte Luke zu mir. »Fast so, als hättest du vor, die ganze Nacht zu tanzen.«

»Stimmt«, antwortete ich und improvisierte auf dem leeren Parkplatz einige verführerische Tanzschritte. Ich trug hautenge, hüfthohe Bluejeans mit weiten Aufschlägen über Vinylstiefeln mit Lochmuster, die ich von Teddy ausgeliehen hatte, und dazu einen ärmellosen Rollkragenpullover, der so kurz war, daß ein Stück meiner Taille zu sehen war. Teddy hatte gemeint, der Pullover sei so eng, daß ich darin billig aussähe, und ich stimmte zu, zog mich aber nicht um. Unbeholfen hatte ich mir noch ein Paar falsche Wimpern angeklebt, eine dicke Schicht hellen Lippenstift aufgetragen und Ohrgehänge aus Holz angelegt, die mir fast bis auf die Schultern hingen. Als ich die Wohnung verließ, um mich mit Luke und John Howard zu treffen, meinte Teddy, ich sähe aus wie eine Straßendirne.

»Aber toll«, fügte sie hinzu. »Nuttig, dahergelaufen und absolut großartig. Wenn Brad dich jetzt sehen könnte.«

»Ja, das würde dem Faß den Boden ausschlagen«, erwiderte ich trocken. Ich war noch immer wütend auf ihn, weil er Matt wegen des Artikels angerufen hatte, und fest entschlossen, ihn daraufhin anzusprechen, wenn er sich, wie versprochen, am Sonntag bei mir meldete.

»Mach das noch mal«, sagte Luke jetzt, und ich wiederholte meine Tanzschritte und streckte John Howard die Hand hin. Er nahm sie, und gemeinsam tanzten wir ein paar übertriebene, hüftschwingende Schritte auf dem sandigen Gehsteig. Schwungvoll hob Luke die Leica und drückte ab.

»Jetzt habt ihr eure Freiheit verwirkt«, sagte er, ließ die Kamera gegen seine Brust plumpsen und marschierte auf den Eingang des Motels zu. »Wenn ihr mich ärgert, lasse ich das Bild in Corkie und im SCLC herumgehen.«

»In Corkie würde man nicht einmal erkennen, was das sein soll«, sagte ich.

»Bei Paschal's sieht man jeden Abend Schlimmeres als das«, sagte John. »Und du hast es auch schon gesehen.«

»Aber nicht von dir, Bruder.« Luke grinste, und wir betraten das Motel, um den Kongreß zu suchen.

Statt dessen fanden wir eine leere Eingangshalle mit zigarettenlöchrigen Kunststoffmöbeln, übervollen Standaschenbechern und einem hohen Gummibaum aus Plastik, den jemand mit Kondomen dekoriert hatte. Hinter dem Empfangstisch saß ein unglaublich dicker weißer Mann, der seinen Zeigefinger mit der Zunge befeuchtete und in einer billigen Bibel blätterte. Quer über seinen Knien lag ein Gewehr. Auf dem Tisch stand aufrecht in einer Kaffeetasse eine kleine amerikanische Flagge. Als wir näher traten, blickte der Mann auf.

Sein fragender Blick wurde feindselig, als er mich erblickte. Langsam glitten seine Augen von mir zu John Howard und dann zu Lucas Geary. Sie waren kleine Schlitze mit weißen Augenbrauen und Wimpern. Sein schwerer Geruch nach altem Schweiß strömte bis dorthin, wo wir standen.

»Gibt keine freien Zimmer«, sagte er und starrte unverwandt auf meinen Busen.

»Wir wollen kein Zimmer«, erklärte Luke im Südstaatendialekt und in unglaublich höflichem Tonfall. »Wir suchen den Kongreß. Wo sind die schwarzen Discjockeys?«

»Sind Sie ein Discjockey?« fragte der Mann John Howard, wobei er die Silben von Discjockey so dehnte, daß das Wort wie eine Beleidigung klang.

»Nein«, antwortete John Howard.

»Seh'n aber wie einer aus, in den Klamotten«, stellte der Mann fest.

»Wir sind hierhergekommen, um über den Kongreß einen Artikel für das *Downtown Magazine* zu schreiben«, sagte ich mit einer möglichst autoritär klingenden Stimme. Ich sah, wie sich Luke ein Lächeln verbiß, und wußte, daß ich mich wie eine junge Lehrerin anhörte.

»Wir haben Presseausweise«, fügte ich idiotischerweise hinzu.

»Ach nein«, sagte er in zweideutigem Tonfall und starrte auf meine Brüste und die Taille. »Wollen Sie mir Ihren ... Presseausweis nicht zeigen, Süße?«

»Sind Sie der Geschäftsführer?« wollte John Howard freundlich wissen. Sein Gesicht war unbewegt.

»Der Nachtportier. Der Geschäftsführer is' nich' da. Heut nacht mach ich den Laden«, sagte der Mann. »Wollen Sie irgendwas ... Sir?«

Sein Tonfall sagte »mein Junge«.

»Wir haben einen offiziellen Termin, um diese Reportage zu machen, und ich wäre Ihnen sehr verbunden, wenn Sie uns sagen könnten, wo sich die Delegierten befinden«, sagte ich mit heißem Gesicht. »Ich möchte meinem Herausgeber nicht gerne erzählen müssen, daß Sie uns Schwierigkeiten gemacht haben.«

Er stand auf und watschelte plump um den Tisch herum.

»Ein paar von denen sind da am Ende vom Gang, nach hinten raus«, sagte er mir direkt ins Gesicht. »Und noch 'n paar sind droben in den Zimmern neben den Eismaschinen. Die sind weggetreten, glaub ich. Jedenfalls hab ich das gottverdammte Gejaule schon 'ne ganze Weile nich' mehr gehört. Die Lebendigen sind wahrscheinlich hinten. Ich glaub, vorhin hab'n sie sich noch mit Kokosnüssen beschmissen. Aber ich sag dir eines, Mädchen, du gehst nicht dorthin. Solang ich hier Dienst hab, wer'n hier keine weißen Mädchen mit Farbigen trinken, feiern und weiß Gott was mach'n. Da sind nämlich heut nachmittag schon mal zwei hintergegangen und bis jetzt nich' mehr wiedergekommen. Und ich geh nicht hinter und hol sie. Ich hab dem Geschäftsführer von Anfang an gesagt, daß nichts Gutes bei rauskommen kann, wenn man Farbige hier in dem Motel machen läßt, was sie woll'n...«

Luke legte seine Kamera beiseite und marschierte auf den Nachtportier zu. Er streckte die Hand aus, faßte sanft die fleischige Wange des Mannes und drehte sie ein Stück. Der Mann holte tief Luft und griff nach hinten nach dem Gewehr. So schnell und leichtfüßig wie eine Katze umrundete John Howard den Empfangstisch, hob das Gewehr auf und hielt es hinter ihn. Ich erstarrte.

»Wir sind von der *New York Times*«, sagte Luke sanft und fröhlich. Das wabbelige Gesicht des Mannes war starr vor Wut. »Wir haben alle drei Ausweise, falls Sie das wünschen, und Sie sollten wissen, daß noch vier oder fünf von uns nachkommen. Wenn Sie bereit sind, Ihre Weigerung, uns zu den Kongreßdelegierten zu lassen, zurückzunehmen, dann gehen wir nach hinten. Andernfalls werde ich einmal kurz telefonieren, und noch bevor Sie ›Piep‹ sagen können, hat jede Zeitung, jede Agentur im ganzen Land einen Reporter hier. Sie haben die Wahl, mein Freund.«

Der Mann zog seine Wange aus Lukes Griff und verschwand in einem Büro im Innern des Gebäudes. Er schlug die Tür zu, und wir hörten, wie der Schlüssel umgedreht wurde.

»Bitte nach Ihnen«, sagte John Howard und machte vor Luke eine leichte Verbeugung. Wir hatten den säuerlich riechenden, verräucherten Korridor bereits zur Hälfte durchquert, ehe wir uns in haltlosem Gelächter gegen die Wand lehnten.

Im hinteren Flügel des Motels, wo sich, wie der dicke Mann gesagt hatte, die Kongreßdelegierten befanden, war es heiß, dunkel, und es roch intensiv nach Marihuana und Schnaps. Das Gebäude kam mir so ausgestorben vor wie ein neu entdecktes, ägyptisches Grab. Dieser Marsch durch den schäbigen Korridor war geradezu unheimlich; ich spürte, wie sich mir die Nackenhaare aufstellten, und dachte an alle schlechten Horrorfilme, die ich jemals gesehen hatte. Wir schauten in ein schmutziges, schäbiges Zimmer nach dem anderen: Ungemachte Betten, verstreute Unterwäsche und leere Teller und Gläser verrieten, daß jemand dort gewesen war, aber die Stille und die summenden Fliegen zeigten, daß hier nichts mehr los war. Mit zusammengebissenen Zähnen wartete ich darauf, daß wir die Tür aufmachten, hinter der die Leichen gestapelt lagen.

»Das ist nicht gerade das Hyatt Regency, nicht wahr?« meinte John Howard grimmig.

»Um Gottes willen, zieh bloß die Duschvorhänge nicht auf«, murmelte Luke. Er hielt die Leica hoch und fotografierte ein leeres, schreckliches Zimmer nach dem anderen. Ich wußte, daß wir die Fotos, die zeigten, in welchen Unterkünften die Besucher wohnen mußten, für unseren Artikel verwenden konnten, wenn wir die passenden Gesichter dazu fanden.

Wir bogen um eine Ecke in einen weiteren langen, stickigen, düsteren Korridor und hörten aus der Ferne laute Musik, vor allem ein Schlagzeug. Es klang, als spiele im hintersten Zimmer jemand auf einer Buschtrommel.

»Da ist Leben im Dschungel«, bemerkte Luke.

Etwa auf der Hälfte des Korridors stießen wir eine halboffene Tür auf, um ins Zimmer sehen zu können. Aus dem Raum drangen Stöhnen und Schreie, und ein rhythmisches, quietschendes Klopfen, das ich nicht identifizieren konnte. Dann sah ich, daß halb auf, halb neben der durchhängenden Matratze ein Mann und eine Frau miteinander schliefen. Beide schwarz und nackt; sie saß rittlings auf ihm. Im nächsten Moment sprangen sie vom Bett, die Frau kreischte und der Mann heulte wie ein Wolf.

Ich riß den Kopf zurück und drehte mich mit puterrotem Gesicht blitzschnell um.

»Huch, verzeih mir, Bruder«, sagte Luke leise. Er hob die Kamera nicht; ich hätte sie ihm sonst aus der Hand geschlagen.

»Die Leute tun es eben«, meinte John Howard. Sein Gesichtsausdruck war gelassen und sogar ein bißchen amüsiert, aber unwillkürlich hatte er die Oberlippe hochgezogen und die Nasenflügel leicht gebläht, als könne er seinen Abscheu nicht verbergen. Steif ging ich vor den beiden den Korridor hinab, während die Bilder der schweißnassen schwarzen Körper, die sich auf dem Bett vereinigten, und von John Howards angewidertem Gesichtsausdruck noch hinter meinen Augen brannten. Beides irritierte mich. Eigentlich hätte mich nichts davon beunruhigen sollen.

Am Ende des Korridors standen zwei Türen weit offen, und ein kraftvolles Sperrfeuer aus Tönen donnerte in den Flur. Es war der typische Motown-Sound, der laut aus einer offenbar guten Anlage dröhnte. Ich erkannte Aretha Franklin, die gerade das hämmernde Ende von »Respect« sang, und dann setzte ohne jede Pause Otis Redding mit »Fa-fa-fa-fa-fa« ein. John Howard betrat den ersten Raum, und Luke und ich folgten ihm.

Es war vollständig dunkel; keine Lampe brannte, und die Vorhänge waren zugezogen. Doch selbst wenn der Raum mit Flutlicht erleuchtet gewesen wäre, hätten wir wohl kaum etwas erkannt, denn der süße, beißende Rauch der Marihuana-Zigaretten war viel zu dicht. Er brannte mir im Hals, und ich begann so heftig zu husten, daß ich den Raum verlassen mußte. Als meine Augen zu tränen aufgehört hatten und ich wieder hineinging, hatte jemand eine düstere Lampe angeschaltet, und ich sah John und Luke gleich neben der Tür stehen und mit einem unglaublich dünnen Mann mit gelblicher Hautfarbe und einem gigantischen Afro-Schopf sprechen. Er trug einen elastischen Anzug aus Silberlamée und lag rauchend auf einem der Betten. Neben dem Mann, in seiner Armbeuge, lag eine schwergewichtige schwarze Frau, die lediglich ein lose drapiertes Handtuch trug. Sie rauchte und trank süßen Wein aus einer Flasche. Als sich meine Augen an das Zwielicht gewöhnt hatten, erkannte ich, daß auch auf dem anderen Bett und dem Fußboden mehr oder weniger bekleidete Paare lagen. Alle rauchten und tranken, und offenbar taten sie beides schon eine ganze Weile. Jeder der Anwesenden hatte die betäubte, gelöste, glückselige Haltung, die ich inzwischen mit Haschisch assoziieren konnte. Zudem häuften sich auf den Nachttischen und in den Ecken des Zimmers Schachteln von Fast-Food-Läden, halbgegessene Pizzas und abgenagte Hähnchenflügel, die sich den Platz mit leeren Weinflaschen und übervollen Aschenbechern teilen mußten. Essen und süßer Rauch: Hier gab es keine harten Drogen. Ich entspannte mich etwas.

Der schmale Mann rollte sich vom Bett, stand leicht schwankend auf und verbeugte sich betont höflich vor mir. Die Frau hinter ihm starrte uns gleichmütig und unverschämt an und ließ das Handtuch von ihren großen Brüsten rutschen. Luke grinste und hob die Kamera, und sie zog es wieder hoch. Der freche Gesichtsausdruck verwandelte sich in dumpfe Wut.

»Darf ich dir Lord Byron Playboy aus Scranton, Pennsylvania, vorstellen?« sagte Luke, und der schmale, gelbliche Mann sagte mit einem perfekten Liverpoolakzent: »Freut mich.«

»Mich auch«, sagte ich mit einem Lächeln. Lord Byron lächelte ebenfalls, und ich blickte ungläubig auf seine Vorderzähne, die spitz zugefeilt waren.

»Damit ich dich besser fressen kann, meine Liebe«, erklärte er. Ich antwortete nicht.

»Ich habe den Leuten hier erklärt, wieso wir hier sind, und Lord Byron meint, er hat nichts dagegen, wenn wir ein paar Fotos machen«, sagte Luke. »Offenbar hält der Rest von ihnen gerade ein ... Nickerchen oder ist drüben im La Carousel. Horace Silver ist in der Stadt. Lord Byron hat mir auch erzählt, daß drüben an der Atlanta University heute abend ein großes Grillfest stattfindet, veranstaltet von keinen Geringeren als unseren Freunden, den Panthers. Also stehen die Chancen für unsere Geschichte hier wohl nicht sonderlich gut. Nichts für ungut, Mann.«

Er nickte Lord Byron Playboy zu, der wieder auf das Bett gesunken war. Lord Byron nickte liebenswürdig zurück.

»Tut mir leid, daß ihr hier bloß so'n paar unwichtige abgedriftete Nigger wie uns trefft.« Er strahlte uns an. »Wenn ihr die wirklich wichtigen Heinis sehen wollt, müßt ihr rüber zum Grillfest. Das is' es aber bestimmt wert. Diese Panther schauen in ihren kleinen Panther-Anzügen echt hübsch aus. Die würden sich als Baseball-Werfer nicht schlecht machen.«

Er sah hinüber zu John Howard, der an der Wand lehnte, und betrachtete ihn mit höflichem Interesse.

»Bist du nicht auch einer von denen, Bruder? Kommt mir so vor, als hätte ich dein Gesicht schon mal geseh'n.«

»Ich bin keiner von denen, nein, Bruder«, antwortete John ruhig.

»Bist du dann von der Zeitschrift?«

Mit seiner Sprechweise parodierte Lord Byron Playboy, wie ich wußte, den grobschlächtigen Dialekt eines ungebildeten Schwarzen, und ich vermutete, daß er John Howard damit verspotten wollte. Aber sein Lächeln war noch immer strahlend und träge und irritierte durch die spitzen Zähne.

»Nein«, antwortete John. »Wenn überhaupt, dann bin ich vom SCLC. Das sind Freunde von mir. Ich begleite sie nur.«

»Huch«, machte Lord Byron. »SCLC, FBI, NBC ... Mit diesen ganzen Abkürzungen kann Lord Byron nichts anfangen. Du meinst, du spielst den Leibwächter, stimmt's, Bruder? Willst du das nette weiße Mädchen und den Jungen da schützen, damit sie nicht von den Wilden aufgefressen werden?«

»Du kommst mir nicht so wild vor ... Bruder«, erwiderte John gelassen. »Trotz deiner Haifischzähne. Was hast du denn vor?«

»Ich? Gar nichts, Bruder«, sagte Lord Byron und lachte herzlich. »Kommt schon, macht eure Bilder, und dann geben wir euch ein bißchen was zu schmauchen oder zu schlucken, oder vielleicht auch was zu futtern, wenn's euch nichts ausmacht, an einem Knochen zu nagen.«

Mit schlaffer Hand winkte er Luke zu, der grinste und die Kamera hob. Während er im ganzen Raum die Körper auf den Betten und dem Boden fotografierte, rührte sich niemand. Nur blutunterlaufene, halbgeschlossene Augen folgten der Kamera. Otis Redding wurde von Ben E. King abgelöst: »Stand by me, ohhh stand by me ...«

Jemand begann zu kichern, und ich blickte mich auf der Suche nach dem Geräusch um, während ein Lächeln meine Mundwinkel nach oben zog. Ein Kichern war besser als gar nichts. Das Geräusch hörte nicht auf, und allmählich realisierte ich, daß es überhaupt kein Kichern war, sondern ein Schluchzen, das immer lauter und lauter wurde, bis es sich in ein krankes, hoffnungsloses Jammern verwandelt hatte, das schrecklich klang. Als es endete, hörte man, wie sich jemand erbrach, und dann begann das Wimmern und Schluchzen von neuem. Offenbar kam es aus dem Badezimmer, dessen Tür geschlossen war. Ich sah mich unter den Leuten im Zimmer um, aber niemand achtete darauf. Dann warf ich Luke und John einen Blick zu, die sich ebenfalls ansahen. Das Schluchzen wurde wieder lauter, und ich überquerte den mit Müll übersäten Fußboden, wobei ich über die Paare hinwegsteigen mußte, und öffnete die Tür zum Badezimmer.

Eine Frau lag auf dem Boden, wie ein Fötus hatte sie sich um das Becken der Toilette gerollt. Das Badezimmer war unbeschreiblich schmutzig und roch grauenvoll. Die Frau hatte den Kopf auf ihre dünnen Arme gelegt, so daß ich ihr Gesicht nicht sehen konnte, aber sie war eine Weiße. Der Mann am Empfang hatte erzählt, vor einiger Zeit seien zwei weiße Frauen ins Motel gekommen; das war wohl eine von ihnen. Offenbar ging es ihr schrecklich schlecht. Der Raum roch nach Erbrochenem, das auch in ihrem Haar, auf den Armen und Beinen klebte. Warum, um Himmels willen, kümmerte sich niemand um sie? Ich holte tief Luft und beugte mich über sie.

Erst als ich sie umgedreht und gegen die Wand gestützt hatte und neben ihr kauernd ihr verkrustetes Gesicht mit nassem Toilettenpapier abtupfte, erkannte ich Rachel Vaughn. Ich war so geschockt, daß ich über meine Fersen nach rückwärts fiel und mich auf den schmutzigen Boden setzte.

Sie sah aus, als läge sie im Sterben, als würde sie im nächsten Moment an einer Krankheit, an Hunger oder vielleicht auch an körperlicher Mißhandlung sterben. Ihr Körper war so dünn, daß ich durch die schlaffe, schmutziggraue Haut beinahe die Knochen sehen konnte, und mit gelblich-blauen Flecken übersät. Das galt besonders für ihre Arme und Beine, die so sehr verfärbt waren, als gehörten sie gar nicht zu einem lebenden Menschen. Vermutlich würde sie auch nicht mehr lange leben. Während ich dasaß und sie anstarrte, fürchtete ich tatsächlich, sie könnte vor meinen Augen sterben.

Ihr kleines, spitzes Gesicht, das einst pfiffig und irgendwie charmant gewirkt hatte, war fast bis zur Unkenntlichkeit aufgequollen, geschwollen und verfärbt. Die Schwellungen sahen nicht nach Schlägen aus, sondern schienen von einer undefinierbaren Krankheit zu stammen. Unter ihren Augen lagen tiefe, fast schwarze Schatten, und ihr früher so glänzendes, fuchsrotes Haar war fransig, zu einem stumpfen Braun ausgebleicht und jetzt verklebt von Erbrochenem. Gerade hatte sie zu weinen aufgehört, aber sie atmete heftig, als müßte sie sich gleich wieder erbrechen, und ich setzte mich auf die Fersen und wischte ihr sanft mit nassem Toilettenpapier übers Gesicht. Im Badezimmer befanden sich weder Handtücher noch Waschlappen. Vielleicht brauchten die befriedigten und berauschten Frauen in den Schlafzimmern sie, um sich zu bedecken, dachte ich wütend.

»Rachel«, flüsterte ich. »Rachel. Kannst du die Augen aufmachen? Rachel, ich bin's, Smoky. Smoky O'Donnell. Aus dem Marienheim. Erinnerst du dich noch an mich?«

Sie öffnete die Augen nicht, aber ihre geschwollenen Lippen formten ein Wort: »Smoky.«

Ich entdeckte ein schmutziges Glas, das unter das Waschbekken gerollt war, füllte es mit Wasser und hielt es ihr an die Lippen. Gierig trank sie und erbrach dann sofort wieder alles. Das Erbrochene war klar und dünnflüssig; ihr Magen war vollständig leer. Ich drehte mich nach der Rolle Toilettenpapier um, und als ich mich wieder umwandte, standen ihre Augen offen, und sie sah mich müde an.

»Smoky«, flüsterte sie.

»Warte, ich mache dich sauber«, sagte ich und tupfte sie hastig ab. »Und dann bringen wir dich hier raus.«

Schwach schüttelte sie den Kopf, nein, nein.

»Rachel, du bist krank, du kannst nicht hierbleiben ... Gott, was machst du eigentlich hier?«

»Und du?« fragte sie zurück und versuchte zu lächeln. Es war ein schrecklicher Anblick.

»Ich arbeite«, sagte ich abwehrend, und ihr Mund wurde noch breiter.

»Ich auch«, sagte sie, und auf einmal wußte ich, daß sie als Prostituierte hierhergekommen war, um Geld zu verdienen. Tief in mir spürte ich Sorge und eine entsetzliche Wut.

Also war sie damals nicht mehr ins Marienheim zurückgegangen.

»Na ja, hier kannst du jedenfalls nicht bleiben. Du bist krank. Ich bringe dich zu einem Arzt...«

»Nein.« Ihre Stimme war jetzt kräftiger.

»Rachel...«

»Nein, verdammt noch mal, Smoky! Scheiße, ich habe noch nicht einmal... einen Stich gemacht. Ich habe schlechten Stoff erwischt, und seitdem kotze ich. Meine Unterhose habe ich noch an.« Sie versuchte zu lachen, aber es wurde ein Würgen daraus.

»Schlechten Stoff. Du meinst Essen? Oder Alkohol?«

Sie schloß die Augen und legte den Kopf in den Nacken.

»Stoff, Smoky. Scheiße. H. Heroin. Der Typ da drin hat gesagt, er hätte das absolut Beste, aber das Zeug war schlecht... ach, verdammte Scheiße, du bist unmöglich. Das warst du immer schon. Jetzt verschwinde und laß mich allein.«

»Nein, das werde ich nicht tun. Du siehst aus, als ob du sterben könntest...«

»Ich werde nicht sterben. Ich kenne die Anzeichen; das hatte ich öfter. Es ist nur schlechter Stoff. Ich muß noch ein paar Stiche machen. Ich bin absolut abgebrannt...«

»Ich habe Geld. Wir haben welches dabei...«

»Nein.« Erschöpft.

»Na, dann... Schwester Joan. Ich rufe Schwester Joan an. Du weißt, daß sie dir helfen wird, und zwar ohne Fragen zu stellen, nicht wie die anderen... bitte, Rachel.«

»Nein. Herrgott noch mal. Was soll Schwester Joan schon tun, mir ›Blowin' in the Wind‹ vorsingen? Verschwinde, Smoky. Geh raus.«

Sie ließ sich auf den Boden sinken und bedeckte ihr Gesicht mit den Händen. Ich rappelte mich auf.

»Ich werde sie anrufen«, sagte ich und wollte den Raum verlassen.

»NEEEIIIIIIN!« Es war ein lautes, tierisches Geheul der Krankheit und der Verzweiflung, das mich erstarren ließ.

Die Tür sprang auf, und noch ehe ich eine Bewegung machen konnte, stürzte sich die dicke schwarze Frau auf mich wie eine wilde Katze. Sie packte mich, kratzte und spuckte, sie spuckte tatsächlich. Ich fühlte, wie mich ihr Speichel im Gesicht traf, zusammen mit ihren Faustschlägen, wie sie mit den Händen meine Haare packte und meinen Kopf nach hinten riß.

»Verschwinde von hier und laß uns und unsere Leute in Ruhe, du weiße Fotze!« kreischte sie. »Was dieses Mädchen hier macht, geht dich nichts an! Sie ist mit uns gekommen!«

Plötzlich machte sie einen Satz nach hinten, weg von mir, und ich sah, daß John Howard sie von hinten hielt und ihre wild schlagenden Arme einzufangen versuchte. Er hatte sie hochgehoben, und sie stieß mit ihren Beinen gleichzeitig in meine und seine Richtung. Sie war völlig nackt und so wild und wütend wie ein gefangenes Tier.

»Verfluchte Fotze!« schrie sie mir ins Gesicht, mit verzerrtem Gesichtsausdruck. Ich spürte, wie ich vor Wut die Kontrolle über mich verlor.

»Du hättest sie hier liegen und sterben lassen, du Miststück!« brüllte ich zurück, mein Gesicht nur wenige Zentimeter von dem ihren. Noch nie in meinem Leben war ich so wütend gewesen.

Dann kam Luke herein, und er und John schoben die schreiende und fluchende Frau ins Schlafzimmer zurück. Lord Byron Playboy erhob sich langsam und versetzte ihr einen Schlag ins Gesicht, so hart, daß sie taumelte und rückwärts aufs Bett fiel. Jetzt war sie still und lag da, nackt und keuchend, und starrte mich mit mörderischen Blicken an.

»Vielleicht solltet ihr jetzt alle die Fliege machen«, bemerkte Lord Byron leise, und ich sah, daß ein oder zwei der anderen Männer vom Boden und vom anderen Bett ganz langsam Anstalten machten, aufzustehen. »Das tun wir«, sagte John, und bevor ich noch protestieren konnte, nahmen er und Luke mich an den Armen, schoben mich aus dem Zimmer und gingen neben mir den Gang hinunter.

»Aber... Rachel... versteht ihr denn nicht, dieses Mädchen im Badezimmer, sie ist krank, sie hat schlechtes Heroin erwischt, ich kenne sie... Luke, sie war mit mir im kirchlichen Mädchenheim, als ich nach Atlanta kam. Ich kann nicht einfach gehen und sie hierlassen, vielleicht stirbt sie...«

»Du kannst ihr nicht helfen, Smoky«, sagte John Howard in scharfem Tonfall und zog mich in die Eingangshalle. »Wenn du hier noch länger herumhängst, passiert ihr nur noch etwas, und dir auch. Herrgott, wir hätten dich gar nicht mitnehmen sollen...«

»Ich habe nicht angefangen«, verteidigte ich mich beleidigt. In meinen Ohren summte es noch immer, und mein Gesicht brannte von den Faustschlägen der schwarzen Frau. Ich schmeckte etwas Metallisches und wußte, daß ich mir die Innenseite meines Mundes aufgebissen hatte.

»Das habe ich ja nicht behauptet«, sagte er. »Ich sage nur, wir hätten dich nicht herbringen sollen. Jetzt geh mit Luke zum Auto. Ich telefoniere und hole Hilfe.«

»Oh, John, nicht die Polizei...«

»Nein. Ich kenne einen Arzt im SCLC, der kommen würde.«

»Aber sie ist weiß...«

»Er ist ein guter Arzt, Smoky«, sagte John Howard.

»So habe ich das nicht gemeint«, flüsterte ich.

»Ich weiß.« Er ging zum Telefon. Luke und ich trotteten langsam auf den Mustang zu. Der Parkplatz war noch immer menschenleer und heiß, aber jetzt lag er in völliger Dunkelheit.

Wir hatten zwar fast Vollmond, aber der Mond war noch nicht aufgegangen. In tiefen Atemzügen sog ich die schwüle Luft ein.

Ein leichtes Zittern in meinen Armen und Beinen setzte ein, und meine Knie wurden weich. Luke legte den Arm um mich. Nebeneinander setzten wir uns auf die Motorhaube des Mustangs.

»Alles in Ordnung mit dir?« erkundigte er sich. »Mein Gott, Matt hatte Bedenken wegen Rassenhaß und Drogen, und wir entdecken Rassisten mit Gewehren und eine durchgedrehte schwarze Dame. Da kannst du mal sehen.«

»Was kann ich sehen?« Meine Zähne klapperten.

»Ich weiß nicht. Paß auf, dir läuft Blut aus dem Mund. O je, Smoky, du siehst schrecklich aus«, sagte er und zog meinen Kopf an seine Schulter. Dort lag ich und atmete tief ein und aus. Allmählich ließ das Zittern nach und hörte schließlich ganz auf.

John Howard kam aus dem Motel und ging über den Parkplatz auf uns zu. In diesem Moment fuhr ein ordentlicher, dunkler Chevrolet neben ihn. Er war nahe genug, daß ich die Fahrerin erkannte. Es war die hübsche junge Schwarze mit dem Afrolook, die in dem ersten Kindergarten, den wir besucht hatten, gewesen war, in Pumphouse Hill. Juanita. Die Frau, wegen der John Howard seine Ehefrau und seinen Sohn verlassen hatte, oder vielleicht die beiden ihn ... Die Pantherin. Das hatte Lucas zumindest behauptet.

Sie bremste den Wagen ab und beugte sich aus dem Fenster, so daß wir hören konnten, was sie sagte:

»Hallo, John.«

»Juanita. So treffen wir uns wieder.«

»Stimmt. Ich wollte dir nur mitteilen, daß einige von uns drüben an der Atlanta University ein Grillfest für die DJs veranstalten. Wir fänden es schön, wenn du auch kommen würdest. Hinterher gehen wir noch zu Paschal's. Ich hatte am Empfang des Motels eine Nachricht für dich hinterlassen, aber der Angestellte hat dir vermutlich nicht Bescheid gesagt.«

»Nein«, antwortete John Howard.

»Also komm vorbei.«

»Nein danke, ich glaube nicht«, sagte John. »Ich bin mit ein paar Leuten hier.«

Sie blickte zu uns herüber.

»Luke«, sagte sie.

»Juanita«, grüßte Lucas zurück.

Wie beim ersten Mal nickte sie mir beiläufig zu, sagte aber nichts. Statt dessen wandte sie sich wieder an John Howard.

»Dort sind viele Leute, die dich schon ziemlich lange nicht mehr gesehen haben. Paul ist da. Terry ist auch da. Terry würde dich gerne sehen, John.«

John Howard antwortete zunächst nicht, und dann sagte er: »Vielleicht komme ich später doch noch. Sag Terry ... wie geht es Terry?«

»Terry geht es gut. Also ... dann sehen wir uns nachher?«

Schließlich nickte er.

Sie nickte ebenfalls, zog den Kopf aus dem Fenster des Wagens zurück und fuhr dann rückwärts von dem Parkplatz herunter.

»Keisha ist auch dort, Luke«, rief sie noch.

Luke nickte, antwortete aber nicht.

John stieg ins Auto und sagte: »Der Arzt ist unterwegs, Smoky. Er kümmert sich darum, daß sie medizinisch versorgt wird und heute nacht einen Platz zum Schlafen hat, und morgen früh rufen sie diese Schwester Joan an. Ist das in Ordnung?«

»Danke, ja«, sagte ich. »Schwester Joan wird ihr helfen. Ach, Herrgott, die arme Rachel. Sie war wirklich einmal sehr hübsch.«

»Das ist eine schlimme Sache«, sagte er noch.

Auf der Fahrt zurück zum Parkhaus der Handelskammer schwiegen beide, und erst als er uns absetzte, sagte John Howard: »Wenn heute abend nichts dabei war, Luke, dann könnten wir es morgen früh bei der Versammlung auf den Stufen des Capitols versuchen. Es ist nicht das, was du wolltest, aber es wird bestimmt... sehr bunt.«

»Wenn ich heute nacht die Bilder entwickelt habe, sehe ich, was dabei ist«, erwiderte Luke, und wir stiegen aus dem Mustang und gingen zum Schalter des Parkhauses, um den Morgan abzuholen.

»Was für eine Versammlung?« wollte ich wissen. »Ich wußte nicht, daß eine Versammlung stattfindet.«

»Ich auch nicht«, sagte er. »Vermutlich die Black Panthers.«

Auf dem Weg zu meiner Wohnung schwieg er, und mir war auch nicht nach Reden. Mein Gesicht schmerzte, mein Mund tat weh, und ich war so ausgepumpt, als hätte ich einen Marathonlauf hinter mir. Aber in meinem Kopf jagten sich die Fragen. Fragen und Bilder. Ach, Rachel...

Wir hatten die Straße, die von der Peachtree Street zum Colonial Homes abzweigte, schon fast erreicht, als ich mit der Zunge die brennende Stelle in meinem Mund berührte und sagte: »Er wird sich heute nacht mir ihr treffen, stimmt's? Er läßt sich wieder mit ihr ein. Das spüre ich. Wer ist Paul, Luke? Wer ist Terry?«

»Leute, die er vom Lowndes County kennt. Leute, die dabei waren, als Jonathan Daniels erschossen wurde. Ich habe dir ja von ihnen erzählt.«

»Sind es Panthers?«

»Ich weiß nicht«, antwortete er. »Vielleicht.«

»Und Keisha? Wer ist das?«

»Sie war auch dort.«

»Ist sie auch bei den Panthers?«

»Ich weiß nicht, Smoky.«

»Du gehst auch zu Paschal's, stimmt's? Um dich mit ihr zu treffen?«

Er sah zu mir herüber.

»Für ein Mädchen, das gerade Prügel bezogen hat, redest du ganz schön viel«, meinte er, und ich schwieg.

Wir sagten beide nichts mehr, bis er mit mir vor meiner Wohnungstür stand. Ich hatte schon den Schlüssel aus meiner Handtasche gefischt und ihn ins Schloß gesteckt. Da nahm er mich an den Schultern, schob mich gegen die Tür, beugte sich vor und küßte mich. Es war weder ein kurzer noch ein freundschaftlicher Kuß. Als er den Kopf wieder hob, starrte ich ihn an.

»Wofür war das denn?« fragte ich und spürte noch seinen Geschmack auf meinem Mund.

»Eine Frau, die ihre Wimpern am Nabel hängen hat, muß man einfach küssen«, sagte er. Ich sah an mir herab und entdeckte, daß eine meiner falschen Wimpern sich gelöst hatte, am wolligen Stoff meines Pullovers hängengeblieben war und jetzt über meiner nackten Taille baumelte.

»Was würdest du tun, wenn sie beide über meinem Nabel hängen würden?«

»Aufpassen«, antwortete Luke Geary und marschierte grinsend hinaus in die Dunkelheit.

Manchmal – nicht sehr oft im Leben – gibt es Tage, die so vollkommen, so makellos und golden sind, daß man sich ewig an sie erinnert. Es gibt sie für jeden, auch wenn sie, glaube ich, bei manchen Menschen häufiger sind als bei anderen. Nicht jeder besitzt die Gabe, einen Tag einfach um seiner selbst willen zu lieben. Aber solche Tage sind das Münzgeld der Erinnerung, das man immer wieder hervorholen, berühren und ausgeben kann, ohne daß es jemals verbraucht ist. Für mich war der Labor Day in diesem Jahr ein solcher Tag.

Getreu Matts Gewohnheit, der Mannschaft eine kurze Pause

zu gönnen, wenn eine Nummer unter Dach und Fach war, verbrachten wir den Labor Tag auf Culver Carnes' Kajütboot am Lake Lanier, um die Fertigstellung der November-Nummer und die Veröffentlichung des September-Heftes zu feiern. Matt hatte einen anderen redaktionellen Artikel aus dem September-Heft herausgenommen und die FOCUS-Reportage eingeschoben, und so hatte die Kindergarten-Geschichte jetzt das Licht der Öffentlichkeit erblickt. Das Heft würde am Dienstag an die Verkaufsstände kommen. Er hatte einen kleinen Vorrat an Vorausexemplaren an Bord und Champagner im Kühlschrank, um darauf anzustoßen. Wir alle wußten, daß der André-Artikel, wie wir ihn inzwischen nannten, etwas Besonderes war. Wir begannen diesen Tag mit der Unbeschwertheit von talentierten, aber fehlbaren Menschen, die wußten, daß ihnen diesmal etwas Tolles geglückt war.

Selbst das Wetter war auf unserer Seite. Nach der feuchten Augusthitze war, ganz untypisch für die Jahreszeit, ein kleiner Tornado von der Landspitze Floridas her über uns hinweggezogen, der ein oder zwei Wohnwagen-Stellplätze durcheinandergewirbelt hatte. Nach seinem Abzug war die Luft kristallklar und frisch, und die staubigen, schäbigen Blätter waren strahlend sauber. Die Wasseroberfläche des Sees zeigte ein tanzendes, wie mit Diamantenstaub überzogenes Indigoblau, und der Wind war stark genug, daß die Thistles in der Regatta, die vom Lanier-Jachtclub gestartet war, straff gespannte, dicke Spinnakersegel aufgezogen hatten. Der Wind und das Wasser waren kühl, die Sonne schien heiß, und wir lachten, noch ehe wir abgelegt hatten.

»Was ist denn so lustig«, sagte ich, als Teddy und ich an Bord kamen. Wir waren in ihrem Auto hergefahren und hatten Grillfleisch von Harry's und einen sahnegefüllten Biskuitkuchen von ihrer Mutter mitgebracht.

Matt lachte so heftig, daß er lediglich auf Tom Gordon deuten konnte, der wie ein erschöpfter Marathonläufer auf dem kleinen Achterdeck in einem Liegestuhl hing, Bier trank und breit grinste. Sonst war Matt immer derjenige, der die besten Witze erzählte, und so haltlos hatte ich ihn noch nie lachen sehen. Es war ansteckend, und Teddy und ich begannen schon zu lachen, noch ehe Hank das Wort ergriff.

»Wir haben uns verfahren«, sagte er und wischte sich die Tränen aus den Augen. »Tom saß am Steuer, und Matt sagte ihm den Weg, was, wie jeder Dummkopf weiß, genau verkehrt war, und die Wegbeschreibung, die Matt von Culver bekommen hat, schien völlig unsinnig zu sein. Also sind wir irgendwo mitten auf dem Land an so einer kleinen Tankstelle stehengeblieben, und ein Zwerg kam heraus.«

»Das gibt's doch nicht«, sagte ich und lachte noch heftiger.

»Ich schwöre bei Gott. Ich saß auf dem Rücksitz«, erklärte Hank. »Auf jeden Fall, Tom sagt zu dem Zwerg, daß wir die Holiday Marina suchen, und der Zwerg sagt, das sei ganz einfach, wir sollten wenden und den Weg wieder zurückfahren, bis wir einen Wegweiser, auf dem Marina steht, auf dem Boden liegen sehen, weil ihn am Wochenende jemand umgeworfen hat und er bisher noch nicht wieder aufgestellt wurde. Tom bedankt sich bei dem Zwerg, wendet und fährt die Straße wieder zurück, und der Zwerg schreit ihm nach: ›Jetzt ist es noch weit.‹ Also fahren wir und fahren, und wir sehen keinen Wegweiser am Boden liegen, und ehe wir's uns versehen, sind wir wieder auf der Hauptstraße. Also drehen wir wieder um und endlich, endlich, fast schon wieder an der Tankstelle, keine fünfzig Meter davon entfernt, sehen wir das Schild. Matt wollte aussteigen und dem Zwerg die Meinung sagen, denn von der Stelle, wo er gestanden hat, hätte man auf den Wegweiser spucken können, und er sagt uns, es sei noch weit. Aber Tom sagt: ›Nein, Matt, laß es. Vermutlich ist es ein weiter Weg für einen Zwerg.‹«

Diese eigentlich gar nicht so komische Bemerkung kam uns

unglaublich lustig vor. Teddy johlte, und ich krümmte mich und hielt mir den Bauch. Sobald einer von uns zu lachen aufhörte, sagte jemand: »Vermutlich ist es ein weiter Weg für einen Zwerg.« Noch während ich verzweifelt nach Luft schnappte, wußte ich, daß wir uns diesen Satz heute den ganzen Tag gegenseitig vorsagen würden. Es dauerte lange, bis wir mit dem Lachen aufhören konnten, um mit dem Kajütboot abzulegen.

Es war eine kleine Gruppe. Matt hatte ein Edikt erlassen, daß auf solche Ausflüge nur wenige Außenstehende mitkommen durften, nicht einmal Ehemänner und Ehefrauen. So waren nur Comfort und seine Leute da, und wer nicht wirklich dazuzählte, war gar nicht gekommen. Sue Anne gehörte nicht so richtig dazu, und das galt auch für die Leute aus der Anzeigenabteilung. Sister kam oft, aber heute war sie nicht dabei. Wie ich wußte, besuchte ihre Familie an diesem Wochenende den gichtigen Großvater, einen reichen Landbesitzer. Dafür würde Sister morgen Matts erbarmungslose Scherze ertragen müssen.

Auch Alicia war nicht da. Niemand fragte, wieso. Buzzy hatte sein eigenes teueres Spielzeug am See liegen, auf dem er gewöhnlich die freien Wochenenden mit denjenigen verbrachte, die gerade in seinem Leben und seinem Bett eine Rolle spielten. Für Alicia galt das noch immer. Ich fragte mich, ob Matt an sie dachte, an Alicia mit ihrem satinglatten, honigfarbenen Haar, der ebensolchen Haut und den langen, glatten Beinen, die sich auf der anderen Seite des Sees befand. Ich wußte, daß er inzwischen eine andere Freundin hatte, eine schlanke, gut gebaute Brünette, die für den örtlichen Playboy-Club die Pressearbeit machte.

»Matt ist nicht so geschmacklos, sich gleich ein Bunny anzulachen«, sagte Hank. »Aber soweit ich weiß, wurde sie aus diesem Stall nach oben befördert. Er ist einer der wenigen Menschen, der es schafft, sein Törtchen gleichzeitig zu behalten und zu essen. Bitte verzeih den zweideutigen Ausdruck.«

»Jemand zu finden, der noch heißer ist als Alicia, dürfte schwer sein«, bemerkte ich und zuckte zusammen.

»Auch diesen zweideutigen Ausdruck solltest du verzeihen.«

Und wir lachten gemeinsam. Aber die beiden waren lange Zeit ein Paar gewesen, und Alicia war fast im Zentrum von Comforts Leuten gestanden. Bestimmt war Matt ihr Fehlen bewußt, auch wenn er es nicht erwähnte.

Als ich in die düstere, kühle Kabine hinabstieg, um das Essen in der Kombüse zu verstauen und mich umzuziehen, fand ich dort Luke Geary vor, der auf einem der langen, königsblauen Sofas lag und mit seinen Kameras beschäftigt war. Er trug alte, ausgebleichte karierte Badehosen und darüber ein T-Shirt der Baltimore Orioles. Seine langen, knochigen Glieder waren so sommersprossig, daß er aussah, als wäre seine Haut von der Sonne kupferbraun gebrannt. Seine Beine hatte er ausgestreckt, und ich sah, daß sein linker Knöchel eine wahre Mondkarte aus leuchtend weißen Narben und kraterartigem Narbengewebe war. Unwillkürlich zuckte ich zusammen.

Er sah es und lächelte.

»Damit komme ich in mehr Betten, als du dir vorstellen kannst«, sagte er. »Ich gehe so oft wie möglich barfuß. Bewegt er dich zu lustvollem Mitleid, Smoky, oder vielleicht zu mitleidiger Lust?«

»Er bewegt mich dazu, dir zu sagen, du sollst ihn bewegen«, sagte ich. Dann ließ ich mich neben ihm auf das Sofa fallen.

»Waren bei dem Abend kürzlich ein paar gute Bilder dabei?«

»Ein paar. Ich zeige dir morgen die Kontaktabzüge«, erwiderte er. »Und ich möchte, daß du mir eine Einverständniserklärung unterschreibst, weil dein Rücken auf einigen Bildern zu sehen ist. Aber ich bezweifle, daß Matt sie nehmen wird. Es sind nicht genug. John kennt einen schwarzen Pfarrer in Mechanicsville, der im Keller seiner Kirche eine Suppenküche eingerichtet hat, und das hört sich an, als ob es passen könnte. Ich werde diese Woche mal hinfahren. Wir haben ja Zeit. André reicht uns für eine Weile.«

Er machte eine Pause, dann sah er mich an.

»Bist du in Ordnung? Keine blauen Flecken? Keine dicke Lippe?«

»Nein. Aber ich wüßte gern, was du von Rachel gehört hast. Oder ob überhaupt. Ich habe am Samstag im Marienheim angerufen, aber Schwester Joan war nicht da, und mit dieser anderen Schwester – ich habe ihren Namen vergessen – wollte ich nicht über Rachel reden. Sie ist ein Typ, der die ganze Inquisition allein hingekriegt hätte.«

»Rachel ist ausgebüxt«, sagte er knapp, und ich starrte ihn an. »Johns Freund, der Arzt, ist hingefahren, um sie abzuholen, und unser großzügiger Gastgeber Mr. Playboy sagte, sie hätte sich plötzlich besser gefühlt und sei gegangen. John meinte, er könne sich gar nicht vorstellen, wie sie weggekommen sei, weil es keine Busverbindung gibt, und von diesem Haufen habe ihr bestimmt keiner ein Taxi gerufen oder bezahlt.«

»Herrgott, wir müssen versuchen, sie zu finden...«

»Laß es, Smoky.« Er wandte sich wieder seinen Kameras zu. »Du hast getan, was du konntest. Du würdest sie niemals finden, du weißt doch noch nicht einmal, wo du suchen mußt. Und falls du sie findest, kannst du gar nichts für sie tun, wenn sie das nicht will.«

»Sie ist krank, Luke...«

»Sie ist abhängig, Smoky. Entweder hört sie damit auf oder nicht. Du paßt nicht zu diesen Typen. Ich habe schon genug davon gesehen. Es gibt sie überall in Atlanta, wenn man weiß, wo man hinschauen muß.«

»Vielleicht sollten wir für FOCUS etwas darüber machen«, überlegte ich. »Das könnte eine sagenhaft starke Sache werden.«

»Culver Carnes würde einen Anfall bekommen«, antwortete

er. »Mit Drogensüchtigen macht man keine Gewinne. Und die Stadtpolitik kümmert sich nicht um sie. Was willst du machen, eine Fotoreportage über einen Junkie, der ein Auto küßt?«

Ich schwieg zunächst. Dann sagte ich: »Vielleicht wäre es genau das, was Atlanta sehen sollte.«

»Vergiß es.« Er streckte sich, bis jeder Wirbel in seinem Rücken knackte. »Heute ist mein freier Tag. Hol dir ein Bier und leg dich in die Sonne, dann fotografiere ich dich. Ich bin hergekommen, um sonnengeöltes, knackiges Fleisch zu knipsen und nicht, um über die schmutzigen Ecken dieses großen Landes zu reden. Zieh dich hübsch an, dann bring ich dein Foto in der Cosmopolitan unter.«

Plötzlich war ich die verbissenen Kreuzzüge leid. Ich wollte Sonne, Lachen, Musik, Essen und einfach nur grenzenlos und ganz und gar das sein, was ich war: jung. Ich sprang vom Sofa und tänzelte mit schwingenden Hüften in die große Schlafkabine im hinteren Teil des Schiffes.

»Dann halte deine kleine Hawkie-Browneye bereit, mein Junge», rief ich nach vorne, und Matt, der an den Schaltern herumgespielt hatte, drehte den Schlüssel um, der Motor sprang an und das Boot machte einen leichten Satz nach hinten. Jemand betätigte den Tonarm von Teddys tragbarem Plattenspieler, und die Doors plärrten »Light My Fire«, und wir starteten hinaus auf den See und hinein in diesen goldenen Tag.

Ich erinnere mich an ihn hauptsächlich als an eine Reihe von Vignetten: wie wir in einer kleinen, versteckten Bucht, die Tom Gordon kannte, inmitten grünschwarzer Kiefern ankerten und einer nach dem anderen ins tiefe Wasser sprangen, das so klar und kalt war, daß man das Gefühl hatte, in den Kohlensäurebläschen von Gingerale zu schwimmen; wie wir betäubt von Sonne und Bier wie die Heringe nebeneinander auf Deck lagen, während ich das verankerte Boot unter mir schwanken spürte, durch meine geschlossenen Lider rot die Sonne sah, auf den dröhnenden Beat der Musik lauschte und das Gewicht der Sonne wie einen anderen Körper auf jedem Zentimeter meiner Haut fühlte; wie wir ungeheure Mengen aßen und vor Lachen über irgendein Geplänkel zwischen Matt und Hank beinahe erstickten; wie ich wieder schwamm, diesmal in einer weichen Hülle aus Alkohol und zuviel Sonne, in der ich tief in das stille, grüne Wasser tauchte und dachte, daß ich, wenn ich nicht wollte, nie wieder an die Oberfläche kommen müßte; wie ich aus dem Wasser stieg, als die Sonne nicht mehr brannte und das Licht sich wandelte und zum ersten Mal in diesem Jahr das leuchtende Gold des bevorstehenden Herbstes zeigte, und wie die Dämmerung hereinbrach und ich Luke Gearys Sweatshirt anzog, um mich gegen die Kühle des frühen Abends zu schützen.

Als wir wieder aufbrachen, war die Sonne untergegangen. Wir tuckerten ruhig über den metallgrauen See, und die meisten von uns waren, offen gesagt, besoffen. Es schien keine Rolle zu spielen. Ich war fast betäubt vor Zufriedenheit und Zuneigung zu Comforts Leuten.

Ich kletterte die kleine Leiter zu dem mit Teerpappe belegten Kabinendach hinauf, um meinen Kopf etwas freizubekommen, und entdeckte dort Luke, der auf dem Rücken ausgestreckt auf seinem Badetuch lag und einen Strohhut übers Gesicht gezogen hatte.

»Darf ich mich zu dir legen?«

Er machte mir Platz auf dem Badetuch, und ich ließ mich neben ihn fallen, streckte mich aus und schloß die Augen. Der Wind strich über meine trockene Haut; ich konnte ihn auf dem ganzen Körper spüren, sogar auf meinen geschlossenen Augenlidern und im Haar. Die Luft roch nach Sonnenlicht auf Kiefern und dem fischigen Duft des sauberen Seewassers, und das Boot schaukelte und ruckelte in einem stetigen Rhythmus. Mein Bewußtsein zog sich aus meinem Körper zurück in meinen Geist. Einen Augenblick lang lag ich da, ganz Geist, ganz Denken, und existierte lediglich in dem Raum hinter meinen geschlossenen Augen.

Da fiel mir plötzlich das dunkle Gefühl wieder ein, und schnell setzte ich mich auf und öffnete die Augen. Das würde ich hier einfach nicht zulassen. Hier nicht und jetzt nicht.

»Du bist doch Katholik, oder, Luke?« fragte ich nach einer Weile.

»Ich war«, antwortete er unter dem Hut hervor, ohne sich zu rühren.

»Na ja, dann bist du es immer noch«, erwiderte ich. »Man kann sich nicht einfach so entscheiden, keiner mehr zu sein.«

»Ich schon.«

»Warum?«

»Die Antworten, die ich bekommen habe, haben nicht zu meinen Fragen gepaßt«, sagte er schläfrig.

»Luke ... ist dir ... hast du jemals etwas gefühlt, was dir vorkam wie ... ich weiß nicht ... die Stimme Gottes oder die der Kirche, oder irgend so etwas? Etwas, das plötzlich über dich kam, wenn du gerade ... angefangen hast, etwas zu tun, was dir immer verboten worden ist ... und was sich absolut dunkel, schrecklich, wie eine Art Tod angefühlt hat?«

Er rührte sich nicht und gab auch keine Antwort, und plötzlich war mir das Ganze schrecklich peinlich.

»Nein. Ich glaube nicht, daß ich so etwas schon eimmal erlebt habe. So nicht«, sagte er dann, und seine Stimme klang wie so oft durchaus ernsthaft und interessiert.

»Aber ich habe gehört, daß einen die Kirche so weit bringen kann. Ich glaube, Graham Greene hat einiges darüber geschrieben. Was ist los, Smoky, hast du den Opferstock ausgeraubt?«

»Nein«, sagte ich und schwieg. Ich wünschte, ich hätte das dunkle Gefühl nie erwähnt. Ich wußte gar nicht, weshalb ich davon angefangen hatte.

»Kleines«, sagte Luke unter seinem Hut hervor, »du könntest

gar nichts so Böses tun, daß Gott dir derart auf die Finger klopft. Dafür bist du einfach nicht gebaut. Es ist eher wahrscheinlich, daß dieses Gefühl nichts anderes ist als dein Verstand, der dir sagt, du sollst nicht mit YMOGs ins Bett gehen.«

Ich stieß ein lautloses Japsen aus, oder zumindest glaubte ich, es sei lautlos. Aber er hob den Hut von seinem Gesicht und sah mich an.

»Nimm's mir nicht übel«, sagte er und lächelte freundlich. Es war wirklich ein durch und durch freundliches Lächeln, das keine Spur von seiner sonstigen lässigen Boshaftigkeit hatte.

Plötzlich bekam die drückende Erinnerung an das dunkle Gefühl Flügel, schwang sich aus meinem Geist hinauf in die Luft und war verschwunden. Ich wußte, ohne zu wissen, woher, daß es nicht mehr zurückkommen würde. Ich begann zu lachen.

Von unten dröhnte die Taxi-Hupe, und Matt brüllte: »Alle zu mir kommen, Kinder.« Luke und ich sahen einander an, er lächelnd und ich lächelnd, und dann krabbelten wir die Leiter hinunter und stiegen in die große Kabine des Boots. Matt saß auf dem blauen Sofa und hielt eine tropfende Champagnerflasche in der Hand. Gerötet von der Sonne und abgefüllt mit Bier, hatten sich alle um ihn versammelt. Matt schwankte nur ein ganz kleines bißchen. In der anderen Hand hielt er ein halbvolles Glas mit einer bernsteinfarbenen Flüssigkeit.

»In meiner Hosentasche habe ich einen handgeschriebenen Brief, dessen Autor ich jetzt noch nicht nennen will, aber auf dem Briefkopf steht 1600 Pennsylvania Avenue, und er gratuliert uns zu André«, krähte er fröhlich. »Eine offizielle Proklamation von irgendeinem stellvertretenden Staatssekretär wird folgen. Die Namen sind genannt, die Gratulation erfolgt, und ich kann euch versichern, daß Culver Carnes, der in diesem Augenblick mit Sicherheit an der Vervielfältigungsmaschine steht, Kopien von diesem Dokument an jede Handelskammer der freien Welt schicken wird. Ich erwarte ein breites Echo in den Medien.

Daher möchte ich der erste sein, der sein Glas erhebt auf Smoky O'Donnell und Lucas Geary und sagt: ›Gut gemacht, meine Lieben. Eure Jobs sind für einen weiteren Monat gesichert.‹«

Er ließ den Korken knallen, und der Champagner sprudelte aus der Flasche und über seinen Arm. Alle jubelten, Hank reichte Gläser herum, und ich begann zu weinen.

»Ich liebe euch alle«, schluchzte ich. »Jeden einzelnen von euch.«

Hinter mir senkte Teddy den Tonarm, und Petula Clark ertönte: »When you're alone and life is making you lonely, you can always go ... DOWNTOWN!«

Tom Gordon, der am Steuer stand, beschleunigte das Boot, so daß es schaukelnd und knirschend über den abendroten See schoß und eine große goldfarbene Welle hinter sich herzog. Wir hüpften herum, umarmten uns, tanzten miteinander und sangen:

»... *Listen to the rhythm of the gentle Bossa Nova,*
You'll be dancing with 'em, too, before the night is over,
Happy again ...
The lights are much brighter there,
You can forget all your troubles,
forget all your care, and go
DOWNTOWN, *where all the lights are bright ...*
DOWNTOWN, *waiting for you tonight ...*
DOWNTOWN *... You're gonna be all right ...,*
NOW!«

11. Kapitel

Kurz nachdem wir vom See zurückgekehrt waren, rief Brad aus Huntsville an, um mir mitzuteilen, er komme am nächsten Freitag für einen Tag nach Atlanta. Er müsse sich mit seinem Vater über Preisschätzungen unterhalten und würde sich gerne mit mir irgendwo in der Innenstadt zum Mittagessen treffen.

»Ich kann leider nicht über Nacht bleiben«, sagte er, »aber wenigstens kann ich dich ansehen und dir unter dem Tisch die Knie streicheln. Außer, du möchtest dich mit mir zu einem Mittagsschläfchen in deiner Wohnung verabreden?«

»Wir treffen uns im Top of Peachtree«, sagte ich. »Mein Lieber, ich habe noch ein Hühnchen mit dir zu rupfen wegen diesem Artikel über die schwarzen DJs.«

»Ach ja. Ich weiß schon, weshalb. Wie ist es gelaufen?«

»Es ging alles so glatt, daß es nicht einmal einen Artikel geben wird«, sagte ich. »Luke hat nichts Berichtenswertes fotografiert. Statt dessen machen wir etwas über eine Suppenküche. Du hättest dir also die Mühe sparen können.«

»Ich hätte dir sagen sollen, daß ich mit Matt gesprochen habe«, meinte er.

»Nein. Du hättest erst gar nicht mit ihm reden sollen. Das ist mein Leben, Brad. Ich kann auf mich selbst aufpassen.«

»Dein Leben ist jetzt auch mein Leben, Smoky«, sagte er. »Du kannst mir keine Vorwürfe machen, wenn ich mir gelegentlich Sorgen um dich mache. Du bist allzu schnell bereit, dich in gefährliche Situationen zu bringen.«

»Ich kann dir keine Vorwürfe machen, wenn du dich sorgst,

aber ich kann dir Vorwürfe machen, daß du mich vor Matt wie eine Idiotin dastehen läßt. Wir, er und ich, können gut allein entscheiden, was gefährlich ist und was nicht, soweit es um meine Arbeit geht.«

»Schon verstanden«, sagte er. »Waffenstillstand. Sehen wir uns am Freitag?«

»Darauf kannst du wetten«, antwortete ich. Ich war ein wenig besänftigt, aber noch immer fest entschlossen, meine Eigenständigkeit bezüglich der Arbeit für *Downtown* ein für allemal klarzustellen.

»Also bis dann. Ich liebe dich.«

»Ich dich auch.« Eine warme Woge des Glücks und jenes neuartigen Gefühls der Sicherheit überschwemmte mich, und ich dachte: Was ist eigentlich so schlimm daran, wenn sich ein Mann Sorgen macht um seine künftige Frau? Würdest du dir nicht auch Sorgen machen, wenn du der Meinung wärst, er tut etwas Gefährliches?

Erst dann wurde mir klar, daß ich mir keine Sorgen machen würde. Ich konnte mir Brad nicht in einer Situation vorstellen, mit der er nicht fertig wurde. Das war, wie ich wußte, die Quelle dieser Sicherheit.

Am Donnerstag kam Luke in mein Büro. Er sah etwas schuldbewußt drein und grinste sein bekanntes, boshaftes Grinsen. Ich lachte laut. Für jeden, der Augen im Kopf hatte, sah er aus wie Tom Sawyer, den Tante Polly bei einer Missetat ertappt hat.

»Mußt du den Zaun streichen?« fragte ich.

»Das wäre keine schlechte Idee«, gab er zurück. »Ich habe das Gefühl, daß mir ein Eimer Farbe in absehbarer Zeit ganz nützlich sein könnte.«

»Warum?«

»Darum.« Er zog ein zusammengefaltetes Stück Papier aus seiner Kameratasche, reichte es mir und blieb schweigend stehen, die Arme über der Brust verschränkt. Ich nahm es und faltete es auseinander.

Auf einmal wurde die Luft um mich herum so geladen und schwer wie nach einer lautlosen Explosion. Mein Gesicht und die Lippen prickelten, und mir summten die Ohren. Das Stück Papier war ein Probeabzug des *Life Magazine*, und das Foto darauf zeigte mich und die junge schwarze Frau im Badezimmer des Santa Fe Plaza Motel in extremer Nahaufnahme. Wir standen da, die wütenden Gesichter nah aneinander, und schrien uns stumm an.

Ihr Gesicht war vorne zu sehen, und man konnte darin Jahre, Jahrhunderte von gesammelter Wut und Machtlosigkeit lesen. Ihr verzerrter Mund und die Augenschlitze verrieten einen solchen Zorn, daß ich noch hier, in meinem stillen, sonnigen Büro, zurückzuckte und die zu Klauen gebogenen Finger und Fingernägel zu spüren glaubte. Mein eigenes Gesicht war im Profil aufgenommen, und die Haut hob sich von ihren schwarzen Wangen sehr weiß ab. Meine Augen wirkten blaß, geisterhaft, grau und irgendwie unheimlich, und den Mund hatte ich, wie ich wußte, vor Schreck und Wut geöffnet, aber hier wirkte er, als spuckte ich Bösartiges aus. Selbst im Profil war ich unzweifelhaft zu erkennen. Auch ohne Titel pulsierte und strahlte das Foto kraftvoll und eigentümlich. Man konnte den Blick nicht abwenden. Ein kleiner, klarer Teil in mir wußte, daß *Life* es ohne Bildunterschrift auf einer ganzen Seite abdrucken würde. Es sprach für sich selbst: Es zeigte die Wut der Rassen aufeinander, den enormen, bedrohlichen, neuartigen Zorn der Jugend. Obwohl Ärger und Empörung über Lucas Geary in mir aufstiegen, mußte derselbe klare Teil in mir *Life* zu seinem editorischen Fingerspitzengefühl gratulieren. Es war ein großartiges Foto.

Es dauerte eine ganze Weile, bis ich flüsterte: »Luke, wie konntest du das nur tun?«

Er schüttelte den Kopf, als verstehe er es selbst nicht.

»Wie hätte ich es nicht tun sollen?« fragte er zurück.

Ich ließ mich in meinen Schreibtischstuhl fallen und starrte auf den Probeandruck und dann auf ihn. Er lächelte nicht, sah aber nicht besonders schuldbewußt oder gekränkt aus. Statt dessen wirkte er sehr konzentriert und interessiert, ein typischer Gesichtsausdruck bei Luke.

Schweigend wartete er.

»Ich sehe aus wie eine schreckliche Rassistin«, sagte ich, und in meinen Augen begannen die Tränen zu prickeln. »Siehst du das denn nicht? Du weißt, daß ich nicht so bin. Das weißt du! Ach, Luke, dieses Foto läßt alles, was Matt mir gerade erlaubt auszuprobieren, die ganze FOCUS-Arbeit, wie einen einzigen Witz aussehen!«

Er schüttelte den Kopf.

»Nicht für jemanden, der dich kennt. Nicht für jemanden, der mich oder John Howard oder Matt kennt. Dieses Foto hat nichts mit dir zu tun, Smoky. Verstehst du das nicht? Es zeigt die Gegenwart, unsere Zeit...«

»Alle werden es sehen...«

»Na ja, nach allem, was du so erzählst, wirst du damit sowohl in Corkie als auch bei Brads Familie Punkte machen«, bemerkte er mit einem Grinsen, und meine Tränen begannen zu fließen.

Ich wandte mich ab und sah aus dem Fenster, ohne etwas zu erkennen. Die helle, weiße Septembersonne glitzerte auf der goldenen Kuppel des Kapitols. Das Licht tanzte und blinkte durch die salzigen, verzerrenden Linsen vor meinen Augen.

Hinter mir sagte er: »Ich wollte dich damit nicht verletzen, Smoky. Es bekommt keine Bildunterschrift; du wirst gar nicht erwähnt. Das haben sie versprochen. Keine Namen. Du hast eine Einverständniserklärung unterschrieben...«

Seine Stimme verklang. Er wußte genausogut wie ich, daß ich diese Erklärung für eine bloße Formalität gehalten hatte.

Aber vermutlich hatte er geahnt, was er mit diesem Foto in Händen hielt.

»Wann wird es veröffentlicht?«

»Am Montag kommt das Heft in die Kioske. Ich habe es dir gebracht, damit du dich daran gewöhnen kannst und ... na ja, alle vorwarnen kannst, die es vielleicht überraschen könnte.«

Ich wußte, er meinte Brad.

»Vermutlich gibt es keinen Zweifel daran, daß es gedruckt wird?«

»Nein. Ich könnte es nicht einmal mehr verhindern, wenn ich wollte. Und ich will es auch nicht. Smoky ... schau es doch einmal an. Sieh es dir noch einmal an und versuch, so zu tun, als wärst das nicht du ...«

Ich starrte ihn an. Ich sollte so tun, als wäre ich das nicht? Diese häßliche, wütende Hexe? Aber dann dachte ich, das ist typisch für Lucas. So ist er eben, so sieht er die Welt. Er ist eine Kamera. Matt hatte recht. Er war gefährlich.

Ich blickte wieder auf den Probeandruck auf meinem Schreibtisch und dachte einen Augenblick lang, was für ein spektakuläres Foto das doch war.

Er bemerkte, wie der Gedanke über mein Gesicht zuckte, und sagte: »Siehst du?«

»Ich weiß, daß es gut ist«, sagte ich. »Ich weiß, daß es Kraft hat. Vermutlich würde ich es auch bringen, wenn ich bei *Life* arbeitete. Aber Luke ... das bin ich. Das tut mir weh. Ist dir das völlig egal?«

Er blickte zur Decke, als konzentriere er sich heftig. »Es ist mir absolut nicht egal, wenn es dich wirklich verletzt, aber dafür sehe ich keinen Grund. Jeder, der dich kennt, weiß, daß du keine Rassistin bist, ganz im Gegenteil. Und wen interessiert schon der Rest der Welt? Dich doch nicht, oder? Ich habe nicht angenommen, daß es dir etwas ausmachen würde ... nichts wird sich ändern, Smoky. Mit FOCUS hat das hier nichts zu tun. Herrgott, wenn Hunt sich deswegen in die Hose macht, dann verdient er dich nicht...«

»Er wird sich deswegen nicht in die Hose machen«, schrie ich ihn wütend an. Die Tränen versiegten. »Er wird nur stinkwütend werden, weil du mich wie ein Mitglied des Ku-Klux-Klans präsentierst, verdammt noch mal! Wer glaubst du eigentlich, wer er ist?«

»Gute Frage«, antwortete er gelassen. »Also bist du wohl eingeschnappt, oder?«

»Ich bin ... ach, ich weiß nicht, was ich bin! Verschwinde und laß mich allein, Luke. Und komm mit dieser verdammten Kamera bloß nicht mehr in meine Nähe. Ich trau dir nicht für ... ich weiß nicht, was.«

»Ich hatte nie die Absicht, dir weh zu tun, Smoky«, erklärte er mit unterwürfiger Stimme und wollte das Büro verlassen.

»Hat Matt das Bild gesehen?« fragte ich noch.

»Ja.«

»Was hat er gesagt? Daß ich doch in Schwierigkeiten geraten bin und daß er mir das von Anfang an gesagt hat?«

»Nein. Er meinte nur, das zeigt bestimmt nicht deinen besten Charakterzug«, sagte Luke und machte leise die Tür hinter sich zu. Lange saß ich da und starrte auf den Probeabzug. Dann legte ich ihn in meine oberste Schublade und schloß sie energisch. Ich würde, so beschloß ich, später darüber nachdenken.

Und ich dachte nach. Den ganzen Nachmittag, den ganzen Abend und nachts bis in die frühen Morgenstunden dachte ich daran. Ich lag da, das schwarze und das weiße Gesicht brannten hinter meinen Augen, und ich fragte mich, ob ich Brad das Foto zeigen sollte, und wie ich mich verhalten sollte, falls ich es tat, und was ich meiner Familie in Corkie sagen sollte – wenn überhaupt –, bevor das Bild erschien. Schließlich schob ich es in einen Umschlag und nahm es mit ins Top of Peachtree, als ich mich am nächsten Tag dort mit Brad zum Mittagessen traf.

Meine Augen brannten, weil ich zu wenig geschlafen hatte, und während ich den Gehsteig entlangstolperte, wußte ich noch immer nicht, ob ich es ihm zeigen sollte.

Ich tat es. Das Mittagessen verlief so ausgezeichnet, daß ich meine Zweifel ganz einfach vergaß. Im strahlenden Licht von Brads offensichtlichem Entzücken, mich wiederzusehen, den vielen Dingen, die wir uns zu erzählen hatten, dem gemeinsamen Lachen, dem kalten Weißwein, dem Krabbensalat, der Zitronencreme, dem sanften Druck seines Knies gegen meines unter dem Tisch und dem puren Besitzerstolz, den ich spürte, wenn ich ihn über den Tisch hinweg ansah – wie gutaussehend er war, es war immer ein kleiner Schock, wenn ich ihn wiedersah –, vergaß ich meine Besorgnis vom Tag zuvor. Kurz bevor wir aufstanden, um zu gehen – ich zurück in mein Büro und er, um zurück nach Huntsville zu fahren –, sagte ich: »Ach, das hätte ich ja beinahe vergessen. Schau mal, was Lucas Geary mir angetan hat«, zog den Probeabdruck heraus und reichte ihn ihm. Einen langen Augenblick saß ich da, betrachtete ihn über den Tisch hinweg mit einem leichten Lächeln und wartete auf das mitleidige Grinsen und ein ärgerliches Schnauben, das sich gegen Lucas richtete. Über ihm, hinter seinem glänzenden blonden Haarschopf, leuchtete das Wandgemälde aus der grauen Dämmerung über der Bar, und mein eigenes Gesicht schien mich lächelnd anzusehen. Lächelnd.

Er hob den Kopf und richtete seinen Blick von dem Andruck weg auf mich. Während ich mir selbst auf dem Wandgemälde zugelächelt hatte, war sein Gesicht weiß geworden, und auf den Wangenknochen standen scharlachrote Flecken. Seine Lippen waren blutleer. Selbst seine Augen wirkten heller, wie ausgebleicht, wie Eis auf einem See, wenn der Winter zu Ende geht.

»Es ist gar nicht so schlecht«, sagte ich und lächelte ihn an.

Er sagte nichts.

»Er hatte nicht vor, mich wie eine Rassistin aussehen zu

lassen«, sagte ich. Brads offensichtliche Wut auf Luke wärmte mich, aber ich wollte einen ernsthaften Streit zwischen den beiden vermeiden.

Er sagte noch immer nichts. Aber er holte tief Luft, als wollte er zum Sprechen ansetzen, und atmete dann wieder aus. Offenbar bemühte er sich um Selbstkontrolle. So wütend hatte ich ihn noch nie gesehen. Ich hatte ihn eigentlich noch nie wütend gesehen. Nicht wirklich wütend.

»Sei nicht ärgerlich auf ihn«, sagte ich. »Er ist Fotograf; das ist seine Arbeit. So ist er eben. Er kann nichts dagegen tun. Das Foto wird meiner Arbeit nicht schaden. Matt hat darüber gewitzelt.«

»Ach, hat er das.«

Diese Stimme kannte ich nicht. Ich schwieg und sah ihn vorsichtig an.

»Du hast gesagt«, begann er mit einer so präzisen und kalten Stimme, als lese er aus der Erinnerung ab, »daß es keinen Artikel geben wird. Daß ihr ... und ich zitiere ... ›nichts Berichtenswertes‹ gefunden hättet. Offensichtlich war das *Life Magazine* anderer Meinung.«

»Na ja, ich wußte nicht, daß Luke fotografierte«, sagte ich unsicher. »Er hat nichts davon gesagt, bis er mir gestern das hier gezeigt hat. *Downtown* bringt nichts ...«

»Ach, dann ist ja alles in Ordnung«, stellte Brad fest, und seine Stimme traf mich wie ein Peitschenschlag. Ich sah ihn einfach nur an.

»Du bist ziemlich eifrig, nicht wahr, Smoky? Eifrig, eifrig, eifrig. Erst dein Bild an der Wand in der überlaufensten Bar der Stadt, und dann, du meine Güte, schaut nur mal alle her! Das ist die liebe Smoky, wie sie leibt und lebt. Wie eine Raubkatze stürzt sie sich in einem versifften Motel auf eine Negerin, in Nahaufnahme, auf einem Foto, das ganz Amerika sehen kann.«

Seine Stimme klang so sehr nach Marylou Hunt, daß mir die

Worte fehlten. In diesem Augenblick ähnelte er dem Brad, den ich kannte, nicht im entferntesten.

»Na, Smoky, und was wird das nächste sein?« fragte er in einer bösartigen Karikatur von Wohlwollen. »Zettelst du bei der Parade am St. Patrick's Day einen Aufstand an? Ich wette, ich weiß es. Die Heilige Jungfrau wird dir erscheinen, im Spiegel auf dem Damenklo, und deine Schreibmaschine wird ein Stigma zeigen ...«

»Halt den Mund.«

Ich schmeckte Tränen auf der Zunge, konnte sie aber nicht auf meinem Gesicht spüren. Zum zweiten Mal innerhalb von zwei Tagen war die Luft um mich erfüllt von einer lautlosen Explosion.

Sein aschfarbenes Gesicht wurde rot, und er senkte den Blick. Es kam mir einfach idiotisch vor, daß ich noch in dieser Situation die Art, wie die dichten Wimpern seine Augen beschatteten, bemerkte und bewunderte, aber so war es. Ein Teil von mir tat das. Der andere Teil war zu Eis erstarrt.

»Es tut mir leid«, sagte er. »Aber es gibt etwas in dir, das einfach nicht weiß, wann es zuviel ist, Smoky. Du kennst keine ... keine Grenzen; dir fehlt das Gefühl dafür, wann das Limit erreicht ist.«

Ich sagte nichts, und er blickte auf. Seine Augen waren etwas unstet. Ich hatte den Eindruck, daß eine Spur von Tränen darin stand.

»Du gehst zu weit, Smoky«, sagte er mit einer neuen, kalten, gleichmütigen Stimme. »Das hat nichts mehr mit Mut oder Entschlossenheit zu tun. Ich weiß nicht, es ist so ... so ...«

»Es ist so irisch. Das wolltest du doch sagen, Brad?« Meine Stimme war sehr klar. Ich war erstaunt über mich selbst. Jetzt konnte ich die Tränen fühlen, die mir über beide Wangen liefen, und ich hob meine Hand nicht, um sie wegzuwischen.

»Das hast du gesagt, nicht ich. Aber wenn du meinst ...«,

sagte er und drehte den Kopf zur Seite. Im Profil war er Marylou Hunt. Ich fragte mich, wieso mir das nicht schon früher aufgefallen war. Alles, was die beiden unterschied, waren ihr langes Haar und seine goldfarbenen Bartstoppeln.

Ich stand vom Tisch auf, knüllte den Probeabzug zu einem losen Ball zusammen und warf ihn auf seinen Dessertteller. Dann löste ich das Goldarmband von meinem Handgelenk und legte es auf das Foto.

»Für deine Mutter«, sagte ich. »Sie wird von beidem begeistert sein.«

Ich drehte mich um, marschierte aus dem Speiseraum und schlüpfte in den Aufzug, kurz bevor sich die Türen schlossen. Mir war, als hätte ich ihn, ehe sie sich schlossen, noch »Smoky!« rufen hören, aber ich war mir nicht sicher, und außerdem verzerrte das Dröhnen in meinen Ohren die Außengeräusche. Mit einer Ladung lärmender Fremder, die gut gegessen hatten, fuhr ich nach unten und hielt die Augen auf die wechselnden Stockwerksnummern gerichtet. Mein Gesicht war starr und heiß, in meinen Ohren summte es, und ich ging zurück ins Büro. Als ich dort ankam, hatte die Hitze des Tages die Tränen auf meinem Gesicht getrocknet, aber die Haut fühlte sich fleckig, schmutzig und so entzündet an, als hätte mich jemand heftig auf beide Wangen geschlagen. Darum ging ich in die Damentoilette, wusch mir das Gesicht und besserte mein Make-up aus. Dann blickte ich noch einmal prüfend in den Spiegel, dachte an seine bösen Worte und flüsterte der Heiligen Jungfrau zu: »Das ist deine letzte Chance«, bevor ich den Raum verließ. Da war keine Spur von der Heiligen Jungfrau und auch keine Spur von Brad, den ganzen Nachmittag lang. Ich redete mir zwar ein, daß er mich bestimmt anrufen würde, um sich zu entschuldigen, und dann würde ich mich weigern, mit ihm zu reden, aber in meinem Inneren wußte ich, daß er es nicht tun würde. Marylou hätte nicht angerufen. Und ihr Sohn auch nicht.

Mit Tesafilm klebte ich einen Zettel an meine Tür, auf dem stand: »Bildunterschriften und Zwischenüberschriften um 17 Uhr fällig. Bitte nicht stören«, und machte die Tür hinter mir zu. Dann rief ich Sister an und bat sie, mir Telefonanrufe und Besucher vom Hals zu halten, es sei denn, Matt habe etwas wirklich Dringendes für mich.

»Geht's dir nicht gut?« wollte sie wissen. »Du bist hier durchgestürmt wie ein wütender Stier.«

»Nein, mir geht's ausgezeichnet. Der Veranstaltungskalender ist nur schon eine ganze Weile überfällig. Kannst du die brüllenden Massen zurückhalten?«

»Na klar«, antwortete Sister. »Wird gemacht, junge Frau.«

Auch wenn Sister wie eine Ankleidepuppe im Mary-Quant-Kostüm aussah, hörte man in ihrer Sprache doch noch immer die Prärie von South Georgia. Ich mußte grinsen und fühlte mich etwas besser. Ein ganz kleines bißchen.

»Danke«, sagte ich und beugte mich über die Berge von Kurzzeilen und Zwischenüberschriften. Und zum wirklich ersten Mal machte ich eine Erfahrung, die ich bisher nicht gekannt hatte: Arbeit konnte mich auffangen. Die Arbeit würde mich auffangen.

Ich blickte nicht auf und dachte auch nicht an Brad Hunt, bis Stunden später plötzlich meine Tür aufging. Ich wandte mich um und sah Luke Geary auf der Schwelle stehen. Da überflutete mich wieder die Erinnerung an das schreckliche Mittagessen im Top of Peachtree, und ich zwinkerte, weil mir Tränen in die Augen stiegen. In meiner Kehle steckte ein dicker, kalter, salziger Klumpen.

»Bist du beschäftigt?« fragte Luke.

Die Tränen und der Salzklumpen ließen mich wütend werden; wenn jemand nach diesem mittäglichen Treffen verletzt war, dann hätte das Brad sein sollen, nicht ich. Luke war doch der Hinterhältige, derjenige, der mich hereingelegt hatte. Ich ließ meinen Ärger an Luke aus und dachte, während ich redete, daß ich schon viel früher auf ihn hätte wütend werden sollen. Es war mir wichtig, daß jemand für dieses häßliche Mittagessen büßte, nicht nur das Opfer. Und ich betrachtete mich lediglich als Opfer.

»Wie, zum Teufel, kommst du darauf, daß ich beschäftigt sein könnte? Ist es möglich, daß es der Zettel war und die Tatsache, daß meine Tür abgeschlossen war?« fragte ich wütend.

»Aha«, sagte er, als sei ihm plötzlich etwas klargeworden, aber dann schwieg er. Einen Moment lang stand er an die Tür gelehnt da und sah so schlaksig und lässig aus wie immer.

»Diese Sache mit *Life«,* meinte er dann. »Ich stehe noch immer auf deiner Liste.«

»Es wird dich zweifellos tief treffen, wenn du hörst, daß ich seit einer ganzen Anzahl von Stunden nicht mehr an dich oder diese *Life*-Geschichte gedacht habe«, fuhr ich ihn an.

»Das ist gut. Ich bin nämlich gekommen, um dich mit zu Paschal's zu nehmen. Ramsey Lewis ist neu in der Stadt. John und einige von den anderen werden dort sein. Ich dachte, du würdest vielleicht gerne ... Flagge zeigen.«

»Ja, natürlich. Ich werde ganz bestimmt ins La Carrousel tänzeln, wenn dieses verdammte Foto an die Kioske kommt, damit jeder sich die kleine weiße Verräterin anschauen kann ...«

»Smoky, es besteht eine ziemlich große Wahrscheinlichkeit, daß nicht jeder Mensch im Universum das *Life Magazine* liest«, erklärte Luke. »Die meisten von den Typen haben schon vor Jahren aufgehört, sich mit den populären Medien abzugeben. Aber falls auch nur die kleinste Chance besteht, daß sie glauben, du bist in den Klan eingetreten oder so, dann solltest du ein paar von ihnen kennenlernen, und sie sollten dich kennenlernen. Vielleicht können dir die Kontakte eines Tages nützlich sein. Wenn sie dich kennengelernt haben, ist das Ganze kein Problem mehr, das kann ich dir versichern. Du kommst in meiner Begleitung, und ich kenne viele von ihnen, und John kennt den Rest, und... dann ist es einfach kein Problem mehr. Das ist das mindeste, was ich tun kann...«

»Na, dann vielen Dank, Luke, aber ich glaube nicht, daß du dich verpflichtet fühlen mußt, mich auszuführen«, sagte ich. «Mach dir deshalb bitte keine Sorgen.«

»Ich fühle mich nicht verpflichtet, dich auszuführen«, entgegnete er. »Ich dachte, wenn wir schon mal dabei sind, könnte ich mich genausogut ernsthaft an dich ranmachen. Wenn die Katze aus dem Haus ist, und so. Ich wärme dich mit ein bißchen Ramsey Lewis an, mache dich betrunken, beschwöre den Geist der jungen Helden der Bürgerrechtsbewegung, und dann, wenn deine zarten Sinne verwirrt sind... schlage ich zu. Wie man so sagt.«

»Nein danke. Wie man so sagt.«

Aber ich spürte, wie sich meine Mundwinkel nach oben zogen. Verdammt noch mal, er war völlig gewissenlos, empörend...

»King wird auch dort sein.«

Und er wußte, wie er es anstellen mußte. Seit ich in Atlanta war, sehnte ich mich danach, Martin Luther King jr. kennenzulernen. Er war für mich ein Held von epischen Ausmaßen. Aber das schien unmöglich. Ich konnte mir nicht vorstellen, daß sich unsere Wege zufällig kreuzen würden.

»Das weißt du gar nicht.«

»Doch, das weiß ich. Das weiß ich sogar sicher.«

Ich saß da und sah ihn an, und er erwiderte grinsend meinen Blick.

»Das könnte vielleicht ein hübscher Fotobericht von irgend jemandem werden«, meinte er nachdenklich. »King und seine Helfer schlagen zurück. Die Helden beim Spiel. Ich dachte, ich sollte eine Kamera mitnehmen. Natürlich müßte jemand den

Artikel dazu schreiben, und damit er oder sie das tun kann, müßte er oder sie dabeisein ...«

»Du bist unverschämt«, sagte ich schließlich und lächelte unwillkürlich ein wenig. Dann stand ich auf und holte meine Handtasche aus der unteren Schreibtischschublade, um auf die Toilette zu gehen und mein Make-up auszubessern.

»Aber nicht unerreichbar«, sagte er und spazierte mir nach, als ich das Büro verließ. »Ich bin vielleicht nicht leicht zu kriegen, aber man kann mich doch einfangen. Du zum Beispiel könntest es schaffen, wenn du deine Karten richtig ausspielst ...«

Plötzlich überfiel mich wieder der Schmerz vom Mittagessen. Das Bewußtsein der enormen Verletzungen, die wir, Brad und ich, einander zugefügt hatten, des gewaltsamen Verlustes der zarten, neugewonnenen Sicherheit und der puren Demütigung packte mich, und mit ihm kamen die Tränen. Sie stiegen in meiner Kehle auf und blieben dort stecken. Ich holte tief Luft und hielt sie mit aller Kraft zurück. Mit reiner Willenskraft zwang ich den Schmerz, der so stark war, daß mir übel wurde, aus meinem Geist und meinem Herzen und kämpfte um eine weiße Leere. Die Leere kam. Ich wartete und atmete noch einmal langsam und zögernd durch. Die Leere blieb. Na gut. Dann würde ich mir meine Sicherheit eben selbst schaffen.

Ich sagte: »Paß auf, Lucas Geary. Wir fangen an mit mehreren ... mehreren ... Drinks in einer Bar meiner Wahl. Keiner billigen. Und dann gehen wir ins Coach and Six, und dort werde ich Wein trinken und eine doppelte Portion Lammkotelett essen und danach vielleicht zwei Desserts. Und dann bekomme ich noch einen Stinger-Cocktail, einen weißen mit Crême de Menthe. Und danach gehen wir vielleicht ... vielleicht ... und hören uns Ramsey Lewis an, bis du auch den letzten Cent ausgegeben hast. Und erst dann gehen wir nach Hause. Hast du mich verstanden?«

»Klar und deutlich. Jetzt geh und mach dich fertig. Dein Lippenstift ist ganz verschmiert. Wir treffen uns am Auto.«

Ich ging in die Damentoilette, schminkte mich und gab noch einen großen Spritzer Ma Griffe auf die Haut, etwas, das ich gewöhnlich vergaß. Ich wollte schon den Raum verlassen, da kehrte ich noch einmal um und spritzte noch etwas davon in meinen BH, genau an den Brustansatz. Es fühlte sich kalt, seidig und sinnlich an.

»Allerletzte Chance«, sagte ich zu der Heiligen Jungfrau, aber sie schwieg, und ich rannte aus der Damentoilette und in den Aufzug, um mich unten in der Dämmerung mit Luke Geary zu treffen.

Wir tranken tatsächlich mehrere Cocktails, ich zumindest, im Top of Peachtree. Ich wollte, daß dieses Lokal für mich wieder so wurde, wie es vorher gewesen war; ich wollte die Häßlichkeit des Mittagessens vergessen und das schöne, lavendelfarbene Zwielicht voll Gelächter und Selbstverständlichkeit, das es immer für mich bedeutet hatte, wiederhaben. Nach den Cocktails gelang mir das auch. Wenn man die Wahl hat zwischen Lachen und verletzendem, heftigem Schmerz, wird das Lachen immer gewinnen. Der Schmerz bringt einen nur um, wenn kein Lachen zur Verfügung steht. Ich glaube, daß Luke Geary an diesem Abend viel von meinem wirklichen Selbst rettete, weil er mich immer wieder zum Lachen brachte. Und der Alkohol half dabei.

Er saß mir gegenüber und sah so schäbig und heruntergekommen aus, als habe er die Nacht in der Bahnhofsmission verbracht. Im Gegensatz zu Matt besserte er seine unordentliche Erscheinung nicht durch teuere Kleidung und einen ordentlichen Haarschnitt auf. Aber in meinen Augen sah er an diesem Abend gut aus, er wirkte beruhigend und tröstlich. Luke war niemals ein schöner Mann gewesen, aber er war anziehend, etwa wie ein junger, knochiger irischer Setter. Das war allerdings ein völlig falscher Eindruck, denn dahinter verbargen sich seine komplexe Persönlichkeit, der Zynismus und seine seltsame Distanziertheit. Doch ich genoß ihn, während ich die kalten Gin-Tonics trank, die einer nach dem anderen serviert wurden. Irgendwann bemerkte ich, daß er nur Bier trank, und auch davon nicht viel, aber das störte mich nicht. An diesem Abend hatte ich nicht das Gefühl, Lucas Geary mit Höflichkeit, Zurückhaltung oder einer anderen Eigenschaft beeindrucken zu müssen.

Er erzählte mir komische Geschichten über sich selbst, Geschichten aus seiner Jugendzeit und von den Leuten, die er kennengelernt und fotografiert hatte, seit er Sewanee verlassen hatte. Seinen College-Abschluß hatte er im selben Jahr gemacht wie ich, was mich etwas überraschte. Offenbar war er genauso alt wie ich. Ich hatte geglaubt, er wäre älter.

»Du hat schon mehr erlebt als manche Menschen in ihrem ganzen Leben«, sagte ich, nachdem ich mir seine Abenteuer beim Fotografieren der Bürgerrechtsbewegung in Mississippi, Alabama und jetzt Georgia angehört hatte. Was er erzählte, klang auf freche Art lustig. Keiner, weder Freiheitskämpfer noch Klan-Mitglied, entkam der honigweichen Schärfe seiner Zunge.

»Erst nach der Schule«, sagte er. »Vorher war ich wie die sprichwörtliche Fliege im Bernstein. Du hast noch keinen Bernstein gesehen, wenn du Baltimore und Sewanee, Tennessee, nicht kennst.«

»Wie landet eigentlich ein braver katholischer Junge in Sewanee?« wollte ich wissen. Meine Aussprache war bereits etwas undeutlich.

»Durch ein Stipendium«, erklärte er. »Ich habe mich für jedes Stipendium beworben, von dem man im Büro der High-School wußte. Das war das beste, und als ich es bekam, wurde mein Vater auf einmal ein bißchen anglikanisch. Wenn ich nach Notre Dame gegangen wäre, hätte er mir sogar erlaubt, Football zu spielen, aber ich glaube, er hatte eigentlich immer noch die Georgetown University im Kopf. Aber das Stipendium von Sewanee war zu gut, um es abzulehnen. Für mich kam das wie gerufen, ich war zu dieser Zeit sehr begeistert von der Literatengruppe um die Zeitschrift *The Fugitive* ... du weißt schon, das ›Agrarian Manifesto‹, und Andrew Lytle unterrichtete damals in Sewanee. Und während ich dort studierte, entdeckte ich die Fotografie.«

»War deine Familie sehr arm?« In diesem berauschten Zustand hatte ich das Gefühl, daß ich Luke Geary alles fragen konnte.

»Nein. Sie waren sehr reich. Sie sind es noch immer«, antwortete er sachlich.

Mit großen Augen sah ich ihn schweigend an. Ich hatte immer angenommen, er sei ein Arme-Leute-Kind, das sich mit Hilfe der Kamera nach oben gearbeitet hatte.

»Das machen die Kleider«, meinte er grinsend. »Und außerdem die Tatsache, daß ich vermutlich wie ein weißer Penner aussehe. Mein Vater hat das einmal gesagt; er meinte, ich sähe aus, als hätte ich chronisch Hakenwürmer. Nach dieser Bemerkung sah ich keinen Sinn mehr darin, Krawatten und steife Kragen zu tragen. Ich fand es toll, als die Blumenkinder auftauchten. Jetzt sehen wir alle gleich aus. Du solltest nie einen Mann nach seiner Kleidung beurteilen.«

»Reich«, sagte ich nachdenklich. »Jeder in meiner Umgebung scheint reich zu sein. Herrgott. Erst Brad, und dann erzählst du mir, daß John Howards Familie wohlhabend ist, und jetzt du ... ich muß mal hier raus und mich nach ein paar Arbeitern umsehen.«

Ich sagte auch das etwas undeutlich, und er lachte wieder.

»Das ist die Erklärung für dich und John Howard«, meinte ich. »Zwei kleine reiche Jungs in einer Bewegung der Armen. Kein Wunder, daß ihr so gute Freunde seid.«

»Das kann sein. Ich dachte immer, wir wären Freunde, weil wir beide Außenseiter sind. Ich habe mir immer vorgestellt, ich wäre ein Slumkind, das von einer reichen Familie adoptiert wurde oder so, die Art, wie wir in Baltimore gelebt haben, hat nie richtig zu mir gepaßt. Nichts hat richtig gepaßt, bis ich das Fotografieren und die Bürgerrechtsbewegung entdeckte. Und John war nicht nur wohlhabend, er hat nicht einmal richtig gemerkt, daß er schwarz war. Sie haben in einer weißen Gegend gewohnt, und er ging in eine fast ganz weiße Schule. Sein Vater hat darauf bestanden. Sein Vater war hellhäutig; er hätte nicht als Schwarzer aufzutreten brauchen, meint John, aber das wollte er nicht. Er hatte nur schwarze Patienten, wenn er unter weißen Leuten praktiziert hätte, hätte er auch kein Geld verdient. Aber John glaubt, sein Vater hatte den Wunsch, seinen einzigen Sohn als Weißen aufwachsen zu lassen, denn er hatte ihn von Geburt an so behandelt. Das Ergebnis war natürlich, daß sich John nirgendwo richtig zugehörig gefühlt hat. Als er gerade siebzehn war, ist er in ein schwarzes, theologisches Seminar gegangen, weil kein weißes ihn nehmen wollte, und dann auf die Howard Law School, weil sein Vater auf einem Jurastudium bestand, und er sagt, daß ihm erst dort klar wurde, daß er wirklich ein Schwarzer ist. Aber diese Schwarzen entsprachen ja auch nicht gerade dem Durchschnitt. Er hat sich immer noch nicht ganz daran gewöhnt. Ich glaube, das ist einer der Gründe, weshalb er im SCLC so aktiv ist und sich so für Dr. King engagiert. Diese Leute gaben ihm wohl das Gefühl, daß er wirklich dazugehört, zum ersten Mal in seinem Leben. Er würde alles für sie tun; ich glaube, deshalb stellt er sich auch so oft in die vorderste Front. Er würde ihnen niemals untreu werden. Als wir uns kennengelernt haben, beim Marsch auf Washington 1963, war es, als würden wir uns schon ein Leben lang kennen. Innerhalb von zwei Stunden machten wir Witze über unsere Herkunft. Zwei Außenseiter, die irgendwie dazugehören wollen.«

Er machte eine Pause. Dann sagte er: »Das ist doch auch der Grund, weshalb du so gut mit ihm auskommst, oder? Ich glaube schon, ich glaube, deshalb fühlt er sich mit dir so wohl. Andernfalls würde er dir einfach aus dem Weg gehen. Du bist auch eine Außenseiterin. Und du hast einfach absolut nichts gegen Schwarze. Das kannst du auch nicht, wenn du wirklich irisch aufgewachsen bist. Das kenne ich auch. Wenn man eine echte irische Erziehung genossen hat, dann hat man einfach keine Zeit oder keinen Raum, um Feindschaft gegen Schwarze zu entwikkeln. Sie sind einfach ein zufälliger Teil der Bigotterie, der du alles zuordnest, was nicht irisch ist.«

Darüber hatte ich noch nie zuvor nachgedacht. Schließlich sagte ich: »Mein Vater haßte die Schwarzen. Er war der Meinung, sie bekämen die Jobs, die von Rechts wegen den Männern von Corkie zustanden. Er versuchte sogar einen Aufstand gegen sie anzuzetteln, und auf diese Weise hat er seinen Job verloren. Danach hat er nie wieder ein gutes Wort für sie übrig gehabt.«

»Na ja, aber das war, weil sie einem Iren etwas weggenommen hatten.« Lukas grinste. »Er hätte auch die Lutheraner gehaßt, wenn sie irische Jobs bekommen hätten. Er hätte jemanden, der so etwas tat, gehaßt. Das muß man bei Iren wissen: Wenn sie die Schwarzen hassen, dann ist das eine Reaktion darauf, daß diese für die Iren eine Bedrohung darstellen. Aber bei einem durchschnittlichen Südstaatler geht es einfach nur um den Haß auf Schwarze. Die Leute behaupten zwar, daß das Vorurteil gegen die Schwarzen in den Südstaaten wirtschaftliche und kulturelle Gründe habe und daß die Weißen die Schwarzen hassen, weil sie ihnen die Jobs und ihr bißchen soziale Überlegenheit wegnehmen. Aber es gibt keinen so schlimmen Haß wie den eines reichen weißen Südstaatlers auf einen Nigger, meine Kleine.«

Plötzlich hatte ich zu alldem keine Lust mehr.

»Weiß, schwarz, irisch, nicht irisch, reich, arm. Zum Teufel damit«, sagte ich. »Ich habe Hunger. Ich will Lammkoteletts essen, bevor dir das Geld ausgeht.«

»Das wird mir nicht ausgehen«, sagte er. »Ich schreibe alles auf Matts Rechnung. Ich finde, das schuldet er dir.«

»Wieso darfst du das?«

Er zuckte die Achseln. »Ich treibe mich ja beim *Downtown* nicht nur deshalb herum, weil es mir eine Ehre ist, für Culver Carnes Fotoreportagen machen zu dürfen.«

»Warum dann?«

»Sagen wir so, Matt findet einen Weg, meine gelegentliche ... äh ... Neigung zur Verschwendung ... im Entwicklungsetat unterzubringen. Schau doch nicht so erschrocken, Smoky. Die Hälfte von dem, was Matt tut, nützt der Handelskammer oder wird als Verlust abgeschrieben. Er könnte niemals mit dem Geld, das ihm die Kammer zur Verfügung stellt, eine Zeitschrift machen. Das weiß man dort auch.«

»Na, dann esse ich Surf'n Turf«, sagte ich.

»Immer feste drauf«, meinte Luke und bezahlte die Rechnung, und wir wechselten ins Coach and Six.

Wir aßen tatsächlich Hummer, wenn auch nicht mit Steak, wie beim allgegenwärtigen Surf'n Turf, das damals ganz oben auf den Speisekarten Atlantas stand. Luke bestellte den Hummer gekocht und gefüllt, und ich aß einen seidigen, eleganten Thermidor. Dazu gab es einen luftig-leichten Weißwein und ein Schokoladendessert vom Dessertwagen mit vielen Schichten, durchsetzt mit dünnen Raspeln aus Bitterschokolade, und dann den weißen Crême de Menthe-Stinger, den ich angekündigt hatte. Danach geriet meine Wahrnehmung dieses Abends in eine leichte Schieflage, sie brandete heran wie Meereswellen und zog sich wieder zurück, und der Schmerz, der wie ein Haufen Rasierklingen um mein Herz lag, hatte sich abgeschwächt. Lachen prickelte auf meinen Lippen wie die Münder kleiner Fische im warmen Wasser, obwohl mein Mund auch oft zitterte, wenn ich wieder einmal den Tränen nahe war. Als wir hinausgingen, um auf den Morgan zu warten, war ich nicht mehr ganz sicher auf den Füßen, und Luke legte mir wie beiläufig einen Arm um die Taille und hielt mich aufrecht. Er öffnete das Faltdach des Morgan, und nach der Fahrt durch die Innenstadt bis in den Südwesten Atlantas in der warmen Luft war ich wieder halbwegs klar im Kopf. Ich war mir sicher, daß ich noch sehr lange nicht nach Hause gehen wollte.

Eineinhalb Blocks entfernt, in Richtung Atlanta University, fand Luke einen Parkplatz, und wir durchquerten schweigend das unkrautbewachsene, wüste Niemandsland bis zu Paschal's. Es war fast schon halb elf Uhr, und außer uns befand sich niemand auf der Straße vor dem wenig einladend wirkenden, einstöckigen Hotel-Restaurant, dem inoffiziellen Epizentrum der Bürgerrechtsbewegung. In Pumphouse Hill und Summerhill hatte ich mich nicht besonders geängstigt, aber diese schäbige Mondlandschaft von einer Straße beunruhigte mich. Ich war mir deutlich bewußt, daß meine Haut im Licht der wenigen Straßenlampen, die nicht kaputt waren, weiß strahlte. Beim Gehen blickte ich mich immer wieder um.

»Entspann dich und leg das Gewehr weg«, sagte Luke. »Wir marschieren nicht gerade mitten ins Herz der Dunkelheit. An den meisten Abenden ist das eher das Zentrum der zivilisierten Welt. Hier spielen Basie, Hampton, Don Shirley, Red Norvo, Gillespie... wer immer du willst. Wir werden vermutlich nicht die einzigen Weißen sein, wenn es das ist, was dir Sorgen macht. Mit Matt bin ich oft hierhergegangen, und wir waren nie die einzigen.«

»Davor fürchte ich mich nicht.«

»Was ist es dann?«

»Ich weiß nicht. Mir kommt nur auf einmal alles so real vor. Die Bürgerrechtsbewegung und all das...«

Und das stimmte. Ich spürte mit jedem Zentimeter meiner

Hautoberfläche die Tatsache, daß ich mich an einen Ort begab, wo sich die Mitglieder einer Bewegung trafen, deren Leidenschaft und Ziele alles an Bedeutung für die Menschheit übertrafen, was ich bisher in meinem kurzen Leben gekannt hatte. Vielleicht befand ich mich sogar, für einen kurzen Zeitraum, in der Nähe einer der größten und strahlendsten Legenden meiner Zeit. Was von meinem Rausch noch übrig war, verflüchtigte sich nun, zusammen mit den Resten des Schmerzes und dem zitternden Lachen.

Wir gingen hinein und bahnten uns einen Weg zwischen den eng besetzten, kleinen Tischen hindurch, wobei wir uns durch beinahe greifbare Schleier aus Rauch schoben, die bewegungslos in der Luft hingen. Suchend sah Luke sich nach John Howard um, der versprochen hatte, uns einen Tisch freizuhalten. Mit hocherhobenem Kopf und einem erstarrten Lächeln, das sich dümmlich anfühlte, um den Mund, folgte ich ihm. Ich wußte, daß ein Teil von mir den Raum nach Feindseligkeit absuchte wie ein Wolf, der im Wind schnüffelt.

Aber ich spürte keine und wurde neugierig. Die zahlreichen Gäste waren ruhig, und man hörte nur wie ein fröhliches Herzklopfen die sich schlängelnde, phantasievoll fließende Musik. Luke schlenderte durch die Menge, nickte hier und dort Leuten zu, die er kannte, und ich stolperte mit einem starren Gesichtsausdruck hinter ihm her, besessen von dem Wunsch, nicht so zu wirken, als befände ich mich auf einer Besichtigungstour durch die Slums. Lächerlicherweise wollte ich jedem im Raum klarmachen, wie entzückt ich sei, hier zu sein. Ich ertappte mich dabei, daß ich nach links und rechts lächelte, und spürte, wie ich in der Dunkelheit errötete.

»Kannst du bitte aufhören?« flüsterte mir Luke über seine Schulter hinweg zu. »Du siehst aus wie Lady Mountbatten bei der Besichtigung der Truppen.«

Ich hörte damit auf.

Wir landeten schließlich an einem Tisch direkt an der Wand und ließen uns auf Stühle gleiten. John Howard saß auf der anderen Seite, den Stuhl nach hinten gegen die Wand gekippt. Neben ihm zu seiner Linken saß Juanita. John hatte ein halbleeres Bierglas vor sich stehen, aber vor ihr auf dem Tisch befand sich nichts. Sie saß ruhig da. Den wohlgeformten kleinen Kopf hatte sie mit einem farbenfrohen Tuch umwickelt, und in ihren Ohren hingen goldene Reifohrringe. Statt des Kaftans trug sie eine einfache weiße Bluse und Blue Jeans. Dennoch wirkte sie in der verräucherten Düsternis exotisch und fast wie ein wildes Tier. Die Struktur ihrer Knochen war außergewöhnlich; wahrscheinlich konnte sie anziehen, was sie wollte, und sah immer schön darin aus. Und mir kam ganz kurz der Gedanke, daß sie vermutlich noch schöner war, wenn sie gar nichts anhatte. Ich blickte von ihr zu John Howard, und beide nickten mir zu. Aber nur John lächelte.

»Hallo, Smoky«, sagte er.

Juanita sagte nichts.

John schlug Luke mit der geballten Faust leicht auf die Schulter und hielt die Hand hoch, um eine Kellnerin herbeizuwinken. Als sie kam, bestellte er Bier für alle. Er erkundigte sich nicht, ob ich gerne etwas anderes getrunken hätte, und um nichts in der Welt hätte ich etwas gesagt. Ich wollte nur ganz still dasitzen und mich bemühen, mit dem Rauch der Düsternis zu verschmelzen. Meine weiße Haut stach zwischen den verschiedenen dunklen Schattierungen häßlich hervor. Nicht einmal Lucas Geary wirkte so weiß. Irgendwie kam er mir sogar genauso schwarz vor wie die Schwarzen. Es war erstaunlich.

Ein junger Mann, den ich noch nie zuvor gesehen hatte, beugte sich aus dem Schatten über Juanita. Er war mit seinem Stuhl an die Wand gekippt gewesen, daher hatte ich ihn in der Düsternis nicht bemerkt.

»Stell mich doch deinen Freunden vor, John«, sagte er mit

einer vollen, gemächlichen Stimme, und ich überlegte, ob er wohl betrunken war, aber vor ihm standen keine leeren Gläser. Dann wurde mir klar, daß er uns mit seinem übertriebenen höflichen Südstaatendialekt ein wenig neckte.

»Smoky O'Donnell und Luke Geary, das ist Sonny Pickens«, sagte John. »Ein alter Freund von Juanita, der aus Berkeley zu Besuch ist. Er war noch nie zuvor in Atlanta, darum machen wir es ihm mit Grillfleisch und Ramsey Lewis angenehm.«

Luke grinste und nickte liebenswürdig, und ich lächelte ebenfalls. Sonny Pickens lächelte so breit, daß seine vollen Zähne blitzten, aber in der Düsternis ließ sein Lächeln eher an einen bedrohlichen Hai denken. Seine Stimme war zwar voll, aber er selbst war dünn und quirlig und machte nervöse, hektische Bewegungen. Er erinnerte mich an ein kleines, blitzschnelles Tier, das sofort zubeißt. Ein Fuchs? Ein Wiesel? Sein Gesicht war spitz, die Wangenknochen hoch und vorstehend, und sein Afroschopf noch umfangreicher als der von Juanita. Seine Hautfarbe war eher gelb als braun. Ich dachte, daß er bestimmt jemand war, bei dem man den Wunsch verspürte, es ihm angenehm zu machen. Außerdem vermutete ich, daß er einige Jahre jünger war als John Howard, wenn auch vielleicht nicht so jung wie Juanita.

»Wie gefällt Ihnen Atlanta?« fragte ich höflich.

»Ich glaube, ich mag es richtig gern«, antwortete er. Er sprach jetzt zwar langsam, aber nicht mehr mit Südstaaten-Dialekt. »Es hat alles, was Juanita mir versprochen hat. Gute Leute, gutes Essen, gute Musik...« Er nickte zur Band hinüber. »Wirklich... und gute Beziehungen. Wenn man sich das anschaut, dieser ganze Raum hier ist voller Helden. Ich sitze sogar mit einem echten Helden am Tisch...«

John Howard warf ihm einen ausdruckslosen Blick zu.

»Sei kein Idiot, Sonny«, sagte Juanita. Ihre Stimme klang hell und freundlich, aber etwas Stahlhartes schwang darin mit.

Sonny grinste und lehnte sich wieder gegen die Wand. Er faltete die Arme vor der dünnen Brust, schloß die Augen und schaukelte leicht im Takt der Musik. Wie Juanita trug er ein ordentliches, unauffälliges weißes Hemd und Blue Jeans, aber ebenfalls genau wie sie hatte er etwas Kraftvolles und Elektrisches an sich, als sei er ein junger Monarch, der sich als gewöhnlicher Bürger verkleidet hat. Er wirkt, so dachte ich, als sei er nicht der, der er auf den ersten Blick zu sein scheint.

Die Musik schwirrte durch den Raum wie ein losgelassener Bienenschwarm. Spielerisch umtanzte das Klavier den Baß und das Schlagzeug. Die Wände schwangen mit in dem verführerischen Rhythmus, der einmal so fröhlich wirkte wie eine Schule Elritzen im sonnenbeschienenen, flachen Wassser, und dann wieder so dunkel glitzerte wie Eingeweide, mit einem schweren Blues-Beat und einem jagenden Gegenrhythmus. Ich glitt instinktiv hinein, bewegte den Fuß im Takt und wandte mein Gesicht unwillkürlich der Band zu. Der Pianist, ein junger Mann mit Kurzhaarschnitt und Hornbrille, der wie ein Buchhalter aussah, hob fröhlich eine Hand in unsere Richtung, und John und Luke grüßten zurück. Ich begann mich ganz leicht zu entspannen.

Luke warf mir einen Blick zu.

»Gefällt's dir?«

Das Trio ging zu Duke Ellingtons »Come Sunday« über, und ich lächelte ihn an. »Es ist toll. Sie sind großartig. Ich hätte gern ein paar Aufnahmen von ihnen.«

»Ich habe alles von ihnen«, sagte er. »Ich kann dir etwas leihen. Wenn das Set vorbei ist, stelle ich dich vor.«

Er sah über den Tisch zu John Howard hinüber.

»Ist Dr. King hier?« fragte er.

»Kommt vielleicht noch. Er ist oft hier. Wir sind auch gerade erst gekommen. Es sind ein paar von uns drüben am Tisch neben der Bühne. Ich werde mal fragen.«

Er winkte hinüber zu einem großen Tisch in der gegenüberliegenden Ecke des Raumes.

Zwei Männer standen auf, durchquerten das Lokal und stellten sich hinter John Howard. Sie sahen uns von oben herab an. Der kleine, untersetzte war Tony Willingham und der größere mit dunklerer Haut Rosser Sellers. Ich kannte ihre Namen aus den Nachrichtenmeldungen eines halben Jahrzehnts, und an ihre Gesichter konnte ich mich vage von der Pressekonferenz für den Kindergarten-Artikel erinnern. Ich wußte, daß sie wie John Howard zum SCLC gehörten, es waren Kings Männer. Beide waren mit ihm marschiert und auf Demonstrationen gegangen, hatten sich mit ihm widerstandslos in schäbige Gefängnisse auf dem Land sperren lassen, waren geschlagen, gebissen, getreten, mit Tränengas besprüht und beschossen worden. Rosser Sellers hatte man geschlagen, auch wenn ich nicht mehr wußte, wo und wie schlimm. Verlegenheit ließ meine Zunge anschwellen, und ich sagte nichts mehr, was, wie ich wußte, bestimmt nicht schlecht war. Ich spürte den irischen Akzent hinter meinen Lippen. Das war nicht gerade das, was wir heute abend brauchen konnten.

Als John mich vorstellte, lächelten beide. Es war nicht gerade ein breites Lächeln, aber ich hatte den Eindruck, daß es ehrlich gemeint war.

»Das war gute Arbeit mit dieser FOCUS-Sache«, meinte Tony Willingham. »Ich habe gehört, daß der Artikel schon einiges an Geld vom Baum schütteln konnte.«

»Das beim Billard, das war ebenfalls gute Arbeit«, sagte Rosser Sellers, und beide lachten. Ich spürte, wie die Freude mein Gesicht erstrahlen ließ. Da war keinerlei Herablassung, keine höfliche Nachsicht zu spüren. Zurückhaltung, sicherlich, aber nichts anderes.

»Ich weiß nicht, was mir besser gefallen hat, ein bißchen etwas für Kinder wie André zu tun oder Boy Slattery beim Pool zu schlagen«, sagte ich, und wieder lachten alle, außer Juanita und Sonny Pickens. Bei ihnen würde ich niemals ein Lächeln ernten, das wußte ich irgendwie.

»Und wer weiß, was sich auf lange Sicht als wirksamer erweisen wird«, sagte Tony Willingham.

Erst jetzt wandten sie sich den beiden Besuchern von außerhalb zu, die an unserem Tisch saßen.

»Sonny«, sagte Rosser Sellers in neutralem Tonfall und nickte ihm zu. »Juanita. Lange nicht gesehen.«

»Das stimmt«, meinte Juanita und lächelte ein wenig. O mein Gott, war sie schön. In dem rauchgeschwängerten Zwielicht des Raums sah sie aus wie eine Priesterin oder die Statue einer Göttin.

»Kommt mir vor, als sei es gestern gewesen«, sagte Sonny Pickens. Das Haifischlächeln wurde breiter. Einen Augenblick lang sagte niemand etwas.

»Setzt euch doch her«, sagte dann Juanita, und die beiden blickten sie noch einen Moment lang an und setzten sich dann auf die freien Stühle. John hob die Hand, um die Kellnerin zu rufen, aber sie schüttelten die Köpfe.

»Und ihr seid nur hier, um alte Freunde zu treffen, oder haltet ihr auch ein bißchen Ausschau?« wollte Rosser Sellers wissen.

»Man könnte wohl sagen, von beidem etwas«, antwortete Sonny Pickens, und wieder zeigte sich die seltsame, distanzierte Fröhlichkeit auf seinem scharfgeschnittenen Gesicht. Ich konnte keine Heiterkeit darin entdecken; ein lächelnder Mann, dessen Lächeln nichts versprach.

Juanita sah erst ihn und dann die beiden Neuankömmlinge gleichmütig an.

»Das ist ein freies Land, Brüder«, sagte sie gelassen. »Aber das wißt ihr natürlich.«

»Und was machst du hier Schönes?«

Tony Willingham sah, als er das sagte, nicht Juanita, sondern

John Howard an. Ich bemerkte, daß Johns Gesichtsmuskeln sich anspannten, auch wenn sich der Gesichtsausdruck nicht änderte.

»Ich bin immer bereit, zuzuhören, Bruder«, sagte er mit Betonung auf »Bruder«. »Ich kann mich erinnern, daß das bei euch früher auch so war.«

»Ach«, sagte Willingham, ließ sich gegen die Wand kippen und setzte ein Lächeln auf, das mir nicht gefiel. »Ich finde, das hängt vollkommen davon ab, was man sich anhören soll. Findest du nicht auch ... Bruder?«

John Howard antwortete nicht. Juanita legte eine Hand lokker auf seinen Arm und lächelte Tony Willingham an.

»Du wärst überrascht, was du erfährst, wenn du einfach zuhörst ... Bruder«, sagte sie.

Neben ihr schnaubte Sonny Pickens, aber er machte die Augen nicht auf. Er schien in die Musik versunken.

Was geht hier vor? dachte ich. Offensichtlich sind sie alte Freunde oder zumindest Bekannte. Sie kennen einander von früher her; sie haben viel zusammen durchgemacht. Aber sie prügeln sich gegenseitig mit diesem ›Bruder‹-Gerede. Und dann dieses ständige kalte, schreckliche Lächeln. Sie benehmen sich wie Hunde, die sich schnüffelnd umkreisen. Wer hat wen verraten? Wenn Sonny und Juanita bei den Black Panthers sind, warum treiben sie sich dann hier herum, mitten im Zentrum dessen, was sie angeblich ablehnen? Ich wollte, ich hätte Juanita nie gesehen. Wenn sie nur die Stadt verlassen würde und dahin zurückginge, wo sie hingehört ...

Mir wurde klar, daß ich fand, sie sollte John in Ruhe lassen. In der Dunkelheit errötete ich, als hätte ich etwas Unanständiges gedacht.

»Wie geht's dir so, Luke?« fragte Tony Willingham Lucas. »Ich glaube, wir haben uns nicht mehr richtig unterhalten seit den Sit-ins bei Rich's. Mein Gott, damals warst du doch noch in der Schule. Du hast dir alle Mühe gegeben, dir einen Bart wachsen zu lassen, aber da war noch nicht viel zu holen. Wie lange ist das her, sechs Jahre? Oder sieben?«

»Ungefähr.« Luke grinste. »So lange hat es gedauert, bis mein Bart endlich gewachsen ist. Ich kann mich erinnern, daß eines meiner ersten Fotos, das abgedruckt wurde, eines von dir war, das ich gemacht habe, als dich diese kleine alte Dame mit dem Regenschirm verprügelte. Ich habe nie herausbekommen, ob sie eigentlich für die Rassentrennung war oder ob ihr bloß dein Aussehen nicht gefallen hat.«

Tony Willingham lachte laut. »Das waren noch Zeiten, nicht wahr? An diesem Sitzstreik beteiligten sich vielleicht fünfzehnhundert Leute. Wir hatten die ganze Innenstadt von Atlanta eingekreist. Du meine Güte, wir hatten Shuttlebusse gemietet, um die Leute hin und wieder weg zu bringen, wir hatten Funkgeräte und spezielle Schilder, bei denen weder Regen noch Spucke die Schrift auflösen konnte, und Mäntel für die Mädchen, falls sie angespuckt wurden ... oder Schlimmeres. Mann, wir haben geglaubt, wir wären einzigartig. Und das waren wir auch. Das waren wir.«

Alle außer Juanita lachten. Selbst Sonny Pickens kicherte ohne echte Fröhlichkeit. Juanita saß unbewegt da wie eine wohlgeformte goldene Statue, ihre Hand auf John Howards Arm.

»Und, ist der Herr und Meister da?« fragte Sonny Pickens. Er hatte die Augen noch immer nicht geöffnet.

»Sonny«, sagte Juanita leise mahnend.

»Der Herr und Meister?« fragte ich.

»King. Wir haben gehört, er ist vielleicht hier«, sagte Sonny Pickens.

»Er ist im Restaurant«, antwortete Rosser Sellers und warf Sonny Pickens einen scharfen Blick zu.

»Guter Schachzug«, bemerkte Pickens träge. »Wenigstens weiß er, daß er hier bedient wird. Das ist nicht überall so, wißt ihr, nicht mal in dieser aufgeklärten Zeit. Wie in dieser Geschichte, die John Lewis erzählt hat ... es war doch Bruder John, oder? Ist in Nashville passiert, glaube ich. Da hat jemand gesagt: ›Hören Sie, hier gibt's keine Neger!‹, und darauf antwortet einer: ›Das ist gut so, wir essen nämlich auch keine.‹ Bruder John ist ganz schön pfiffig. Er geht mit der Zeit, wenn auch manchmal nicht weit genug.«

Schweigen breitete sich aus. Dann sagte Tony Willingham sehr leise: »Meinst du damit etwas Bestimmtes, Bruder?«

»Ich dachte nur so; die guten alten Zeiten kommen mir mittlerweile gar nicht mehr so gut vor«, sagte Sonny Pickens, öffnete die Augen und lächelte alle am Tisch mit seinem strahlenden Haifisch-Lächeln breit an.

»Und ihr habt bessere Methoden«, sagte Willingham jetzt noch leiser. Es war keine Frage.

»O ja. Wir haben bessere Methoden. Ich würde euch gerne alles darüber erzählen, aber die liebe Juanita hier ist unsere offizielle Sprecherin, daher halte ich lieber den Mund und lasse sie reden«, sagte Pickens. Das Lächeln blieb, aber es reichte nicht bis zu seinen Augen. Er warf es jedem einzelnen am Tisch zu wie einen Fehdehandschuh.

»Das ist nicht der rechte Zeitpunkt, Sonny«, sagte Juanita, und jetzt war ihre Stimme nicht mehr sanft, und ihr Gesichtsausdruck auch nicht.

»Es ist längst überfällig.« Jetzt lächelte auch er nicht mehr.

Rosser Sellers blickte von Pickens und Juanita zu John Howard. Ruhig erwiderte John seinen Blick, aber ich wußte, daß er keineswegs gelassen war. Die Narbe, die in seine Augenbraue reichte, war deutlich zu sehen und weißer als sonst. Die Knöchel seiner geballten Fäuste waren heller als die sie umgebende Haut.

»Und was hältst du von all dem, Bruder John?« wollte Sellers wissen.

»Ich glaube, wir sollten uns einiges noch einmal genauer

anschauen. Wenn wir nicht alles in Betracht ziehen, wären wir dumm«, antwortete er.

Diesmal war die Stille lastend und vielsagend, sie schien unsichtbare Flügel zu haben. Sonny Pickens stieß ein hohes, kicherndes Gelächter aus, aber außer ihm lachte niemand. Die Musik webte ihre Fäden um uns. Die Spannung war spürbar, sie prickelte auf meiner Haut. Ich überlegte, wann wir wohl gehen würden und wo sich die Damentoilette befand und ob ich es wagte, mich durch den vollbesetzten Raum zu drängen, um sie zu suchen. Luke konnte ich nicht spüren, und den angespannten Fremden, der John Howards Gesicht hatte, erkannte ich nicht mehr wieder, und die anderen waren mir so wildfremd, als kämen sie von einem anderen Planeten. Ich fühlte mich vollständig und unendlich allein.

Plötzlich stand noch jemand an unserem Tisch.

»Wissen euere Mamas eigentlich, daß ihr Jungs euch hier herumtreibt?« sagte eine Stimme, die einst einen Traum verkündet hatte, die eine Nation bewegt und von Hunderten umlagerter Kanzeln herab und aus einer Reihe von Gefängnissen Liebe und Freundlichkeit gepredigt hatte. Mein Atem stockte. Ich blickte auf. Da stand er, in einer Wolljacke wegen der Klimaanlage, einem weißen Hemd mit offenem Kragen und Khakihosen, und sah so solide aus wie ein Berg. Er war größer als wir alle und wirkte fast übernatürlich stark, konzentriert und präsent.

Im nächsten Moment waren wir alle aufgesprungen. Ich warf beinahe meinen Stuhl um, als ich beim Aufstehen stolperte, und Luke hielt mir den Arm hin, um mich zu stützen. Auch Martin Luther King streckte den Arm aus. Ich stand einfach nur da und spürte, wie sich mein Mund zu einem Lächeln verzog, während ich in sein dunkles Gesicht, auf die dicken Lippen, die schrägstehenden Augen mit leichten Mongolenfalten, seine breiten Schultern und die freundlichen Hände blickte. Er erwiderte das Lächeln.

Alle wurden ihm vorgestellt. Er verweilte bei niemandem länger. Seine Augen ruhten so freundlich und wissend auf Juanita und Sonny Pickens wie auf seinen inzwischen nicht mehr so jungen Helfern. Luke nickte er liebenswürdig zu, und John Howard tätschelte er kurz die Schulter.

Zu mir sagte er: »Das war gute Arbeit, die Sie, Luke und John mit dieser Kindergarten-Reportage geleistet haben, Smoky. Und es war fast noch besser, wie Sie den alten Boy Slattery beim Pool geschlagen haben.« Er kicherte, berührte kurz meinen Arm und war dann in der Menge verschwunden. Das Trio stimmte fröhlich »You Been Talkin' 'Bout Me, Baby« an, und Luke schob seinen Stuhl zurück und sagte: »Wir sollten jetzt gehen, Smoky. Ich muß noch meinen Film entwickeln.«

Ich erhob mich, griff nach meinem fast unberührten Glas Bier und trank es aus. Der Alkohol, die Spannungen am Tisch und vor allem die aufgeregte Begeisterung darüber, daß ich Dr. King getroffen hatte, machten mich schwindelig. Ich, dachte ich immer wieder. Das war ich, die mit Dr. Martin Luther King jr. gesprochen hat, der meinen Namen kennt und meine Arbeit schätzt. Ich.

Ganz plötzlich hatte ich den dringenden Wunsch, meinem Vater davon zu erzählen und sein Verständnis zu gewinnen. Ich wußte, daß beides unmöglich war. Ich griff nach einem vollen Bierglas, das am Tisch stand, und nahm es mit, als wir den Raum verließen. Hinter uns folgten Tony Willingham und Rosser Sellers Dr. King in den geheiligten Nebenraum des Clubs, und John Howard saß unbeweglich am Tisch, die Augen auf etwas Unsichtbares, Fernes gerichtet. Juanita saß neben ihm und fuhr mit einem ihrer langen, roten Fingernägel über seinen Handrücken. Der Nagel hinterließ weiße Spuren auf seiner bronzefarbenen Haut. Sonny Pickens lehnte sich wieder zurück an die Wand, schloß die Augen, lächelte und nickte im Rhythmus der Musik.

»Vielen Dank für den schönen Abend«, rief ich John Howard leise zu, aber er schien mich nicht gehört zu haben.

Draußen auf dem heißen, leeren Bürgersteig merkte ich plötzlich, daß ich sehr betrunken war. Allerdings kam ich mir nicht so vor, ich fühlte mich herrlich, schwindelig, schwebend und redselig. Mit jeder Zelle meines Körpers spürte ich die schwüle, weiche Luft auf meinen nackten Armen, die Kieselsteine auf dem Bürgersteig unter den dünnen Sohlen meiner Schuhe, den seltsam angenehmen Geruch nach Benzin, der, obwohl kaum noch Autos fuhren, über der Straße hing, und das Gewicht meiner Haare in meinem Nacken und auf den Wangen.

Aber ich wußte, daß ich betrunken war. Ich konnte nicht geradeaus gehen, obwohl ich glaubte, ich könnte singend und tanzend die Straße entlanglaufen. Meine Knie sackten immer wieder ein, und ich stieß ständig mit Luke zusammen. Auf halbem Weg zum Auto legte er seinen Arm um mich und trug mich beinahe, und ich lehnte mich an ihn und genoß die Festigkeit seines Arms um meine Taille und die Art und Weise, wie mein Kopf in die Höhlung seiner Schulter paßte, genau da, wo sie in den Hals überging. Wenn er sich herabbeugte, um mit mir zu reden, kitzelte mich sein Bart auf der Stirn, und das gefiel mir. Vermutlich war er etwas größer als Brad. Bei Luke stieß ich nirgendwo an, mein Körper paßte, als wären wir dafür vorgesehen, Arm in Arm zu gehen.

»Wir passen zueinander«, sagte ich verträumt und vergrub meinen Kopf an seinem Hals. »Das fühlt sich gut an.«

»Wir passen zueinander, wenn du stockbesoffen bist und ich dich fast tragen muß«, erwiderte er. »Tut mir leid, daß ich das nicht schon vorher gemerkt habe.«

»Ich bin nicht betrunken«, erklärte ich. »Ich bin nur ein bißchen beschwipst. Ach, Luke, ich möchte nicht, daß dieser Abend schon vorüber ist. Das hat mir gefallen, ich wäre gerne noch dortgeblieben. In diesem Raum konnte man es spüren, alles, was die Bewegung ausmacht... die Macht. Hast du das nicht gespürt?«

»Na ja, Dr. King. John. Tony und Rosser. Man spürt, wie sie den meisten Menschen überlegen sind...«

»Ich weiß, wie sie sind.«

»Wie meinst du das?«

»Ich weiß nicht. Ich weiß wirklich nicht genau, was ich meine, Smoky. Diese kleine Szene hat mir nicht besonders gefallen. Ich habe diese beiden... Brüder nicht gemocht. Bruder und Schwester, genauer gesagt. Ich weiß, wer sie sind, aber ich weiß nicht, was sie hier eigentlich wollen. Das ist nicht ihre Welt. Sie lassen sich so wenig mit den Vertretern der Gewaltlosigkeit ein wie mit den Weißen. Normalerweise würden sie sich niemals neben dir und mir erwischen lassen, aber da drin saßen sie neben uns und waren freundlich. Oder haben sich zumindest Mühe gegeben. Und es gefällt mir nicht, wenn ich sie mit Dr. King sehe. Es erinnert mich irgendwie an... an Hyänen, die einen verwundeten Löwen umkreisen oder so ähnlich. Das hat mir Schauder über den Rücken gejagt.«

Ich spürte tatsächlich ein leichtes Zittern, das seinen Körper durchlief, und drückte mich fester an ihn, als müßte ich ihn wärmen. Plötzlich wollte ich die Welt für ihn in Ordnung bringen. Der Gedanke war so lächerlich, daß ich kicherte.

»Warum lachst du?«

»Einen Augenblick lang hatte ich das Bedürfnis, dich zu trösten. Das ist die dümmste Idee, die ich jemals hatte.«

»Glaubst du, daß ich keinen Trost brauche?«

Ich spürte sein Lachen mehr, als daß ich es hörte.

»Ich bringe dich nach Hause«, sagte er.

Eine dumpfe Traurigkeit überfiel mich so plötzlich, daß ich unter ihrem Gewicht stolperte. Traurigkeit, und jener Schmerz, der seit dem frühen Abend in mir geschlafen hatte. Er lag noch immer in Wartestellung, das wußte ich. Wenn Luke gegangen war und ich allein in meinem Bett lag, würde der Schmerz zuschlagen. Ich schwieg, bis wir auf der Autobahn fast an der Ausfahrt zur Tenth Street waren, und dann sagte ich: »Darf ich dir ein bißchen beim Filmentwickeln zusehen? Teddy verbringt die Nacht bei ihrer Familie, und ich möchte nicht so gerne allein sein.«

Er sah mich von der Seite her an.

»Fühlst du dich nicht wohl? Ist dir schlecht oder so? Du hast schrecklich viel getrunken.«

»Mir ist nicht schlecht. Ich fühle mich nur ... einsam.«

»Es wird wohl Zeit, daß der alte YMOG mal wieder nach Hause kommt«, sagte Luke, aber er bog in die Tenth Street ab und fuhr, wie ich wußte, zum Ansley Park und seiner Wohnung. Knurrend zog sich der Schmerz ein Stück zurück.

»Er war heute da«, sagte ich. »Wir haben zusammen zu Mittag gegessen. Aber er mußte wieder fahren.«

»Aha. Hast du ihm das *Life*-Foto gezeigt?«

»Ja.«

»Und hält er dich jetzt für eine schäumende Rassistin?«

»Nein. Das denkt er nicht. Ich glaube nicht, daß ihm dieser Gedanke überhaupt gekommen ist.«

»Na, dann habe ich ihn unterschätzt. Entschuldige bitte.«

»Nicht nötig«, sagte ich. Aber ich redete nicht weiter über Brad. Ich wollte dem Schmerz keine Chance lassen.

»Hast du etwas zu trinken im Haus?« wollte ich wissen.

»Nicht für solche wie dich, meine Kleine«, erwiderte er. »Du kannst Kaffee haben oder heiße Schokolade, aber keinen Alkohol mehr.«

»Heute ist Freitag.«

»Das ist mir egal. Ich will nicht, daß du mir über den Film kotzt. Du kannst wirklich nicht unendlich viel trinken, Smoky.«

»Na ja, es ist ja nicht so, daß ich das oft tue«, sagte ich und mußte plötzlich heftig und unwillkürlich aufstoßen.

»Nein, das stimmt. Ich frage mich, warum du es heute abend gemacht hast.«

Ich antwortete nicht. Während wir durch das dunkle, stille Gewirr der laubverhangenen Straßen von Ansley Park rollten, entwickelte sich in meiner Magengegend ein neues und unangenehmes Gefühl. Ich schluckte heftig, aber es verschwand nicht.

Er hielt am Rand des Bürgersteigs, unterhalb des großen alten Ziegelhauses, dessen Gästehäuschen er bewohnte, und ging um den Wagen herum, um mir die Tür aufzumachen. In meinem Kopf drehte sich alles, und in meinen Handgelenken und Fingern begann ein schreckliches Prickeln.

»Ich glaube, mir wird schlecht«, sagte ich, und dann erbrach ich mich, mehrmals und gründlich, in den Rinnstein, während er mich von hinten an der Taille festhielt.

Als ich aufhörte, fühlte ich mich schwach und wacklig auf den Beinen, aber mein Kopf war sehr viel klarer. Das Ganze war mir außerordentlich peinlich. Tränen der Scham standen in meinen Augen. Ich wollte mich gar nicht umdrehen und Lucas Geary ansehen.

»Das ist mir so peinlich«, flüsterte ich. »O mein Gott, was für ein schlechtes Benehmen. Es tut mir leid, Luke. Das ist das erste Mal in meinem Leben, daß ich mich in der Öffentlichkeit erbrechen mußte.«

»Es war ja nicht gerade sehr öffentlich«, sagte er. »Mach dir deshalb keine Sorgen. Du fühlst dich jetzt bestimmt besser. Als ich mich das erste Mal so sehr betrunken habe, war mir zwei Tage lang schlecht. Du solltest es mal mit Hasch probieren. Das verträgt man sehr viel besser, und man muß nicht kotzen. Komm, wir gehen ein bißchen spazieren.«

Er legte mir den Arm um die Schultern, und erneut lehnte ich mich dankbar an ihn. Auch wenn ich auf seinen Halt jetzt nicht mehr angewiesen war, so fühlte sich sein Körper doch angenehm und irgendwie vertraut an. Mit der anderen Hand strich er mir das wirre Haar aus dem Gesicht. Es war eine zärtliche Geste, wie bei einem kranken Kind.

Den schlafenden Häusern gegenüber befand sich ein kleiner Park, der sich an der kurzen Straße entlangzog. Er war jetzt eine dunkle und schattige Schlucht, aus der ich das Seufzen des Windes in den Baumwipfeln und das silbrige Plätschern von Wasser hören konnte. Wir überquerten die Straße, betraten den Park und gingen einen kleinen, steinigen Weg entlang bis zur anderen Seite. Dort floß ein schmaler Bach über einen von Menschenhand errichteten Felswasserfall in einen tiefen, kleinen, mit Steinen gesäumten Weiher. Am Wasser stand dichter Farn, und der Boden war mit weichem Moos bedeckt. Wir setzten uns ans Ufer des Weihers, zogen unsere Schuhe aus und ließen die Füße ins Wasser hängen. Es war überraschend kühl, fast kalt. Die Luft hier unten war frisch und schwer und roch nach feuchten Pflanzen. Man hatte das fast magische Gefühl völliger Isolation, als befinde man sich in einem verborgenen Tal aus einem Kindermärchen. Über mir konnte ich durch das Dach der grünen Blätter das ferne Funkeln der verstreuten Sterne sehen.

Ich griff ins Wasser und spritzte mir eine Handvoll in mein heißes Gesicht. Es war ein herrliches Gefühl.

»Es ist kalt«, sagte ich. »Woher kommt es?«

»Aus einer unterirdischen Quelle, einem artesischen Brunnen oder so etwas, sagt meine Vermieterin«, erklärte Luke. »Tagsüber sind hier jede Menge Kinder, Hunde, Mütter und Kindermädchen und in manchen Nächten Mengen von Hippies und Freaks, die hier das tun, was sie beim hellen Tageslicht auf der Straße nicht tun können. Tight Squeeze ist nicht weit weg. Schau den Boden um dich lieber nicht allzu genau an.«

Ich erinnerte mich an den Spaziergang durch Tight Squeeze an meinem ersten Tag in Atlanta, mit Rachel Vaughn, und an das gebrauchte Kondom auf der Straße. Ich sah mich nicht um. Dieser Ort war zu schön, zu vollkommen.

Luke zog eine lose gedrehte, weiße Zigarette aus seiner Hemdentasche und zündete sie an, und die Luft wurde süß und scharf. Ich rümpfte die Nase.

»Pot?« Ich wußte, daß es welcher war.

»Ja. Das ist meine schlechte Angewohnheit. Ich rauche nicht oft, aber es gibt Momente, da braucht man es, wie eine gute Zigarre und einen Brandy nach dem Abendessen.«

Er reichte sie mir, und ich zögerte erst, nahm sie dann und inhalierte tief, wobei ich mich fühlte, als sei ich soeben von einer Klippe ins Nichts gesprungen. Der scharfe Rauch reizte mich zum Husten, aber sonst spürte ich nichts.

»Ich weiß gar nicht, was alle daran finden«, meinte ich und gab ihm den Joint zurück.

Wir teilten uns die Zigarette. Ich war auf seltsame Art enttäuscht, weil die Droge bei mir keine Wirkung hatte. Wenn ich schon eine Sünde beging, dann wollte ich das auch spüren.

Schließlich drückte er den Joint aus und warf den Stummel hinaus in die Dunkelheit.

»Den Rest muß man nicht aufheben«, sagte er. »Das genügt. Jetzt komm, ich mache dir Kaffee, und ich habe Zitronen-Quarkkuchen, den mir meine Vermieterin gebracht hat. Hast du Hunger?«

»Nein«, sagte ich verträumt, obwohl mir plötzlich klar wurde, daß ich sehr hungrig war. »Ich will noch nicht gehen. Es ist so schön. Ich habe gar nicht gewußt, wie schön die Sterne über der Stadt sein können. Und die Frösche klingen so nett, und das Moos ist ... herrlich. Findest du nicht auch, daß das Moos herrlich ist, Luke?«

Silbrige Fröhlichkeit, Entzücken und eine Art unirdischer Vorfreude wie an einem Weihnachtsmorgen erwachten in mir und schoben sich in mein Bewußtsein. Ich spürte die weiche, samtige Luft auf jedem Zentimeter meiner Haut.

»Ich kann die Bläschen in meinem Blut spüren«, erklärte ich

kichernd. »Und bei dir auch. Ich kann jedes einzelne Bläschen in deinem Blut spüren, Luke.«

Ich glitt mit der Hand über seine Wange, den Nacken und unter seinem Hemd auf der Schulter entlang. Dann strich ich die lange Linie seines Armes hinunter bis zu seinem Handgelenk und über jeden einzelnen Finger. Ich glaubte, jedes einzelne Molekül, jede Körperzelle, jede Nervenendung und jede lange Muskelfaser an ihm spüren zu können.

»Du bist wie eine Anatomielehrstunde«, sagte ich, hielt seine Hand an meinen Mund und streckte meine Zunge heraus, um sie zu berühren. Seine Haut schmeckte vielfältig und herrlich, wie süßes, getrocknetes Gras, in dem noch die Sonne hängt. »Im Biologielehrsaal unserer High-School stand das Modell von einem Menschen ohne Haut. Man konnte genau sehen, wie er funktioniert, bis auf die Knochen. Kannst du auch sehen, wie ich funktioniere, bis auf die Knochen?«

Er nahm meine Hand und küßte sie, erst den Rücken und dann die Handfläche. Feuer sprang meine Venen entlang den Arm hinauf. Ich atmete kurz und flach ein.

»Mach das noch mal«, flüsterte ich, und er tat es, mit der anderen Hand. Noch mehr Feuer und wieder dieser leichte, flache Atem. Ich nahm sein Gesicht in meine Hände und hielt es, wobei ich die scharfen Kanten und die Knochen unter den Fingern spürte, jedes einzelne Barthaar und den Schnurrbart, der zugleich drahtig und seidenweich war. Ich zog sein Gesicht an meines und küßte ihn, und ich spürte, wie meine Lippen schmolzen und sich mit den seinen mischten, spürte, wie das Feuer tief in mir brodelte wie süße, geschmolzene Lava. Einen Augenblick lang saß er vollkommen still, und dann zog er mich fest an sich und küßte mich immer und immer wieder, bis ich keine Luft mehr bekam und nur noch Empfindung war, Empfindung auf jedem Quadratzentimeter meiner Haut, Empfindung von den Haarwurzeln bis zu den Sohlen meiner nassen, nackten

Füße. Mir war, als könnte ich ihm gar nicht nahe genug kommen, als könnte ich meinen Körper nicht davon abhalten, sich noch enger an seinen zu schmiegen.

»Nein, nicht«, flüsterte ich heftig, als er sich zurückzog.

Ich hatte mich ins Gras gelegt und ihn zu mir heruntergezogen, und jetzt hielt er mich im Arm und stützte sich auf einen Ellbogen. Sein Gesicht über mir wirkte groß, es verdeckte die Bäume und die funkelnden Sterne. Ich konnte es sehr deutlich sehen. Es war freundlich und ernst, und ich fand ihn sehr schön, irgendwie mittelalterlich, mit dem langen, schmalen Kopf, dem spitz zulaufenden Bart und dem weichen Schnurrbart. Ich streckte die Hand aus und strich mit der Fingerspitze über seine Augenbrauen und dann über den Mund. Er biß mich zart in den Finger, nahm dann meine Hand und glitt mit der Zunge darüber, so leicht wie ein Schmetterling, über den Handrücken, die Handfläche und die Finger. Ich stieß einen leisen, kehligen Laut aus und versuchte ihn wieder herunterzuziehen, aber er wehrte sich.

»Du fühlst die Wirkung des Haschisch, weißt du«, sagte er. Seine Stimme war belegt, und er räusperte sich.

»Das ist nicht alles, was ich fühle«, entgegnete ich und streckte mich wollüstig. »Tu doch nicht so, als ob du nicht auch noch etwas anderes spürst. Ich kann spüren ... was du spürst.«

Er verzog das Gesicht und rückte ein Stück zur Seite, so daß er sich nicht mehr so fest an mich drückte.

»Ich habe keine Geheimnisse vor dir, Smoky«, sagte er.

»Du willst es doch, oder?« flüsterte ich in sein Ohr und blies meinen Atem sanft aus, so daß er ihn am Ohr und an der Wange kitzelte.

»Herrgott, natürlich will ich es.« Er sprach in mein Haar. »Ich will das schon viel länger, als du ahnst. Aber wenn jemand zum ersten Mal Hasch geraucht hat, nutze ich das nicht aus, und außerdem halte ich mich aus einem Revier heraus, das bereits ein anderer reserviert hat.«

»Und ich dachte, du wärst der größte Liebhaber der westlichen Welt«, sagte ich und schob meinen Körper unter den seinen. Die Stellen, an denen er mich nicht berührte, schienen mir kalt, hungrig und verlassen.

»Na, das bin ich ja auch. Aber ich jage nicht in fremden Wäldern. Das ist die einzige Regel, die ich habe. Verdammt, Smoky, hör auf.«

»Der fremde Wald ist leer«, sagte ich an seinem Hals.

Sein Körper über mir wurde einen Augenblick lang steif.

»Was meinst du damit?«

»Heute beim Mittagessen hatten wir eine sehr unerfreuliche kleine Szene. Ich habe ihn sitzenlassen. Und ich werde nicht mehr zurückgehen.«

Eine ganze Weile sagte er nichts, und dann meinte er: »Die *Life*-Geschichte.«

»Ja.«

Er schwieg erneut, und dann stützte er sich wieder auf den Ellbogen und sah auf mich herab. Sein Gesicht war sorgenvoll.

»Also das war es, was dich den ganzen Abend beschäftigt hat. Vermutlich sollte ich jetzt sagen, daß es mir leid tut, Smoky, aber das stimmt nicht. Ich meine, es tut mir leid, wenn es dich verletzt hat, aber es tut mir nicht leid, wenn ihn dieses Foto vertrieben hat. Wenn er wegen dieses verdammten Bildes eine schlechte Meinung von dir hat, dann verdient er nicht, den Boden zu berühren, auf dem du gehst. Was hat er gemeint, daß es unziemlich ist oder so?«

»Oder so. Er fand es außerordentlich irisch. Er sagte, ich wüßte nicht, wann ich aufhören müßte, und daß ich kein Gefühl für Grenzen hätte, kein Limit kennen würde. Er hat sich vor meinen Augen in seine Mutter verwandelt, Luke.«

Luke begann leise zu lachen.

»Ich weiß, was für einen Ruf die Iren haben. In manchen Kreisen gelten sie noch weniger als die Schwarzen. Was für ein verdammtes Arschloch«, sagte er. »Aber er hat recht. Du kennst keine Grenzen. Du weißt nicht, wann du aufhören mußt. Du gehst absolut zu weit. Für einen ehemaligen YMOG ist die Wahrscheinlichkeit, daß du dich im Driving Club schlecht benimmst, um einiges zu hoch. Aber genau das macht dich zur Autorin, Smoky. Das habe ich bereits gesehen, als ich dich kennenlernte. Matt hat das auch erkannt. Herrgott, die ganze Zeit, die du mit ihm zusammen warst, habe ich mit den Zähnen geknirscht und gedacht, was er und seine Familie wohl aus dir machen werden.«

»Was denn?«

»Einen Roboter. Oder nein, ein kleines wildes Tier in einem Käfig. Ziemlich bald würde dein Fell seinen Glanz verlieren, und deine Augen ihr Strahlen, und du würdest vergessen, wie es ist, frei zu sein, selbst wenn du ab und zu herauskommen dürftest. Ich glaube, früher oder später hätte ich dich gepackt und wäre mit dir auf und davon gelaufen.«

»Woher wußtest du das?«

»Weil ich es bei meiner Schwester mitansehen mußte«, erklärte er. »Ich habe beobachtet, wie die Baltimore-Variante von Bradley Hunt dem So-und-so-vielten und dessen Familie eine lebhafte, wilde junge Malerin zu einer nervösen jungen Frau gemacht haben, die für die Feste der Junior League kocht und im Country Club zuviel trinkt. Ein Mann kann so ein Leben führen und dabei noch er selbst bleiben, aber die Frau, die das geschafft hat, habe ich noch nicht kennengelernt. Ich weiß nicht, was, zum Teufel, die YMOGs an den wilden Vögeln anzieht, aber irgend etwas muß es wohl sein. Die Ergebnisse kannst du in den Country Clubs und den reichen Irrenhäusern im ganzen Süden betrachten.«

Ich legte meinen Kopf auf meinen Arm und sah zu ihm auf. Das große rosafarbene Haus auf Sea Island, das hübsche erste Wohnhaus in den Collier Hills, die flachsköpfigen Kinder, die üppige weiße Hochzeit in der Kathedrale... all diese Bilder stiegen über meinem und seinem Kopf empor, wirbelten hinauf in die Lücke zwischen den Baumwipfeln, wo die Sterne standen, und waren verschwunden, als hätte es sie nie gegeben. Nur sein Gesicht war jetzt Wirklichkeit, nur sein Körper, und ich streckte die Arme nach beidem aus.

»Ich will bei dir bleiben«, sagte ich mit dem Mund an seinen Lippen. »Ich will die Nacht bei dir verbringen.«

»Bist du sicher, daß es vorbei ist? Bist du sicher, Smoky?«

»Ich bin sicher. Ich habe ihm sein Armband zurückgegeben.«

Dann begann ich zu lachen. Ich spürte, wie seine Mundwinkel an meinen Lippen sich nach oben zogen und er ebenfalls lachte.

»Was ist jetzt so lustig?«

»Seine Verhütungspillen habe ich ihm nicht zurückgegeben.«

Er schnaubte. »Na, dann komm«, flüsterte er. »Komm, wir gehen ins Haus.«

Er zog mich aus dem Moos nach oben und hielt mich fest an sich gedrückt, und wir gingen den Weg entlang zurück zur Straße und auf das dunkle Haus und das dahinterliegende Gästehäuschen zu. Am Ende der steilen Auffahrt stolperte ich, und er nahm mich in seine Arme, so leicht, als wäre ich ein Kind. Ich schlang meine Arme um seinen Nacken und küßte ihn auf Gesicht und Haar, während er mich trug.

»Hast du keine Angst, daß es einen Rückfall gibt... du weißt schon?« flüsterte ich ihm ins Ohr. »Hast du keine Angst, daß ich danach glauben werde, daß es nur die Nacht, der Wein und die Musik waren, und gar nicht du?«

Er küßte mich auf den Scheitel und strich mit dem Finger über meinen Brustansatz. Diese Empfindung ließ mich erschauern; die Berührung entflammte meinen ganzen Körper von neuem. Ich drückte mich an ihn.

»Das wirst du vielleicht«, sagte er in mein Haar. »Aber nicht lange.«

Als ich am nächsten Tag endlich zurück in die Wohnung kam, sagte mir Teddy, daß Brad mehrmals aus Huntsville angerufen hätte, um sich zu entschuldigen. Aber da war es längst viel zu spät.

12. Kapitel

»Hast du völlig den Verstand verloren? Bist du komplett ausgeflippt? Wie kannst du dich von Brad trennen und am selben Tag etwas mit Luke Geary anfangen? Was hast du eigentlich getrunken? Hast du etwas genommen?«

Es war am nächsten Abend um sieben Uhr, und ich saß in einem sauberen Pyjama auf dem Sofa, hatte mein nasses Haar in ein Handtuch gewickelt und aß Schinken und Kartoffelsalat, den uns Teddys Mutter geschickt hatte. Währenddessen beobachtete ich Teddy, wie sie durchs Wohnzimmer marschierte und mit den Armen wedelte, als dirigiere sie ein Orchester. Die Fensterflügel standen offen, und draußen in dem warmen Septemberabend konnte ich Autotüren auf- und zugehen und Gelächter und Musik von zahlreichen Plattenspielern hören. Samstag nacht im Colonial Homes.

Teddy mußte die lauten Klänge des Ramsey-Lewis-Albums überschreien, das mir Luke geliehen hatte. Sie trug ihr kurzes Peter-Max-Nachthemd und hatte das dunkle Haar auf dicke Wickler gedreht. Sie sah aus wie eine eifrige kleine Soldatin aus einem Stück von Ionesco, und ich lächelte. Seit Luke mich nach Hause gebracht hatte, lächelte ich. Ich war sehr glücklich.

»Ich habe ungefähr eine Milliarde Gläser getrunken und dann habe ich Gras geraucht«, sagte ich. »Beides war nicht besonders lustig. Aber das andere war ... unglaublich.«

»Also das ist es. Du warst high. Bestimmt bist du dir klar darüber, daß high sein und vögeln nicht immer so ist. Ich meine, so wie vögeln ist, wenn man nicht high ist ...«

»Ja, das weiß ich«, antwortete ich.

Als ich am Morgen in Lukes Wasserbett, das sich in dem kleinen Schlafzimmer neben dem großen Wohnzimmer des Gästehäuschens befand, erwachte, streckte ich mich erst wohlig, ehe ich merkte, daß ich nackt war. Dann fiel mir die Nacht ein, und ich rollte mich fötusartig zusammen und wartete, daß das dunkle Gefühl wie eine riesige Woge über mir zusammenschlug und mich in Scham ertränkte.

Nichts geschah. Hinter meinen fest geschlossenen Lidern fühlte ich mich noch immer herrlich. Ich spürte einige schmerzende und verkrampfte Muskeln und Wundheit an Stellen, wo ich das noch nie gespürt hatte, eine wohlige Wundheit zwischen meinen Beinen. Obwohl mein Gesicht heiß wurde, bewegte ich mich so, daß ich sie noch intensiver fühlen konnte. Wärme breitete sich wie ein langsames Feuer von dort in meine Beine und meinen Bauch aus. Ich merkte, wie ich lächelte, auch wenn ich mein Gesicht noch ins Kissen gedrückt hielt.

Ich streckte eine Hand aus, um Luke zu berühren, und fand nur Leere. Bevor ich mich aufsetzen konnte, und eigentlich noch bevor ich mir seiner Abwesenheit wirklich bewußt wurde, hörte ich seine Schritte und blickte durch meine Finger, die ich über die Augen gelegt hatte, zu ihm auf.

Er stand vor dem niedrigen Bett, hielt ein Tablett in der Hand und trug lediglich ein verknotetes Handtuch. Er hatte geduscht; in seinem Bart und dem Schnurrbart hingen noch Tröpfchen, und in seinem dichten Haar, das von Feuchtigkeit dunkelrot war, sah ich die Spuren des Kamms. Auch in dem Pelz aus feinen, rotgoldenen Haaren auf seinen Armen und Beinen glitzerte das Wasser, und er roch nach feuchtem Handtuch, Seife und heißem Kaffee. Er roch herrlich. Er sah herrlich aus. Wie hatte ich jemals finden können, Lucas Geary sei zu dünn? Sein schmaler Körper war so geschmeidig und glatt wie ein junger Baumstamm. Ich verspürte den Wunsch, ihn zu berühren und mit der Hand leicht darüberzustreichen, von den breiten, abfallenden Schultern über den Rumpf und die Beine bis zu den Füßen. Ich wollte seinen vernarbten Knöchel mit meinen Fingern betasten und an den langen Knochen und Muskelsträngen entlanggleiten. Er hatte einen Körper wie ein Schwimmer. Mir fiel ein, daß ich nicht wußte, ob er schwamm. Eigentlich wußte ich überhaupt nicht, was er sonst so machte, abgesehen von dem, was wir in den vergangenen dunklen Stunden, bis wir endlich einschliefen, miteinander gemacht hatten. Ich spürte, wie mein Gesicht und die Brust rot wurden, und machte die Augen wieder zu. Ich war hemmungsloser gewesen, als ich mir das je hätte vorstellen können.

»Erst Kaffee, dann Brötchen«, sagte er, stellte das Tablett neben dem Wasserbett auf den Boden und ließ sich aufs Bett fallen. Er streckte die Hand aus, zog mir die Finger vom Gesicht und betrachtete es, und dann lachte er.

»Du hast einen Knutschfleck am Hals, der so groß ist wie eine Chrysantheme«, sagte er. »Sei nicht so scheu, setz dich auf und rede mit mir. Ist dir das, was letzte Nacht passiert ist, peinlich?«

Ich nickte.

»Fühlst du wieder diese dunkle Scheiße? Hat es weh getan?«

Ich schüttelte den Kopf.

»Bist du plötzlich verstummt? Das glaube ich nicht. Hör zu, wahrscheinlich glaubst du jetzt, daß alles nur geschehen ist, weil du high warst, stimmt's? Und daß es im kalten Licht des Tages ganz anders sein wird?«

Ich nickte wieder.

»Dann finde ich«, sagt er, nahm das Handtuch ab und zog mich ganz zärtlich an sich, »wir sollten es einfach noch einmal tun. Nur um dich zu beruhigen.«

Und das taten wir auch. Und dann noch einmal, nur um, wie er sagte, völlig sicherzugehen. Danach lagen wir beide schweißbedeckt und erschöpft auf dem schaukelnden Wasserbett, der

Kaffee war kalt, und in mir pochten jeder Nerv und jede Sehne in einer wilden, gelösten Schwere, und ich lachte in elementarem, primitivem Triumph. Das Lachen begann wie ein Knurren tief in meiner Kehle, und ich ließ meinen Kopf nach hinten auf seinen Arm fallen. Genießerisch rollte ich ihn im Nacken hin und her. Ich glaube kaum, daß ich mich jemals noch einmal so unendlich und ganz einfach weiblich fühlen werde wie in diesem Augenblick auf Luke Gearys Wasserbett.

»Also, was wäre dir jetzt angenehm?« fragte er, streckte sich kraftvoll und beugte sich vor, um mich zwischen die feuchten Brüste zu küssen. »Frühstück? Eine Dusche? Eine Reise zum Mond auf Schmetterlingsflügeln?«

»Frühstück«, sagte ich. »Ich bin völlig ausgehungert. Und dann eine Dusche. Und dann könnten wir es vielleicht noch einmal machen, nur um absolut sicherzugehen, daß es nicht... du weißt schon, das Gras, der Alkohol und all das waren.«

»O mein Gott, ich habe ein Monster geschaffen«, meinte er lachend. »Ich bin bestimmt gut, aber so gut bin ich auch wieder nicht. Könntest du nicht vielleicht bis mittags warten?«

»Mit Mühe«, sagte ich und biß ihn in seine Schulter, wo die Sommersprossen so dicht waren, daß er aussah, als sei er aus Kupfer.

»Ausgerechnet Luke!« schimpfte Teddy und runzelte die Stirn in dem Bemühen um Verständnis. »Ganz abgesehen von seinem Aussehen, was – um Himmels willen – hat er an sich, das besser sein könnte als das, was Brad Hunt hat? Außerdem dachte ich, du magst Luke gar nicht. Du schimpfst ständig über ihn.«

»Brad... kann verletzend sein«, sagte ich langsam. Es kostete mich Mühe, über Brad zu reden, und es ermüdete mich. Ich wußte, daß sie es nicht verstehen würde, aber das war schließlich Teddy, und ich wollte es wenigstens versuchen.

»Brad hat mich verletzt, gestern beim Mittagessen. Er hat es absichtlich gemacht, und es hat sehr weh getan. Ich glaube, später tat es ihm leid, und vielleicht hat er es auch nicht so gemeint, wie er es sagte, aber er hat es vorsätzlich getan, und ein Gutteil davon hat er ernst gemeint. Vielleicht macht er so etwas nicht oft, aber er kann es, und er wird es auch weiterhin tun. Nach diesem Vorfall wäre ich mir nie sicher, wann er es wieder tut. Ich glaube nicht, daß Luke so etwas tun würde. Er könnte es ohne Absicht tun, aber er würde einen nie vorsätzlich verletzen. Er würde sich das nie zum Ziel setzen. Nicht bei mir und nicht bei jemand anderem. Das glaube ich wirklich.«

»Niemand ist so ein Heiliger«, meinte Teddy.

»Ich meine damit nicht, daß er ein Heiliger ist. Ich meine nur, daß er nicht auf diese Weise denkt. Er ist absolut offen. Er spielt keine Spielchen.«

»Brad hat nicht mit dir gespielt«, sagte Teddy. »Er wollte dich heiraten.«

»Machst du Witze? Er hat ein einziges, ewiges Spiel mit seiner Mutter gespielt, und ich war der Hauptgewinn«, widersprach ich. »Vielleicht war er sich dessen nicht bewußt, aber das tat er. Früher oder später hätte er mich damit verletzt. Ich weiß nicht, warum ich das nicht schon früher gemerkt habe.«

»Und Luke Geary ist kein Spieler?«

»Nein«, sagte ich voller Überzeugung. »Das ist er nicht.«

Dann dachte ich an das Foto für *Life* und die Erlaubnis, die ich unterschrieben hatte, nachdem er mir erzählte, das sei eine reine Routineangelegenheit. War das kein Spiel gewesen? Nein, wahrscheinlich nicht. Ich dachte, daß sich Luke wohl wirklich nicht vorstellen konnte, ich könnte etwas dagegen haben, an so etwas Kraft- und Ausdrucksvollem wie diesem eingefangenen Augenblick beteiligt zu sein. Er hatte gedacht, ich würde, sobald ich die Fotografie sah, erkennen, wie notwendig sie und ihre Veröffentlichung waren. Und das hatte ich ja auch erkannt. Selbst in meinen wütendsten und erschrockensten Augenblicken hatte ich die Notwendigkeit dieser Fotografie eingesehen. Es war eine Übereinstimmung zwischen Künstlern gewesen. Er hatte ein Element in mir angesprochen, das er selbst jetzt noch viel klarer sah als ich selbst.

Ich dachte auch an einiges, was er heute nachmittag gesagt hatte, nachdem wir Brötchen, Frischkäse und Lachs gegessen und köstlichen, starken heißen Kaffee mit Zimt getrunken hatten, was er alles bei dem, wie er behauptete, einzigen anständigen Delikatessenladen in Atlanta bestellt hatte. Wir saßen auf der winzigen Terrasse, die sich über dem baumbestandenen Garten des Ziegelhauses der Witwe befand und die geradewegs in die Baumspitzen hineinreichte, genossen den Halbschatten und trugen nicht mehr als feuchte Handtücher. Von seiner ausgezeichneten Anlage erklang leise Musik; silbriger, leichtfüßiger Jazz. Er hatte erst die Swingle Singers mit »Going Baroque« aufgelegt, und dann folgte das Modern Jazz Quartet mit dem jagenden »No Sun in Venice«.

»Ich möchte nicht, daß du dich jetzt eingeschränkt fühlst«, sagte ich. »Du sollst nicht das Gefühl haben, daß ich Forderungen stelle. Das werde ich nicht tun.«

»Solltest du aber«, antwortete er. »Ich werde nämlich Forderungen an dich stellen, und du solltest auch von mir etwas verlangen. Ich weiß schon, du hast gehört, daß ich mich ziemlich herumtreibe, oder was immer man dir über mich und die Frauen erzählt hat, und das stimmt auch. Ich liebe Frauen. Das war schon immer so. Aber es gibt immer nur eine Frau zur selben Zeit, und ich versuche, von Anfang an die Bedingungen klarzustellen. Jede Beziehung ist anders; und bei einigen weiß man, daß sie nicht lange dauern werden. Ich weiß es zumindest in der Regel, und ich nehme an, die Frauen wissen es auch. Und daher spreche ich es aus. Wenn es dann nötig ist, die Sache zu beenden, dann sage ich das. Und ich bitte meine ... Partnerin, so könnte man wohl sagen ..., das ebenfalls zu tun.«

»Und wann ist das hier zu Ende?« wollte ich wissen und spürte, wie sich mein Herz angstvoll zusammenkrampfte. Ich war bereit, das wußte ich; wegen mir hätte diese ätherische, tänzerische, strahlende körperliche Beziehung unendlich lange weitergehen können, aber ich konnte sie nicht nebenbei führen. Hatte ich mich geirrt, wenn ich zu fühlen glaubte, daß es ihm genauso ging? Schließlich hatte ich so gut wie keine Erfahrung in solchen Dingen.

»Ich sehe kein Ende«, sagte er. »Ich will mit dir zusammensein, und ich werde mir dir zusammensein. Solange ich nicht unterwegs bin, um zu fotografieren, werde ich bei dir sein. Wann immer ich kann, werde ich dich mitnehmen. Ich gehe heute abend mit Matt und John aus, um noch einmal Ramsey Lewis zu hören, und da werde ich dich nicht mitnehmen, weil das schon eine Weile geplant war. Aber das war's dann. Danach möchte ich, daß wir zusammen sind. Das werde ich Matt heute abend erzählen. Unter der Voraussetzung natürlich, daß du es auch willst.«

Ich nickte. Ich wußte, daß ich das auch wollte. Es war genau das, was ich wollte. Vielleicht hatte ich das immer schon gewollt.

»Du wirst dich nicht wieder mit Hunt versöhnen? Nicht wieder zurückgehen nach Sea Island? Du willst mich nicht sitzenlassen und statt dessen lieber im Driving Club essen?«

»Nein. Nichts von alledem. Also gut, und wie lange möchtest du dann, daß wir zusammenbleiben?«

»Ich weiß es nicht. Du weißt es vermutlich auch nicht. Wie ich schon sagte, ich kann kein Ende absehen. Ich werde dir Bescheid sagen, falls sich das ändert. Und ich möchte dein Versprechen, daß du das auch tust. Und wenn du jemals möchtest, daß die Dinge zwischen uns... anders werden, dann solltest du mir das auch sagen.«

Ich wußte, was er meinte. Er meinte, daß vermutlich der Tag

kommen würde, an dem ich mehr wollte, etwas Dauerhaftes, eine langfristige Bindung. Wollten wir das nicht alle, wir jungen Frauen jener Zeit auf der ganzen Welt? Drehte sich nicht unser ganzen Leben darum, trotz all der populären Gesänge über Liebe und Freiheit? Waren wir nicht dafür erzogen, darauf gedrillt und programmiert worden?

Ich saß neben ihm in der Sonne des frühen Nachmittags und stellte überrascht fest, daß ich es nicht wollte und vielleicht nie gewollt hatte. Vielleicht war das, so dachte ich, die Quelle meines dunklen Gefühls gewesen, und nicht die Kirche, nicht das Schuldbewußtsein und nicht Gott. Vielleicht war es lediglich das lastende Bewußtsein meines zukünftigen Lebens, das mich erwartete. Ich wollte nicht jetzt schon entscheiden, was ich mit dem Rest meines Lebens anfing. Ich wollte nur diesen Augenblick leben. Ich wollte, daß dieser Augenblick ewig andauerte, ohne daß das elefantenschwere Gewicht der St. Phillip's Cathedral, das erste Haus in den Brookwood Hills, und der riesige, rosafarbene Schatten des Hauses auf Sea Island über mir hingen. Was ich jetzt vor mir sah, war dieser gegenwärtige Moment, der sich in die Unendlichkeit erstreckte. Arbeit, Lachen, Musik, Gespräche, Matt und sein großartiges Talent, sein beweglicher Geist und seine blökende Taxihupe von den Bahamas; Tom mit seiner Freundlichkeit, dem schönen Körper und dem trockenen, netten Lächeln; Teddy mit ihrem großen, liebevollen Herzen; Hank mit seiner heiteren Dauerhaftigkeit; mein Name unter Artikeln, Ehrungen, Premierenabende und ausgiebige Mittagessen und blaue Cocktailstunden voll mit schönen Kleidern und Gelächter; die Schärfe und das Strahlen des *Downtown Magazine*; die Tage und Nächte mit Lucas Geary; seine Augen und meine Stimme, die gemeinsam mit Bildern und Worten etwas verändern konnten. Er und ich. Nur jetzt. Nur das.

Nichts davon würde mich verletzen. Nichts von dem, was Lucas Geary darstellte, konnte mich so verletzen, wie das Brad

Hunt mit wenigen Worten und innerhalb von dreißig Sekunden getan hatte.

»Und was habt ihr sonst noch gemacht?« wollte Teddy wissen. »Außer gerammelt wie die Karnickel?«

Wir lachten länger, als es diese Bemerkung verdiente. Dann sagte ich: »Ach, Teddy, alles. Nichts. Aber es war ein herrlicher Tag. Ich glaube, das war bisher der schönste Tag in meinem ganzen Leben.«

»Ach du Scheiße«, sagte sie. »Offenbar bist du unmöglich, wenn du verliebt bist. Manche Leute sind so.«

Ich hatte die Wahrheit gesagt. Luke und ich hatten im wesentlichen gar nichts gemacht, und dennoch erinnere ich mich an diesen ersten Tag, den wir zusammen verbrachten, als wäre er eingebrannt in die Zellen meines Gehirns. Er war so klar wie Wasser, und alles hatte eine schimmernde Bedeutung. Nach dem Mittagessen saßen wir lange auf der kleinen Terrasse und sahen der Sonne zu, wie sie über die blaue Kuppel des Himmels über uns wanderte, tranken die halbe Flasche kalten, weißen Chablis, die wir in seinem kleinen Kühlschrank gefunden hatten, und redeten. Wir redeten, als unterhielten wir uns schon ein Leben lang und als habe dieses Gespräch nicht gerade erst angefangen. Die Worte, die Luke und ich wechselten, kamen mir vor wie eine Fortsetzung. Ich erfuhr mehr über ihn und er über mich, und doch kam mir das alles an diesem langen, gemächlichen Nachmittag keineswegs neu vor, sondern eher so, als hätten wir einander eine Weile lang vergessen gehabt. Über dem Gespräch lag wie ein lebendiges Wesen das geheime, prickelnde Zerren der neuartigen körperlichen Sehnsucht.

»Wer ist Sonny Pickens?« wollte ich wissen.

»Ich weiß es nicht genau. Er ist einer der Neuen aus dieser Berkeley-Gruppe, die bei Selma und im Lowndes County nicht dabei waren. Ich habe von ihnen gehört, aber bisher noch keinen von ihnen getroffen. Richtig hart. Richtig wütend. Richtig schwarz. Sie sind ganz groß in der Black-Power-Bewegung; mit Gewehren, Lederjacken, Berets und soldatischem Gruß und allem Drum und Dran. Eine Hundertachtzig-Grad-Wendung im Vergleich zur Bewegung im Süden; an diesen Raubkatzen ist nichts Gewaltloses. Sie wollen dem SCLC und sogar den moderaten Schwarzen im SNCC und bei CORE die Zügel aus der Hand nehmen. Sie wollen alle Weißen, auch die liberalen, völlig hinauswerfen. Ich weiß, daß sie im Norden groß rekrutieren, in den Orten, wo die Aufstände am schlimmsten waren und wo der Krieg tobt. Was ich nicht weiß, ist, was Leute wie Sonny hier unten wollen. Wenn sie einige von Kings Jungen in ihre Reihen bekommen wollen, dann sollten sie lieber Leute wie Juanita die Vorarbeit leisten lassen. Sie hat wenigstens eine gemeinsame Vergangenheit mit den Truppen hier unten. Bevor sie militant wurde, war sie eine nette kleine Freiheitsmarschiererin und eine verläßliche Schwester. Und sie hat Kontakte.«

»John, meinst du.«

»Ja. Aber alle können sich noch von Selma und Lowndes her an sie erinnern. Sie war eine der Besten, bevor sie übergelaufen ist.«

»Glaubst du, sie versucht, aus John einen Panther zu machen? Nach dem, was du mir erzählst, ist das ein hoffnungsloses Unterfangen. Zumindest dann, wenn er Dr. King gegenüber wirklich so loyal ist.«

»Das ist er auch«, sagte Luke. »Es ist nur so, daß ... er ist der Meinung, daß einige Dinge passieren sollten, die nicht passieren. Oder zumindest nicht schnell genug, oder vielleicht niemals passieren werden. Im Moment ist er ziemlich verletzlich. Ich wünsche mir um alles in der Welt, sie würde wieder zu ihrer Basisstation zurückkehren. Der gute Sonny war vermutlich ein schwerer Fehler, und ich glaube, das weiß sie auch. Diesen

Dandy hätte sie niemals mitten ins Zentrum der Bewegung mitbringen sollen. Vielleicht packt sie ihn jetzt und verschwindet mit ihm, bringt ihn raus aus Dodge City.«

»Ich weiß nicht recht«, meinte ich. »Ich hatte den Eindruck, daß sie mit John noch mehr im Sinn hatte, als ihn zu einem Black Panther zu machen.«

»Was noch zum Beispiel?«

»Du meine Güte, Luke, sei doch nicht so schwer von Begriff. Du hast doch Augen im Kopf. Hast du nicht bemerkt, wie sie an ihm dranhing? Als wollte sie ihn wieder ins Bett bekommen.«

»Das wäre noch das geringste Übel«, sagte Luke.

»Vielleicht nicht«, erwiderte ich nachdenklich.

»Hör mal, ich habe Champagner da«, sagte er. »Willst du welchen? Wir trinken noch etwas, und dann entwickle ich noch einen Film, bevor John kommt. Kannst du dich irgendwie beschäftigen, lesen oder Musik hören oder so?«

»Oder so«, sagte ich, streckte die Hand aus und fuhr mit dem Fingernagel über seinen Bauch bis zur Oberkante des Handtuchs.

»Ich beeile mich mit dem Entwickeln«, meinte er grinsend und holte den Champagner. Er war herrlich seidig und leicht prickelnd, in einer schönen, dunkelgrünen Flasche mit einem roten Wachssiegel. Taitinger Blanc de Blanc stand auf dem Etikett. Ich kannte die Marke nicht, wußte aber, daß er teuer sein mußte.

»Woher hast du denn den?« wollte ich wissen.

»Von meiner Vermieterin. Ich habe ihr das Getriebe repariert, oder den Antrieb, wie sie es nennt.«

Er stand auf und ging in die kleine Dunkelkammer neben seiner winzigen Küche. Sein Glas nahm er mit. Ich zog mich an, kämmte mir die Haare und setzte mich mit untergeschlagenen nackten Füßen auf das große Samtsofa im Wohnzimmer. Dann trank ich den restlichen Champagner, der sich noch in meinem Glas befand, und sah mich in seiner Wohnung um.

Sie ähnelte keinem der Single-Apartments, die ich in Atlanta bisher gesehen hatte. In der bleichen Nachmittagssonne wirkte sie auf eine eigentümliche Art altmodisch und elegant, die mir exotisch und fremdartig vorkam. Ich erinnerte mich daran, daß seine Vermieterin die Wohnung mit ihren eigenen Möbelstücken ausgestattet hatte. Die Witwe stammte aus Wien und war angeblich auf diese muffige, düstere, mitteleuropäische Art wohlhabend, wie das viele Wiener sind. Danach sah das Gästehäuschen jedenfalls aus, mit seinen schmalen, hohen, verglasten Bücherschränken, den riesigen, dunklen, geschnitzten Schränken, den Ohrensesseln, den vielen ausgebleichten Seidenkissen mit Quastenbesatz und den großen, dunklen, goldgerahmten Gemälden von hochbusigen Frauen und bärtigen Männern. Überall standen dekorative Stücke aus Porzellan und Glas, die Luke ganz bestimmt nicht gehörten, aber irgendwie paßte das ganze Ambiente der Wohnung dennoch zu ihm. Die Aberhunderte von Büchern und Platten, die Musikanlage und die paar afrikanischen Skulpturen stammten, wie ich wußte, von ihm. Seltsamerweise paßten sie gut zu den Dingen der Witwe. Die Wohnung verriet Luke Gearys Wesen, ohne daß sie viel von ihm zeigte.

Ich lag ausgestreckt auf dem Sofa, hörte Carmina Burana und las Walker Percy, als ein leichtes Klopfen an der Fliegengittertür meine gedankenlose Zufriedenheit unterbrach. Ich blickte auf und sah, daß John Howard auf der Schwelle des Gästehäuschens stand.

»Komm herein«, rief ich, und er betrat den Raum. Er kniff seine Wolfsaugen zusammen, um in dem dämmrigen Licht besser sehen zu können, und betrachtete mich.

»Hallo, Smoky«, sagte er so selbstverständlich, als wäre er gewöhnt, mich allein in Lukes Wohnzimmer vorzufinden. »Ist Luke da?«

»Er entwickelt«, sagte ich. »Er müßte bald fertig sein. Willst du Champagner? Wir haben eine Flasche aufgemacht und nicht viel davon getrunken, und wenn er herumsteht, schmeckt er nicht. Er ist ausgezeichnet. Ich hole dir ein Glas.«

»Na ja... nichts dagegen. Danke. Champagner ist genau das richtige an einem Samstag im September.« Er lächelte, und ich tappte hinaus in die Küche und kam mit der Flasche und einem Stielglas zurück. Es hatte kleine eingravierte Blumen auf dem Kelch, Millefleurs nannte man sie, wie ich zu wissen glaubte. Wieder die Witwe.

Luke rief einen Gruß durch die geschlossene Tür der Dunkelkammer, und John Howard rief etwas Liebenswürdiges zurück und hob sein Glas.

»Prost, Smoky«, sagte er. »Auf André. Und mach dir keine Gedanken wegen der *Life*-Sache. Luke hat mir erzählt, daß sie dich beunruhigt. Das wird keinerlei Folgen haben. Von meinen Leuten liest das niemand.«

»Hast du eine Ahnung«, entgegnete ich. »Aber trotzdem, danke. Der gestrige Abend war toll, John. Die Begegnung mit Dr. King werde ich nie vergessen. Da ist etwas so... ich weiß nicht... Gutes an ihm. Es ist bestimmt etwas ganz Besonderes, mit ihm zu arbeiten. Wie bist du überhaupt an ihn geraten?«

Er lachte. Es war ein volles, entspanntes Lachen. Wie er da mir gegenüber in dem Ohrensessel der Witwe saß und Champagner trank, sah er elegant und zurückhaltend aus. Er trug Jeans und ein ordentlich gebügeltes Hemd aus Oxfordstoff, dessen Ärmel über die bronzefarbenen Unterarme hochgerollt waren. Es war, als habe man eine Statue von Remington zu Besuch.

»Vermutlich könnte man sagen, daß ich wie ein Junge, der zum Zirkus will, davongelaufen bin und mich ihm angeschlossen habe, weil ich wütend war auf meinen Vater.«

»Erzähl.«

Ich wußte, daß ich noch einen Tag zuvor mit John Howard

nicht so geredet hätte. Die Frau, die das jetzt tat, war nicht mehr das Mädchen, das gestern zum Mittagessen gegangen war und mitansehen mußte, wie die Zukunft vor ihren Füßen zu Staub zerfiel. Ich wußte nicht, was mich verändert hatte, zumindest nicht genau. Natürlich hatte ich den großen Rubikon überquert, der Mädchen schon immer von Frauen unterschied, jedenfalls in Corkie; ich war jemand, der das getan hatte, was in meiner Kirchengemeinde »das Schmutzige« genannt wurde. Ich war auf der anderen Seite. Nun würde ich niemals wieder ein Mädchen sein, das nicht wußte, wie es war. Aber ich konnte mir nicht vorstellen, daß das der Grund dafür war, weshalb ich mich plötzlich mit John Howard so selbstverständlich unterhielt. Aber egal, ich tat es. Vielleicht gehörte das auch einfach nur zu diesem leuchtenden, kristallklaren Tag.

»Na ja, ich hatte gerade das Jurastudium abgeschlossen und versuchte mich zu entscheiden, was ich mit meinem Leben anstellen sollte«, erzählte John. »Ich war sechsundzwanzig Jahre alt und hatte seit meinem siebzehnten Lebensjahr mehr oder weniger ständig studiert. Erst hatte ich gedacht, ich wollte Prediger werden, aber der Ruf, den ich als Teenager zu hören glaubte, war irgendwie verklungen. Bei all dem, was in den frühen sechziger Jahren los war, kam mir das Predigen wie eine bloße Nebenbeschäftigung vor. Ich glaube auch nicht, daß ich jemals von wirklichem Sendungsbewußtsein erfaßt war. Und um die Wahrheit zu sagen, ich glaube, ich ließ mich vor allem zum Prediger ausbilden, um meinen Vater zu ärgern. Er hat immer darauf bestanden, daß ich etwas lerne, womit ich Geld verdienen kann, er wollte, daß ich ein anständiges Leben, wie er das nannte, führte und nicht im Ghetto landete. Ich weiß nicht, warum er glaubte, ich würde dort landen, keiner aus meiner Familie hat jemals ein Ghetto aus der Nähe gesehen. Aber auf jeden Fall ging ich nach Howard zum Jurastudium eher deshalb, um mit ihm Frieden zu schließen, und nicht aus dem brennenden Wunsch, Rechtsanwalt zu werden. Und natürlich deshalb, um etwas anderes zu lernen als Prediger. Ich habe das eine Weile gemacht, lang genug, um zu wissen, daß ich kein guter Seelsorger bin und schon gar kein Bote Gottes. Also machte ich meinen Abschluß und ging im Frühling zurück nach St. Louis, um mich ein bißchen umzuschauen und zu sehen, wo ich vielleicht einen Job bekomme. Aber die Bürgerrechtsbewegung hatte mich schon eine ganze Weile gereizt, und es kam mir irgendwie unanständig vor, einfach nur in St. Louis herumzusitzen. Ich dachte, ich sollte mal hingehen und ein bißchen hineinschmecken, nur um zu sehen, wie es ist. Dann war in diesem Sommer der Marsch nach Washington, und ich beschloß, hinzufahren. Mein Vater ging an die Decke wie eine Rakete. Das letzte, was er mir noch sagte, als mein Bus nach Washington abfuhr, war: ›Ich hoffe, du wirst verhaftet.‹«

»O Scheiße, das ist genau das, was mein Alter zu mir gesagt hat, als mein Bus Baltimore verließ«, sagte Luke, der gerade das Zimmer betrat. Er gab John Howard einen Klaps auf die Schulter, ging zu mir und küßte mich auf die Stirn. Ich spürte, wie ich rot wurde. Ich warf John Howard einen versteckten Blick zu, und er lächelte mich an und nickte leicht, als gebe er seinen Segen, aber er sagte nichts.

»Und dort habt ihr euch kennengelernt«, sagte ich. Das hatte Luke mir erzählt.

»Stimmt. Wir haben uns auf höchst elegante Weise in der Wartereihe vor einem der Außenklos kennengelernt, die der SCLC hinter dem Hauptquartier aufgestellt hatte«, erzählte Luke. »Wir sind einander sofort aufgefallen. Da standen wir, zwei magere Jungs in Seersucker-Anzügen mit Madraskrawatten und Bürstenschnitten, und warteten in einer Reihe mit diesen ganzen Overalls, Arbeitshemden, Friedensabzeichen und Sandalen. Wir haben uns angesehen, und ich habe meine Krawatte abgenommen und er die seine, und dann rollten wir sie zusammen und warfen sie hinter die Toiletten, banden unsere Jackets um die Taille und krempelten die Hemdsärmel hoch. Und dann gingen wir aufeinander zu und schüttelten uns die Hände. Die Krawatte abzunehmen und hinter ein Klohäuschen zu werfen, war der größte Befreiungsakt meines Lebens, abgesehen davon, daß ich in Baltimore in den Bus gestiegen bin. Und ich vermute, das galt auch für John. Danach marschierten wir auf geradem Weg in die Hölle.

Nach Kings ›I Have a Dream‹-Rede gab es keinen Zweifel mehr, daß ich bei ihm bleiben würde«, fuhr John fort. »Ich habe nicht einmal zu Hause angerufen. Ich bin in einen der Busse gestiegen, die aus Washington zurück nach Atlanta fuhren, und Luke kam mit. Ich wußte nicht recht, was ich mit ihm anfangen sollte. Da saß ich nun mit diesem mageren Jungen, der ein Gesicht hatte so weiß wie der Schnee am Kilimandscharo, wie jemand im Bus über ihn sagte, und der seinen Samsonite-Koffer mitschleppte und diese ganzen Kameras um den Hals trug. Ich mochte ihn, aber ich war nicht unbedingt der Meinung, daß er für diesen Bus ein Gewinn war. Aber er war wie ein streunender Hund; ich wurde ihn nicht los. Als wir nach Atlanta kamen, ging ich in die Zentrale des SCLC zu Dr. King – man konnte jederzeit zu ihm, wenn er in der Stadt war; ich bin einfach in sein Büro gegangen – und erzählte ihm, ich sei ein junger Rechtsanwalt, und ich würde gerne für ihn arbeiten, und er müßte mir nichts zahlen, bis er wisse, ob er mich brauchen könne oder nicht. Luke kam direkt hinter mir und sagte genau das gleiche. Es stellte sich heraus, daß sie einen Fotografen sehr viel schneller brauchen konnten als einen Rechtsanwalt; Luke wurde sofort mit einer Gruppe von ihnen hinausgeschickt, um über die Wählerregistrierung in Mississippi zu berichten, während ich in Atlanta saß und irgendwelche unwesentlichen Vorgänge bearbeitete. Es dauerte ein Jahr, bis sie mich zum ersten Mal jemanden aus dem Gefängnis holen ließen. Schließlich machte ich irgendwelche

Hilfsarbeiten an der Atlanta University und arbeitete als Tutor; damit verdiente ich ein bißchen Geld und hatte eine Wohnung. Das mache ich noch immer, und ich wohne auch noch immer in der Studentenbude. Luke hingegen kam zu Ruhm und Vermögen, indem er sich in Selma um meinetwillen von einem Polizeipferd auf den Fuß treten ließ. Und der Rest ist Geschichte. Wie man so sagt.«

»Ja.« Ich lächelte. »Es ist tatsächlich Geschichte, stimmt's? Und du bist Dr. King so nahe gekommen wie nur irgend jemand sonst. Warum du, John?«

Das war eine anmaßende Frage, aber ich meinte sie nicht so, und er verstand sie auch nicht so.

Er lehnte sich zurück und hielt sein Glas gegen das Licht, so daß die hellen, goldfarbenen Bläschen tanzten und sich drehten. »Ich glaube, der Grund ist, daß er einen reuigen kleinen Elitären erkennt, wenn er einen sieht, denn er war selbst mal einer. Weißt du, er war nicht immer ein, ich zitiere, Mann des Volkes. Er ist ziemlich ähnlich aufgewachsen wie ich, er war verwöhnt, gut erzogen und ziemlich kultiviert. Tatsächlich hat er sich bewußt verändert, hat wie ein einfacher Mensch reden und gehen gelernt, damit er seinen Leuten nahekam und sie erreichen und etwas für sie tun konnte. Das muß einen enormen Aufwand an Zuneigung und Willenskraft gekostet haben. Und auch ich habe mich durch die Nähe zu ihm verändert. Zwar werde ich nie so vollständig wie er unter den ganz normalen Kämpfern der Bewegung aufgehen, aber ich habe von ihm gelernt, daß sie es sind, um die es dabei geht. Diese sogenannten kleinen Leute sind die wirklich Wichtigen. Die Armen. Das ist ihr Kampf. Martin widmet sich ihnen bis zum äußersten, und ich habe versucht, es ihm gleichzutun. Es ist mir nicht vollständig gelungen, aber das hat mich wie nichts anders mit mir selbst in Kontakt gebracht ... so mit ihm zusammenzuarbeiten.«

Eine ganze Weile schwiegen wir gebannt. Das war eine außergewöhnliche Rede, fand ich, und das außergewöhnlichste war, daß er vor mir so offen und natürlich gesprochen hatte. Ich war beinahe zu Tränen gerührt, sagte aber nichts. Jetzt etwas zu sagen, hätte zugleich arrogant und unerfahren gewirkt.

»Na, und wie lief die Party gestern abend noch?« fragte Luke. »Es hat ja nicht so ausgesehen, als wären Tony und Rosser allzu gut auf den alten Sonnyboy zu sprechen. Wer ist er eigentlich genau, John?«

John Howard machte mit den Händen eine ungeduldige Geste. »Einer von den jungen Neuen, die sich Huey und Bobby bei Merritt in Oakland angeschlossen haben«, antwortete er. »Darüber hinaus weiß ich nicht viel über ihn. Ich glaube, er war ein Jahr lang in Berkeley, und danach ist er bei dem Spektakel vor dem kalifornischen Parlament dazugestoßen. Es gibt jetzt einen ganzen Haufen von solchen Leuten. Sie waren nie im Süden, haben keinen Marsch mitgemacht, kein Sit-in, waren nie im Gefängnis und haben nicht die leiseste Ahnung, wovon Martin eigentlich redet. Sie sind viel zu jung und durchwegs komplett verrückt. Die Gewehre, das starke Gerede und die Uniformen gefallen ihnen, es ist wie ein Kriegsspiel. Sie sehen die Wirklichkeit noch nicht. Ich fürchte, bis sie soweit sind, haben sie schon eine Menge Schaden angerichtet. Die Situation wurde ziemlich scheußlich, nachdem ihr gegangen seid. Ich mußte den kleinen Mistkerl zur Hintertür hinausschmuggeln, bevor ihn jemand zusammenschlägt.«

»Was ist passiert?«

»Er hat einige böse Sachen über Martin gesagt. Das ist ja nichts Ungewöhnliches heutzutage, verdammt noch mal. Er hatte sich nur den falschen Ort dafür ausgesucht.«

»Ich hatte gestern abend den Eindruck, daß die Stimmung schlecht war«, sagte Luke. »Ich habe zu Smoky gesagt, daß mich Dr. King an einen alten Löwen erinnert, um den die Schakale kreisen, oder so.«

»Der König muß sterben«, sagte ich und erinnerte mich an ein Seminar in klassischer Mythologie, das ich im College besucht hatte. »Wißt ihr, diesen Mythos, daß der König in einem Opferritual sterben muß und ein anderer seinen Platz einnimmt, um eine gute Ernte zu sichern und damit das Leben weitergehen kann, den gibt es auf die eine oder andere Weise in fast jeder Kultur. Ich mußte daran denken, als Kennedy erschossen wurde.«

John Howard sah mich düster an.

»Na, fast genau dasselbe hat Sonny gesagt, obwohl ich meine Stiefel verwette, daß dieser Idiot klassische Mythologie nicht von Katzenpisse unterscheiden kann. Was er gesagt hat, war: ›King ist tot, wißt ihr.‹ Er saß einfach da und sagte das, während Martin gerade mit Tony und Rosser den Raum verließ. Ich weiß nicht, ob Martin ihn gehört hat, aber die anderen beiden waren augenblicklich wieder an unserem Tisch und fragten ihn, wie, zum Teufel, er das gemeint habe. Er grinste nur frech und sagte: ›Er war tot, als Stokley in Greenwood seine Faust hob und die Menge Black Power! brüllte. Seitdem läuft er als lebender Toter herum, bloß daß er es nicht weiß und ihr auch nicht. Das war der Anfang vom Ende der Alten Bewegung, Brüder.‹«

Luke sog zischend die Luft ein, und ich erschauerte.

»Greenwood?« fragte ich.

»Mississippi«, erklärte Luke. »Als Stokley Carmichael während des Meredith-Marsches verhaftet wurde, weil er in Greenwood sein Zelt aufgestellt hatte, da gab es einen großen Aufstand, direkt aus dem Gefängnis. Alle waren stockwütend; es war eine völlig unsinnige Verhaftung. An dem Abend machte er die Geste, die seitdem für alle als der erste Black-Power-Gruß gilt. Und manche Leute glauben, daß ›Black-Power!‹ den alten Kampfruf ›Freiheit!‹ abgelöst hat. Aber eigentlich spielt das gar keine Rolle.«

»Wie kann man nur so etwas Schreckliches sagen, ganz besonders gestern abend«, sagte ich und dachte an die Freude und Begeisterung, die ich gestern abend im La Carrousel empfunden hatte. »Das ist sein Lokal. Dr. King ist dort zu Hause. Der hat vielleicht Nerven, dieser kleine...«

»Ja, ich dachte, Rosser bringt ihn um«, unterbrach mich John Howard. »Er hatte ihn schon beim Kragen gepackt und legte ihn gerade zurecht, um ihn windelweich zu prügeln, aber da entschuldigte Juanita sich, und wir sind mit ihm verschwunden. Sie weiß, daß seine Anwesenheit gestern eine schlimme Sache war. Aber sie hat ihn nicht mitgebracht. Er ist einfach gekommen. Ich glaube, er hängt sich an ihre Rockschöße. Sie hat noch viele Freunde in der Bewegung, und ich glaube, die würde er liebend gerne rekrutieren.«

»Es ist offensichtlich, daß sie Freunde hat.« Luke lächelte John traurig zu.

»Ich werde mich nicht entschuldigen, Luke«, sagte John. »Sie ist eine sagenhafte Frau, ganz egal, auf welcher Seite sie steht. Sie war eine der Besten, die wir jemals hatten. So etwas kann man nicht einfach abtun. Und außerdem sind nicht alle so wie Sonny Pickens. Die meisten von ihnen haben einmal zu uns gehört. Ich versuche, das nicht zu vergessen.«

»Sie scheinen es aber vergessen zu haben«, sagte Luke. »Du wirst doch nicht überlaufen, alter Freund?«

»Du weißt genau, daß ich das nicht tun werde. Ich sage lediglich, daß es möglicherweise an der Zeit ist, auf das zu hören, was sie wirklich sagen, die Substanz hinter den Gesten und Slogans zu sehen. Und die ist vielleicht gar nicht so weit von dem entfernt, was wir sagen. Das Ergebnis ist das gleiche. Die Mittel sind andere, das ist alles. Und sie bewirken etwas. Sie erreichen Dinge, die man sehen, berühren und vorzeigen kann. Es ist nicht ganz unmöglich, daß wir voneinander lernen könnten, wenn wir uns annähern. Herrgott, Luke, so wie wir es machen, funktioniert es nicht. Ich glaube von ganzem Herzen an unseren Weg, aber auf einmal sieht es so aus, als kämen wir damit nicht mehr weiter. Wir haben eine Menge Gesetzesänderungen erreicht, aber niemand kümmert sich darum, daß sie auch angewendet werden. Es ist, als wate man durch Melasse. Seit der Konferenz im Weißen Haus letztes Jahr sind die Leute wütend; viele der ganz normalen Kämpfer sind desillusioniert und zynisch nach Hause gefahren. Es ist doch ziemlich offensichtlich, daß Johnson die Bewegung nur benützt. Davor gab es, glaube ich, im Norden und Süden unterschiedliche Gründe für die Wut. Da droben waren sie wütend, weil die Versprechen nicht eingehalten wurden, aber hier unten hat man erst gar keine Versprechen gemacht. Jetzt sind wir alle aus denselben Gründen wütend. Jetzt sind die Versprechen gemacht, und wir sehen, wie niemand in der Regierung sich darum kümmert, daß sie auch erfüllt werden. Verstehst du denn nicht? Damit haben die ganzen Märsche, die Schläge, die Gefängnisaufenthalte, die Schießereien und das Sterben nichts gebracht, absolut gar nichts, wenn das Ergebnis lediglich Versprechungen sind, die niemand einhalten will. Ja, und darum finde ich, daß wir auf das schauen müssen, was funktioniert. Und über die Mittel können wir uns noch unterhalten.«

»Du glaubst wirklich, daß der SCLC bei den Black Panthers etwas Nützliches finden wird?« fragte Luke. »Glaubst du, Dr. King und die anderen werden sich Gewehre, schwarze Barette, Lederjacken und Schals besorgen und damit herumlaufen?«

»Sei doch nicht albern. Natürlich nicht. Aber du kannst doch nicht leugnen, daß sie eine beeindruckende Organisation aufgebaut haben. Da läuft dieses ausgezeichnete Frühstücksprogramm, das sie in praktisch jeder größeren Stadt aufziehen, in die sie kommen, und sie kümmern sich um Kindergärten, um Ausbildungs- und Arbeitsbeschaffungsprogramme für Schwarze und um Lebensmittelvorräte, und sie bringen den Schwarzen in den Innenstädten bei, wie sie bessere Arbeitspausen durchsetzen können und bessere Behandlung durch die Polizei ...«

»... und sie zeigen kleinen Kindern, wie man mit einer Magnum schießt, und sie sagen, die Weißen sollen völlig aus der Bewegung verschwinden, und sie befürworten den bewaffneten Kampf ...«

»Ich habe nie gesagt, daß sie alle Antworten haben«, erklärte John Howard. »Nicht einmal viele davon. Eine ganze Menge von dem, was sie sagen, ist Blödsinn. Aber ich glaube, das wissen sie sogar selbst. Das ist Säbelgerassel, um Aufmerksamkeit zu bekommen. Ohne Aufmerksamkeit kannst du gar nichts tun. Und die bekommen sie eben, besonders von den Medien. Nach uns kräht kein Hahn mehr. Mit einer Organisationsstruktur wie der ihren und mit diesem Medieninteresse ... wenn wir da näher zusammenrücken könnten, anstatt uns in einzelne Fraktionen zu zerspalten wie bisher ... Herrgott, der SCLC hatte nie mehr als ein paar tausend Mitglieder und nie besonders viel Geld, und jetzt, nachdem sich der SNCC und CORE abgetrennt haben, sind wir wie David, der gegen Goliath kämpft, bloß ohne die Steinschleuder. Alles, was ich sage, ist, daß die andere Seite etwas hat, das uns nützlich sein könnte, und wir haben etwas, das sie brauchen. Wir müssen uns von ihnen zeigen lassen, was sie für uns tun können. Wir sollten zumindest zuhören. Die Gewehre könnten wir ja ablehnen; sie benutzen sie ohnehin nicht wirklich. Ich glaube nicht einmal, daß sie darauf bestehen; ich glaube, das ist nur Gerede. Ich glaube ... daß wir einander vielleicht näher sind, als wir glauben, sie und wir.«

»Wow«, sagte Luke. »Sie ist besser, als ich dachte.«

»Sie hat uns nie sehr weit verlassen«, meinte John gleichmütig. »Einer der Gründe, weshalb sie hierher kam, war, um zu sehen, ob es nicht eine Mitte gibt, wo wir uns treffen können. Um zu sehen, ob wir miteinander reden können. Sie hat das Delta nicht vergessen, sie hat auch Lowndes County nicht vergessen. Nicht alle sind so wie Sonny Pickens, das habe ich schon gesagt. Die meisten von ihnen sind anders.«

»Und was habt ihr für Pläne ... alle an einen Tisch zu bringen?«

»Sie plant gar nichts«, antwortete John. »Sie ist heute morgen nach Hause gefahren. Sie hat ein kleines Mädchen in einem von ihren Kindergartenprogrammen in Philadelphia, wußtest du das? Kimba, drei Jahre alt. Der Vater ist schon lange verschwunden. Juanita hat andere Sorgen, als uns hier unten zu unterwandern, ganz egal, was einige von uns denken.«

»Na gut, und welche Pläne hast du?«

»Gar keine. Ich werde allerdings mit Martin darüber reden. Eines ist sicher, er wird zuhören. Das ist mehr, als Tony und Rosser tun.«

Luke streckte sich. »Es kommt mir vor, als sei das alles schon so lange her. Als ob es einem anderen Menschen passiert wäre. Geht es dir nicht genauso? Herrgott, ich habe keine Lust mehr, mich beschießen oder von Wasserwerfern naßspritzen zu lassen, aber die Atmosphäre damals ... das war schon toll, oder?«

»Ja, das war es«, stimmte John Howard zu. Seine Augen blickten verloren in die Ferne. »Es war toll, das steht fest ...«

Es klopfte leise an der Tür, und Luke stand auf. Er öffnete die Tür, und herein kam eine kleine, schwarze, junge Frau, die eine Glasplatte mit einem Napfkuchen trug. Er war noch warm; duftender Dampf stieg daraus auf.

»Miz Strauss schickt das für Sie alle«, sagte sie. »Sie sagt, Sie sollen Ihren Freunden auch was geben, Luke.«

Luke nahm die Platte und trug sie in die Küche. Die junge Frau – fast noch ein Mädchen, wie ich bei genauerem Hinsehen feststellte – stand da und betrachtete uns scheu. Sie hatte sehr dunkle Hautfarbe, und ihr Kopf war mit einem bunten Baumwollschal mit einem afrikanischen Muster umwickelt, genau wie bei Juanita gestern abend. Um den Hals trug sie eine Kette aus dunklen Samenperlen und an den Ohren große Holzringe. Sie hatte eine Jeans mit weiten Aufschlägen und eine Bauernbluse an, und an ihren breiten Füßen trug sie Sandalen. Sie war bestimmt nicht viel älter als zwanzig.

»Das ist Luella Hatfield«, sagte Luke. »Sie hilft Mrs. Strauss und tut viel mehr für mich, als ich verdiene. Ich glaube, sie bekommt eine Härtezulage dafür, daß sie sich um meine Wohnung kümmert. Ich bringe ihr Fotografieren bei, und sie gibt mir Gesangsunterricht.«

»Ein hoffnungsloser Fall«, sagte John Howard lächelnd. »Er singt wie ein räudiges Maultier, das Kolik hat. Freut mich, Sie kennenzulernen, Luella. Ich bin John Howard.«

»Und das ist Smoky O'Donnell«, sagte Luke.

Das Mädchen lächelte John und mich freundlich an.

»Sie hab'n den André-Artikel geschrieben«, sagte sie. »Luke hat ihn mir gezeigt. Ich kenne Sie aus Selma, Mr. Howard.«

»Ehrlich? Waren Sie auf dem Marsch dabei? Sie sehen viel zu jung aus dafür.«

»Nein. Mein Daddy hat nicht erlaubt, daß ich mitmarschiere, ehe ich sechzehn bin. Und damals war ich noch nicht mal fünfzehn. Ich hab gesungen.«

»Luella war eine Freiheitssängerin«, erklärte Luke. »Erinnerst du dich an die Gruppe um Bernice Reagan? Diese tollen Spirituals und Lieder über die Bewegung? Sie hatte einen Chor, mit dem sie zum Singen durch den Süden gefahren ist, und sie sangen sagenhaft, du meine Güte ... so etwas habe ich nie wieder gehört. Sie haben uns in Selma auf dieser Brücke alle fasziniert. Dieses Mädel kann ganz toll singen; Aretha Franklin ist nichts gegen sie. Wenn sie loslegt, glauben die Leute, die Erde bebt.«

»Ich kann mich erinnern.« John Howard lächelte. »Das war die beste Gesangsdarbietung, die ich jemals gehört habe. Also sind Sie nach Atlanta gekommen, um zu singen?«

»Na ja, eigentlich bin ich nach Selma hierhergekommen, weil

Dr. King und alle anderen hier waren«, sagte sie und senkte den Kopf. »Mein Daddy wollte, daß ich versuche, ein Stipendium zu bekommen, und daß ich irgendwo studiere, aber ich wußte, daß ich hiersein mußte, wo Sie alle sind. Und darum bin ich mit meiner Kusine hergezogen.«

»Wo wohnen Sie? Studieren Sie?« wollte John wissen. »Sie sollten Unterricht nehmen...«

»Das Singen ist nicht mehr sehr gefragt, sieht zumindest nicht so aus«, sagte das Mädchen. Ihr Lächeln war fröhlich und ohne Bedauern. »Und meine Kusine hat geheiratet und ist nach Columbus gegangen. Gleich danach habe ich bei Miz Strauss eine Arbeit bekommen. Ich wohne bei ihr. Sie gibt mir Geld und die Kleider ihrer Tochter und soviel Freizeit, wie ich haben will. Sie versucht, ob jemand aus dem Orchester mir Unterricht geben kann. Ihr Mann war dort der Chef, wissen Sie.«

Mein Herz krampfte sich zusammen. Vom äußersten Mut an der Edmund-Pettus-Brücke, aus den Rängen der besten und tapfersten jungen Sängerinnen im Land in das Dienstbotenzimmer einer weißen Frau und zu den abgelegten Kleidern eines weißen Mädchens. Das kam mir nicht gerade wie ein Aufstieg vor.

Ich spürte, wie mir die Tränen in die Augen stiegen. Luke sah das offenbar, lenkte meine Aufmerksamkeit auf sich, warf mir einen strengen Blick zu und schüttelte leicht den Kopf. Laut sagte er: »Man kann es schlimmer erwischen. Mrs. Strauss ist eine hartgesottene Liberale und zugleich eine weichherzige Romantikerin. Luella und ich profitieren beide davon.«

»Das ist wahr«, sagte Luella.

»Ich erkundige mich mal an der Atlanta University. Vielleicht können wir etwas für deine Ausbildung tun«, sagte John Howard. Er lächelte sie ohne eine Spur von Überlegenheit an, ohne den mindesten Unterschied zwischen ihnen zu machen. »Was war dein Lieblingslied? Hattest du eines?«

»›Eyes on the Prize‹ hat mir immer gefallen«, sagte sie. »Erinnern Sie sich daran?«

»Aber natürlich.« John Howard schwieg einen Augenblick, noch immer lächelnd, als wäre er in Erinnerung versunken. Dann schloß er plötzlich die Augen, warf seinen Kopf zurück und begann zu singen:

»The only chain that a man can stand
Is the chain of hand in hand.
Keep your eyes on the prize,
Hold on, hold on.«

Er hatte eine Stimme wie eine große Bronzeglocke, dunkel, kräftig und voller Anklänge an das alte Afrika und den roten Lehm der Felder des Südens, der den Spirituals und den Liedern der Bewegung ihre Bedeutung und Kraft verlieh. Es war eine volle Stimme, alterslos und anziehend. Ich lauschte mit angehaltenem Atem.

Luella Hatfield klatschte in die Hände und übernahm:

»We're gonna board that old Greyhound,
Carrying love from town to town.
Keep your eyes on the prize,
Hold on, hold on.«

So eine Stimme wie diese habe ich seit diesem Nachmittag nicht noch einmal gehört. Sie schwoll und schwang sich empor, bis sie den Raum füllte und hinaustönte in den schwindenden Nachmittag; sie war Honig, Rauch, Kristallglas, Feuer, Wind, Wasser und Erde. Das Haar in meinem Nacken stellte sich auf, und es lief mir kalt den Rücken hinab.

John trat neben sie, legte den Arm um sie, und sie sangen gemeinsam:

»The only thing we did wrong,
Stayed in the wilderness a day too long.
Keep your eyes on the prize,
Hold on, hold on.
But the one thing we did right
Was the day we started to fight
Keep your eyes on the prize,
Hold on, hold on.«

Als sie aufhörten, sagten weder ich noch Luke auch nur ein Wort. Die beiden ineinander verwobenen Stimmen hingen im Raum wie der Atem der Götter. Die Stille schwang aus. Von draußen von der Straße her hörte man Applaus.

Dann klatschten auch wir, und John Howard und Luella Hatfield umarmten sich und lachten, und sie senkte den Kopf und schlüpfte durch die Fliegengittertür hinaus.

»Hat mich gefreut, Sie alle kennenzulernen«, rief sie noch.

»...aber es war richtig, daß wir zu kämpfen angefangen haben«, wiederholte John Howard leise zu Luke den Text des Liedes, und Luke drehte die Handflächen nach oben und sagte: »Wer bin ich, daß ich mich dem Schicksal entgegenstelle?«

»Entschuldigung«, murmelte ich, ging ins Badezimmer und machte die Tür hinter mir zu. Dann drehte ich den Wasserhahn auf, damit sie mich nicht weinen hörten.

13. Kapitel

Ich glaube, daß die großen Veränderungen in unserem Leben, diejenigen, die die Zeitläufe teilen, manchmal tief im Innern und so still vor sich gehen, daß man sie gar nicht bemerkt. Ich selbst war noch nie gut darin, sie zu spüren. Erst rückblickend kann ich deutlich sagen, ja, das war so ein Ereignis, das war so eine Zeit. Oft ist es so, daß gerade die Zeiten der größten Veränderungen die ruhigsten zu sein scheinen, die am wenigsten bewegten, geradezu ... zeitlos, vermutlich. Aber wenn man sie auf eine Art innerem Seismographen ablesen könnte, dann sähe man wohl die scharfen Ausschläge, welche die winzigen, unhörbaren Erdbeben markieren. Solche Seismographen würden uns allen vermutlich eine Menge Leid ersparen, aber so ist das Leben leider nicht. Zumindest nicht meines.

Dieser Herbst war eine solche Zeit. Eine Zeit der Erdbewegungen. Ganz kleiner Erdbeben natürlich, die vor allem persönlicher Natur, aber dennoch umstürzend waren. Lebensverändernd. Aber ich spürte sie nicht. Ich weiß nicht, ob sie überhaupt einer von uns spürte, in diesen herrlichen, bronzefarbenen Herbsttagen. Genau wie ich den Herbst 1967 immer als die Zeit sehen werde, in der die Veränderung begann, werde ich ihn immer als den schönsten Herbst, den ich je erlebt habe, in Erinnerung behalten.

Ich glaube, der Grund dafür ist vor allem, daß es mein erster wirklicher Herbst war. In Savannah haben wir keinen Herbst, zumindest keinen richtigen. An der Küste von Georgia und den Inseln vor North und South Carolina ändern sich zwar die

Jahreszeiten, aber es gibt nicht das, was man gewöhnlich als Herbst bezeichnet. Der Wandel ist zu geringfügig, zu langsam, um sich deutlich bemerkbar zu machen. Vor allem bleibt es warm, auch wenn die starke, drückende, feuchte Hitze des Sommers nachläßt. Das Meer und der Himmel färben sich tiefblau und scheinen weiter zu werden, die Sonne ist nicht mehr weiß, sondern goldfarben, und das Licht über den Sümpfen wird seltsam und leuchtet, während das sommerliche Grün verbleicht, so braun wie die Sümpfe selbst. Das ist schön und zauberhaft, aber es ist, zumindest in meinen Augen, kein Herbst.

Der Herbst im Hügelland unterhalb der Blue Ridge Mountains ist etwas völlig anderes. In diesem Jahr verschwand die Hitze schnell, gleichsam über Nacht. Ende September wehte ein Schwall kalter Luft von irgendeinem weitentfernten, kanadischen Gipfel herüber und schob einen stürmischen Regen vor sich her. Erst ließ der Sturm die blassen, staubigen Bäume rauschen und zittern, und dann schlug er auf sie ein und erzeugte jenen dröhnenden, brüllenden Chorgesang, den diese – und wir – schon fast vergessen hatten. Dann durchnäßte der Regen in dicken Tropfen, alles verhüllend, kübelweise, wogend, die abgestorbenen Grasmatten in dem Park auf der anderen Straßenseite gegenüber von Lukes Wohnung und füllte den kleinen Bach, bis er in einer Flut teebraunen Wassers über den Wasserfall hinabstürzte. Auf der Heimfahrt vom Trainingslager der Atlanta Falcons am Black Mountain in North Carolina, wo Luke das Team bei der Vorbereitung fotografiert hatte, gerieten wir, er und ich, in das Unwetter, und als wir das Dach des Morgan endlich geschlossen hatten, waren wir tropfnaß, zitterten und lachten vor Begeisterung über das Versprechen auf den Herbst.

Und am nächsten Morgen war er da. Als wir eng aneinandergeschmiegt in dem Wasserbett erwachten, wo mir zum ersten Mal, seit ich hier übernachtete, kühl war, hörten wir, wie in dem Gästehäuschen der Brenner der Heizung anging, und rochen den vertrauten, erinnerungsträchtigen Geruch nach staubiger Wärme. Diesen Geruch vergißt man von einem Herbst auf den anderen, aber er verkörpert für mich den Herbst so deutlich wie der süße Rauch brennenden Laubes und der Duft kalter, angegorener Äpfel, die man an den Straßenständen in den Bergen kaufen kann.

Innerhalb weniger Wochen war das weite Meer aus Laubwäldern, von denen Atlanta umgeben ist, ein einziger Buschbrand. Der erste Frost färbte die Blätter scharlachrot, gelb und bronzefarben, und wie brennender Schnee fielen sie auf die Stadt. Die Luft war klar und blaugolden und der Himmel von einer Farbe, wie ich sie noch nie zuvor gesehen hatte. Wir konnten gar nicht oft genug nach draußen kommen. Am Wochenende packten wir Lunchpakete in den Morgan und fuhren in die feuerfarbigen Vorberge oder nahmen uns einfach nur Sandwiches und Thermosflaschen voll Kaffee mit in den kleinen Park über der Straße und legten uns auf einer alten Decke auf den Rücken. Die Luft um uns war kühl, aber die hochstehende Sonne ergoß sich wie dickflüssiger Honig auf unsere geschlossenen Lider. Wir besuchten Football-Spiele, Handwerksausstellungen, Jahrmärkte und Flohmärkte. Die Southeastern World's Fair wirbelte in einem technicolorfarbenen Schleier aus Sägespänen und Zuckerwatte an uns vorüber; wir gingen in die Monströsitäten-Show und die Nacktrevue und fuhren mit allem, was sich bewegte, und Luke gewann für mich eine wirklich gräßliche Barbie-Puppe, die wie Scarlett O'Hara angezogen war. Es war der schrecklichste Preis, den er in diesem gesamten Pantheon der Scheußlichkeiten finden konnte. Als wir uns an diesem Abend liebten, tief vergraben in dem Nest aus Decken und Quilts, die das Wasserbett jetzt bedeckten und die nach dem Rauch des Feuers rochen, das wir niemals richtig schichteten, starrte uns die Scarlett-Puppe von der Ecke von Lukes Schreibtisch her an, bis er aufstand und seine Unterhose über sie legte.

»Wiss'n Se, Miss Scarlett, Sie versteh'n gar nix vom Vögln«, murmelte er an meinem Hals, und ich lachte vor Freude und einem Glücksgefühl, das tiefer und stiller war als Freude. Auch wenn man sagt, der Frühling sei die Jahreszeit der Liebenden, für mich wird immer der Herbst das wahre Land der Liebe sein.

Liebe? Du lieber Himmel, war ich verliebt. Teddy hatte recht gehabt; ich war unmöglich. Ich hatte vorher schon geglaubt, Menschen zu lieben, aber eigentlich hatte ich die Bedeutung dieser Worte gar nicht gekannt. An mein Gefühl für Brad Hunt konnte ich mich nicht einmal mehr erinnern, obwohl ich mir eine Zeitlang sicher gewesen war, daß ich ihn liebte.

Brad hatte mehrmals aus Huntsville angerufen, weil er nicht glauben konnte, daß ich ihm diesen kleinen Ausrutscher nicht verzeihen würde, und ich wußte nicht, was ich ihm sagen sollte, ohne ihn zu verletzen. Schließlich hatte ich in schlechtem Stil und ohne jede Vorrede erklärt, ich hätte mich in Luke Geary verliebt, und er sagte, das sei ja selbst für eine irische Katholikin schnelle Arbeit gewesen, und hängte ein, ohne sich zu verabschieden. Ich spürte ein vages, echtes Bedauern, aber vor allem war ich erleichtert. Jetzt stand nichts mehr zwischen Luke und mir.

Mehr als einmal in jenem Herbst sagte Teddy, daß viele Menschen ihr Leben lang niemals das erlebten, was ich für Luke empfand, und daß sie mit geringerer Leidenschaft oft sehr gut und auf lange Sicht vielleicht besser dran waren. Es war ihre nachsichtige, aber auch ärgerlich vorgebrachte Überzeugung, daß ich durch meine Gefühle für ihn völlig verblödet war, obwohl ich mich nach Kräften bemühte, die neuen, erfüllenden Emotionen aus meiner Arbeit herauszuhalten. Vermutlich litt sie dennoch darunter; wie hätte es anders sein können? Ich war einfach nicht mehr dieselbe Person wie vor dem Abend im La Carrousel, nicht einmal annähernd. Vorher war ich unberührt gewesen. Die jetzige Person war gebraucht, gebunden, verzehrt. Das mußte sich einfach zeigen.

Luke sah ich nicht einmal annähernd so oft wie zuvor und keinesfalls jeden Tag. Wir stellten bald fest, daß es, wie Kahlil Gibran in *Der Prophet* sagt, Raum in unserem Zusammensein geben mußte, sonst hätte die Intensität vermutlich etwas sehr Lebendiges und Gesundes in uns aufgezehrt. Vor allem hätte sie die Menschen in unserer Umgebung außerordentlich verärgert. Fast jeder im Einflußbereich des *Downtown Magazine* wußte von mir und Luke, und fast niemand schien davon begeistert. Ich glaube nicht, daß uns jemand Schlechtes wünschte, abgesehen vielleicht von Matt, der die Beziehung offen ablehnte. Aber die Tatsache schien jeden, der zu der festen, strahlenden Einheit gehörte, die als Comforts Leute bekannt war, zu beunruhigen. Jeder aus dem engeren Kreis neckte Luke und mich oder lachte über uns. Ich erinnerte mich, was Teddy mir in einem unserer allerersten Gespräche gesagt hatte: daß Comforts Leute keine Beziehungen untereinander hatten, sondern dem Ganzen treu waren. Damals hatte ich dieser Äußerung nicht viel Aufmerksamkeit geschenkt; mir war gar nicht der Gedanke gekommen, daß ich jemals etwas anderes sein wollte als eine von Comforts Leuten. Jetzt aber, wenn Teddy die Augen verdrehte, Hank über mich witzelte oder Matt genervt schimpfte, weil er Luke brauchte und ihn entweder in meinem Büro oder überhaupt nicht fand, überlegte ich ärgerlich, warum ich nicht sowohl zu Luke Geary gehören, als auch eine von Matt Comforts Leuten sein konnte. Wir hatten beide als Matts Leute begonnen. Aber jener Teil in mir, der nicht vollkommen in Luke versunken war, wußte genau, daß das nicht funktionieren konnte. Unzählige Male wurde mir in diesem Herbst klar, daß wir gegen ein ungeschriebenes Gesetz verstießen, aber das war mir völlig egal.

Im Gegensatz zu mir schien Luke sich überhaupt nicht zu verändern. Luke war stets so unverwechselbar Luke, daß sich ein verliebter Luke nicht von einem nicht verliebten unterschied. Im Büro tat er das, was er immer getan hatte: Er lag faul auf dem

Boden herum und machte schlüpfrige Fotos von weiblicher Unterwäsche; er piesackte Sister, plänkelte mit Hank und ging mit Matt zum Mittagessen und ließ ihn bezahlen; er grinste Culver Carnes herausfordernd an und fotografierte dessen steifes, wütendes, im Rückzug begriffenes Hinterteil, wenn Culver nach einem weiteren mißlungenen Versuch, den Maskierten Ritter der Kaffeetassenhalter auf frischer Tat zu ertappen, aus dem Büro stürmte; er lud mehrmals Francis Brewton und den mageren, wild dreinblickenden jungen Gospelprediger von der Ecke Spring-/Peachtree Street auf Culvers Rechnung zum Mittagessen ein; er borgte sich ständig Kleingeld aus der Kaffeekasse für Briefmarken, Kaffee und Schokoriegel und zahlte es nie zurück.

Aber in der Nacht und am Wochenende gehörte er ganz allein und ausschließlich mir.

Wie hätte ich jemals ahnen sollen, daß es so etwas gab? Vermutlich erleben nicht viele Menschen das, was ich in diesen ersten Wochen mit Luke genoß. Oder vielleicht doch, aber sie können besser damit umgehen. Aber ich kann mir nicht vorstellen, daß viele Menschen so leben können, ohne daß auf der ganzen Welt die Arbeit liegenbleibt. Daß meine Arbeit überhaupt erledigt wurde, war weniger das Verdienst meiner eigenen Konzentrationsfähigkeit als ein Tribut an Luke, der auf einem normalen Arbeitstag bestand. Ich selbst lebte in dieser Zeit in einem ständigen Rausch immer neuer Sensationen.

Einen großen Teil der Zeit verbrachten wir damit, an allen möglichen Orten miteinander zu schlafen. In Lukes düsterem kleinen Schlafzimmer auf dem schaukelnden Wasserbett, im großen Wohnzimmer vor dem Kaminfeuer, auf den rauchgeschwängerten Decken, in seiner winzigen Küche, einmal auch in seiner Badewanne und draußen auf dem silbrig-frostigen Gras neben dem kleinen Weiher, unter dem kalten Glanz eines großen, weißen Mondes. Wir liebten uns schnell und schweigend, oder langsam und schreiend, oder in jeder Variation, jeder Erfahrungsmöglichkeit der Liebe, die es dazwischen gab. Jedesmal entdeckte ich eine neue Dimension der Gefühle, die mir einen Schauer über den Rücken trieb, und fast immer lachten wir dabei. Mit Luke Geary zu schlafen, hieß, einzutauchen, unterzugehen, zu ertrinken und freudig wieder aufzutauchen. In diesen wenigen Wochen wurde ich fast ausschließlich zu einem körperlichen, hingebungsvollen Wesen. Es genügte, wenn er im Büro meinen Arm berührte und mich ansah, und schon wurden meine Knie weich, und ich mußte mit starren Muskeln gegen den Wunsch ankämpfen, meine Tür zu schließen und mich mit ihm auf den Boden zu legen. Wenn ich nur seinen Namen aussprach, »Luke«, dann unterbrach er, falls wir in seiner Wohnung waren, was er gerade tat, kam zu mir, und wir kamen zusammen. Meine Glieder fühlten sich in dieser Zeit ständig weich und schwer an, entweder vor Begehren oder vor Erfüllung, und meine Lider waren stets halb geschlossen. Manchmal hatte ich den Eindruck, wie ein Topf mit heißem Wasser an einem kalten Tag zu dampfen.

»Ich werde mich eine Weile lang vom Büro fernhalten müssen«, stellte er schon sehr bald fest, nachdem wir uns gerade noch zurückgehalten hatten, es nach der Arbeit im Aufzug miteinander zu treiben, und uns, als sich die Türen öffneten, zitternd und mit bleichen Gesichtern in die heimwärtsstrebende Menge mischten. »Andernfalls werden sie uns bald mit dem Feuerwehrschlauch auseinandertreiben, und Culver Carnes erwischt uns beim Vögeln auf dem Vervielfältigungsapparat, und du verlierst deinen Job, und ich vergesse völlig, wie man gute Bilder macht. Matt ist schon ganz schön sauer auf uns. Ich werde ein- bis zweimal die Woche hereinschauen, aber es hat keinen Sinn, dir noch mehr Schwierigkeiten zu machen. Er benimmt sich wie ein Arschloch, aber du bist es, die die Prügel bezieht, wenn wir im Büro – wie würde Culver das ausdrücken? – unvorsichtig sind.«

»Ist Matt wirklich wütend auf mich?« fragte ich ehrlich verblüfft. Es war mir nicht aufgefallen. Allerdings hatte ich von meiner Umgebung außer Luke in letzter Zeit ohnehin nicht viel wahrgenommen.

»Ja, das ist er. Ich denke, er wird darüber hinwegkommen, wenn ich nett zu ihm bin und ein oder zwei Abende in der Woche mit ihm ausgehe, aber inzwischen würde ich, wenn ich du wäre, doppelt so hart arbeiten und ihm beweisen, daß dein Verstand nicht ständig in deiner Hose – oder in meiner – sitzt.«

»Er ist nicht fair.«

»Wer hätte Matt jemals beschuldigen können, fair zu sein?«

»Was glaubt er eigentlich? Daß ich dich von ihm weggelockt habe? Daß ich eine Freundschaft zerstört habe? Hat er jetzt niemanden mehr, mit dem er nach der Schule spielen kann?«

»Ich denke nicht, daß er das glaubt, Smoky. Er hatte immer schon einen ganz besonderen männlichen Freund, mit dem er durch die Kneipen gezogen ist; du weißt doch, daß er mit seinen Frauen keine Freundschaften unterhält. Das Mädel vom Playboy ist nur etwas für die Nacht. Ich war Huck Finn und er Tom Sawyer, und jetzt klappt das nicht mehr. Und da er davon überzeugt ist, daß sich Frauen lediglich zum Vögeln eignen, gibt er dir die Schuld daran, daß diese Kameradschaft zerbrochen ist. Nur sieht er es nicht so; er glaubt, daß er jedes Recht hat, auf dich wütend zu sein, weil du die Integrität der *Downtown*-Mannschaft verletzt hast oder so ein ähnlicher, scheinheiliger Schwachsinn. Laß ihm ein bißchen Zeit und Abstand. Dann fängt er an, mit Hank und Tom herumzuziehen, und alles renkt sich wieder ein.«

Und so blieb er den Redaktionsräumen meistens fern, und ich vermißte ihn, als hätte das Universum plötzlich ein Loch. Aber es fiel mir leichter, mich auf meine Arbeit zu konzentrieren, und die Neckereien und die Unmutsäußerungen wurden weniger und hörten fast ganz auf.

In der neugewonnenen Klarheit blickte ich mich in meiner

Umgebung um und stellte überrascht fest, daß es in der Infrastruktur, die unsere Grundlage bildete, gewaltige Erosionen gegeben hatte, sehr schnell; das war sehr schnell geschehen... Draußen in der Welt, jenem wüsten Ort, der mir außerhalb der fruchtbaren Biosphäre von Atlanta und dem *Downtown Magazine* immer wie eine grasbewachsene, nackte Ebene vorkam, waren aus den winzigen Erschütterungen große Beben geworden, und mir, die ich eine neue Empfindsamkeit für Nuancen entwickelt hatte, kamen sie wie geheimnisvolle Vorboten einer enormen, umwälzenden Veränderung vor. Ich dachte an Tom Gordon, und was er an dem Abend der Heimkehr von seiner Reise mit Luke und Hank und mir gesagt hatte. Und dennoch waren die aufgetretenen Risse noch nicht besonders deutlich zu erkennen. In San Francisco hielten die ernüchterten Blumenkinder, die im letzten Februar das erste Human-Be-in der Welt inszeniert hatten, ein Massenbegräbnis für »Hippie, den hingebungsvollen Sohn der Massenmedien« ab und begannen, die Stadt in Scharen zu verlassen. Aber sie waren ja stets eine quecksilbrige Subkultur, beim kleinsten Anlaß sammelten sie sich wie Vögel und rannten wie die Lemminge.

In Mississippi sprach ein Bundesgeschworenengericht im Fall eines Mordes an drei Bürgerrechtlern acht Angeklagte frei und konnte bei drei weiteren zu keiner Entscheidung kommen. Aber das war schließlich Mississippi...

In Washington demonstrierten mehr als hunderttausend junge Leute gegen den Krieg in Vietnam, und viele steckten Blumen in die Gewehrläufe der Soldaten, die ihnen gegenüberstanden. Radikale aus der Menge versuchten, die Stufen des Pentagon zu stürmen, und es kam zu gewaltsamen Auseinandersetzungen. Mehrere tausend Marschierer wurden verhaftet. Aber das war nicht viel anders als das, was in dem schrecklichen Sommer 1967 in vielen belagerten Städten im Norden passiert war. Nur daß Washington nicht im Norden lag...

Und Alicia Crowley verließ das *Downtown Magazine*. Nach diesem Ereignis konnte man nicht mehr so tun, als hätte sich nichts geändert.

Zu Beginn des Herbstes hatte sie nicht besonders gesund ausgesehen. Mir war das erst aufgefallen, als Teddy es erwähnte, aber danach sah ich es auch. Sie war blaß, ihre herrliche Sonnenbräune war verschwunden, ihr langes, honigfarbenes Haar wirkte trocken und glanzlos, und irgendwann im Verlauf des Sommers hatte sie sehr abgenommen, so daß ihre eleganten langen Beine und Arme jetzt skelettartig dünn waren. Matt, der sie, seit sie sich mit Buzzy eingelassen hatte, wie eine Aushilfskraft aus dem Schreibbüro behandelte, neckte sie damit, daß sie es wohl Twiggy nachmachen wolle. Alicia lachte ihr heiseres Lachen, das keine Geheimnisse und Versprechen mehr zu enthalten schien. Die arme Alicia, derjenige, für den sie ihre Geheimnisse bewahrt hatte, hatte sich eiskalt von ihr abgewandt und die Tür seines Büros und seiner Wohnung vor ihr verschlossen.

Als Teddy sagte, sie glaube, Alicia sei krank, verneinte Luke und meinte, sie trauere lediglich um ihren Platz als Prinzgemahlin. Er lag ausgestreckt auf dem Rücken vor dem Kaminfeuer und sah Teddy und mir zu, wie wir die Gemüsesuppe, die sie von zu Hause mitgebracht hatte, austeilten. Ich warf ihm einen Blick zu, um zu sehen, ob er einen Witz machte. Aber er meinte es ernst.

»Na ja, sie hat abgedankt, als sie sich mit diesem Scheißer Buzzy eingelassen hat«, sagte Teddy. Sie mochte Alicia Crowley noch weniger als ich und hatte vielleicht mehr Grund dazu. Ich konnte mich noch immer an Teddys verlegenen, leidvollen Gesichtsausdruck erinnern, als sie an unserem ersten gemeinsamen Abend in unserer Wohnung sagte: »Matt bleibt nicht über Nacht.«

»Allerdings hat er sie vorher fallenlassen, um mit Luke und

John Howard herumzuziehen«, sagte ich. Warum verteidigte ich Alicia? »Sie hätte sich doch nie an diesen Idioten herangemacht, wenn sie nicht Matt hätte eifersüchtig machen wollen. Und dann fängt er etwas mit dieser Eiskönigin aus dem Playboy Club an, Herrgott noch mal, dabei sieht Alicia zehnmal besser aus als jede einzelne von diesen Bunnys. Das war wirklich nicht fair gegenüber Alicia. Sie hat sich Matt völlig ausgeliefert, von der Wohnung ganz zu schweigen. Ich frage mich, wie lange er sie da noch wohnen läßt.«

Luke grinste. »Ganz ehrlos ist er ja auch nicht. Er weiß genau, daß er sich Alicia gegenüber mies verhalten hat, auch wenn er das nie zugeben würde. Und sie ist noch immer da, weil sie eine verdammt gute Assistentin ist und wesentlichen Anteil daran hat, wenn Culver Carnes Matt in Ruhe läßt. Ist euch jemals aufgefallen, daß Culver jedesmal, wenn er ein hohes Tier zu Besuch hat, einen Grund findet, dem Mann Alicia vorzustellen? Ich glaube, sie geht mit diesen Kerlen ziemlich regelmäßig aus.«

»Wie kann sie nur!« sagte Teddy angewidert. »Das ist ja, als prostituiere sie sich für eine Wohnung.«

»Was bleibt ihr denn sonst übrig?« fragte Luke, und ich spürte eine unbehagliche Kühle im Nacken, die mir fast wie Traurigkeit vorkam. Aus irgendeinem Grund mußte ich plötzlich an meine schreckliche letzte Begegnung mit Rachel Vaughn denken.

Alicia hielt die übliche zweiwöchige Kündigungsfrist nicht ein und verabschiedete sich nicht. Es gab kein Abschiedsfest im Top of Peachtree, wo sie auf dem Wandgemälde die Schönste von uns allen war. Als wir an einem Montag morgen im Oktober ins Büro kamen, war sie einfach verschwunden, und ihr kleines Zimmerchen neben Matts Büro war klinisch sauber.

»Buzzy wollte, daß sie kündigt, um mit ihm eine Kreuzfahrt zu machen«, erklärte Matt kühl, als wir nachfragten. »Das kam vermutlich recht plötzlich. Er wird ein paar Monate in der

Karibik verbringen, mit einigen seiner... äh... Geschäftsfreunde. Ich glaube, sie hat gesagt, er will vielleicht ein Kasino kaufen. Offenbar hat er sehr heftig darauf bestanden. Ein Glück für Alicia, daß sie wirklich scharf auf Buzzy ist, andernfalls würde sie wohl, wenn sie ihn zurückweist, als Fischfutter enden. Schau nicht so, Smoky, ich habe sie nicht gefeuert. Sie kann jederzeit zurückkommen. Allerdings werde ich ihr nicht nachlaufen.«

Am nächsten Tag zog Sue Anne Hudspeth in Alicias Büro. Eine füllige Frau mit Hochfrisur, die Culver Carnes heruntergeschickt hatte, übernahm Sue Annes Schreibtisch, und das Büro veränderte sich für uns alle bis zur Unkenntlichkeit. Mary Kay Crimp, wie der unmögliche, aber passende Name der Neuen lautete, war schweigsam und fleißig, aber Matts Herumbrüllen und Hupen ließ sie zusammenzucken, und Lucas verärgerte sie mit seiner aufdringlichen Kamera so sehr, daß von Culver Carnes ein förmliches schriftliches Verbot hereinflatterte. Damit wußten wir, daß Mary Kay Crimp ein direkter Draht zu ihm war. Irgendwie gelang es ihr, gleichzeitig zu arbeiten und uns zu beobachten. Sie beobachtete uns ständig. Teddy behauptete, sie könne den Kopf wie eine Eule einmal ganz herumdrehen, und Hank war fest davon überzeugt, daß sich in der großen, schwarzglänzenden Hochfrisur ein Periskop befand. Ich hielt mich von ihr fern, so gut es ging. Ich wußte, daß sie vor allem Luke und mich beobachtete.

Es war, als hätte sich der Schatten einer Wolke auf das *Downtown Magazine* gesenkt. Das Büro wurde ein stiller und fast anständiger Ort. Es kamen nicht mehr so viele Besucher. Mr. Tommy T. Bliss besuchte uns nicht mehr, um für uns Kopfstand zu machen, und nach einem besonders verrückten und übelriechenden Frontalangriff auf Mary Kays Territorium wurde von oben ein weiteres Verbot erlassen, und auch Francis Brewton kam nicht mehr.

Mir gefiel es nicht, was aus uns geworden war. Ich wußte nicht, weshalb wir uns nicht einfach zusammentaten und den Kuckuck aus dem Nest vertrieben, wie wir das früher bestimmt gemacht hätten. Matt hatte sich zuvor nie um Culver Carnes' Hausmitteilungen und Ultimaten gekümmert. Aber jetzt schloß er sich lediglich in sein Büro ein und unternahm nichts. Eine Bewegung von ihm, ein Prankenschlag, eine gnadenlose Neckerei, ein Angriff mit der Taxi-Hupe, und er hätte Mary Kay Crimp in die Flucht geschlagen. Oder er hätte sie auch, wenn er gewollt hätte, umschmeicheln und zu einer von Comforts Leuten machen können. Aber nichts davon tat er, und keiner von uns wagte es, ohne Matts Führung einen Angriff zu starten. Alles, was Matt in dieser Zeit tat, erledigte er in seinem Büro bei geschlossener Tür, in knappen, sachlichen Besprechungen oder am Telefon. Auch wir anderen machten von jetzt an unsere Bürotüren zu. Immer wenn wir einen Blick in den Korridor warfen, waren da die hellen Adleraugen von Mary Kay Crimp, die uns beobachteten.

Später sagte ich einmal zu Luke: »Alicia war der erste Riß in der Mauer, stimmt's?«

»Nein«, antwortete er. »Das waren wir beide, du und ich.«

Es dauerte nicht lange, bis mir klar wurde, daß er recht hatte.

Andrés Geschichte heimste alle Ehren ein, mit denen wir gerechnet hatten, und schnell folgte ein mehrseitiger Artikel über die Suppenküche mit wundervollen Fotos. Die erwartete Auszeichnung durch das zuständige Komitee im Senat und die Aufregung der begeisterten Medien über die persönlichen Gratulationsbriefe aus dem Weißen Haus, die Luke und ich erhielten, entschieden die Sache endgültig. Beim Herbstbankett des Wirtschaftsverbandes wurde das *Downtown* zum besten Stadtmagazin des Landes gewählt. Culver Carnes stolzierte herum wie ein Truthahn, und Matt wurde von den Mitgliedern des »Clubs« mit Briefen und Telefonanrufen überschüttet. Mich und Luke lud man zum Abendessen ein. Aber es wurde eine kühle Angelegenheit, fast ein Pflichttanz, wie Luke danach sagte. Matt trank zuviel und wurde, zum ersten Mal, seit ich ihn kannte, regelrecht betrunken. Er murmelte vor sich hin und torkelte herum, als wir ihn in ein Taxi setzten und nach Hause schickten, wobei wir uns wie peinlich berührte Dienstboten vorkamen, die ihren Herrn nach einem schlechten Abend im Empfangszimmer ins Bett bringen.

»Ich komme mir ungefähr so vor wie bei Mark Twain, als hätte man mich geteert, gefedert und mit der Eisenbahn aus der Stadt befördert«, sagte Luke etwas später. »Nur weil es um die Ehrung für diesen Artikel ging, bin ich nicht schon nach kurzer Zeit gegangen.«

Ich lachte, aber mir hatte der Abend auch nicht gefallen.

»Was will er denn sonst noch?« fragte ich. »Wir sind die Nummer eins im Land. Jeder, vom Präsidenten bis zum Hausmeister, lobt ihn. Es geht doch nicht nur um diese dumme Crimp-Tante; die könnte er loswerden, wenn er wollte. Was ist los mit ihm, Luke?«

»Er vermißt die alte Bande, uns, so wie wir früher waren«, antwortete Luke. »Alles ist anders geworden, und er hat die Kontrolle verloren. Die alte Einheit, die Ganzheit, die wir vorher bildeten, kann er nicht mehr zurückholen. Und etwas Neues zu schaffen, das gelingt ihm offenbar nicht. Er vermißt Alicia.«

»Sein Pech«, erklärte ich sarkastisch. »Er war derjenige, der sie weggetrieben hat.«

»Das macht er mit jedem so, der ihm wirklich nahekommt. Ich habe schon von anderen gehört, denen es genauso ging«, sagte Luke traurig. »Er kann nichts dagegen tun. Ich wüßte wirklich gerne, wie seine Kindheit ausgesehen hat. Er trinkt viel zuviel, oder zumindest merkt man es ihm jetzt mehr an als jemals zuvor. Das macht mir am meisten Sorgen. Oft geht er allein aus, wenn diese... wie immer sie auch heißt... im Playboy Club arbeiten muß, und läßt sich vollaufen, bis es Zeit ist, nach Hause und ins Bett zu gehen. Hank hat davon gehört, und ich auch gelegentlich. Im Top machen sie sich wirklich Gedanken um ihn. Manchmal geht Hank noch mit ihm aus, aber Tom hat keine Lust mehr. Hank sagt, Matt redet nicht viel und trinkt nur noch. Ab und zu hat er einen guten Abend, und dann kommt die alte Schärfe und das Strahlen zurück, aber das ist nicht oft so. Hank hat mich gebeten, mit ihm zu reden, aber ich weiß nicht mehr, wie ich an ihn herankommen soll. Wenn er mit Leuten ausgeht, dann in der Regel mit diesem dummen Haufen vom Playboy. Herrgott, kannst du dir das vorstellen? Matt, inmitten dieser Stammgäste vom Playboy?«

»Ich finde das entsetzlich«, sagte ich leise. Ich war den Tränen nahe.

»Vielleicht geht es vorbei«, sagte Luke. »Tom hat erzählt, daß er früher schon einmal eine ähnliche Phase hatte, als die Zeitschrift gerade gestartet wurde. Hat sich von allen zurückgezogen, viel getrunken und seine Tür immer zugemacht. Es hat nicht lange gedauert. Tom sagt, er sei schon immer der Meinung gewesen, Matt gehöre auf Lithium oder so etwas gesetzt. Wir müssen eben abwarten und Tee trinken. Aber du solltest allmählich deine Fühler ausstrecken, Kleines, damit du abhauen kannst, falls es nötig ist. Du hast dich viel zu sehr an Matt gebunden. Irgendwann kommt der Zeitpunkt, wo du dich lösen und woanders hingehen mußt. Das ist immer so. Du bist nicht dafür gebaut, in Atlanta zu bleiben und für eine Lokalzeitschrift zu arbeiten.«

Überrascht sah ich ihn an.

»Wohin soll ich denn gehen?«

Er lächelte. »Ich kann dir noch nicht sagen, wohin du gehen sollst, Smoky.«

»Aber ... zusammen mit dir, oder?«

Er streckte die Hand aus und zerwühlte mir das Haar. »Wir sind ein viel zu gutes Team, um uns zu trennen«, sagte er.

Mitte der nächsten Woche fuhr Luke nach Chicago, um für *Life* die vermutlich größte Anti-Kriegs-Demonstration zu fotografieren, die bisher im Herzen von Amerika stattgefunden hatte. Ich war nicht glücklich darüber. Ich hatte Angst, denn es schien keineswegs selbstverständlich, daß Anti-Kriegs-Demonstrationen so friedlich und gewaltlos verliefen wie die wenigen Protestversammlungen, die ich in Atlanta erlebt hatte. Luke hatte recht; der fortschreitende Vietnamkrieg ließ Atlanta bisher tatsächlich unberührt. Aber ich gab mir alle Mühe, seinen Auftrag optimistisch zu sehen. Ich hatte versprochen, keine Forderungen an ihn zu stellen, und das versuchte ich auch jetzt zu vermeiden. Aber in den Tagen davor war er so rastlos und unruhig, daß ich schließlich sagte: »Herrgott noch mal, fahr doch und mach dir mit dem Krieg eine schöne Zeit. Ich weiß doch, daß du im Zentrum des Geschehens sein mußt. Ich mache mir keine Sorgen um dich. Du fährst ja schließlich nicht nach Saigon.«

»Das kann aber passieren, bevor alles vorbei ist, Kleines«, sagte er.

»Na ja, dann machst du es eben«, sagte ich und lächelte ihn an, und schließlich lächelte er ebenfalls. Mein Herz klopfte so heftig, daß ich kein weiteres Wort herausgebracht hätte.

»Danke für dein Verständnis«, sagte er. »Es ist nur so, daß mir dieser Krieg auf einmal so schrecklich real erscheint. Ich muß wissen, was dran ist.«

»Du mußt dich nicht bei mir bedanken. Als ich mich mit dir eingelassen habe, war mir doch klar, daß du jeder Gefahr nachjagst«, bemerkte ich. »Und du glaubst, daß jetzt der Krieg das Wesentliche ist und nicht mehr die Bürgerrechtsbewegung?«

»So einfach ist das nicht. Die Bewegung ist noch immer wichtig, aber das wirklich Heiße ist im Augenblick der Krieg.«

Und ich wußte, was er meinte, und ließ das Thema fallen. Aber die ganze Zeit, die er in Chicago war, fühlte ich mich so klein, kalt und hilflos wie ein Vogel, wenn der Schatten eines Habichts auf die Erde fällt.

Kurz nachdem er gefahren war, rief mich ein gewisser George Barber vom *Look Magazine* an und fragte mich, ob ich für seine Zeitschrift einen kurzen Artikel über André schreiben würde, nur einen kleinen, persönlichen, aktuellen Bericht.

Der FOCUS-Artikel habe ihn sehr berührt, sagte er, und André beschäftige ihn noch immer.

»Sie meinen eine Fotoreportage?« fragte ich. »Macht Lucas Geary das für Sie?«

»Nein. Nur einen Wortbeitrag. Geary ist erstklassig, aber wir möchten vor allem etwas, das von Ihnen geschrieben ist«, erklärte George Barber. »Viel zahlen können wir Ihnen nicht, aber Ihr Name wird hübsch fett darüberstehen.«

Ich rannte so schnell in Matts Büro, daß ich über seinen Teppich stolperte.

»Tut mir leid«, sagte er. »Das ist ein nettes Angebot, aber ich kann es mir im Moment nicht leisten, Sie für andere Zeitschriften schreiben zu lassen. Culver rennt herum und erzählt jedem, wie toll seine kleine Reporterin ist, und er macht mir die Hölle heiß, wenn Ihr Name jetzt in *Look* auftaucht.«

»Aber...«, flüsterte ich ungläubig, »Sie haben immer gesagt, es mache sich gut, wenn einer aus unserer Redaktion in einer nationalen Zeitschrift erscheint...«

»Ja, das stimmt schon, wenn wir ein bißchen Werbung brauchen«, erklärte er und hielt den Blick auf die Unordnung auf seinem Schreibtisch und nicht auf mich gerichtet. »Jetzt brauchen wir keine. *Look* braucht uns, sonst würden sie ja nicht anrufen.«

Er sah unordentlich, blaß, durchsichtig und müde aus. Sein sonst so strahlendes, kastanienbraunes Haar war fast aschfarben und ausgetrocknet. Seine Finger, die mit dem Münzhäufchen und der Uhr spielten, zitterten. Einen Augenblick lang war ich eher erschrocken als wütend, aber nur ganz kurz. Dann durchzuckten mich Enttäuschung und Zorn wie ein Buschfeuer.

»Sie bestrafen mich für irgend etwas, und ich weiß nicht, für was!« sagte ich leise.

»Ich bestrafe Sie nicht«, erklärte er ärgerlich. »Ich kann nicht auf Sie verzichten. Wir haben uns so lange bei Feierlichkeiten den Hintern plattgesessen, daß die eigentliche Substanz der Zeitschrift auf der Strecke geblieben ist. Ich werde Sie sogar eine Weile lang von FOCUS abziehen, damit Sie sich auf die YMOG-Artikel und eine neue Sache, die Culver gerade anleiert, konzentrieren können. Er hat mich ausdrücklich darum gebeten, daß Sie das übernehmen. Es handelt sich um einen monatlichen Bericht über die Tätigkeiten der Handelskammer in den fünf Countys des Bezirks von Atlanta. Es wird eine Weile dauern, bis Sie ein Format für den Bericht ausgearbeitet haben. Ich werde Claire Degan vom AJC bitten, FOCUS für einige Monate zu übernehmen.«

Ich starrte ihn an, und in meinem Kopf dröhnte es.

»Warum tun Sie das?«

»Ich habe Ihnen doch schon gesagt...«

»Warum tun Sie das?«

»Na gut, wenn es sein muß, verdammt noch mal«, schrie er. »Wenn Sie es unbedingt wissen wollen: So wie Sie es mit Lucas Geary treiben, schädigen Sie das *Downtown*. Ich habe von Culver ein paar heftige Beschwerden wegen Ihnen bekommen. Offenbar haben Sie beide sich an einigen recht öffentlichen Orten nicht besonders diskret benommen, und das schädigt den Ruf der Handelskammer. Mir ist es egal, mit wem Sie vögeln, Smoky, aber Sie können es nicht in aller Öffentlichkeit tun und sich einbilden, daß es niemand sieht...«

Mir fehlten die Worte. Ich starrte ihn lediglich an. Dann flüsterte ich: »Wir haben niemals...«

»Jemand hat Sie vor einigen Abenden auf dem Parkplatz vor

dem Lion's Head gesehen«, sagte er und griff nach seinen Unterlagen, als wollte er mich hinausschicken.

Jetzt erinnerte ich mich. Wir waren nach dem Kino in den kleinen English Pub, einen der ersten von einer ganzen Reihe, die in Atlanta wie Pilze nach dem Regen aus dem Boden schossen, gegangen, um am Kaminfeuer noch etwas zu trinken. Der Feuerschein und der Brandy hatten ihr magisches Werk getan; wir konnten die Hände nicht voneinander lassen. Der langgestreckte, düstere Raum war zwar weitgehend leer, aber wir hatten die Regel immer streng eingehalten, uns in der Öffentlichkeit nicht zu deutlich anzufassen. Trotz der sexuellen Revolution fanden wir das beide nicht sonderlich geschmackvoll und unterließen es möglichst. Als es zu offensichtlich wurde, daß wir es nicht länger aushalten würden, warf Luke ein paar zerknüllte Geldscheine auf den Tisch, und wir gingen.

Der höhlenartige Parkplatz hinter dem Gebäude war langgestreckt, unbeleuchtet und mit Bäumen bestanden. Am äußersten Ende, wo der Morgan stand, befanden sich keine anderen Autos, und es war fast vollständig dunkel. Als Luke mir die Beifahrertür aufschloß, blieb er einfach stehen, lehnte sich an das Auto und zog mich an sich, und bevor wir beide so richtig wußten, was wir taten, waren wir auf den Beifahrersitz des Wagens gesunken, ich saß auf ihm, und die schmutzige Tat, wie Sister das nannte, war geschehen.

»O je«, sagte ich, schüttelte den Kopf, um ihn klarzubekommen, und zog meinen Rock nach unten. »Das war ein bißchen schäbig, wenn du es genau wissen willst. Glaubst du, es hat uns jemand gesehen?«

»Nein«, sagte er und ließ das Auto an. »Es ist niemand in der Nähe. Aber ich wünschte, es wäre jemand dagewesen. Hättest du gedacht, daß es auf dem Vordersitz eines Morgan überhaupt möglich ist?«

Aber offenbar hatte uns doch jemand gesehen. Ich dachte an

scharfe Adleraugen in der Dunkelheit, anthrazitgrau unter einer schwarzen Hochfrisur; klackende Pfennigabsätze auf Kies, eine fusselige Jacke gegen die Kühle der Nacht fest um einen plumpen Körper gezogen. Ich würde es nie erfahren.

Ich sagte nichts und sah Matt nur an.

»Ich habe die Anweisung erhalten, Ihnen zu sagen, Sie sollen so etwas unterlassen«, bemerkte er kalt. »Ich bin sicher, es wird Ihnen gelingen.«

»Haben Sie Luke auch gesagt, er soll es unterlassen?« fragte ich wütend.

»Luke wirkt ja nicht wie ein Flittchen.«

»Ich tue nichts anderes als das, was Sie und jeder andere Mann in dieser Redaktion praktisch jede zweite Nacht tun«, schrie ich. »Was soll denn das?«

»Das genügt. Ich habe alles Nötige gesagt. Wenn Sie sich noch einmal beim Vögeln erwischen lassen, kann ich Ihren Arsch nicht mehr retten«, sagte er, stand auf und ging um den Schreibtisch herum. »Nein, sagen Sie nichts mehr. Wahrscheinlich hat Sie schon das ganze Büro gehört, inklusive dieser Klatschbase da draußen. Machen Sie die Tür zu, wenn Sie hinausgehen.«

Das tat ich, wobei ich sie so fest zuschlug, daß den ganzen Korridor entlang die Leute die Köpfe aus den Zimmern steckten. Am Empfang lächelte Mary Kay Crimp süßlich und hob den Hörer ihres klingelnden Telefons ab.

»*Downtown Magazine*, guten Tag«, säuselte sie. »Was kann ich für Sie tun?«

»Scheiße fressen«, murmelte ich keuchend, während ich in mein Büro ging. Etwas Schlimmeres fiel mir nicht ein; wenn Matt das sagte, war ich immer zusammengezuckt, aber ich hatte auch oft gelacht. Jetzt lachte ich nicht. Hilflose Tränen brodelten unter dem Zorn.

Als Luke am Wochenende zurückkehrte, erzählte ich ihm davon.

»Du solltest kündigen«, sagte er.

Ich wartete, aber er sagte nichts mehr. Er war gerade dabei, seine Kamerataschen in der Dunkelkammer zu verstauen, und trank dazu ein Bier. Er wirkte aufgedreht und abwesend zugleich. Etwas von dieser Fototour mußte ihn massiv beschäftigen. Ich wollte ihn danach fragen, wenn diese seltsame Stimmung abgeklungen war. Inzwischen erwartete ich, daß er über die Szene mit Matt mehr sagte als »Du solltest kündigen«. Aber er sagte nichts weiter.

»Ich dachte, du wärst wütender auf ihn«, sagte ich schließlich, nachdem er in der Dunkelkammer fertig war, geduscht hatte und wir bei einem späten Abendessen saßen.

»Ich bin ziemlich wütend auf ihn. Er ist ein Schwein. Es ist ihm völlig egal, ob wir am hellichten Mittag mitten auf Five Points vögeln. Wie ich schon gesagt habe, er geht auf dich los, weil du mit mir zusammen bist. Vielleicht hat uns jemand gesehen, aber normalerweise findet er so etwas eigentlich komisch. Er wird sich hüten, deshalb etwas zu mir zu sagen.«

»Du wirst mit ihm nicht darüber reden, oder?«

»Nein. Das ist deine Auseinandersetzung. Du bist diejenige, die sich durchsetzen muß.«

»Aber er könnte mich hinauswerfen ...«

»Dann wäre er dümmer, als ich das sogar von ihm vermute. Aber es stimmt, das könnte er. Und wenn schon? Arbeite doch für *Look*.«

»Glaubst du wirklich, daß ich für eine landesweite Zeitschrift arbeiten könnte? Daß ich eine Autorin von diesem Kaliber bin?«

»Sie wollen dich doch jetzt schon haben. Ich wünschte, du würdest diesem Barber zusagen und Matt erklären, er soll bleiben, wo der Pfeffer wächst. Es würde mich sehr überraschen, wenn er dich feuert.«

Ich schüttelte den Kopf. »Das Risiko kann ich jetzt nicht eingehen ...«

»Du meinst, wegen mir? Wegen uns?«

»Nein. Na ja, vielleicht ... Ich will einfach nicht, daß sich jetzt schon alles ändert, Luke. Ich möchte, daß unsere Beziehung weitergeht ...«

»Sie geht weiter. Aber ich kann es nicht ertragen, wenn du zuläßt, daß ich dich von deiner notwendigen Arbeit abhalte. Wenn ich den Eindruck habe, du tust das, dann gehe ich.«

»Würdest du das tun? Würdest du mich jetzt verlassen?«

Er seufzte. »Nein. Das würde ich nicht tun. Was auch immer passiert, es ist nicht der richtige Zeitpunkt für eine Veränderung. Du hast recht. Aber du solltest dir bewußt sein, daß es eines Tages soweit sein wird. Du mußt dich weiterentwickeln, und ich glaube nicht, daß dir das gelingt, wenn du bei Matt Comfort bleibst. Mach dir keine Sorgen, daß ich zurückbleiben könnte; mobil bin ich in jedem Fall. Ich kann dorthin gehen, wo du hingehst.«

Wir sprachen nicht mehr darüber. In dieser Nacht war mein Schlaf unruhig und voll zerrissener Träume und Ängste, und mir wurde irgendwie nicht richtig warm.

Gegen Ende der nächsten Woche rief mich Matt in sein Büro und bat mich mit einer Geste, die Tür zu schließen.

»Ich gebe Ihnen FOCUS wieder«, sagte er.

Ich schwieg und sah ihn abwartend an.

Ein kleines Lächeln umspielte seine Mundwinkel. Es war das erste Mal seit sehr langer Zeit, daß ich ihn lächeln sah. Zögernd lächelte ich zurück.

»John Howard will mit niemand anderem zusammenarbeiten«, sagte er. »Ich habe heute früh von ihm einen kurzen, rotzigen Brief bekommen, daß er sich gezwungen sieht, sich aus dem Projekt zurückzuziehen, wenn das Team auseinandergerissen wird. Ich mußte Claire Degan zusagen, daß sie sich aus den drei nächsten mehrseitigen Reportagen eine aussuchen darf. Also strengt euch beim nächsten Artikel gefälligst an.«

»Worum geht es dabei?« erkundigte ich mich sachlich. Ich hatte keine Lust, mich bei ihm zu bedanken oder so begeistert zu jubeln, wie ich es gerne getan hätte.

»Er hat da ein kleines schwarzes Mädchen vom Land mit einer Weltklassestimme und will etwas darüber machen, daß sie als Dienstmädchen für eine weiße Dame arbeitet und Sängerin werden möchte. Sie war als eine von den Freiheitssängerinnen in Selma dabei. John hat ihr einen Tutor und ein Zimmer an der Atlanta University beschafft und hofft, durch einen Artikel etwas Geld für ihre Ausbildung auftreiben zu können. Ich glaube, er hat recht. Wir müssen uns auf einzelne Menschen konzentrieren, und es wäre nicht schlecht, etwas Künstlerisches dabeizuhaben. Er sagt, Sie kennen das Mädchen.«

»Ja, das stimmt«, sagte ich freundlicher. Dann schrie ich: »Ja! O Matt, ja! Was für eine tolle Idee, was für ein herrliches Thema, o ja...«

Das kleine Lächeln wurde breiter und verwandelte sich in das vertraute, wundervolle, die Welt erleuchtende Matt-Comfort-Grinsen. Er warf seinen Schopf Haare aus der Stirn und lachte laut. Es war eines der schönsten Geräusche, die ich je gehört hatte. Matt war wieder da.

Er griff nach der Taxihupe und trötete dreimal laut. Die Türen gingen auf, und lächelnde Gesichter erschienen. Wo seit vielen Tagen Schweigen geherrscht hatte, wurde wieder gelacht.

Matt packte mich und tanzte mit mir in einem Walzer aus seinem Büro und den Gang hinab. Mein Kopf war genau auf derselben Höhe wie seiner, und er blickte mir unverwandt in die Augen, während wir hüpften und herumwirbelten. Mir wurde klar, warum diesem quecksilbrigen kleinen Mann offenbar keine Frau widerstehen konnte. In seinem Lächeln und seinem Blick lag eine enorme Kraft.

»He, hört her, ihr Süßen, zieht eure Tanzschuhe an und hebt mit mir ab...«, dröhnte er. »Im Top of Peachtree in genau fünf

Minuten. Jeder. Alle. Hop, hop. Niemand geht, bis ich sage, daß er gehen darf. Mary Kay, Liebste, würden Sie so nett sein und die Stellung halten und uns decken, ja?«

»Mr. Comfort, ich kann nicht...«, sagte Mary Kay Crimp und zuckte vor Matt und der Taxihupe zurück.

»Na, dann sagen Sie Culver, wenn Sie ihn anrufen, doch, ich hätte gesagt, er könne mich mal«, erklärte Matt, der mich noch immer herumschwenkte. »Er weiß dann schon, was ich meine.«

Wir lachten noch, als die Bürotür hinter uns zuschwang. Mary Kay Crimp, deren Gesicht angelaufen war wie das eines Truthahns, griff tatsächlich nach dem Telefonhörer. Niemand von uns kümmerte sich darum.

Matt war wieder da.

In der Woche um Thanksgiving war das Wetter strahlend und sehr kalt. Weder Luke noch ich fuhren nach Hause. Irgendwann, so sagten wir zueinander, würden wir die jeweiligen Familien schon noch kennenlernen, vielleicht an Weihnachten, oder vielleicht auch nicht. Alle anderen waren fortgefahren; Hank zur Familie seines Bruders, Sue Anne und Sister zu ihren eigenen Familien, Tom Gordon nach New Orleans, um Freunde zu besuchen. Matt plante ein Abendessen mit der »Playboy-Familie« im Club. Es wurde, wie Luke mit ernster Miene sagte, für diejenigen unter den Bunnys abgehalten, die aus dem einen oder anderen Grund nicht über die Feiertage nach Hause fahren konnten.

»Sie lassen einen mit diesen Schwänzchen so ungern in die Touristenklasse der Delta Airlines«, sagte er, und wir wollten uns beide ausschütten vor Lachen. Die Vorstellung, wie Matt Comfort mit der »Playboy-Familie« Truthahn mit Preiselbeeren aß, war beinahe zu lächerlich.

Am späten Nachmittag brachen wir auf, um mit Teddy und ihrer Familie zu Abend zu essen. Als wir gegen neun Uhr zurückkamen, war der Mond so riesig, weiß und magisch, daß wir uns warm in Jacken und Schals packten und einen Spaziergang machten. Es herrschte nicht viel Verkehr, und in den Korridoren der Innenstadt flüsterte der Wind. Wir wanderten in dem kalten, reinen Glanz dahin wie in flüssigen Diamanten. Ich konnte mich nicht erinnern, daß es im ganzen Winter des letzten Jahres einen so kalten Tag gegeben hatte, aber das störte mich nicht.

Wir gingen ein Stück nach Tight Squeeze hinein, das beinahe ausgestorben war. Der Müll, den die Leute, die sonst die Straße belebten, hinterlassen hatten, wurde vom Wind herumgewirbelt: die Stummel selbstgedrehter Zigaretten, ausgebleichte Plakate, auf denen der Maharishi Yogi und Sergeant Pepper's Lonely Hearts Club Band angekündigt wurden, Peter-Max-Poster für Myriaden von Rockkonzerten; Aufkleber, auf denen »Make Love, Not War«, »Do Your Own Thing« und »If It Moves, Fondle It« stand. Aber außer einigen Gestalten mit Bündeln, die den Bürgersteig entlangtrotteten, war niemand auf der Straße.

»An meinem ersten Tag in Atlanta, vor gerade ungefähr einem Jahr, bin ich hier entlanggegangen«, erzählte ich Luke, »und die Straße war voller Freaks, und man mußte über benutzte Kondome steigen. Heute abend sind weder Freaks noch Kondome zu sehen. Wie sich die Zeiten ändern.«

»Es liegt wahrscheinlich eher am Wetter«, erwiderte Luke. Er richtete seine Kamera auf ein zerrissenes Plakat, das über die leere, mondbeschienene Straße flatterte; »Power to the People« stand darauf. Er packte die Kamera wieder ein, und wir gingen weiter.

»Es gibt nichts Schlimmeres als einen Schönwetter-Freak«, meinte Luke. »Was hast du dir gedacht, wo du dieses Thanksgiving sein wirst, damals an deinem ersten Tag?«

»Ich hatte keine Vorstellung. Vielleicht noch immer im kirchlichen Wohnheim, wo ich versuche, mich spätabends noch an den Schwestern vorbeizuschleichen. Und mich noch immer frage, wie es ist, wenn man seine Jungfräulichkeit verliert.«

»Ich glaube, du weißt gar nicht, was für einen weiten Weg du zurückgelegt hast«, sagte Luke nachdenklich.

Wieder zurück im Gästehäuschen, zündeten wir ein Feuer im Kamin an und machten Kaffee. Luke streckte sich auf dem Sofa aus, und ich stand in der Küche, wo ich den halben Pekannußkuchen aufschnitt, den uns Teddys Mutter mitgegeben hatte, als ich die Türklingel hörte. Ich hielt inne und lauschte. So spät klingelte eigentlich niemand, es sei denn, wir erwarteten ihn.

Ich hörte Lukes Stimme, und eine andere, zart wie die eines Kindes, und dann rief Luke: »Komm doch mal her, Smoky.« Ich ging ins Wohnzimmer, noch immer den Kuchen in der Hand. Alicia Crowley saß auf dem Sofa. Ihr Kopf hing auf der Brust, und sie blickte durch honigfarbene Haarsträhnen zu uns auf. Ihr Haar war so matt und strähnig, daß ich Alicia beinahe nicht erkannt hätte. Abgesehen von dem schönen blauen Maxi-Mantel, den sie letztes Jahr zu Weihnachten bekommen hatte, erinnerte überhaupt nichts an ihr an die vertraute Alicia. Ich dachte daran, wie wir alle spekuliert hatten, ob Matt ihn ihr geschenkt hatte, aber Alicia hatte sich ausgeschwiegen. Der Mantel war fleckig, und einer der Messingknöpfe fehlte. Alicia zitterte so heftig, daß das Sofa wackelte. Zuerst dachte ich, sie friere, weil sie keine Handschuhe und lediglich Badeschlappen an ihren blaugefrorenen Füßen trug. Aber das Zittern war so schlimm, daß es nicht allein von der Kälte herrühren konnte; es war so heftig, daß es ihren gesamten Körper erschütterte. Ihr Gesicht war totenbleich, doch auf ihren Wangen brannten zwei hektische rote Flecken. Sie trug kein Make-up, und die Lippen waren aufgesprungen und blutig gebissen. Sie sah entsetzlich aus.

Luke legte ihr einen Quilt um die Schultern und sagte: »Sie ist im Taxi gekommen. Ich gehe hinaus und bezahle es. Hol ihr Brandy oder so etwas und versuche, ob du sie warm bekommst. Ich glaube nicht, daß sie reden kann. Offenbar ist etwas Schreckliches passiert.«

Schnell ging er hinaus, und ich ließ mich neben Alicia aufs Sofa fallen und legte ihr den Arm um die Schultern. Mit glitzernden, weißlichen, fiebrigen Augen sah sie mich an. Die Augen füllten sich mit Tränen, und Alicia ließ erneut den Kopf sinken.

»Sag mir, was los ist«, sagte ich. »Wir helfen dir, aber du mußt es uns sagen. Ist etwas mit Buzzy passiert? Hat er dir weh getan?«

Sie schüttelte den Kopf und versuchte zu sprechen, aber es gelang ihr nicht. Ich goß ein Glas zur Hälfte voll mit Bourbon und hielt es ihr an die Lippen. Einiges davon schaffte sie zu trinken. Der Rest lief über ihren Mantel.

»Ich bin krank«, flüsterte sie schließlich, wobei sie die Worte zwischen den klappernden Zähnen hindurchpreßte. »Ich bin sehr krank, und ich kann nicht zum Arzt gehen, und ich habe eine Todesangst.«

Luke kam wieder herein, kniete sich vor sie und nahm ihre Hände.

»Sag es uns«, bat er. »Es gibt nichts, das so schlimm ist, daß wir es nicht wieder in Ordnung bringen können. Erzähl es uns, Kleines.«

Sie legte sich gegen die Rückenlehne des Sofas und schloß die Augen.

»Ich war schwanger«, flüsterte sie nach einer langen Weile. »Vermutlich haben sich das schon alle gedacht. Als ich es Buzzy erzählte, bekam er einen Anfall. Er sagte, das Kind sei nicht von ihm, aber natürlich war es das, und das wußte er auch. Schließlich gab er mir Geld, ein dickes Bündel Scheine, und sagte, ich sollte um halb sechs Uhr morgens zu einer bestimmten Straßenecke in Tight Squeeze kommen, dann würde sich jemand darum kümmern. Und er sagte, wenn ich irgend jemandem erzähle, wo der... der Doktor ist oder was passiert ist..., dann würde mir etwas zustoßen. Ihr wißt ja, das ist illegal. Abtreibungen sind verboten. Aber darüber macht sich Buzzy natürlich keine Gedanken.«

Sie lachte, aber es wurde ein Schluchzen daraus. Ich legte meinen Arm fester um sie und warf Luke einen Blick zu. Seine Augen waren schmale Schlitze, und die Haut um Nase und Mund war weiß.

»Also wartete ich in der Dunkelheit an der Straßenecke, und eine riesige Limousine fuhr vor, der Fahrer sagte meinen Namen, ich stieg ein, und wir fuhren und fuhren... ich glaube, wir fuhren irgendwohin nach Tennessee. Ich habe nicht auf die Wegweiser geachtet. Ich hatte schreckliche Angst. Die Limousine hatte Jalousien an allen Fenstern und eine undurchsichtige Scheibe hinter dem Fahrer. Er sagte kein weiteres Wort zu mir, bis wir wieder in Atlanta waren.

Er setzte mich an diesem Haus ab, es war schrecklich, irgendwo im Negerviertel, obwohl der Arzt und die Schwester weiß waren, und sie... machten die Abtreibung. Es tat unvorstellbar weh. Sie haben mir nichts gegeben. Als ich ging, gab mir der Doktor Antibiotika und Schmerztabletten und sagte, falls ich irgendwelche Symptome hätte, sollte ich ganz schnell zu einem Arzt gehen, aber wenn ich sagte, wo ich gewesen sei, würde mir das schrecklich leid tun. Und ich wußte, daß er die Wahrheit sagte. Buzzy... Buzzy tut so etwas. Als wir wieder hier waren, setzte mich die Limousine am Travel Lodge Motel drüben an der Spring Street ab. Dort hatte Buzzy für zwei Wochen im voraus ein Zimmer bezahlt. Ich wußte, daß ich etwas unternehmen mußte, um meine Stelle wiederzubekommen oder eine andere zu finden und mir eine Wohnung zu suchen, aber irgendwie konnte ich nicht gleich zu Matt gehen. Ich habe so schrecklich ausgesehen und mich so entsetzlich gefühlt, und ich wußte auch nicht, was Buzzy ihm erzählt hat. Und dann wurde ich richtig krank, mit Fieber und Frösteln und Blutungen, und ich wußte, daß ich eine Infektion hatte, aber ich hatte einfach zuviel Angst, um zum Arzt zu gehen. Ich kenne keinen Arzt. Ich war noch nie krank ...«

Ihre Stimme verklang, als hätte sie einfach keine Kraft mehr, um weiterzusprechen. Mit geschlossenen Augen lag sie an der Rückenlehne des Sofas, und ich dachte einen Augenblick lang, sie wäre eingeschlafen. Dann nahm sie alle Kraft zusammen und flüsterte: »Bitte helft mir. Ich glaube, sonst sterbe ich vielleicht.«

Luke sprang auf und legte den Arm um sie.

»Hilf mir, sie ins Schlafzimmer zu bringen«, sagte er. Ich stützte sie auf der anderen Seite, und wir halfen ihr auf die Beine. Auf dem Sofa war dort, wo sie gesessen hatte, ein dunkler Blutfleck. Da begriff ich erst den Umfang und die Realität des Geschehens. Ich begann ebenfalls zu zittern, ein feines, silbriges Vibrieren in meinen Armen und Beinen. Ich konnte Alicias lange, knochige Gestalt kaum mehr halten, obwohl sie fast nichts mehr wog. Es war, als trage man ein Bündel trockener Zweige.

Wir legten sie aufs Bett, und Luke lagerte ihre Beine mit Kissen hoch und packte sie in Decken ein.

»Gib ihr noch mehr Whisky«, sagte er, »und leg ihr ein Handtuch unter. Ich bin gleich wieder da.«

»Wohin gehst du?«

»Ich gehe telefonieren.«

»Luke, nein! Du hast doch gehört, was sie gesagt hat, Buzzy wird... ihr etwas antun, wenn sie es jemandem erzählt; und wenn sie zum Arzt geht, dann muß sie es sagen. Das sieht man doch. Herrgott, willst du vielleicht Matt anrufen?«

»Nein. Ich weiß schon, was ich tue. Hol den Whisky, Smoky.«

Ich nahm das Glas und ging wieder zu Alicia. Obwohl ich mir Mühe gab, seine Worte am Telefon zu verstehen, hörte ich lediglich seine leise, dringliche Stimme. Der Whisky tropfte Alicia aus dem Mund, und sie lag da, den Kopf in die Kissen gepreßt und die Augen geschlossen. Sie sah aus wie tot, daher hielt ich immer wieder meinen Handrücken vor ihren Mund, ob ich den Atem noch spüren konnte. Er war ganz zart und schwach zu fühlen. Ich hatte schreckliche Angst, und unter der Angst lag kalte, heftige Wut.

Luke kam zurück, setzte sich an die andere Seite des Wasserbettes und nahm ihr Handgelenk. Ein paarmal sah er mich an, aber meistens starrte er an einen Punkt an der Wand über mir. Sein Blick war ausdruckslos. Einmal setzte ich an, um zu fragen, wen er angerufen hatte, aber er schüttelte lediglich den Kopf, und ich fragte nicht nach.

Nach einer, wie es mir schien, sehr langen Zeit klingelte es wieder an der Tür, und Luke stand auf, ging ins Wohnzimmer und kam gefolgt von John Howard zurück. John sah in seinem blauen, dreiteiligen Anzug mit dem weißen Hemd zurückhaltend und elegant aus, und ich überlegte, von welchem Thanksgiving-Fest Luke ihn wohl herbeigerufen hatte. Er nickte mir zu, sagte aber nichts. Zusammen mit Luke hob er Alicia vom Bett und führte sie ins Wohnzimmer, wobei sie stolperte und vor sich hin murmelte. Luke griff nach ihrem Mantel, aber ihre Knie versagten, und sie fiel nach vorne. John Howard nahm sie in die Arme, und Luke wickelte sie in eine Decke. Dann gingen sie zur Tür.

»Wir bringen sie zu Johns Freund, dem Arzt«, sagte Luke über seine Schulter zu mir. »Er wartet in seiner Klinik auf uns. Du erinnerst dich, er kam, als wir ihn wegen deiner Freundin an dem Abend im Motel anriefen. Er kann ihr helfen; er ist ein guter Arzt. Und er wird bestimmt nicht reden. Wir sind zurück, sobald wir können.«

»Wartet, ich komme mit«, sagte ich, aber er schüttelte den Kopf.

»Je weniger weiße Gesichter, desto besser, Kleines«, sagte er. »Du störst heute nacht nur. Warte hier, dann rufe ich dich an und sage dir, was zu tun ist. Das ist eine viel größere Hilfe.«

Und damit verließen sie das Zimmer.

Eigentlich hatte ich vor, die Wohnung aufzuräumen, abzuspülen, das Essen, das wir mitgebracht hatten, wegzupacken und vielleicht eine Suppe zu kochen oder etwas anderes, das Alicia essen konnte, wenn sie zurückkam, aber schließlich tat ich gar nichts. Ich saß auf dem Sofa, starrte ins Feuer, trank den restlichen Whisky aus dem Glas, das ich für sie gefüllt hatte, und dachte an nichts, woran ich mich später erinnern konnte. Ich wußte, daß der Sturm der Wut, der tief in mir wartete, bald herauskommen würde, und mit ihm die Trauer und die Empörung über die schreckliche Ungerechtigkeit der ganzen Angelegenheit, aber noch konnte er die Erstarrung in mir nicht durchdringen. Schließlich schlief ich auf dem Sofa ein. Es war sehr spät, fast schon Morgen, als das Telefon klingelte und ich Lukes Stimme hörte.

Alicia hatte eine schlimme Blutvergiftung. Der Arzt hatte eine Ausschabung gemacht und wußte nicht, ob nicht noch eine weitere Operation nötig sein würde, aber er glaubte nicht. Er hatte Alicia intravenös voller Antibiotika und Flüssigkeit gepumpt, und sie würde bis zum Mittag in der Klinik bleiben, bis er sagen konnte, ob die Antibiotika anschlugen. Der Arzt und die Schwester würden bei ihr bleiben und John Howard auch. Luke schickten sie nach Hause.

Als er kam, sah er so bleich und erschöpft aus, daß ich ihn ins Bett zog und in den Arm nahm. Ich sagte nur: »Bist du sicher, daß der Arzt nichts weitersagen wird?«

»Ja. So etwas tut er oft, nach mißglückten Abtreibungen aufräumen. Du kannst dir vorstellen, daß er das in den Sozialsiedlungen oft zu sehen bekommt. Er macht auch selbst welche; gute, sorgfältige Operationen für Frauen, die es brauchen. Er arbeitet selbst illegal; darum wird er natürlich nichts weitersagen. Übrigens sind längst nicht alle seiner Patientinnen schwarz.«

»Er ist ein guter Mensch«, murmelte ich an Lukes Hals.

»Er ist ein verdammter Heiliger«, sagte Luke ebenfalls murmelnd und war beinahe, noch ehe er die Worte ausgesprochen hatte, eingeschlafen.

Alicia reagierte gut auf die Antibiotika und konnte am nächsten Tag entlassen werden, unter der Bedingung, daß sie für eine Woche Unterkunft fand und jemanden, der sich um sie kümmerte. Aber sie hatte das Zimmer im Motel nicht mehr, und daher brachten Luke und John sie zurück ins Gästehäuschen. Wir steckten sie ins Bett und schliefen abwechselnd auf dem Sofa und in Lukes schmutzigem alten Schlafsack vor dem Kamin. Sie trank die Suppe und den Saft, den wir ihr brachten, nahm die Tabletten und ließ sich von mir mit dem Schwamm waschen und die Haare kämmen, aber sie redete nicht viel. Sie schlief und schlief und schlief.

Am folgenden Montag ging ich wieder in die Arbeit, und Luke blieb zu Hause, um sich um sie zu kümmern. Ich wußte nicht so recht, weshalb, aber ich war so ärgerlich auf Matt, daß ich einfach nicht mit ihm reden konnte. Zwei Tage lang versteckte ich mich in meinem Büro und hielt die Tür geschlossen, als steckte ich bis über beide Ohren in Arbeit. Hank, Sister und Teddy sahen mich verwundert an, aber ich glaube nicht, daß Matt etwas merkte. Er war nach dem Feiertagswochenende so schweigsam und zurückgezogen wie zuvor. Seine Tür war so fest geschlossen wie meine.

Am Ende der Woche ging es Alicia viel besser. Sie war klapperdürr und so bleich wie ein Tintenfisch, aber auf ihren eleganten hohen Wangenknochen war eine Spur Farbe zu erkennen, und ihr Haar glänzte wieder. Sie wusch und bügelte die Kleider, die Luke im Motel hastig in ihre Taschen geworfen hatte, nachdem er die Miete für die letzte Nacht bezahlt hatte, und sagte, daß sie sich am nächsten Wochenende ein neues Hotelzimmer suchen würde, bis sie eine Stelle hatte.

»Ich kann euch nicht länger zur Last fallen«, sagte sie. »Ich bin euch soviel schuldig. Das werde ich nie vergessen. Aber ich kann nicht hierbleiben.«

Luke und ich konnten, nachdem wir unsere eigenen Ausgaben erledigt hatten, gerade genug Geld zusammenkratzen, um ihr für einige Tage die Miete zu bezahlen.

»Woher willst du das Geld bekommen, bis du eine Stelle hast?« wollte Luke wissen. »Kann dir deine Familie helfen?«

Sie lachte, und es klang nicht fröhlich.

»Ich werde wohl mit Matt reden«, sagte sie. »Er hat mir versprochen, daß ich meine Stelle wiederhaben kann, wenn ich wollte. Falls es nicht nur Gerede war, würde das einige Probleme lösen.«

»Willst du das wirklich tun?« fragte Luke.

Sie hob die Schultern, ließ sie in einem leichten, vielsagenden Achselzucken wieder fallen und lächelte leicht. Die vertraute, geheimnisvolle Alicia war wieder da; sie schien von der vergangenen schrecklichen Woche völlig unberührt. Aber ich wußte, daß das nicht stimmte, nicht stimmen konnte.

»Alles andere auf der Welt würde ich lieber tun«, meinte sie. »Aber mir fällt nichts Besseres ein.«

Am Nachmittag kam sie ins Büro. Ihre neugewonnene Magerkeit und die seltsame Durchsichtigkeit, die ihr die Krankheit verliehen hatte, ließen sie fremdartig und wunderschön wirken. Sie trug einen schwarzen Minirock, den ich noch nie gesehen hatte, und schwarze Schuhe mit hohen Absätzen. In den feinen, schwarzen Netzstrümpfen wirkten ihre Beine unendlich lang. Sie lächelte und nickte jedem im Büro zu wie eine Herzogin, die ihr Gefolge inspiziert, ging in Matts Büro und schloß die Tür.

Eine halbe Stunde später kam sie wieder heraus, mit hocherhobenem Kopf und zwei tiefroten Flecken auf den Wangen. Sie sagte keinem ein Wort und segelte aus dem Büro wie ein Schiff aus dem Hafen. An diesem Abend holte sie ihre Sachen aus

Lukes Wohnung. Wir waren im Kino; als wir zurückkamen, war sie verschwunden.

Sie hinterließ keine Nachricht. Wir wußten nicht, wo sie hingegangen war. Um nichts in der Welt hätten wir Matt gefragt, keiner von uns, und freiwillig sagte er nichts. Seine Tür war jetzt ständig geschlossen.

Es dauerte fast eine Woche, bis wir erfuhren, daß Matt seine Presse-Freundin beim Playboy angerufen und Alicia eine Stelle als Bunny im Atlanta Playboy Club besorgt hatte. Hank hatte sie gesehen, als er dort mit seinem Bruder, der in der Stadt zu Besuch war, zum Essen und auf einige Drinks war. Alicia sei, so sagte er, das am besten aussehende Bunny von allen, und mehr Schlüsselbesitzer als bei allen anderen zusammengenommen bemühten sich um ihre Dienste. Sie hielt sie sich alle mit ihrem kühlen, schmalen Lächeln vom Leib und redete wenig mit ihnen, berichtete Hank. Falls sie ihn und seinen Bruder gesehen hatte, so zeigte sie es nicht. Sie bediente nicht an ihrem Tisch.

»Vermutlich löst das ihr Problem«, sagte ich zu Luke an diesem Abend. »Aber ich finde schon den Gedanken daran schrecklich. Es ist einfach... nicht richtig. Daran ist irgend etwas ganz schrecklich falsch. Ich weiß auch nicht, wie ich das meine. Sie hätte es ja nicht machen müssen, wenn sie nicht gewollt hätte.«

»Sie mußte es tun«, erklärte Luke knapp, und der Ton seiner Stimme verriet, daß er nicht länger darüber reden wollte. »Mach dir doch nichts vor. Was soll jemand wie Alicia sonst machen?«

»Er hat gesagt, sie könnte wieder bei der Zeitschrift anfangen...«

»Er ist ein widerliches Schwein. Nach Buzzy hätte er sie nie zurückgenommen. Ich weiß nicht, wen von beiden ich zuerst umbringen möchte.«

Ich ließ das Thema fallen, aber das schreckliche Bild von Alicia Crowley in einem schwarzen Satinmieder und Netzstrümpfen, wie sie ihre langen Beine zum Bunny-Knicks zusammenlegte und sich den Händen, die nach ihrem Schwänzchen griffen, geschickt entzog, verfolgte mich. Ich konnte es nicht loswerden. Ich dachte oft daran und an die schönen, schrägstehenden Augen über dem schwarzen Satin. In meiner Vorstellung waren sie leblos. Ich fragte mich, ob Matt noch immer hinging, und ob ihm Alicia dann die Getränke servierte.

Der Gedanke war unerträglich. Aber Matt sprach nie darüber.

14. Kapitel

Immer, wenn ich an diese Zeit zurückdenke, diese spannungsreiche Zeit zwischen Thanksgiving und Weihnachten 1967, dann erinnere ich mich an Matt und das *Downtown Magazine* als eine Art Jonglierkunststück. Dabei sehe ich die Zeitschrift als eine vergoldete Scheibe, auf der wir uns alle befanden: die Mitarbeiter, die Stadt, der Zeitgeist und die Leute, die um uns herumwirbelten und die unseren Stamm, unseren Clan, bildeten. Matt balancierte diese Scheibe. Aus irgendeinem Grund war er gestolpert, die Scheibe wackelte und schwankte gefährlich auf der Spitze der Stange, und eine von uns war auch bereits heruntergefallen. Ich wußte, daß Alicia für uns verloren war. Und ich wußte, daß Matt in seinem tiefsten Inneren glaubte, auch Luke und ich wären verloren.

Aber ich glaube, daß er sich nach einer Reihe von Zuckungen und Beinahestürzen mit böser Komik wieder aufgerichtet und die Scheibe weiterhin sicher gedreht hätte, hätte nicht an einem Vormittag Anfang Dezember Tom Gordon uns allen erklärt, er verlasse uns zu Beginn des neuen Jahres und gehe nach New Orleans, um dort Art Director bei einem neugegründeten Stadtmagazin zu werden. Da fiel die Scheibe zu Boden, und obwohl wir alle herbeieilten, um die Scherben aufzuheben, und uns fieberhaft bemühten, sie wieder zusammenzukleben, so wurde sie doch nie wieder so stark und strahlend wie zuvor.

Wir waren daran gewöhnt, ein- oder zweimal im Monat um die nächste Ecke in ein kleines, namenloses, unscheinbares Café zu gehen, wo ein Frühstück serviert wurde, wie Matt es liebte.

»Texanisches Frühstück«, sagte er mehr als einmal. »Dort gibt es nicht bloß ein einziges mageres Spiegelei, sondern die Eier werden in Schweinefett gebacken, und es gibt einen ganzen Berg. Die Menge macht's.«

In dem Café hing an der fleckigen Spiegelwand über den Nischen ein großes Schild, auf dem stand: »Du bist, was du ißt.« Daher krähte Matt jedesmal im texanischen Dialekt: »Ich bin einmal Eier!« Und Tom Gordon folgte mit: »Ich bin eine Schweinswurst!« Ich war darauf festgelegt, Hafergrütze zu sein, weil Matt die Vorstellung hatte, daß Iren das massenweise aßen, und er wehrte meine Versuche, ihm etwas über Porridge zu erklären, mit einem spöttischen Grinsen ab. Luke war Biscuits, hauptsächlich deshalb, weil er einmal erklärt hatte, ein Biscuit, das nicht mit Schweinefett gebacken sei, sei überhaupt kein Biscuit, sondern gebleichte Scheiße. Die Biscuits des namenlosen Cafés waren mit absoluter Sicherheit mit Schweinefett gebacken. Vermutlich ruinierte diese Institution den Cholesterinspiegel zahlreicher Leute in der Innenstadt von Atlanta völlig, bevor sie mit Beginn der siebziger Jahre ihren Betrieb einstellte.

Diese Frühstücksscharade fand außer uns niemand lustig, ganz besonders nicht der Mann an der Kasse und die Kellnerin, die beide schon seit Ewigkeiten hier arbeiteten und sämtliche Exzentriker der Innenstadt kannten. Im Vergleich zu Francis Brewton, den Straßenpredigern und der alten Dame, die ein weißes Bettuch wie eine Toga trug und eine Taschenlampe wie eine Fackel hochhielt, waren Leute, die sich selbst als Eier oder Bratwurst bezeichneten, tatsächlich nichts Besonderes. Aber das Ritual der Benennungen erheiterte uns immer wieder. Wir hatten unsere Litanei gerade beendet und kicherten wie verrückt, als Tom uns seine Neuigkeiten mitteilte.

Niemand sagte etwas. Ich hörte, wie jemand heftig Atem holte, und stellte fest, daß ich es war. Von Matt kam ein kurzes, leises Stöhnen, als hätte ihm jemand einen Schlag in die Magengrube versetzt. Aber niemand sagte etwas.

»Ich komme mir vor wie jemand, der sich bei einem Familienfest danebenbenimmt«, sagte Tom schließlich. »Vielleicht hätte ich es zuerst dir sagen sollen, Matt, und dann den anderen, aber ich wollte, daß ihr es alle gleichzeitig erfahrt. Vermutlich habe ich mir vorgestellt, das wäre leichter. Für mich, meine ich. Ich glaube nicht, daß ich das öfter als einmal schaffe.«

»Ach, Scheiße«, sagte Matt leise, und ungläubig sah ich einen Augenblick lang Tränen in seinen blauen Augen. Dann schloß er sie kurz. Er sah erledigt aus. Sonst nichts. Nur erledigt. Tom war der erste Mitarbeiter gewesen, den er für das *Downtown* angeheuert hatte. Tief unter meinem Schock und der Trauer flackerte Furcht.

Dann machte er die Augen wieder auf, und sie waren ausdruckslos und still. Diesen Blick hatte ich schon früher gesehen, und die runden Brillengläser vergrößerten ihn noch. Er bedeutete, daß Matt auf diese kalte, unversöhnliche Art wütend war, die viel schlimmer war als seine lauten Wutanfälle. Unter dieser kalten Wut litten andere.

»Vermutlich wirst du uns auch noch deine Gründe nennen?« fragte er höflich. »Es wäre ganz hilfreich für mich, wenn ich Culver erzählen muß, daß sein preisgekrönter Art Director genau dann über Bord springt, wenn die Zeitschrift jede mögliche Auszeichnung in dem ganzen verdammten Land bekommen hat. Wahrscheinlich hilft es nicht viel, aber doch ein bißchen.«

Tom blickte auf seinen Teller, wo die fettigen Überreste seines Frühstücks erkalteten. In dem gnadenlosen Neonlicht hatte sein ausdrucksvolles Adlergesicht eine grünliche Färbung, die es wie Marmor aussehen ließ. Selbst jetzt noch, während sich Verzweiflung und Sorge wie ein Fangnetz über mich senkten, dachte ich, wie schön er doch war und wie sehr ich seinen bloßen Anblick vermissen würde. Dann blickte er auf, und die schwarzbraunen Augen waren feucht von Tränen. Meine eigenen Tränen flossen und liefen mir über die Wangen. Seine Güte würde ich am meisten vermissen. Uns allen würde sie fehlen.

»Ja, ich werde euch sagen, warum«, erklärte Tom.

»Eigentlich wißt ihr das alle bereits. Aber ich werde es aussprechen, wenn es etwas nützt. Ich gehe aus zwei Gründen. Erstens kann ich einfach keine Veränderung mehr ertragen. Ich meine nicht unbedingt an der Zeitschrift, obwohl auch das kommen wird, das muß so sein. Ich meine ... in der Stadt. Im Land. Es steht vor der Tür; es ist schon spürbar ... und ich glaube nicht, daß ich mich mitverändern kann. Dazu fehlt mir eine bestimmte Fähigkeit. Ich dachte immer, ich lebe in einer Zeit, in der generationenlang alles gleichbleibt, wo man sich auf die Welt verlassen kann, auch wenn sie schrecklich ist. New Orleans ist einer der wenigen Orte, den ich kenne, der irgendwie ... zeitlos ist. Das heutige Tempo ist ganz genau das gleiche wie vor hundert Jahren. Diese nette, alte, dekadente kreolische Welt ... die kann nichts aufbrechen, nicht in den alten Stadtvierteln, nicht im Quarter. Sie selbst verändert die Welt, nicht umgekehrt. Auch wenn man vielleicht darin ertrinken kann, so wird sie doch nicht um einen herum explodieren. So eine Atmosphäre brauche ich so nötig wie die Luft zum Atmen.«

Ich starrte ihn eindringlich an, versuchte, zu verstehen und seine Gefühle nachzuempfinden. Mir fiel ein, was er nach seiner Reise durchs Land mit Luke, als sie die Jugend auf der Straße fotografierten, erzählt hatte. Die Reise hatte ihm nicht gefallen, sie hatte ihn tief beunruhigt. Der Kinderkreuzzug-Artikel war für die Februar-Ausgabe eingeplant. Tom würde nicht mehr dasein, um ihn zu sehen. Ich blinzelte heftig und schluckte um den kalten, salzigen Klumpen herum, der in meiner Kehle steckte. Noch immer sagte niemand etwas.

Er senkte erneut den Blick, trank einen Schluck von seinem kalten Kaffee und sah wieder auf. Seine Augen richteten sich auf jeden einzelnen von uns, einen nach dem anderen, und dann sagte er: »Der zweite Grund ist, daß ich schwul bin und nicht mehr versuchen möchte, anders zu leben. Ich habe keine Lust mehr, mich zu verstecken. Das ist vorbei. Ich habe dort einen Freund... der mir sehr nahe steht. Wir werden zusammen im Quarter wohnen. Er ist Maler. Er hat erfahren, daß eine Zeitschrift geplant ist, und mir einen Termin bei den Leuten von der dortigen Handelskammer besorgt. Natürlich kennen sie das *Downtown Magazine*, und das hat mir geholfen. Am wichtigsten war allerdings die Tatsache, daß ihnen das Schwulsein völlig egal ist. Wir haben nicht darüber geredet, aber es war klar, daß es keine Rolle spielt. Da unten ist so etwas nicht wichtig. Ich muß euch nicht erzählen, daß Culver mich, wenn er es erfahren hätte, noch im selben Augenblick gefeuert hätte, ganz egal, wie viele Auszeichnungen wir bekommen haben. Ihr wißt, daß es so ist.«

Er wandte den Kopf und blickte durchs Fenster hinaus auf die graue Straße. Das kalte Wetter hielt immer noch an, und die Leute, die vorbeieilten, duckten die Köpfe gegen den Wind und hatten die Mantelkrägen bis zu den Ohren hochgezogen. Was Tom dieses Gespräch gekostet hatte, konnte ich mir vermutlich nicht einmal vorstellen. Er war der empfindsamste Mann, den ich kannte.

»An die Arbeit«, sagte Matt nach einer Weile, und wir standen alle auf. Einer nach dem anderen umarmten wir Tom, und als wir das Lokal verließen, ging Matt neben Tom her und hatte seinen Arm durch Toms Arm geschoben. Keiner sah den anderen an. Ich glaube, wenn wir das getan hätten, hätten wir alle zu weinen begonnen.

Ich weinte am Abend. Luke und ich sahen uns *Bonnie und Clyde* an, und am Ende, als die beiden gesetzlosen Liebenden ihren grotesken, hüpfenden Todestanz in dem kugeldurchsiebten Auto begannen, mußte ich weinen. Ich stand auf, ging aus dem Saal und in die Damentoilette, wo ich mein Gesicht mit Papiertüchern abwischte, aber das half nicht viel. Schließlich kramte ich meine Sonnenbrille aus meiner Handtasche, setzte sie auf und ging zurück ins Foyer. Luke lehnte an der Kasse und aß Popcorn. Als er mich sah, kam er auf mich zu, legte den Arm um mich und führte mich hinaus auf die eiskalte Straße.

»Das war eine schreckliche Szene, nicht wahr?« sagte er, als wir frierend die beiden Blocks entlangtrotteten, bis wir dahin kamen, wo der Morgan geparkt war.

»Was? Der Film? Ja, das stimmt. Tut mir leid. Ich kann irgendwie nicht aufhören zu weinen. Ich glaube, es ist wegen Tom, nicht wegen Bonnie und Clyde.«

»Das habe ich gemeint«, sagte er.

In der Wohnung, als ich bereits im Bett in Lukes Arm lag, begann ich wieder zu weinen. Er strich mir das Haar aus dem Gesicht und sagte: »Es ist wirklich das Beste für ihn, Kleines.«

»Ich weiß«, schluchzte ich. »Das weiß ich doch. Ich weiß auch nicht, was mit mir los ist. Ich liebe ihn; ich wünsche ihm nur das Beste. Es ist nur... es kommt mir vor, als sterbe er und gehe nicht nur weg. Es ist ein Gefühl, als habe jemand gerade gesagt, alle werden sterben.«

»Na ja, Tom hat endlich angefangen zu leben. Wir können ihn besuchen; das werden wir auch tun. Ich glaube, was du fühlst, ist, daß sich das *Downtown* – zumindest so wie wir es kennen – verändern wird. Und das wird geschehen. Ohne Tom wird es nicht mehr wie früher sein; er war der Beste von uns. Aber es wird nicht sterben. Ein neuer Art Director wird kommen, und Matt wird ihn innerhalb von einer Woche in die Mannschaft eingliedern, und dann haben wir das *Downtown* noch immer. Es wird nur etwas anders sein. Das *Downtown Magazine* wird nicht sterben, solange Matt das nicht zuläßt.«

»Glaubst du nicht?«

»Ich weiß nicht. Jeder von uns ist etwas Besonderes, glaube

ich, jeder von denen, die dazugehören, aber er ist es, der uns zusammenhält, und die... die Summe dessen, was wir sind, wird nicht zerbrechen, wenn er selbst sich nicht zurückzieht. Kannst du dir vorstellen, daß Matt sich aus dem *Downtown Magazine* zurückzieht?«

Das konnte ich mir nicht vorstellen. Aber dennoch war meine Trauer um den vollkommenen, fliegenden und sich drehenden Kometen, der das *Downtown* gewesen war, als ich im vorigen Jahr herkam, echt, und sie war tief. Sie folgte mir durch die dunklen Tage auf dem Weg in Richtung Weihnachten wie ein trauriges, treues Tier.

An der Oberfläche hatte sich nicht soviel verändert. Matt war noch immer abwesend und distanziert, aber nicht mehr so sehr wie vor Toms Ankündigung, uns zu verlassen. Er war kurz angebunden, knapp und oft richtiggehend grob, aber mir fiel ein, daß er sich vor Feiertagen oft so verhielt, wenn auch nicht in diesem Ausmaß. Aus Gründen, die niemand so genau kannte, haßte Matt Feiertage.

»Es ist, weil er am liebsten Gott oder der Präsident wäre«, meinte Teddy mit einem kläglichen Grinsen, als Matt Cecelia Henley, die hübsche, kleine neue Empfangsdame, die er anstelle der verschwundenen Mary Kay Crimp angestellt hatte, wegen des riesigen, deckenhohen Weihnachtsbaums anfuhr, den sie in ihrer Mittagspause angeschleppt hatte. »Er haßt lediglich die offiziellen Feiertage. Diejenige, die er selbst organisiert, wie unseren Ausflug zum See im letzten Sommer, die liebt er. Nehmen Sie das nicht persönlich, Cecelia. Als ich letztes Jahr einen Kranz an seine Tür gehängt habe, hätte er mich beinahe gefressen, aber er hat ihn nicht abgenommen.«

Und er erteilte auch keineswegs den Befehl, den Baum aus dem Büro zu entfernen. Nachdem wir ihn geschmückt hatten, sah er auch wirklich sehr hübsch aus und wurde von der ganzen Handelskammer bewundert. Tatsächlich verschwand, als Culver Carnes unseren Baum gesehen hatte, sogar das künstliche silberne und blaue Tischbäumchen, das, wie Teddy erzählte, seit Jahren unbeachtet in einer Ecke der Eingangshalle zu den Büros der Handelskammer gestanden hatte, und wurde durch einen echten Baum ersetzt, der noch größer und edler geschmückt war als unserer.

Und so begann der große Weihnachtskrieg. Immer, wenn wir eine neue Kugel an unseren Weihnachtsbaum hängten, hängte man in der Handelskammer drei auf. Aus unserem Bündel Mistelzweige wurden im Obergeschoß mengenweise dicke Girlanden. Cecelia verteilte Lametta auf den Zweigen, und die Büros der Handelskammer sahen aus wie das Netz einer großen Silberspinne. Als die Mitarbeiter der Handelskammer nach einem Wochenende Mitte Dezember am Montag morgen ihr Büro betraten, hingen an ihrem Baum neben den teueren neuen Kugeln sämtliche Tassenhalter des gesamten Hauses. Nur wenige Minuten nach dieser Entdeckung befand sich Culver in Matts Büro, und wir konnten sein Geschrei bis zum Wasserbehälter im Korridor hören, obwohl die Tür geschlossen war. Aber schließlich passierte gar nichts. Jeder von uns war an diesem Wochenende demonstrativ woanders gewesen; um Weihnachten herum verlangsamte sich der Fluß der Arbeit zu einem schlammigen Tröpfeln, und niemand blieb abends länger oder kam am Wochenende ins Büro. Matt selbst war mit der Playboy-PR-Frau in Gatlinburg beim Skifahren gewesen. Ich habe niemals einen wütenderen Mann gesehen als Culver Carnes, als er endlich Matts Büro verließ. Er war knallrot im Gesicht und so kurzatmig, daß wir ihn bis zum Aufzug keuchen hörten. Wir warteten, bis die Glocke klingelte, ehe wir in freudiges Gelächter ausbrachen.

Wir fanden niemals heraus, wer diesen Streich mit dem Weihnachtsbaum ausgeheckt hatte, obwohl ich wußte, daß bei den anderen Vorfällen mit den Tassenhaltern Hank, Luke und gelegentlich auch Matt selbst die Schuldigen waren. Matt beharrte darauf, daß er es nicht gewesen sei.

»Falls er bezweifelt, daß ich beim Skifahren in Gatlinburg war, dann braucht er bloß die mindestens hundert Leute fragen, die mich gesehen haben, wie ich auf Skiern den Hang herunterkam und direkt in die Wand der Skihütte fuhr«, meinte er grinsend. Es war ein echtes Grinsen und eines der wenigen Male, die wir das berühmte Comfort-Grinsen in diesem Jahr noch sehen sollten. Ein Sieg über Culver Carnes konnte es hervorlokken.

»Sind Sie wirklich in die Skihütte gefahren?« wollte Hank wissen. »Ich hätte einiges gegeben, um das zu sehen.«

»Ja, tatsächlich. Ich wußte noch, daß man etwas Bestimmtes schreien muß, wenn man auf Skiern nicht mehr bremsen kann, aber ich wußte nicht mehr, was. Also schrie ich: ›Aus der Bahn!‹ Aber das hat gar nichts geholfen. Ich habe trotzdem zwei von diesen Arschlöchern in Rennanzügen über den Haufen gefahren.«

Das Bild, wie ein zerknitterter Gnom in geborgter Skikleidung, die mindestens zwei Nummern zu groß ist, und mit einem kastanienbraunen Haarschopf, der im Wind wie ein zerrupftes Vogelnest aussieht, mit wedelnden Armen einen verschneiten Hang herunterfährt und »Aus der Bahn!« schreit, rufe ich mir noch heute gerne ins Gedächtnis. Über die Jahre hat es mich in manch unangenehmer Situation zum Lächeln gebracht.

Luke und ich hatten darüber gesprochen, über die Feiertage zu seinen Eltern nach Baltimore zu fahren, aber schließlich entschieden wir uns doch dagegen. Seine Schwester, ihr Ehemann und die drei Kinder würden dort sein, sagte er, und auch wenn er seine Schwester mochte, seinen Schwager konnte er nicht ertragen, und er mochte nicht mitansehen, was dieser aus seiner kleinen Nichte und den Neffen gemacht hatte.

»Er ist ein fetter kleiner Faschist im dreiteiligen Anzug mit

Rotary-Abzeichen«, sagte Luke. »Außerdem ist er ein aalglatter Berufskatholik, ein fanatischer Republikaner und derart blutrünstig, daß sein armer kleiner Sohn mir das letzte Mal, als ich ihn sah, erklärte, er sei der Meinung, wir sollten so viele Bomben auf Vietnam werfen, bis wir die Insel versenkt haben. Vermutlich bringt ihnen Johnny nicht nur Politik, sondern auch noch Erdkunde bei. Er hält mich für einen verstockten Kommunisten und sagt das auch, allerdings nicht zu mir. Meine Schwester hat er geheiratet, weil mein Alter Geld hat, und ich glaube, er ist stocksauer, weil der Alte nicht die Kurve kratzt und es ihr hinterläßt. Er glaubt sowieso, daß ich aus dem Rennen bin, und da könnte er sogar recht haben. Aber er schleimt sich derart bei Daddy an, daß es sogar meinem Alten zuviel wird. Ich halte mich von ihm fern; es tut mir viel zu weh, wenn ich sehen muß, was aus Sarah geworden ist. Früher hatte sie die ganze Zeit Farbe unter den Fingernägeln, weißt du. Jetzt hat sie perfekt gepflegte Nägel und ein völlig totes Gesicht. Ich habe gesagt, daß wir vielleicht im Frühjahr kommen. Meinst du, wir sollten zu deiner Familie fahren?«

»Nein«, erklärte ich. »Ich habe meinen Vater an seinem Geburtstag angerufen und ihm erzählt, daß ich an Weihnachten gerne jemanden mitbringen und ihm vorstellen würde, und er hat gesagt, an meinen Buhlen aus Atlanta sei er nicht interessiert. Er hat wirklich Buhlen gesagt. Jetzt fahre ich bestimmt nicht mehr nach Hause. Ich wollte ihn bitten, meine Mutter ans Telefon zu holen, aber ich konnte sie schon im Hintergrund weinen hören, und da hatte ich alles plötzlich so satt. Das macht mich müde, traurig und wütend. Er hat keinen Grund, so mit mir zu reden, und es gibt auch keinen Grund dafür, daß sie die ganze Zeit weint. Ich will nicht nach Hause fahren. Mir ist es egal, wenn ich gar nicht mehr hinfahre.«

Gedankenverloren massierte er meinen Rücken.

»Die Iren und ihre verdammte, traurige, schreckliche Wut«,

sagte er. »Untergründig ist sie immer da. Obwohl du mich vermutlich tatsächlich als deinen Buhlen bezeichnen könntest, wenn man es recht sieht. Das klingt so hübsch nach siebzehntem Jahrhundert. Also, was willst du dann an Weihnachten machen?«

»Wir könnten unseren eigenen Baum haben. Vielleicht auch ... in die Mitternachtsmesse in die Christ the King Church gehen. Weißt du was, wir könnten sogar ein kleines Fest veranstalten, mit Eierpunsch oder so etwas, und ein paar Leute einladen. Matt fährt nach Texas, um seine Mama zu besuchen, das weiß ich, aber Teddy ist hier, und Hank, und ich glaube nicht, daß Tom nach New Orleans fährt, wenn er gleich nach Neujahr umzieht.«

»Wir könnten auch noch etwas anderes machen«, sagte Luke. »Ich denke schon länger darüber nach, ob ich es dir erzählen soll oder nicht. Eigentlich darf ich es nicht weitersagen, aber vermutlich gilt das nicht für dich.«

»Was denn, um Himmels willen?«

»Wir könnten zum Spelman-Morehouse-Konzert gehen. Es ist am Wochenende vor Weihnachten. Weißt du etwas darüber?«

»Ich habe davon gehört. Mit den Chören sämtlicher Colleges? Teddy sagt, daß jeder hingeht, ob schwarz oder weiß; es ist eine ganz alte Tradition. Sie sagt, so einen Gesang hast du noch nie gehört. Ihre Familie geht schon seit Jahren hin. Das habe ich ganz vergessen, aber ich würde wirklich gerne hingehen. Warum sollst du nicht mit mir darüber reden?«

»John bringt die Black Panthers mit«, sagte er.

»Was?«

»Genau das war auch meine Reaktion, als er mir davon erzählt hat. Er hat ein paar ... Kader, nennt man das wohl, von ihnen zu Besuch, wohl, um der Stadt zu zeigen, daß wir miteinander auskommen können, daß sie hier sein können, ohne alles kaputtzumachen, und daß niemand vor ihnen Angst haben muß. Daß sie nicht jeden Weißen, den sie zu Gesicht bekommen, gleich erschießen. Sie kommen in voller Uniform... du weißt schon, mit Lederjacken, Baretten und allem. Ohne Gewehre allerdings, das ist ausgemacht. Das wäre auch ein bißchen viel, mit umgehängten Waffen zu einem Weihnachtskonzert in die Kirche zu gehen. John ist absolut begeistert von der Idee.«

»Aber du nicht?«

»Ich weiß nicht recht. Auf der einen Seite, was kann es schon schaden? Sie werden hineinmarschieren, sich hinsetzen, mitsingen und so, und dann wieder hinausmarschieren. In einer Kirche wird es deshalb keinen großen Aufstand geben. Einen sichereren Ort, um Flagge zu zeigen, kann ich mir nicht vorstellen, wenn es das ist, was sie wollen. Da ist Frieden, Liebe und Ergebung gleich eingebaut, schwarz und weiß gemeinsam und all das. Aber sie haben noch immer keinen guten Ruf in der Öffentlichkeit. Vermutlich werden ein paar Leute eine Scheißangst bekommen.«

»Wer hatte eigentlich die Idee?«

»Das weiß ich auch nicht. Das hat John nicht gesagt. Es hört sich für mich nach der lieben Juanita an. Und ich kann mir nicht vorstellen, was sie damit erreichen will; sie wird ja wohl nicht vorhaben, die liberalen Weißen zu rekrutieren. Vermutlich geht es ihr darum, die Sache mit John auf die Reihe zu bekommen. Ihn ein für allemal unter ihre Rockschöße zu holen. Ach Scheiße, vielleicht wollen sie ja dem SCLC, dem Lager von King, tatsächlich ein Friedensangebot machen. Das wäre genau der richtige Ort dafür. Ich würde zwar nicht unbedingt sagen, daß so etwas auf dem Terminplan stand, aber es hat ja schon seltsamere Dinge gegeben.«

»Weiß Dr. King davon? Oder jemand von seinen Leuten?«

»Ich glaube nicht. Von John nicht und ganz bestimmt nicht

von den Panthers. Es soll eine Überraschung werden, weißt du. Ich wäre allerdings überrascht, wenn nicht doch noch jemand Wind von der Sache bekommt. Irgend jemand weiß immer, was diese Kätzchen in der Stadt gerade so tun. Ich dachte, ich gehe hin und mache für *Life* ein paar Fotos; das wird bestimmt eine starke Sache. Kannst du das vor dir sehen? Wie die Panthers Weihnachtslieder singen? Kleine weiße Kinder, in deren Augen sich Lederjacken und Afrofrisuren spiegeln? Die Matronen aus Buckhead in ihren Pelzmänteln, Seite an Seite mit Kaftanen oder was auch immer?«

»Nicht einmal wenn du mich fesselst und knebelst, könntest du mich davon abhalten, hinzugehen«, erklärte ich.

»Vielleicht läßt uns Matt darüber etwas fürs *Downtown* machen.«

»Spinnst du? Culver würde ihn rausschmeißen, noch ehe das Heft an die Kioske kommt. Die Panthers als Besucher der gesellschaftlichen und kulturellen Ereignisse Atlantas? In einem Magazin der Handelskammer? Aber ich sage dir etwas: Ich frage mal bei *Life* an, ob sie einen kleinen Artikel von einer Journalistin haben wollen, die dabei war. Sie sind bestimmt verrückt darauf.«

»Dann würde Culver Carnes mich hinausschmeißen, Luke.«

Er zuckte die Achseln.

»Eines Tages wirst du dich entscheiden müssen, was du willst, Smoky«, meinte er. »Vielleicht ist das jetzt der richtige Zeitpunkt. Das wäre eine hübsche Feder an deinem Hut.«

O nein, jetzt noch nicht, jetzt noch nicht, schrie ich innerlich, aber ich sprach es nicht laut aus.

»Kann ich nicht einfach mit dir hingehen und das später entscheiden?« sagte ich. »Ich würde einfach nur gerne das Konzert hören, ganz egal, was wir danach darüber machen.«

»Ja, aber sag zu keinem ein Wort davon. Darauf hat John bestanden. Wenn die Medien davon Wind bekommen, vertreibt

Boy Slattery die Panthers aus der Stadt, ehe sie auch nur einen Fuß in die Sister's Chapel setzen können. Er würde es zumindest versuchen.«

»Wieso Boy Slattery? Du weißt doch, daß Gouverneur Wylie das nie täte, und sein Einverständnis müßte Boy erst einmal haben.«

»Weißt du das denn nicht?« fragte Luke. »Na ja, vermutlich nicht. Du warst bei dieser Besprechung mit den Leuten vom Theater, als Matt es uns erzählt hat. Ben Cameron hat es ihm beim Mittagessen im Klub der Handelskammer gesagt. Lint Wylie ist im Johns-Hopkins-Krankenhaus und wird dort wegen einer Art Lymphom behandelt. Es kam plötzlich; er ist gestern nachmittag in seinem Büro zusammengebrochen. Sie werden die Pressemeldung wahrscheinlich erst morgen früh herausgeben, abhängig davon, was das Krankenhaus sagt, aber das bedeutet, daß Boy im Moment den Gouverneursposten innehat. Mit allen Machtbefugnissen, wie dem Einsatz der Staatspolizei oder der National Guard oder was ihm sonst so einfällt. Er würde sich nur zu gern mit den Panthers anlegen.«

»O mein Gott, Luke. Findest du nicht, John sollte die Sache besser absagen?«

»Nein. Das sähe so aus, als habe er Angst vor Boy, und das stimmt nicht. Aber ich glaube, je länger er es verschweigen kann, desto besser. Ich persönlich glaube nicht, daß es ihm gelingen wird, aber vielleicht erfahren es wenigstens diese Arschlöcher in Boys Umgebung nicht. Vielleicht ist es ganz nützlich, daß es so kurz vor Weihnachten ist. Der erste, der es erfährt, würde wohl Ben Cameron sein, und der erzählt es Boy bestimmt nicht.«

»O je, das ist ja schrecklich«, sagte ich aufrichtig. »Boy Slattery auf dem Stuhl des Gouverneurs. Wie schlimm ist das mit Gouverneur Wylie? Was passiert, wenn er... wenn er stirbt?«

»Ich weiß nicht, wie schlimm es ist«, antwortete Luke. »Ich glaube nicht, daß ein Lymphom so schlimm ist wie ein anderer

Krebs, aber gut ist es in keinem Fall. Wenn er stirbt, dann müssen wir uns wohl mit Boy abfinden, bis eine außerordentliche Wahl stattfinden kann. Und das ist frühestens Ende Januar, wenn das Parlament wieder zusammentritt. Ich weiß wirklich nicht, wie Georgia das überstehen soll. Am besten ist wohl, wir beten, daß es der härteste Winter seit hundert Jahren wird.«

Danach sah es auch aus. Die bittere Kälte ließ nicht nach, und zudem trafen die Winterstürme, die gewöhnlich erst im Januar und Februar fällig sind, in diesem Jahr früh ein. Aus dem Westen wehte ein Eissturm nach dem anderen. Die Zeitungen behaupteten, Birmingham schicke sie, um Atlanta ein bißchen zu testen. Das unfreundliche Wetter war ein gefundenes Fressen für die Medien; riesige schwarze Schlagzeilen wie »BRRRRRR!« oder »WANN LÄSST DIE KÄLTE ENDLICH NACH?« dominierten die Morgen- und die Abendausgaben der Zeitungen, und die Meteorologen beim Fernsehen arbeiteten wochenlang unter Hochdruck.

Normalerweise gibt es in Atlanta ein- oder zweimal im Jahr richtige Schneefälle, über die sich die Bewohner sehr freuen, doch die Eisstürme sind längst nicht so willkommen wie der Schnee. Es kommt zu Stromausfällen, die ganze Stadtteile in Kälte und Dunkelheit stürzen; die Straßenverhältnisse werden schauderhaft, was noch erschwert wird durch die selbstmörderische Entschlossenheit der Autofahrer Atlantas, unter allen Umständen zu fahren; die Zahl der Knochenbrüche und Verstauchungen steigt sprunghaft, und die Häufigkeit von Bränden, ausgelöst durch fehlerhafte Heizgeräte und schlecht funktionierende Kamine, wächst enorm, besonders in den Ghettos und den Sozialwohnungsgebieten. In diesem Jahr kümmerte sich Ben Cameron darum, daß die Feuerwehr jederzeit einsatzbereit war, und er bat auch seine Kollegen in anderen Städten, ihm noch Sand und Lastwagen zu schicken. Die Telefongesellschaft allerdings gab den Kampf auf.

In Ansley Park, wo sich Lukes Gästehäuschen befand, führte die Kombination aus riesigen alten Laubbäumen und veralteten Stromleitungen dazu, daß wir häufiger ohne als mit Strom dasaßen. Anfangs machte es mir nichts aus; im tiefen Süden der USA ist das Wetter immer aufregend und gibt oft Anlaß zum Feiern, und einen Eissturm hatte ich noch nie erlebt. Im großen Kamin im Wohnzimmer brannte Tag und Nacht ein knisterndes Feuer, gespeist von den schwindenden Holzvorräten, die hinter der Garage der Witwe aufgeschichtet waren. Diese fuhr in das neue Haus ihrer Tochter nach Dunwoody, wo die Stromleitungen klugerweise unter der Erde verlegt waren. Luke hatte auch einen Campingkocher, Kerosinlampen und genug Kerosin. In der Garage entdeckten wir noch einen altertümlichen Kerosinheizer, den Luke reinigte und auffüllte, und so hatten wir es mit dem Kamin, dem Heizgerät und dem Gasofen in der Küche einigermaßen warm und konnten auch kochen.

Damit hatten wir mehr Glück als die meisten, und das wußte ich auch, aber als die Kälte Tag für Tag anhielt, begann ich mich nach Licht, Musik und einem richtig heißen Bad zu sehnen. Ich wünschte mir, wieder im Morgan schnell über die Peachtree Road zur Arbeit zu fahren, anstatt mit dem schaukelnden, schlitternden, ständig verspäteten 23er Bus, zu dem ich zwei Blocks weit durch die vereisten Straßen laufen mußte. Bald kannte und fürchtete ich jenen besonderen Geruch nach Feuchtigkeit unter dem nächtlichen Himmel, der einen Eissturm ankündigt, und wenn der Schriftzug »Wir unterbrechen unsere Nachrichtensendung für eine dringende Wettervorhersage« über den gerade wieder in Gang gekommenen Fernsehschirm lief, war ich kurz vor dem Durchdrehen. Mehrmals war das Büro geschlossen, weil niemand das Haus verlassen konnte, und Luke zog sich in die Dunkelkammer zurück und entwickelte stundenlang Filme und kam nur heraus, um gelegentlich Holz in das ständig brennende Kaminfeuer nachzulegen. Ich las bei

Lampenschein und Kerzenlicht, bis mir die Augen weh taten, und schlief sehr viel in seinem alten Schlafrock vor dem Feuer. Ich hätte nie geglaubt, daß mir das Zischen und Knistern eines offenen Feuers und der süße Duft brennender, saftiger Zweige jemals auf die Nerven gehen würde, aber so war es.

In der letzten Woche vor Weihnachten wurde das Wetter ein bißchen freundlicher, die dicken, grauweißen Wolken lösten sich soweit auf, daß kleinere Stücke milchigblauen Himmels zu sehen waren, und gelegentlich kam sogar die Sonne heraus. Die *Downtown*-Mitarbeiter trafen sich im Büro wie Überlebende einer arktischen Schneekatastrophe. Die Erzählungen über die ertragene Unbill enthüllten immer neue Schrecken, bis wir schließlich darüber lachen mußten, und die Aufregung über die kurz bevorstehenden Feiertage ließ uns hektisch werden. Immer seltener waren wir im Büro zu finden, weil wir in der Stadt unterwegs waren, um Weihnachtsgeschenke zu kaufen, und nur gelegentlich hereinschauten, um die Post durchzusehen und die aufgelaufenen Telefonanrufe zu beantworten. Wir gingen ausgiebig mittagessen, telefonierten mit alten Freunden und verabredeten uns mit neuen. Die kleine Cecelia Henley zeigte ein unerwartetes Talent zum Verpacken von Geschenken, und wir umschmeichelten sie schamlos, damit sie auch unsere Geschenke einpackte. Bald war das Büro übersät mit Bergen von schönen, glitzernden Geschenkpaketen, und Sister und SueAnne kamen jeden Tag mit neuen Süßigkeiten oder Weihnachtsplätzchen nach alten Familienrezepten.

»Sister, ist eigentlich Schnaps in diesen Plätzchen?« erkundigte sich Hank, als er in ein Plätzchen aus einem neuen Päckchen biß.

»Das ist ein altes Familienrezept«, erklärte Sister. »Ich wußte nur, daß Bourbon hineingehört, aber ich konnte mich nicht mehr daran erinnern, wieviel, und darum habe ich hineingeschüttet, was noch in der Flasche war. Schmecken sie dir?«

O ja!« sagte Hank und verdrehte die Augen. Die Plätzchen verschwanden noch im Lauf des Vormittags.

Diese Woche vor meinem zweiten Weihnachtsfest bei *Downtown* war, daran kann ich mich noch erinnern, eine schöne und träge Zeit. Es wurde sehr wenig gearbeitet.

Matt kam vier Tage lang nicht ins Büro.

»Er arbeitet zu Hause«, sagte Hank am zweiten Tag, als uns Matts Abwesenheit auffiel und wir Fragen stellten.

»SueAnne hat gestern mit ihm gesprochen, und er sagte, wir sollten seine Anrufe aufnehmen und notieren. Jetzt vor Weihnachten und bei diesem Wetter sei eine günstige Zeit, um ein bißchen zu planen und die Kolumne zu aktualisieren. Er kommt vor den Feiertagen noch einmal rein.«

Aber er klang ein bißchen zweifelnd, und ich sagte: »Hank?«

»Mehr weiß ich nicht, Smoky. Und Gott weiß, wir brauchen die Kolumne. Ich rufe ihn morgen an, wenn ich bis dahin nichts gehört habe.«

Niemand hörte etwas von ihm, und so rief Hank am Spätnachmittag des nächsten Tages Matt in seiner Wohnung an.

»Er hat eine schlimme Erkältung«, erklärte Hank knapp. »Er hört sich schrecklich an. Aber er sagt, daß er bis Freitag wieder gesund ist, und ich soll allen sagen, daß er uns ins Top zum Mittagessen einlädt und dann früh nach Hause gehen läßt.«

»Und du glaubst wirklich, daß es ihm gutgeht? Ich meine, daß er lediglich eine Erkältung hat?« Ich war unruhig. Matt war nie krank. Er fehlte auch nie im Büro, außer wenn es unvermeidlich war, und dann nicht gerne. »Verdammten Flitterkram« nannte er die Reden und Unterstützungen von Spendenaufrufen, die oft von ihm erwartet wurden. Ich konnte mir nicht vorstellen, wie er im Bett lag, die Brust mit Eukalyptusöl eingerieben und eine Tasse Hühnersuppe auf dem Nachttisch.

»Das behauptet er zumindest«, sagte Hank, ging wieder in sein Büro und machte die Tür hinter sich zu.

»Glaubst du, daß es mehr ist als eine schwere Erkältung?« fragte ich Luke an diesem Abend.

»Ich glaube, es ist eher ein schwerer Kater«, sagte er.

»Ach, Luke!«

»Er trinkt viel zuviel, Süße. Und ich weiß, daß er gelegentlich sogar trinkt, wenn er allein zu Hause ist. Ich war morgens dort und habe die leeren Flaschen gesehen. Aber bisher ist er deshalb trotzdem noch in die Arbeit gekommen.«

»Woran liegt das? Ist es Alicia, was glaubst du, oder Tom?«

Er zuckte die Achseln. »Ich weiß nicht. Er hat eine düstere Seite. Tom und Hank haben mir erzählt, daß er schon früher einfach... fortgegangen ist. Ich glaube aber nicht, daß er tatsächlich aus dem Büro verschwindet. Wenn er morgen noch nicht da ist, gehe ich zu ihm.«

Aber er war da. Am Freitag vor Weihnachten saß Matt im Büro, als wir kamen, trank Kaffee und sprach knappe Anweisungen in sein Diktiergerät. Dazu ließ er das Kleingeld und die Uhr klirren und brüllte obszöne Texte zu den gräßlichen Weihnachtsliedern, die vom Kaufhaus heraufschallten. Er kam mir dünner denn je vor, unter seinen blauen Augen hingen dicke Tränensäcke, und auf seinen vorstehenden Backenknochen saß eine ungesunde Röte. Aber er war frisch rasiert und roch nach einem pinienduftenden neuen Rasierwasser, das kastanienrote Haar war naß gekämmt und das sehr verknitterte, blaue Oxfordhemd hatte noch den Preisaufkleber auf dem Kragen. Das Büro erblühte wieder wie die Christrose, von der der süßliche Tenor des Kaufhauses sang. Schließlich warf Matt einen Tassenhalter auf den Lautsprecher, der direkt vor seinem Büro hing. Es war ein roter, einer derjenigen, die der Handelskammer gehörten. SueAnne wich ihm geschickt aus, grinste und kümmerte sich darum, daß die Musik leiser gestellt wurde.

Wir gingen tatsächlich zum Mittagessen ins Top of Peachtree, alle miteinander, und boykottierten damit die Weihnachtsfeier der Handelskammer, die im Obergeschoß stattfand. Als Sue Anne fragte, ob das eine kluge Entscheidung sei, sagte Matt: »Was ist Ihnen lieber, sich in Anwesenheit der interessantesten Leute der Stadt im Top mit Champagner zu betrinken, oder herumzustehen, Limonade oder Punch mit Zitronensorbet zu trinken, diese gräßliche Mäusescheiße zu essen, die von den Sekretärinnen serviert wird, und zuzusehen, wie Culver mit einer Nikolauskappe Obstkörbe verteilt?«

»War auch nur eine Frage.« SueAnne grinste.

»Werden wir dafür von Mr. Carnes nicht etwas zu hören bekommen?« fragte ich Matt.

»Ihr nicht«, sagte er. »Bloß ich, und mir ist das völlig egal. Außerdem, ich garantiere euch, daß er es schon vergessen hat, wenn wir nach Weihnachten wiederkommen.«

»Woher wissen Sie das?«

»Das weiß ich.«

Und so gingen wir ins Top of Peachtree, tranken eine Menge Champagner, aßen, bis uns der Bauch weh tat, und lachten. Wir wünschten einander fröhliche Weihnachten, gaben uns liebevolle Küßchen und brachen schließlich auf, beladen mit Geschenken und abgefüllt mit Champagner und Freude.

Während wir hinaustraten in den Korridor, um vor dem Aufzug zu warten, blieb Matt noch am Tisch sitzen.

»Ich bin noch mit jemandem verabredet«, sagte er. »Der Mann hatte keinen anderen Termin mehr. Geht schon mal. Fröhliche Weihnachten. Ach, so ein Unsinn.«

Als wir den Raum verließen, blickte ich zurück. Matt hob einen Finger, um nach dem Kellner zu winken.

Luke fing meinen Blick auf.

»Frag nicht«, sagte er, und ich schwieg. Aber der Tag verlor einiges von seinem freudigen Glanz. Drunten auf der Straße war der Himmel bedeckt, und dieser besondere Geruch nach Feuchtigkeit lag wieder in der Luft.

»O je«, sagte ich. »Eis. Und heute abend ist das Konzert.«

Als wir zum Gelände der Atlanta University kamen, hatte Graupelregen eingesetzt, aber auf dem Bürgersteig blieb nichts liegen. Er setzte sich allerdings auf dem Rasen und den Büschen des Campus fest, was in dem Licht, das aus der Sister's Chapel fiel, hübsch und festlich aussah. Die Besucher hatten sich vom Wetter nicht abhalten lassen, zu kommen. Überall standen Autos, und als wir in eiligem Trab, um den nadelfeinen Stichen des Graupelregens zu entkommen, die Kirche erreichten, war sie bereits vollbesetzt. Wie buntgefederte Vögel wirkten die Leute, die aus der Kälte hereinströmten oder sich gerade auf ihren Plätzen niederließen. Die schöne Kirche war hell mit Kerzen erleuchtet und roch herrlich nach den Girlanden aus Kiefern und Zedern, mit denen der Altar, die Empore und die Ränder des Kirchengestühls dekoriert waren. Außerdem bemerkte ich den Geruch nach staubigen Gesangbüchern und abgetretenen Teppichen, der sämtliche Kirchen meiner Kindheit ausgezeichnet hatte, und den irgendwie exotischen Duft nach nasser Wolle und Parfüm. Nur der Geruch des Weihrauchs fehlte, was mir seltsam vorkam.

Die Leute waren ruhig und flüsterten, wie es sich für Kirchenbesucher an den höchsten Feiertagen gehörte, aber sie waren auch nett und freundlich, und es waren mehr schwarze Gesichter zu sehen als weiße. Ganze Bereiche des Auditoriums waren von weißen Familien besetzt. Die meisten Leute – sowohl unter den Schwarzen als auch unter den Weißen – trugen die in der Kirche übliche, festliche Kleidung, aber man sah auch vereinzelt afrikanische Kleidung: Kaftane, Djellabas, runde Hüte und Batikstoffe. Und es war mehr modische, jugendliche Kleidung zu sehen als bei einem normalen Gottesdienst: Miniröcke, gesmokte Kleider, Rollkragenpullover und hier und da ein Nehru-Jackett. Gelegentlich sah man auch Jeans mit weiten Aufschlägen und Fransenwesten und auch Pelze – Nerz, Persianer oder orangegefärbtes Kaninchen. Es war eine wirklich bunte Mischung, wie man sie auf dem Universitätsgelände einer großen Stadt erwarten konnte. Ich kam mir ökumenisch und integriert vor und war sehr zufrieden mit mir und diesem Abend. Aber mir fiel auf, daß die Flecken aus schwarzen und weißen Gesichtern, auch wenn sie einander freundlich zunickten und lächelten, sich nicht mischten.

Wir kamen etwas zu spät, und das Auditorium hatte sich schon fast gefüllt. Ganz vorne standen einige leere Stühle, wie man das bei Hochzeiten sieht, wenn Plätze für die Familien der Braut und des Bräutigams freigehalten werden. In der Reihe dahinter saßen nur wenige Leute. John Howard war einer von ihnen. Luke ging durch den Gang auf ihn zu, und ich folgte ihm, und als wir Johns Reihe erreichten, sah ich, daß die leeren Stühle vor ihm mit roten Samtbändern abgesperrt waren.

Ich schlüpfte neben Luke. John nickte uns zurückhaltend zu, sagte aber nichts. Er trug den blauen, dreiteiligen Anzug, den ich an Thanksgiving gesehen hatte, und abgesehen von seinem Nikken blickte er unverwandt auf die leere Empore vor ihm. Ich fand, so, wie er heute abend aussah, hätte er ohne weiteres für *Esquire* oder *Gentlemen's Quarterly* Modell stehen können. Allerdings lag ein angespannter und abweisender Zug auf seinem scharfgeschnittenen Gesicht, der beunruhigend und beinahe bedrohlich wirkte. Und die Narbe... Nein, mit John Howard konnte man wohl nicht viele Anzüge verkaufen.

»Wie hast du das geschafft?« flüsterte Luke ihm zu und deutete auf die abgesperrten Sitze.

»Ich habe gesagt, ich hätte wichtige Gäste von außerhalb«, antwortete John knapp.

»O Gott, vermutlich erwarten sie die Herausgeberschaft der *New York Times*«, flüsterte Luke grinsend, und John Howard schenkte ihm ebenfalls ein zögerndes Grinsen.

»Hast du diese Reihe auch freigehalten?« wollte Luke wissen.

»Nur für einige von den Schwestern, falls sie kommen«, sagte John Howard. »Es werden nicht viele sein, wenn überhaupt. Sie mögen demonstrative Veranstaltungen nicht. Ein paar von ihnen sind vielleicht hier, aber ich habe mich nicht nach ihnen umgesehen. Sei aber nicht überrascht, wenn sie dich nicht mit offenen Armen begrüßen, falls sie überhaupt auftauchen.«

Ich fragte mich, ob Juanita in Atlanta war. Es war durchaus möglich.

»Ich habe das Gefühl, daß mich heute abend nicht viel überraschen wird«, meinte Luke.

»Wahrscheinlich nicht«, antwortete John Howard. Er blickte auf Lukes Mantel, der über einer Stuhllehne lag.

»Hast du eine Kamera dabei?«

»Ja, aber nur eine kleine«, sagte Luke. »Keine Sorge. Ich werde genauso aussehen wie die anderen Leute, die Fotos von ihren singenden Kindern machen.«

»Ja, das stimmt.« John Howard verzog den Mund wieder zu einem kurzen Lächeln und richtete seinen Blick dann erneut auf die Empore. Er sah uns nicht noch einmal an. Sehr still saß er da, wie eine Bronzestatue, und seine Haut glänzte im flackernden Kerzenlicht.

Ich stand einmal auf, um meinen Mantel auszuziehen, und Luke streckte die Hände aus, half mir heraus und legte ihn über den seinen. Bevor ich mich wieder setzte, warf ich einen Blick auf die Leute, die hinter mir saßen. In dem Meer von Gesichtern sah ich, als würden meine Augen magnetisch von ihnen angezogen, Brad Hunt und seine Familie, die etwa in der Mitte des Kirchenschiffs saßen. Neben Brad befand sich ein Mädchen mit langen, glatten blonden Haaren, die mit einem blauen Satinreif zurückgehalten wurden. Sie sah genauso aus wie viele der jungen Frauen, die ich in Atlanta kennengelernt hatte und die mit Teddy in Westminster zur Schule gegangen waren. Auch wenn ich sie bestimmt noch nie getroffen hatte, kannte ich sie dennoch. Mit

Sicherheit arbeitete sie als Sekretärin in der Geschäftsführung einer Bank, lebte zu Hause, arbeitete ehrenamtlich für die Junior League und spielte gut Tennis. Sie sah mich an und senkte den Blick. Brad warf mir einen langen, ausdruckslosen Blick zu, ehe er ebenfalls wieder zu Boden sah.

An seiner anderen Seite saß Marylou Hunt in tiefem, glänzendem Schwarz, und sie senkte ihren Blick nicht. Triumph stand in ihren Augen, und sie lächelte, ein kleines, V-förmiges Lächeln, wie man es gelegentlich bei alten griechischen und römischen Statuen sieht. Sie hatte bestimmt jeden Grund zu triumphieren. Dort saß ich, ihre auserkorene Feindin, in Gesellschaft eines gefährlich aussehenden Schwarzen und eines Hippies mit wildem Bart. Ich lächelte sie an und setzte mich wieder. Mein Herz klopfte vor Schreck. Es war mir egal, wenn Brad und seine Familie das Spelman-Morehouse-Konzert besuchten, aber ich hatte sie nicht erwartet. Allerdings hätte ich damit rechnen müssen, ihm in dieser Stadt früher oder später zu begegnen, dachte ich und strich mir die wirren, regenfeuchten Locken aus dem Gesicht. Ich hoffe nur, dachte ich ehrlich, daß er mit dem Mädchen wirklich befreundet ist. Noch immer spürte ich, was Brad anbelangte, ein vages Schuldgefühl, obwohl es dazu wenig Grund gab.

Der Chor verspätete sich etwas, und die Leute flüsterten unruhig. Immer wieder wurde die Stille von Husten unterbrochen. Dann ging das Licht einmal kurz aus, und die Menge lehnte sich wie ein landender Vogelschwarm in den Kirchenstühlen zurück. Viele Leute lächelten in Erwartung des einmarschierenden Chores.

Und dann hörte man, wie sich die Türen des geschlossenen Zuschauerraums noch einmal öffneten, und ein Raunen fuhr wie ein Sturmwind vom hinteren Teil der Kirche bis in die vordersten Reihen. Man hörte Flüstern, Atemholen und unruhige Bewegungen. Und die Black Panthers betraten den Raum.

In militärischer Formation, paarweise und nach der Körpergröße geordnet, kamen sie schweigend herein. Sie trugen schwarze Lederjacken, Rollkragenpullover, schwarze Hosen und schwarze Stiefel, und die bekannten, aber exotisch wirkenden Barette saßen auf den geformten Afro-Schöpfen. Die meisten trugen Sonnenbrillen mit Metallgestell, alle hatten Patronengurte umgehängt, und auch wenn keine Gewehre zu sehen waren – Luke hatte gesagt, daß sie keine tragen würden –, strahlten sie etwas so Kaltes und Stahlhartes aus, als wären sie bewaffnet. Sie sagten keinen Ton und sahen weder nach links noch nach rechts, und während sie durch den Mittelgang marschierten, schienen sie die Geräusche aufzusaugen, denn hinter ihnen trat absolute Stille ein. Ich fand, daß sie im flackernden Kerzenschein und der Stille zugleich schön und erschreckend wirkten. Dann lösten sie ihre Formation, um sich in die zwei Reihen vor uns zu schieben, noch immer einer nach dem anderen, bis jeder einen Platz gefunden hatte. Dann, auf ein Kopfnicken des größten von ihnen, der in der vordersten Reihe saß, setzten sie sich. Sie sahen sich weder nach John Howard noch nach dem Publikum um und hielten die Augen auf die leere Empore gerichtet.

Unter ihnen waren keine Frauen, und es kamen auch keine mehr.

»O verdammt«, schnaufte Luke, hob die kleine Leica ans Auge und begann zu fotografieren.

Ich sagte nichts. Ich hatte auf einmal Schwierigkeiten, genug Luft zu bekommen. In der Kirche hinter uns war es so still, als hätte die Menge wie ein Mann eingeatmet und den Atem angehalten.

Dann kam der Dirigent herein. Er starrte lange auf die beiden schwarzen Reihen im vorderen Teil der Kirche und dann auf John Howard. Schließlich nickte er dem Pianisten und dem Organisten zu, die hinter ihm an den beiden Instrumenten saßen.

Laut ertönten die großartigen Tonfolgen von »Oh Come, All Ye Faithful«, und der Chor kam von beiden Seiten über die extra aufgestellten Treppen herein und sang dabei:

»Oh come, all ye faithful, joyful and triumphant, oh come ye, oh come ye, to Bethlehem . . .«

Die Stimmen füllten den Zuschauerraum und stiegen auf in den eisigen Winterhimmel vor der Tür, und ein Schauder überlief mich, und Tränen traten mir in die Augen. Diese vollkommen zusammenklingenden Stimmen dieser jungen schwarzen Studenten waren überirdisch, sie strahlten eine düstere Fülle, eine Resonanz, eine tiefe Einsamkeit aus, die selbst den besten weißen Stimmen fehlte. In der Kirche atmete man erneut tief und gemeinsam ein, und dann wußte ich, daß alles gutgehen würde. Dieser Abend gehörte den jungen Stimmen, sie hatten eine Kraft, die alles andere hinter sich ließ. Die Panthers auf ihren Stühlen rührten sich nicht. Sie hielten die Blicke auf die Sänger gerichtet. Ich überlegte, was sie wohl fühlten. Es war kaum anzunehmen, daß sie ungerührt bleiben konnten.

Das Konzert dauerte nicht lange. Es gab keine Pause. Während der Chor traditionelle Kirchenlieder, Spirituals, Volkslieder, afrikanische Hymnen und Sologesänge darbot, saßen wir still da. Ich war wie verzaubert; ich merkte nicht einmal, wie Luke einen Film nach dem anderen verschoß. Hinter mir im Publikum flammte immer wieder das weiche Licht zahlreicher Blitzgeräte auf. Die jungen Sänger hatten jede Menge Freunde und Familienangehörige. Auf der anderen Seite des Mittelgangs erkannte ich den Musikkritiker der *Atlanta Constitution*, der eifrig kritzelte. Neben ihm fotografierte ein Pressefotograf ebenfalls unablässig. Ich war mir sicher, daß die meisten Fotos den Panthers galten, aber sie zeigten mit keiner Geste, daß sie es bemerkten. Sie saßen vollkommen still, vollkommen ruhig und vollkommen aufmerksam da. Man hätte ihre Anwesenheit beinahe vergessen können. Beinahe.

Das vorletzte Lied, das im Programmheft aufgeführt war, lautete einfach »Solo«, und ein Scheinwerfer folgte einer kleinen, untersetzten Gestalt in einem einfachen schwarzen Abendkleid auf die Bühne. Mit freudigem Erschrecken erkannte ich Luella Hatfield. Sie stand allein im Scheinwerferlicht, die Hände locker vor sich gefaltet und den Kopf gesenkt. Und dann hob sie den Kopf und sang ohne Begleitung

»Go tell it on the mountain,
over the fields and everywhere...
Go tell it on the mountain...
that Jesus Christ is born...«

Die Zuhörer brachen in spontanen Beifall aus, der nicht mehr enden wollte. Ihre Stimme war genauso, wie ich sie in Erinnerung hatte: von reiner, staunenswerter Naturkraft. Sie stand ruhig und lächelnd da, bis der Applaus endete, und sang dann weiter. Hinter ihr setzten das Klavier und die Orgel ein. Als sie geendet hatte, war das Publikum aufgesprungen, es klatschte, pfiff und jubelte. Das war eine Reaktion, die nicht in eine Kirche paßt, aber für Luella Hatfield war es die einzig mögliche. Auch die Panthers vor uns waren aufgestanden und klatschten, so eifrig wie alle anderen. Blitzlichter leuchteten überall.

»Ach, John«, flüsterte ich, und die Tränen hingen an meinen Wimpern. Er wandte sich nicht zu mir um, aber ich sah, daß seine Mundwinkel in einem kleinen Lächeln nach oben zuckten.

Danach sang der Chor gemeinsam mit dem Publikum »Stille Nacht« und ging dann ohne Pause zu »We Shall Overcome« über. Ich weiß nicht, warum mich das so überraschte. Vermutlich endeten damals sämtliche Konzerte in schwarzen Kirchen und Gemeindesälen mit diesem Lied. Aber ich hatte nicht damit gerechnet. Hand in Hand mit Luke, der seine andere in die von John Howard gelegt hatte, stand ich da, bewegte meinen Körper mit der Menge und spürte, wie mein Herz sich emporschwang und meine Tränen zu fließen begannen, während wir sangen: »Deep in my heart... I do believe... that we shall overcome some day.«

Was, wenn ich nicht hierhergekommen wäre, dachte ich. Was, wenn ich nie die Möglichkeit gehabt hätte, das zu erleben? Diesen Augenblick werde ich nie vergessen, solange ich lebe.

Die Panthers vor mir standen respektvoll und aufmerksam da, aber sie hielten sich nicht an den Händen und sangen auch nicht.

Über dem Gesang der Leute schwebte die freudige Stimme von Luella Hatfield wie eine große, goldene Flöte.

Als der letzte Ton verklungen war und noch wie Rauch in der stillen Luft hing, rührte sich niemand. Es war, als wollte keiner die zarte Vollkommenheit dieses Abends zerreißen. Alle saßen noch einen Augenblick schweigend da, und dann standen die Panthers geschlossen auf, schoben sich aus den Stuhlreihen und marschierten wieder paarweise den Gang entlang, großgewachsen, schwarz und majestätisch schweigend. Den ganzen Abend hatte keiner von ihnen einen Ton von sich gegeben, wenn man von dem Klatschen absah.

Erst jetzt erhob sich das Publikum von den Plätzen, griff nach den Mänteln und begann zu lachen und mit den Nachbarn zu plaudern. Es war, als hätte eine Abordnung großer, schwarzer Raubvögel eine Weile lang über einem Wald gekreist, keinen Schaden angerichtet und wäre dann weitergeflogen. Danach kehrte wieder Leben ein im Wald. Als ich schließlich aufgestanden war und mich zu dem hinausdrängenden Publikum umdrehte, waren die Panthers nirgendwo zu sehen. Sie waren durch die großen Doppeltüren auf den Vorplatz hinausgegangen.

»Na, das ging doch glatt, nicht wahr?« sagte ich zu John Howard. »Wohin gehen sie jetzt?«

»Zurück zu ihrem Bus», sagte er. »Sie fahren die ganze Nacht durch. Morgen früh müssen sie in Montgomery sein.«

»Weshalb?«

»Dort gehen sie auf eine Bar-Mizwa«, antwortete er, und ich starrte ihn an, ehe mir klar wurde, daß er einen Witz gemacht hatte. Er lächelte leicht, hielt aber den Blick auf die Tür und die hinaussströmende Menge gerichtet.

»Meinst du, daß du etwas hast?« fragte ich Luke, als er mir in den Mantel half.

»Nicht viel. Vielleicht ein paar gute Aufnahmen von Gesichtern...« begann er, und dann war der erste Ton zu hören.

Es war ein wildes Durcheinander von Geräuschen, wie in einer Massenszene in einem alten Film, wirr und unzusammenhängend, und ganz bestimmt nicht die Geräusche einer normalen Menschenmenge beim Verlassen eines Konzerts. Dann ertönten Schreie und das Trappeln und Trampeln vieler Füße, das schrille Kreischen einer weiblichen Stimme und dann mehrere Schreie. Ich erstarrte, völlig unfähig, mich zu rühren.

Die Doppeltür sprang auf, und die Menge, die hinausgeströmt war in die Nacht, rannte zurück in die Kirche. Männer stießen heisere Schreie aus, Frauen kreischten, und hier und da hörte man über den anderen Geräuschen das helle Schreien eines kleinen Kindes. Die Menge summte und surrte wie ein Bienenschwarm und strömte durch die Gänge auf uns zu, weg von den offenen Türen. Dort sah ich Lichter, die unvorstellbar hell waren und sich an den Wirbeln aus Nebel und Schnee, der stetig fiel, brachen, und hörte ein tiefes, monotones Tuckern wie das Klopfen eines riesigen, nicht menschlichen Herzens. Erst einige Sekunden später wurde mir klar, daß jemand eine Flüstertüte benutzte.

Luke sprang auf die Kirchenstühle, um über die Menge hinwegzusehen.

»Dieser Vollidiot Boy hat die Staatspolizei gerufen«, sagte er mit einer seltsam ruhigen Stimme. »Da draußen tobt ein Aufstand, verfluchte Scheiße. Herrgott noch mal, hoffentlich erschießt ihn einer...«

Er sprang vom Stuhl und eilte den Gang hinab, ohne sich auch nur einmal umzusehen. Ich wollte hinter ihm her und schrie: »Luke, Luke, nein! Geh nicht da raus ...«

Er hörte mich wohl nicht. Ohne einen Blick zurück, tauchte er in der Menge unter, die in die Sicherheit des Zuschauerraumes zurückdrängte. Bewegungslos stand ich da, die Hände an den Mund gepreßt, und starrte auf die Stelle, wo Luke gerade eben noch gestanden hatte. Wie in Zeitlupe, mit einer Klarheit, wie sie nur im Traum oder im Drogenrausch möglich ist, dachte ich: Das ist nur das erste Mal. Mein ganzes Leben lang, wenn ich es mit ihm verbringe, werde ich in der Menge stehen und ihm nachsehen, wie er sich ohne einen Blick zurück in die Gefahr stürzt ...

John Howard neben mir stand wie zu Stein erstarrt, und ich drehte mich zu ihm um.

»John, geh und hol ihn zurück«, sagte ich mit einer albernen Kleinmädchenstimme. »Du kommst durch. Ich habe Angst, daß ihm etwas passiert ...«

Er sah mich nicht an. Er rührte sich nicht. Er starrte lediglich zur Tür. Sein Gesicht war so grau wie ausgebrannte Asche, und sein Mund stand offen. Seine Augen sahen aus, als habe man ihn geblendet.

Dann hörten wir die Schüsse, erst einen, und dann eine stotternde Salve, und noch mehr Schreie, und aus der Ferne das schrille Jaulen einer näherkommenden Sirene. John Howards Körper zuckte, als sei er von einer der Kugeln getroffen worden, und er stieß einen lauten, gutturalen, wortlosen Schrei aus und wollte losstürzen, so schwerfällig, als könnte er seine Arme und Beine nicht richtig bewegen.

Ich packte ihn um die Taille, stürzte mich auf ihn und zog ihn zu Boden. Dort hielt ich ihn mit aller Kraft fest, grub mein Gesicht in seinen Rücken und schrie, so laut ich konnte.

»Geh nicht raus! Geh nicht da raus! Verdammt noch mal,

John Howard, geh nicht da raus! Wenn sie dich umbringen, das ertrage ich nicht! Ich lasse dich nicht gehen! Was, zum Teufel, hast du denn vor...«

Noch während ich schrie, noch während ich ihn mit aller Kraft festhielt und spürte, wie die Muskeln in seinem Rücken und seinen Beinen von mir wegstrebten und wie der Wollstoff seines Anzugs in meinem Gesicht rieb, dachte ich: Luke kann ich nicht aufhalten, aber ich werde eher sterben, ehe ich John gehen lasse. Eher werde ich sterben. Und ich hielt ihn, so fest ich konnte, und schluchzte.

Plötzlich löste sich die Spannung in seinem Körper, und er ließ sich auf einen Stuhl fallen. Ich fiel ebenfalls nach hinten, saß keuchend da und starrte ihn mit wildem Blick an, zitternd vor Schreck. Einen Augenblick lang saß er ruhig da, hielt die Hände wie im Gebet vor sich zusammengepreßt, und dann begann er zu weinen. Es war ein schreckliches Weinen, ein groteskes, würgendes Heulen, ein mühsames Schluchzen, das ein Mann ausstößt, der seit sehr langer Zeit nicht mehr geweint hat, und noch nie in der Öffentlichkeit. Er saß da, hielt die Hände vor sich nach oben gestreckt wie ein Kind, hatte die Lippen vorgeschoben in einem Ausdruck von Trauer, und seine Augen waren blind von den Tränen, die glitzernde Spuren auf seinem bronzefarbenen Gesicht hinterließen. Er stieß einen schrecklichen Ton aus, ein ganz leises Stöhnen.

»Das habe ich nicht gewollt«, brachte er japsend hervor. »In Gottes Namen, das habe ich nicht gewollt...«

Ich rutschte neben ihn, legte meine Arme um ihn und zog seinen Kopf an meine Schulter. Er ließ sich gegen mich fallen, und so saßen wir lange Zeit da und weinten beide. Er weinte jetzt sehr viel heftiger, und sein Schluchzen schüttelte mich, als hätte er mich an den Schultern gepackt. Ich konnte jeden seiner mühsamen Atemzüge spüren, fühlte sein Gesicht heiß und naß an meinem Hals und auch die Muskeln seines Körpers, wie sie sich unter meinen Händen zusammenzogen. Sehr lange saßen wir so da. Ich weiß nicht mehr, wie lange.

In der Reihe hinter uns massierte eine weiße Frau in einem Pelzmantel, mit wirren Haaren und hochgerutschtem Kleid, ihren verletzten Spann und sagte immer wieder: »Das ist einfach lächerlich. Wir sind nur hergekommen, weil der Sohn unseres Chauffeurs mitsingt. Das ist völlig lächerlich.«

Es war kein richtiger Aufstand, verglichen mit anderen Aufständen. Der eisige Regen verhinderte es. Die Panthers hatten sich verzogen wie Bodennebel und waren, wie Luke erzählte, bereits auf halbem Weg nach Montgomery, bevor Boy Slatterys eilig herbeigerufene Staatspolizei sich zurechtgefunden hatte. Die Konzertbesucher waren keinen Moment lang in Gefahr. Sie waren nie bedroht gewesen; die Panthers hatten sich absolut korrekt benommen. Aber der Aufmarsch der Polizisten, die Fernsehscheinwerfer und -kameras, die tuckernden Generatoren und die Blaulichter, die städtische Polizei, die wenig später unter lautem Sirenengeheul eintraf, die schreienden Zuschauer und die Studenten, die aus ihren Wohnheimen herbeigelaufen kamen, um zu sehen, was los war, das alles wirkte genauso bedrohlich wie die schrecklichen Szenen, die im vorigen Sommer aus einem halben Dutzend Städte ständig über die Fernsehschirme geflimmert waren. Es waren die verwirrten und wütenden Studenten, die die ersten Steine auf die Polizisten warfen, und dann schossen die frierenden und panischen jungen Polizisten, erst einer und dann noch einer, in die Menge.

Es wurde niemand getötet, ein paar Leute wurden verletzt. Ein Rechtsanwalt aus Buckhead hatte eine Kugel in der Schulter, er wurde im Piedmont-Krankenhaus behandelt und gleich wieder entlassen. Ein kleiner schwarzer Junge, der Bruder eines Sängers, war in den Fuß geschossen worden; er befand sich im Grand Memorial Hospital, um sich von der Operation zu erholen. Es gab einige Verstauchungen und Knochenbrüche. Zwei oder drei der Polizisten hatten Verletzungen von Steinen oder Ziegeln, und viele aus der Menge wurden wegen kleinerer Schnitt- oder Schürfwunden behandelt, die sie sich bei der panischen Flucht zurück in die Kirche zugezogen hatten. Eine alte Frau bekam einen Herzanfall und starb in den Sozialsiedlungen, nachdem sie von dem Konzert nach Hause gekommen war, aber diesen Herzschlag konnte niemand wirklich mit dem Aufstand in Verbindung bringen. Sie war schon sehr alt gewesen. Ihr Urenkel hatte mitgesungen.

Für Atlanta allerdings, die »Stadt, die zum Hassen zu beschäftigt ist«, war es ein schmerzhafter, beschämender Vorfall. Der ganze Aufstand war ein Fiasko, ein Witz, eine lächerliche Angelegenheit: Der fette, rassistische, stellvertretende Gouverneur von Georgia hatte erfahren, daß die Panthers ein Weihnachtskonzert besuchen wollten – ein Weihnachtskonzert, um Himmels willen – und hatte die Staatspolizei und die Medien gerufen. Der Staatspolizei war es gelungen, einen reichen Rechtsanwalt und einen kleinen schwarzen Jungen mit Schüssen zu verletzen, und dann verschanzte sich der Gouverneur unter massiver Bewachung in seinem Büro. Ben Cameron äußerte sich am nächsten Tag grimmig und wütend in den Zeitungen und im Fernsehen, beschuldigte Boy Slattery und verlangte, die Hitzköpfe abzulösen. Wenn man Ärger suche, dann sei man an der Atlanta University am falschen Platz. In dieser ordentlichen Institution gebe es keinen Ärger. Der Ärger habe sich im Büro des Gouverneurs verbarrikadiert, dieser lache sich eins mit seinen rassistischen Busenfreunden und zähle seine Wählerstimmen für die nächste Gouverneurswahl. Unterstützt seine schmutzigen Methoden nicht, sagte Ben. Laßt uns diese elende Angelegenheit beenden.

Und sie endete auch. Die Panthers waren längst nach Montgomery oder sonstwohin verschwunden. Sie kommentierten den Vorfall nicht; sie äußerten sich überhaupt nicht dazu. Still lag die Universität unter einer Decke aus Eis. Den gesamten nächsten Tag regnete es Eis vom Himmel, und Atlantas trauriger, dummer Weihnachtsaufstand war bereits Geschichte. Luke hatte kaum genug gute Bilder für eine Doppelseite in *Life*.

John Howard verließ Atlanta am nächsten Tag.

Luke war zu ihm gefahren, um nachzusehen, wie es ihm ging, und traf ihn an, wie er gerade den Mustang packte. Er war still und betroffen und wollte Luke erst nicht erzählen, wo er hinfuhr. Aber schließlich verriet er es doch. Mit Tränen in den Augen – zum ersten Mal, seit ich ihn kannte – erzählte mir Luke am Abend, daß John versuchen wolle, mit seiner Frau in Detroit irgendwie Frieden zu schließen und seine Kinder zu sehen. Es war schon länger her, seit er es zum letzten Mal versucht hatte. Seine Frau war bisher nicht dazu bereit gewesen, aber er wollte es noch einmal probieren.

»Sie brauchen eine Familie«, sagte er zu Luke. »Jeder braucht eine. Ich hätte das schon viel früher machen sollen.«

»Hat Dr. King ihn weggeschickt?« wollte ich wissen.

»Nein, das behauptet er zumindest. Er sagt, Dr. King wollte, daß er ins SCLC-Büro zurückkommt und weiterarbeitet. Er gibt John keine Schuld. Aber vermutlich gilt das nicht für viele von den anderen.«

»Glaubst du, daß er irgendwann wiederkommt?«

Jetzt begann ich zu weinen. Ich konnte den Gedanken an John Howard, wie er voller Trauer und Schmerz allein in seinem Mustang aus der Stadt fuhr, nicht ertragen.

»Ich weiß es wirklich nicht, Kleines. Sollen wir ihn verabschieden?«

»Ja. Ja, das wäre schön, Luke.«

Und so standen Luke und ich am nächsten Morgen, noch bevor es richtig hell war, am Rand des vereisten Bürgersteigs auf dem Gelände der Atlanta University. John Howard packte die letzten Taschen und seine wenigen sonstigen Habseligkeiten in den Kofferraum des Mustang und schlug den Deckel zu. Das Eis ließ einen alten Ventilator, der auf zusammengebundenen Bücherstapeln lag, seltsam glänzen. Er drehte sich zu uns um.

»Ich melde mich«, sagte er zu Luke. Er zögerte, und dann umarmte er ihn fest. Luke legte ebenfalls seine Arme um ihn und gab ihm mit der Faust einen leichten Schlag auf den Oberarmmuskel.

»Smoky«, sagte John Howard und sah auf mich herab. Ich sagte nichts, blickte ihn nur an und versuchte, nicht zu weinen.

»Du machst es dir nicht leicht, nicht wahr, Smoky?« sagte John Howard leise, lächelte und berührte meine Wange.

Und dann stieg er in den Mustang und fuhr davon. Wie immer reiste er allein.

15. Kapitel

Am letzten Sonntag im Januar fuhren Luke und ich hinüber in Teddys Wohnung, um mit ihr und Hank das Spiel um den Superbowl anzusehen. Offiziell war es noch immer auch meine Wohnung; mein Name stand im Mietvertrag, und die wenige Post, die ich erhielt, war dorthin adressiert. Aber seit ich wenige Wochen nach Beginn unserer Beziehung zu Luke gezogen war, hatte ich keine Miete mehr bezahlt, denn Teddy duldete es nicht. Sie besaß einen Treuhandfonds von ihrer Großmutter, und deshalb war, wie sie sagte, die Miete für sie eine Kleinigkeit. Ich sollte mein Geld lieber für Lukes und meinen Lebensunterhalt verwenden. Und für uns bedeutete das einiges, denn wir konnten uns jetzt Kinobesuche, gelegentlich ein Essen in einem italienischen Restaurant und ab und zu sogar ein billiges Wochenende in den Bergen Georgias leisten.

Mir kam dieses Arrangement nie unmoralisch vor. Ich wußte, daß viele jungen Frauen in Atlanta eine offizielle Wohnung hatten und anderswo mit jungen Männern zusammenlebten. Ich fragte mich, wie viele Mütter sich davon täuschen ließen. Das war vielleicht nicht die erste Welle der neuen Freizügigkeit, aber bestimmt der letzte Atemzug der alten Bevormundung. Die Pille eröffnete mehr als nur einen neuen Weg.

Es war schön, einen Abend lang aus der dunklen Wohnung im Ansley Park herauszukommen, schön, inmitten der vertrauten alten Möbel mit Freunden zu lachen und herumzuplänkeln, in der winzigen Küche zu sitzen und haltlos über Teddys und meine Versuche zu lachen, ein Käsesoufflé zu retten, das so flach zusammengefallen war wie ein platter Reifen. Außer zur Arbeit hatten Luke und ich seit langer Zeit die Wohnung nicht mehr verlassen. Das Spelman-Morehouse-Konzert war das letzte bedeutsamere Ereignis gewesen, das wir erlebt hatten. Selbst Weihnachten hatten wir allein verbracht, den geräucherten Truthahn gegessen, den Matt uns wie allen Mitarbeitern geschenkt hatte, und dazu Rheinwein der Witwe getrunken. Sylvester hatten wir in Johnny Escoe's Restaurant an der Peachtree Road verbracht, zusammen mit lauten, halbbetrunkenen Fremden. Wir hatten uns sehr spät entschieden, weil Luke ungefähr um vier Uhr am dunklen Nachmittag des Sylvestertages meinte, wir sollten zumindest den Versuch machen, das neue Jahr nicht im Sumpf der Verzweiflung zu beginnen. Das erwies sich als schwerer Fehler. Sonst gingen wir gerne zu Escoe's, aber an diesem Abend fanden wir es beide schrecklich.

»Nie wieder«, verkündete Luke, als wir nach Hause kamen und uns dankbar vor dem Kaminfeuer auf den Boden sinken ließen. »Nie wieder werde ich Sylvester woanders verbringen als zu Hause. Der Sumpf der Verzweiflung ist immer noch besser.«

»Es war gar nicht so schlimm«, sagte ich und rollte mich zusammen, den Kopf auf seinem Schoß. »Aber es ist schön, allein mit dir zu Hause zu sein. Das wird bis zum nächsten Weihnachten nicht mehr möglich sein. Und du kannst dir gar nicht vorstellen, um wieviel schöner dieses Sylvester war als das letzte.«

Selbst der Gedanke an die kalten, bitteren Ferientage im Haus meiner Eltern in Corkie im vorigen Jahr war bedrückend. Danach wußte ich, daß ich keine Lust mehr hatte, noch einmal hinzufahren; inzwischen war ich mir dessen nicht nur sicher, sondern ich wußte auch, wohin ich, wenn es mir möglich war, meinem Traum zu folgen, von hier aus gehen würde. Ich würde dorthin gehen, wo Luke hinging. Oder genauer gesagt, dort bleiben, wo er blieb. Während 1967 in 1968 überging und wir mit Weißwein anstießen, wurde mir klar, daß trotz der Dunkelheit, die über dieser vertrauten Landschaft hing, der Ort, wo ich bleiben wollte, Atlanta und das *Downtown Magazine* war.

Allerdings zögerte ich, Luke zu fragen, ob er das auch wollte. Er hatte keine anderen Pläne geäußert, aber ich spürte meine Zurückhaltung sehr deutlich. Ich war noch nicht bereit, die Probe aufs Exempel zu machen. Abwarten war bis jetzt das Thema dieses Jahres.

Teddy hatte gesagt, Hank werde ebenfalls dasein, aber als wir Colonial Homes erreichten, merkte ich, daß seine Anwesenheit nicht bloß zufällig war. Als wir ankamen, stand er in der Küche und mixte Bloody Marys. Er kam heraus, um uns zu begrüßen, und gab mir einen Kuß auf die Wange. Teddy küßte er leicht und mit freundlicher Vertrautheit auf die Lippen.

Ich ging hinter Teddy, die uns die Mäntel abgenommen hatte, die Treppe hinauf.

»Du und Hank?« fragte ich und ließ mich auf das Bett fallen, das früher meines gewesen war. Es war an das andere Bett geschoben, damit es ein Doppelbett wurde, und beide waren benutzt. Bei dem Anblick mußte ich grinsen, und als ich sie ansah, wurde sie rot.

»Ja, vermutlich schon«, sagte sie.

»Wann ist denn das passiert?«

Sie stand vor dem Spiegel ihrer Kommode und war mit ihren Haaren beschäftigt, dann drehte sie sich um und lächelte mich freudestrahlend an. Mein eigenes Lächeln wurde breiter. An diesem Tag hätte Teddy Fairchild bei jedem ein Lächeln hervorgerufen.

»Es ist den ganzen Herbst über passiert, du warst wegen Luke nur so blind und taub wie ein Telefonmast. Genauer gesagt, seit es mit Luke und dir losging. Hank hat endlich gemerkt, daß er sich auf dich keine Hoffnungen mehr zu machen braucht, hat sich umgesehen, und da war ich. O Mann, und wie ich da war. Ich habe ein ganzes Jahr gewartet, bis er endlich über dich hinweg war.«

»O mein Gott, Teddy, das stimmt doch nicht«, entgegnete ich ehrlich erschrocken. Hank Cantwell? Mich? Er hatte nie etwas gesagt. Ich hatte nie daran gedacht...«

»Doch, das stimmt. Seit dem College ist er in dich verliebt. Ich bin mir nicht einmal sicher, ob er es selbst weiß, aber jeder, der auch nur einen Funken Hirn hat, sieht es. Er hat nie damit gerechnet, daß die Sache mit Brad lange dauern wird, das war klar. Aber mit Luke war es etwas anderes. Da hat er aufgegeben. Es hat nicht lange gedauert, bis ich ihn soweit hatte. Die Natur hat etwas gegen ein Vakuum, weißt du. Ich habe für ihn gekocht, ihn mit nach Hause genommen zu Mutter und Daddy und ihm dabei geholfen, einiges in dieser katastrophalen Wohnung zu reparieren, und eines führte zum anderen, und... so kam es eben. Es ist richtig, Smoky. Ich wußte schon immer, daß es so kommen würde. Er ist ein sehr, sehr lieber Mann.«

»Ja«, sagte ich, und Tränen brannten in meinen Augen, »das stimmt. Und du bist eine sehr, sehr liebe Frau. Ich liebe euch beide. Ich hoffe, daß es drei Leben lang anhält.«

»Das wird es«, sagte sie. Ihr Gesicht leuchtete wie eine Kerze, und ich umarmte sie. Auf die eine oder andere Weise, dachte ich, war Teddy sehr lange allein gewesen.

»Stört es deine Eltern, daß er nicht... du weißt schon, Buckhead und das alles ist?«

»Meinen Vater stört es vielleicht ein bißchen, aber er mag Hank wirklich, und er wird sich schon damit abfinden. Es wäre albern, sich darüber Sorgen zu machen, daß Hank mich nicht so versorgen kann, wie... blah, blah, blah. Was auch passiert, ich habe genug, daß wir beide so leben können, wie wir wollen. Hank war ein bißchen stur deswegen, aber er ist nicht dumm. Und Mutter ist so froh, daß ich überhaupt einen Freund habe, sie geht wie auf Wolken. Sie hat die Kathedrale und den Driving Club schon auf einen ganzen Monat im voraus reserviert.«

»Teddy! Ist es schon soweit?«

»Nein. Für niemanden, außer für Mutter. Aber es wäre vermutlich möglich. Ich will gar nicht weiter denken als bis zu diesem jetzigen Augenblick...«

»Ich weiß«, sagte ich. »So denke ich auch.«

»Willst du darüber reden?«

»Ich glaube nicht. Jetzt nicht. Vielleicht, wenn ich etwas getrunken habe.«

Als wir wieder nach unten kamen, lagen Luke und Hank ausgestreckt vor dem Fernseher, und ein hektischer Jüngling in einem altmodischen Bürstenschnitt begann den Countdown, oder wie man das nannte, vor dem Spiel. Hank warf mir einen Blick zu, als ich das Zimmer betrat.

Ist das in Ordnung? schien er schweigend zu fragen, indem er die Brauen hochzog und mich mit einem leichten Lächeln ansah.

»Das hast du gut gemacht, Hank Cantwell«, sagte ich laut, ging zu ihm und gab ihm einen Kuß auf sein Mäusepelz-Haar. Ich bemerkte, daß es ganz oben auf dem Scheitel bereits etwas dünn wurde. Aus irgendeinem Grund schnitt mir das ins Herz.

»Werde glücklich«, flüsterte ich ihm ins Ohr. Er streckte den Arm nach hinten und drückte mir die Hand.

»Du auch«, flüsterte er zurück.

In der Halbzeit aßen wir das zusammengefallene Soufflé und tranken den Wein, den Luke und ich mitgebracht hatten. Wir redeten über Matt. Der Januar war nicht gut gewesen. Nachdem Tom Gordon gegangen war, verbrachte Matt immer weniger Zeit im Büro und ging immer häufiger ohne uns zum Mittagessen. Wenn er zurückkam, roch er nach Whisky und schwankte beim Gehen ganz leicht, wenn auch kaum sichtbar. Er sagte knapp, irgend jemand müsse ja die Arschlöcher umschmeicheln, die doppelseitige Anzeigen kauften, die Reden halten, die Culver

Carnes glücklich machten, und die plappernde Herde von freien Mitarbeitern betreuen, die jetzt, weil die Zeitschrift umfangreicher wurde, einen immer größeren Teil der Artikel übernahmen. Wenn er im Büro war, hatte er die Tür geschlossen. Wir wußten schon seit langem, daß sich in seinem Sideboard eine Flasche Cutty Sark befand, aber Sister berichtete voller Sorge, jetzt müsse sie alle zwei bis drei Tage eine leere Flasche aus dem Papierkorb fischen. Die Arbeit an der Zeitschrift lief noch immer gut; das hatte Matt bisher noch nicht verändert, aber jeder arbeitete für sich, und die anregende, brodelnde Freude, die wir gewohnt waren, fehlte. Wir gingen noch immer gemeinsam zum Mittagessen und saßen unter unserem Wandgemälde im Top of Peachtree, und Tony stimmte »Downtown« an, wenn wir eintraten, aber jetzt kamen wir ohne Matt, und das Lied, das für mich bereits bittersüß klang, bekam eine neuartige Schärfe, als versuche Tony mit seinen Akkorden, den alten Matt Comfort zu beschwören, dessen Hymne es war. Der neue Matt kannte keine Musik. Ihm kamen die Lichter *downtown*, in der Innenstadt, nicht länger heller vor.

»Es ist Tom, meint ihr nicht auch?« sagte Teddy, die das Soufflé resigniert zur Seite schob und Wein trank. »Ich vermisse ihn schrecklich. Ich kann es kaum aushalten, wenn ich in sein Büro schaue und da sitzt der Neue. Obwohl der Neue nett ist und ein guter Art Director. Er gibt sich soviel Mühe, einer von uns zu werden. Aber da sollte Tom sitzen...«

»Teilweise«, meinte Hank. »Teilweise ist es Tom und teilweise Alicia. Teilweise auch John Howard, glaube ich, obwohl er Matt nie so nahestand. Vor allem ist es die Tatsache, daß die Einheit zerbrochen ist. Aus irgendeinem Grund verärgert und verstört ihn das. Es hätte nur einen Tag gedauert, aus dem Neuen einen von uns zu machen; der arme Kerl kam hierher, voll mit Legenden über Comfort und den alten Zauber des *Downtown Magazine*, und was findet er vor? Geschlossene

Türen, Geflüster und so finstere Gesichter, als wären wir ein Büro voller Versicherungsmathematiker. Vielleicht wünscht er sich schon, er wäre in der Werbung geblieben. Ich versuche ja, ihn bei der Bande einzuführen, aber da ist keine richtige Bande mehr. Wenn ihr ihm gegenüber nur ein bißchen offener wärt.«

Der Neue war Whit Wilkerson, ein talentierter junger Art Director, der von einer aufstrebenden jungen Werbeagentur abgeworben worden war. Er war humorvoll, ohne Allüren, schlagfertig und freundlich. Tom Gordon hatte ihn als seinen Nachfolger ausgewählt, und er leistete gute Arbeit beim Entwerfen des Blattes. Aber man konnte sehen, daß er sich einsam fühlte und enttäuscht war. Das *Downtown* hatte ihm stillschweigend Matt Comfort und seine Leute versprochen, und was er bekommen hatte, war ein mißmutiger Einsiedler von einem Herausgeber und schweigsame Mitarbeiter, die ihre Türen geschlossen hielten und monoton und leise sprachen, wenn sie überhaupt miteinander redeten. Ich hatte vorgehabt, mich mit Whit anzufreunden; ich glaube, das planten wir alle. Aber mir fehlte ganz einfach die Energie dazu. Jetzt schwor ich mir innerlich, daß ich ihn am nächsten Tag zum Mittagessen einladen und die anderen dazubitten würde, und dann würden wir ihn zum Lachen bringen und ihm versichern, daß der arktische Winter, der aus Matts Büro kam, auch wieder zu Ende gehe. So sei es immer gewesen.

Ich hoffte nur, daß ich selbst es auch glauben konnte.

»Da wir gerade von John Howard sprechen, hast du etwas von ihm gehört?« fragte Hank Luke. Luke lag auf dem Rücken, hatte die Füße aufs Sofa gelegt und balancierte eine Bierdose auf der Brust. Er hob den Kopf nicht. Ich sah ihn an und dachte, wie sehr ich diesen kleinen Wirbel am Scheitel liebte, wo inmitten seiner dichten, roten Locken ein Schopf in die andere Richtung wuchs. In Gedanken fuhr ich mit den Fingerspitzen darüber, wie ich es schon hundertmal getan hatte. Ganz plötzlich wünschte ich mir, mit ihm im Bett zu liegen, in einem dunklen Zimmer, wo die Jalousien heruntergezogen, die Welt ausgeschlossen und die Uhren, die Zeit angehalten waren. Ich schluckte und blickte beiseite.

»Er hat mich am Freitag angerufen«, sagte Luke, und ich warf ihm wieder einen Blick zu. Er hatte mir nicht erzählt, daß er von John gehört hatte. Ich setzte schon zum Sprechen an, schwieg dann aber.

»Hat er mit seiner Frau und den Kindern alles wieder eingerenkt?« wollte Hank wissen.

»Nein. Er darf die Kinder jetzt zweimal im Monat sehen, aber mehr erlaubt sie nicht. Von zwölf Uhr mittags bis um sechs Uhr abends am Sonntag, zweimal monatlich. Sie redet noch immer nicht mit ihm. Juanita wird sie ihm nie verzeihen.«

»Nicht einmal nach dem, was hier an Weihnachten passiert ist? Sie muß doch wissen, daß ihn das fast zerreißt«, sagte ich mit plötzlicher Wut.

»Ich glaube nicht, daß er ihr das erzählt hat«, erwiderte Luke. »Er hatte wohl auch gar keine Möglichkeit dazu. Er wird nicht in Detroit bleiben. In ein oder zwei Wochen geht er nach New York. An der Columbia University gibt es so ein Bürgerrechts-Projekt, und dort wollen sie, daß er ein paar Bücher für sie herausgibt, und außerdem haben sie ihm eine Stelle als Honorar-Lehrkraft angeboten, die ihm genug einbringt, daß er davon leben kann. Dadurch wohnt er noch nahe genug und kann seine Kinder zweimal im Monat besuchen, und die Sache beschäftigt ihn für ein oder zwei Semester. Was danach wird, weiß er noch nicht.«

»Warum hast du mir nichts davon erzählt?« wollte ich wissen. »Ich habe ihn vermißt. Ich habe mir Sorgen um ihn gemacht.«

»Das wollte ich noch tun«, sagte Luke. »Er hat nach dir gefragt. Ich wollte erst noch über einen Vorschlag nachdenken, den er mir gemacht hat, und ich wollte eine Entscheidung treffen, ehe ich dir davon erzähle.«

Mein Nacken prickelte ein bißchen.

»Was für ein Vorschlag?« fragte ich mit betont gleichmütiger Stimme.

»Sie wollen für das Buch Fotos haben, lauter neue Sachen. Er dachte, ich könnte das vielleicht übernehmen. Das hieße, daß ich sechs Wochen bis zwei Monate durchs Land fahre und Aufnahmen mache und dann für die Redaktion noch einen weiteren Monat in New York bin. Es ist nicht schlecht bezahlt.«

»Und was hast du beschlossen?« fragte ich in meiner gleichmütigen, freundlichen, albernen Stimme.

Er legte den Kopf in den Nacken, so daß er mich von unten her ansehen konnte, und grinste.

»Ich habe beschlossen, daß ich es nicht mache. So gut ist die Bezahlung auch wieder nicht. Ich mag New York nicht. Ich hatte Angst, daß du dir, wenn ich weggehe, jemanden wie Buzzy in die Wohnung holst. Und ich kann mich für die Bürgerrechtsbewegung einfach nicht mehr begeistern. Irgendwie ist die Luft raus. Diese Geschichte an Weihnachten hat das nur noch bestätigt; es war wie der letzte Atemzug einer ... Leidenschaft, oder eines Zieles, oder auch nur der bloßen Vernunft. Ich weiß nicht genau, was. Natürlich ist die Bewegung nicht vorbei, das ist mir klar. Aber wie ich dir schon gesagt habe, die wichtigen Dinge passieren anderswo.«

»Du meinst, sie passieren in Vietnam«, stellte Hank fest.

»Ja. Vermutlich ist es das, was ich meine.«

Er geht, dachte ich. Früher oder später, aber wahrscheinlich früher, wird Luke gehen, um den verdammten Krieg zu fotografieren. Es wird nicht mehr lange dauern. Verzweiflung überschwemmte mich.

»Komm, wir räumen dieses elende Soufflé weg. Ich finde es deprimierend«, sagte ich zu Teddy, rappelte mich auf und begann, die Teller und Gläser einzusammeln. Luke streckte die Hand aus und berührte mein Bein, als ich an ihm vorbeikam.

»Alles in Ordnung mit dir, Kleines?«

»Ich wünschte, du hättest es mir erzählt«, sagte ich. Idiotischerweise fühlte ich mich so, als würde ich gleich zu weinen anfangen.

In der Küche säuberte Teddy die Teller, während ich das winzige Spülbecken mit heißem Wasser füllte.

»Habt ihr zwei vor zu heiraten?« erkundigte sie sich beiläufig, ohne mich anzusehen.

»Ach, Teddy, ich weiß nicht«, sagte ich. »Wir haben nie richtig darüber gesprochen. Alles lief so gut, daß ich gar nicht über eine Veränderung nachdenken wollte...«

Sie warf mir über ihre Schulter hinweg einen Blick zu, sagte aber nichts. Ich starrte auf das seifige Wasser. Ich hatte in der Vergangenheitsform gesprochen. Das war Teddy bestimmt nicht entgangen.

Ich wußte, daß sich die Situation verändert hatte, und ich hatte es nicht sehen wollen. Es waren nicht unsere Gefühle füreinander, die sich verändert hatten. Ich war so sensibel für Lukes Empfindungen, daß ich es vermutlich früher als er gemerkt hätte, wenn sie nachgelassen hätten. Ich hatte mich verändert. Bis jetzt war ich genau wie er mit unserem Leben zufrieden gewesen; es hatte mir genügt, im Augenblick zu leben und in dem, wer, was und wo wir waren, Erfüllung und Ergänzung zu finden. Aber über die Weihnachtsfeiertage hatte sich das irgendwie geändert. Ich bemerkte, wie ich in die Zukunft blickte und mich fragte, was wohl als nächstes kam. Mich fragte, wann er mir erzählen würde, daß er in den Krieg gehen würde oder wohin ihn die nächste Sirene auch locken mochte, und mich fragte, wie er es mir wohl beibringen würde.

Ich fragte mich auch, was er über seine Rückkehr sagen würde.

Wir hatten vereinbart, jeder von uns würde sagen, wenn er das Bedürfnis nach einer Änderung verspürte, und bisher hatte er nichts gesagt. Und ich wußte, daß er dieses Bedürfnis hatte und daß es in ihm wuchs wie ein Saatkorn. Doch ich wußte ebenfalls, daß auch in mir ein Bedürfnis zu wachsen begonnen hatte, ein Bedürfnis nach Dauerhaftigkeit, nach Zusagen, nach Sicherheit... und auch ich hatte bisher noch nichts gesagt. Schon eine Weile war ich angstvoll, anspruchsvoll, klammernd gewesen. Und er war beschäftigt und ruhelos. Ich hatte der Leere, die Toms und ganz besonders John Howards Weggehen hinterlassen hatte, die Schuld daran gegeben, und auch der Sorge um Matt. Vielleicht hatte er das auch getan.

Aber so konnte ich das jetzt nicht mehr sehen. Mir wurde klar, daß ich mich in den letzten Wochen gefühlt hatte, als hinge ich an einem toten Ort in der Luft, lebte auf einer dünnen Brücke zwischen zwei erdbebengefährdeten Ebenen oder in einem weißen Korridor, der weder vorne noch hinten Türen hatte. Ich vermißte unsere Mannschaft und das, was wir früher gewesen waren. Ich vermißte das alte *Downtown Magazine* wie ein Kind seine abwesende Mutter. Und am meisten vermißte ich Matt.

Zum ersten Mal, seit wir zusammen waren, drehte ich mich, als Luke an diesem Abend mit dem Duschen fertig war und ins Bett kam, auf die Seite und tat so, als schliefe ich. Aber es dauerte lange, bis ich tatsächlich einschlief.

Am dreißigsten Januar kam die Nachricht von der Tet-Offensive. Die Nation, die zuvor von den positiven Berichten aus dem Pentagon, der Sieg sei in Reichweite, in Sicherheit gewiegt worden war, erfuhr nun von den massiven Verlusten auf beiden Seiten und von den enormen Schwierigkeiten, unter denen die Alliierten versuchten, die Nordvietnamesen wieder aus Saigon und dem Zentrum des alliierten Gebietes zu vertreiben. Wie Buschbrände flammten überall im Land die Aufrufe gegen den Krieg auf.

Luke war wild darauf, in den Krieg zu gehen.

»Geh doch«, sagte ich immer wieder. »Ich will, daß du gehst. Du solltest gehen. Für deine Karriere ist es das einzig Sinnvolle. Und du wirst nie zufrieden sein, bis du endlich dort bist. Du willst doch nicht, daß du in zwanzig Jahren zurückblickst und bedauerst, daß du diesen Krieg nicht fotografiert hast, und ich will mich nicht zurückerinnern in dem Bewußtsein, daß ich der Grund dafür war. Das könnte ich nicht ertragen. Wir sollten gleich darüber nachdenken, wer dich hinschicken könnte.«

Aber er wußte, daß ich nicht so ruhig war, wie ich tat.

»Herrgott, es wäre doch absolut beschissen von mir, wegzufahren und zu wissen, daß du hierbleibst, wenn beim *Downtown* gerade soviel – oder nichts – los ist, und ich bin nicht hier bei dir«, sagte er einmal.

»Es hat ja keinen Sinn, dir zu erzählen, ich würde dich nicht vermissen und mir keine Sorgen um dich machen, aber es ist mir wichtiger, daß du gehst, als daß du hier bei mir bleibst«, sagte ich ehrlich. »Wenn du gehst, kann es sein, daß sie dir deinen dämlichen Kopf abschießen. Wenn nicht, dann erstirbt das in dir, was dich zum Fotografen macht. Und das ist es, was ich an dir am meisten liebe. Ich wußte immer, daß du früher oder später gehen wirst. Mach es und komm wieder nach Hause.«

»Ich liebe dich wirklich, Smoky«, sagte er leise und begann sich nach jemandem umzusehen, der ihm noch vor dem Ende des Vietnamkrieges den Auftrag zur Berichterstattung erteilen würde.

Sowohl *Life* als auch *Look* sagten, sie hätten bereits Leute in Vietnam und bräuchten keine Fotografen mehr, würden aber gerne Material von ihm nehmen, falls er auf eigene Kosten hinfahre.

»Geizige Mistkerle«, fluchte Luke und probierte es beim *Atlanta Journal* und bei der *Atlanta Constitution*. Beide erklärten, sie verwendeten Agenturmaterial, würden aber bei Bedarf auf ihn zurückkommen.

»Diese Mistkerle sind noch geiziger«, schimpfte Luke und ging zu Matt, um es bei ihm zu versuchen.

Aber Matt war noch nicht einmal entfernt daran interessiert. Luke zog einen Abend lang mit ihm durch die Kneipen, um ihn weichzukochen, und erzählte dann von seiner Idee, aber Matt verwarf sie mit einer einzigen hochtrabenden Geste seiner Hand.

»Das *Downtown* braucht einen Fotobericht über den Krieg ungefähr so sehr wie ein Truthahn Socken«, erklärte er. »Bestell uns noch einen, dann erzähl ich dir, was für Pläne ich habe.«

Es brauchte noch zwei doppelte Whiskys, sagte Luke später, ehe Matt seinen großartigen Plan bezüglich des Tassenhalterkrieges endlich erklärt hatte. Als er fertig war, mußte Luke ihn nach Hause tragen wie ein Kind, das plötzlich vom Schlaf übermannt worden war.

Den ganzen Februar hindurch und bis in den zarten, leuchtenden Vorfrühling tobte der Tassenhalterkrieg. Der Erstschlag der neuen Offensive war noch recht harmlos: Eines Morgens war die Statue von Henry Grady, die auf einer Verkehrsinsel an der Kreuzung von Broad Street und Marietta Street, an der sich unser Bürogebäude befand, aufragte, mit klappernden Ketten aus roten Tassenhaltern geschmückt. Bis Mittag hatte Willie, der ernste, würdige Hausmeister der Handelskammer, sie entfernt, und um zwölf Uhr eins stand Culver Carnes in unserem Büro und wollte Matt sprechen. Sein Gesichtsausdruck zeigte nur mühsam unterdrückte Wut. Aber Matt war heute nicht gekommen. Gegen zehn Uhr hatte er angerufen und gesagt, er treffe sich zum Frühstück mit einem früheren Mitglied von John Kennedys Kabinett, das er zu interviewen hoffe. Er dürfe nicht gestört werden.

»Wenn er sich meldet, sagen Sie ihm, er soll mich sofort

anrufen«, erklärte Culver Carnes in strengem Tofall Cecilia Henley. Aber Matt rief nicht an. Es war schon mitten am Nachmittag, als er endlich kam. Er sah aus, als hätte er in seinen Kleidern geschlafen und tagelang nichts gegessen. Aber seine Augen hinter der runden Brille glitzerten in fiebrigem Vergnügen, und sein Gesicht war gerötet. Er lächelte und wollte nicht verraten, wo er gewesen war.

Um fünf Uhr rief er uns mit der Taxi-Hupe in sein Büro und gab uns mit Gesten zu verstehen, wir sollten ruhig sein. Dann goß er für jeden Cutty Sark in einen Pappbecher, nahm selbst einen großen Schluck, erschauderte wohlig, warf seine kastanienbraune Haarsträhne aus der Stirn und ließ sich mit Culver Carnes verbinden.

»Ich habe gehört, daß Sie mich sprechen wollten, Chef?« sagte er liebenswürdig.

Ein wütender Schwall von Tönen drang aus dem Hörer. Matt grinste verschmitzt in die Runde und hielt den Hörer ein Stück von seinem Ohr weg. Eine Minute lang ertönte Donald-Duck-artiges Quaken aus der Muschel. Wir konnten uns das Lachen nicht verbeißen. Fröhlich bedeutete Matt uns, still zu sein.

Schließlich antwortete er: »Nun ja, meine Leute waren es nicht. Und ich weiß, daß Sie wohl nicht andeuten wollen, ich wäre es gewesen, oder, Chef? Denn ich kann nämlich beweisen, wo ich war, falls es sein muß. Natürlich würden Sie verdammt paranoid wirken, wenn Sie mich tatsächlich fragen würden. Aber ich kann gerne ... Nein, ist schon in Ordnung. Aber wenn ich Sie schon an der Strippe habe, möchte ich Ihnen gleich mitteilen, daß ich meine übliche Tagesroutine eine Weile lang ändern werde. Nur damit Sie Bescheid wissen. Ich werde ein paar, vielleicht drei, Wochen lang tagsüber ziemlich oft unterwegs sein. Ja, ich plane einen neuen Feuilleton-Teil, viel umfangreicher als den bisherigen Veranstaltungskalender, und es sieht so aus, als könnten wir dafür dreimal soviel verlangen. Dafür muß ich mich allerdings mit den entsprechenden Funktionsträgern in ganz Atlanta und Umgebung treffen, und Sie wissen ja, daß ich der einzige bin, der ihnen so etwas richtig schmackhaft machen kann. Hank wird sich solange um die Abläufe hier kümmern, und wenn Sie mich brauchen, können Sie mich immer über ihn erreichen. Er weiß, wo ich zu finden bin. Ich komme immer mal wieder rein und werde am Abend arbeiten, damit die Arbeit nicht liegenbleibt. Wenn Sie solange warten wollen, finden Sie mich jeden Abend hier. Ich denke, das Ganze wird ungefähr drei Wochen dauern, äußerstenfalls vier. Aber das ist es wert, Culver. Es könnte unsere Auflage verdoppeln. Smoky wird es machen, zusammen mit Luke Geary ...«

Aus dem Hörer erklang Gebrabbel, aber längst nicht mehr so wütend wie zuvor. Als Matt den Hörer wieder auf die Gabel legte, grinste er wie ein Kind, das seinem Lehrer einen Streich gespielt hat. Er strahlte geradezu vor Vergnügen, und es fehlte nicht viel, dann hätte er in die Hände geklatscht.

Wir alle waren einen Augenblick lang still. Vermutlich wußte niemand von uns so recht, was er sagen sollte. In so einer Stimmung hatten wir Matt noch nie gesehen.

Schließlich sagte Hank: »Ich vermute, Sie meinen das mit diesem neuen Feuilleton-Teil ernst? Und wollen Sie wirklich, daß ich mich hier eine Weile lang um alles kümmere? Das ist eine ganz schön lange Zeit ohne Sie ...«

»Sie sind der geschäftsführende Redakteur«, erwiderte Matt fröhlich. »Also führen Sie die Geschäfte. Und Teddy ist die Produktionsleiterin. Sie soll produzieren. Ich setze großes Vertrauen in euch. Ihr braucht mich nicht zum Händchenhalten. Und ja, es wird einen neuen Feuilleton-Teil geben, irgendwann. Ich denke mir, auf kurze Sicht könntet ihr euch nach ... aufsehenerregender Kunst umsehen.«

»Matt, wenn ich das übernehme, habe ich keine Zeit mehr für

FOCUS«, sagte ich vorsichtig. »Der Bezirksbericht der Handelskammer braucht schon die Hälfte meiner Arbeitszeit.«

»Ach, FOCUS ist im Moment gestrichen«, erwiderte Matt leichthin. »Culver will den – ich zitiere – schwarzen Aspekt – Zitat Ende – eine Weile lang niedriger hängen. Diese Sache an Weihnachten hat ihm Angst eingejagt. Keine Sorge, früher oder später machen wir weiter, wenn ich jemand so Guten wie John Howard als Verbindungsmann gefunden habe. Sie werden genug Zeit haben.«

Ich sagte nichts. Bei dem Gedanken, FOCUS zu verlieren, fühlte ich mich leer und gedemütigt, aber ich wußte, daß es sinnlos war, mit Matt zu streiten, wenn er in dieser seltsam heiteren und strengen Stimmung war. Ich wußte allerdings auch, daß Luke für diesen neuen Feuilleton-Teil keine Fotos machen würde. Daran faszinierte ihn nichts.

Dann scheuchte uns Matt aus seinem Büro.

»Raus jetzt«, sagte er. »Geht alle nach Hause. Ich will, daß eine Weile lang keiner von euch Überstunden macht. Am Abend muß ich arbeiten, und da kann ich mich nicht mit euch abgeben. Was ihr tagsüber nicht schafft, müßt ihr eben mit nach Hause nehmen. Sagt Hank Bescheid, wenn ihr mich braucht. Ab jetzt.«

Er tutete mit der Taxi-Hupe, und wir marschierten hinaus, drehten uns aber noch einmal unsicher zu ihm um. Als wir die Tür schlossen, griff er nach der Flasche Cutty Sark, um seinen Becher nachzufüllen, und schien vor innerlicher Ausgelassenheit beinahe Funken zu sprühen.

»Ich glaube, er ist betrunken«, sagte Sister unglücklich.

»Ich glaube, er ist verrückt«, meinte Teddy.

»Ich habe absolut keine Zweifel, daß er beides ist«, erklärte Hank. »Ich würde verdammt gerne wissen, was er vorhat.«

Während der nächsten unsicheren Wochen bekamen wir Matt Comfort selten zu Gesicht, abgesehen von Wiederholungen dieses Abends: die sich schließende Bürotür um fünf Uhr nachmittags, die Cutty-Sark-Flasche, das strahlende Lächeln. Tagsüber war er fast nie im Büro. In der Regel wußte auch Hank nicht, wo er sich befand, denn er rief nicht, wie er es versprochen hatte, regelmäßig an, um Hank mitzuteilen, wo er zu erreichen war, und in seiner Wohnung konnte Hank ihn nicht auftreiben. Hank sagte allerdings, er glaube, Matt sei dort, weil er das Auto in der Tiefgarage gesehen habe. Aber weder auf sein lautes Klopfen an der Tür noch auf seine wiederholten Telefonanrufe reagierte jemand. Immer dann, wenn Hank bereits fest entschlossen war, zum Hausverwalter zu gehen und den Ersatzschlüssel zu verlangen, rief Matt an oder tauchte im Büro auf. Vielleicht sei er bei der Playboy-PR-Tante, vermutete ich einmal, aber das verneinte Hank, sie hätten sich über die Feiertage getrennt. Matts momentane Freundin sei eine Stewardeß der TWA, die dreimal im Monat von Atlanta nach New York und von dort nach Rom fliege und selten zu Hause sei. Und dann schlafe sie aus und gehe nicht ans Telefon. Alles, was er über sie wisse, sei, daß sie Maria heiße und, wie Matt es ausdrückte, ein sagenhaftes Fahrgestell habe. Es war Matt Comfort gelungen, so weit vom Angesicht der Erde zu verschwinden, wie das möglich war, ohne eine alarmierende Suchaktion nach seinem Verbleib auszulösen. Das war ein großartiger Taschenspielertrick.

Nach einigen Tagen wußten wir ohne jeden Zweifel, was er vorhatte.

In der Woche nach dem Vorfall mit der Henry-Grady-Statue eröffnete auf der anderen Straßenseite die Citizens and Southern Bank in ihrer Eingangshalle eine Ausstellung mit Porträts von führenden Persönlichkeiten der Bürgerschaft, die von dem einzigartigen Künstler George Parrish, einer lokalen Berühmtheit, gemalt waren. Am Morgen nach der privaten Vernissage entdeckten die ersten Angestellten erstaunt, daß das Porträt von Culver Carnes mit roten Tassenhaltern geschmückt war.

Bald danach fuhr ein verblüffter Angestellter den Wagen von Culver Carnes von einem Oberdeck unseres Parkhauses vor und erklärte Culver, der kurz vor dem Herzinfarkt stand, daß er zwar versucht habe, die dünne Metallschnur, mit der die Kette roter Tassenhalter an der Stoßstange befestigt war, zu entfernen, es aber nicht geschafft habe. Er vermute, daß man dazu eine Drahtschere oder vielleicht sogar ein Schweißgerät brauche. Nein, Sir, er wisse nicht, wer das getan haben könnte. Von ihnen sei es keiner gewesen, nein, Sir. Das Auto war schon so, als er hinkam. Mit bleichem Gesicht fuhr Culver Carnes zu einer nahen Autowerkstatt, und hinter seinem neuen Buick klapperten fröhlich die roten Tassenhalter, als wäre er frisch verheiratet.

An diesem Abend engagierte er für die Büros der Handelskammer einen Wachmann von Pinkerton.

Um neun Uhr am nächsten Morgen stand er in Matts Büro, aber niemand wußte, wo Matt zu erreichen war.

»Ich glaube, er hat etwas von Gwinnett County gesagt«, erklärte Hank ernsthaft. Er war rot vor Scham und Ärger, weil er für Matt lügen mußte, konnte aber gleichzeitig das Lachen kaum verbeißen. Culver tänzelte auf dem Teppich wie ein Kind, das dringend auf die Toilette muß.

Danach begann die Polaroid-Kampagne. Fast eine Woche lang fand Culver Carnes jeden Morgen in seiner Post das Polaroidfoto einer lokalen Sehenswürdigkeit, auf dem an prominenter Stelle auch rote Tassenhalter zu sehen waren: Sie schmückten Margaret Mitchells Grab am Oakland Friedhof, verzierten den Eingang zu Grant Field an der Georgia Tech, waren mutig am Käfig von Willie B., dem berühmten und mürrischen Gorilla im Grand Park Zoo, befestigt worden, und hingen dem Gospelprediger an der Ecke Broad und Marietta Street um den dürren Hals, der sich nicht erinnern konnte, wie sie dahin gekommen waren, und auf Culver Carnes' Abgesandten, der ihn befragen sollte, biblische Verwünschungen herabregnen ließ.

Zu derselben Zeit, wenn Culver Carnes seine morgendliche Post bekam, öffneten auch die Lokalzeitungen und die Radiosender ihre Post, wo sie identische Bilder fanden. In dem schmutziggrauen Loch zwischen den Neuigkeiten über das Winterwetter und dem Frühlingstraining der Atlanta Braves stürzten sich die Medien mit wahrer Begeisterung auf den Tassenhalter-Krieg. Anfangs weigerte sich Culver Carnes, mit Reportern zu sprechen, aber natürlich plauderte jemand aus der Handelskammer, und der Tassenhalter-Krieg gelangte mit großer Geschwindigkeit an die Öffentlichkeit. Die meisten Nachrichtensendungen im Fernsehen endeten mit einem Blick auf das Polaroid des Tages, und eifrige Radiomoderatoren feuerten die Sache an, indem sie Wettbewerbe ausschrieben, wer den Schuldigen benennen konnte. Culver Carnes verlor den Kopf und gab ein beinahe irrsinniges Interview, in dem er die ganze Sache äußerst hinterhältig und unverschämt nannte und versprach, den Schuldigen zu feuern, falls er ihn fand. Daraufhin berief der Vorstand der Handelskammer Culver Carnes zu sich und erklärte ihm, er solle die Sache totschweigen, denn er lasse sich selbst und die Handelskammer als Idioten dastehen.

»Seien Sie vernünftig, Culver«, hatte Ben Cameron, der auch der Vorstandsvorsitzende war, angeblich zu ihm gesagt. »Sie können niemanden, wer immer es auch ist, feuern, nur weil er in der ganzen Stadt rote Tassenhalter aufhängt und Polaroidfotos davon macht. Sie sagen doch selbst, daß keine roten Tassenhalter fehlen. Und außerdem gibt es, soweit ich weiß, kein Gesetz, das verbietet, so etwas ... ach, verdammt noch mal. Können Sie das Ganze nicht einfach mit einem Grinsen übergehen? Er, wer immer es auch ist, verliert doch dann sofort die Lust daran.«

Dabei soll Ben gegrinst haben, wenn auch vorsichtig.

»Natürlich ist es Comfort«, antwortete Culver Carnes. »Er ist verrückt geworden, Ben. Das ist typisch ...«

»Es ist tatsächlich sagenhaft lustig, Culver, ob es nun Comfort ist oder nicht«, entgegnete Ben Cameron. »Und selbst wenn Sie ihn mit einem Sack roter Tassenhalter auf frischer Tat ertappen, Sie können ihn nicht feuern. Er hat einen Vertrag. Sie würden sich zum größten Idioten seit Boy Slattery machen. Und außerdem, falls es Comfort ist, dann setze ich mein ganzes Geld darauf, daß Sie ihn auch in hundert Jahren nicht erwischen. Er schlägt Sie.«

Beim nächsten Interview grinste Culver schief und sagte, das Ganze sei ein Streich, wenn auch ein ziemlich dummer und kindischer, aber er verstünde ja Spaß.

Am nächsten Tag fand ein preisgekröntes Fernsehteam, das in der Stadt war, um einen Dokumentarfilm über »Atlanta, die Stadt, die zum Hassen zu geschäftig ist« zu machen, den nebligen, baumbestandenen Park an der Peachtree Battle Avenue, wo sie geplant hatten, die Anfangssequenz des Films zu drehen, spinnwebenartig mit Girlanden aus roten Tassenhaltern überzogen, die um jeden verfügbaren Busch, Baum und Felsen geschlungen waren. Das Team brauchte einen ganzen Vormittag, um die Tassenhalter zu entfernen, der Dreh mußte um einen Tag verschoben werden, und das Ganze kostete viele Tausende von Dollar. Den Reportern, die sich vor seinem Büro drängten, verkündete Culver Carnes, daß die Handelskammer anständigerweise die Kosten für die Verspätung übernehmen müßte. Dann lächelte er nett und freundlich in die Kamera und ging zurück in sein Büro. Später erfuhren wir, daß er den ganzen Nachmittag mit den Mitgliedern der Kammer telefoniert hatte, um ihnen seinen Plan schmackhaft zu machen. Vermutlich wußte er zu diesem Zeitpunkt bereits, daß die Idee akzeptiert werden würde. Sie würde der Handelskammer eine Menge Bargeld einbringen, und das war es schließlich, worum die Firmenwelt sich drehte. Und Geschäft war in Atlanta noch immer Geschäft.

Der Tassenhalter-Krieg endete mit diesem Tag, aber wir

machten uns alle Sorgen. Der Vorfall mit dem Filmteam hatte die Grenzen überschritten, die ganze Sache war ausgeufert. Das war die allgemeine Meinung. Niemand von uns bezweifelte auch nur im mindesten, daß Culver Carnes recht hatte und Matt dahintersteckte, aber keiner wußte genau, wie er das geschafft hatte.

»Na ja, jeder kann in ein Restaurantausstattungsgeschäft gehen und Tassenhalter aus rotem Plastik kaufen«, sagte Luke grinsend. Er war der einzige von uns, den der Verlauf der ganzen Angelegenheit nicht beunruhigte. »Und Matt benötigt nicht mehr als drei Sekunden, um aus diesem Neandertaler von Pinkerton, den Culver engagiert hat, einen Freund fürs Leben zu machen. Und wir wissen doch, daß er unter den Nachtwächtern der ganzen Stadt ein wahres Netzwerk an Freunden hat. Mein Gott, vielleicht trägt er sogar einen Kampfanzug und krabbelt mit geschwärztem Gesicht durch die Belüftungsschächte. Eines steht fest, Carnes wird es nie erfahren und wir auch nicht.«

Mehrere Tage vergingen, aber Matt kam nicht zurück ins Büro. Hank, den die Doppelbelastung der Arbeit an der Zeitschrift und dem Abwimmeln von Matts Anrufern völlig erschöpfte, versuchte vergeblich, ihn aufzutreiben.

»So kann ich nicht mehr weitermachen«, sagte er eines Tages, während er an seinem Schreibtisch sein Mittagessen verzehrte. »Ich schlafe jede Nacht kaum mehr als drei oder vier Stunden. Teddy auch nicht. Und das gilt für die meisten von euch. Ich habe die Werbekunden am Hals, und die Anzeigenabteilung tut so, als ob jeder Tag ein halber Feiertag wäre. In diesem Monat erscheinen wir eine Woche zu spät, zum ersten Mal in diesem Jahr, und es sieht so aus, als wäre es mein Fehler, und das ist einfach nicht wahr, verdammt noch mal. Wenn er nicht bald wieder hier auftaucht, weiß ich nicht, was mit der Zeitschrift passieren wird.«

»Du solltest kündigen und ihn damit sitzenlassen«, sagte

Luke und griff nach der liegengebliebenen Hälfte von Hanks Sandwich. »Er hilft dir nicht. Du verlierst dein Gesicht, und ihm ist es egal. Du weißt verdammt gut, daß er sich irgendwo vollaufen läßt. Die Zeitungen würden dich augenblicklich nehmen, jede einzelne!«

Hank warf ihm einen müden Blick zu und schüttelte schweigend den Kopf.

»Smoky sollte auch kündigen«, erklärte Luke. »Ich sage ihr immer wieder, daß die nationalen Blätter nicht ewig nach ihr verlangen werden. Sie muß von hier fort, wenn sie etwas erreichen will. Es ist doch offensichtlich, Comfort wird ihr nicht mehr helfen und keinem von euch.«

Ich sah erst ihn an und dann Hank, und dann wurde mir auf einmal klar, was Hank mit seinem schweigenden Kopfschütteln sagen wollte. Er könne die Zeitschrift nicht verlassen. Sie war für ihn eine einzigartig gute Zeitschrift, seine Zeitschrift, seine Heimat und noch mehr als das: Sie war etwas Lebendiges, an und für sich, ganz abgesehen von Matt Comfort, von Comforts Leuten, von jedem einzelnen von uns. Das *Downtown* existierte einfach. Und ohne Matt und uns würde es nicht mehr existieren.

»Ich kann das *Downtown* nicht verlassen, Luke«, sagte ich. »Nicht, bis ich weiß, daß alles in Ordnung ist. Und das weiß ich gerade jetzt nicht.«

Luke lächelte mich an, schüttelte aber den Kopf.

Hank grinste. Es war das erste richtige Grinsen, das ich seit langer Zeit auf seinem müden Gesicht gesehen hatte.

»Ich glaube, aus dir ist soeben eine richtige Journalistin geworden, Smoky«, sagte er.

Zwei Tage später, am neunten März, bekam Luke seinen offiziellen Auftrag, über den Vietnamkrieg zu berichten.

Nach einer späten Besprechung bei der *Atlanta Constitution* kam er schweigend in die Wohnung. Ich hatte gewußt, daß er dort einen Termin hatte, aber nicht, warum. Irgendwie war mir der Gedanke, es könnte sich um einen Auftrag als Kriegsberichterstatter handeln, gar nicht gekommen, aber als ich sein Gesicht sah, wußte ich augenblicklich Bescheid.

Mein Herz machte einen mächtigen Satz und zog sich dann tief in mein Inneres zurück.

»Du hast den Auftrag«, sagte ich. Meine Worte klangen überraschend normal.

»Ja.«

Er trat neben das Sofa, wo ich gelesen hatte, nahm mir das Buch aus den Händen und setzte sich neben mich. Dann ergriff er meine Hände und drückte sie an seinen Mund, erst die eine und dann die andere, und biß zärtlich in die Fingerknöchel. Ich gab mir alle Mühe, sie nicht zurückzuziehen, mir die Tränen zu verbeißen, nicht aufzuspringen und davonzulaufen ... irgendwohin. Weit weg. Sehr schnell. Irgendwohin. Neineineineinein, schrie ich innerlich.

»Was? Wann?« fragte ich mit ruhiger Stimme.

»Sie haben ihre Absichten geändert, und jetzt wollen sie etwas über die FirstCav machen, die vor einer Woche abgeflogen ist. Die Idee ist, daß es möglicherweise einer der letzten Truppenverbände, wenn nicht gar der letzte, sein wird, der vor Benning zum Einsatz kommt, so wie der Krieg jetzt läuft. Sie wollen über die erste Phase des Kampfeinsatzes berichten. Das wird nicht lange dauern. Für mich sind es nicht mehr als ein paar Wochen.«

»Also wirst du mit ihnen gehen. Wohin auch immer. Cavalry. Das sind doch Bodentruppen, oder?«

»Ja, das stimmt. Keine Sorge, Kleines. Der Grund, weshalb du von diesem Krieg so viele gute Fotos sehen kannst, ist, daß Fotografen eigentlich Feiglinge sind. Ich habe nicht vor, meinen Hals allzuweit herauszustrecken.«

Dazu fiel mir einfach nichts mehr ein. Bilder stiegen in mir auf: dichtes Grün, weißer Nebel, Rot. Rote Flecken. Rot ...

»Und wann fährst du?«

»Na ja, sie dürften jetzt gerade in Vietnam ankommen. Ich soll zu ihnen stoßen, ehe sie ins Inland verlegt werden. Ich habe für übermorgen ein Delta-Ticket nach San Francisco. Von dort aus geht es mit einem Militärtransporter weiter. Genaues weiß ich noch nicht. Das werde ich morgen erfahren.«

Ich stand auf und ging in die Küche, um mit den Vorbereitungen für das Abendessen anzufangen. Eine erstickende weiße Ruhe hatte sich über mich gesenkt wie ein Marmeladenglas über ein Glühwürmchen. Ich konnte sehen, hören und schmecken, aber diese Empfindungen schienen zu einer anderen Person zu gehören. Ich hatte das deutliche Bewußtsein, daß ich es bis zum Schlafengehen schaffen konnte, wenn ich alles richtig machte, wenn ich die Kartoffeln genau richtig schälte, das Wasser genau richtig zum Kochen brachte, die genau richtige Konversation beim Abendessen führte und nach dem Essen die Küche und das Geschirr fleckenlos saubermachte. Dann würde ich schlafen, und alles würde verschwinden. Ich mußte nicht mehr tun als ein ganz, ganz braves Mädchen sein. Und ich durfte nicht darüber sprechen, nicht daran denken. Er folgte mir in die Küche, legte von hinten die Arme um mich und zog mich an sich, bis sein Kinn auf meinem Scheitel lag. Mein Körper in seinen Armen war so steif wie ein Stück Holz. Ich hielt mich ganz still.

»Du bist wütend. Das wollte ich nicht. Ich dachte, du hättest dir das für mich gewünscht ...«

»Habe ich auch. Tue ich auch. Ich bin nicht wütend. Aber ich kann jetzt nicht darüber reden, Luke. Bitte zwing mich nicht dazu.«

»Wir müssen darüber reden, Kleines.«

»Nein, müssen wir nicht. Müssen wir nicht.«

»Willst du zum Abendessen ausgehen? Wir könnten Hank und Teddy anrufen, vielleicht wollen sie mit uns ein Abschiedsessen machen ...«

»Bitte nicht.«

Wir aßen zu Abend, sahen fern, lasen ein wenig und gingen dann ins Bett. Wir schliefen miteinander. Er duschte und ich auch, und dann liebten wir uns noch einmal. Ich machte alles genau richtig. Das Flugticket nach San Francisco in seinem ordentlichen blauen Umschlag stand wie eine giftige Kröte auf seiner Kommode. In der Nacht wachte ich mehrmals auf, und der Brief schien zu pulsieren und zu glühen, als wäre er lebendig.

Am nächsten Morgen fuhr mich Luke zur Arbeit und begleitete mich hinauf, um, wie er sagte, Hank von dem Auftrag zu erzählen und ihn zu fragen, ob er, wenn er schon drüben sei, auch für ihn etwas machen könne. Ich ging immer noch sehr brav mitten auf meiner Brücke über das Nichts. Als wir ins Büro kamen, fanden wir Hank und Teddy zusammengesunken in Matts-Eames-Stühlen vor. Der Kaffee neben ihnen war nicht angerührt und wurde schon kalt, und sie starrten auf ein zerknülltes Papier, das zwischen ihnen auf dem Boden lag. Selbst im zerknüllten Zustand erkannte ich, daß es sich um eine Hausmitteilung handelte. Hanks Gesicht war kalkweiß, er sah uns stumm an, hob das Papier auf, glättete es und reichte es mir.

Es war eine Mitteilung von Culver Carnes an die Mitarbeiter des *Downtown Magazine*, die kurzgefaßt sagte, daß er mit vollem Einverständnis der Handelskammer das *Downtown* verkaufen werde. Entsprechend der politischen Linie der Handelskammer handele es sich dabei um einen offenen Verkauf, bei dem die Zeitschrift an den Meistbietenden gehe. Gegenwärtig verhandle er mit zwei sehr aussichtsreichen Interessenten, und er hoffe, bis zum fünfzehnten April eine feste Kaufzusage zu haben. Die Verträge der Mitarbeiter würden weiterlaufen, damit sie den neuen Herausgeber, wer immer es auch sei, unterstützen könnten, aber natürlich würden die neuen Besitzer ihren eigenen Mann auf diesen Posten setzen. Matt Comfort werde von dieser Aktion mit separater Post unterrichtet. Er sei sicher, daß wir mit den neuen Besitzern vertrauensvoll zusammenarbeiten würden, und so weiter. Den Rest las ich nicht.

Wortlos reichte ich Luke die Mitteilung. Es dauerte ziemlich lange, bis er sie zurück auf den Fußboden warf. Er sagte nichts, keiner von uns sagte etwas. Es gab nichts Sinnvolles zu sagen.

Ein weiterer zusammengeknüllter Papierball fiel neben der Mitteilung auf den Boden, und ich sah, zunächst ohne zu verstehen, daß es das Ticket nach San Francisco in dem blauen Delta-Umschlag war. Ich sah Luke an.

Er grinste sein altes, unverschämtes Grinsen und zuckte die Achseln.

»Ist ohnehin kein besonders toller Krieg«, sagte er.

16. Kapitel

»Ich hoffe, dir ist klar, daß das nur vorübergehend ist«, sagte Luke an diesem Abend. »Ich bleibe, bis etwas feststeht, so oder so. Das möchte ich tun, und ich muß es tun. Aber danach kann ich nicht länger bleiben, Smoky. Ich will in diesen Krieg. Und ich werde einen Weg finden.«

»Ich weiß«, sagte ich und schob mich enger an seinen Körper. »Das weiß ich. Ich hätte nie von dir verlangt, daß du bleibst. Das habe ich auch jetzt nicht getan.«

»Nur damit du Bescheid weißt und damit du weißt, daß ich zurückkommen werde.«

Wir lagen eng aneinandergeschmiegt auf dem Wasserbett. Es war noch früh, vielleicht zehn Uhr. Die Abendluft war frisch und mild; wir hatten die hohen Terrassentüren aufgemacht, und ein frühlingshafter Windhauch wehte herein, der nach feuchter Erde und neuen Blättern roch. An diesen Geruch konnte ich mich noch vom letzten Jahr erinnern: Atlanta im Frühling. Nur war ich im letzten Jahr durch die ganze Stadt gezogen wie ein junger Terrier, der verzückt durch ein neues Territorium schnüffelt. In diesem Frühling verbrachte ich viele Nächte so wie heute, an Luke gekuschelt im vergänglichen Refugium des Wasserbetts. Der Gedanke daran ließ die Tränen wieder aufsteigen. Ich schluckte sie hinunter. Ich fand, ich hatte genug geweint. Außerdem war es so schlimm, daß Weinen auch nichts mehr half.

»Ich kann gar nicht glauben, daß sich in einem Jahr so viel verändern kann«, meinte ich düster.

»Stimmt«, sagte er und strich mit einer Fingerspitze über

meine Hüfte. »Es gibt nur wenig, was sich nicht verändert hat. Aber ein paar Dinge gibt es doch.«

Eine Weile lagen wir schweigend da. Ich fühlte mich bleischwer und ausgelaugt. Ich wußte, daß wir beide Hunger hatten, Hunger haben mußten. Wir hatten nichts zu Abend gegessen, und im Augenblick konnte ich mich nicht erinnern, was wir mit dem Mittagessen gemacht hatten. Aber ich verspürte keinen Hunger.

»Es wird Zeit, daß du einen Schritt vorwärts machst, Smoky«, sagte Luke dann. »Du willst doch bestimmt nicht hier herumhängen und für irgendeinen Doppelgänger von Culver Carnes arbeiten. Und du willst sicher nicht mitansehen, was ohne Matt aus dem *Downtown Magazine* wird. Wenn du Atlanta nicht verlassen willst, dann rede mal mit Seth Emerson im Büro der *Newsweek*. Er würde dich sofort nehmen, das hat er mir gesagt. Es ist das Büro für den Südosten, du könntest hierbleiben und trotzdem über alles berichten, was im Süden passiert. Er läßt einige seiner weiblichen Journalisten als Reporterinnen arbeiten.«

Ich schüttelte den Kopf.

»Ich muß bleiben«, sagte ich mit dumpfer Stimme.

»Zumindest für eine Weile. Verstehst du das nicht? Es wäre, als ginge ich weg und ließe einen Freund verbluten.«

Er fuhr hoch und setzte sich auf, und ich wußte, daß er wütend war, soweit Luke überhaupt wütend wurde. So abrupt bewegte er sich sonst nie.

»Herrgott noch mal, Smoky, was ist denn mit dir los?« fuhr er mich an. »Es ist vorbei. Das *Downtown* verblutet bereits. Weder du noch irgend jemand sonst kann das verhindern. Matt hat es selbst umgebracht. Warum willst du noch hier herumhängen und ihm helfen, seinen Arsch zu retten? Er hat dich genauso hängenlassen wie alle anderen in der Mannschaft. Er wußte verdammt genau, daß Culver einen Weg finden würde, ihm den

Hahn abzudrehen, wenn er ihn schon nicht entlassen konnte. Du schuldest ihm gar nichts, verdammt noch mal.«

»Es geht nicht um Matt. Es geht um das *Downtown*«, sagte ich. Aber noch während ich die Worte aussprach, wußte ich, daß es auch um Matt ging. Es war zu spät für mich. Ich liebte Matt Comfort. Ich konnte ihn nicht verlassen.

Ich verstand nicht, warum Luke das nicht begriff. Ich verstand nicht, wie er fortgehen konnte.

Aber etwas Steinhartes tief in mir begriff: Luke bestand aus Augen, aus Bildern. Er existierte nicht, wenn er sich nicht bewegte.

»Du schuldest niemandem etwas«, sagte Luke. »Außer dir selbst, nur dir. Niemand schuldet einem anderen etwas.«

»Glaubst du das wirklich?«

»Ja. Davon war ich schon immer überzeugt.«

»Warum bist du dann hier bei mir?«

»Weil ich es mir selbst schuldig bin, hier bei dir zu sein.«

»Und wenn das nicht mehr der Fall ist?«

»Ich werde mich nicht mit dir streiten«, sagte er. »Du bist erschöpft, und darum will ich dir keine Vorwürfe machen. Du redest Unsinn. Wir reden morgen weiter, wenn es dir bessergeht.«

Er stand auf und ging in die Küche. Ich hörte, wie er im Kühlschrank kramte.

»Und wann wird das sein?« fragte ich traurig in mein Kissen hinein.

Dann weinte ich; es waren erschöpfte, dünne Tränen, die den festen Kloß in meiner Brust nicht auflösten, also hörte ich wieder auf.

Wir aßen die Käseomeletts, die er gebacken hatte, und tranken etwas vom blumigen Rheinwein der Witwe. Obwohl wir früh zu Bett gingen, glaube ich nicht, daß einer von uns viel schlief. Statt dessen drehten wir uns vorsichtig auf unseren jeweiligen Seiten des Wasserbetts hin und her und versuchten, den anderen nicht zu stören. Als ich im ersten grauen Licht der Morgendämmerung aufstand, schaute ich mich auf dem Weg ins Badezimmer zu ihm um und sah das Weiß in seinen Augen leuchten, ehe er sich umdrehte und den Kopf im Kissen vergrub. Es war, soweit ich mich erinnern konnte, das erste Mal, daß wir einander keinen Trost spenden konnten.

Fast schweigend tranken wir Kaffee, zogen uns an und fuhren zum *Downtown*. Wir bewegten uns so langsam und schwerfällig wie Menschen, die viel Blut verloren haben. Immer wieder legte er mir eine Hand leicht auf die Schulter, den Rücken oder den Arm, sagte aber nicht viel. Ich redete ebenfalls kaum. Jedesmal, wenn ich zum Sprechen ansetzte, unterbrach ich mich wieder. Es gab wenig zu sagen. Unser ganzer gemeinsamer Hintergrund schien zerstört, und das war schlimmer als alles andere.

Wir hörten es in dem Augenblick, als sich die Aufzugtür öffnete: das Dröhnen von Musik. Es war nicht das übliche süßliche Gewimmer der Kaufhausbeschallung, sondern der wummernde Beat einer Platte, die Matt fast ein Jahr lang immer wieder gespielt hatte, bis Tom Gordon und Hank sie stahlen und aus dem Fenster im zehnten Stock warfen: »Don't sleep in the subway, darlin', don't stand in the pourin' rain...«

Die Musik erfüllte den Korridor und wurde von den schmutzigen Schallschutzplatten an der Decke zurückgeworfen. Luke und ich sahen einander an und überschritten die Schwelle des *Downtown Magazine*, um der Musik zu folgen.

Im äußeren Büro befand sich niemand, aber alle Bürotüren standen offen, und die Düfte nach frischem Kaffee, Blumen und Möbelpolitur vermischten sich zu einer intensiven Wolke. Die Schreibtische waren mit Zitronenöl frisch poliert und glänzten. Jede der Frauen hatte eine grüne Floristenvase mit roten Rosen auf ihrem Schreibtisch stehen. Die Musik brüllte und lärmte. Die Taxihupe von den Bahamas ließ drei ohrenbetäubende Huptöne hören, und Sister erschien in der Tür von Matts Büro. Sie strahlte wie ein Kind bei der Weihnachtsbescherung.

»Rein mit euch beiden, schnell«, kreischte sie.

Ich warf meine Handtasche auf meinen Schreibtisch und rannte los. Dabei schlug mir das Herz bis in den Hals, und ich fühlte etwas, das noch nicht ganz Freude war, nicht zu sein wagte. Luke folgte mir auf den Fersen. Hank meinte später, Luke rennen zu sehen, sei ein so erstaunlicher Anblick gewesen, als sehe man eine Vogelscheuche herbeisprinten.

Sie waren alle da, auf Matts Sofa, den Stühlen und dem Teppich. Sue Anne saß weinend auf dem Schreibtisch und polierte ihre Brille mit ihrem Petticoat, und Sister zuckte auf dem kleinen Orientteppich wie eine Verrückte im Rhythmus von Petula Clark.

Matt saß da, hatte seine kleinen Füße auf den Schreibtisch gestützt, hielt die Taxihupe in der Hand und grinste. Es war sein altes Grinsen, das ich gesehen hatte, als ich am ersten Tag sein Büro betrat, das strahlende, wolfsartige Zähnefletschen, das die Welt entflammen konnte. Sein kastanienbraunes Haar leuchtete, und der Nadelstreifenanzug war offenbar neu, auch wenn er aussah, als hätte er jahrelang in einer Truhe auf dem Speicher gelegen. Die blauen Augen hinter der runden Nickelbrille versanken beinahe in Lachfältchen. Die kleinen Gucci-Schuhe glänzten, und hinter seinem Ohr steckte eine rote Rose.

»Setzt euch, meine Lieben, dann erzähle ich euch, wie wir den Karren aus dem Dreck ziehen«, sagte er. Die Stimme war die des alten Matt, wenn er sehr engagiert war: voll, weich und mit einem Hauch boshafter Ausgelassenheit. Die erschreckend brüchige, seltsame Heiterkeit, die sie so lange Zeit ausgezeichnet hatte, war verschwunden. Weil meine Knie unter mir nachgaben, ließ ich mich auf Hanks Schoß sinken.

Es war eine kurze Rede. Später fragte ich mich einen Augenblick lang, warum wir alle rückhaltlos zustimmten, aber er hatte sie kaum beendet, da zweifelte keiner von uns mehr daran, daß Matts Plan funktionieren konnte und würde: Er wollte die Zeitschrift selbst kaufen. Er wußte, daß das möglich war, und er wußte auch, wie. Es ging einfach nur darum, den richtigen Geldgeber zu finden, jemanden, der genug Geld besaß und einsah, was er mit dem *Downtown Magazine* hatte, und der uns nicht störte. Matt würde einen Mehrheitsanteil und die Herausgeberschaft bekommen; das war Bedingung und nicht verhandlungsfähig.

»Ich kann es in einer Woche schaffen, wenn es sein muß«, erklärte er. »Ihr wißt alle, daß ich es kann. Dazu brauche ich lediglich ein Telefon. Aber wir haben genug Zeit, und die werde ich mir auch nehmen, um die richtigen Leute zu finden, damit wir so eine Scheiße nicht noch einmal durchmachen müssen. Starr mich nicht so an, Teddy, ich weiß genau, wer an dieser Scheiße hauptsächlich schuld ist. Ich werde mich nie dafür entschuldigen, damit müßt ihr leben. Alles, was ihr zu wissen braucht, ist die Tatsache, daß Comfort wieder da ist und die Sache in einem Monat erledigt sein wird. Das garantiere ich euch. Jeder, der daran zweifelt, soll augenblicklich durch diese Tür dort verschwinden.«

Für den Bruchteil einer Sekunde waren wir alle still. Die vergangenen Wochen hingen noch wie ein ranziger Gestank in der Luft. Wir starrten ihn an, und ich wußte, daß jeder von uns nach Anzeichen der Manie suchte, die den Tassenhalter-Krieg befeuert hatte. Aber da waren keine. Da war nur Matt Comfort, ein kühler, arroganter und realer Matt Comfort, der Kraft ausstrahlte.

Wir brachen in Jubel aus und applaudierten eine ganze Weile lang. Als wir aufhörten, jagte er uns hinaus. »Macht weiter«, sagte er. »Beschäftigt euch. Reißt euch den Arsch auf und verliert darüber kein Wort zu irgend jemandem. Ich will es Culver selbst sagen. Ihr habt eure Aufträge; Sister hat die Liste. Das habe ich letzte Nacht gemacht. Macht die Juni-Nummer zu dem besten Heft, das wir jemals herausgebracht haben. Das Herz soll ihm bluten. Smoky, bleiben Sie doch noch einen Moment.«

Nachdem die anderen gegangen waren, saß ich in seinem Eames-Sessel und sah ihn an. Er betrachtete mich eingehend. Jetzt konnte ich sehen, daß seine Augen rotgeändert waren und seine Hände kaum wahrnehmbar zitterten. Aber der Rest von ihm strahlte wie neu vergoldet.

»Zwei Dinge«, sagte er. »YMOG ist diesmal Culvers Schwiegersohn. Sie werden ihn unausstehlich finden. Er ist der schlimmste Sturschädel, den ich kenne. Machen Sie etwas richtig Schönes daraus. Lecken Sie dem Idioten die Stiefel, wenn es sein muß. Ich will, daß Culver denkt, er hat mit Pauken und Trompeten gewonnen.«

Ich nickte wie hypnotisiert. Für diesen Mann würde ich viele Stiefel lecken, das wußte ich.

»Zweitens. Ab ersten Juni sind Sie die neue leitende Redakteurin, mit soviel Lohnerhöhung, wie wir für Sie herausschlagen können. Möglicherweise ist es nicht viel. Sie übernehmen FOCUS wieder vollständig, und ich möchte, daß Sie mit diesem kleinen schwarzen Mädchen mit der tollen Stimme weitermachen. Luella Sowieso. Reden Sie auch darüber nicht; bis der Artikel erscheint, ist es für Culver längst zu spät, sich darüber oder über etwas anderes aufzuregen. Ich werde beim SCLC anrufen und Dr. King bitten, einen neuen Verbindungsmann vorzuschlagen. Sie haben gute Arbeit geleistet, Smoky, und ich bin stolz auf Sie. Das sage ich Ihnen möglicherweise bis 1970 nicht mehr.«

»Ich liebe Sie, Matt«, sagte ich. Meine Aussprache war so undeutlich wie bei jemandem, der gerade vom Zahnarzt kommt, und ich schmeckte Salz.

Er sah mich einen langen Augenblick an und schüttelte dann leicht den Kopf.

»Smoky, Liebes, seien Sie vorsichtig, wem Sie Ihre Liebe erklären. Solche Leute bleiben ein Teil von Ihnen. Selbst nachdem die Liebe längst gestorben ist, bleiben sie noch ein Teil von Ihnen.«

»Das hoffe ich auch«, sagte ich und ging hinaus, um mir mit den anderen für Matt Comfort den Arsch aufzureißen.

Miteinander redeten wir nicht viel darüber. Vielleicht hatten wir Angst, die neue Blase der Hochstimmung, die uns alle umfing, zu zerstören, aber eigentlich glaube ich das nicht. In diesen ersten Tagen nach Matts Rückkehr empfanden wir alle ein tiefes, ruhiges Gefühl von Kraft, eine verschwörerische Freude. Wir wußten, daß die Handelskammer im Obergeschoß angesichts der Nachricht von Matts Niederlage wie ein Bienenstock summte und brummte, aber nur wenige besuchten das Lager des Verlierers, und daher mußten wir uns nicht oft unterwürfig und sorgenvoll geben. Nach der Beendigung des Tassenhalter-Krieges und der Herausgabe der schicksalsträchtigen Hausmitteilung hatte sich Culver Carnes in seinen Bau im zwölften Stock zurückgezogen. In unserem Büro sahen wir ihn nicht wieder. Wir arbeiteten ungeheuer viel, wir lächelten einander an, und wir lächelten zu der geschlossenen Tür von Matts Büro hinüber. Das rote Licht, das anzeigte, daß sein Telefon belegt war, leuchtete den ganzen Tag über. Es leuchtete auch noch, wenn die meisten von uns am Abend nach Hause gingen. Hank, der oft noch lange blieb, um die Routinearbeit an der Zeitschrift zu beenden, während Matt seinen Honig von Atlanta durch die Telefondrähte nach Texas, Oklahoma und New York schickte, sagte, daß es oft spätnachts noch leuchtete. Er sagte auch, daß Matt zwar viel Kaffee trinke und unablässig rauche, aber überhaupt nichts trinke.

»Das würde ich mit Sicherheit merken«, erklärte er. Nur einmal sprachen wir wirklich über die Veränderung, und das war an dem Tag, als es geschah. Luke, ich und Hank fuhren am

Ende dieses Arbeitstages mit dem Aufzug hinunter, und Luke sagte zu Hank: »Wie ist das eigentlich passiert?«

»Ich weiß es noch immer nicht«, sagte Hank. »Nachdem ich ihn telefonisch nicht erreichen konnte, bin ich mit der Mitteilung von Carnes zu seiner Wohnung gefahren und habe sie ihm unter der Tür durchgeschoben. Es war schon nach Mitternacht. Ich wußte, daß er zu Hause war, denn ich hörte seine Stereoanlage. Und dann fuhr ich nach Hause und ging ins Bett. Als ich heute morgen kam, war er da. Mehr kann ich auch nicht sagen.«

Nach diesem Tag füllte sich der anrollende Frühling ganz plötzlich mit freudigen Ereignissen. Es war, als bewegten sich die Stadt und die ganze Welt synchron zu der mächtigen Welle der Begeisterung, die uns trug. Am zwölften März erreichte Eugene McCarthy bei der Vorwahl der Demokraten in New Hampshire überraschend zweiundvierzig Prozent der Stimmen. Am sechzehnten März kündigte Robert Kennedy seine Bewerbung als demokratischer Präsidentschaftskandidat an. Zwei Tage später eröffnete er seine Kampagne mit dem Versprechen, daß er sich, wenn er gewählt werde, um einen Friedensvertrag bemühen würde. In unserer aufgeregten Freude jubelten wir McCarthy und Kennedy gleichermaßen zu. Auf verrückte Weise kam es mir vor, als seien beide, genau wie wir, unbesiegbar.

Am siebzehnten März, dem Tag, an dem man in Corkie den Fluß grün färbte und sich mit grünem Bier betrank, kam Matt grinsend und mit strahlendem Gesicht aus seinem Büro und sagte, er habe einen verdammt großen Fisch aus Oklahoma an der Angel und wir sollten in diesem Tempo weitermachen. Dann ging er wieder hinein und machte die Tür zu.

Am einundzwanzigsten März stattete uns Francis Brewton einen langen und stinkenden Besuch ab und verkaufte uns seinen gesamten Bestand alter Zeitschriften, und am zweiundzwanzigsten März kam Mr. Tommy T. Bliss und stand in der Eingangshalle Kopf, um Henry Aarons ersten Home-Run in einem Probespiel gegen Pittsburgh zu feiern. Wir waren geradezu berauscht vor Freude. Es könne gar keine besseren Vorzeichen geben, meinte Matt.

Am dreißigsten März rief Matt Luke in sein Büro und fragte ihn, ob er Kontakt mit John Howard in New York aufnehmen könne.

»Ja, das kann ich vermutlich. Willst du mir auch erzählen, wieso?«

»Eigentlich nicht.« Matt grinste. »Aber sag ihm, daß wir ihm, wenn er in ein paar Tagen für eine Nacht herkommt, den Flug bezahlen und ihn unterbringen. Sag ihm, er kann sich das Hotel aussuchen. Und sag ihm, er muß nicht mehr tun, als ein Wahnsinnsabendessen zu sich nehmen, Wahnsinnschampagner zu trinken und einen Anzug zu tragen anstatt eines Kaftans oder wie immer man die Dinger nennt, in denen die liberalen Yankees jetzt herumrennen.«

»Dashikis«, erklärte Luke grinsend. »Ich bezweifle allerdings, daß John schon Dashikis trägt. Ich werde es ihm sagen. Sonst noch was?«

»Nein. Sag ihm nur … ich brauche ihn, und ich bin auf ihn angewiesen«, ergänzte Matt. »Und daß er es nicht bedauern wird. Es ist für einen ehrenwerten Zweck. Sag ihm das.«

Das alles erklärte Luke John Howard an diesem Abend am Telefon, aber John zögerte zunächst. Doch am Ende erklärte er sich dazu bereit.

»Wie hast du ihn davon überzeugt?« wollte ich wissen, als Luke mit einem triumphierenden Grinsen zurück ins Wohnzimmer kam.

»Ich habe ihm erklärt, daß es dir und mir sehr viel bedeuten würde«, sagte er. »Und daß Culver Carnes einen Anfall bekäme. Du weißt, daß er Culver Carnes immer schon für ein Arschloch gehalten hat.«

Ich ging auf Luke zu und umarmte ihn.

»Ich freue mich so, daß er kommt«, sagte ich, das Gesicht an seinen Hals gepreßt. »Erst jetzt weiß ich, wie sehr ich ihn vermißt habe.«

»Ich auch«, stellte Luke fest.

Am einunddreißigsten März kam Matt vor Freude hüpfend aus seinem Büro, tutete mit der Taxi-Hupe und scheuchte uns alle hinauf ins Top of Peachtree, um uns mitzuteilen, daß ein Geldgeber gefunden sei, und um uns in die Details einzuweihen. Wir saßen bis in den Abend hinein dort, während sich die blaue Dämmerung über die frühlingsgrüne Stadt senkte und die Lichter der Innenstadt angingen, tranken Champagner und hörten Tony zu, der vor Entzücken über die Tatsache, daß Matt wieder da war, immer wieder *Downtown* anstimmte. Matt selbst trank lediglich Kaffee und rauchte, aber er krähte so laut wie wir alle.

»Er ist ein Texaner, lebt aber jetzt in Oklahoma City«, berichtete er uns über unseren Retter. »Ich habe ihn kennengelernt, als wir beide ungefähr achtzehn waren und auf einer Ölbohranlage vor Galveston arbeiteten. Damals dürften wir zusammen kaum hundertzwanzig Pfund gewogen haben. Er nennt sich Cody Remington und manchmal, das schwöre ich bei Gott, sogar Bubba, aber in Wirklichkeit heißt er Duane Heckler. Verdammt, von mir aus könnte er sich Alexander der Große nennen. Das würde sogar zu ihm passen. Mir war schon immer klar, daß diesem kleinen Scheißkerl einmal die Welt gehören würde. Er kontrolliert den Markt für Hühnerteile im ganzen Südwesten, und er ist daran interessiert, ins Medienspiel, wie er das nennt, einzusteigen. Er hat mehr Geld flüssig als der Herrgott persönlich. Ich habe ihn davon überzeugt, daß er mit einer Zeitschrift anfangen sollte, die sowohl soziales Gewissen zeigt als auch nationale Auszeichnungen aufzuweisen hat. Jetzt möchte er seine soziale Verantwortung beweisen, hat er mir gesagt. Na ja, vermutlich macht man so etwas, wenn man mit Hühnerteilen einen Haufen Geld verdient hat. Er erwartet, und ich zitiere, einen starken schwarzen Einfluß bei jedem seiner Spekulationsobjekte. Ich lasse ihn am Dritten einfliegen und veranstalte genau hier, unter dem Wandgemälde, eine Präsentation mit Entwürfen, Übersichtstafeln und allem Drum und Dran, und dann fülle ich ihn mit Leckerbissen und Champagner auf und führe ihm den André-Artikel und außerdem noch John Howard vor. Wir werden eine spezielle Ausstellung mit unseren sämtlichen Preisen machen, und ich werde Ben Cameron und vielleicht sogar Dr. King, auf Tonband, darüber reden lassen, was wir für ein Gewinn für das Universum sind. Ich dachte, ich frage die kleine Luella, ob sie ›Downtown‹ für uns singt, wenn ich mit ihm hereinkomme. Ihr alle werdet hier unter dem Wandgemälde sitzen, wißt ihr, und Tony setzt ein, wenn wir aus dem Aufzug steigen, und wenn wir durch die Tür kommen, fängt sie an zu singen. Ich werde die Bar für diesen Abend mieten. Nur wir und Cody Bubba. Was haltet ihr davon?«

»Ich glaube, der alte Cody Bubba ist schon so gut wie geschlachtet«, jubelte Hank.

»Das ist absolut perfekt!« schrie Teddy.

»Er wird darum flehen, uns kaufen zu dürfen.« Ich lachte in schierer Freude. Es war ein geniales Szenario. Bestimmt würde es seine Wirkung auf den Hühnerteile-König des Südwestens nicht verfehlen.

»Hühnerteile?« Aufstöhnend ließ sich Luke mit seinem gekippten Stuhl nach vorne fallen. »Hühnerteile? Ach du liebe Scheiße!«

»Wie wollen Sie das alles bezahlen?« wollte Hank schließlich wissen und wurde wieder etwas nüchterner. Der geschäftsführende Redakteur in ihm schlief nie.

»Natürlich werde ich Culver dafür zahlen lassen«, antwortete Matt sachlich. »Bis die Rechnung kommt, hat er eine Zeitschrift weniger, für die er zahlen muß.«

Wir krähten und jubelten noch, als Aufregung rund um den

Fernseher am anderen Ende der Bar unsere Begeisterung unterbrach. Als wir hinüberblickten, konnten wir gerade noch sehen, wie das traurige Gesicht und die Dumbo-Ohren von Lyndon Johnson vom Schirm verschwanden. Ich hatte ganz vergessen, daß er für heute abend eine Sonder-Pressekonferenz einberufen hatte.

»Was gibt's?« schrie Matt zu Doremus hinüber, der an den Abenden während der Woche die Bar führte.

»Er hat gesagt, daß er die Bombardierung von Nordvietnam beenden will, außer in der DMZ«, schrie Doremus zurück. »Und er wird nicht noch einmal kandidieren.«

Einen Augenblick lang saßen wir da wie betäubt, und dann begann Teddy zu klatschen. Im nächsten Moment schlossen wir uns an, wir klatschten, jubelten, lachten und pfiffen. Nur Luke nicht.

»O verdammt!« schimpfte er. »Ich komme nicht mehr in diesen blöden Krieg, ehe er vorbei ist! Scheiße!«

Noch immer lachend, standen wir auf und gossen ihm, einer nach dem anderen, unseren Champagner über den Kopf.

Am Nachmittag des dritten April fuhr ich mit Luke hinaus zum Flughafen, um John Howard abzuholen. Es war einer jener Frühlingstage, die die Fotografen haufenweise nach draußen lockten, es war so klar, daß man jedes Äderchen in den jungen Blättern sehen konnte, so weich, daß sich die Luft auf den endlich entblößten Armen wie Samt anfühlte, und so sehr mit Grün in allen Schattierungen durchzogen, daß man den Eindruck hatte, auch in einem selbst fließe alles in grüner Harmonie. Die Nachmittagssonne war warm, und Luke klappte zum ersten Mal seit Oktober das Dach des Morgan auf. Die Fahrt hinaus auf der Schnellstraße war wie ein Bad in schaumigem Licht.

Die Sonne, die Luft und die Aussicht, John wiederzusehen,

machten mich ganz schwindelig. Der bevorstehende Abend überragte alles wie ein strahlender Eisberg. Man konnte zwar seine Gedanken auf etwas anderes richten, aber dieses Ereignis vergaß man nicht. Als wir am Stadion vorüberfuhren, trug der Fahrtwind plötzlich den süßen Duft von Glyzinien heran, von irgendeiner kleinen Wiese in dem Gewirr alter Häuser, die dahinterlagen. Ich schloß die Augen, atmete tief ein und lächelte. Das war der Frühlingsgeruch meiner Kindheit zu Hause, und obwohl ich mich weder nach meiner Kindheit noch nach Zuhause sehnte, bezauberte er mich plötzlich.

»Diese Minute, genau diese eine Sekunde, ist absolut vollkommen«, sagte ich zu Luke, streckte meine Arme über den Kopf und bog den Rücken durch. Der Fahrer eines entgegenkommenden großen Lastzugs schrie laut und fröhlich etwas bewundernd Obszönes, und ich lachte laut vor Freude über die Kraft meines jungen Körpers. Einen Augenblick fühlte ich mich so wie im letzten Sommer im Cloister, als mir zum ersten Mal bewußt wurde, welch ausgezeichnete Waffe die Jugend ist.

»Ich kann mir einfach nicht vorstellen, alt zu sein«, sagte ich.

»Du wirst auch nicht alt werden, wenn du nicht aufhörst, Lastwagenfahrern deine Titten hinzuhalten«, sagte Luke milde tadelnd, aber als ich ihn durch meine Sonnenbrille ansah, grinste er. Auch seine sommersprossigen Arme waren entblößt, und der Wind wehte sein rotes Haar um seinen Kopf. Am Bügel seiner Brille hatte er ein Gänseblümchen aus Plastik befestigt, und er sah aus wie ein Dreizehnjähriger.

»Tom und Huck, die vor Tante Polly davonlaufen«, sagte ich und drückte seinen Arm. »Ach, Luke, ich kann es gar nicht abwarten, John wiederzusehen. Ich kann den heutigen Abend kaum erwarten. Wenn nur endlich alles feststeht und wir es überall erzählen können!«

»Meine Mama würde sagen, du wünschst dir dein Leben weg«, sagte Luke.

»Nein, nur die nächsten paar Stunden.«

Wir stellten das Auto auf dem Kurzzeitparkplatz ab und betraten den Terminal, um in der Empfangshalle auf den Delta-Flug 459 von La Guardia zu warten. Das Flugzeug würde sofort wieder zurückfliegen, und die Passagierhalle war voller Leute, die genauso aussahen, wie man sich Passagiere nach New York vorstellte. Sie waren gut angezogen und untätig, blätterten in Zeitungen und Zeitschriften und standen am Telefon an. Die meisten von ihnen waren Männer. Nur eine andere Frau befand sich in unserer Nähe, eine untersetzte Matrone mit blauen Haaren und einem geblümten Seidenkleid, die die Leute so genau betrachtete, als suche sie nach Ungeziefer.

»Großmama, die aus Buckhead hergefahren ist, um die aus Manhattan kommenden Enkel abzuholen«, flüsterte ich Luke zu. »Der Chauffeur dreht draußen die Runde.«

Der Flug hatte Verspätung, und John kam als einer der letzten. Nervös hatte ich beobachtet, wie ein Passagier nach dem anderen den Ankunftsterminal betrat. Alle sahen etwas irritiert aus, wie Leute, die einen verdunkelten Kinosaal verlassen, aber John war nicht dabei. Und dann kam er, großgewachsen in einem grauen Anzug mit Weste, den ich noch nie gesehen hatte, einem blauen Oxfordhemd und mit einer gestreiften Krawatte. Er sah sich nach uns um, und ich mußte unwillkürlich lächeln. Seine Ausstrahlung war ungeheuerlich. Jeder der wartenden Passagiere starrte ihn an. Man mußte ihn einfach ansehen. Mit seiner bronzefarbenen Haut wirkte er so gefaßt, so ernst und so überaus korrekt, daß ich mich einen Moment fragte, warum ich jemals geglaubt hatte, er sei mein Freund, könnte es sein. Und dann sah er uns, und auf dem scharfgeschnittenen Gesicht zeigte sich ein leichtes Lächeln. Ich spürte, wie mein eigenes Lächeln breiter wurde.

»Ach Luke, er sieht großartig aus«, rief ich und trat vor, um ihn zu begrüßen. Hinter mir sagte die untersetzte Großmutter aus Buckhead etwas Unverständliches, aber ganz Eindeutiges, ohne sich die Mühe zu machen, ihre Stimme zu senken. Ich blieb stehen, sah sie über meine Schulter hinweg an, lächelte ihr strahlend zu und rannte vor Entzücken kreischend auf John Howard zu. Als ich ihn erreichte, warf ich meine Arme so heftig um ihn, daß er nach hinten stolperte, und dann hob er mich laut lachend in die Höhe. Als ich ihn umarmte, roch ich neuen Oxfordstoff, warme Haut und ein bitteres, grünes Aftershave.

»Smoky«, sagte er lachend. »Mein Gott, Smoky... ich freu mich so, dich zu sehen. Luke. Hallo, Luke...«

Luke umarmte ihn ebenfalls, und redend und lachend machten wir uns auf den Weg durch die Gänge, wobei jeder von uns einen seiner Arme festhielt. Die Großmutter aus Buckhead warf uns einen giftigen Blick zu, als wir vorüberkamen, und trat demonstrativ einen Schritt zur Seite.

»Das ist mein Ehemann«, sagte ich laut zu ihr. »Ich habe ihn seit Monaten nicht gesehen. Jetzt haben wir es eilig, nach Hause zu kommen.«

Und ich grinste anzüglich.

»Du lieber Himmel, jetzt wird sie sofort zum Telefon laufen und das White Citizen's Council, den weißen Bürgerrat, anrufen«, lachte John mit seiner vollen, schönen Stimme, die ich schon beinahe vergessen hatte.

»Sie soll mir mitsamt dem White Citizen's Council den Bukkel herunterrutschen«, erklärte ich. »Mehr Gepäck hast du nicht dabei?«

»Mädchen, du hast ein schreckliches Mundwerk. Ich fliege morgen früh gleich wieder zurück«, sagte John. »Mein Gott, nur für ein Abendessen nach Atlanta und gleich wieder zurückzufliegen, ist etwas so typisch Weißes. Wir armen Schwarzen bleiben überall mindestens drei Wochen. Ich wußte gar nicht, wie ich mich in diesem Flugzeug benehmen soll.«

»Diese Armer-Schwarzer-Masche zieht nicht, Bruder.« Luke grinste ihn an. »Du siehst aus, als wärst du gerade ins Oberhaus eingezogen. Du siehst gut aus.«

»Danke«, antwortete John Howard, »aber in diesem Fall kommt die Armer-Schwarzer-Masche der Wahrheit recht nahe. Wußtet ihr, daß das mein erster Flug war?«

»Na, da mußt du dir nichts dabei denken. Wahrscheinlich ist auch noch keiner von den Leuten, die mitgeflogen sind, jemals auf einem Maultier geritten«, bemerkte Luke, und wir traten in den kristallklaren Nachmittag hinaus, um zum Parkplatz zu gehen. Ich ging anständig zwischen ihnen, bis wir den Rand des Bürgersteigs erreicht hatten, und dann umklammerte ich die Arme der beiden, machte einen großen Satz und schwang mich zwischen ihnen durch die Luft wie ein kleines Kind.

»Man kann sie nirgendwohin mitnehmen«, stellte Luke fest.

Auf dem Rückweg in die Stadt saß ich eingeklemmt zwischen ihnen und beiden fast auf dem Schoß. Ich ließ meinen Kopf einfach nach hinten hängen. Der Wind strich mir durchs Haar, und die Sonne lag schwer auf meinen geschlossenen Lidern, während ich ihrem Gespräch lauschte, das sie etwas schreiend im Rauschen des süß duftenden Windes führten.

»Wie ist es da oben?« fragte Luke.

»Es ist ... lustig«, antwortete John Howard. »Komisch. Ich meine, es ist nicht besonders schwierig oder fremdartig; ich kann mich ganz gut dort bewegen, ich passe hinein, und meine Arbeit unterscheidet sich nicht sonderlich von der an der Atlanta University. Es gefällt mir. Ich mag die Leute, mit denen ich zusammenarbeite. Und ich habe ein paar neue Leute kennengelernt, die genauso denken wie ich. Es kommt mir nur alles so unwirklich vor. Irgendwie bekomme ich den Anschluß an die Sachen, die dort oben wichtig sind, nicht, und was hier unten wichtig war, vor gerade mal drei Monaten, kommt mir heute vor wie aus einem anderen Leben. Das ... ich weiß nicht, das

Feuer, die Heftigkeit... das kommt mir jetzt alles so künstlich vor.«

»Hast du dort oben ein neues Feuer brennen?«

»Nein. Irgendwie finde ich nichts, das es wirklich wert wäre. Es geht jetzt bloß noch um den Vietnamkrieg, um soziale Proteste, um fünfzig verschiedene Arten von Drogen oder nur noch um Politik. Die Bewegung hier unten im Süden, in der Umgebung von Atlanta, wirkt dagegen richtig anheimelnd. Ich komme mir vor wie ein Dinosaurier oder wie ein Söldner, der für seinen Kampf um eine Sache von jemandem bezahlt wird. Als wäre mein Pferd unter mir weggeschossen worden.«

Ich spürte plötzlich ein Frösteln, das nichts mit der untergehenden Sonne zu tun hatte. Das war ein seltsamer Gedanke für einen schwindelerregenden Frühlingstag, und er beunruhigte mich etwas.

»Hier unten fühlt sich alles schon wieder realer an«, erklärte John zögernd. »Das Bild ordnet sich irgendwie, jetzt, wo ich wieder hier bin. Damit habe ich nicht gerechnet. Es ist noch nicht ganz real, aber wie etwas, das einmal gestimmt hat, das einmal eine Rolle gespielt hat...«

»Komm zurück», sagte ich, und er sah mich an und lächelte. Hinter den dunklen Gläsern der Sonnenbrille konnte ich seine Augen nicht erkennen, aber ich sah den grausamen, grauen Riß der Narbe deutlich im Sonnenlicht.

»Ich weiß nicht, ob ich das kann«, erwiderte er. »Vielleicht geht das überhaupt nicht. Hat Thomas Wolfe nicht gesagt, daß man nicht mehr in den Süden zurückkann?«

»Wegen deiner Kinder?« wollte Luke wissen.

»Nein, eigentlich nicht. Ich könnte sie von hier aus genausogut treffen wie von New York aus. Und vielleicht sogar für längere Zeit am Stück. Das ist eine Frage des Geldes, nicht der Entfernung. Ich weiß nicht genau, woran es liegt.«

»An Juanita?« fragte Luke wie beiläufig, und John warf ihm

einen scharfen Blick zu. Ich erwartete nicht, daß er antworten würde, aber nach einem Augenblick tat er es.

Er schüttelte den Kopf und zuckte die Achseln. Ich konnte die Bewegung an meiner Schulter spüren.

»Da ist nichts mehr«, sagte er. »Ich wollte wohl das wiederhaben, was im Lowndes County gewesen war. Aber auch das ist verlorengegangen ...«

Ein längeres Schweigen trat ein, und dann sagte er: »Wann wollt ihr mir eigentlich erzählen, wieso mich Matt Comfort einfliegen läßt, mir Champagner einflößt und mich im Regency unterbringt? Auch wenn es mir eigentlich egal ist, solange er bezahlt.«

Aber er lächelte, und ich wußte, daß es ihm nicht egal war.

»Warte, bis wir zu Hause sind«, sagte Luke durch das Rauschen des Windes. »Dann erzählen wir dir alles.«

Und das taten wir auch. Wir lachten und unterbrachen uns ständig gegenseitig in unserem Eifer, die Geschichte noch einmal zu genießen und zu sehen, wie John sie genoß. Er lächelte, während wir erzählten, grinste breit bei dem Bericht über den Tassenhalter-Krieg und lachte mit uns, als wir die Pläne für den triumphalen Abend, der vor uns lag, ausbreiteten. Wir saßen auf Lukes winziger Terrasse, die wie das Deck eines Schiffes über dem leuchtenden Grün der neuen Blätter und dem reglosen Schneefall des Hartriegels schwebte. Auf der anderen Straßenseite wogte der kleine Park voll schimmernder rosafarbener, roter und weißer Azaleen. Steife, formelle Tulpen schwankten und bogen sich entlang der steilen Auffahrt zum Haus der Witwe und zu Lukes Gästehäuschen. John hatte sein Jackett abgelegt und die Krawatte gelockert, und wir tranken Wein.

»Das ist schon etwas anderes als Pumphouse Hill«, hatte er mit einem Grinsen bemerkt, als wir uns setzten.

Jetzt streckte er sich, schüttelte den Kopf und sagte: »Das allein war ja die Reise hier herunter schon wert, den Hühnerteile-König des gesamten Südwestens kennenzulernen und mitansehen zu dürfen, wie Culver Carnes eins auf die Nase bekommt. Seid ihr sicher, daß Matt die Sache auf die Reihe bekommt?«

»Es ist schon alles so gut wie abgemacht«, jubelte ich. »Heute abend ist nur noch die... Siegesfeier. Der letzte Triumph. Du bist natürlich der entscheidende Faktor. Die ›starke schwarze Präsenz‹, die der alte Cody Bubba sehen will. Also benimm dich gefälligst stark und schwarz.«

»Ach du Scheiße. Ihr meint, ich kann nicht mit ihm über Squash und meinen Investmentfonds reden?«

»Nein, aber du darfst ihm erzählen, wie du bei Daddy die Baumwolle geerntet hast.«

»Na, dann werde ich ihm vom Squashspiel und den Investmentfonds meines Daddys erzählen. Daddy kennt Baumwolle bloß als Wattetupfer. Komm schon, Smoky, wenn ich schon als Einsatz gelte, dann muß ich doch ein bißchen Spaß haben.«

»Du könntest ›Old Man River‹ singen«, schlug Luke vor, und wir lachten.

»Ich muß mich anziehen«, sagte ich. »Willst du irgend jemanden anrufen, während du wartest, John?«

Er blickte hinaus auf das pastellfarbene Meer aus Bäumen und Blüten und schüttelte den Kopf.

»Ich glaube nicht, nicht auf dieser Reise, Smoky«, sagte er. »Vielleicht beim nächsten Mal. Aber trotzdem danke.«

Ich stand auf und sah ihn an, während das Lachen verschwand. Dann wandte ich mich um und ging ins Schlafzimmer. Als ich die Dusche andrehte, hörte ich ihn schreien: »He, Smoky!«

»Ja?« schrie ich zurück.

»Zieh doch das rote Kleid an. Du weißt schon, das du an dem Abend anhattest, als wir die Präsentation im Top of Peachtree hatten. Das André-Kleid. Zieh das an.«

»Ich habe schon öfters gehört, daß ihr alle auf Rot steht«, schrie ich, und sie lachten weiter. Ich holte das rote Leinenfutteralkleid aus dem Schrank, das ich an diesem Abend des strahlenden Triumphs vor so langer Zeit getragen hatte, und hängte es in dem winzigen Badezimmer auf, um in der feuchten Luft die Knitterfalten zu glätten, während ich duschte.

Und so gingen wir in der Dämmerung wieder einmal fröhlich, voller Freude und elegant gekleidet die Peachtree Road entlang. Die Luft war so süß, daß ich gar nicht genug davon einatmen konnte. Mit der Stadt zu unseren Füßen würden wir dasitzen und warten, daß Matt unseren Retter brachte.

Als wir aus dem Aufzug stiegen, waren die anderen bereits da. Doug Maloof hatte die Bar mit einer lederartigen Falttür vom Restaurant abgetrennt, an der – mit Frühlingsblumen geschmückt – Tonys Klavier stand. Tony selbst saß am Piano, spielte leisen Soft Rock und Showmelodien und grinste breit, und die Mitarbeiter des *Downtown Magazine* saßen an einem langen Tisch vor der nördlichen Fensterwand, von der aus man über die Innenstadt sehen konnte. Alle waren angezogen wie für eine Party, mit hellen, frühlingshaften Seidenkleidern und leichten Sommeranzügen, und alle Frauen trugen Ansteckbuketts aus kleinen, blauen, gänseblümchenartigen Blumen. Die Männer hatten einzelne Blumen im Knopfloch.

»Die hat uns Doug gegeben.« Teddy lächelte. »Etwas, das dem Wahrzeichen von Texas mehr ähnelt, haben er und der Blumenhändler nicht gefunden. Ist das nicht eine tolle Idee?«

»Das stimmt«, sagte ich, steckte mir mein Sträußchen an und winkte Doug Maloof, der hinter der Bar stand, meinen Dank zu. Er strahlte mich an und stellte mit Doremus dicke, grüne Champagnerflaschen in silberne Eiskübel. Über ihren Köpfen glänzte das Wandgemälde, wobei unsere eigenen lächelnden Gesichter wie kleine Monde strahlten. Offenbar hatte Doug sie gereinigt, lediglich die Gesichter, so daß sie das große Gemälde dominierten, als wären Scheinwerfer auf sie gerichtet. Der gute Doug. Er war uns allen ein so wunderbarer Freund, fast ein Ersatzvater. Ich wußte, daß ihn die Nachricht vom Verkauf der Zeitschrift tief getroffen hatte, und daß diese wohldurchdachte Palastrevolution in seiner Bar stattfand, freute ihn sehr. Davon würde er noch jahrelang erzählen. Er war einer der ersten von Matt Comforts Leuten gewesen; und er würde bis zu seinem Tode einer von uns sein. Seine Bar hatte er geputzt, poliert und geschmückt, daß man jede königliche Hoheit hätte empfangen können, sogar den Hühnerteile-König des gesamten Südwestens. Sogar die schwarz verhängten Staffeleien, auf denen die Präsentationstafeln und unsere Auszeichnungen standen, waren mit Blumen geschmückt, und auf dem tragbaren Tonbandgerät mit dem Band, auf dem uns verschiedene Leute lobten, lag eine einzelne, wunderschöne, langstielige rote Rose. Auf einem kleinen, weißgedeckten Tisch neben Tonys Klavier warteten die hors d'oeuvre auf geheizten Silberplatten. Jeder am Tisch hatte bereits ein Glas mit Wein oder einen Cocktail vor sich. Ich wußte, daß Doug den Champagner noch zurückhielt, um, wenn Matt mit Cody Bubba Remington kam, damit anzustoßen. Es war bestimmt die beste Marke, die es zu kaufen gab.

Plaudernd und lächelnd ging John um den Tisch und schüttelte jedem die Hand. Ich schlüpfte auf einen Stuhl am Ende des Tisches neben Luke. Dann blickte ich an dem langen Tisch entlang und spürte ein mächtiges Glücksgefühl in meiner Brust, vielleicht pure Liebe. Comforts Leute. Meine Leute. Meine Kollegen seit nun mehr als über einem Jahr. Mein Blick wanderte zum Bild, zu dem freundlichen braunen Adlergesicht neben Matts kleinem Affengesicht, dem Gesicht, das an diesem Tisch fehlte. Tom Gordons Gesicht. Jetzt kamen mir die Tränen. Sei vorsichtig, wen du liebst, hatte Matt gesagt. So jemand ist immer ein Teil von dir...

Luke neben mir sah, wohin ich blickte.

»Ich weiß«, sagte er und drückte meine Hand.

»Ich wünschte, er könnte dabeisein«, murmelte ich. »Das würde ihm doch sicher großartig gefallen.«

»Bestimmt. Wir rufen ihn morgen an und erzählen ihm alles.«

»O ja! Das machen wir.«

Auf der anderen Seite des Raumes saß Luella Hatfield neben Tony auf der Klavierbank. Die beiden steckten die Köpfe zusammen, während sie sich über ein Notenblatt beugten. Hank und Teddy hatten Luella aus dem Spelman abgeholt. Ich wußte, daß sie und Tony gerade den Text und die Noten zu »Downtown« durchgingen. Sie trug ein hübsches Hemd aus gelber Seide und hatte ein blaues Ansteckskräußchen in ihren schmalen Nackenknoten gesteckt. Heute wirkte sie viel lebhafter und älter, wesentlich selbstsicherer als damals im Konzert in der Sister's Chapel. Ich überlegte, was sie an diesem Abend gemacht hatte, ob sie sich an dem kurzen, idiotischen Gewaltausbruch beteiligt hatte oder ob ihr das Ganze entgangen war. Hoffentlich war es so gewesen. Den Gedanken, Boy Slatterys Haß könnte dieses strahlende, unschuldige Mädchen berühren, fand ich abstoßend. Jetzt sah sie auf und bemerkte meine Blicke. Sie lächelte scheu, und ich stand auf und umarmte sie. John Howard folgte mir und küßte sie auf beide Wangen, und sie strahlte uns beide an.

»Na, ich habe gehört, daß Sie Ihren Weg machen«, sagte John zu ihr. Ihr Lächeln wurde breiter und zeigte große Grübchen. Neugierig sah ich ihn an.

»Sie wurde ausgewählt, um im Atlanta-Symphony-Chor mitzusingen, und bei der ersten Aufführung im Sommer wird sie ein Solo übernehmen«, erklärte er. »Außerdem sind die Talentsucher von ein paar Plattenfirmen ziemlich hinter ihr her. Sogar in New York habe ich von ihr gehört.«

»Mit wem haben Sie geredet?« fragte sie scheu und senkte den Kopf.

»Ich habe so meine Spione«, erklärte er. »Wir werden Sie mit Sicherheit verlieren.«

»Aber erst dann, wenn ich mit der Ausbildung fertig bin«, entgegnete sie. »Und ich werde nicht vergessen, wer mir das Stipendium verschafft hat. Das werde ich Ihnen nie vergessen, Mr. Howard. Als mich Mr. Comfort gefragt hat, ob ich für Sie alle singe, und mir erzählt hat, daß Sie auch kommen, habe ich ihm gesagt, daß ich für Sie auch bis morgen abend um dieselbe Zeit singen würde, wenn Sie das wollen. Das habe ich ihm wirklich gesagt.«

»Ich danke Ihnen herzlich, Luella.« John nickte ihr würdevoll zu. »Ich wünsche mir wirklich, daß Sie für mich eines Tages so lange singen.«

»Sagen Sie mir nur, wann«, erwiderte sie, »und wir werden all die alten Lieder singen.«

»Ich komme darauf zurück.«

Dann entstand eine gewisse Unruhe an der Bar, und ich drehte mich um und blickte zum Tisch hinüber. Alle waren still geworden und schauten zur Tür. Mein Herz machte einen großen Satz, und mir stockte der Atem.

»Sie kommen«, rief Doug Maloof leise, und wir hörten das Klingeln der Aufzugglocke. Eilig und mit klopfendem Herzen rannte ich zu meinem Stuhl und schlüpfte zwischen Luke und John. Wir sahen uns an und grinsten, breit und strahlend. Der Raum schimmerte und schwankte.

Am Piano stimmte Tony lautstark »Downtown« an:

»When you're alone and life ist making you lonely,
You can always go ... DOWNTOWN!
When you've got worries, all the noise and the hurry
Seem to help, I know ... DOWNTOWN!«

Zwei Gestalten erschienen auf der Schwelle und blieben stehen. Wir erhoben uns gemeinsam, wie von einem einzigen Band in die Höhe gezogen. Luella Hatfield warf ihren schmalen Kopf zurück und setzte in das Lied ein, und die Töne stiegen voll und perlend auf, bis sie direkt unter der Decke schwebten:

»Listen to the music of the traffic in the city,
Linger on the sidewalk where the neon signs are pretty,
How can you lose? The lights are much brighter there,
You can forget all your troubles, forget all your cares...«

Die beiden Gestalten standen unbeweglich Arm in Arm da. Matt trug seinen neuen blauen Anzug und grinste, seine Wangen glühten, und die Augen glitzerten hinter der roten Haarsträhne. Der andere Mann war nur wenig größer, aber wenigstens fünfzig Pfund schwerer. Er trug einen weißen Anzug, hatte ein Gesicht, das von der Sonne dunkelbraun gebrannt war, und auf seinem Kopf saß ein großer weißer Stetson. Auch sein Mund war zu einem Lächeln verzogen. Sie lächelten und lächelten, und sie standen da und sahen uns an und den Raum, das singende Mädchen und die Stadt, die sich draußen unter uns erstreckte und als Lichtermeer erglühte.

»...and go DOWNTOWN!« Luella Hatfields Stimme schwang sich empor. »Things'll be great when you're DOWNTOWN...«

Matt neigte den Kopf in unsere Richtung zu einer kleinen, herrschaftlichen Verbeugung und beugte sich dann langsam aus der Taille nach vorne.

»No finer place when you're DOWNTOWN«, sang Luella, und wir alle stimmten ein und riefen Matt und Cody Bubba Remington unsere Begeisterung zu: »Everything's waiting for you!«

Tony beendete das Lied mit einem lauten, krachenden Schlußakkord, und wir klatschten und jubelten, und Matt beugte sich immer tiefer und tiefer, und dann, in der Stille, in der noch immer Luella Hatfields großartige Stimme nachklang, fiel er nach vorne aufs Gesicht, auf den Teppich, und zog Cody Bubba Remington mit sich hinunter und blieb still liegen, in einem Gewirr aus Armen und Beinen, einem zerdrückten weißen Stetson und den glitzernden Scherben eines Traums.

Später in dieser Nacht, oder genauer gesagt, sehr früh am nächsten Morgen, saßen wir am felsigen Ufer des kleinen Weihers im Park gegenüber von Lukes Wohnung und ließen unsere Füße im Wasser baumeln. John Howard, Luke und ich waren vom Top of Peachtree hierhergefahren, ohne ein genaues Ziel zu vereinbaren, so direkt, als wären wir uns von Anfang an einig gewesen. Teddy und Hank waren später gekommen, mit Tüten voller Steaksandwiches von Harry's und einem Sechserpack Bier. Sie hatten vorher Luella Hatfield noch in ihr Wohnheim an der Atlanta University gebracht. Dann waren sie zu Harry's gefahren und danach direkt zu Lukes Wohnung. Sie hatten gesehen, daß der Morgan am Rand des Parks stand, und unsere Stimmen unten am Weiher gehört und waren den Abhang heruntergeklettert und -gerutscht. Wir hatten Bier getrunken, aber keiner hatte von den Sandwiches gegessen. Ich wußte nicht, wie lange wir dort saßen, nur daß es schon weit nach Mitternacht war. Die Zeit war für mich stehengeblieben, als Matt auf Doug Maloofs frisch gereinigten Teppich fiel. Seitdem verlief um mich herum alles wie in Zeitlupe. Es hätte bereits Tage hersein können, seit wir das Top of Peachtree verlassen hatten.

Der Hühnerteile-König des gesamten Südwestens war so eilig verschwunden, als hätte es ihn nie gegeben. Er hatte sich entschuldigt, um zur Toilette zu gehen und seinen weißen Anzug und den mißhandelten Stetson zu glätten, und war nicht mehr zurückgekommen. Doug Maloof, der bleich war vor Jammer, sagte, er habe seinen Wagen und den Fahrer angefordert und war nach unten gefahren, um in der Halle vor dem Aufzug zu warten. Vermutlich hatte sein Lear-Jet bereits vom Peachtree-DeKalb-Flughafen abgehoben, ehe wir Tight Squeeze und Midtown erreicht hatten.

»Kinder, geht nach Hause«, sagte Doug und blickte erst in unsere betroffenen Gesichter und dann auf Matt, der noch immer bewußtlos ausgestreckt auf dem Teppich lag. »Doremus und ich bringen ihn nach Hause. Das haben wir schon früher gemacht. Wir wissen, wo er wohnt.«

Und so waren wir gegangen. Wir schlichen um Matt herum und gingen alle in den Aufzug, fuhren nach unten, holten unsere Autos ab und fuhren davon. Als wir an Tony vorbeikamen, sagte er: »Es tut mir wirklich leid.« Er schloß den Deckel seines Pianos, als sich die Aufzugtüren öffneten.

Ich wußte, daß wir irgendwann darüber reden mußten und würden, aber bisher hatten wir es noch nicht getan. Es gab ja auch gar nichts zu sagen. Ich fühlte mich leer und unendlich erschöpft, schwebend und unwirklich. Ich wünschte mir nichts mehr, als die lange Auffahrt auf der anderen Seite des Parks hinaufzuklettern und in das Wasserbett zu kriechen, aber noch stärker war der Wunsch, mich nicht bewegen zu müssen, nicht sprechen und nicht denken zu müssen, nicht sein zu müssen. Die Nacht war frisch und angenehm kühl, und aus den nicht wachsenden und gerade erst entfalteten Farnen um den Weiher riefen die Frösche. In diesem Frühling hatte ich sie bis zu dieser Nacht noch nicht gehört. Über uns standen die Sterne wie Punkte am Himmel. Noch einen Monat, dann sehen wir sie bis zum Herbst nicht mehr wieder. Und dann dachte ich: Aber werde ich im Herbst noch hier sein? Eine Träne lief mir langsam über die Wange und in den Mund. Ich leckte sie mit der Zungenspitze auf. Ich fühlte keine Trauer. Ich wollte wirklich und wahrhaftig nichts anderes als schlafen.

Mir gegenüber ließ Teddy einen schluchzenden Ton hören und wischte sich übers Gesicht. Seit Hank und sie gekommen waren, hatte sie schweigend geweint, obwohl sie sich alle Mühe gab, es zu unterdrücken. Manchmal hörte sie auf und begann dann wieder. Hank hatte seinen Arm um sie gelegt, aber er versuchte nicht, sie zu beruhigen, damit sie aufhörte. Sie hielt sein durchnäßtes Taschentuch fest umklammert.

»Ich dachte, er würde es schaffen«, sagte sie schließlich, mit einer so rauhen und zarten Stimme wie die einer alten Frau. »Ich dachte, es wäre etwas, das ... möglich ist. Er konnte immer alles möglich erscheinen lassen.«

»Na ja, wo ein Hühnerkönig ist, gibt es ja vielleicht noch einen anderen«, meinte Luke, aber seine Worte klangen so abstrakt, als sei er mit seinen Gedanken ganz woanders. Vermutlich waren sie das auch, aber ich wußte nicht, wo. Wenn Luke mich innerlich verlassen hatte, bemerkte ich das; in solchen Momenten spürte ich, daß sein Geist den meinen nicht berührte. Jetzt konnte ich ihn auch nicht spüren. Komm zurück, sagte ich innerlich zu ihm. Bleib bei mir.

»Nein, es wird keinen anderen geben«, sagte Teddy.

Niemand widersprach ihr. Wir alle wußten, daß es für uns und das *Downtown* keinen neuen Hühnerkönig geben würde.

Nach einer langen Zeit des Schweigens sagte Hank zu John Howard: »Und was machst du jetzt? Fliegst du morgen wieder zurück? Oder genauer gesagt, heute?«

John zuckte die Achseln. Er hatte nichts mehr gesagt, seit Teddy und Hank gekommen waren. Er saß da und hatte eine Hand leicht auf meinen Rücken gelegt, aber nicht gesprochen.

»Ich glaube, ich werde irgendwann im Lauf des Tages nach Memphis fahren«, sagte er. »Dort ist Martin mit den Leuten von der Gesundheitspflege. Und einige von den anderen sind auch da, Rosser und Tony, glaube ich. Ich muß einmal sehen, ob ich einiges wieder in Ordnung bringen kann.«

»Smoky?« sagte Hank. Ich wollte etwas sagen, aber es gelang mir nicht. Ich räusperte mich.

»Ich weiß noch nicht«, sagte ich abwägend, als dächte ich sorgfältig darüber nach.

»Teddy?«

Sie schüttelte schweigend den Kopf und lehnte ihn an seinen Hals, und er legte den Arm fester um sie.

»Luke?«

Ich sah zu Luke auf. Vor diesem Moment hatte ich, seit wir das Top of Peachtree verlassen hatten, eine vage, ferne Furcht gespürt. Aber eigentlich hatte ich erst sehr viel später damit gerechnet. Bestimmt noch nicht in dieser gräßlichen Nacht. Ich war noch nicht bereit dafür. Verlaß mich nicht, sagte ich mit meinen Augen zu ihm. Verlaß mich nicht.

Über meinen Kopf hinweg sah er Hank an und sagte: »Ich denke, daß ich vielleicht mit John nach Memphis fahre. Nur für ein oder zwei Tage. Das klingt so, als könnte es interessant werden. Vielleicht kann *Life* etwas darüber brauchen.«

Er hatte noch immer seinen Arm um mich gelegt. Jetzt sah er mich an und blickte dann zur Seite. Ich sagte nichts. Ich wußte, daß meine Stimme so abgestorben war wie der Rest meines Körpers.

»Du solltest hierbleiben«, sagte Hank nach einer Weile. »Wir können dieses Ding machen, weißt du. Wenn man sich überlegt, wieso eigentlich nicht? Der neue Typ wird keine Ahnung haben. Soviel hat sich doch gar nicht geändert. Was ist eigentlich so anders geworden? Die Besprechung am Montagvormittag gibt es wie eh und je.«

Zu meiner eigenen großen Überraschung begann ich leise zu lachen.

»Und den Tassenhalter-Krieg«, sagte ich.

Die anderen stimmten ein, einer nach dem anderen, bis wir alle haltlos lachten, daß uns beinahe schwindlig wurde.

»Und außerdem gibt es immer noch ...«, keuchte Hank und unterbrach sich, um Luft zu holen, und wir lasen seinen Gedanken und riefen gemeinsam in die kühle, frühmorgendliche Frühlingsluft: »Es gibt immer noch YMOG!«

Wir lachten noch immer, als wir auseinandergingen. Und als Luke, ich und John Howard in den Morgan stiegen, um John zum Regency zu fahren, lachten wir noch immer, und wir lachten den ganzen Weg zurück in die Innenstadt.

Epilog

»Begleite mich«, sagt mein Ehemann aus dem Badezimmer, wo er sich gerade rasiert.

»Dazu brauchst du mich doch nicht«, erwidere ich. Ich liege auf dem Teppich vor dem Kamin und mache Bauchgymnastik. Es ist Ende Mai, doch der Frühling in New York ist wie so oft lang und kalt, und ich habe den Gaskamin angeschaltet. Den großen Raum heizt er nicht, aber vor dem Fenster it es angenehm.

»Doch«, sagt er. »Diesmal brauche ich dich wirklich.«

Und ich höre mit meiner Gymnastik auf und tappe ins Badezimmer, um einen Blick auf sein Gesicht zu werfen, denn daß wir einander brauchen, sagen wir nicht leichthin, er und ich. Das ist eine unserer Regeln.

Während ich durch den Raum gehe, denke ich wieder einmal, wie sehr ich diese Wohnung liebe. Seit beinahe fünfzehn Jahren leben wir in den beiden oberen Stockwerken eines kleinen Gebäudes an der West Thirtyninth Street gleich bei der Fifth Avenue. Im unteren Stockwerk gibt es ein Wohnzimmer, eine Küche, ein kleines Bad, Tobys altes Schlafzimmer und unsere beiden großen Arbeitszimmer. Hier oben befindet sich lediglich ein großer Raum, der das ganze Stockwerk einnimmt, und wo wir schlafen, lesen und leben.

Im Sommer und Herbst verbringen wir viel Zeit in dem überwucherten Dachgarten, der uns an dieser Wohnung sofort begeistert hat. Aber dieser Raum hier ist unser eigentliches Zuhause. Als er vor zehn Jahren sein erstes Buch veröffentlichte, ließen wir das große Dachfenster einbauen, das über die gesamte Decke reicht. Nachdem im Sommer darauf mein erstes Buch herauskam, renovierten wir das Bad und bauten den großen Whirlpool ein. Ich brauchte ein Jahr, bis ich die Palmen und Farne darin zusammengesucht hatte. Jetzt liegen wir sehr oft im Bett oder inmitten des dunklen Dschungels im Whirlpool und betrachten den Mond, der sich in den Gebäuden im Norden Manhattans spiegelt. Im Winter können wir manchmal die Schneeflocken am Profil des Chrysler Buildings vorbeifallen sehen, was beinahe magisch wirkt. Dieser Raum ist das Zentrum von uns und unserer Ehe. Wohin in der Welt uns unsere Arbeit auch führt, jeden einzelnen von uns, sobald die Arbeit getan ist, landen wir wieder hier, wie Kinder am Ende eines erfüllten Tages.

»Sag mir, warum du mich als Begleitung brauchst«, sage ich und sehe ihm ins Gesicht. Er trägt einen weißen Bart aus Rasierschaum, und ich strecke die Hand aus, um ein oder zwei Seifenblasen platzen zu lassen.

»Ich weiß nicht genau. Ich habe nur das Gefühl, daß du diesmal mitkommen solltest. Jetzt bin ich schon vier- oder fünfmal wieder dort gewesen und du noch kein einziges Mal. Vermutlich bin ich auch ein bißchen stolz auf mich. Aber ich glaube, daß es mehr ist als das. Ich brauche dich einfach.«

Wir haben es uns zur Regel gemacht, ein solches Bedürfnis zu erfüllen, denn wir wissen beide, was für ein echter, verzweifelter Hunger hinter dem Wort »brauchen« steckt, das wir nicht leichtsinnig verwenden. Es ist eine bewußt aufgestellte Regel; alle Regeln, die das zarte Gewebe unserer Ehe bilden, sind bewußt vereinbart. Dieses Gewebe hält uns zusammen, und wir vertrauen ihm. Wir haben es gemeinsam gewoben. Noch immer gibt es Freunde von uns, die vermutlich glauben, daß diese Ehe keinen Bestand haben wird, aber er und ich, wir wissen, daß das Gewebe hält. Darunter liegt Liebe. Sie hat uns durch alles gebracht, und das wird auch in Zukunft so bleiben.

»Dann komme ich natürlich mit«, sage ich. Wünsche können wir dem anderen verweigern, und das haben wir auch schon oft getan, aber nicht ein wirkliches Bedürfnis.

Und so reise ich am letzten Wochenende im Mai mit ihm nach Atlanta, wo er einen Ehrendoktortitel der Emory University entgegennehmen wird.

Es ist ein schwüles, gewittriges Wochenende. In der Stadt ist es heiß. Diese frühen Hitzeeinbrüche habe ich ganz vergessen. Die Verleihung soll im Freien stattfinden, aber zur Sicherheit sind auch in der großen Turnhalle Stühle aufgestellt. Erst am Morgen vor der Zeremonie wissen wir sicher, wo wir sitzen werden, aber schließlich hört der murmelnde Regen doch lange genug auf, daß ich im Freien, umgeben von Blumen und strahlendem, jungem Grün, zusehen kann, wie er den Kopf neigt, um den schönen rotgoldenen Doktorhut aufzusetzen und von Präsident Meade die Urkunde zur Verleihung des Ehrendoktortitels der Literaturwissenschaften entgegenzunehmen. Tränen des Stolzes stehen in meinen Augen, und ich wünsche mir zum wiederholten Mal, daß unser Sohn Toby diese Zeremonie miterleben könnte. Aber er ist weit weg an der Küste von Oregon, mein großgewachsenes Kind mit den Augen, die dieselbe Farbe haben, wie es vor langer Zeit einmal ein junger Mann in dieser Stadt über meine Augen gesagt hat, die Farbe des Regens. Toby ist Architekt und selbsternannter Baumschützer und steckt mitten in einem Projekt, mit dem die großen Kiefern und Fichten Oregons zugleich genützt und geschützt werden können.

»Mach viele Fotos«, sagt er, als er vor unserer Abfahrt anruft. »Du weißt doch, diesen Hut wird er nicht noch einmal aufsetzen.«

Toby: Wo hat er das nur her? Wir sind beide derart unverbesserliche Stadtmenschen. Aber von Anfang an war er ein Mensch, der Erde, Himmel und Wasser liebte. Viele Sommer verbrachten wir frierend in gemieteten Ferienhäusern an der nördlichen Küste, damit Toby seine ersten Liebesgeschichten pflegen konnte.

Ich bin etwas überrascht, was für ein nettes Wochenende das ist. Das alte Viertel Druid Hills ist ein Teil von Atlanta, der mir nicht vertraut ist; an diesen bewaldeten Hügeln und den alten, matronenhaft wirkenden Häusern ist nichts, was schmerzliche Erinnerungen in mir wachruft. Auch die großartige, hochaufragende Skyline kommt mir unbekannt vor. Es könnte irgendeine in den vielen Städten sein, die ich im Lauf der Jahre durch meine Arbeit kennengelernt habe; es gibt eine ganze Reihe, die ich mit Taxis durchquert habe.

Der Empfang und das Abendessen am Freitag verlaufen sehr angenehm; die akademische Welt ist überall gleich, und sie ist uns beiden vertraut. Die Anwesenden kennen unsere Namen und unsere Arbeit, und auch das ist angenehm. Im großen und ganzen fühle ich mich, während wir am Samstag nachmittag auf den Stufen des Emory-Gästehauses auf das Taxi warten, das uns für den Heimflug zum Flughafen bringen soll, ziemlich entspannt. Erst später wird mir klar, daß es sich eigentlich um ein Gefühl der Erleichterung handelt, ein Wohlgefühl, weil ich einem erwarteten Schmerz, der sich nicht einstellte, entkommen bin.

»Ich habe gar nicht so recht das Gefühl, daß das hier Atlanta ist«, sagt er, während wir warten. »Wie geht es dir?«

Ich schüttele verneinend den Kopf. Auch mir fehlt dieses Gefühl. Im Verlauf dieser vergangenen vierundzwanzig Stunden war ich mir nicht wirklich bewußt, mich in der Stadt zu befinden, die ich vor mehr als einem Vierteljahrhundert so absolut und leidenschaftlich liebte und die ich vier Jahre später so problemlos verließ. Ich bin hierhergekommen, bin durchgefahren, und jetzt verlasse ich sie wieder, und dennoch kann ich Atlanta nicht spüren. Aus irgendeinem Grund beunruhigt und verwirrt mich das.

Ich habe das Gefühl, daß da noch etwas nicht ganz zu Ende gebracht worden ist.

Natürlich ging Luke in den Krieg.

Einen Abend später, als wir alle in dem kleinen Park zusammengesessen waren, kam er aus Memphis zurück, mit der Leiche von Martin Luther King jr. und den schweigenden, wütenden Menschen, die mit ihm im Lorraine Motel gewesen waren. Nie werde ich John Howards Gesicht vergessen. Er sah aus wie ein lebender Toter.

Lukes Bilder zeigten diese schreckliche Zeit in Atlanta am klarsten von allen Fotos, die damals gemacht wurden. Man sah sie überall; man kann sie heute noch sehen: schwarz und weiß, jung und alt, Helden der Bürgerrechtsbewegung und die von Dr. King so geliebten kleinen Leute, Berühmtheiten, Politiker und Filmstars. Luke machte von ihnen allen Nahaufnahmen, zeigte ihre Gesichter. Jede Zeitung und Zeitschrift im ganzen Land veröffentlichte diese Gesichter. Sie sind auch in vielen Büchern, die noch heute in den Buchhandlungen liegen. Unter allen Fotos steht sein Name.

»Du wirst ihre Gesichter fotografieren«, hatte ich an jenem Tag in Pumphouse Hill zu ihm gesagt, und das tat er. Das hatte er immer getan. Gesichter, Gesichter. Die Gesichter von Lucas Geary. Ganz Augen und Bild, das ist Luke.

Zwei Tage nach der Beerdigung flog er nach San Francisco, um die FirstCav im Mekong-Delta noch einzuholen.

»Ich komme wieder«, sagte er vor seiner Abreise die ganze Nacht hindurch, während ich weinte und er mich im Arm hielt. Ich weinte die ganze Nacht, bis ich glaubte, nie wieder weinen zu können; in mir waren keine Tränen mehr, bis in alle Ewigkeit.

»Ich komme zurück. Ich komme zurück. Warte auf mich. Ich komme zurück.«

Aber schon als ich ihn am Hartsfield Airport absetzte und mit dem Morgan zurückfuhr, wußte ich, daß er nicht mehr zurückkommen würde. Luke konnte mich unendlich lieben, mit mir lachen und sogar mit mir oder über mich wütend sein, aber trauern konnte er nicht mit mir. Ich fuhr zurück zu der Wohnung hinter dem Haus der Witwe, stellte den Morgan in die Garage, duschte und kroch in das Wasserbett. Dort verbrachte ich die nächsten drei Tage schlafend. Als ich schließlich erwachte, duschte ich, zog mich an und ging zu Seth Emerson bei *Newsweek*. Er stellte mich noch am gleichen Tag an. Um Luke Geary weinte ich nicht mehr.

Ich zog in eine kleine Wohnung am Rand der Innenstadt, von der ich zu Fuß zur Arbeit gehen konnte. Das *Newsweek*-Büro lag eher nördlich, so daß ich wenig Anlaß hatte, zu Five Points zu gehen, und ich tat es auch nicht, wenn es nicht sein mußte. Was Luke mit seinen Kleidern, den Büchern und Platten oder dem Morgan machte, weiß ich nicht. Nach allem, was ich gehört habe, sind seine Sachen noch immer dort, in dem hübschen Gästehäuschen der Witwe, und träumen verstaubt durch die wechselnden, langen Jahreszeiten im Park. Ich sah nie jemand anderen mit dem Morgan durch die Stadt fahren, aber damit rechnete ich genausowenig wie damit, jemanden in Lukes Kleidern herumlaufen zu sehen.

Allerdings sah ich seinen Namen unter den Gesichtern, die aus diesem traurigen, schrecklichen, niemals endenden Krieg kamen. Vermutlich bedauerte er vieles, was er zu Hause gerne fotografiert hätte: die Aufstände in den Straßen nach dem Mord an Dr. King, das Attentat auf Robert Kennedy, den unglaublichen Parteikongreß in Chicago, die häßliche Wahl von Richard Milhous Nixon zum Präsidenten der Vereinigten Staaten, die einem Musical glich, das langsame Ausbluten und Sterben der gewaltfreien Bürgerrechtsbewegung. Unter diesen Gesichtern sah ich seinen Namen nie, nur unter den Gesichtern des Krieges.

Es kann allerdings sein, daß ich einige seiner Fotos übersehen habe. Seth Emerson war der beste Chef, den man sich nur vorstellen konnte; mein Name stand immer öfter unter den Artikeln aus Städten im ganzen Süden. Unter den Namen vieler Leute stand mein Name.

»... und du wirst die Namen schreiben«, hatte Luke an demselben Tag zu mir gesagt, an dem ich zu ihm gesagt hatte: »Du wirst ihre Gesichter fotografieren.« Es war die zweite Hälfte meines Satzes gewesen.

Das hatten wir beide getan. Allerdings nicht gemeinsam, aber nach einer Weile machte mir das nichts mehr aus. Niemals wieder war ich auf so berauschende Art glücklich wie in diesem ersten Jahr beim *Downtown Magazine*, so unendlich zufrieden mit dem, was ich tat. Ich liebte meine Arbeit mit dem größten Teil meines Herzens. Den kleinen Rest, der noch blieb, verschloß ich einfach, wie man ein unbenutztes Zimmer verschließt.

Ich war gerade in New Orleans, als mich Teddy und Hank anriefen, um mir mitzuteilen, Matt Comfort liege im Sterben. Ich hatte mit Tom Gordon und seinem Liebhaber zu Abend gegessen und plante, am folgenden Nachmittag nach Hause zu fliegen. Statt dessen brach ich schon am nächsten Morgen in der Dämmerung auf, mit dem ersten Flug, der von New Orleans nach Atlanta ging. Noch während ich unterwegs war, fragte ich mich, warum ich das tat. Matt Comfort bedeutete mir inzwischen fast gar nichts mehr.

Aber natürlich hatte er mir einmal alles bedeutet, und das war die Antwort. Ich mußte lächeln, als ich daran dachte, was er zu mir gesagt hatte: »Seien Sie vorsichtig, wem Sie Ihre Liebe erklären. Solche Leute bleiben ein Teil von Ihnen. Selbst nachdem die Liebe längst gestorben ist, bleiben sie noch ein Teil von Ihnen ...«

»Du mußtest immer das letzte Wort haben«, flüsterte ich ihm irgendwo über Alabama zu.

Teddy und Hank holten mich vom Flughafen ab, und wir fuhren direkt ins Emory University Hospital. Teddy war hochschwanger mit ihrem zweiten Kind, und sie hatte geweint. Sie sah erschöpft aus und wirkte zum ersten Mal, seit ich sie kannte, beinahe alt. Na ja, inzwischen waren wir beide über dreißig. Wir sind jetzt diejenigen, denen wir niemals trauen wollten. Kein Wunder, daß sie verstört war. Von uns allen waren sie und Hank die einzigen gewesen, die mit Matt Comfort Kontakt hielten, während er durch den gesamten Süden zog und sich auf spektakuläre Weise selbst ruinierte.

Von ihnen wußte ich, daß er Atlanta beinahe zur selben Zeit wie Luke und John Howard verlassen hatte, unmittelbar nach der Beerdigung von Dr. King. Er war nach Charlotte gegangen, um dort eine Stadtzeitung herauszugeben, die er wieder verlor, und dann nach Baton Rouge, wo es ihm genauso ging, und weiter nach Winston-Salem, wo er eine Zeitschrift für Leute gründete und herausgab, die ihre Häuser auf eigene Faust verkaufen wollten, und sie ebenfalls verlor. Dann ging er nach St. Petersburg in Florida und arbeitete dort eine Weile lang für den Automobilclub, für den er Autoreisen für Rentner plante, die nach Norden fahren wollten. Nachdem man ihn dort gefeuert hatte, ging er nach Greensboro in North Carolina, und dort erreichte er endlich den Tiefpunkt seiner Alkoholsucht. Er wurde von der McDonald's-Filiale, die er leitete, entlassen, trat den Anonymen Alkoholikern bei und machte eine Entziehungskur, bei der er eine Frau kennenlernte, und nachdem er fünf Monate lang trocken geblieben war, entdeckte man, daß die Kopfschmerzen und Gedächtnisausfälle, die ihn im letzten Jahr geplagt hatten, von einem bösartigen Tumor und nicht vom Alkohol herrührten.

»Das ist alles so verdammt unfair«, schluchzte Teddy. »Nachdem er das alles durchgemacht hatte, endlich vom Alkohol losgekommen ist und jemanden gefunden hat, den er wirklich liebt, da stirbt er an so einem idiotischen Gehirntumor. Sie wollten im Herbst heiraten.«

»Vielleicht können sie es ja doch noch«, sagte ich, aber sie schüttelte den Kopf.

»Sein Arzt sagt, er hat nicht mehr als zwei Tage«, erwiderte sie. »Es ist schon ein Wunder, daß er so lange überlebt hat. Außerdem hat er sich geweigert, sie zu heiraten, als er von dem Tumor erfuhr. Er meinte, er wolle verdammt sein, wenn er neben seinen ganzen anderen Opfern auch noch eine Witwe hinterlasse. Aber sie ist bei ihm. Du wirst sie mögen. Sie ist zäh, und sie liebt ihn sehr. Selbst in diesem Zustand liebt sie ihn noch.«

»Na ja, Frauen sind eben so«, sagte ich in dem Versuch, sie aufzuheitern.

»Du wirst ihn nicht mehr erkennen. Ich will dich nur vorwarnen, damit du nicht so erschrickst. Er sieht fast gar nicht mehr wie der Matt aus, den du einmal gekannt hast.«

»Warum ist er eigentlich für die Behandlung zurückgekommen?« wollte ich wissen. »Emory muß doch ein Vermögen kosten. Bestimmt hat er doch gar kein Geld mehr.«

Hank kicherte.

»Er ist zurückgekommen, weil sein behandelnder Arzt der beste Krebsspezialist im ganzen Süden ist und weil er Matt kostenlos behandelt. Er war der erste YMOG, den Matt gemacht hat.«

»Ach du Scheiße, das ist ja typisch«, sagte ich und brach in haltloses Gelächter aus. Wir lachten alle eine ganze Weile, selbst Teddy. Darüber bin ich froh, denn es sollte lange dauern, bis wir wieder lachen konnten.

Als wir sein sonniges Krankenzimmer betraten, befand er sich in einem leichten Koma. Er lag in einem schmalen weißen Bett, war an einen intravenösen Tropf gehängt, bewegte sich unruhig und atmete langsam und mühsam durch den Mund. Abgesehen von dem spitzen Kinn und dem schmalen, herabhängenden Mund hätte ich ihn nicht mehr erkannt. Sein Gesicht war gelb und wächsern und geschwollen, seine Augen waren zugeschwollen und schwärzlich, und der glänzende rote Haarschopf war verschwunden und durch einen großen Turban aus weißem Verbandszeug ersetzt, der das gelbe Gesicht safranfarben wirken ließ. Er war so dünn, daß sein kleiner Körper sich kaum unter der straff gespannten Bettdecke abzeichnete. Der junge Arzt saß auf einem Stuhl neben ihm, saß einfach da und hielt seine Hand. An seiner anderen Seite saß eine jugendliche Frau mit dunklen Haaren, die aus einem kräftigen, grobgeschnittenen Gesicht straff nach hinten gebunden waren. Sie blickte auf und lächelte Hank und Teddy zu, sagte aber nichts. Später sollte ich sie kennenlernen und erfahren, daß sie Claire Fiedler war, die Frau, die Matt heiraten wollte, aber für den Augenblick lächelte ich sie nur an und stellte mich neben Teddy und Hank an die Wand gegenüber dem Bett. Wir fanden kaum Platz. Der Raum war voller Leute.

Hank erzählte es mir später, als wir auf einen Kaffee nach unten gingen. Am ersten Tag nach Matts Operation, als die Ärzte sicher wußten, daß er das Krankenhaus nicht mehr verlassen würde, geschah etwas Seltsames. Es war, wie Hank sagte, fast wie ein Wunder. Irgendwie, er wußte auch nicht genau, wie, verbreitete sich die Nachricht, genau wie Matts Nachrichten sich früher immer verbreitet hatten: Comfort stirbt. Kommt.

Und zwei Tage lang versammelten sich mindestens fünfzig bis sechzig Leute aus dem ganzen Land schweigend in seinem Krankenzimmer. Seine Leute, jung oder alt; Comforts Leute. Sie kamen und standen einfach da oder saßen auf dem Boden oder den Stühlen und beobachteten, wie sich seine Brust mühsam hob und senkte, lauschten auf seinen Atem. Einen Haufen Leute, die einst jung und strahlend gewesen waren, die es geschafft hatten oder auch nicht, denen es gutging oder auch nicht, brachte die

Verbindung zu einem Mann, der noch als Sterbender kraftvoller als sonst jemand war, in diesem Raum zusammen. Es waren Fotografen, Journalisten, Autoren, Sekretärinnen, alternde YMOGS, Schuhputzer und Stadtpolitiker, und auch einige, die so stoned oder high waren, daß sie glaubten, sich noch immer im MacArthur Park oder im Haight oder wo sonst ihre wirkliche Welt war, zu befinden, und die verträumt an den Wänden lehnten, weit weg in einer besseren Zeit.

Francis Brewton kam am ersten Tag, erzählte Hank, und Mr. Tommy T. Bliss am zweiten, aber er machte keinen Kopfstand.

Einige weinten, aber selbst unter Tränen erzählten sie noch alte Comfort-Geschichten, und sie lachten. Sie tranken Kaffee, rauchten und betrachteten ihn, und sie alle schienen zu fühlen, daß es im Augenblick keinen anderen Ort gab, an dem sie sich aufhalten konnten. Es war keine stille Trauer. Mehr als einmal kamen die Schwestern herein, um sie zur Ruhe zu mahnen. Aber dann hob Matts junger Arzt den Kopf, starrte die Schwestern an, und kopfschüttelnd gingen sie wieder.

Als wir am Nachmittag des dritten Tages aus der Cafeteria zurück in Matts Zimmer kamen, war der Mann da, den ich später heiraten sollte. Schweigend stand er an dem Platz an der Wand, den wir vorhin verlassen hatten, hatte die Arme vor der Brust verschränkt, betrachtete Matt und lauschte auf seinen Atem. Als wir ins Zimmer kamen, hob er den Kopf und sah mich an, und ich preßte meine Hände an den Mund und blieb unbeweglich auf der Schwelle stehen. Dann streckte er seine Arme nach mir aus, und ich warf mich hinein. Dort blieb ich vielleicht eine halbe Stunde, ehe wir die ersten Worte miteinander sprachen.

Um sechs Uhr abends gerieten die mühsamen Atemzüge ins Stocken und hörten auf. Der junge Arzt legte sein Stethoskop zur Seite, neigte den Kopf auf Matts Brust und weinte. Ich drehte den Kopf zu der Schulter hinter mir und weinte ebenfalls. Jeder weinte ein bißchen, aber nicht laut. Wir alle umarmten die Frau auf der rechten Seite des Bettes, und dann gingen er und ich in das Hotel, in dem er wohnte. Es war der Neubau einer nationalen Hotelkette und befand sich am Rand des Emory-Universitätsgeländes. Ich weiß noch, daß die Luft frisch und kühl war und die Hartriegelbüsche in der grünlichen Dämmerung herrlich aussahen. Es war fast auf den Tag genau vier Jahre her, seit ich ihn zum letzten Mal gesehen hatte.

Als er am nächsten Morgen die Stadt verließ, begleitete ich ihn. Wir wußten beide, daß ich nicht hierbleiben konnte.

Und jetzt bin ich zum ersten Mal seit jenem Tag wieder hiergewesen und fahre bereits wieder, und ich fühle mich, als hätte ich einen Besuch in einer x-beliebigen Stadt hinter mir.

Wir steigen in das Taxi, das die Universität für uns gerufen hat. Es ist ein alter Wagen, einer von denen, die zur Universität gehören, und der Fahrer ist ein älterer Weißer, was uns New Yorkern wie ein Anachronismus vorkommt. Ihm gefällt gar nichts, weder die Hitze noch die Fahrt zum Flughafen, noch wir als seine Fahrgäste. Er schaltet abrupt, fährt viel zu schnell um die Kurven und redet dabei ständig leise mit sich selbst. Ich weiß, daß er uns im Rückspiegel beobachtet; ich sehe seinen Blick. Er weiß, daß wir VIPs sind, wenn auch nicht, wer von uns beiden, und ich vermute, daß er uns, wenn er das nicht wüßte, einfach an der nächsten Straßenecke absetzen würde. Ich bin wütend auf ihn und würde ihn gerne scharf zurechtweisen, aber mein Ehemann schüttelt lediglich den Kopf. Er ist durchaus fähig, sich mit Taxifahrern herumzustreiten, und tut das auch oft, aber er ist auch in der Lage, sich einfach innerlich zu entfernen und seine Umgebung gar nicht wahrzunehmen, und ich glaube, das tut er jetzt gerade.

Dann beugt er sich zu dem Fahrer vor und sagt: »Fahren Sie an der Ausfahrt Courtland Street hinaus in Richtung Five Points. Danach sage ich Ihnen den Weg.«

Sowohl der Taxifahrer als auch ich sehen ihn an.

»Ich dachte, Sie haben Hartsfield gesagt«, murmelt der Fahrer.

»Ich habe es mir anders überlegt«, erklärt mein Ehemann gleichmütig, und der Fahrer wechselt drei Fahrspuren und fährt mit quietschenden Reifen die Ausfahrtsrampe an der Courtland Street hinab. Mein Ehemann leitet den Fahrer durch ein Gewirr von Straßen, die ich nicht erkenne, und bittet ihn schließlich anzuhalten. Dann steigen wir aus, und plötzlich weiß ich, wo wir sind.

»O nein«, erkläre ich. »Auf keinen Fall. Ich gehe nicht hinauf. Sentimentale Erinnerungen kann ich nicht leiden.«

»Aber ich mag sie vielleicht«, sagt er und beugt sich ins Fenster des Taxis.

»Wir brauchen nicht länger als eine halbe Stunde«, sagt er. »Wenn Sie auf uns warten wollen, bezahle ich Ihnen die Zeit.«

Der Fahrer fährt rasch und ohne einen weiteren Blick davon.

»Ein Mensch, der seine Arbeit liebt«, murmele ich. »Diesen Knallkopf sehen wir nicht wieder.«

»Das ist egal. Hier finden wir jederzeit wieder ein Taxi. Jetzt komm, Smoky.«

»Dazu habe ich wirklich überhaupt keine Lust«, sage ich.

»Du wirst froh sein, daß du es getan hast«, erwidert er. »Nächste Woche reißen sie das Gebäude ab und bauen Büros für die Bezirksregierung. Der Typ, dem es gehört, hat es mir beim Mittagessen erzählt; er sitzt im Aufsichtsrat der Emory University. Er hat uns einen Passierschein für den Wachmann gegeben. Komm schon. Ich fahre nicht, ehe ich es gesehen habe.«

Und so betreten wir durch die gläserne Drehtür das Gebäude, in dem sich das Top of Peachtree befindet, das jetzt leer und zugesperrt ist. Wir klopfen an die Scheibe, bis uns der junge Wachmann sieht und herkommt, um uns hereinzulassen. Ich habe das Gebäude als hoch in Erinnerung, aber im Vergleich zu den Monolithen, die es jetzt umgeben, wirkt es winzig.

»Ach, das alte Wandgemälde?« fragte der Wachmann. Er trägt eine Jeans mit weiten Aufschlägen und einen Pferdeschwanz; wir sind wieder da angekommen, wo wir einst gewesen waren.

»Ja, ich schaue es mir fast jeden Tag an. Ich habe mich immer schon darüber gewundert. Sind Sie Künstler oder Sammler oder so etwas?«

»Die Dame ist darauf abgebildet«, erklärt mein Ehemann grinsend.

»Wirklich?« Der junge Wachmann studiert mein Gesicht, als wollte er prüfen, ob es das Wandgemälde auch wirklich wert war. »Sie waren wohl damals irgendwie berühmt, oder? Leben Sie noch hier?«

»Nein. In New York«, antworte ich.

»Aha. Ein Mädchen aus Atlanta, das es geschafft hat. Na ja, wenn der Chef sagt, daß Sie hinaufkönnen, dann dürfen Sie das wohl. Ich sperre Ihnen den direkten Aufzug auf. Passen Sie auf, wo Sie hintreten, da liegt überall Zeug auf dem Boden, und das Licht funktioniert nicht. Aber das Tageslicht sollte eigentlich ausreichen. Vermutlich werden Sie feststellen, daß Ihr Gesicht ziemlich schmutzig ist.«

»Das kann ich mir vorstellen«, erwidere ich, und er steckt einen Schlüssel in das Schlüsselloch auf dem Schaltbrett des Aufzugs in der Eingangshalle, an die ich mich noch zu erinnern können glaube, und dann kommt der Aufzug rumpelnd nach unten, und wir steigen ein.

Schweigend fahren wir nach oben. An die verspiegelten Wände der Aufzugskabine kann ich mich noch erinnern, aber sie zeigen mir nicht dieselben Menschen wie damals, und das ist verwirrend. Das Gleiche geschieht, als wir in den Vorraum vor dem alten Restaurant hinaustreten. An die grauen Tapeten und die bronzeverzierten Wände erinnere ich mich noch, sogar an das elastische Gefühl des Teppichs unter meinen Füßen, aber mir ist, als wären es Bilder aus einem alten Buch. Noch immer schweigend, folge ich ihm durch den langen, leeren Raum, wo man einst an weißgedeckten Tischen die ganze Stadt überblickt hatte. Jetzt liegen dort Bauholzstapel, Isolation, Dämmplatten und Müll, und durch die Fensterwand blickt man auf die blinden Fenster der höheren Gebäude außen herum. Dicker, perlgrauer Staub liegt auf allem. Es ist sehr heiß und sehr still. In dem langen Raum stehen keinerlei Möbel, abgesehen von zwei oder drei Tischen, die in einer Ecke aufeinandergestapelt sind, und ein großer Flügel, den man unter einer staubigen Abdeckung erkennen kann.

Ganz bestimmt ist es Tonys Piano. Ich gehe vorbei, ohne einen Blick darauf zu werfen.

Wir biegen um die Ecke in den Bereich um die Bar, und da sind wir alle. Dort, auf der Wand über der mit Leder beschlagenen Theke, die einst als Bar diente, ist das Wandgemälde. In dem riesigen, leeren Raum sieht es gerade halb so groß aus wie damals, und es ist so ausgebleicht und schmutzig, daß man die Gesichter kaum mehr erkennen kann. Aber ich weiß, wo jeder von uns auf dem Gemälde ist, kenne unsere Positionen in diesem kleinen Firmament, und so sehe ich uns noch einmal, sobald sich meine Augen an das düstere Licht gewöhnt haben, das durch die schmutzigen Fensterscheiben fällt. Ich gehe zur Fensterwand, setze mich auf das Sims und betrachte das Wandgemälde, und er kommt, setzt sich neben mich und schaut es ebenfalls an.

Ich fange links an und arbeite mich nach rechts vor. Zunächst Hank, der mehr oder weniger so aussieht, wie er immer noch aussieht, und Teddy, die ebenfalls der heutigen Teddy gleicht. Ich glaube nicht, daß die beiden sich verändern werden, ehe sie sehr alt sind, wenn überhaupt. Dann SueAnne, die in ihrem dunklen Hemdblusenkleid matronenhaft und mütterlich wirkt, und Sister, die ewige Cheerleaderin an der University of Georgia mit ihrem glitzernden Haarreif und den frisch gelockten Haaren. Sie ist jetzt, wie ich weiß, eine der bekanntesten Strafverteidigerinnen der Stadt. Ich bin die nächste. Ich sehe klein, rund und sehr, sehr jung aus und auf eine ziemlich idiotische Weise glücklich. Ich hatte mich vor dem, was ich beim Frühstück auf diesem Gesicht sehen würde, gefürchtet, aber ich sehe nicht viel anderes als eine überwältigende Jugend, und so bin ich in der Lage, meine Augen weiterwandern zu lassen. Alicia Crowley ist die nächste, in ihren Stiefeln, den Netzstrümpfen, dem langen, honigfarbenen Haar und ihrer Schönheit sieht sie so altmodisch aus wie ein Gibson Girl. Dann kommt Matt, dessen scharfgeschnittenes Fuchsgesicht verschlagen grinst. Sein Haar glüht wie Lava auf seinem Kopf. Von allen Gesichtern ist seines am ehesten eine Karikatur; Matt war immer der Liebling der Zeitschriftenzeichner. Neben ihm, auf der anderen Seite, ist Tom Gordon.

Tom, der vor nunmehr acht Jahren an AIDS gestorben ist.

Ich rühre mich nicht, und in dem Raum ist es still. Ich fühle, sehe und höre nichts. Und dann ist es, als hätte jemand nur für eine Sekunde einen schalldichten Raum geöffnet, und das Leben dringt lärmend herein. Ich rieche eine Duftmischung aus frischen Blumen, der Obstgarnierung an der Bar und den heißen Hors d'oeuvre auf den Silbertabletts; ich spüre die Kühle der Klimaanlage und das Gedränge der Leute um mich; ich höre Lachen, das Klirren von Eis und die Töne von Tonys Piano, wenn wir hereinkommen: »When you're alone and life is making you lonely, you can always go ... DOWNTOWN ...«

Die Tür schlägt zu, und ich sitze wieder inmitten von Staub, Stille und Leere. Das Wandgemälde ist nur mehr eine alte, bemalte Wand, ausgebleicht und schmutzig, die bald abgerissen wird.

Ich senke den Kopf, damit er mich nicht weinen sieht. Er wird oft ungeduldig, weil mir so leicht die Tränen kommen, aber jetzt streckt er lediglich die Hand aus und wischt sie mir mit dem Daumen ab.

»War es doch keine gute Idee?« fragt er.

Ich schüttele den Kopf und schlucke die Tränen hinunter.

»Doch, eigentlich schon. In gewisser Weise war es eine gute Idee. Von jetzt an werde ich ihn, wenn ich an ihn denke, so vor mir sehen wie auf dem Wandgemälde und nicht ... wie in dem Krankenzimmer. Daran habe ich mich all die Jahre erinnert. Es ist gut, das eine durch das andere ersetzen zu können. Es ist nur ... ach Gott, du weißt schon. Wir waren nur so wenige, und die Besten von uns sind tot. Das ist doch nicht fair, oder?«

»Ich glaube kaum, daß die Besten von euch tot sind. Aber nein, es kommt mir auch nicht fair vor. Aber etwas nicht so Trauriges: Ist dir aufgefallen, daß Matts Gesicht strahlt wie frisch poliert? Die anderen auf dem Gemälde sind matt geworden, nur er sieht frisch aus. Wie erklärst du dir das?«

Jetzt fällt es mir auch auf: Matt Comforts Fuchsgesicht strahlt inmitten des schmutzigen Wandgemäldes tatsächlich wie die Sonne. Unsere Gesichter wirken dagegen wie kleine Monde, die von Wolken verdeckt werden. Vielleicht handelt es sich um ein Spiel des Lichts oder es liegt an der besonderen Farbe, die der Künstler verwendet hatte.

»Er hat eben seinen eigenen Heiligenschein«, meine ich lächelnd.

»Es ist wahrscheinlicher, daß dieser Mistkerl irgendein armes Schwein dazu verpflichtet hat, jeden Tag herzukommen und das Gesicht sauberzumachen, damit er es zum YMOG bringt«, sagt er, und wir lachen beide und sehen den Matt auf dem Wandgemälde an.

»Das war wirklich das Ende, stimmt's?« frage ich. »Zumindest der Anfang vom Ende. Als er an diesem Abend auf den Teppich fiel. Danach hat sich alles verändert ...«

»Alles war längst dabei, sich zu verändern. Ich weigere mich,

Matt Comfort als die endgültige Metapher für den Zusammenbruch der sechziger Jahre zu betrachten.«

Ich lächle und sehe wieder das Wandgemälde an.

»Aber trotzdem stand er im Zentrum. Das mußt du doch zugeben. Schau ihn doch an. So war es immer. Er befand sich in der Mitte und hielt alle Fäden in der Hand, während wir um ihn herumtanzten. Er war der Maibaum für den ganzen Tanz.«

»Er war der Maibaum«, sagt John Howard und zieht mich an sich. »Aber ihr alle wart der Tanz. Deshalb habe ich dich mitgenommen, damit du das verstehst. Er war der Maibaum, aber ihr wart der Tanz.«

Eine Weile stehen wir noch in der Düsternis, dann sagt er: »Laß uns nach Hause fahren!«

»Ja«, antworte ich, und wir steigen wieder in den Aufzug und fahren zum letzten Mal hinunter in die Eingangshalle.

»Na, habt ihr euch von euch selbst verabschiedet?« Der junge Wachmann grinst, als er uns auf die Straße hinausläßt.

»Ja, das haben wir wohl getan«, antwortet John.

Ich bin überrascht und nicht allzu erfreut, als ich das Universitätstaxi am Straßenrand warten sehe. Die Laune des Fahrers hat sich nicht wesentlich gebessert.

»Jetzt zum Hartsfield Airport«, sagt John, und der Fahrer schaltet kraftvoll durch die Gänge und rauscht in Richtung Schnellstraße davon. Es ist sehr heiß, und die Fenster sind heruntergekurbelt; schwüle Luft schlägt uns ins Gesicht. Auf der Autobahn, ein ganzes Stück hinter der blauen Schüssel des alten Braves-Stadions, geraten wir in den ersten Nachmittagsverkehr und müssen Schrittempo fahren. Der Motor des Autos müht sich ab, daß der ganze Wagen zittert. Die Hitze ist drückend.

»Wir hätten gerne etwas kühle Luft hier hinten, bitte«, sagt John, wobei er sich über die Lehne des Vordersitzes beugt.

Der Fahrer verzieht im Rückspiegel das Gesicht. John blickt gleichmütig und eindringlich zurück. Die Narbe verleiht seinem

Gesicht etwas leicht Drohendes und Kaltes. Wir nennen das den »Blick«. Dieser Gesichtsausdruck hat uns bereits in vielen Städten dieser Welt ausgezeichnete Plätze in Restaurants verschafft. Der Fahrer senkt den Blick, drückt einen Knopf und die Fenster gleiten nach oben. Kalte Luft rauscht in das Innere des Wagens. Um uns zu bestrafen, dreht der Fahrer das Radio bis zum Anschlag auf, und Gospelrock umhüllt uns.

Ich fange an zu kichern und gebe mir Mühe, nicht lauthals zu lachen.

»Ich fände es auch nicht schön, wenn mich dieses Gesicht aus meinem Rückspiegel ansieht«, sage ich.

»Ich bin die Verkörperung seines schlimmsten Alptraums.« John grinst. »Ein Nigger mit einem Doktorhut.«

Jetzt lache ich laut, lege meinen Kopf auf die Rückenlehne der Sitzbank und schließe die Augen. Als ich sie wieder öffne, schüttelt John mein Knie, und wir fahren viel zu schnell um die letzte lange Kurve vor dem Delta-Terminal.

Wir befinden uns bereits hoch oben in der gewittrigen Luft über den Blue Ridge Mountains, bevor mir einfällt, daß wir die Innenstadt von Atlanta verlassen haben, ohne einen einzigen Blick zurückzuwerfen.